SELFIES

Né en 1950 à Copenhague, Jussi Adler-Olsen a étudié à l'université des domaines aussi variés que la médecine, la sociologie, le cinéma ou la politique. Ancien éditeur de littérature et de comics, il se consacre désormais exclusivement à l'écriture. *Miséricorde*, son premier livre, a reçu le Grand Prix des lectrices de *Elle* 2012 et le Prix des lecteurs du Livre de Poche 2013 dans la catégorie « Polar ». Jussi Adler-Olsen a reçu pour l'ensemble de la série du *Département V* le prix Boréales en 2014. Véritable phénomène au Danemark, son œuvre est aujourd'hui traduite dans une quarantaine de pays et s'est déjà vendue à plus de treize millions d'exemplaires dans le monde.

Paru au Livre de Poche :

LES ENQUÊTES DU DÉPARTEMENT V

1. Miséricorde
2. Profanation
3. Délivrance
4. Dossier 64
5. L'Effet papillon
6. Promesse

JUSSI ADLER-OLSEN

Selfies

La septième enquête du Département V

ROMAN TRADUIT DU DANOIS PAR CAROLINE BERG

ALBIN MICHEL

Titre original :

SELFIES
Publié par Politikens Forlag, Copenhague.

ISBN : 978-2-253-25838-4 – 1re publication LGF

Je dédie ce livre à notre merveilleuse
« famille » de Barcelone,
Olaf Slott-Petersen, Annette Merrild,
Arne Merrild Bertelsen et Michael Kirkegaard.

Prologue

Samedi 18 novembre 1995

Elle ne savait pas depuis combien de temps elle donnait des coups de pied dans les amas gluants de feuilles mortes. Elle savait seulement que ses bras nus étaient devenus glacés et que les cris venant de la maison résonnaient de tant de colère et de méchanceté qu'elle en avait mal dans la poitrine. Elle avait envie de pleurer, mais ça, c'était hors de question.

« Tu vas avoir la figure toute ridée, Dorrit », lui aurait dit sa mère qui aimait lui enseigner ce genre de conseils.

Dorrit contempla les larges sillons noirs qu'elle avait creusés dans les tas de feuilles recouvrant la pelouse et se remit à compter les fenêtres et les portes qui trouaient la façade. Elle en connaissait le nombre par cœur, mais c'était une bonne façon de passer le temps. Deux portes à double battant, quatorze grandes fenêtres, quatre fenêtres étroites donnant sur le sous-sol et si elle comptait toutes les vitres, elle arriverait au nombre de cent quarante-deux.

Je sais compter jusqu'à beaucoup, songea-t-elle, fière d'elle. Elle était la seule de sa classe à être capable de compter aussi loin.

Elle entendit la porte du sous-sol de l'aile est grincer sur ses gonds, ce qui n'était pas bon signe.

« Je m'en fiche, je ne rentrerai pas », murmura-t-elle pour elle-même en voyant la femme de chambre marcher dans sa direction.

Le fond du jardin était envahi de buissons et de coins sombres où elle avait l'habitude de se cacher pour rester toute seule, pendant des heures si nécessaire. Mais cette fois, la domestique la prit de vitesse et la main qu'elle referma sur son poignet était dure et sans appel.

« Tu es complètement folle, Dorrit. À quoi est-ce que tu penses ? Te promener dehors avec tes jolis souliers ! Mme Zimmerman sera très en colère en voyant que tu les as salis. Tu le sais, pourtant ! »

Elle se tenait debout en chaussettes devant le canapé, mal à l'aise sous le regard des deux femmes qui avaient l'air de ne pas comprendre ce qu'elle faisait là.

Sa grand-mère avait une expression glaciale, annonciatrice de tempête, et le visage de sa mère était larmoyant et hideux. Aussi ridé que celui qu'elle prédisait à sa fille.

« Pas maintenant, ma petite Dorrit. Ta grand-mère et moi avons des choses à nous dire, pleurnicha-t-elle.

— Où est papa ? » demanda Dorrit.

Les deux femmes échangèrent un regard. Sa mère lui fit soudain penser à une petite souris apeurée, traquée dans l'angle d'un mur. Ce n'était pas la première fois qu'elle la voyait ainsi.

« File dans la salle à manger, Dorrit, lui ordonna sa grand-mère. Il y a une pile de magazines que tu pourras feuilleter.

— Où est papa ? répéta Dorrit.

— Nous parlerons de cela plus tard. Il n'est plus là », lui répondit sa grand-mère.

Dorrit, prudente, recula de quelques pas, les yeux fixés sur les mains de sa grand-mère. « VA-T'EN ! » disaient les mains.

Elle aurait mieux fait de rester dans le jardin.

Dans la salle à manger, on n'avait pas débarrassé les assiettes. Sur la grande table, un reste de gratin de chou-fleur et la sauce des paupiettes à demi mangées figeait dans le plat. Fourchettes et couteaux étaient posés à même la nappe que deux verres de cristal renversés avaient tachée de vin rouge. L'endroit n'était pas du tout comme d'habitude et Dorrit n'eut pas envie d'y rester une seconde de plus. Elle se tourna vers les portes austères donnant sur le hall d'entrée et regarda leurs poignées usées. L'immense maison était divisée en plusieurs parties et Dorrit croyait la connaître dans ses moindres recoins. Le premier étage était si imprégné du parfum de sa grand-mère qu'une odeur de poudre restait accrochée à ses vêtements quand elle rentrait chez elle. Là-haut, dans cet espace baigné de lumière, Dorrit n'avait rien pour s'occuper.

Elle ne se sentait vraiment bien que dans le coin le plus reculé du rez-de-chaussée. Les meubles et les rideaux toujours fermés y avaient une odeur sure et sucrée de tabac qui n'existait dans aucun autre endroit qu'elle connaisse. Il y avait de grands fauteuils douillets dans lesquels on pouvait se blottir, les jambes repliées sous les fesses, et des divans recouverts de velours brun à motifs avec des accoudoirs et des dossiers en bois noir sculpté. Cette partie de la maison était le domaine de son grand-père.

Il y a une heure, avant la discussion qui avait éclaté entre son père et sa grand-mère, ils étaient tranquillement assis tous les cinq autour de la table du repas et Dorrit se sentait enveloppée dans cette journée comme dans une grosse couette en plumes.

Et puis son père avait dit une toute petite phrase qui avait fait lever un sourcil désapprobateur à sa grand-mère et sortir son grand-père de table.

« C'est votre problème », avait-il déclaré en tirant sur son pantalon en tergal avant de s'éclipser. C'est à ce moment-là qu'on l'avait envoyée jouer dans le jardin.

Dorrit poussa doucement la porte du cabinet de travail de son grand-père. Sur deux commodes en bois sombre, contre l'un des murs, s'alignaient des boîtes à chaussures contenant des échantillons et, devant le mur opposé, le grand bureau de son grand-père était encombré de papiers surlignés au stylo rouge et bleu.

La pièce plongée dans le noir sentait fort le tabac, bien que son grand-père ne s'y trouvât pas. On aurait dit que la fumée venait d'un angle du bureau, où un étroit rai de lumière passait entre deux bibliothèques pour venir couper en deux le dossier du fauteuil.

Dorrit s'avança pour voir d'où venait la lumière. C'était excitant car cet espace entre les deux bibliothèques révélait un pays encore inconnu.

« Alors, ils sont enfin partis ? » grogna son grand-père, quelque part derrière les rayonnages.

Dorrit se glissa dans l'ouverture et entra dans une pièce qu'elle n'avait jamais vue. Là, dans un vieux fauteuil à accoudoirs, devant une longue table basse, elle découvrit son grand-père penché avec attention au-dessus de quelque chose qu'elle ne pouvait pas voir.

« C'est toi, Rigmor ? » demanda-t-il de sa voix si particulière. Sa mère disait souvent avec un peu d'agacement qu'il n'avait jamais tout à fait réussi à perdre son accent allemand, mais Dorrit l'aimait bien.

La décoration était très différente de celle du reste de la maison. Ici, les murs n'étaient pas nus mais couverts de petites et de grandes photographies qui, quand on les regardait de plus près, représentaient toutes le même homme en uniforme, photographié dans différentes situations.

Malgré l'épais nuage de fumée, la pièce paraissait plus claire que le bureau. Son grand-père avait l'air détendu. Ses manches étaient retroussées et elle remarqua les longues veines épaisses sillonnant ses avant-bras dénudés. Ses gestes étaient calmes et lents. Ses mains retournaient délicatement ce qu'elle identifiait à présent comme des clichés en noir et blanc, ses yeux étaient concentrés sur ce qu'il était en train de faire. Il avait l'air heureux et Dorrit sourit. Mais quand, l'instant d'après, il se tourna brusquement vers elle, elle vit le sourire habituellement si doux de son grand-père se transformer en un rictus figé, comme s'il venait de manger quelque chose d'amer.

« Dorrit ? ! s'exclama-t-il en faisant mine de se lever, écartant les mains au-dessus de la table comme pour cacher ce qui s'y trouvait.

— Pardon, Opa. Je ne savais pas où aller. » Elle leva la tête vers les photographies exposées sur les murs. « Je trouve que le monsieur sur ces photos te ressemble. »

Il la regarda longuement, comme s'il réfléchissait à ce qu'il allait répondre, et finalement, il lui prit la main, l'attira vers le fauteuil et la fit asseoir sur ses genoux.

« À vrai dire, tu ne devrais pas être ici. Cet endroit est la pièce secrète d'Opa. Mais puisque tu es là, ainsi soit-il. » Il se tourna vers le mur. « Oui, tu as raison, Dorrit. C'est bien moi sur ces photographies. Du temps où j'étais jeune et où j'étais soldat dans l'armée allemande pendant la guerre. »

Dorrit hocha la tête. Il était beau en uniforme. Casquette noire, veste noire et culotte de cheval noire. Tout était noir. La ceinture, les bottes, les gants. Seul l'insigne représentant une tête de mort et les dents blanches du sourire de son grand-père luisaient dans tout ce noir.

« Tu as été soldat, Opa ?

— *Jawohl*. Tu vois, là-haut, sur l'étagère, c'est mon pistolet. Un parabellum 08, aussi appelé Luger. Mon meilleur ami pendant de nombreuses années. »

Dorrit leva des yeux écarquillés vers l'étagère. L'arme était gris anthracite et le holster marron. Il y avait aussi un étroit couteau dans un étui à côté d'un objet dont elle ne connaissait pas le nom mais qui ressemblait à une batte de baseball – à part qu'il avait une sorte de boîte de conserve noire à une extrémité.

« Il marche, ce pistolet ?

— Bien sûr, petite Dorrit. Et il a servi très souvent.

— Alors tu étais un vrai soldat, grand-père ? »

Il sourit, ravi.

« Oui, ton grand-père était un bon soldat, très courageux, qui a rendu de grands services à son pays pendant la Seconde Guerre mondiale. Tu peux être fière de lui.

— La guerre ? »

Il acquiesça. Dorrit ne croyait pas que la guerre puisse être une bonne chose ni qu'elle donne envie de sourire.

Elle se grandit un peu pour regarder au-dessus de l'épaule de son grand-père ce qu'il était en train de faire.

« *Nein, Dorritchen*. Ce ne sont pas des images pour les enfants, dit-il en lui faisant baisser la tête, une main sur sa nuque. Peut-être une autre fois, quand tu seras plus grande. »

Elle acquiesça, mais tendit quand même le cou pour voir. Cette fois, son grand-père ne l'en empêcha pas.

Une série de clichés en noir et blanc étaient étalés sur la table. Le premier représentait un soldat poussant vers son grand-père un homme aux épaules voûtées. Sur la photo suivante, Opa levait son pistolet et abattait l'homme d'une balle dans la nuque. Dorrit demanda tout doucement : « C'était juste un jeu, n'est-ce pas, Opa ? »

Il ramena vers lui le visage de sa petite-fille, et lui dit en la regardant dans les yeux :

« La guerre n'est pas un jeu, Dorrit. On tue ses ennemis pour ne pas être tué. Tu comprends cela, n'est-ce pas ? Si ton grand-père ne s'était pas défendu de toutes ses forces, à l'époque, toi et moi ne serions pas là aujourd'hui. »

Elle secoua la tête très lentement et se rapprocha de la table basse.

« Et tous ces gens, ils voulaient te tuer ? »

Son regard survola des photos de toutes les tailles qui pour elle n'avaient aucun sens. Des photos horribles. Des gens qui tombaient d'inanition. Des gens pendus à des cordes. Un homme qu'on assommait à l'aide d'un gourdin. Et son grand-père était là, sur toutes les photos.

« Oui, Dorrit, c'étaient des gens méchants et répugnants. Mais tu n'as pas à te faire de souci pour ça, *mein Schatz*. La guerre est finie et ton grand-père peut te promettre qu'il n'y en aura pas d'autres. C'était la dernière. *Alles ist vorbei*[1]. » Il se tourna vers les photographies sur la table et sourit, comme s'il prenait plaisir à les regarder. Dorrit se dit que c'était parce qu'il était content de ne plus avoir peur et de ne plus être obligé de se défendre contre ses ennemis.

« D'accord, Opa », répondit-elle.

Ils entendirent des pas dans la pièce d'à côté à peu près en même temps et ils s'étaient déjà levés du fauteuil quand la silhouette de la grand-mère de Dorrit se découpa entre les deux bibliothèques, les regardant fixement.

« Que se passe-t-il ici ? les gronda-t-elle d'une voix dure en agrippant le bras de Dorrit. Dorrit n'a rien à faire dans cette pièce, tu m'entends, Fritzl !

— *Alles in ordnung, Liebling*[2]. Dorrit vient d'arriver et elle allait repartir. N'est-ce pas, petite Dorrit ? » dit-il d'un ton très doux mais avec un regard glacial qui signifiait « Tu as intérêt à garder tout cela pour toi si tu ne veux pas avoir de gros ennuis ». Dorrit acquiesça et suivit docilement sa grand-mère dans le bureau voisin. En quittant la pièce secrète de son grand-père, elle remarqua les murs de part et d'autre de la porte. D'un côté était accroché un drapeau rouge avec une drôle de croix au milieu d'un rond blanc, et de l'autre, une photo de son grand-père, la tête haute et le bras tendu.

---

1. « Tout est terminé » en allemand.
2. « Tout va bien. »

Jamais je n'oublierai ce moment, songea-t-elle pour la première fois de sa vie.

« N'écoute pas ce que raconte ta grand-mère, Dorrit, et ne t'occupe pas de ce que tu as vu chez ton grand-père. Tu me le promets ? Ce sont des bêtises, lui dit sa maman, accroupie devant elle, en l'aidant à enfiler son manteau. Maintenant, on va rentrer à la maison et on va oublier tout ça, d'accord, mon petit chat ?

— Maman, pourquoi vous avez crié dans la salle à manger tout à l'heure ? C'est à cause de ça que papa est parti ? Il est où, maintenant ? Il est rentré à la maison ? »

Sa mère secoua la tête et prit un air grave.

« Non, Dorrit, papa n'est pas rentré à la maison. Ton père et moi sommes un peu fâchés, alors il est allé ailleurs.

— Quand est-ce qu'il va revenir ?

— Je ne sais pas s'il va revenir, ma chérie. Mais il ne faut pas que tu sois triste. On n'a pas besoin de papa. Grand-mère et grand-père vont s'occuper de nous, tu verras. »

Elle sourit et prit doucement le visage de sa petite fille entre ses mains. Son haleine sentait quelque chose de fort. Comme le liquide transparent qu'Opa versait de temps en temps dans des petits verres.

« Écoute-moi, Dorrit. Tu es belle et séduisante. Tu es la plus ravissante, la plus intelligente et la plus talentueuse petite fille du monde entier. Et on va très bien se débrouiller toutes les deux, d'accord ? »

Dorrit voulait hocher la tête, mais on aurait dit que son cou était coincé.

« Maintenant on va vite rentrer à la maison et allumer la télévision pour voir les jolies robes que portent les dames au mariage du prince avec sa jolie Chinoise, d'accord, ma puce ?

— Alexandra va devenir une princesse ?

— Oui. Dès qu'elle sera mariée avec le prince. Mais pour l'instant, c'est juste une fille normale qui va avoir la chance d'épouser un mari de sang royal. Toi aussi un jour tu te marieras avec un prince. Quand tu seras grande, tu seras riche et célèbre. Tu es beaucoup plus belle et plus charmante qu'Alexandra et tu auras tout ce que tu veux dans la vie. Regarde les beaux cheveux blonds et les traits fins que tu as. Tu crois qu'Alexandra en a d'aussi jolis ? »

Dorrit sourit.

« Et tu resteras avec moi pour toujours, hein, maman ? » Elle adorait dire ce genre de choses et voir sa mère émue.

« Oui, mon petit cœur. Et je ferais n'importe quoi pour toi. »

1

Mardi 26 avril 2016

Son visage portait les marques de la nuit passée. Sa peau était sèche et les cernes noirs sous ses yeux étaient plus sombres que la veille, quand elle était allée se coucher.

Denise se fit une grimace dans le miroir. Elle venait de passer une heure à tenter d'arranger les choses, mais elle n'était pas satisfaite.

« Tu sens la cocotte et tu ressembles à une cocotte », dit-elle, singeant sa grand-mère tout en épaississant le trait d'eyeliner au-dessus de ses yeux.

Dans les chambres de bonne avoisinantes, le vacarme indiquait que les résidents commençaient à se réveiller. La soirée allait commencer. Les bruits étaient toujours les mêmes : cliquetis de bouteilles, coups sur la porte du voisin pour lui taxer ses cigarettes, allers-retours au trou avec une chasse d'eau que le contrat de location appelait toilettes communes.

Dans une rue sombre du quartier de Frederiksstaden,

la lie de la société danoise s'apprêtait à attaquer une nouvelle soirée de débauche.

Après s'être regardée sous toutes les coutures dans la glace pour vérifier sa tenue, elle approcha son visage à quelques centimètres du miroir.

« Miroir, miroir, dis-moi qui est la plus belle ! » se moqua-t-elle en caressant son reflet du bout des doigts. Elle fit la moue, se passa les mains sur les hanches et sur les seins, remonta le long de son cou et dans ses cheveux. Puis elle retira quelques grains de poussière de son pull angora, remit une petite touche de fond de teint sur une rougeur mal dissimulée et fit un pas en arrière, enfin contente du résultat. Ses sourcils épilés et redessinés, ses cils recouverts de plusieurs couches de mascara Newlashes étaient une réussite. Le regard était plus profond et le feu de son iris brûlait à présent d'une lumière intense. Un petit rien avait suffi à ajouter à son apparence la petite touche de mystère qui faisait toute la différence.

Elle était prête à conquérir le monde.

« Je m'appelle Denise », s'entraîna-t-elle à prononcer, la tête baissée, de sa voix la plus grave.

« Denise ! » murmura-t-elle, les lèvres entrouvertes. L'effet était irrésistible. L'attitude pouvait passer pour de la soumission alors que c'était exactement l'inverse. N'était-ce pas sous cet angle que les cils d'une femme et le feu de ses pupilles avaient la meilleure chance de captiver ?

« Je suis au top ! » décida-t-elle à haute voix, revissant les couvercles de ses crèmes de beauté et fourrant son arsenal de cosmétiques dans l'armoire à pharmacie.

Jetant un coup d'œil panoramique dans sa chambre minuscule, elle constata qu'elle avait plusieurs heures de travail devant elle si elle devait s'occuper de son linge sale jeté pêle-mêle, faire son lit, laver les verres qui traînaient dans l'évier, sortir les poubelles et se débarrasser des bouteilles vides.

Je m'en fiche après tout ! songea-t-elle. Elle secoua sa couette, donna deux coups de poing dans l'oreiller et se dit qu'une fois son client arrivé jusque-là, il n'en aurait rien à foutre du ménage.

Elle s'assit au bord du lit et vérifia que son sac contenait les accessoires dont elle aurait besoin.

Elle hocha la tête. Parfait. À elle le monde et ses plaisirs.

Soudain, le pas détesté de la boiteuse lui fit lever la tête vers la porte. *Clic, claaac, clic, claaac.*

« Merde », jura-t-elle entre ses dents en entendant sa mère pousser la porte qui séparait l'escalier du corridor.

Que venait-elle donc faire chez elle à cette heure-ci ? Il y avait longtemps qu'elle aurait dû être à table, à presque huit heures du soir.

Elle compta les secondes et se leva, agacée, quand elle frappa à la porte.

« Mon petit chaaat ! supplia-t-elle. Tu veux bien m'ouvrir, s'il te plaît ? »

Denise retint son souffle. Si elle ne lui répondait pas, peut-être qu'elle repartirait.

« Denise ! Je sais que tu es là. Tu ne veux pas ouvrir la porte, s'il te plaît ? J'ai quelque chose d'important à te dire. »

Denise soupira.

« Quoi ? Qu'est-ce que tu veux ? Tu m'as monté à bouffer, au moins ?

— Non, chérie, pas aujourd'hui. Tu ne veux pas descendre manger ? Pour une fois. Ta grand-mère est là. »

Denise leva les yeux au ciel. Alors comme ça, sa grand-mère était en bas ? À cette simple nouvelle, Denise se mit à transpirer et à avoir des palpitations.

« Je m'en fous de ma grand-mère. Je déteste cette bonne femme.

— Denise, je t'en prie, ne parle pas comme ça. Tu veux bien me laisser entrer ? Juste une petite seconde ? J'ai absolument besoin de te parler.

— J'ai pas envie. Tu me déposeras mon dîner sur le paillasson. »

Hormis le bonhomme à la peau flasque qui, à quelques portes de là, avait déjà consommé son pack de six et commencé à pleurnicher sur sa misérable existence, il n'y avait plus un bruit dans le corridor, mais elle était prête à parier qu'ils étaient tous chez eux, l'oreille collée à la serrure. Mais qu'est-ce que ça pouvait leur faire ? Ils n'avaient qu'à faire comme elle et l'ignorer, cette vieille pie !

Denise élimina les suppliques de sa mère de son paysage sonore et se concentra à la place sur les jérémiades du poivrot. Les types comme lui, le plus souvent des divorcés qui se retrouvaient à la rue et venaient s'installer dans les chambres de bonne du couloir, lui faisaient un peu pitié. Comment espéraient-ils s'en sortir un jour avec la gueule qu'ils avaient ? En plus, ils puaient, leurs vêtements étaient sales et ils passaient le plus clair de leur temps à noyer leur chagrin et leur solitude dans l'alcool. Comment pouvaient-ils supporter de se regarder dans une glace, ces pauvres déchets ? Ils étaient pathétiques.

Denise renifla avec mépris. Combien de fois étaient-ils venus gratter à sa porte, essayant de l'aguicher avec une bouteille de vin bon marché, sous prétexte de bavarder, alors que leurs regards disaient clairement qu'ils espéraient autre chose ?

Comme si elle était du genre à coucher avec un type qui habite une chambre de bonne.

« Elle nous a apporté de l'argent, Denise », insista sa mère derrière la porte.

Cette fois, Denise tendit l'oreille.

« Il faut absolument que tu descendes avec moi. Elle a dit que si elle ne te voyait pas, elle ne nous donnerait rien ce mois-ci. »

Il y eut une petite pause.

« Et on n'aura rien du tout pour vivre ! geignit-elle.

— Tu devrais pleurnicher encore plus fort, qu'on puisse t'entendre de l'immeuble d'à côté ! » répliqua Denise.

La voix de sa mère se fit stridente :

« Je te préviens, Denise, si ta grand-mère ne nous donne pas cet argent, tu vas devoir aller voir les services sociaux, parce que je n'ai pas payé ton loyer ce mois-ci. Tu croyais que je l'avais fait, peut-être ? »

Denise inspira profondément. Elle alla se poster à nouveau devant le miroir pour se remettre une couche de rouge à lèvres. Dix minutes avec cette sorcière et elle fichait le camp. De toute façon, elle ne pouvait s'attendre qu'à des humiliations et des reproches de sa part. Elle ne la laisserait pas en paix. Elle exigerait et exigerait encore et s'il y avait une chose que Denise détestait, c'était qu'on exige d'elle quoi que ce fût. Cela absorbait toutes ses forces et toute son énergie.

Elle ne pouvait pas le supporter.

L'appartement de sa mère, au rez-de-chaussée, puait la soupe de tortue en boîte. Parfois c'étaient des côtelettes de porc ayant dépassé la date limite de consommation ou du gâteau de riz sous emballage plastique. Bref, l'entrecôte n'était pas au menu quand sa mère recevait et le candélabre en métal argenté dans lequel fondaient des bougies de mauvaise qualité ne faisait que souligner la médiocrité de l'accueil.

Dans cette atmosphère factice et ce pauvre éclairage, le vautour était déjà à table, les commissures tombantes, prêt à attaquer. Denise faillit tomber à la renverse en recevant de plein fouet les effluves de la poudre et du parfum bon marché qu'aucune boutique qui se respecte n'aurait dû s'abaisser à commercialiser.

Les lèvres rouges, ridées et fendillées de sa grand-mère s'écartèrent. La grimace se voulait un sourire, mais Denise n'était pas dupe. Elle compta jusqu'à dix. Elle n'était pas arrivée à trois que l'agression verbale commençait :

« Alors, Sa Majesté daigne enfin nous faire l'honneur de sa présence ? »

Une expression sombre et désapprobatrice ponctua la remarque après un rapide coup d'œil au ventre à demi dénudé de Denise.

« Je vois que tu n'y es pas allée de main morte avec les peintures de guerre. Il ne faudrait surtout pas passer inaperçue, n'est-ce pas ? Ce serait un véritable drame, pas vrai, Dorrit ?

— Tu veux bien arrêter de m'appeler comme ça ? Ça va faire dix ans que j'ai changé de prénom.

— C'est demandé si gentiment. Je n'ai plus l'habitude que tu me parles aussi gentiment. Parce que tu trouves que ça te va mieux que Dorrit, peut-être ?... Denise ? C'est parce que ça fait français, je suppose. C'est vrai que Denise, ça fait penser à ces femmes à la jupe fendue jusqu'à la taille qui font le trottoir sur les boulevards. Tu as raison, ça te va bien, finalement. » Elle l'examina des pieds à la tête. « Je dois te féliciter pour ta tenue de camouflage. Je vois que tu es prête pour aller compléter ton tableau de chasse », continua-t-elle, infatigable.

Denise nota que sa mère essayait de calmer le jeu en posant une main prudente sur le bras de la harpie, comme si ç'avait déjà été d'une quelconque utilité. Face à elle, sa génitrice aussi avait toujours plié.

« Alors, à quoi as-tu employé ton temps si précieux depuis la dernière fois ? reprit sa grand-mère. Tu m'avais parlé d'un stage, ou bien était-ce un apprentissage ? » Elle prit un air circonspect. « Tu voulais apprendre la manucure, je crois. J'ai un peu de mal à suivre, avec tous ces projets passionnants ! Mais peut-être que tu ne fais rien du tout, en ce moment ? Non, ce n'est pas ton genre ! »

Denise s'abstint de répondre, s'efforçant de garder les lèvres closes.

Sa grand-mère haussa les sourcils. « Mais oui, bien sûr, travailler doit offenser ta dignité ? »

Pourquoi se fatiguer à lui poser des questions, puisqu'elle inventait elle-même les réponses ? Et pourquoi la regardait-elle avec ce masque de dégoût, sous sa mise en plis gris bleuté ? Denise avait envie de lui cracher à la figure. Elle se demanda ce qui la retenait.

Sa mère prit enfin sa défense :

« Denise va s'inscrire à un cours pour apprendre à faire du coaching. »

L'effet fut spectaculaire. Bouche grande ouverte, rides du nez subitement lissées, sa grand-mère partit d'un éclat de rire sorti du tréfonds de son être pourri jusqu'à la moelle. Denise sentit ses cheveux se dresser sur sa nuque.

« Quoi ? Denise va donner des conseils ? Quelle bonne idée ! Et dans quel domaine, si je peux me permettre ? Qui dans ce monde devenu fou est assez inconscient pour vouloir être coaché par quelqu'un qui ne sait rien faire d'autre que se pomponner ? On marche sur la tête !

— Maman…, hasarda sa fille.

— Tais-toi, Birgit. Laisse-moi parler. » Puis, s'adressant à Denise : « Je vais te dire franchement ce que je pense. Je ne connais personne qui soit aussi paresseux et aussi dénué de talent et de sens des réalités que toi, Denise. Tu ne sais rien faire, ma pauvre fille, tu ne vas pas le nier ? Il serait peut-être temps que tu te résignes à prendre un boulot à la hauteur de ton absence totale de compétences, tu ne crois pas ? »

Elle attendit en vain la réplique de sa petite-fille. Puis elle secoua la tête et Denise devina ce qui allait venir.

« Ce n'est pas la première fois que je te le dis, Denise. Ce ne sera pas faute d'avoir été prévenue. Tu penses que tu peux réussir ta vie en te contentant d'écarter les cuisses. Tu te trompes. Parce que tu n'es pas aussi jolie que tu te l'imagines, ma chérie, et dans cinq ans, tu ne le seras plus du tout, j'en ai peur. »

Denise respira calmement par le nez. Encore deux minutes et je me casse, se disait-elle.

Sa grand-mère se tourna vers sa mère avec la même expression froide et méprisante. « Et tu étais exactement comme elle, Birgit. Tu ne pensais qu'à toi et tu ne faisais rien pour progresser dans la vie. Qu'est-ce que tu aurais fait si ton père et moi ne t'avions pas tout payé pendant que tu perdais ton temps, aveuglée par tes rêves de grandeur ?

— J'ai quand même travaillé, maman. »

Le ton était désabusé. Il y avait des années que ses protestations ne la menaient plus nulle part.

Haussant les épaules, la grand-mère s'attaqua de nouveau à Denise.

« Quant à toi, tu ne serais même pas capable de décrocher un travail où il s'agirait juste de plier des vêtements et de les ranger sur un rayon de magasin. »

Denise tourna les talons et s'enfuit dans la cuisine, poursuivie par la voix pleine de fiel de sa grand-mère. Si l'on avait fait la cartographie de ses émotions à ce moment, on aurait trouvé à parts égales haine sourde, désir de vengeance et images subliminales de toutes ces choses censées être mieux avant. Il y avait des années qu'elle lui répétait les mêmes conneries et elle était furieuse de constater qu'elles lui faisaient toujours aussi mal. L'excellente famille dont elles venaient, elle et sa mère. Les années dorées où son grand-père avait eu son magasin de chaussures à Rødovre et où l'argent coulait à flots.

Du pipeau ! Les femmes de sa famille n'étaient-elles pas toujours restées à la maison ? N'avaient-elles pas toujours vécu aux crochets de leur mari, ne s'occupant que d'elles et de leur ménage ?

Si, justement !

« Maman ! entendit-elle dans le salon. Tu es trop dure avec elle, elle…

— Denise a vingt-sept ans et elle ne sait rien faire. Absolument RIEN ! hurlait la vieille harpie. Comment ferez-vous quand je ne serai plus là, tu peux me le dire ? Parce que ce n'est pas la peine de vous attendre à un quelconque héritage de ma part. J'ai bien l'intention de tout dépenser de mon vivant. Figurez-vous que j'ai des besoins, moi aussi. »

Ça aussi, elle l'avait entendu des centaines de fois. Maintenant, elle allait s'en prendre à sa fille. Elle la traiterait de snob et de ratée et l'accuserait d'avoir transmis à Denise ses pires défauts.

Denise ressentait un tel dégoût qu'elle en avait mal au ventre. Elle haïssait la voix aiguë, les éternels reproches et les exigences de cette femme. Elle détestait sa mère de se montrer aussi faible et de ne pas avoir su garder un homme qui puisse les entretenir et s'occuper d'elles et elle détestait sa grand-mère d'y être parvenue, elle.

Est-ce qu'elle n'allait pas bientôt se décider à mourir ?

« Je me tire ! annonça Denise froidement en revenant dans la salle à manger.

— Ah oui ? Alors je vais pouvoir garder tout ça pour moi, rétorqua sa grand-mère en sortant de son sac une liasse de billets de mille couronnes qu'elle agita sous leur nez.

— Denise, viens t'asseoir, s'il te plaît, la supplia sa mère.

— Oui, assieds-toi un instant avec nous avant d'aller te vendre à qui voudra de toi, poursuivit sa grand-mère. Viens t'empoisonner avec la cuisine minable de ta mère avant d'aller laisser les hommes te verser de l'alcool dans le gosier. Mais ne te fais pas d'illusions, Denise, parce que jamais un homme bien ne s'intéressera à quelqu'un comme toi ! À une fille vulgaire avec des cheveux décolorés et des rajouts, des faux seins, des faux bijoux et un teint trafiqué. Tu t'imagines vraiment que tu peux faire illusion plus d'une demi-seconde, ma chérie ? Tu ne crois pas qu'un homme distingué saura faire la différence entre la véritable élégance et tes airs de fausse mondaine ? Mais ma pauvre fille, à la seconde où tu ouvriras ta bouche en cul-de-poule, il comprendra que tu ne sais rien faire et que tu n'as rien à dire ! Il verra que tu es vide et inutile !

— Qu'est-ce que tu sais de ma vie ? riposta Denise sèchement. »

Elle n'allait pas bientôt s'arrêter ?

« Avant de te *tirer*, comme tu l'exprimes avec tant de distinction, parle-moi de tes projets. Tu as l'intention de devenir une grande star de cinéma, comme tu en rêvais quand tu étais petite et nettement plus mignonne que maintenant ? Ou bien artiste peintre et mondialement connue ? Dis-moi quelle est ta dernière lubie, juste pour satisfaire ma curiosité. Avec quelle nouvelle idée as-tu embobiné ta conseillère, au Centre d'action sociale ? Je suppose que tu lui as dit…

— TA GUEULE ! hurla Denise à la figure de sa grand-mère. Tais-toi donc, espèce de mégère. Tu n'as aucune leçon à me donner. Qu'est-ce que tu sais faire, toi, à part cracher ton venin ? »

Si seulement cela avait servi à quelque chose. Si sa grand-mère s'était tue et l'avait laissée tranquille,

Denise aurait pu, pour une fois, s'asseoir à table et ingurgiter l'immonde ragoût brunâtre de sa mère, mais ce n'était pas comme ça que ça marchait dans cette famille.

Sa mère avait enfoncé ses ongles dans son siège, tétanisée, pendant que sa grand-mère se contentait de dire le plus tranquillement du monde :

« "Ta gueule" ? C'est tout ce que tu trouves à répondre ? Mais tes mensonges et tes insultes ne me font ni chaud ni froid, ma pauvre petite fille. En revanche, tu sais quoi ? Eh bien, je vais attendre pour vous donner ma généreuse contribution que tu me fasses humblement tes excuses. »

Denise tapa si fort sur la table que cela fit cliqueter la vaisselle. Elle n'allait pas laisser sa grand-mère triompher et les laisser là, avec leur honte et un porte-monnaie vide.

« Tu vas donner cet argent à ma mère ou je te l'arrache moi-même, grand-mère ! File-nous ce fric, sinon tu risques de le regretter.

— Tu me menaces, maintenant ? Nous en sommes vraiment arrivées là ? lança la grand-mère, glaciale, en se levant de table.

— Vous ne voulez pas arrêter, toutes les deux ? Asseyez-vous, s'il vous plaît », supplia sa mère.

Aucune des deux ne l'écouta.

Denise ne voyait que trop clairement la situation. Sa grand-mère ne la laisserait jamais en paix. L'été dernier, elle avait eu soixante-sept ans et, avec la constitution qu'elle avait, elle vivrait au moins jusqu'à quatre-vingt-dix. Deux décennies de reproches et de disputes l'attendaient encore.

Elle ferma les yeux. « Tu sais, grand-mère, on est pareilles, toutes les deux, finalement. Moi, j'ai mes clients, et toi, tu t'es mariée avec un affreux vieux nazi tout ridé, de trente ans ton aîné, pour te faire entretenir. »

Sa grand-mère eut comme une sorte de spasme. Elle recula comme si on venait de l'asperger de vitriol.

« Ce n'est pas vrai, ce que je dis ? cria Denise tandis que sa mère pleurnichait et que sa grand-mère titubait vers son manteau. Tu trouves vraiment que tu es un exemple de vertu, hein ? Allez, file-nous ce fric, bon Dieu ! »

Elle tenta de lui arracher les billets, mais la vieille les coinça sous son aisselle.

Alors Denise partit en claquant la porte.

Elle resta un petit moment sur le palier, le dos appuyé au mur pour reprendre son souffle, écoutant les sanglots et les suppliques de sa mère dans l'appartement. Elle savait que cela ne l'avancerait à rien. L'argent n'arriverait sur la table que le jour où Denise se serait rendue dans l'horrible banlieue où vivait sa grand-mère pour mendier son pardon. Elle ne savait pas si elle aurait le courage d'attendre jusque-là.

Elle avait assez attendu.

Elle savait par contre qu'elle avait une bouteille de lambrusco rouge dans le freezer de son minifrigo. Une chambre de bonne n'offrait pas un grand confort, à l'exception d'un lavabo, d'un miroir, d'un lit et d'une armoire en contreplaqué, mais elle refusait de devoir se passer d'un réfrigérateur. N'était-ce pas après avoir bu un verre de vin blanc bien frais que ses protecteurs se montraient le plus généreux ?

Elle sortit la bouteille du freezer et la soupesa. Comme elle s'y attendait, le lambrusco était congelé mais le bouchon tenait en place. Cette jolie bouteille lui parut soudain pleine de ressources.

2

Vendredi 13 mai 2016

Rose arrêta son scooter à deux cents mètres du feu rouge.

Soudain, elle ne se rappelait plus le chemin. Il y avait des années qu'elle faisait ce trajet presque tous les jours et elle ne reconnaissait plus rien.

Elle regarda alentour. Il lui était arrivé la même chose à Ballerup il y a dix minutes et voilà que cela recommençait. Les synapses entre son cerveau et ses sens semblaient momentanément déconnectées. Sa mémoire lui jouait des tours. Elle savait bien sûr qu'elle ne pouvait pas traverser le viaduc et monter sur la rocade avec un scooter qui ne pouvait rouler qu'à trente kilomètres à l'heure, mais elle ne se souvenait plus où elle devait tourner. Est-ce qu'il y avait une rue un peu plus loin pour rejoindre Borups Allé ?

Impuissante à résoudre le problème, elle mit un pied à terre et pinça les lèvres. « Qu'est-ce qui t'arrive, Rose ? » se demanda-t-elle à haute voix. Un passant l'entendit et continua rapidement son chemin en secouant la tête.

L'énervement et la frustration déclenchèrent une quinte de toux et elle faillit vomir. Elle observa pendant un long moment la circulation pareille à un mouvement incessant de dominos. Le bruit sourd de dizaines de moteurs, le kaléidoscope des véhicules de toutes les couleurs lui donnaient des sueurs froides.

Elle ferma les yeux et essaya de se rappeler ce que sa moelle épinière refusait de lui transmettre. L'espace d'un instant, elle envisagea de faire demi-tour et de rentrer chez elle, mais cela l'obligerait à traverser la chaussée et elle n'était pas sûre d'y arriver. À bien y réfléchir, elle n'était pas certaine non plus d'être capable de retrouver le chemin pour rentrer chez elle. Elle poussa un soupir. Pourquoi rebrousser chemin alors qu'elle était plus près de l'hôtel de police que de son appartement ? Ça n'avait aucun sens.

Il y avait plusieurs jours que Rose avait l'esprit embrumé et à cet instant, elle avait aussi la sensation que son corps était trop petit pour y mettre tout ce qu'il était supposé contenir. De même qu'il aurait fallu plusieurs cerveaux pour y entreposer ses innombrables pensées qui, de toute façon, restaient confuses. Si le disjoncteur central ne sautait pas et si elle ne trouvait pas un moyen pour gérer les black-out, elle allait finir par imploser.

Rose se mordit la joue jusqu'au sang. Le service psychiatrique de l'hôpital de Glostrup l'avait peut-être relâchée trop tôt, la dernière fois ? C'était l'avis d'une de ses sœurs et les airs inquiets d'Assad en disaient long également. Elle ne pouvait pas nier que sa sœur avait raison. Peut-être n'avait-elle pas seulement craqué à cause d'un mélange de dépression légère et de confusion mentale passagère. Peut-être était-elle vraiment fo…

« Arrête, Rose ! » cria-t-elle, et un autre piéton se retourna pour la regarder bizarrement.

Elle lui adressa un regard d'excuse. On lui avait recommandé d'appeler son psychiatre si elle avait l'impression de faire une rechute. Mais était-ce ce qui était en train de se passer ? N'était-elle pas simplement surchargée de travail et en manque de sommeil ? Est-ce qu'elle n'était pas plutôt un peu stressée ?

Rose regarda droit devant elle et, tout à coup, elle reconnut le large escalier de la piscine de Bellahøj et les grands immeubles derrière. Soulagée de ne pas avoir perdu entièrement le contrôle de la situation, elle redémarra.

Mais au bout de quelques minutes, alors que tout semblait être redevenu normal, un cycliste la doubla tranquillement par la gauche.

Rose regarda son compteur. Elle roulait à dix-neuf kilomètres à l'heure. Elle avait oublié de tourner la poignée de l'accélérateur.

Manifestement, elle ne contrôlait pas la situation aussi bien que cela.

Il va falloir que je fasse très attention, aujourd'hui, se dit-elle. Je vais rester dans mon coin et attendre que ça passe.

Elle s'essuya le front, les mains tremblantes, et essaya de se concentrer sur ce qu'elle voyait. L'essentiel à présent était de ne pas perdre connaissance au milieu de la route et risquer de se faire écraser par un camion dans un virage. Elle devrait quand même être capable de faire ça, merde !

Les bons jours, l'hôtel de police exerçait sur elle un pouvoir d'attraction extraordinaire, avec sa façade claire et son architecture imposante, mais aujourd'hui, sa blancheur virginale avait viré au gris et les gueules béantes de ses arcades lui semblaient noires et effrayantes, comme si le bâtiment avait le pouvoir de l'avaler et de l'anéantir.

Elle ne salua pas le planton comme elle le faisait d'habitude et remarqua à peine le regard gentil de Lis, la secrétaire, lorsqu'elle la croisa dans l'escalier. C'était un jour comme ça.

Le sous-sol et les bureaux du département V étaient silencieux. L'air était exempt de l'odeur douceâtre du thé à la menthe d'Assad, l'écran plat prétentieux de Carl n'était pas encore allumé sur les actualités de TV2 et Gordon n'errait pas dans les couloirs, pâle et fantomatique.

Dieu soit loué, personne n'est arrivé, songea-t-elle, titubant jusqu'à son bureau.

Elle s'assit lourdement derrière sa table de travail et pressa son ventre contre le plateau de toutes ses forces. Il arrivait que cela l'aide à se sentir mieux. Le sentiment de perte de contrôle était remplacé par la douleur physique. Parfois, elle obtenait le même résultat en pressant très fort le poing contre son plexus solaire.

Mais aujourd'hui, aucun des trucs habituels ne semblait fonctionner. Évidemment, on était vendredi 13. Ceci expliquait peut-être cela.

Rose alla fermer la porte de son bureau. Avec un peu de chance, les autres croiraient qu'elle n'était pas arrivée.

Et elle aurait la paix.

Un moment, au moins.

3

Lundi 2 mai 2016

À la seconde où elle pénétra dans le bureau de l'assistante sociale, le pouls de Michelle s'accéléra. Le nom de « Centre d'action sociale » avait déjà cet effet sur elle alors qu'il était relativement neutre. Des noms comme « Chambre des supplices », « Comptoir de mendicité » ou « Guichet des humiliations » auraient été plus justes. Mais dans la fonction publique, on n'appelait pas les choses par leur vrai nom.

Michelle évoluait depuis des années dans ce système dégradant. D'abord à l'antenne de Matthæusgade, située à Pétaouchnock, tout au bout de la route de Køge, et maintenant à celle de Vesterbro, en centre-ville. Partout on lui posait les mêmes questions stupides, partout régnait la même atmosphère délétère, et il n'y avait rien qui pût la réconcilier avec ce genre d'endroits. Ils auraient beau installer autant de salles d'attente bien proprettes avec de grands panneaux lumineux annonçant les numéros et autant d'ordinateurs qu'ils voulaient à la disposition des demandeurs d'emploi pour qu'ils fassent le travail à la place du personnel – en admettant qu'ils en soient capables –, son opinion ne changerait pas.

Il ne venait dans ces centres que des gens qu'elle n'aimait pas. Des gens qui la regardaient comme si elle était comme eux. Comme si elle avait quelque chose à voir avec eux et leurs pauvres fringues moches. Ils n'étaient même pas foutus de les assortir correctement. Elle au moins avait sa fierté et jamais elle n'aurait mis un pied hors de chez elle sans se faire belle au préalable. Sans se laver les cheveux et choisir des bijoux bien assortis. Jamais. Et quoi qu'il arrive dans sa vie, elle soignerait toujours son apparence.

Si Patrick ne l'avait pas accompagnée aujourd'hui, elle aurait rebroussé chemin devant la porte d'entrée. Malheureusement, elle était obligée d'y aller, ne serait-ce que pour demander l'autorisation et l'argent pour partir en vacances.

Patrick était apprenti électricien et c'était le plus beau trophée de Michelle. Si quelqu'un se demandait quel genre de fille elle était, il n'avait qu'à regarder son homme. Patrick lui donnait un certain statut. Elle n'en connaissait pas beaucoup qui soient plus grands, plus larges d'épaules, plus musclés et plus tatoués que son Patrick. Personne de son entourage n'avait des cheveux plus noirs et plus brillants. Et puis, il était si beau dans ses chemises moulantes. Il était fier de son corps et il avait raison de l'être.

Ils étaient maintenant assis côte à côte en face

de sa connasse de conseillère, une bonne femme qui semblait la suivre comme son ombre dans tous les C.A.S. dans lesquels elle était allée. Elle avait entendu dire un jour qu'elle avait gagné une grosse somme d'argent. Si c'était vrai, pourquoi n'arrêtait-elle pas de travailler ? Comme ça Michelle en serait débarrassée.

Elle s'appelait Anne-Line. Un prénom débile. Il n'y avait que des gens comme elle pour porter un prénom pareil. Il y avait vingt minutes que Michelle était en train de lire le nom d'Anne-Line Svendsen sur la plaque en faux métal posée au bord du bureau de la conseillère. Les cinq dernières minutes, elle avait carrément arrêté de l'écouter.

« Vous êtes d'accord avec ce que vient de dire Patrick, Michelle ? » demandait Anne-Line.

Michelle hocha la tête mécaniquement. Pourquoi ne serait-elle pas d'accord ? Patrick et elle étaient presque toujours d'accord.

« C'est très bien, Michelle. Vous acceptez donc d'aller vous présenter chez Berendsen pour un travail ? »

Michelle fronça les sourcils. Ce n'était pas pour ça qu'ils étaient venus. C'était pour faire comprendre à l'assistante sociale qu'elle ne supportait plus la pression et qu'elle avait besoin de partir quinze jours quelque part pour se reposer avec son amoureux. Combien de fois Patrick et elle allaient-ils devoir lui expliquer leur problème ? Elle était idiote ou quoi ? Tout le monde n'avait pas la chance d'avoir gagné au loto ! Si ç'avait été elle qui avait touché le magot, elle aurait fichu le camp depuis longtemps !

« Euh, Berendsen ? Je ne crois pas, non. »

Elle se tourna vers Patrick avec un regard suppliant, mais il se contentait de la regarder d'un air mauvais.

« C'est quoi, Berendsen, au fait ? demanda-t-elle alors. Une boutique de vêtements ? »

Anne-Line sourit et ses dents tachées de vinasse n'étaient pas jolies à voir. Son dentiste ne lui avait jamais proposé un détartrage ?

« Oui et non. Dans un sens on y manipule des vêtements », répliqua-t-elle.

C'était quoi ce sourire condescendant qu'elle venait de plaquer sur son visage ?

« Berendsen est une société renommée qui lave du linge, principalement pour les grandes institutions et le service public. »

Michelle secoua la tête. Patrick et elle n'avaient jamais parlé de ça et il le savait parfaitement.

Anne-Line Svendsen fronça ses sourcils mal épilés. « Je pense que vous ne comprenez pas bien la gravité de votre situation, Michelle. »

Elle se tourna vers Patrick. « Vous habitez ensemble, alors je présume que vous êtes au courant que Michelle touche depuis six mois une allocation logement à laquelle elle n'a pas droit. C'est une fraude à l'aide sociale et c'est un délit. Vous y avez pensé ? »

Patrick remonta ses manches. Ses nouveaux

tatouages n'avaient pas encore dégonflé et Michelle se dit que c'était pour cela qu'il était d'aussi mauvaise humeur.

« Il y a un malentendu, répondit-il. Nous ne vivons pas ensemble. Enfin, pas vraiment. Michelle a toujours une chambre à Vanløse. »

L'information ne sembla pas désarçonner la conseillère.

« Figurez-vous que j'ai eu au téléphone ce matin les gens qui louent cette chambre à Michelle dans leur maison de Holmestien. Il paraît qu'elle n'a pas payé son loyer depuis cinq mois. J'en déduis qu'elle habite chez vous, nous sommes d'accord ? Je vous informe, Patrick, que nous avons le droit de déduire ces six mois de trop-perçu de votre salaire. Sans compter d'éventuelles poursuites. Mais je suppose que vous connaissez la nouvelle législation ? »

Patrick se tourna très lentement vers Michelle. Ses yeux lançaient des éclairs et exprimaient des pensées qu'elle préférait ne pas essayer de deviner.

« Mais… » Le front de Michelle se plissa, bien qu'elle sache que ce n'était pas joli. « On était juste venus vous voir pour vous demander si on pouvait partir en vacances. On a vu un voyage super-bon marché. On ne partirait que dans quinze jours parce que Patrick ne peut prendre un congé qu'à ce moment-là et… » Michelle s'interrompit et se mordit la lèvre.

Elle avait eu tort de résilier le bail de cette chambre. Ou en tout cas, elle avait eu tort de ne pas le dire à Patrick et il allait sûrement lui faire des reproches.

Jusqu'ici, Patrick n'avait jamais porté la main sur elle et c'était une des raisons pour lesquelles elle restait avec lui. Mais à voir son expression à présent, elle se dit que tout était possible finalement.

« Je comprends, Michelle, mais à vrai dire, je crois que ce n'est plus d'actualité. À voir la tête de Patrick, je devine que vous avez dû oublier de lui parler de cette histoire de chambre. Je me trompe ? »

Michelle hocha imperceptiblement la tête. Brusquement, Patrick se leva. Avec sa carrure de lutteur de foire, il occulta toute la lumière venant de la fenêtre et la pièce s'assombrit. « Il y a sûrement une erreur, argua-t-il, le front plissé. Je vais aller demander à cette famille pourquoi ils vous ont dit ça. »

Il s'adressa ensuite à Michelle et ses paroles ne pouvaient clairement pas être interprétées comme un souhait, mais comme un ordre.

« Toi, Michelle, tu restes. Ta conseillère t'a proposé un travail et tu vas en discuter avec elle, d'accord ? »

Elle pinça les lèvres et regarda Patrick s'en aller en claquant la porte, très contrarié. Ce n'était pas cool de sa part de l'abandonner dans cette situation. Si elle avait imaginé une seconde que cette bonne femme irait vérifier où elle habitait, elle aurait gardé la chambre. Maintenant, qu'est-ce qu'elle allait faire ? Ils n'avaient pas les moyens de se passer de son allocation. Sans parler de payer une amende.

Patrick réussirait peut-être à convaincre ses propriétaires de lui relouer la chambre. Ils n'y verraient sûrement pas d'inconvénient. Du moment que le loyer était plus bas que l'allocation, il restait toujours un petit bénéfice. Mille huit cents couronnes pour se loger restaient une grosse dépense. C'est pour ça qu'elle avait trouvé qu'il valait mieux utiliser cet argent pour se faire plaisir. Patrick était content quand elle sortait de chez le coiffeur et l'idée de la voir dans de la belle lingerie sexy était loin de lui déplaire.

Dix minutes plus tard, Michelle alla s'asseoir dans la salle d'attente pour respirer un peu et réfléchir à tout ça. Il y aurait sans doute une enquête pour fraude à l'aide sociale, Anne-Line Svendsen avait été claire sur ce point, et ils allaient devoir rembourser un paquet de fric. Elle n'avait même pas eu le courage d'écouter combien. Cela la rendait malade. Mais pourquoi fallait-il qu'Anne-Line soit aussi méchante avec elle ? Ce n'était tout de même pas parce qu'elle avait dit non merci au job qu'elle lui proposait dans cette laverie ?

Parce que là franchement, il ne fallait pas exagérer. Elle n'allait quand même pas se lever à quatre heures du matin, faire quarante-cinq minutes de train jusqu'à Helsingør tous les jours pour aller tripoter des draps souillés d'excréments. La plus grande partie du linge venait des hôpitaux et c'était des malades qui avaient couché dedans. Ils souffraient peut-être de maladies contagieuses, voire mortelles ? L'hépatite ou la fièvre

Ebola, ce genre de trucs. Elle avait envie de vomir, rien que d'y penser.

C'était hors de question, ils ne pouvaient pas lui demander ça. Ni rien qui y ressemble.

« À quel type de travail est-ce que vous pensez, Michelle ? » lui avait demandé la femme, mielleuse. « Vous n'avez supporté aucun des emplois que nous vous avons trouvés. Vous n'êtes allée au bout d'aucune des formations auxquelles nous vous avons envoyée. Est-ce que vous savez ce qu'une fille comme vous, totalement improductive, coûte à la société ? Et maintenant, vous voudriez en plus partir en vacances avec de l'argent auquel vous n'avez pas droit ? Je résume bien ? Vous comprenez que ça ne peut pas durer, n'est-ce pas Michelle ? »

Pourquoi la traitait-elle de cette façon ? Qu'est-ce qu'elle lui avait fait ? Elle ne la connaissait pas. Parce que Michelle avait des tas de qualités ! Elle savait tenir son intérieur et celui de Patrick pour qu'il soit toujours propre et agréable. Elle lavait ses vêtements et ceux de Patrick et elle cuisinait même un peu. C'était elle qui faisait les courses, aussi. Ça ne comptait pas, tout ça ?

« La société n'a pas envie de payer pour des gens comme toi, Michelle. » C'est Patrick qui lui avait dit ça, comme si elle n'était pas au courant ! Mais si sa mère et sa grand-mère avaient eu le droit de rester chez elles et de s'occuper de leur mari, pourquoi pas elle ?

Elle regarda les belles bottes en daim achetées spécialement pour ce rendez-vous. Elles ne lui avaient pas porté bonheur. Michelle respira profondément. Tout ça faisait un peu beaucoup pour une seule journée.

Elle gratta une petite tache sur son pantalon de ses ongles impeccablement manucurés et lissa les manches de son chemisier. C'était un tic chez elle quand elle se sentait dépassée par les évènements.

Que cette Anne-Line Svendsen aille pourrir en enfer ! songea Michelle. Elle fit une petite prière pour que cette sorcière se fasse écraser la prochaine fois qu'elle essaierait de traverser la rue.

L'air boudeur, la jeune femme nota que presque tous les sièges étaient occupés autour d'elle. Elle maudissait ces gens avachis qui ne ressemblaient à rien avec leurs baskets éculées et leurs sweat-shirts déformés avec la capuche baissée sur les yeux. C'était leur faute si l'État n'avait pas les moyens de donner des allocations à quelqu'un comme Michelle. Une fille bien qui ne faisait de tort à personne, qui ne buvait pas, n'était pas obèse et n'allait jamais se faire soigner à l'hôpital, qui ne se piquait pas le bras avec une seringue et n'entrait pas chez les gens pour les cambrioler. Combien parmi ceux qui étaient là pouvaient en dire autant ? Elle sourit à cette pensée. C'est vrai, combien d'entre eux étaient des gens bien qui s'occupaient de leurs affaires sans embêter personne ? Pas beaucoup, sûrement.

Elle remarqua dans la file d'attente pour prendre les numéros deux jeunes femmes qui semblaient avoir son âge et qui, contrairement aux autres, avaient l'air d'être plutôt des filles intéressantes. En tout cas, c'étaient des filles auxquelles elle pouvait s'identifier. Au moins, elles étaient bien sapées et super-bien maquillées.

Quand les deux filles eurent pris leurs numéros, elles parcoururent la pièce des yeux, mirent le cap sur les deux places vides à côté de Michelle et s'assirent. Elles échangèrent quelques regards respectueux et appréciateurs.

« Tu attends aussi ? » demanda l'une d'elles. Cinq minutes après, elles bavardaient comme trois vieilles copines.

Elles trouvaient « trop stylé » de découvrir tout ce qu'elles avaient en commun et rapidement le coin de la salle d'attente où elles avaient élu domicile devint le temple des fashionistas. Slims de couleur claire, tops de chez Føtex ou H&M, boucles d'oreilles, colliers, bagues et bracelets achetés chez Tiger ou une autre boutique de mode dans les petites rues du centre-ville. Elles avaient toutes les trois des extensions de cheveux et des boots à talons, mais, comme elles disaient, elles auraient aussi bien pu porter des Moon Boots et de la fausse fourrure. C'était « trop top » de s'être rencontrées de cette façon.

Elles avaient autre chose en commun qui fit plaisir à Michelle : elles en avaient assez de se faire trimballer par le système et d'être tout le temps obligées de se justifier à propos de ceci ou de cela. Et le plus incroyable, c'était qu'elles avaient la même conseillère, Anne-Line Svendsen.

Michelle rigola et regarda la fille qui venait de s'asseoir en face d'elle. Elle avait un visage aux traits marqués, une coupe iroquoise et un maquillage noir trop prononcé cernait ses yeux. Elle était effroyablement laide. Elle les fixait avec une expression dure qui la mit mal à l'aise. On aurait dit qu'elle était jalouse. Michelle songea que la pauvre fille avait effectivement toutes les raisons de l'être avec ce look épouvantable et ces étranges manières. Elle battait des pieds comme on actionne la pédale d'une grosse caisse et on aurait dit qu'elle avait pris des amphètes ou quelque chose comme ça. Son regard devenait de plus en plus agressif et insistant. Elle avait peut-être simplement besoin de fumer une cigarette. Michelle connaissait ça.

« Bizarre qu'ils aient du temps à perdre avec des foutues poupées Barbie, lança soudain la punk à Michelle et à ses deux nouvelles amies. La merde, c'est de l'or en barre comparée à vous. »

La voisine de Michelle, celle qui s'appelait Jazmine, sursauta et tourna la tête vers la fille aux yeux charbonneux. Elle qui semblait plutôt cool la minute d'avant n'avait plus l'air cool du tout. L'autre fille, qui s'appelait Denise, réagit avec un sang-froid remarquable et gratifia la punk d'un doigt d'honneur, bien que Jazmine tentât de l'en empêcher.

« Là d'où tu viens, je suppose qu'on ne sait pas faire la différence ! railla Denise. Sans compter que la merde, tu dois en bouffer tous les jours, là-bas. À propos, tu savais, pauvre conne, que le premier pays que les nazis ont envahi, c'est le leur ? »

Michelle fronça les sourcils sans comprendre. Quelle étrange injure !

En une seconde, l'air entre elles et la gothique était devenu électrique et glacial à la fois. La fille serra les poings. Elle semblait prête à tout. Michelle n'aimait pas du tout la tournure que prenaient les évènements.

On appela un numéro et, au grand soulagement de Jazmine, la punk abandonna le combat et se leva. Mais le regard qu'elle leur envoya en passant devant elles n'augurait rien de bon.

« C'était qui, cette pute ? Tu avais l'air de la connaître, dit Denise à Jazmine.

— Pas quelqu'un à qui j'aurais fait un doigt d'honneur, en tout cas. Elle habite à deux rues de chez moi et elle vient d'Islande. Elle s'appelle Birna et c'est une vraie dingue, je te jure. »

4

Vendredi 13 mai 2016

« C'est moi qui l'ai fait. Je lui ai défoncé le crâne avec une barre de fer, elle a braillé comme une truie, mais je m'en foutais et j'ai continué à taper. »

Carl tassa sa cigarette sur le dos de sa main et la porta à ses lèvres, une fois ou deux, avant de la reposer sur la table.

Les yeux plissés, il étudia la pièce d'identité que l'homme lui avait tendue sans se faire prier. Il avait quarante-deux ans, mais il en faisait au moins quinze de plus.

« Vous dites que vous l'avez frappée et qu'elle a crié. Pouvez-vous me dire avec quelle force vous l'avez frappée, Mogens ? Levez-vous et montrez-moi. »

L'homme chétif se redressa sur sa chaise.

« Vous voulez que je tape dans le vide et que je fasse comme si j'avais la barre de fer à la main, c'est ça ? »

Carl acquiesça et réprima un bâillement tandis que le type se levait.

« Allez, Mogens, tapez ! Comme vous l'avez fait ce jour-là. »

L'homme ouvrit la bouche et tout son visage se crispa sous l'effet de la concentration. Une vision assez pathétique. Le teint jaunâtre, la chemise boutonnée de travers, le pantalon tombant sur les hanches, il agrippa son arme imaginaire et leva les bras comme pour porter un coup.

Au moment de libérer son énergie et de frapper, ses yeux s'écarquillèrent, feignant de voir tomber le corps devant lui avec une jubilation perverse. Il trembla comme s'il venait d'éjaculer dans son pantalon.

« Voilà. C'est comme ça que ça s'est passé, dit-il avec un sourire, libéré.

— Merci, Mogens, lui dit Carl. Donc, si j'ai bien compris, c'est exactement de cette façon que, dans le parc de Østre Anlæg, vous avez frappé à mort la jeune institutrice de l'école libre Bolman ? Et vous dites qu'elle est tombée en avant, face contre terre ? »

Mogens acquiesça et regarda Carl avec l'air d'un sale gosse qui sait qu'il va être puni.

« Assad, tu peux venir, s'il te plaît ? cria Carl. Et apporte-nous ton café mexicain, ajouta-t-il. Je crois que Mogens Iversen a un peu soif. » Il regarda l'homme, dont le visage passa mécaniquement du repentir à la complicité de vieux camarade pour adopter finalement une expression de gratitude.

« Mais avant, je voudrais que tu ailles chercher tout ce qu'on a sur le meurtre de Stephanie Gundersen en 2004 », ajouta Carl.

Il hocha la tête à l'intention de l'homme assis en face de lui qui plissa les yeux d'un air rigolard, prenant le commissaire Mørck pour un collègue. Ils étaient deux esprits unis par un travail sur le point de se révéler fructueux, puisqu'ils allaient résoudre ensemble une vieille enquête.

« Et quand elle a été allongée sur l'herbe, à vos pieds, vous avez continué à la frapper, c'est bien ça, Mogens ?

— Oui. Elle gueulait, alors je l'ai encore cognée deux ou peut-être trois fois avant qu'elle s'arrête. Je ne me souviens pas très bien. Ça remonte à douze ans, vous comprenez ?

— Expliquez-moi une chose, Mogens. Pourquoi venez-vous m'avouer tout ça ? Et pourquoi seulement maintenant ? »

Le regard de Mogens se fit fuyant. Sa lèvre inférieure se mit à pendre et à trembler, révélant une rangée de dents répugnantes dans sa mâchoire inférieure qui rappelèrent à Carl que son propre dentiste l'avait convoqué au moins trois fois pour son contrôle dentaire annuel, en vain.

La respiration du type s'accéléra et Carl en conclut qu'il se battait à présent avec ses propres démons. Il n'allait pas tarder à se mettre à pleurer.

« Je ne pouvais plus supporter de vivre avec ça sur la conscience », répondit-il, les bajoues tremblantes.

Carl hocha la tête tout en tapant le numéro d'identité nationale du type sur son clavier.

« Je comprends, Mogens. Ça doit être terrible de supporter seul le poids d'un crime aussi horrible. »

L'autre acquiesça, reconnaissant.

« Je vois sur mon registre que vous habitez Næstved. C'est quand même assez loin de Copenhague – et aussi du lieu du crime, si je peux me permettre.

— Je n'ai pas toujours habité Næstved, répliqua Mogens, presque sur la défensive. Avant, je vivais à Copenhague.

— Mais pourquoi êtes-vous venu jusqu'ici aujourd'hui ? Vous auriez pu avouer votre horrible méfait dans votre commissariat de quartier ?

— Parce que c'est vous qui vous occupez des anciennes affaires. Il y a un moment qu'on n'a pas parlé de vous dans les journaux, mais c'est toujours vous, non ? »

Carl fronça les sourcils.

« Vous lisez beaucoup de journaux, Mogens ? »

Le type prit un air sérieux et répondit :

« Il me semble qu'il est de notre devoir de citoyens de nous tenir au courant de l'actualité et de veiller à préserver la liberté de la presse. Vous n'êtes pas d'accord ?

— Et cette femme que vous avez tuée… pourquoi l'avez-vous tuée ? Vous la connaissiez ? Vous avez un lien quelconque avec l'école dans laquelle elle travaillait ? »

Mogens s'essuya les yeux.

« Elle est passée près de moi et ça m'a pris, comme ça, tout d'un coup.

— Est-ce que cela vous arrive souvent, Mogens ? Vous avez souvent envie de tuer les gens, comme ça, tout d'un coup. Parce que si vous avez commis d'autres meurtres, je crois que c'est le moment de nous le dire. »

Mogens secoua la tête, avec une espèce d'indifférence.

Carl lut les informations qui s'affichaient sur son écran. Ils disposaient d'un certain nombre d'éléments fort édifiants sur le bonhomme et la suite de ce qu'il allait leur raconter ne surprendrait pas Carl outre mesure.

Assad entra dans le bureau et posa un dossier plutôt mince devant son chef. Il n'avait pas l'air content.

« Il y a encore quatre étagères qui se sont écroulées dans le couloir, chef. Il faut qu'on en installe de nouvelles. Il y a trop de poids dessus. »

Carl acquiesça. Des paperasses, et encore des paperasses. Si cela ne tenait qu'à lui, tout ça partirait directement à l'incinérateur.

Il ouvrit le dossier. On ne leur avait pas envoyé grand-chose sur cette affaire Stephanie Gundersen. Ce qui voulait dire que la Crim' enquêtait toujours.

Il ouvrit le dossier à la dernière page, lut les lignes du bas et hocha la tête, satisfait.

« Tu as oublié le café, Assad, dit-il sans quitter des yeux le procès-verbal. »

Assad comprit.

« C'est pour lui ? »

Carl cligna de l'œil.

« Oui, je compte sur toi pour préparer un vrai bon café bien fort. Il en a besoin, je crois. »

Quand Assad eut disparu dans le couloir, Carl leva la tête vers son « client ».

« Je vois que vous êtes déjà venu dans cet hôtel de police pour avouer d'autres crimes, Mogens. »

Le type hocha la tête, l'air coupable.

« Et chaque fois, vous en saviez si peu sur ces crimes et sur la façon dont ils avaient été commis qu'on vous a renvoyé chez vous en vous invitant à consulter un psychologue et à ne jamais remettre les pieds ici.

— C'est vrai, mais là, c'est vraiment moi qui l'ai fait, je vous jure.

— Et vous ne pouviez pas aller voir la brigade criminelle parce que vous saviez qu'on allait vous renvoyer chez vous avec la même réponse que d'habitude, je me trompe ? »

Mogens eut l'air ravi d'être tombé sur un interlocuteur qui le comprenait si bien.

« Oui, c'est ça.

— Est-ce que vous avez pensé à aller voir quelqu'un depuis la dernière fois, Mogens ?

— Plein de fois. J'ai même été interné à Dronningelund et tout le tremblement.

— Tout le tremblement ?

— Ben oui, les médocs, tout ça. »

Il en avait l'air presque fier.

« Bon. Alors, il faut que vous sachiez que je vais vous répondre la même chose que mes collègues de la Criminelle. Vous avez un problème, Mogens, et si vous continuez à venir nous avouer toutes sortes de crimes que vous n'avez pas commis, nous allons être obligés de vous arrêter. Je pense qu'un nouvel internement ne vous ferait pas de mal. Mais, évidemment, c'est à vous de choisir. »

L'homme plissa le front. Des tas de pensées toutes plus délirantes les unes que les autres devaient se bousculer sous son crâne. Des affabulations nourries par une colère authentique et une bonne dose de désespoir, le tout épicé d'une pointe de faits réels glanés ici et là. Mais pourquoi ? Carl n'avait jamais compris les gens comme Mogens.

« Taisez-vous maintenant, Mogens. Vous croyiez peut-être que nous ne serions pas au courant, ici, au fond de ce sous-sol, mais vous vous trompiez. Tout ce que vous avez raconté sur l'assassinat de cette pauvre fille est totalement erroné. La direction du coup porté à la tête, le côté où elle a été frappée, la position dans laquelle elle était allongée après l'agression, le nombre de coups qu'elle a reçus. Vous n'avez rien à voir avec ce crime, Mogens, et maintenant vous allez rentrer chez vous, à Næstved, d'accord ?

– Ola ! Et un café mexicain dans une belle tasse façon *señor* Assad, claironna le petit frisé, posant le breuvage devant Mogens. Un morceau de sucre, peut-être ? » lui proposa-t-il.

Mogens hocha lentement la tête, avec l'air d'un homme qu'on a fait débander au moment où il allait jouir.

« Allez, un bon petit coup pour la route ! Mais il faut le boire cul sec », dit Assad avec un grand sourire. « Vous allez voir, ça va vous faire du bien. »

L'ombre d'un soupçon traversa le visage de Mogens Iversen.

« Si vous ne buvez pas, je vous inculpe pour faux témoignage, Mogens, le prévint Carl, sévèrement. Alors glouglou et pas d'histoires ! »

Ils se penchèrent tous deux au-dessus du pauvre gars et le regardèrent saisir l'anse de la tasse avec hésitation et la porter à ses lèvres.

« Cul sec ! » répéta Assad, menaçant, cette fois.

La pomme d'Adam du mythomane fit l'ascenseur une fois ou deux tandis que le café descendait dans son gosier.

Il n'y avait plus qu'à attendre. Pauvre homme.

« Tu avais mis beaucoup de piment dans cette tasse, Assad ? » demanda Carl quand ils eurent fini d'éponger le vomi sur le bureau.

Assad haussa les épaules.

« Non, pas tellement, mais c'était du Carolina Reaper bien frais.

— Et c'est fort ?

— Oui, chef. Vous avez bien vu.

— Il peut en mourir ?

— Je ne pense pas, non. »

Carl sourit. Il y avait peu de risques que Mogens Iversen revienne traîner ses guêtres au département V.

« Est-ce que j'inscris les “aveux” du gars dans le rapport, chef ? »

Carl secoua la tête tout en continuant à feuilleter les papiers.

« Je vois ici que c'est une enquête de Marcus Jacobsen. C'est triste qu'il n'ait pas eu le temps de la résoudre avant de partir. »

Assad acquiesça.

« On a trouvé l'arme du crime, au moins ?

— Apparemment non. Il est juste écrit qu'il s'agissait d'un objet contondant. Si on n'a pas entendu ça cent fois ! »

Carl referma le dossier. Quand la Crim' se déciderait à abandonner l'affaire, on leur demanderait probablement de s'en occuper.

Chaque chose en son temps.

5

Lundi 2 mai 2016

Anne-Line Svendsen ne respirait pas la joie de vivre, et pour cause. Pourtant, toutes les fées s'étaient penchées sur son berceau. Elle était intelligente, avait des traits plutôt harmonieux, et son corps faisait jadis tourner la tête à la gent masculine. Mais elle n'avait jamais appris à tirer avantage de ces cadeaux de la nature et avec l'âge elle en était venue à douter de leur intérêt.

Anne-Line, ou Anneli, comme elle aimait se faire appeler, n'avait jamais été très douée pour lire le compas de l'existence, comme son père avait coutume d'appeler le destin. Quand les hommes s'intéressaient à elle, elle avait une fâcheuse tendance à regarder à gauche alors que le meilleur se trouvait à droite. Quand il s'agissait d'acheter des vêtements, elle écoutait son instinct au lieu de regarder dans le miroir. Quand il avait fallu choisir un cursus, elle avait privilégié les gains à court terme plutôt qu'un investissement sur la durée. Et avec le temps, elle s'était trouvée dans une situation qu'elle n'aurait pas pu prévoir et qui ne correspondait nullement à ce qu'elle s'était imaginé.

Après une série de relations toutes plus décevantes les unes que les autres, elle appartenait désormais aux trente-sept pour cent de Danois adultes vivant seuls. Ces dernières années, elle s'était laissée aller à manger mal et trop et se trouvait désormais dans un état permanent de dégoût d'elle-même à cause de son corps déformé et d'une constante fatigue. Mais au nombre de ses erreurs, le métier dans lequel elle avait atterri était probablement la pire. Jeune, un certain idéalisme lui avait fait croire que travailler dans le social serait à la fois utile et gratifiant. Comment aurait-elle pu imaginer que le nouveau millénaire apporterait avec lui une vague de réformes sociales toutes plus stupides et irréfléchies les unes que les autres ? Résultat, elle se voyait aujourd'hui prise en otage par des politiques décisionnaires détachés des réalités et se fichant comme d'une guigne de la solidarité sociale, et leurs intermédiaires totalement incompétents. Toutes ces années, elle n'avait, pas plus que ses collègues, pu se tenir au courant des différentes circulaires et directives qui leur étaient imposées et s'était retrouvée dans un système social sans queue ni tête, répondant à des critères souvent en opposition directe avec la loi et à un système de répartition des aides sociales qui n'avait aucune chance de fonctionner. Beaucoup de ses collègues étaient en dépression et Anneli ne faisait pas exception à la règle. Il n'y avait pas si longtemps, elle avait passé deux mois chez elle sous la couette avec des idées noires et une incapacité totale à se concentrer sur les choses les plus élémentaires. Quand elle avait enfin repris le travail, c'était devenu pire qu'avant.

Dans ce système organisé de non-assistance à personne en danger, on lui avait demandé de s'occuper, en plus de ses habituels nécessiteux, d'une catégorie de cas sociaux qui étaient à ses yeux une véritable bombe à retardement. Il s'agissait de femmes, jeunes pour la plupart, qui n'avaient jamais rien su faire de leurs dix doigts et ne seraient jamais capables de faire quoi que ce fût.

Depuis lors, quand Anneli rentrait chez elle, elle était invariablement épuisée et de mauvaise humeur. Pas par excès de travail mais, au contraire, parce qu'elle avait l'impression de n'avoir rien accompli.

Ce jour-là n'avait pas été différent des autres. Une journée de merde.

Elle devait passer à l'hôpital faire une mammographie de contrôle et ensuite, elle rapporterait des gâteaux à la maison, s'envelopperait dans un plaid, les pieds sur un pouf, et elle attendrait huit heures du soir, heure à laquelle elle avait rendez-vous avec ses collègues assistantes sociales pour leur séance de yoga hebdomadaire.

En réalité, Anneli détestait le sport, surtout le yoga. Quand elle sortait de là, elle avait mal partout et se demandait chaque fois pourquoi elle continuait à y aller. Fondamentalement, elle n'aimait pas non plus ses collègues et elle savait que c'était réciproque. L'unique raison pour laquelle elles ne l'excluaient pas de leur groupe était qu'elle avait réponse à tout, professionnellement parlant.

Car Anneli était également une femme très compétente.

« Avez-vous senti une douleur quelconque dans cette zone, madame Svendsen ? » lui demanda la radiologue en examinant les clichés.

Anneli s'efforça de sourire. Elle participait depuis dix ans à ce programme de prévention et la réponse avait toujours été la même.

« Seulement quand vous m'écrasez la poitrine comme une crêpe pour la radiographie, docteur », répliqua-t-elle sèchement.

La femme médecin leva les yeux vers elle. Son visage habituellement lisse était plissé de rides préoccupées et le corps d'Anneli fut instantanément traversé par un frisson glacé.

« Je suis désolée, mais il y a un nodule dans le sein droit. »

Anneli retint sa respiration. Si c'est une plaisanterie, elle est de mauvais goût, fut sa première pensée cohérente.

La radiologue lui montra l'écran. « Regardez ici. » Elle traça un gros cercle avec le bout de son crayon puis tapa sur quelques touches de son clavier, faisant apparaître une deuxième photo.

« Ce cliché est celui que nous avons fait l'année

dernière, madame Svendsen, et il n'y avait rien du tout. J'ai bien peur qu'il faille envisager un traitement rapide. »

Elle ne comprenait pas. Le mot cancer lui traversa l'esprit sans y trouver le moindre écho. Quel horrible mot.

« Tu es en retard ! »

Les quatre femmes l'accueillirent avec un sourire moqueur, mais elle avait l'habitude.

« On a le corps aussi vrillé qu'une guimauve. Où est-ce que tu te cachais, dégonflée ? »

Elle s'assit à la table habituelle dans la cafétéria de la salle de sport et sourit.

« J'avais plein de trucs à faire aujourd'hui. Je suis crevée.

— Prends une part de gâteau, ça te rendra le sourire », suggéra Ruth qui, après avoir travaillé vingt-deux ans dans les services sociaux, s'était fait embaucher six mois auparavant comme standardiste dans une compagnie de taxis.

C'était une rigolote, mais cela ne l'empêchait pas d'être plus douée que la plupart de ses anciennes collègues.

Anneli hésita un instant. Devait-elle confier à ces personnes qui ne lui étaient rien la raison pour laquelle elle ne s'était pas sentie d'humeur à accomplir la salutation au soleil et à faire le vide en elle sur de la prétendue « musique du monde » ? Si elle lâchait le morceau maintenant, serait-elle capable de maîtriser son émotion ? Elle n'avait pas du tout envie de fondre en larmes en public.

« Tu es sûre que ça va, Anneli ? Tu n'as pas l'air bien », dit Klara, la plus gentille de la bande.

Elle regarda ces femmes sans maquillage, la fourchette à gâteau en pleine action. À quoi cela l'avancerait-elle de casser l'ambiance en leur assenant les dures réalités de l'existence ? Elle ne savait même pas encore si cette fichue tumeur était cancéreuse.

« C'est juste à cause de ces idiotes, prétendit-elle finalement.

— Ah ! Encore elles ? » répliqua l'une d'entre elles avec lassitude, comme si Anneli ne savait pas que personne n'avait envie de dépenser son énergie sur ce sujet.

Mais qu'aurait-elle pu dire d'autre ? Elle n'avait pas d'homme à la maison dont elle aurait pu se plaindre. Pas d'enfant dont elle aurait pu se vanter. Pas de nouveau canapé raffiné couleur cannelle dont elle aurait pu leur montrer la photo en annonçant son prix exorbitant.

« Oui, je sais que c'est mon problème, mais je ne décolère pas. Il y a des gens vraiment dans le besoin et puis il y a ces cruches qui dépensent tout leur argent en fringues, en bottes de cuir, en maquillage et en extensions capillaires. De vraies gravures de mode. Il faut que tout aille ensemble, le sac, les chaussures, les vêtements ! Les reines du bling-bling ! »

La description fit sourire la plus jeune mais les

autres se contentèrent de hausser les épaules. Il faut dire que ces fonctionnaires insipides qui, quand elles avaient décidé de se lâcher, s'accordaient tout au plus une couleur au henné et quelques clous argentés sur leurs bottes à haute tige, étaient à l'opposé des filles dont elle parlait. Évidemment qu'elles s'en fichaient. Et pourquoi pas ? Tout le monde se fichait de tout le monde et détournait les yeux quand il fallait agir. Sinon, pourquoi est-ce que tout allait aussi mal ?

« Ne les laisse pas te déstabiliser, Anne-Line », lui conseilla Ruth.

Facile à dire quand on n'était plus concernée par toute cette merde.

Anneli porta lentement la main à son sein. Elle avait l'impression maintenant que ce nodule prenait toute la place. Comment avait-elle pu ne pas le sentir avant ? Elle espéra qu'elle avait seulement mal à cause de la mammographie.

Allez, parle, dis n'importe quoi pour noyer le poisson, s'ordonna-t-elle, sentant son pouls s'accélérer.

Klara lui sauva la mise : « Jeannette, la fille de mon frère, elle est exactement comme ces filles qui t'énervent tellement. Je ne compte plus le nombre de fois où j'ai entendu ma belle-sœur vanter la beauté et les innombrables talents de sa fille. » Elle fit une grimace. « De quels talents elle parle, je me le demande. Si elle a un quelconque talent, en tout cas, elle s'est bien gardée de l'exploiter. Ils ont fait tout ce qu'ils ont pu pour lui rendre la vie le plus simple possible, comme ces types qui balayent devant la pierre de curling pour qu'elle glisse bien, et maintenant, elle est comme ces filles que tu décris, Anne-Line. »

La douleur dans sa poitrine s'atténua et à la place, elle fut envahie par une sensation de chaleur qui se transforma aussitôt en une intense colère. Pourquoi cette maladie ne pouvait-elle pas frapper une de ces bimbos au lieu d'elle ?

Anneli se força à répliquer : « Et j'imagine que Jeannette touche une allocation de réinsertion et qu'on lui a proposé un tas de formations et d'emplois non qualifiés ? »

Klara acquiesça. « Elle a pleuré pendant des années pour avoir une place d'apprentie coiffeuse et quand elle a enfin réussi à l'obtenir, elle n'a pas tenu une journée. »

Les autres tendirent l'oreille. La conversation de Klara devait être plus intéressante que la sienne.

« On lui a dit de débarrasser la table après la pause déjeuner des employés, elle a trouvé ça inadmissible et elle est partie en claquant la porte. Évidemment, ce n'est pas l'explication qu'elle a donnée à ses parents en rentrant chez elle. Elle a prétendu que cela l'avait déprimée d'entendre les clientes parler de leurs problèmes et qu'à la longue elle ne pourrait pas le supporter. »

Anneli les regarda. Elles étaient toutes suspendues aux lèvres de Klara. Pour Anneli, il n'y avait rien de nouveau sous le soleil. Combien de fois elle et le Centre d'action sociale s'étaient-ils battus pour trouver à des filles comme Jeannette des places d'apprenties ou des emplois qu'elles étaient incapables de garder ?

Pourquoi n'avait-elle pas fait des études d'économie, comme le lui avait conseillé son père ? Aujourd'hui, elle travaillerait avec tous ces voyous du gouvernement à amasser des avantages en nature en plus de son salaire au lieu d'écouter les doléances de femmes dysfonctionnelles, jeunes et moins jeunes. Des femmes qui ne valaient pas mieux que l'eau sale au fond d'une baignoire dont, si elle le pouvait, Anneli ouvrirait la bonde sans y réfléchir une seconde.

Ce matin-là, elle avait reçu quatre filles, des habituées, au chômage depuis longtemps. Et toutes s'étaient contentées de plonger sans vergogne leur paille dans le verre des aides sociales sans même essayer de montrer un peu d'humilité et de proposer des solutions pour améliorer leur situation. Ça ne l'amusait pas, mais elle leur avait fait courber l'échine. Puisqu'elles refusaient d'apprendre un métier et qu'elles ne voulaient pas travailler, elles devraient en assumer les conséquences. Au moins sur ce point, elle avait la loi avec elle.

Anneli savait d'expérience qu'elles ne tarderaient pas à se présenter de nouveau devant elle, un arrêt de travail à la main, prouvant qu'elles ne *pouvaient* pas travailler, pour toutes sortes de raisons : dépression chronique, genoux fragiles, traumatisme crânien suite à une collision brutale avec un radiateur, colites spasmodiques liées au stress et un tas d'autres maladies ni vérifiables ni mesurables. Dans ce registre leur imagination n'avait pas de limites. Elle essayait de convaincre sa hiérarchie de creuser ces diagnostics aussi grotesques qu'exagérés, mais on lui répondait que le sujet était trop sensible. Les médecins continuaient donc de délivrer impunément des arrêts de travail injustifiés.

Aujourd'hui, l'une de ces tire-au-flanc s'était présentée sans avoir renouvelé son arrêt de travail, parce qu'elle était arrivée en retard à son rendez-vous chez le médecin. Et quand Anneli lui avait demandé pourquoi, en lui rappelant l'importance de respecter ses rendez-vous, elle lui avait répondu qu'elle était au café avec des copines et qu'elle avait oublié de regarder l'heure. Elles étaient si bêtes et inadaptées qu'elles ne savaient même pas trouver un bon petit mensonge quand les circonstances le demandaient.

Anneli aurait dû être choquée par cette réponse, mais elle en avait entendu d'autres. Le pire était finalement de se dire que ce seraient des filles comme ces Amalie, Jazmine et autres Denise qui allaient devoir s'occuper d'elle quand elle irait en maison de retraite un jour.

Mon Dieu !

Anneli soupira, le regard vide.

Enfin, il y avait peu de chances désormais qu'elle finisse ses jours dans une maison de retraite. La radiologue ne l'avait-elle pas prévenue qu'un cancer du sein devait être pris très au sérieux ? Que même si on lui enlevait un sein, les cellules malignes pouvaient déjà s'être propagées ailleurs dans son organisme ? Qu'on ne pouvait rien affirmer à ce stade ?

« Pourquoi tu ne laisses pas tomber ce boulot ? » lui demanda Ruth, l'interrompant dans ses pensées. « Tu as de l'argent, maintenant. »

Pas facile de répondre à cette question. Depuis dix ans, les collègues d'Anneli vivaient avec la fausse idée qu'elle avait gagné un paquet de fric à un jeu de grattage. Une erreur qu'elle n'avait jamais pris la peine de rectifier parce que, du jour au lendemain, le malentendu lui avait donné un certain statut qu'elle n'aurait pas pu atteindre autrement. Les gens la considéraient toujours comme une petite souris grise et triste, constamment de mauvaise humeur, et c'est ce qu'elle était. Mais depuis cette histoire, elle était devenue une petite souris auréolée de mystère.

Ils se demandaient pourquoi elle ne se servait pas de cet argent pour se faire des cadeaux. Pourquoi continuait-elle à s'habiller avec des vêtements bon marché ? Pourquoi ne se parfumait-elle pas avec des parfums de luxe ? Pourquoi ne partait-elle pas faire de belles croisières ? Pourquoi ? Pourquoi ? Pourquoi ?

L'erreur était venue du fait qu'elle avait poussé un cri de joie, un jour, en grattant son ticket de Millionnaire, pendant ses heures de travail. Cinq cents couronnes était son record absolu en matière de gains. En entendant son cri de victoire, Ruth s'était précipitée dans son bureau.

« J'ai gagné cinq cents ! Tu te rends compte ? CINQ cents ! » s'était écriée Anneli.

Ruth en était restée comme deux ronds de flan. C'était peut-être la première fois qu'elle voyait Anneli sourire.

« Vous avez entendu ça ? Anne-Line a gagné cinq cent mille couronnes ! » avait-elle annoncé, si fort que la nouvelle s'était répandue dans tout le service. À l'heure du goûter, Anneli avait acheté des gâteaux pour tout le monde et elle s'était dit qu'il n'y avait pas de mal à entretenir un peu le malentendu. Il lui donnait une certaine notoriété, la rendait différente. Par la suite, Anneli n'avait pas su comment corriger la méprise et on avait commencé à se moquer d'elle parce qu'elle continuait à se montrer économe. Elle avait vu la balance osciller d'un côté à l'autre pour se rendre finalement compte que le plateau de sa popularité restait plus lourd que celui de sa prétendue avarice.

Et voilà que Ruth lui demandait pourquoi elle ne démissionnait pas de son travail. Que pouvait-elle répondre à cela ? Mais peut-être la réponse à cette question allait-elle tomber d'elle-même. Bientôt. Puisqu'elle serait morte.

« Arrêter de travailler ? Et qui me remplacerait ? répliqua-t-elle, le plus sérieusement du monde. Jeannette, par exemple ? Vous seriez bien avancées !

— La première génération à être moins éduquée que celle de ses parents ! » fit remarquer une autre qui croyait que la coupe de Mireille Mathieu était encore à la mode. « Qui irait s'amuser à embaucher quelqu'un qui ne sait rien faire ?

— *Secret Story*, *Paradise Island* et *Qui veut épouser mon fils ?* », proposa la rigolote de la bande.

Mais il n'y avait vraiment pas de quoi rire.

Ce soir-là, entre ses idées noires et sa consommation de gin tonic, Anneli ne parvenait ni à dormir, ni à se tenir complètement éveillée.

Si elle devait quitter ce monde précocement, elle refusait d'être seule. L'idée que Michelle, Jazmine, Denise ou la violente punk répondant au doux prénom de Birna continuent à prendre du bon temps pendant qu'elle pourrissait six pieds sous terre était vraiment trop déprimante. Et le pire, c'était de savoir que malgré tout ce qu'elle faisait pour les aider, ces ingrates passaient leur temps à casser du sucre sur son dos. Par exemple, aujourd'hui, alors qu'elle venait chercher un de ses clients préférés, un vieil homme à mobilité réduite en incapacité de travail depuis six mois, elle les avait entendues rigoler dans la salle d'attente et se moquer d'elle. Elles l'avaient traitée de cul serré et avaient ajouté que le seul moyen de résoudre ses problèmes quand on avait ce genre de physique, c'était d'avaler deux boîtes de somnifères. Elles ne s'étaient arrêtées que parce que quelqu'un leur avait fait remarquer sa présence, mais n'en avaient pas moins continué à la regarder d'un air narquois. Elle n'en avait rien laissé paraître, mais elle tremblait de rage à l'intérieur.

« Il faut éliminer ces parasites », grommela-t-elle sur son canapé.

Un jour elle irait faire l'acquisition d'un bon gros pistolet bien lourd dans une petite rue des quartiers chauds de Vesterbro et la prochaine fois que ces filles viendraient dans sa salle d'attente, elle leur mettrait une balle au milieu de leur front fardé.

Elle rigola à cette idée et alla chercher la bouteille de porto dans le bar. Pendant que ses quatre premières victimes seraient en train de râler dans leur propre sang, elle irait imprimer la liste de toutes ses clientes du même acabit et elle ferait le tour de la ville pour les liquider jusqu'à la dernière.

Elle avala une gorgée de porto en ricanant. Elle allait faire économiser plus d'argent à l'État danois qu'il n'en dépenserait pour la nourrir de pain sec et d'eau pendant le restant de ses jours. Surtout s'il lui restait aussi peu de temps à vivre que les dernières nouvelles de sa santé le laissaient augurer.

Cette fois, elle explosa de rire. Ses copines de yoga allaient être bluffées quand elles liraient ça dans le journal.

Elle se demanda combien d'entre elles iraient la voir en prison.

Aucune, probablement.

Elle imagina la chaise vide au parloir. Pas follement gai comme perspective. Peut-être y avait-il moyen de les tuer plus discrètement qu'en les abattant en public.

Anneli se leva pour taper les coussins du canapé et se rassit plus confortablement, le verre en équilibre sur sa poitrine.

6

Vendredi 13 mai 2016

« Ah, Rose ! » Carl s'interrompit devant le regard voilé de son assistante. Il y avait un certain temps qu'elle semblait fatiguée. Mais cette fois, était-ce de la fatigue ou carrément de l'insoumission ?

« Écoute, ça ne va pas te faire plaisir, mais le temps où je te priais poliment de terminer ton rapport sur l'affaire Habersaat est révolu. Je t'ai demandé au moins vingt-cinq fois de le faire et j'en ai marre de me répéter, OK ? Demain, il y aura deux ans, jour pour jour, que l'enquête s'est terminée avec la mort de June Habersaat. Deux ans, Rose ! Alors en piste ! »

Elle haussa les épaules, indifférente. Encore un jour où elle était dans son monde et ne voulait s'occuper que de ses propres affaires.

« Si c'est si pressé, Carl, vous n'avez qu'à l'écrire vous-même. »

Carl poussa un soupir exaspéré.

« Tu sais qu'au département V, celui qui commence un rapport doit aussi le finir. Combien de fois est-ce qu'on va revenir là-dessus ? Tu as tous les éléments dans ton bureau alors maintenant, fais-le, Rose.

— Sinon quoi ? Vous allez me virer, peut-être ? »

Elle soutint son regard.

« Mais bon Dieu, Rose ! Tu ne comprends pas que ce genre de rapport sert à assurer la pérennité du département V ? Tu as décidé de nous couler, ou quoi ? Puisque nous en sommes à poser des questions idiotes ! »

À nouveau cet agaçant haussement d'épaules.

« Je ne vois pas l'intérêt de revenir là-dessus. La mère a avoué, la meurtrière est morte et enterrée et de toute façon, vous savez bien que personne ne les lit jamais, ces rapports.

— C'est possible, Rose, mais au moins ils sont enregistrés et comme tu le sais, même si June Habersaat a avoué avoir tué Alberte en présence d'Assad et de moi-même avant de rendre son dernier souffle, nous ne disposons d'aucune trace écrite de cette confession. C'est elle l'assassin, il n'y a aucun doute à ce sujet, mais aucune preuve tangible non plus de sa culpabilité. Ce qui signifie en substance que l'enquête est toujours ouverte et que l'affaire n'est pas classée. Aussi stupide que cela puisse paraître, c'est comme ça que ça marche.

— Je vois. Alors je peux simplement écrire que l'enquête n'est pas terminée.

— Putain, Rose ! Rédige-moi ce foutu rapport ou

je me fâche. J'en ai marre de parler de ça. Tu vas nous pondre un beau compte rendu qui fera joli dans les statistiques de la maison. C'est la dernière chose qui nous reste à faire puisque nous avons enlevé toutes les pièces de la salle de situation, du couloir et des classeurs. Comme ça on va enfin pouvoir laisser cette affaire derrière nous, et nous concentrer sur les enquêtes soporifiques sur lesquelles nous travaillons depuis quelques semaines.

— La laisser "derrière nous"… Parlez pour vous !

— Ça suffit comme ça, Rose ! Exécution ! Je veux ce rapport sur mon bureau demain matin, compris ? »

Il donna un tel coup sur la table qu'il se fit mal. Il s'en voulait déjà.

Rose resta figée un instant, ses yeux lançant des étincelles, puis elle repartit vers son bureau dans un concert de jurons et de malédictions.

Comme il fallait s'y attendre, Assad débarqua trente secondes plus tard dans son bureau, les yeux ronds et pleins de points d'interrogation.

« Oui, je sais, dit Carl avec lassitude. Je n'aurais pas dû m'énerver contre Rose, mais on a des tas d'autres affaires sur les bras. D'habitude, c'est elle qui nous rebat les oreilles avec ça. Il faut qu'on se mette à jour sur les vieux dossiers et qu'on fasse un point sur les nouveaux. Ça fait partie du boulot et c'est important. Alors arrête de me regarder comme si j'étais un monstre. Rose n'a qu'à faire ce qu'elle doit faire.

— Peut-être. Mais ce n'était quand même pas très malin, chef. Elle n'est pas dans son plat.

— Hein ? » Carl le regarda, surpris. « Ah ! Tu veux dire "dans son assiette" ?

— Si vous préférez. Mais vous savez à quel point l'affaire Habersaat a été dure pour elle. C'est à cause de ça qu'elle a craqué et qu'elle a dû se faire interner. Elle continue à voir un psychiatre, je vous signale. C'est juste pour ça qu'elle a du mal à écrire ce rapport, chef. »

Carl soupira.

« Je suis au courant. Je me souviens que la ressemblance entre Christian Habersaat et son père avait remué quelque chose chez elle.

— Vous oubliez la séance d'hypnose qui a fait remonter à la surface chaque détail de ce qui s'était passé avec son père. L'accident qui est arrivé sous ses yeux, tout ça. »

Carl hocha la tête. Aucun d'entre eux n'était sorti indemne de cette séance d'hypnose. Tous avaient vu remonter des souvenirs qu'ils auraient préféré laisser où ils étaient. Lui-même avait eu des cauchemars longtemps après et Assad avait lui aussi eu à se battre avec quelques-uns de ses démons. On ne pouvait pas exclure que l'accident qui avait coûté la vie au père de Rose à l'aciérie où elle était en stage lui soit revenu en mémoire sous hypnose et qu'il l'ait gravement perturbée par la suite, bien qu'elle refusât d'en convenir.

« J'ai peur qu'elle craque encore une fois si elle doit replonger dans ce rapport, chef. Vous croyez vraiment que c'est une bonne idée ? Je ne pourrais pas l'écrire à sa place ? »

Carl Mørck haussa violemment les sourcils. Il voyait d'ici le résultat. Personne, à l'exception d'Assad lui-même, ne comprenait rien à ses rapports.

« C'est gentil, Assad. Tu as raison, nous devons prendre soin de Rose, mais je pense tout de même qu'elle devrait être capable d'accomplir ce boulot. Alors, si tu veux bien, le sujet est clos, et de toute façon, je n'ai plus le temps d'en discuter. »

Il regarda l'heure. Il devait impérativement témoigner au tribunal dans vingt minutes. Il s'agissait de la dernière audience avant la décision du juge et une fois que le jugement serait prononcé, ce serait à lui de faire le rapport. Alors qu'il détestait tout travail de bureau, hormis celui qui consistait à poser les pieds sur le sien en fumant cigarette sur cigarette.

En sortant de son bureau, il tomba sur Rose, blanche comme un morceau de craie, venue lui dire que s'il la forçait à écrire ce rapport, elle se ferait porter pâle.

Sa réponse dépassa peut-être légèrement sa pensée, mais il n'était pas homme à céder au chantage. Il la planta là et partit.

Lorsqu'il s'engouffra dans la cage d'escalier, il entendit derrière lui la voix tremblante de Rose l'informant qu'elle allait faire ce qu'il lui demandait mais qu'il devait se préparer à en assumer les conséquences.

7

Mercredi 11 mai 2016

« Tu n'aurais pas quelque chose à grignoter dans le frigo, Denise ? »

Il se prélassait sur le matelas, nu comme un ver. Sa peau scintillait de sueur, ses yeux humides brillaient, il respirait encore comme un soufflet de forge. « Je meurs de faim. Tu vas finir par me tuer, ma belle. »

Denise resserra son kimono autour d'elle. Rolf était le seul de ses protecteurs à lui donner une vague impression d'intimité. Généralement, les hommes fichaient le camp dès qu'ils avaient joui, mais lui n'avait pas de femme qui l'attendait à la maison ni de boulot qui exigeât sa présence à une heure précise. Elle l'avait rencontré à bord d'un vol charter pour Alanya et elle avait passé les vacances les moins chères de toute sa vie.

« Tu sais bien que je n'ai rien, ici, Rolf. Si tu veux, il reste des miettes dans le sac de chips qui est sur la table de nuit. »

Elle alla se regarder dans la glace.

Est-ce qu'il avait laissé des traces en lui serrant le cou tout à l'heure ? Ses autres clients n'apprécieraient pas.

« Tu ne veux pas aller voir chez ta mère si elle a quelque chose à bouffer ? Je serai généreux, mon petit canard en sucre. »

Il rigola. Il était plutôt sympathique dans son genre.

Elle lissa la peau sous son menton. Il y avait seulement une légère rougeur, rien qui risque d'attirer l'attention.

« OK, je vais aller voir. Mais ne t'attends pas à avoir le room service la prochaine fois. Ce n'est pas un hôtel, ici. »

Il tapota paresseusement le drap à côté de lui avec un regard aguicheur. Ça l'excitait toujours quand elle était insolente, et sa rétribution augmentait en conséquence.

L'appartement avait une odeur acide et toutes les lampes étaient allumées. Dehors, il faisait nuit noire mais à l'intérieur, on se serait cru en plein jour. Sa mère avait complètement disjoncté depuis la mort de sa grand-mère.

Denise vit d'abord sa main pendant sur le bras du canapé, un mégot entre les doigts qui avait dû se consumer tout seul, à en croire le tas de cendres sur le tapis, avant de découvrir sa mère dans toute sa triste déchéance. La bouche ouverte, la figure labourée de rides, les cheveux emmêlés dans le plaid en laine sur lequel elle était affalée. Ça lui apprendrait à venir la voir sans prévenir.

La cuisine était sens dessus dessous. Cette fois, ce n'était pas juste l'habituelle vaisselle sale dans l'évier, les bouteilles vides, les cartons de junk food et les restes de nourriture témoignant d'un total laisser-aller, mais l'enfer surréaliste que peut devenir une cuisine quand on projette les aliments contre les murs et qu'on les disperse sur toutes les surfaces planes. Sa mère avait dû piquer une de ses crises d'hystérie, comme cela lui arrivait parfois quand elle avait trop bu et qu'elle n'en avait plus rien à foutre des conséquences. Conséquences auxquelles elle serait tout de même confrontée lorsque l'alcool aurait été éliminé de son organisme.

Malheureusement, ici aussi, le réfrigérateur était pratiquement vide. Rolf devrait se contenter d'un yaourt et d'un œuf datant de Dieu sait quand. Un menu un peu frugal pour le coût de la prestation, mais il aurait peut-être encore envie après avoir dormi un peu et elle rééquilibrerait les comptes à ce moment-là.

« C'est toi, Denise ? » grinça une voix rouillée dans le séjour.

Elle secoua la tête. Pitié. Pas les discours d'ivrogne de sa mère à cette heure avancée de la nuit.

« Tu viens me voir ? Je suis réveillée, tu sais ? »

C'était bien ce qu'elle craignait.

Elles se regardèrent un petit moment, avec une animosité mutuelle.

« Où étais-tu passée, ces derniers jours ? » lui demanda sa mère, les commissures blanches de salive séchée.

Denise détourna les yeux.

« J'étais partie me balader.

— Le médecin légiste a terminé, on va bientôt pouvoir récupérer le corps de grand-mère. Tu viendras avec moi aux pompes funèbres ? »

Elle haussa les épaules. Il valait mieux ne pas répondre si elle voulait éviter une dispute. Elle avait tout même un homme nu dans son lit.

8

Jeudi 12 mai 2016

Un journal froissé sur la table de la cuisine lui rappela tout ce qu'il avait laissé derrière lui. En quatre ans, il était passé du statut d'homme respecté et marié à une femme qu'il aimait, exerçant un métier motivant et passionnant, à celui de laissé-pour-compte croupissant dans une insupportable solitude. En quatre ans, sa situation et son image de lui-même avaient dégringolé de manière imprévisible. Il avait accompagné jusqu'au bout d'une terrible maladie la personne qui avait le plus compté pour lui dans la vie, il avait vu sa femme bien-aimée se faner et se recroqueviller sur elle-même, il lui avait tenu la main pendant des mois tandis qu'elle s'éteignait peu à peu dans d'horribles souffrances et il la tenait encore quand la douleur l'avait enfin laissée en paix. Depuis, il n'avait pratiquement rien fait d'autre que de fumer soixante cigarettes par jour. Son appartement empestait, ses doigts avaient l'air d'avoir été modelés dans un vieux cuir tanné, ses poumons sifflaient comme des ballons de baudruche crevés.

Plusieurs fois, sa fille aînée l'avait prévenu que s'il ne changeait pas d'hygiène de vie, il allait bientôt rejoindre son épouse dans la tombe et cette prévision s'inscrivait à présent dans les nuages de fumée qui flottaient au-dessus de sa tête, attendant sa décision. Peut-être était-ce ce qu'il voulait, au fond. Fumer à en mourir et permettre à son âme meurtrie de quitter son corps. Manger jusqu'à se faire éclater la panse et descendre du manège. Quelle alternative avait-il ?

Et puis soudain, ce journal, sorti de nulle part, l'avait hissé hors de l'abîme dans lequel il s'enfonçait. Un article en première page l'avait ramené dans le monde des vivants. Il déposa sa cigarette dans le cendrier et ramassa le journal sur la pile qui s'entassait devant la fente dans la porte. Malgré la difficulté de l'entreprise, il lut la nouvelle sans ses lunettes de lecture en tenant le journal à cinquante centimètres devant lui.

Marcus Jacobsen respirait bruyamment en lisant. Soudain, sa vie d'avant reprit ses droits sur le malheur. Des impulsions anciennes traversaient ses synapses au repos depuis des années. Des idées refoulées s'entremêlaient et créaient du sens et de nouvelles hypothèses. La machine était relancée et il ne pouvait plus la stopper.

Toutes ces pensées lui faisaient mal à la tête. Et puis à quoi bon ? Jadis, avant de prendre sa retraite, il avait le pouvoir de suivre ses intuitions. À présent, il n'était pas sûr que quelqu'un veuille encore l'écouter. Pourtant, quelque part dans cette non-vie qui était la sienne désormais, il y avait encore un patron de la Crim' en parfait état de marche. Plusieurs décennies dans la police lui avaient apporté de nombreuses victoires et, du temps où il était encore à la tête du département A, il avait un pourcentage de réussite supérieur à celui de tous ses prédécesseurs. Marcus Jacobsen pouvait regarder dans le rétroviseur avec fierté. Mais, comme tout policier, il savait que ce n'étaient pas les affaires élucidées qui venaient vous hanter aux petites heures de la nuit, mais celles qui ne l'avaient jamais été. Certaines vous réveillaient la nuit, vous faisaient voir des assassins à tous les coins de rue. Et on n'oubliait jamais les pauvres victimes innocentes dont les meurtriers couraient toujours, anonymes dans la foule. Marcus en avait régulièrement la chair de poule. Il souffrait pour les familles qui n'auraient jamais de réponses et avait développé à leur égard l'obsédant et irrationnel sentiment de les avoir trahies. C'était un véritable supplice pour lui de penser aux indices qu'il ne pourrait plus vérifier, aux pistes qu'il ne pourrait plus explorer. Mais à quoi bon ?

Et voilà qu'il tombait par hasard sur ce gros titre en une d'un journal oublié, qui lui rappelait brusquement qu'aussi longtemps que l'homme et le mal auraient le loisir de s'exprimer, le manège ne s'arrêterait pas de tourner.

Il parcourut l'article encore une fois. Il y avait dix

jours à présent qu'il se demandait ce qu'il allait en faire.

Il fallait qu'il agisse. Lars Bjørn et ses collaborateurs de l'hôtel de police devaient forcément avoir cherché un lien entre ce nouveau meurtre et d'autres, non résolus, mais voyaient-ils les choses avec la même clarté que lui ? Se rendaient-ils compte que les points communs entre cette enquête et l'ancienne affaire qui le taraudait étaient trop évidents pour être le fait du hasard ?

Il relut les faits tels qu'ils étaient exposés dans l'article.

La femme assassinée s'appelait Rigmor Zimmerman et elle avait soixante-sept ans. Son cadavre avait été découvert dans le parc de Kongens Have, à Copenhague, derrière les cuisines d'un restaurant réputé. Un crime, sans aucun doute. Personne ne pouvait s'infliger un coup d'une telle violence, même en tombant en arrière.

L'autopsie montrait que la victime avait été frappée une seule fois, avec un objet contondant assez large, et que le coup lui avait été fatal. La victime était décrite comme une retraitée sans histoire. Dix mille couronnes avaient disparu de son sac à main, une somme qui, selon sa fille, s'y trouvait quand elle avait quitté son appartement de la rue Borgergade, peu avant son agression. La piste du vol avec agression ayant provoqué la mort, plus communément appelé « crime crapuleux » dans le jargon journalistique, avait été privilégiée. On ne connaissait pas encore l'arme utilisée et, en raison d'une pluie battante et du temps froid en ce mois d'avril, aucun passant n'avait été témoin du crime qui, selon un serveur de L'Orangerie, avait dû se produire entre 20 h 15, heure à laquelle il se trouvait dehors pour fumer une cigarette, et 20 h 40, quand il était à nouveau sorti satisfaire son besoin de nicotine et qu'il était tombé sur le cadavre.

À part ça, l'article donnait peu de détails, mais Marcus n'avait aucun mal à se représenter à la fois le corps de la morte et le lieu du crime. La femme avait eu le visage enfoncé dans la terre humide suite à une chute brutale et la marque de son corps était imprimée dans le sol. Son agresseur était arrivé par-derrière et la victime n'avait eu aucune chance de parer le coup. Exactement comme celle sur laquelle il s'était penché en sa qualité de commissaire chargé de l'enquête quelques années auparavant. À l'époque, la victime était une enseignante de l'école libre Bolman. Elle s'appelait Stephanie Gundersen, nettement plus jeune que Rigmor Zimmerman, mais en dehors de cela, la seule différence notable était qu'on n'avait pas uriné sur elle après l'avoir tuée.

Marcus se remémora les circonstances dans lesquelles le cadavre de Stephanie Gundersen avait été retrouvé. Il y avait si souvent repensé depuis. Et chaque fois il s'était dit : À quoi bon !

Mais à présent, il avait l'intime conviction que le tueur avait à nouveau frappé. Le meurtre avait eu lieu dans le même quartier. Et il y avait moins de sept cents mètres entre les deux scènes de crime.

Il secoua la tête comme s'il espérait ainsi chasser sa frustration et sa colère. Pourquoi n'était-ce pas lui qu'on avait appelé l'autre jour pour qu'il puisse voir la scène de crime pendant que la piste était encore chaude ?

Il resta un long moment à regarder le téléphone qui le défiait sur la table de la cuisine.

« Allez ! Viens me chercher ! Sors de ta léthargie et fais quelque chose ! » semblait le narguer l'objet inanimé.

Marcus détourna la tête. L'affaire remontait déjà à dix-sept jours. Elle pouvait attendre encore un peu.

Il soupira et prit son paquet de cigarettes. Il avait besoin d'en fumer encore une ou deux avant de décider de ce qu'il allait faire.

9

Jeudi 12 mai 2016

« Rhoo la la ! Qu'est-ce qu'on est bien ici ! » s'exclama Michelle, calée au fond de la banquette dans l'angle du café, son sac serré contre elle.

Denise bâilla, la nuit avait été longue et agitée, et regarda dans la salle. Elle tenta de voir l'endroit comme le voyait Michelle. Le café n'était qu'à moitié plein et les consommateurs, un assortiment hétéroclite composé de deux ou trois chômeurs, de quelques étudiants et de deux femmes en congé maternité, étaient aussi enjoués qu'une procession funéraire sous la pluie. Denise connaissait des débits de boissons nettement plus sympas que ce vieux troquet minable, mais c'était au tour de Jazmine de choisir.

« J'avais vraiment besoin de bouger de chez moi, continua Michelle. Patrick est super-tendu en ce moment. Il n'est pas à prendre avec des pincettes. On devait partir en vacances tous les deux. Mais ça n'arrivera pas.

— Pourquoi tu ne le fous pas dehors ? lui demanda Denise.

— Je ne peux pas. C'est son appartement. En fait, tout est à lui. » Michelle soupira, réalisant l'étendue de ses difficultés. « J'ai failli ne pas venir, je suis fauchée et Patrick ne me donne jamais d'argent. »

Denise se baissa et poussa la bouteille de vin qui était dans son sac pour attraper son portefeuille.

— « C'est un con, ton Patrick. Envoie-le chier. Je peux t'en filer du fric, moi », dit-elle en ouvrant le portefeuille, sous le regard médusé de ses deux copines.

« Tiens, cadeau », annonça-t-elle en posant devant Michelle un billet de mille qu'elle sortit d'une liasse. « Comme ça, Patrick pourra aller se faire foutre pendant au moins une semaine.

— Euh… merci. » Michelle toucha le billet du bout des doigts. « … Je ne sais pas trop… Je ne crois pas que je pourrai te rembourser. »

Denise balaya l'argument d'un geste vague.

« Et si Patrick l'apprend… je ne sais pas… »

— Il a l'air d'y avoir un paquet de fric dans ce portefeuille », dit Jazmine, d'un air faussement détaché.

Elles ne tarderaient pas à lui demander comment elle avait eu cet argent.

Denise observa discrètement Jazmine. Elles ne s'étaient rencontrées qu'à trois reprises et elle les aimait bien. En revanche, elle ne savait pas encore si la réciproque était vraie.

« On va dire que je suis une fille économe. »

Jazmine ricana, ironique. Visiblement, elle avait entendu des mensonges plus crédibles que celui-là. Brusquement, elle se tourna vers la porte et Denise suivit son regard.

Jazmine regarda la première fille qui entrait avec une certaine nervosité. Ses yeux s'étrécirent, sa mâchoire se crispa sous sa peau souple, ses sourcils se rejoignirent au-dessus de son nez. Comme une proie qui se dresse sur ses pattes arrière pour repérer un prédateur, elle continua à surveiller la porte et quand d'autres filles entrèrent dans le local, elle murmura à l'oreille de ses deux camarades :

« Vous vous souvenez de la punk qui nous a cherché des poux dans la salle d'attente du Centre le jour où on s'est rencontrées ? »

Elles acquiescèrent.

« Ces trois nanas s'appellent Erik, Sugar et Fanny et si elles sont là, vous pouvez être sûres que Birna ne va pas tarder.

— Il vaut mieux qu'on s'en aille alors ? » s'enquit Michelle, inquiète.

Denise haussa les épaules. La punk ne lui faisait pas peur.

« C'est une bande, elles se font appeler les Black Ladies, expliqua Jazmine. Elles sont connues dans le quartier. Et pas en bien.

— On se demande pourquoi », répliqua Denise en observant leurs tenues horribles et leur maquillage monstrueux.

Black peut-être, mais pas *Ladies.*

Elles ne furent pas les seules dans le café à remarquer l'arrivée de Birna et le flegme ostentatoire avec lequel elle vint s'installer avec les autres. L'une des jeunes mères s'empressa de ranger son sein et se leva, faisant signe à son amie de venir avec elle. Elles posèrent quelques billets sur la table, rassemblèrent leurs affaires et partirent sans un mot, sans un regard pour les femmes au maquillage charbonneux qui déplaçaient bruyamment leurs chaises et faisaient baisser les yeux à tous ceux qui se trouvaient dans la salle.

Quand l'Islandaise aperçut Jazmine, elle se leva et vint se planter devant leur petit groupe, l'air teigneux, pour leur faire comprendre que tant qu'elle était là, elles se trouvaient sur son territoire.

Denise prit le temps de boire une gorgée, puis elle se leva de manière tout aussi démonstrative bien que Jazmine la tire par la manche pour l'inciter à rester assise. Perchée sur ses talons hauts, elle était sensiblement plus grande que Birna, ce qui eut seulement pour effet de durcir encore cette dernière.

« Viens, on s'en va, glissa Jazmine à Denise en se levant très lentement. Elles vont nous défoncer. »

Les trois autres membres des Black Ladies comprirent peut-être de travers le geste de Jazmine. Elles se levèrent.

Denise remarqua qu'il y avait du remue-ménage derrière le comptoir. Les deux serveuses partirent se réfugier dans la cuisine pendant que le barman tournait le dos à la salle pour téléphoner.

« Allez, viens, Denise. » Jazmine la prit résolument par le bras, mais Denise s'arracha à son étreinte. Est-ce qu'elles pensaient vraiment qu'elle allait se laisser intimider ? Est-ce que sous prétexte qu'on était féminine et jolie, on était nécessairement une petite chose fragile ?

« Elles ont fait de la prison pour violence, Denise. Fanny, celle qui a les cheveux coupés en brosse, a poignardé des gens », la prévint Jazmine en chuchotant.

Denise sourit. Son grand-père ne lui avait-il pas enseigné comment traiter l'ennemi ? Si quelqu'un ici s'imaginait qu'elle allait s'enfuir, c'est que ce quelqu'un ignorait qui elle était et d'où elle venait.

« Il y en a une qui habite à trois rues de chez moi, Denise. Elle savent où me trouver, insista Jazmine à voix basse. Viens, je t'en supplie. »

Denise jeta un coup d'œil à Michelle, qui n'avait pas l'air aussi effrayée que Jazmine mais déterminée au contraire.

Birna se tenait au milieu du café, ses yeux lançaient des étincelles, sans que cela ait aucun effet sur Denise. Cela aurait mieux valu, peut-être. Car Birna tirait à présent un trousseau de clés de sa poche et enfilait les anneaux sur ses doigts l'un après l'autre, transformant ses phalanges en un diabolique coup-de-poing américain.

Denise ricana et retira ses talons aiguilles. Elle les ramassa et les brandit en direction de son adversaire.

« Tu te rappelles notre accord, Birna ? » cria le barman en pointant son téléphone vers elle comme un index menaçant.

Birna se tourna vers lui à contrecœur, hésita un instant à la vue du téléphone allumé et, sans changer d'expression, elle glissa le trousseau de clés dans sa poche.

« Ils seront là dans deux minutes », la prévint le barman.

Les autres gothiques regardèrent leur chef, attendant ses ordres, mais Birna ne réagit pas. Elle recommença à toiser Denise, l'œil noir.

« Tu peux remettre tes échasses, pouffiasse, lui dit-elle avec son fort accent islandais. On te chopera tôt ou tard, ma belle. Et je te ferai avaler tes foutues pompes pour que tu t'étouffes avec, tu peux compter là-dessus. Quant à toi, babouine, dit-elle à Jazmine, je sais où tu crèches, d'accord ?

— Va-t'en, Birna. Ils arrivent », lui conseilla le barman.

Elle se tourna vers lui et leva le pouce à son intention. Puis elle fit signe à sa clique de la suivre et s'en alla sans fermer la porte.

Denise n'avait pas eu le temps de se rechausser qu'on entendait déjà un grondement sourd dans la rue. Le barman se dirigea vers la porte.

Trois énormes motos chevauchées par des types très baraqués avec des blousons en cuir et des bracelets de force aux poignets discutèrent quelques instants avec le barman. Puis ils prirent congé d'un signe de la main et les motos s'éloignèrent.

Le barman regarda Denise en repassant devant leur table. L'expression était respectueuse mais pas amicale et quand l'un des habitués commença à applaudir, il le fusilla du regard et le gars s'arrêta aussitôt.

Denise était satisfaite d'avoir pris le commandement de leur petite bande, mais à voir la tête de Jazmine, il était évident qu'elle ne tarderait pas à lui disputer cette position de force.

« Excuse-moi, Jazmine, s'empressa-t-elle de dire. Je n'ai pas pu m'en empêcher. Tu crois que cette histoire risque de te créer des problèmes ? »

Jazmine pinça les lèvres. Bien sûr qu'elle allait avoir des problèmes. Puis elle respira un bon coup et fit à Denise un mince sourire. Ses excuses étaient acceptées.

« On règle et on se tire ? » dit Denise en sortant son portefeuille.

Jazmine posa une main sur celle de Denise.

« On est amies, n'est-ce pas ? »

Michelle hocha aussitôt la tête avec enthousiasme.

« Bien sûr, répondit Denise.

— Alors si on est amies, on fait tout ensemble et on décide ensemble de ce qu'on veut faire, d'accord ?

— Ça me va.

— On a toutes les trois des secrets, mais on peut les partager, je crois ? »

Denise hésita.

« Oui, je suppose, répondit-elle enfin.

L'assentiment de Michelle fut plus spontané. Elle n'avait probablement pas grand-chose à cacher.

« Alors je vais vous révéler un de mes secrets. Et c'est moi qui paye, OK ? »

Elle attendit que Michelle et Denise aient acquiescé toutes les deux puis reprit : « Je n'ai pas un rond, dit-elle en rigolant, mais ça ne m'a jamais empêchée de me payer ce que je voulais. »

Elle désigna d'un signe du menton la table qui se trouvait dans un coin du bistrot. « Vous voyez le type en pantalon de maçon ? Celui qui nous mate depuis qu'on est arrivées.

— Ouais, répliqua Michelle. Pour qui il se prend ? Il ne croit quand même pas qu'on va faire attention à un gars dans son genre ? Avec son pantalon dégoûtant ? Il ne s'est même pas dérangé pour nous aider quand la punk nous a menacées.

— Vous avez vu comment il nous regarde ? Il nous déshabille des yeux, le mec. »

Denise se leva. Le type les observait, l'air narquois. Il avait un cou de taureau et il se tenait bien droit devant sa pinte à moitié vide, à côté de ses camarades à demi vautrés sur la table, les bras croisés. Un chef de meute autoproclamé.

Jazmine fixa le type pendant quelques secondes puis elle lui fit signe de venir à leur table. Il eut l'air surpris, mais indéniablement intéressé.

« Observez et prenez-en de la graine », leur dit Jazmine à voix basse avant de lever la tête vers le gars qui venait de se poster devant elle, inondant leurs narines de son odeur d'eau de toilette bon marché.

« Salut, dit Jazmine. T'es vachement beau mec. Tu as gagné le droit de payer nos consommations. »

Il fronça les sourcils et se retourna vers ses copains qui s'étaient calés au fond de leurs chaises, attendant la suite.

Il revint vers Jazmine. « Payer vos consommations ? Et pourquoi est-ce que je ferais ça ?

— Parce que tu n'as pas arrêté de nous mater. Tu te demandais peut-être à quoi ressemblaient nos chattes ? »

Il eut l'air d'avoir avalé de travers et voulut protester, mais Jazmine enchaîna aussitôt :

« Si tu veux, tu peux voir la mienne, mais il faut payer. J'ai une photo, c'est mon mec qui l'a prise. »

Il sourit. Apparemment, il venait de comprendre le marché, même s'il n'en saisissait pas encore tout à fait les règles.

« Tu vas me montrer un truc que tu as pris sur le Net, je parie. » Il se marra, prenant ses camarades à témoin. Ils étaient trop loin pour entendre la conversation mais ils rigolèrent avec leur pote, à tout hasard.

« Alors, on a un deal, ou pas ? » Jazmine sortit son mobile de son sac. « Tu auras juste à payer la note. On n'a pas d'argent. »

Il se balança un instant d'avant en arrière dans ses chaussures de sécurité.

Denise avait du mal à garder son sérieux. Elle trouvait Jazmine super-gonflée. Le mec était réellement sur le point de marcher dans la combine. Incroyable.

Après avoir un peu réfléchi, le maçon se tourna vers le comptoir et lança :

« Garçon ! Combien doivent ces demoiselles ? »

Le barman fit le compte :

« Cent quarante-deux cinquante ! répondit-il.

— Je n'ai pas besoin de payer pour voir des minous, mais je suis un gentleman et je n'ai pas pour habitude de laisser une femme dans le besoin. »

Il sortit un épais portefeuille de sa poche et en sortit quelques billets.

« Vous pouvez garder la monnaie ! » dit-il, grand seigneur, en allant poser cent cinquante couronnes sur le comptoir. Quelle générosité ! Sept couronnes cinquante de pourboire.

Travail au noir, songea Denise en lorgnant le portefeuille bien garni. Un de ses protecteurs était un artisan dans son genre.

Jazmine lui colla l'écran de son téléphone sous le nez et le laissa se rincer l'œil un bon moment.

Son souffle s'accéléra légèrement. Ses narines se dilataient et son regard sautait de Jazmine à la photo. Son regard disait : « Si tu en veux plus, je suis d'accord. »

« Je peux t'en montrer une sur laquelle je ne suis pas épilée. Ça te coûtera deux cents couronnes de plus », proposa Jazmine.

Le type était groggy et le sang lui montait au cou et aux oreilles.

Il posa deux cents couronnes supplémentaires sur la table. « OK, mais je la veux à mon adresse mail. » Jazmine tapa l'adresse sous sa dictée.

Au bout de deux secondes, il entendit le signal de réception du mail sonner sur son smartphone, se tourna vers ses copains, les salua à distance et sortit.

« Vous croyez qu'il va rentrer chez lui s'astiquer le manche ? » commenta Michelle, hilare.

Il n'y avait pas à dire, c'était de l'argent facile. Denise était impressionnée. « C'est ça ton secret ? » demanda-t-elle.

Jazmine secoua la tête. « Non, tu plaisantes ! Ça, c'est juste une de mes petites combines. Mon secret, je vous le dirai plus tard. » Elle glissa le billet de deux cents couronnes dans sa poche arrière, ferma son sac et proposa de lever le camp.

Mais un type assis à une table proche du comptoir se leva et vint poser un billet de deux cents couronnes sur la table devant Jazmine.

« J'ai vu ce que tu viens de faire. Je jetterais bien un coup d'œil, moi aussi. »

Jazmine sourit et ressortit le portable de son sac.

Pendant ce temps, Denise observait le type. Pas difficile de deviner les raisons de son geste. Il ne devait pas avoir plus de trente-cinq ans, mais déjà son visage avait perdu sa flamme. Il n'avait pas de bague au doigt attestant d'une relation stable. Ses vêtements étaient jolis, mais mal assortis. Des pellicules saupoudraient les épaules de sa veste mal repassée. Le genre de type qui a un boulot régulier mais personne qui l'attend à la maison le soir.

Denise le détesta tout de suite. Les hommes frustrés étaient des Cocotte-Minute qui pouvaient exploser à tout moment. La suite lui donna raison.

Il agrippa à l'improviste le poignet de Jazmine pour pouvoir regarder tranquillement la photo sur le tout petit écran. Denise voulut intervenir, mais Jazmine l'en empêcha d'un signe de tête. Elle allait se débrouiller.

« Je veux voir le corps en entier, dit l'homme. Deux cents, c'est trop cher pour une petite chatte de rien du tout. »

Impétueux, songea Denise tandis qu'une alarme se déclenchait dans sa tête.

« Allez, petite garce. Montre-moi le corps en entier, je ne lâcherai pas avant. »

Jazmine arracha violemment son bras et fourra son portable dans son sac. Michelle eut la présence d'esprit de faire prestement disparaître le billet de la table.

Le gars se mit à gueuler. Il les traita de putes et de voleuses et menaça de les « défoncer ».

Le barman décida de s'en mêler et montra une fois de plus son efficacité. Il attrapa l'homme par le col et lui demanda s'il voulait qu'il fasse revenir les blousons noirs ou s'il était disposé à sortir de l'établissement tout seul, sans faire d'histoires.

Le type prit juste le temps de cracher sur la table avant de filer.

Le barman soupira et arracha le torchon qui pendait à sa ceinture.

« On ne s'ennuie pas avec vous, mesdemoiselles ! » dit-il en essuyant le crachat sur la table. « Mais je trouve que vous mettez un peu trop d'ambiance pour un jeudi après-midi, ajouta-t-il. Alors si ça ne vous ennuie pas, quand le gars aura tourné au coin de la rue, je vous saurais gré d'aller vous trouver un nouveau terrain de chasse. »

Il n'y avait rien à redire à ça.

Cinq minutes plus tard, elles étaient dehors, pliées de rire. Denise était sur le point de dire qu'elles avaient beaucoup à apprendre les unes des autres quand elle s'interrompit, sentant tout à coup l'odeur très reconnaissable de l'eau de toilette du maçon que Jazmine venait de plumer. Elle se tourna vers la porte cochère de l'immeuble voisin au moment où celui-ci fondait sur elles.

Menaçant, très décidé et rapide, il saisit la bandoulière du sac de Jazmine et, malgré sa résistance, il eut le temps de plonger sa main à l'intérieur et de lui prendre le portable.

« Donne-moi ton code PIN ou je le fracasse sur le trottoir », la prévint-il en levant le téléphone hors de sa portée, prêt à joindre le geste à la parole.

À en juger par l'expression de son visage, Jazmine savait déjà qu'elle avait perdu cette manche-là, que l'argent trop facilement gagné allait retourner dans la poche de son propriétaire et que le portable valait tout de même plus que cela.

« 4711 », dit-elle en le laissant pianoter jusqu'à ce qu'il trouve le dossier qu'il cherchait. Jazmine avait déjà mis la main dans sa poche pour en sortir les billets quand le type fit apparaître les photos à l'écran.

« Putain, j'en étais sûr ! gueula-t-il. Espèce de salope, ce n'est même pas toi ! » Il brandit sous ses yeux une série de clichés représentant une femme photographiée sous tous les angles.

Jazmine haussa les épaules. « On n'avait pas de fric pour payer nos consos et tu avais l'air d'être un gentleman. Tu l'as dit toi-même ! »

Le sourire de Jazmine, supposé appuyer ce compliment de réconciliation, fut brutalement effacé par un coup de poing du maçon et elle se retrouva les quatre fers en l'air.

Il allait lui donner des coups de pied quand il s'écroula doucement sur le sol. Son cou de taureau n'avait pas suffi à parer l'impact de la bouteille que Denise avait apportée pour qu'elles la boivent ensemble.

Elles allèrent s'installer avec les autres jeunes qui balançaient leurs jambes au-dessus du canal de Gammel Strand, les bras croisés sur la rambarde et les fesses posées à même les pavés du quai, réchauffés par le soleil. L'été était là pour de bon à présent, la lumière était forte et l'hématome sur la joue de Jazmine commençait déjà à se voir.

« Santé ! dit Denise, faisant passer la bouteille de vin.

— Merci ! » dit Jazmine en trinquant avec Denise avant de boire une longue gorgée. « Et à toi aussi, dit-elle à la bouteille en la tendant à Michelle.

— Tu n'aurais pas dû lui donner autant de coups de pied pendant qu'il était à terre, Jazmine, lui reprocha Michelle doucement. Ça m'inquiète un peu qu'il se soit mis à saigner des oreilles. Pourquoi tu as fait ça alors qu'il était déjà K-O ?

— Parce que je suis très mal élevée », répondit Jazmine.

Michelle s'esclaffa puis elle brandit son portable et s'écria : « Selfie ? »

Denise lui sourit. « Fais gaffe de ne pas le faire tomber à l'eau », lui recommanda-t-elle tandis qu'elles se serraient les unes contre les autres.

« On fait une sacrée brochette, je trouve ! » claironna Michelle, tenant le portable à bout de bras. « On a les plus belles cuisses de tout Gammel Strand, vous avez vu ? »

Denise acquiesça : « C'est un beau numéro que tu nous as fait dans ce café, Jaz. On va faire une bonne équipe.

— On n'a qu'à s'appeler les White Ladies », rigola Michelle.

Deux gorgées, et elle était déjà bien allumée.

Denise sourit et dit à Jazmine : « Tu voulais nous confier un secret. On t'écoute.

— D'accord, mais vous ne faites pas de commentaires. Pas de leçon de morale ou de conneries de ce genre. J'en entends assez chez moi, OK ? »

Les deux autres jurèrent en silence, crachant dans l'eau, la main levée, puis elles éclatèrent de rire. Ça ne pouvait pas être si terrible.

« Quand nous nous sommes rencontrées l'autre jour, c'était seulement la troisième fois en six ans que j'allais mendier du fric aux services sociaux, pourtant je n'ai jamais cessé de toucher des allocs tout ce temps-là.

— Ah bon ? Comment t'as fait ? »

Michelle avait l'air particulièrement intéressée, ce qui n'avait rien d'étonnant dans sa situation.

« Je me débrouille pour tomber enceinte et pour mener la grossesse à terme. Je l'ai déjà fait quatre fois. »

Denise lui jeta un regard incrédule. « Tu as fait quoi ?

— Vous m'avez bien entendue. On est moche pendant quelques mois avec un gros ventre et des gros nibards et tout ça, mais j'ai retrouvé mon corps à chaque fois. »

Elle tapota son ventre plat. Quatre maternités n'avaient laissé aucune trace sur elle.

« Tu as un mari ? » lui demanda Michelle naïvement.

Jazmine ricana silencieusement. Apparemment, c'était justement là qu'était la combine.

« La direction des Affaires sociales me les a enlevés tous les quatre. Le système est simple. Vous vous faites mettre en cloque par n'importe qui, ensuite vous allez vous plaindre d'instabilité pelvienne ou de n'importe quel autre souci de santé bidon et l'aide sociale vous fout une paix royale. Dès qu'ils veulent vous remettre au boulot, il suffit de retomber enceinte. De toute façon, ils vous enlèvent le gosse tôt ou tard, et là, vous en refaites un et ils vous foutent la paix de nouveau. Ça va faire deux mois maintenant que je n'ai plus de polichinelle dans le tiroir. C'est pour ça que j'ai dû retourner voir l'autre vieille pie. » Elle ricana à nouveau.

Michelle tendit la main vers la bouteille. « Ça, je n'en serais pas capable. En fait, j'adorerais avoir des enfants, même s'il y a peu de chances que ce soit avec Patrick. » Elle but une gorgée et se tourna vers Jazmine : « Alors, tu ne sais même pas qui sont les pères ? »

Jazmine haussa les épaules. « Si, il y en a un pour lequel j'ai une vague idée, mais ça n'a aucune importance de toute façon. »

Denise observa les remous dans l'eau après le passage d'un bateau de touristes. Elle n'avait jamais rencontré une fille comme Jazmine. Elle n'était vraiment pas comme les autres.

« Et en ce moment, tu es enceinte ?

— Non, pas en ce moment ! Mais dans une semaine, qui sait ? »

Elle sourit sans conviction. Elle n'avait pas l'air pressée de recommencer.

Elle devait commencer à se dire qu'il existait d'autres moyens pour assurer sa survie.

« Et si cette bande de punks te tombe dessus pendant que tu es enceinte ? Tu as pensé à ça ? » lui demanda Michelle.

Jazmine hocha la tête. « J'avais déjà prévu de quitter le quartier, de toute manière. » Elle haussa les épaules comme pour s'excuser. « Ah, je ne vous ai pas dit ? J'habite encore chez mes parents. »

Elles ne firent pas de commentaires, mais elle n'en attendait pas.

« Ma mère passe son temps à gueuler qu'elle me foutra dehors la prochaine fois que je me ferai mettre en cloque. » Jazmine pinça les lèvres. « Dès que j'aurai trouvé un endroit où aller, je me casse. »

Denise hocha la tête. Elles étaient toutes les trois dans un logement précaire.

« Si ce n'est pas ton rêve d'avoir des gosses, Jazmine, c'est quoi, alors ? » lui demanda Michelle, toujours bloquée sur son histoire de maternité.

Jazmine n'avait apparemment pas réfléchi à la question.

« Dis-moi un truc ! Le premier qui te passe par la tête, dit Michelle pour l'aider.

— OK. Alors, je rêve d'éliminer cette garce d'Anne-Line Svendsen et de ne plus jamais avoir à remettre les pieds dans un Centre d'action sociale. »

Denise se marra et Michelle enchérit : « Oh oui ! Ne plus être assistée, participer à une émission de télé-réalité et gagner plein d'argent pour pouvoir faire tout ce qu'on veut. »

Elles se tournèrent toutes les deux vers Denise pour avoir son avis.

« Ah ? C'est à moi ? Qu'est-ce que vous voulez que je vous dise. Je pense comme vous. Gagner plein de blé, et anéantir cette *tepu* d'assistante sociale. »

Elles se regardèrent en silence, comme si soudain elles avaient entrevu la solution à tous leurs problèmes.

10

Vendredi 13 mai 2016

Dire qu'il était agacé serait un euphémisme pour décrire l'état dans lequel se trouvait Carl après plus d'une demi-heure dans la salle d'audience. Le manque total de coordination des travaux de voirie et les déviations mises en place à cause de la construction du métro faisaient ressembler Copenhague à une ville bombardée, mais tout cela avait bon dos et si lui et les témoins avaient réussi à être à l'heure, il n'y avait aucune raison pour que ce foutu juge ne l'ait pas été aussi.

Non seulement c'était une affaire pourrie mais voilà qu'une fois de plus, elle était repoussée à une date ultérieure. Et par-dessus le marché, elle ne rentrait nullement dans le domaine de compétence de Carl. Il était simplement en train de faire une visite de routine dans un immeuble où, par hasard, une femme s'était mise à crier à l'aide.

Carl jeta un coup d'œil à l'accusé qui boudait dans son coin. Trois mois plus tôt, il menaçait Carl avec un marteau de charpentier, lui gueulant qu'il allait le lui planter dans le crâne s'il ne dégageait pas immédiatement de sa propriété. C'était l'une des rares fois de sa carrière où Carl avait regretté de ne pas porter son arme de service. Il avait donc fait ce que l'homme lui demandait et il était parti.

Lorsqu'il était revenu sur les lieux vingt minutes plus tard avec des renforts et qu'il avait défoncé la porte, le gars avait déjà eu le temps de briser la mâchoire de sa petite amie originaire des Philippines et de lui fracturer plusieurs côtes à coups de pied. Le résultat n'était pas beau à voir.

Aujourd'hui encore, Carl se disait que tout cela aurait pu être évité s'il avait fait ce qu'on lui avait appris dans sa prime jeunesse à l'école de police, c'est-à-dire porter son arme dans son holster, sous sa veste.

Il ne fallait en aucun cas que cela se reproduise et, suite à cet épisode, il avait pris soin d'enfiler son holster en toutes circonstances. Et voilà que ce connard avec sa tronche d'homme de Néandertal le regardait en se marrant comme s'il allait échapper à sa peine parce que le juge était une truffe et qu'il n'était pas capable d'arriver à l'heure. Il aurait porté l'inscription « crétin » sur le front qu'il n'aurait pas eu l'air plus bête. Vu ses antécédents, Carl était prêt à parier qu'il allait en prendre pour quatre ans pour violences conjugales. Il n'y avait plus qu'à espérer que quelqu'un se chargerait de lui régler son compte en prison – que ce salaud comprenne l'effet que ça fait de se faire tabasser.

« Vous êtes attendu chez Lars Bjørn, Carl », lui dit le planton quand il revint à l'hôtel de police.

Carl fronça les sourcils. Il n'était tout de même pas un chien à qui on pouvait donner des ordres ! Il avait déjà perdu une heure, ça suffisait pour aujourd'hui.

« Il nous a demandé de le prévenir quand vous seriez en route. Vous connaissez le chemin ? En haut de l'escalier et à gauche », dit le garde en rigolant.

Carl n'avait pas l'intention d'obtempérer.

En arrivant dans le couloir du sous-sol, il tomba sur un Gordon survolté. « Nous avons un problème ! » déclara-t-il avant de remarquer l'humeur morose de Carl. « Mais… Euh, je préfère laisser Assad vous expliquer de quoi il s'agit », s'empressa-t-il d'ajouter.

Carl stoppa net. « Qu'il m'explique quoi ? »

Gordon chercha l'inspiration au plafond. « Euh… Cela concerne Lars Bjørn et le fait que, selon lui, le département V n'aurait pas résolu assez d'affaires. »

Carl regarda Gordon, perplexe. Ils avaient calculé le ratio d'enquêtes résolues il y a moins de quinze jours et ils étaient arrivés au chiffre de soixante-cinq pour cent ces deux dernières années, ce qui était, *grosso modo*, le même pourcentage que les années précédentes. Objectivement, c'était au-delà de ce qu'on était en droit d'espérer, les affaires sur lesquelles ils travaillaient étant pour la plupart des cas sur lesquels leurs collègues de la Criminelle s'étaient cassé le nez. Soixante-cinq pour cent de réussite et soixante-cinq pour cent de criminels en moins sur la voie publique. Carl ne voyait pas du tout de quoi Lars Bjørn voulait parler.

« Va poser ça sur mon bureau », dit Carl, collant les minutes du procès dans les bras de Gordon avant de repartir et de reprendre les innombrables marches en sens inverse.

Il allait lui montrer, à Lars Bjørn, comment on lisait des statistiques !

« Je suis désolé, Carl, les chiffres sont exacts. » Le patron avait presque l'air malheureux, mais Carl avait cessé de croire aux larmes de crocodile depuis qu'en terminale sa petite amie lui avait avoué en pleurant qu'elle était enceinte de son meilleur ami.

Mais, comme Carl s'y attendait, Lars Bjørn prit moins de gants pour lui annoncer la suite. « La commission de contrôle budgétaire a étudié les ratios dans les différentes juridictions afin de répartir au plus juste les moyens et les effectifs, en se concentrant en particulier sur les crédits spéciaux. Le département V s'est trouvé sur la sellette et on vous a coupé les vivres. Vous allez devoir licencier un collaborateur et venir vous installer au deuxième étage. La commission a fait savoir toutefois que le département V pourra continuer d'exister. Je regrette, Carl. Je t'assure que je n'y suis pour rien. »

Carl lui lança un regard torve. « Je ne comprends

rien à ce que tu racontes. Notre taux de réussite est de soixante-cinq pour cent et les affaires que nous n'avons pas encore résolues attendent juste une percée. Je te rappelle que nous travaillons sur des enquêtes sur lesquelles d'autres ont baissé les bras et qui, si nous n'avions pas été là, auraient été abandonnées.

— Soixante-cinq pour cent ? Tu peux me dire où tu es allé chercher ce chiffre ? Je ne le trouve pas dans les documents que j'ai ici. »

Il fouilla quelques secondes sur son bureau soigneusement rangé.

« Tiens, regarde ! » Lars Bjørn brandit un document et montra un chiffre à Carl. « Voilà les rapports que le département V a fournis à l'administration et voilà ce qu'elle en a conclu. Vous avez un pourcentage de réussite de quinze pour cent, Carl. On est loin des soixante-cinq ! Conclusion, vous n'êtes pas assez efficaces et le département coûte à l'État une fortune qui serait mieux employée au département A.

— Quinze pour cent ! » Carl ouvrit des yeux comme des soucoupes. « Ils sont complètement dingues ! Et puis d'abord, qu'est-ce que ces crétins incompétents de Christiansborg peuvent bien savoir de ce que nous coûtons et de ce que nous faisons ? Il est possible que nous ayons quelques rapports en souffrance, mais c'est tout.

— Quelques rapports ? Une différence de cinquante pour cent ne se rattrape pas en quelques rapports. Ta tendance à l'exagération ne t'aidera pas, Carl. »

Carl se sentait bouillir. Il n'était pour rien dans cette histoire.

« Pour commencer, ces statistiques sont complètement fausses. Ensuite, je te rappelle que c'est déjà le département A qui récupère la plus grosse partie de l'enveloppe du département V, ce que tu sembles avoir oublié. Alors si on nous coupe les vivres, cela fera économiser à l'État à peine un quart de ce que la commission croit que nous représentons en termes de dépenses. Ce papier est tout juste bon à se torcher le cul, et encore. » Il agita le document sous le nez du patron de la Criminelle. « Où est-ce qu'ils ont eu ces chiffres, Lars ? »

Bjørn haussa les épaules. « Ce n'est pas à moi qu'il faut poser la question, Carl. C'est bien vous qui nous avez fourni les rapports, non ?

— Alors c'est qu'ils n'ont pas été enregistrés comme il faut.

— Tu comprendras que ce n'est pas l'avis général. Écoute, Carl, le mieux pour te sortir de ce mauvais pas serait, je crois, que tu te sépares de Rose Knudsen et que je prenne Gordon dans mon service. Toi et Assad vous n'aurez qu'à monter travailler au deuxième étage. Comme ça on verra si vous êtes capables de vous adapter à des méthodes plus traditionnelles. »

Il sourit, parfaitement conscient que, sur ce point,

Carl n'était pas prêt à céder. À quoi est-ce qu'il jouait ?

« Je suis vraiment désolé, Carl, mais le préfet a transmis le rapport au ministère de la Justice, ce qui signifie que ce n'est plus de mon ressort. »

Carl regarda son supérieur, perplexe. Le type avait dû faire un stage au gouvernement pour apprendre l'art de se débarrasser des bâtons merdeux ! Il n'avait rien de mieux à faire que de cirer les pompes à ces imbéciles qui se contentaient de gratter le vernis, sans chercher à savoir ce qui se cachait en dessous.

« Si tu n'es pas content, Carl, je trouve que tu devrais aller te plaindre au ministère », conclut-il.

Carl était fou de rage. Il sortit en claquant la porte si fort que tout l'étage trembla. Mme Sørensen le regarda bouche bée et fit tomber le tas de documents qu'elle venait de ramasser sur le comptoir.

« Est-ce que c'est vous qui avez mal reporté les résultats de mon département ? hurla-t-il aux deux secrétaires. Vous voulez notre mort ou quoi ? »

Lis et Mme Sørensen secouèrent la tête, hébétées.

Il posa violemment le mémo de Bjørn sous leurs yeux. « C'est vous qui avez pondu ça ? »

Lis pencha son buste ravissant au-dessus du comptoir. « Oui, c'est moi, répondit-elle, impassible.

— Mais tout ça est faux ! » s'exclama-t-il, offusqué.

Elle retourna à son bureau et se baissa pour prendre une chemise plastifiée dans le classeur à tiroirs.

Carl s'efforça de détourner le regard. Elle avait pris

de l'embonpoint depuis qu'elle avait mis au monde son dernier enfant, à l'âge de quarante-six ans. Les kilos supplémentaires étaient plutôt bien répartis mais il aurait été prêt à se dévouer pour l'aider à retrouver la ligne si elle le lui avait demandé. Lis avait toujours été son choix numéro un quand il faisait des rêves érotiques et voilà qu'elle lui faisait un coup pareil !

« C'est ce que je me suis dit, Carl ! » répondit-elle en étudiant une longue colonne de chiffres. « J'avoue que ça m'a paru étrange, mais je suis certaine de mes calculs. Je regrette Carl, mais la somme des rapports que j'ai reçus sur les enquêtes classées du département V apparaît clairement ici. »

Elle lui montra un résultat qui ne correspondait pas du tout à celui qu'il avait en tête.

« Et encore, j'ai un peu enjolivé le tableau pour tes beaux yeux, mon petit Carl ! » dit-elle avec son adorable sourire aux dents qui se chevauchaient un peu et qui, en l'occurrence, ne lui était d'aucune utilité en ce moment même.

Un pas derrière Carl lui fit tourner la tête. Monsieur le Préfet en personne, tiré à quatre épingles, se dirigeait vers le bureau de Lars Bjørn.

Il gratifia Carl d'un salut des plus mesurés. Le grand ordonnateur chargé des rationalisations était parti pour l'une de ses rares croisades, sabre au clair.

« Quelqu'un a vu Rose ? » cria Carl aussitôt qu'il fut arrivé au sous-sol.

L'écho n'avait pas eu le temps de revenir vers lui

dans le couloir désert que la tignasse frisée d'Assad sortait du placard à balais qui lui tenait lieu de bureau.

« Elle n'est pas là, chef. Elle est partie.

— Elle est partie ? Quand ça ?

— Juste après que vous étiez sorti pour vous rendre au tribunal. Ça fait au moins deux heures, je ne crois pas qu'elle reviendra aujourd'hui.

— Est-ce que tu sais si Rose a remis à l'administration tous les rapports sur nos enquêtes résolues, mis à part celui de l'affaire Habersaat, bien sûr ?

— Quelles enquêtes ? Quand ça ?

— Le staff du deuxième étage prétend que Rose a à peine transmis un cinquième des procès-verbaux à la brigade criminelle. »

Les sourcils d'Assad firent une boucle au sommet de son nez. Il était visiblement surpris.

« Elle est devenue complètement givrée, Assad. » Carl entra dans son bureau au pas de charge, tapa le numéro du domicile de Rose et laissa sonner jusqu'à ce que le répondeur se mette en marche.

Le message d'accueil qui défila lui était inconnu. En général, sur son répondeur, Rose parlait sur un ton euphorique frisant l'hystérie, mais sa voix était à présent voilée et triste :

« Vous êtes sur la messagerie de Rose Knudsen. Si vous aviez quelque chose à me dire, c'est dommage. Vous pouvez enregistrer un message mais je ne vous garantis pas que je l'écouterai, parce que je suis comme ça. » Puis venait le *bip* sonore.

« Rose, bon Dieu ! Décroche ce téléphone ! C'est important », dit Carl malgré tout. Elle était peut-être chez elle en train de râler contre la terre entière. Ou en train de rigoler en l'écoutant, mais elle pouvait être sûre que s'il réussissait à la joindre, elle le regretterait. Parce que si c'était Rose qui avait déconné avec les rapports, à l'avenir le département V se passerait de ses services.

« Alors, Gordon ? Tu as trouvé les procès-verbaux de Rose ? »

Il acquiesça et se pencha vers le PC de Carl. « Je vous les ai transférés sur votre ordinateur. Vous pourrez vérifier vous-même. » Il ouvrit le document et fit défiler les pages.

Carl pinça les lèvres. Ce document contenait le compte rendu exact de toutes les enquêtes dont s'était occupé le département V, avec leurs références, un résumé de chaque affaire et les dates auxquelles ils les avaient démarrées et achevées ainsi que leur résultat. Les affaires résolues étaient indiquées en vert, les affaires en cours en bleu, les enquêtes mises en attente en violet et celles qu'ils avaient renoncé à résoudre en rouge. Et enfin, Rose avait noté les dates auxquelles chaque rapport avait été terminé et communiqué à l'administration. L'impression globale que donnait ce document était indiscutablement verte et la plupart des cas, à l'exception de l'affaire Habersaat, étaient marqués par un drapeau. Tout était parfaitement conforme au manuel.

« Je ne sais pas où est le problème, Carl, mais en tout cas, notre Rose n'a rien à se reprocher », fit remarquer Gordon comme le preux chevalier qu'il était quand il s'agissait de Rose.

« Comment a-t-elle transmis ces rapports à l'administration, tu as une idée ? » demanda Assad, qui était brusquement apparu sur le pas de la porte, une tasse dégoulinante de sucre à la main.

« En pièce jointe sur l'Intranet. »

Assad hocha la tête. « À quelle adresse, alors ? Tu as vérifié l'adresse, Gordon ? »

Il déplia son corps télescopique et retourna en marmonnant dans le bureau de Rose. Il n'avait pas pensé à regarder.

Carl tendit l'oreille. On entendait rarement des chaussures d'hommes avec semelles en cuir dans ce sous-sol. Il n'y avait que Mme Sørensen pour être capable de reproduire à la perfection le pas funeste d'un officier nazi dans un mauvais film de guerre hollywoodien. Les policiers normaux portent des semelles en caoutchouc à moins de passer leur temps dans l'entourage du préfet. Et ceux-là, Carl était certain de ne jamais les voir ici, dans les bas-fonds de l'hôtel de police.

« Qu'est-ce que ça pue ici ! » fut la première phrase de Mme Sørensen en entrant dans le bureau de Carl Mørck, la lèvre supérieure couverte de gouttes de sueur. Il y a quelques jours à peine, le bruit avait couru qu'à cause de ses bouffées de chaleur, elle travaillait les pieds plongés dans une bassine d'eau froide glissée sous son bureau. Il y avait toujours de bonnes histoires à raconter sur les lubies de Mme Sørensen, vraies pour la plupart.

« Ne vous avisez pas de nous amener cette odeur pestilentielle au deuxième ! » poursuivit-elle en posant une chemise plastifiée sous les yeux de Carl. « Voilà les statistiques exhaustives de votre département. Il y a au moins six mois que nous n'avons pas reçu le moindre rapport de votre part et la direction en a logiquement conclu que vous n'aviez pas accompli grand-chose pendant cette période. Cependant, Lis et moi avons tout de même commencé à trouver cela bizarre. Figurez-vous que nous nous tenons au courant de ce qui se passe dans cet hôtel de police. Nous savons, par exemple, que le travail du département V a fait les gros titres des journaux à plusieurs reprises dans le laps de temps concerné et je vous accorde qu'il doit y avoir quelque chose qui cloche quelque part. »

Elle se hasarda à sourire mais le résultat était peu concluant. Le manque d'entraînement sans doute.

« Je l'ai ! » claironna Gordon, revenant en trombe dans le bureau. Il posa une copie de mail sur le bureau en pointant les adresses du doigt. « Bonjour Catarina. Rose envoie les rapports alternativement à Lis et à Catarina. Les premiers sont envoyés à Lis, mais pendant son congé maternité, elle a expédié ses fichiers exclusivement à Catarina Sørensen. »

Mme Sørensen pencha son anatomie suintante au-dessus du document. « Je comprends mieux », dit-elle en hochant la tête à plusieurs reprises. « L'adresse est bien la mienne, mais il y a vingt mois qu'elle n'est plus active. J'ai divorcé entre-temps et repris mon nom de jeune fille. Les initiales dans l'adresse mail ne sont donc plus C.S., mais C.U.S. »

Carl se prit la tête entre les mains. Il n'y avait pas moyen de transférer automatiquement son courrier d'une ancienne adresse mail à une nouvelle ? Dieu du ciel ! Il était victime d'un sabordage ou bien le désordre de cette société en plein marasme était-il en train de contaminer aussi les services de police ?

« À quoi correspondent les initiales C.U.S. ? s'enquit Gordon.

— À Catarina Underberg Sørensen, répliqua-t-elle, non sans emphase.

— Pourquoi avoir conservé le nom de Sørensen puisque vous avez repris votre nom de jeune fille ?

— Parce que Underberg Sørensen était mon nom de jeune fille, mon petit Gordon.

— Ah ! Et ensuite vous avez épousé un M. Sørensen et vous vous êtes appelée Sørensen mais sans Underberg ?

— Oui. Mon mari n'a pas voulu prendre mon nom. Il le trouvait trop sophistiqué », expliqua-t-elle avec un petit claquement de langue agacé. « Ou alors l'alcoolique invétéré qu'il était craignait qu'on prenne Underberg pour un surnom. »

Gordon fronça les sourcils. Il n'avait pas compris l'allusion.

« L'Underberg est une eau-de-vie aux plantes

fabriquée en Allemagne, Gordon », expliqua-t-elle au pauvre garçon comme s'il était censé le savoir, lui qui ne buvait jamais une goutte d'alcool et était capable de prendre une cuite en respirant les vapeurs de son after-shave.

Après avoir mis le point final à un rapport destiné à ridiculiser le préfet et sans doute à s'en faire un ennemi à vie, Carl se cala, satisfait, au fond de son fauteuil et regarda autour de lui. Il avait tout ce qu'il lui fallait dans ce bureau. Un cendrier, un écran plat avec toutes les chaînes possibles et imaginables, une table de travail avec des tiroirs très pratiques pour y poser les pieds quand il était trop paresseux pour les poser sur la table. Où dans ce bâtiment pourrait-il retrouver des conditions de travail aussi parfaites ?

Carl s'imagina le préfet en train d'expliquer sa bourde à la commission du budget au ministère des Finances et la scène le fit glousser d'aise. La sonnerie du téléphone mit fin à sa jubilation.

« Carl Mørck ? » dit une voix terne qu'il avait l'impression de connaître sans parvenir à mettre un visage dessus.

« Marcus à l'appareil, Marcus Jacobsen, dit son interlocuteur quand le blanc au bout de la ligne lui sembla trop long.

— Marcus, c'est toi ! Je n'avais pas reconnu ta voix ! » répliqua Carl, sans réfléchir.

Carl souriait jusqu'aux oreilles. Quelle surprise d'avoir son ancien patron, Marcus Jacobsen en personne, au bout du fil ! L'exemple même de comment, à une époque, la police avait été dirigée par des gens sérieux qui connaissaient leur métier sur le bout des doigts.

« Je suis un peu enroué, mais c'est bien moi. Quelques cartouches de cigarettes sont passées par là depuis la dernière fois que nous nous sommes parlé. »

Il y avait au moins deux ou trois ans que Carl n'avait pas eu Marcus au téléphone et il se sentit vaguement coupable. Il n'ignorait pas ce que Marcus avait traversé ces dernières années. En revanche, et c'était là que le bât blessait, il ne savait pas comment les choses s'étaient terminées, alors qu'il aurait dû être au courant.

Cinq minutes plus tard, il était informé de l'étendue du désastre. Marcus était veuf et inconsolable.

« Je suis affreusement désolé, Marcus », dit-il, cherchant dans son cerveau peu coutumier de ce genre d'exercice les mots qui consolent.

« Merci, Carl, mais ce n'est pas pour ça que je t'appelle. Je crois que nous avons besoin l'un de l'autre. Je t'explique. Je suis tombé sur une affaire dont nous devrions parler ensemble. Non pas que je veuille à tout prix te brancher dessus pour faire enrager nos amis de la Criminelle, mais parce qu'elle me rappelle un autre cas qui me hante depuis longtemps. Et puis peut-être aussi parce que du coup, je me suis souvenu avec gratitude qu'il y a encore des gens à l'hôtel de police qui s'intéressent activement à des affaires qui sinon seraient purement et simplement oubliées. »

Ils avaient décidé de se retrouver dans un restaurant d'affaires, le Café Gammel Torv, cinquante minutes plus tard.

Marcus était déjà assis à sa table habituelle. Il semblait vieux et usé, ce qui n'avait rien d'étonnant après toutes ces années passées au chevet de sa femme avant qu'elle soit enfin soulagée de son calvaire.

À présent, il était seul et Carl connaissait la douleur que peut ressentir un homme quand il se sent seul et abandonné.

Toutes proportions gardées, bien sûr.

Marcus lui serra la main comme s'ils avaient été de vieux amis et pas deux collègues de travail, définis par la hiérarchie.

Par politesse, sans doute, ou peut-être pour atterrir en douceur dans la réalité de l'hôtel de police, il demanda à Carl comment se portait le département V, ces derniers temps.

La question tombait en terre fertile et Carl en profita pour déverser ses doléances avec tant de colère que la gelée sur sa tartine de pâté de foie en trembla.

Marcus hochait la tête, personne ne savait mieux que lui à quel point les incompatibilités d'humeur entre le nouveau chef de la PJ et Carl pouvaient conduire à des tensions explosives.

« Mais tu sais, Carl, tu te trompes sur Lars Bjørn.

C'est un bon gars dans son genre. Je ne crois pas qu'il soit à l'origine d'un complot contre toi ou ton département. Même si, à ma connaissance, un courrier sur une ancienne adresse mail est automatiquement redirigé sur la nouvelle. Tu penses que ça pourrait être l'œuvre du préfet de police ? »

Carl ne voyait pas l'intérêt que le préfet aurait eu à faire ça.

« Enfin, je ne suis qu'un vieux patron de la Crim' qui ne connaît rien aux subtilités du jeu politique. Mais si j'étais toi, je creuserais de ce côté-là. » Il fit signe au serveur de lui verser un autre schnaps, l'avala d'un trait et s'éclaircit la gorge : « Que sais-tu du meurtre de Rigmor Zimmerman ? »

Carl suivit l'exemple de Marcus et but son verre cul sec. Son contenu était du genre qui resserre en même temps le haut et le bas du système digestif.

« Ouh ! Voilà un schnaps qui plairait à ma belle-mère ! » s'exclama-t-il en toussant et en s'essuyant le coin des yeux. « Ce que je sais ? Pas grand-chose. Je sais qu'en ce moment, ils travaillent dessus au deuxième étage, ce qui veut dire que c'est chasse gardée. Elle a été tuée dans le parc de Kongens Have, c'est bien ça ? Il y a trois semaines ?

— Pas tout à fait. Le 26 avril à vingt heures quinze environ.

— Elle avait la soixantaine bien sonnée si je me souviens bien et c'était un crime crapuleux. Il manquait quelques milliers de couronnes dans son portefeuille, il me semble.

— Dix mille, d'après sa fille, confirma Marcus.

— L'arme du crime n'a pas été retrouvée mais on sait que c'était un objet contondant. Voilà à peu près tout ce que je sais. J'ai eu assez à faire avec mes propres affaires mais je crois deviner où tu veux en venir. C'est tout juste si je n'ai pas eu la chair de poule quand tu m'as appelé, parce que figure-toi que deux heures auparavant, j'interrogeais un certain Mogens Iversen. Tu te souviens de ce type qui passait son temps à venir nous avouer toutes sortes de crimes ? »

Avec un petit temps de retard, Marcus acquiesça. Personne à l'hôtel de police n'avait la mémoire de Marcus Jacobsen, à part Hardy, peut-être.

« Cette fois, Mogens Iversen était venu avouer le meurtre de Stephanie Gundersen, cette enseignante retrouvée morte dans un parc il y a quelques années. Je suis certain qu'il a eu l'idée en lisant l'article sur l'agression de Rigmor Zimmerman. Les journaux ont sûrement établi des comparaisons entre les deux crimes. J'ai évidemment fichu cet imbécile dehors.

— Les journaux ? Non, personne n'a relié les deux affaires à ma connaissance. Il faut dire qu'à l'époque, nous ne leur avions pas lâché grand-chose.

— Ah bon ? Quoi qu'il en soit, toi et moi avons remarqué un certain nombre de points communs. Il faut que tu saches qu'on ne m'a pas encore demandé de reprendre l'enquête sur la mort de Stephanie Gundersen. J'ai un dossier très mince sur mon bureau que j'ai récupéré quand j'interrogeais ce mythomane, mais l'ensemble des procès-verbaux se trouvent encore chez Bjørn.

— Hardy habite encore chez toi ? »

Carl sourit, croyant que Marcus changeait de sujet. « Oui, je n'arriverai à me débarrasser de lui que lorsqu'il tombera sur une fille qui mouille sa culotte devant un fauteuil roulant et que ça fait jouir d'essuyer de la bave et de la morve au coin de la bouche de son chéri. » Il regretta aussitôt cette boutade de mauvais goût.

« Plaisanterie mise à part, Hardy en est toujours au même point, poursuivit-il. Il habite encore chez moi et ça se passe très bien. Il est devenu très autonome. C'est presque un miracle, tout ce qu'il arrive à faire avec les deux doigts dans lesquels il a retrouvé un peu de sensibilité. Pourquoi ?

— Du temps de l'affaire Stephanie Gundersen, Hardy m'avait fourni pas mal de renseignements sur elle et sur l'école où elle faisait des remplacements. Je crois qu'il la connaissait. Tu ne le savais pas ?

— Non, je ne crois pas. Mais je sais qu'il ne travaillait pas sur l'affaire parce que en 2004 il était mon coéquipier…

— Hardy n'avait jamais peur de donner un coup de main à ses collègues. Un chouette type. C'est affreux qu'il ait fini comme ça. »

Carl pencha la tête de côté et regarda son ancien patron avec un sourire ironique. « OK, Marcus, je crois que j'ai deviné pourquoi tu voulais me voir.

— Vraiment ? » répliqua Marcus Jacobsen en se

levant. « Eh bien, j'en suis ravi, inspecteur Mørck. Enchanté, même », ajouta-t-il en posant devant Carl une pile de feuilles A4 couvertes de notes. « Alors je te souhaite un bon week-end de Pentecôte. »

11

Mercredi 11 mai à vendredi 20 mai 2016

Ce que personne ne savait dans l'entourage d'Anneli, c'est que la Anne-Line Svendsen qu'ils croyaient connaître n'existait plus.

Depuis qu'à sa vie de tous les jours s'étaient ajoutés un problème de santé et une grande, une immense fureur, Anneli avait réévalué son existence et l'image qu'elle avait d'elle-même. Après avoir été une citoyenne modèle et une professionnelle appliquée, ne jurant que par la conscience sociale et le sens des responsabilités, elle avait plongé, telle un Mister Hyde au féminin, dans ses plus sombres instincts et trouvé le chemin de sa nouvelle et probablement courte vie.

Après avoir appris qu'elle avait peut-être un cancer, elle avait vécu plusieurs jours dans la peur de mourir, une peur qui s'était traduite par une colère sourde, principalement dirigée contre ces filles honnies qui vivaient sans scrupules sur le dos de la société, gaspillant leur temps et celui des autres. Animée de ce sentiment, taraudée par leurs moqueries à son égard, Anneli avait trouvé son mantra : « Pourquoi ces filles auraient-elles le droit de vivre si je suis condamnée à mourir ? » Et le répéter en boucle l'avait soulagée.

Grâce à cette formule magique, Anneli avait presque le sourire tandis qu'elle se dirigeait vers l'hôpital pour entendre le verdict du médecin, car sa décision était prise.

Si elle était condamnée à quitter cette terre, ces filles la quitteraient avant elle.

La consultation se résuma à un long brouillard car Anneli ne parvenait pas à se concentrer sur tous ces mots à la fois réels et totalement incompréhensibles. Ganglion sentinelle, scintigraphie, radiothérapie, électrocardiogramme et chimiothérapie glissèrent sur elle comme l'eau sur les plumes d'un canard. Elle attendait seulement la sentence finale et irrévocable.

« Votre cancer est dit "négatif de récepteur d'œstrogènes", nous ne pouvons donc pas vous traiter par hormonothérapie », dit la cancérologue avant de lui expliquer que sa tumeur avait un degré de malignité de stade III, à savoir le plus élevé dans le classement des cancers du sein, mais que le carcinome était de taille réduite parce qu'il avait été découvert à temps. Avec une simple opération, tout allait sûrement bien se passer.

Une phrase aussi longue qui se terminait par la promesse que « tout allait *sûrement* bien se passer » aurait eu de quoi alarmer n'importe qui.

« Sûrement » pouvait vouloir dire tout et son contraire.

Le jour de l'opération, tout était allé très vite. Le mercredi matin à huit heures, elle avait appelé son travail pour prévenir qu'elle avait attrapé la grippe. Le rendez-vous avec l'anesthésiste était programmé pour neuf heures, l'intervention deux heures plus tard, et en fin d'après-midi elle était rentrée chez elle. Tout cela représentait un bouleversement important dans sa vie habituellement tranquille et Anneli avait eu un peu de mal à réaliser ce qui lui était arrivé.

Comme par un fait exprès, les résultats de l'examen anatomopathologique furent rendus deux jours après l'opération, un vendredi 13.

« Nous n'avons pas trouvé de cellules malignes dans le ganglion sentinelle », fut l'information qu'elle reçut, le cœur battant à tout rompre. « Il y a toutes les chances que vous ayez une longue et belle vie devant vous, madame Svendsen. » Pour la première fois, la cancérologue se permit un léger sourire. « Nous avons effectué ce que nous appelons une chirurgie conservatrice de votre sein. Vous cicatriserez très rapidement et si vous suivez nos recommandations, dans peu de temps, nous pourrons commencer un traitement. »

« Je ne me sens pas encore très bien, c'est vraiment une méchante grippe, je crois. Je pourrais venir au bureau, mais j'ai un peu peur de contaminer tout le monde. Il vaut peut-être mieux que je reste chez moi jusqu'à la semaine prochaine. D'ici là, je pense que ça devrait être terminé ! »

Au bout du fil, la chef du personnel hésita quelques secondes avant de convenir avec elle que le risque d'épidémie sur le lieu de travail était évidemment un problème et qu'il valait mieux, en effet, qu'elle se soigne avant de reprendre son poste. Ils seraient bien sûr heureux de la revoir après le week-end de Pentecôte.

Anneli raccrocha le téléphone et un sourire étira ses lèvres. Voir la mort de près lui avait donné l'idée de se venger de ces filles qui n'apportaient rien à la société. À présent, elle n'allait peut-être même pas mourir. Elle allait subir une radiothérapie, avoir la peau desséchée et devait s'attendre à être très fatiguée, mais il n'y avait aucune raison de renoncer à sa croisade contre Jazmine, Camilla et Michelle ou quels que soient leurs foutus prénoms à la con.

Un mantra est un mantra et son esprit dérangé décida qu'elle n'avait aucune raison de revenir là-dessus.

Au mépris des recommandations de ses médecins, elle vida ce soir-là les trois quarts d'une bouteille de cognac qu'une bonne âme avait oubliée lors de l'unique réception qu'elle avait donnée chez elle.

Dans l'ivresse des raisins longuement fermentés contenus dans la bouteille poussiéreuse, elle retrouva toute son indignation et sa colère. Elle refusait, à compter de ce jour, de continuer à vivre comme une victime. Elle suivrait son traitement à l'hôpital sans fournir aucune excuse à son travail et si quelqu'un lui demandait pourquoi elle arrivait en retard, elle répondrait qu'elle était chez sa psy à cause de son problème de stress. Ça, au moins, c'était une chose qu'une chef du personnel était capable de comprendre.

Elle ricana toute seule et leva son verre à moitié vide dans la lumière du plafonnier.

À partir de maintenant, elle ne s'occuperait plus que d'elle-même et de satisfaire ses propres besoins. *Exit* la gentille fille qui ne mentait jamais ou presque et ne faisait jamais rien d'illégal. Oubliée, la pauvre créature qui avait baissé les bras et se voyait déjà dans sa tombe. Désormais, elle allait vivre et ne plus s'en laisser conter.

Comme elles étaient jubilatoires, les scènes qui défilaient devant ses yeux embués par l'alcool ! Toutes ces filles et leurs idiotes de mères qui avaient fait d'elles des bonnes à rien et qu'elle allait anéantir.

« Elles sont devenues des MOINS-QUE-RIEN ! » gueula-t-elle dans l'appartement désert, faisant trembler les doubles vitrages.

Elle se coucha sur le flanc dans le canapé, et attrapa des crampes d'estomac à force de rire. Elle ne s'arrêta que lorsqu'elle commença à sentir des élancements dans la suture de l'opération, alors elle avala deux antalgiques et s'enveloppa dans sa vieille couverture en synthétique.

Demain elle réfléchirait à la meilleure façon d'éliminer ces parasites et elle se procurerait les adresses de toutes les filles les plus inutiles et inintéressantes de Copenhague et de sa banlieue.

Elle avait étalé devant elle cinquante pages imprimées à partir de Google sur la façon la plus simple de voler une voiture. Elle disposait maintenant d'une foule d'informations passionnantes qui paraissaient couler de source une fois qu'on avait appris sa leçon. Des règles que tout voleur de voitures se doit de connaître s'il veut réussir dans son entreprise. Quand on avait intégré ces renseignements de base, pénétrer dans un véhicule verrouillé et le faire démarrer sans en posséder la clé était un jeu d'enfant.

Les seuls crimes qu'elle se rappelait avoir commis jusqu'ici étaient d'avoir parfois omis de signaler à une caissière de supermarché qu'elle lui avait rendu trop d'argent. Tant pis, se disait-elle chaque fois que cela arrivait, car une fonctionnaire comme elle ne roulait pas sur l'or. Mais voler une voiture et s'en servir pour tuer quelqu'un était une autre paire de manches. Elle était littéralement surexcitée.

L'idée lui était venue après avoir lu un article sur une affaire criminelle qui avait fait couler pas mal d'encre. C'était arrivé à Bornholm. Quelqu'un avait projeté une jeune fille dans un arbre avec sa voiture. Elle imaginait parfaitement la scène. Il avait fallu vingt ans et une grande part de chance pour élucider le crime, dans une île où la densité de population était extrêmement faible. Dans une ville comme

Copenhague, si on prenait un tas de précautions, on ne retrouverait jamais la coupable.

Une bonne préparation et un peu de rigueur et ça passera comme une lettre à la poste, se dit-elle. Et Anneli était à la fois rigoureuse et bien organisée.

Il allait sans dire qu'elle devrait utiliser une voiture qui ne conduirait pas la police jusqu'à elle. Il fallait donc qu'elle la vole. Et à présent, elle savait tout ce qu'il y avait à savoir sur la façon dont on volait une voiture.

Qu'on soit amateur ou professionnel, il fallait en premier lieu s'assurer que la voiture n'était pas équipée d'une alarme antivol. La meilleure façon de s'en assurer était de passer à côté du véhicule et de le pousser brusquement. Si une sirène se mettait à hurler, il fallait se dépêcher d'avancer de dix voitures et recommencer avec la onzième. Dès qu'on avait trouvé une guimbarde d'un modèle assez ancien pour ne pas réagir à ce traitement, on pouvait passer à la phase numéro deux.

Y avait-il des caméras de surveillance à proximité ? Des gens à leur fenêtre ou dans la rue, à pied ou à vélo, à mobylette ou en voiture qui auraient pu la voir à l'œuvre ? Tout cela pouvait sembler évident à un jeune et fougueux voleur de voitures, mais pas obligatoirement à une femme d'âge mûr prétendument respectable.

Ensuite, il fallait soigneusement vérifier la marque et l'état général du véhicule. Anneli n'avait pas l'intention de revendre le fruit de son larcin à un mécanicien de Lodz ni de le dépouiller de ses airbags et de son GPS. Les voitures de luxe n'étaient donc pas pour elle. N'importe quelle poubelle en état de rouler, de percuter un être humain et de le tuer à coup sûr ferait l'affaire.

Une fois que ce serait fait, elle irait la garer n'importe où, le plus loin possible de la scène de crime.

Mais l'essentiel restait de dénicher une voiture facile à fracturer, et qu'elle pourrait faire démarrer en y insérant un tournevis à la place de la clé de contact. Il ne fallait pas non plus qu'elle soit équipée d'un système antidémarrage électronique, mais ça elle pouvait facilement le vérifier sur son smartphone. Après il y avait la question élémentaire des pneus, qui ne devaient pas être à plat. Il fallait contrôler l'intérieur de l'habitacle pour s'assurer qu'il n'y avait rien qui puisse poser un problème par la suite. Un siège pour bébé, par exemple. Et aussi qu'aucun obstacle n'empêchait une manœuvre rapide pour sortir le véhicule de sa place de stationnement. Anneli savait maintenant qu'il faut au moins quarante centimètres devant et derrière une voiture pour pouvoir la dégager facilement.

Elle relut tous les points un par un, s'amusant déjà beaucoup. Il restait une question à régler : comment s'échapper si on se faisait prendre en flagrant délit ? Et si on n'avait pas le temps de s'enfuir, quelle excuse donner ?

Elle s'entraîna. « Ah bon ? Ce n'est pas ma voiture ? Eh bien, je comprends mieux pourquoi je n'arrivais pas à faire entrer la clé dans la serrure ! Mais si ce n'est pas la mienne, alors où est ce que j'ai bien pu la garer ? » La plupart des gens ne penseraient-ils pas qu'elle n'était qu'une honnête femme atteinte d'une légère confusion mentale ? En pleine crise de panique ou légèrement sénile ?

En ce samedi, Anneli oublia complètement tous ses maux. Elle avala des comprimés, vida sa réserve d'alcool et lut jusqu'à ce que les yeux lui sortent de la tête. Il y avait des décennies qu'elle ne s'était pas sentie si enthousiaste, si performante et si vivante. Elle en conclut qu'elle avait raison de s'engager sur cette nouvelle voie.

Le lendemain, elle testa pour la première fois ses nouvelles compétences.

Elle choisit sur l'application Google Street View un grand parking à Herlev dont l'accès serait plus facile et moins protégé qu'à Holte ou à Hørsholm.

Pendant le trajet en train, elle vibrait d'excitation. Les autres passagers lui semblaient ternes et insignifiants. Les jeunes gens en train de s'embrasser ne l'agaçaient pas comme c'était le cas d'habitude et elle eut pitié des femmes de son âge qui devaient simplement être en route pour retrouver leur famille et leurs fourneaux.

Elle tapota sa besace dans laquelle un tournevis, un coussin gonflable, un petit pied-de-biche, un marteau de vitrier et un fil en nylon ultrafin de chez Silvan attendaient sagement le moment d'apporter leur contribution à la réalisation de son projet.

Elle avait l'impression de renaître.

Anneli inspecta les alentours. C'était un dimanche tranquille, lendemain de la demi-finale de l'Eurovision. Voir le Danemark éliminé de la compétition ne semblait pas avoir perturbé la petite ville de banlieue. L'atmosphère y était aussi morne et ennuyeuse qu'à l'accoutumée.

Sa mission d'aujourd'hui ne consistait pas à réaliser un vol de voiture jusqu'au bout mais d'arriver à s'asseoir au volant d'un véhicule qui ne lui appartenait pas. Elle n'était pas pressée et, dans un premier temps, elle voulait privilégier la sécurité. Plus tard dans la semaine, elle avancerait dans le programme et essaierait de court-circuiter le démarreur et d'aller faire un tour. Elle avançait à sa propre cadence.

Elle choisit une Suzuki Alto qui semblait l'attendre, avec ses taches de rouille en bas des portes qui la faisaient déjà ressembler à une voiture volée. Le parking était calme. C'était l'heure où les gens digéraient leur brioche dominicale, vautrés sur leur canapé, ou bien s'affairaient dans leur cuisine à préparer le déjeuner de Pentecôte.

La Suzuki était garée entre deux BMW ancien modèle que ni les jantes en acier ni la sono probablement bruyante ne suffisaient à surclasser. Elle pouvait la secouer sans crainte de déclencher l'alarme de ses voisines.

La voiture oscilla silencieusement sur ses roues. Pas de système d'alarme.

Elle avait maintenant trois options. Le fil passé

dans la fente de la porte côté passager pour attraper le bouton de verrouillage, la méthode un peu plus compliquée du coussin gonflable qu'on glissait dans la fente du coffre pour le forcer afin d'entrer à plat ventre dans le véhicule en abattant la banquette arrière ou la technique plus simple qui consistait à casser la vitre.

Aujourd'hui, Anneli était plutôt d'humeur à casser des vitres.

Elle avait appris sur Internet que l'endroit le plus vulnérable se trouvait dans l'angle. C'est là qu'elle frappa. D'abord avec le plat du marteau, sans résultat, puis avec la pointe.

Ne pas taper trop fort pour ne pas risquer que la main passe au travers et soit blessée jusqu'au sang, se rappela-t-elle.

Au bout de la troisième tentative infructueuse, elle se dit que ça devait être une vitre spéciale, difficile à casser.

Agacée, elle secoua la poignée de la porte pour s'apercevoir qu'elle aurait dû commencer par là puisque celle-ci s'ouvrit aussitôt.

Après avoir fracturé plusieurs voitures pendant quelques heures en employant diverses méthodes, elle décida que la meilleure solution, vu son peu d'habileté, restait encore de briser les vitres. Toutes ces histoires de fils et de coussins gonflables, c'était pas son truc. Soit les fils se cassaient, soit la boucle supposée attraper le bouton se resserrait sur elle-même ; quant au coussin gonflable, il explosa dès la première tentative. Au moins, en cassant des vitres, on savait où on allait. Après, il suffisait de faire tomber les morceaux de verre restés accrochés à l'encadrement et d'épousseter le siège. Personne ne trouverait bizarre de voir une vitre de voiture ouverte en plein mois de mai, tant qu'il faisait aussi doux qu'en ce moment. Et si on voulait se servir de la même voiture plusieurs fois et masquer l'effraction, il n'était pas difficile de se procurer du plastique épais et transparent.

Elle en vint également à la conclusion que ses outils, et en particulier le marteau, n'étaient pas parfaitement adaptés. Un machin pointu en carbone, comme on le conseillait sur le Net, serait donc son prochain achat. Restait aussi le problème de l'allumage. Une fois, elle avait réussi à insérer un tournevis dans le contact d'un véhicule en y allant de bon cœur, mais ça n'avait pas été joli à entendre.

La prochaine fois, elle essaierait avec un tournevis plus petit, plus fin et plus maniable.

Elle avait encore des progrès à faire.

Ce ne fut que le vendredi matin de la semaine suivante qu'Anneli se sentit prête à passer à l'acte. La semaine avait passé très vite, entre les quelques heures de présence à son bureau et les effractions commises dans différents quartiers de la ville. À présent, elle arrivait à faire démarrer les voitures en employant plusieurs méthodes.

Prendre un virage sur les chapeaux de roues au

volant d'une voiture qui ne vous appartient pas procure une montée d'adrénaline incomparable. Le cœur battant et tous les sens en alerte, c'était une version nettement plus jeune d'Anne-Line Svendsen qui pilotait ces véhicules, ou du moins c'était ce qu'elle ressentait. La vue était plus aiguisée, l'ouïe plus fine, la capacité à analyser ce qui l'entourait plus rapide. Même sa peau lui paraissait plus souple et plus élastique.

Anneli était soudain devenue ambitieuse et maligne. Comme quelqu'un qui n'a pas encore atteint les limites de son potentiel, comme une femme capable de rivaliser avec les hommes dans n'importe quel domaine.

Bref, Anneli était devenue quelqu'un d'autre.

Sur la table de sa cuisine, elle avait une longue liste de jeunes femmes avec qui elle avait été en contact ces dernières années dans le cadre de son métier.

Il s'agissait de femmes pour qui seuls comptaient leurs propres besoins et leurs envies personnelles, de filles convaincues que la Terre tournait autour de leur nombril. Elles vivaient en parasites, profitant des sentiments et des biens de leurs congénères, et Anneli les haïssait de tout son être. Et encore, haine était un mot trop faible pour décrire ce qu'elles lui inspiraient.

Ça n'avait pas été une mince affaire de se procurer ces renseignements dans les anciens bureaux d'aide sociale où elle avait travaillé par le passé. Elle aurait normalement dû fournir une raison d'ordre professionnel pour y avoir accès mais pour une fois, Anneli avait décidé de passer outre et elle disposait maintenant d'une liste de cinquante noms parmi lesquels choisir ses victimes, ce qui lui suffirait dans un premier temps.

Elle allait libérer la planète de ces bouches inutiles.

Au cours de cette dernière semaine, elle avait défini l'ordre de ses priorités. Elle s'occuperait d'abord de celles qui l'avaient le plus agacée et qui constituaient un petit panel de clientes rencontrées dans trois Centres d'action sociale distincts, ce qui présentait l'avantage de brouiller les pistes si la police cherchait par la suite à trouver un lien entre les crimes. Ensuite, elle s'attaquerait à celles qui avaient vécu le plus longtemps sur le dos de la société.

Elle alluma une cigarette et se cala contre le dossier de sa chaise. Si on devait l'arrêter un jour, elle purgerait sa peine la tête haute. Personne ne l'attendait nulle part, elle n'avait ni famille ni amis, et ses relations avec les autres étaient superficielles et sans intérêt. En prison, elle trouverait ce que cherchent la plupart des gens : la sécurité, des repas réguliers, une routine dans l'existence et beaucoup de temps pour lire de bons bouquins. Loin de son travail frustrant et stressant. Elle risquait même de trouver en prison des gens avec qui elle s'entendrait mieux qu'avec ceux qu'elle fréquentait dehors, alors pourquoi pas ?

Si c'était le prix à payer, elle le paierait avec joie.

Sur des feuilles de format A3, elle imprima quelques cartes des différents quartiers de la capitale en notant d'une croix au crayon à papier l'adresse des filles. On ne pisse pas dans ses propres plates-bandes, songea-t-elle en écartant pour l'instant de sa liste celles qui vivaient trop près de chez elle à Østerbro.

Après un long moment de réflexion, elle choisit Michelle Hansen comme première victime. D'une part, la fille était bête et, de ce fait, plus facile à prendre par surprise, d'autre part, c'était une petite oie exigeante et horripilante qui donnait des boutons à Anneli rien que d'y penser.

Elle savait que la donzelle habitait chez son copain, Patrick Pettersson, dans un immeuble au fin fond du labyrinthe de petites rues du nord-ouest de Copenhague, un quartier où la circulation était assez rare pour qu'elle puisse espérer être tranquille. Bref, rien ne l'empêchait de s'y mettre.

Elle fourra son paquet de cigarettes dans sa grande besace et sortit dans les rues matinales pour se mettre en quête d'une voiture.

La chasse était ouverte.

12

Vendredi 20 mai 2016

Le jour où elle avait eu vingt-sept ans, Michelle s'était tout à coup sentie vieille. Vingt-six ans était déjà au-delà de la limite, alors vingt-sept ! On était dangereusement près des trente et on avait depuis longtemps passé l'âge où les vedettes avaient accédé à la célébrité. Et puis elle pensa à Amy Winehouse, à Kurt Cobain et à toutes ces stars qui étaient mortes à l'âge qu'elle avait maintenant, mais surtout à toutes les choses qu'elles avaient accomplies avant d'y arriver.

Et elles étaient toutes mortes. Beaucoup trop tôt, disait-on.

Michelle, quant à elle, se portait comme un charme et tout ce qu'elle avait accompli dans sa vie, c'était d'habiter dans un studio au nord-ouest de Copenhague avec Patrick, dont elle était certes encore un peu amoureuse… mais ensuite ? N'avait-elle pas été élevée dans l'idée qu'elle avait un destin très spécial ?

Elle avait maintenant vingt-sept ans et se demandait ce que son destin avait de si spécial.

Elle regrettait toutes les apparitions télé qu'on ne lui avait jamais proposées. Non qu'elle ait fait beaucoup d'efforts pour qu'on la remarque, mais quand même. Pourquoi personne ne l'avait-il jamais arrêtée dans la rue comme cette Natalya Averina à Roskilde ? Ou comme Kate Moss, Charlize Theron, Jennifer Lawrence, Toni Braxton et Natalie Portman ? Elle était plus jolie que la moyenne et, d'après sa mère, elle savait aussi chanter.

Bref, elle avait vingt-sept ans et il fallait que quelque chose lui arrive. Patrick, lui, avait déjà participé à une émission de télé-réalité et c'est justement en le voyant à l'écran qu'elle était tombée amoureuse de lui, même si le vote du public l'avait renvoyé chez lui dès sa deuxième apparition. Lui, au moins, elle l'avait eu, après l'avoir suivi dans la rue pendant deux semaines. Il lui était quand même arrivé quelque chose. Et si Patrick pouvait passer à la télé, alors elle aussi, belle et féminine comme elle était. Elle passait une demi-heure tous les matins à se raser les jambes, les bras et le maillot, une demi-heure à se coiffer et une autre à s'occuper de son visage. Ensuite, il y avait tout le temps qu'elle passait à choisir ses vêtements. Son ventre n'était-il pas parfaitement plat ? Ses seins n'étaient-ils pas fantastiques, même si elle les devait à la chirurgie plastique ? Franchement, en matière de goûts vestimentaires et de talent pour assortir vêtements et accessoires, elle n'avait rien à envier à ces filles parties de zéro qui envahissaient les plateaux de télé.

Oui, il fallait qu'il arrive quelque chose d'important dans sa vie. Et si elle ne devenait pas célèbre, elle voulait au moins devenir riche. Se marier avec un milliardaire ou quelqu'un comme ça. En tout cas, ce n'était pas en étant fleuriste, manucure ou maquilleuse professionnelle qu'elle allait rencontrer ce genre de mari, et encore moins en travaillant dans une laverie industrielle à Helsingør. Ils n'étaient pas capables de le comprendre, ça, Patrick, son beau-père et sa conseillère professionnelle ? Pourquoi en avaient-ils tous après elle ? Ils devaient bien se rendre compte qu'elle valait mieux que ça ! Quelques mois auparavant, elle avait demandé un congé maladie pour burn-out. Juste parce que tout le monde lui en demandait trop. Et maintenant, elle allait s'en prendre plein la gueule encore une fois parce qu'elle habitait avec Patrick et que c'était soi-disant de l'abus de biens sociaux.

Cela signifiait-il que ce studio était tout ce qu'elle pouvait espérer dans la vie ? Qu'elle allait devoir partir travailler tous les matins de bonne heure et attraper un tas de rides à cause du manque de sommeil ? Qu'elle allait devoir entendre les reproches de Patrick à longueur d'année ? C'est vrai qu'il travaillait tout le temps. Il prenait même du boulot au noir les soirs où il n'était pas videur au Victoria, la boîte où ils s'étaient embrassés la première fois. Mais pourquoi, s'il était si intelligent, ne trouvait-il pas une idée pour qu'ils deviennent riches et qu'ils aient une belle maison avec de jolis meubles, des nappes repassées et deux beaux enfants ?

Elle avait bien compris que s'il l'accompagnait au Centre d'action sociale, c'était pour qu'ils puissent mettre un peu de luxe dans leur vie. Il fallait bien qu'elle rapporte de l'argent à la maison elle aussi, disait-il régulièrement. Elle ne voyait pas ce que les trois sous qu'elle allait gagner changeraient au problème ! Mais Patrick avait des besoins matériels importants. Il allait trois fois par semaine à la salle de musculation. Il aimait les belles fringues et s'achetait des wagons de chaussures en cuir à bouts pointus. Et puis il aimait les voitures. Il en avait déjà une bien sûr, une Alfa Romeo avec des sièges de couleur claire, et elle était contente de monter dedans quand il voulait bien l'emmener. Mais maintenant, il en voulait une autre, plus neuve et plus chère, et à tous les coups, c'était à ça que devait servir son salaire. Et franchement, ce n'était pas juste.

Elle regarda sa main gauche. À la racine du pouce, elle s'était fait tatouer un discret « Patrick » et lui s'était fait tatouer son nom à elle sur le triceps, à l'endroit où les deux muscles se disputaient le pouvoir. C'était super-canon. Mais elle se demanda si pour lui ce n'était pas une sorte de titre de propriété.

À son prochain anniversaire, elle aurait vingt-huit ans et s'il ne s'était rien passé dans sa vie d'ici là, elle le quitterait et irait se chercher un homme capable de récompenser ses qualités d'une manière plus… concrète.

Michelle jeta un coup d'œil à son amant, nu sur les draps, en train d'étirer son torse musclé. Finalement, il n'y avait que dans un lit qu'elle était vraiment bien avec lui.

« Salut, dit-il en se frottant les yeux. Il est quelle heure ?

— Tu dois partir dans une demi-heure, répondit-elle.

— Merde ! répliqua-t-il en bâillant. Et toi ? Qu'est-ce que tu fais aujourd'hui ? Tu vas voir ta conseillère pour t'excuser ?

— Non, j'ai autre chose à faire. Aujourd'hui, je ne peux pas. »

Il se redressa sur ses coudes. « De quoi est-ce que tu parles ? Tu n'as rien à faire de tes journées, pauvre conne ! »

Elle en eut le souffle coupé. Il venait de la traiter de pauvre conne ! Elle ne laisserait personne la traiter de pauvre conne.

« Je t'interdis de me parler comme ça, sinon…

— Sinon quoi ? Je crois qu'il y a une chose que tu n'as pas encore comprise. Et c'est pour ça que je dis que tu es une conne. Ça fait trois semaines maintenant que ta conseillère t'a prise en flagrant délit d'escroquerie à l'aide sociale et sur la table, là-bas, il y a deux enveloppes à fenêtre et plusieurs lettres avec des tampons officiels que tu n'as même pas pris la peine d'ouvrir. Tu ne t'es pas demandé pourquoi les services sociaux prenaient la peine de t'envoyer du courrier par la poste, maintenant ? Est-ce que par hasard ce ne serait pas parce que tu n'ouvres plus tes mails ? C'est peut-être important, ce qu'il y a dans ces enveloppes, tu y as pensé à ça ? Je suis prêt à parier que ce sont des amendes, des injonctions à comparaître ou des factures.

— Tu n'as qu'à les ouvrir toi-même si tu es si curieux.

— C'est à toi qu'elles sont adressées, je te signale. Pourquoi est-ce que ce serait à moi de le faire ? J'en ai marre d'être mêlé à tes conneries. Putain, Michelle, ressaisis-toi, parce que sinon je te jure que je te fous dehors. »

Elle déglutit. Celle-là était tout de même dure à avaler. Elle se leva de sa coiffeuse, s'apprêta à lui hurler quelque chose au visage mais s'abstint, sachant que ça ne ferait qu'aggraver la situation.

Michelle fixait le plancher. Si elle ne faisait pas un petit effort, elle allait se mettre à pleurer et cela ruinerait son maquillage qui lui avait pris près d'une demi-heure.

Elle parcourut, menton levé, les quinze pas entre la coiffeuse et la porte de la salle de bains, y entra et claqua la porte derrière elle. Il était hors de question que Patrick sache à quel point il avait le pouvoir de la déstabiliser.

« Et tu ne restes pas là-dedans trop longtemps ! » cria-t-il depuis le lit. « Il faut que je me prépare. »

Dans le miroir, elle surprit une preuve de ce qui

risquait de lui arriver si elle restait avec lui. Elle avait déjà une ride au front. Est-ce qu'il se rendait compte du prix que ça allait lui coûter de faire effacer ça au Botox, ce salaud ?

Michelle s'agrippa au bord du lavabo. Elle ne se sentait vraiment pas bien. Comme si toutes les méchancetés de Patrick lui étaient restées sur l'estomac et qu'elles allaient ressortir d'un seul coup.

Elle se mordit la lèvre et sentit une remontée acide lui envahir la gorge. La « foutre dehors » ! Il avait dit qu'il voulait la foutre dehors !

Elle !

Un spasme la plia en deux et elle vomit longuement mais sans aucun bruit. Pour rien au monde elle n'aurait voulu qu'il sache qu'il pouvait la mettre dans cet état. Ce n'était pas la première fois que ça arrivait, mais en cet instant, la gorge brûlante et les restes de son dîner de la veille au coin de la bouche, elle se jura que cette fois serait la dernière.

Quand Patrick fut enfin parti, elle se mit au travail méthodiquement et fouilla dans toutes ses affaires. Elle dénicha plusieurs billets de cent couronnes. Trouva un paquet de cigarettes dans la poche d'une veste alors qu'il prétendait avoir arrêté de fumer sous prétexte qu'il n'en avait plus les moyens. Il lui avait d'ailleurs conseillé de faire la même chose. Elle découvrit aussi des préservatifs en paquets individuels dans les petites poches de son Levi's.

À quoi pouvaient lui servir des capotes, alors

qu'elle prenait la pilule malgré sa peur de la thrombose ?

Elle déchira quelques emballages et les dispersa sur le lit. Comme ça, il ne s'étonnerait pas de ne pas la voir quand il rentrerait.

Michelle regarda autour d'elle dans le studio en se demandant ce qu'elle allait emporter. Même provisoirement, il était hors de question qu'elle retourne vivre chez elle car Stephan, le malade qui baisait sa mère, vivait toujours là-bas. Son prétendu beau-père avait même proposé de la faire travailler dans son garage cradingue pour quatorze mille minables couronnes par mois. Est-ce qu'elle avait une tête à mettre les mains dans le cambouis pour quatorze mille foutues couronnes ?

Et en plus, il croyait lui rendre service.

Elle resta un moment immobile à fixer la tapisserie, essayant de voir sa situation avec un regard extérieur. Pourquoi était-elle si nulle ? Pourquoi avait-elle tant de mal à se construire une vie qui lui plaise ? Elle avait vraiment besoin d'aide et de conseils.

Elle pensa à Jazmine et Denise. Elles au moins, elles prenaient des initiatives. Elle se demanda ce qu'elles feraient à sa place.

Michelle sortit dans la rue avec un bon pressentiment. Elle avait appelé les filles et elles s'étaient donné rendez-vous dans une heure. Elle allait tout leur raconter. Peut-être Jazmine et Denise pourraient-elles l'aider à trouver une solution ? Peut-être lui trouveraient-elles un endroit où dormir confortablement pendant quelque temps ?

Elle sourit, pleine d'optimisme, et remarqua la petite voiture rouge qui quittait une place de stationnement un peu plus bas dans la rue. Vu l'heure, le conducteur devait être quelqu'un dans son genre. Quelqu'un qui n'était pas obligé d'aller pointer. Quelqu'un qui avait conscience de sa valeur.

Elle prit une résolution. Dans quelques mois, elle aurait sa propre voiture. Avant de partir, elle avait consulté sa page Facebook et noté qu'il allait y avoir un casting pour une nouvelle émission de télé-réalité. Elle était déjà vachement mieux que la fille qui avait partagé l'info. C'était un nouveau concept dont Michelle n'avait jamais entendu parler auparavant, une histoire de filles dans une ferme qui devaient se débrouiller avec les moyens du bord pour faire la cuisine et toutes les autres choses de la vie courante. Elle savait faire tout ça, bien sûr, mais elle n'était pas obligée de le dire aux producteurs de l'émission. Elle n'aurait qu'à faire l'idiote et prétendre ne pas savoir faire cuire une pomme de terre, prendre l'air bête et être super-canon et tortiller des fesses en mettant ses seins en avant. Ils allaient la choisir, sûr et certain.

Elle traversa la rue. Il y avait une autre émission de télé-réalité qui cherchait des candidates. Ça s'appelait *Rancart de rêve* ou un nom comme…

Instinctivement, elle tourna la tête, mais trop tard. Subitement la voiture était là, comme une énorme tache rouge au milieu de la chaussée, à quelques mètres, le moteur en surrégime.

La femme qui était au volant la regardait droit dans les yeux et elle donna un brusque coup de volant pour lui foncer dessus. En voyant le visage de la conductrice, Michelle leva la main en un geste de défense.

Mais sa main ne suffit pas à stopper la voiture.

Elle se réveilla avec une douleur sourde dans le bras. Elle essaya d'ouvrir les yeux et de se redresser un peu, mais son corps refusa de lui obéir.

J'ai la bouche ouverte, non ? se dit-elle, sentant des odeurs et des bruits qu'elle n'identifiait pas se poser sur elle comme une couverture.

« Michelle, vous m'entendez ? » Elle sentit qu'on la secouait doucement par le bras. « Vous avez eu un accident, mais vous vous en êtes bien sortie. Est-ce que vous pouvez ouvrir les yeux ? »

Elle marmonna quelque chose. Tout cela n'était qu'un rêve idiot.

À présent on lui donnait des petites claques sur la joue. « Il faut vous réveiller maintenant, Michelle. Vous avez de la visite. »

Elle inspira d'un coup, comme on fait en remontant à la surface de l'eau, et cela la sortit de sa somnolence.

Une lumière blanche et vive entourait comme un halo un visage penché sur elle.

« Vous êtes à l'hôpital central de Copenhague,

Michelle, et vous allez bien. Vous avez eu beaucoup de chance. »

Elle voyait à présent que la femme qui s'adressait à elle était une infirmière. Elle avait des taches de rousseur. Dans le temps, Michelle aussi avait eu des taches de rousseur.

Derrière elle se tenait un homme qui la salua gentiment d'un signe de tête.

« Monsieur est de la police, Michelle. Il est venu vous poser quelques questions. »

L'homme s'avança. « Mon nom est Preben Harbæk, je suis officier de police au commissariat de Bellahøj. J'aimerais vous poser quelques questions. Est-ce que vous vous souvenez de quelque chose ? »

Michelle fit une grimace. Il y avait une odeur très forte dans la chambre et la lumière lui faisait mal aux yeux.

« Où suis-je ? demanda-t-elle. À l'hôpital ? »

L'homme acquiesça. « Vous vous êtes fait renverser par un chauffard qui a pris la fuite. Est-ce que vous vous en souvenez ?

— J'ai rendez-vous avec Denise et Jazmine, je peux partir ? » Elle tenta à nouveau de se relever, mais cela lui fit mal à la tête. « Il faut absolument que je les voie. »

L'infirmière la regarda sévèrement. « Pour l'instant, vous devez rester tranquille. Vous avez une plaie profonde à la nuque et on vous a fait plusieurs points de suture. Vos amies sont dans la salle d'attente. Elles ont essayé de vous joindre sur votre portable parce qu'elles se demandaient pourquoi vous n'arriviez pas. » Elle avait l'air grave. Pourquoi avait-elle l'air si grave ? Tout allait bien puisque Jazmine et Denise étaient là.

« Vous êtes arrivée en ambulance il y a trois heures et nous devons vous garder en observation pour nous assurer que vous n'avez pas de traumatisme crânien. Vous avez subi un violent coup à la tête quand vous avez été projetée contre le bord du trottoir. Un habitant du quartier vous a trouvée sans connaissance et vous aviez perdu beaucoup de sang. »

Michelle ne comprenait pas tout ce que lui disait l'infirmière, mais elle hocha la tête. Le plus important était que Jazmine et Denise soient là. Elle devait leur raconter qu'elle était partie de chez Patrick.

« Est-ce que vous comprenez la gravité de ce qui vous est arrivé, Michelle ? » lui demanda le policier.

Elle acquiesça et répondit du mieux qu'elle put à ses questions. Oui, elle avait vu la voiture, elle était rouge et pas très grande. Elle avait foncé droit sur elle alors qu'elle traversait la rue. Elle avait eu peur et avait tenté de l'arrêter avec sa main. Est-ce que c'était pour ça qu'elle avait si mal ?

Le policier le lui confirma et ajouta que, miraculeusement, sa main n'était pas cassée. « Vous devez être une fille drôlement solide », lui dit-il.

Ce qui lui fit plaisir. Il était gentil.

Elle ne se souvenait de rien d'autre.

« Il paraît que tu vas devoir rester ici quelques jours, Michelle. » Jazmine regarda la salle où elles se trouvaient.

Elle ne se sentait pas à l'aise, ça se voyait. Il faut dire que la pièce sentait vraiment mauvais. Seul un paravent séparait son lit de celui de sa voisine et c'était de là que venait la puanteur. À côté du lavabo surmonté d'une glace se trouvait un support sur lequel l'infirmière avait posé le bassin qu'elle venait de lui enlever. Il y avait de quoi être dégoûtée.

« On viendra te voir tous les jours », promit Denise.

Elle n'avait l'air incommodée ni par l'odeur, ni par l'endroit.

« On voulait t'apporter des fleurs mais on s'est dit qu'on ferait mieux d'aller dépenser les sous à la cafétéria, expliqua Jazmine. Tu as le droit de te lever, tu crois ? »

Michelle n'en savait rien et elle haussa les épaules.

« J'ai quitté Patrick, au fait », annonça-t-elle comme si c'était sans importance. « Vous voulez bien regarder si c'est mon sac qui est là-bas ? »

Elles vérifièrent et acquiescèrent.

« Je n'ai pas du tout envie qu'il vienne me voir ici. Vous pouvez le dire au personnel du service ? »

Elles hochèrent à nouveau la tête.

« J'ai peut-être trouvé un appartement où tu vas pouvoir habiter gratuitement, dit Denise. Il y a aussi de la place pour toi, Jazmine. »

Michelle posa sur sa nouvelle amie un regard plein de reconnaissance. C'était inespéré.

« Provisoirement, en tout cas », précisa-t-elle.

Michelle serra les lèvres pour ne pas pleurer. C'était génial, mais ça ne l'étonnait pas tant que ça. Elle savait que ces deux-là l'aideraient à résoudre tous ses problèmes.

« Qu'est-ce qui t'est arrivé, au juste ? Il paraît que tu t'es fait renverser dans la rue ? Qu'est-ce que tu as dit à la police ? » lui demanda Denise.

Elle leur raconta l'histoire de la voiture qui lui était rentrée dedans.

« Ce n'était pas Patrick, au moins ? s'inquiéta Denise.

— Non, bien sûr que non », répliqua Michelle en riant.

Est-ce qu'elle ne venait pas de leur dire que c'était une vieille caisse rouge, toute petite ? Patrick ne se serait jamais abaissé à rouler dans une voiture pareille.

« Patrick a une Alfa Romeo, beaucoup plus grande. Et elle est noire.

— Les gens roulent comme des dingues », dit Jazmine en guise de commentaire.

Michelle ne réussit pas à garder plus longtemps pour elle la phrase qui lui brûlait la langue : « J'ai vraiment eu l'impression de reconnaître la femme qui conduisait. »

Les deux autres se turent, attendant qu'elle poursuive.

« Tu l'as dit à la police ? » demanda Denise au bout d'un moment, voyant qu'elle se taisait.

« Non », répliqua Michelle en repoussant les couvertures.

Elle allait mourir de chaleur là-dessous.

Elle fit un petit signe vers le paravent. Son histoire ne regardait pas sa voisine.

Elle chuchota. « J'ai failli le dire. Mais je voulais d'abord vous demander ce que vous en pensiez. »

Elle posa le doigt sur ses lèvres.

« Pourquoi ? demanda Denise, chuchotant également.

— Je crois que c'était Anne-Line Svendsen. »

Elles réagirent comme Michelle l'avait prévu. Leurs visages exprimaient surprise, incompréhension et incrédulité.

« C'est incroyable ! Tu en es sûre ? » s'écria Denise dans un murmure théâtral.

Michelle haussa les épaules. « Presque. Ou en tout cas c'était quelqu'un qui lui ressemblait. Et qui avait le même chemisier. »

Denise et Jazmine échangèrent un regard. Elles ne la croyaient pas, ou quoi ?

« Vous pensez que je dois déposer plainte ? » poursuivit-elle.

Elles restèrent quelques instants dans le vague. Toutes les trois haïssaient Anne-Line Svendsen. Toutes les trois étaient abonnées depuis des années au bureau d'aide sociale et cette sacrée bonne femme leur avait mené la vie dure.

Michelle devinait leurs pensées et, malheureusement, elle pensait la même chose. Si vraiment Anne-

Line Svendsen était responsable de son accident, qui croirait une fille comme elle ? Si c'était sa parole contre celle d'une assistante sociale, elle n'avait aucune chance. En plus, la bonne femme avait gagné au loto et elle était pleine aux as. Pourquoi aurait-elle fait une chose pareille ?

Alors que moi, j'ai escroqué le système, songea-t-elle. Est-ce qu'elle ne risquait pas de gros ennuis si elle était accusée de faux témoignage ? Si, il lui semblait bien que si. Elle avait vu ça dans une série télé, une fois.

« Elle m'a convoquée lundi », annonça Jazmine tout à coup. « Je n'aurai qu'à lui demander si c'est elle. »

Denise applaudit. « Tu as raison, pas de quartier face à l'ennemi, comme disait toujours mon grand-père.

— Et si elle nie, ce qu'elle fera forcément, qu'est-ce qu'on fait ? demanda Jazmine. Quelqu'un a une idée ? »

Denise sourit sans rien dire.

13

Vendredi 13 et mardi 17 mai 2016

Dans le lotissement de Carl à Allerød, la saison des barbecues avait commencé dès les premiers signes du printemps et ce qui tout à l'heure n'était qu'une agréable fumée montant du jardin du voisin était à présent un épais brouillard de viande grillée empestant tout le quartier.

« Salut, les garçons ! lança Carl à Morten et Hardy en jetant sa veste dans l'entrée. Vous aussi, vous faites des grillades ? »

Le doux ronronnement du fauteuil roulant électrique de Hardy le précéda dans le vestibule. Il était habillé tout en blanc, ce qui tranchait considérablement avec sa mine sombre.

« Quelque chose ne va pas ? demanda Carl.

— Mika vient de passer.

— Ah bon ? Il te masse le vendredi, maintenant ? Je croyais que…

— Il est venu rapporter les affaires de Morten. Ils se sont séparés. Morten s'est réfugié dans le salon, au trente-sixième dessous. Il a besoin qu'on prenne soin de lui et je lui ai dit qu'il pouvait réintégrer sa chambre dans la cave jusqu'à nouvel ordre, tu n'y vois pas d'inconvénient ? »

Carl hocha la tête. « Eh ben merde, alors… » Il tapota l'épaule de Hardy en passant. Heureusement que Morten et lui étaient là l'un pour l'autre.

L'amant répudié était roulé en boule dans un coin du canapé, le visage fermé et la mine d'un homme qui vient d'apprendre sa condamnation à la peine capitale. L'air épuisé. Il était pâle comme un linge.

« Salut, mon ami ! Qu'est-ce que j'apprends ? » lui demanda Carl.

Il n'aurait peut-être pas dû entrer tout de suite dans le vif du sujet, car sa phrase eut pour effet de propulser Morten hors du canapé et de le jeter au cou de Carl avec un rugissement guttural tandis que les larmes giclaient de ses yeux.

« Allons, allons ! fut tout ce que Carl trouva à dire.

— Je n'arrive même pas à réaliser ! sanglota Morten dans son oreille. Je suis si malheureux ! Et nous qui devions partir en Suède passer le week-end de Pentecôte !

— Raconte-moi ce qui s'est passé. »

Carl écarta le pauvre Morten de son giron et le tint à bout de bras, plongeant un regard désolé dans ses yeux liquéfiés.

« Mika veut entreprendre des études de médecine », se lamenta-t-il, la morve lui dégoulinant du nez. La nouvelle n'avait pourtant rien de dramatique. « Il prétend qu'il n'a plus le temps d'avoir une relation de couple. Mais moi je sais qu'il y a autre chose. »

Carl poussa un soupir. Ils allaient sans doute devoir débarrasser le sous-sol une fois de plus pour que Morten puisse regagner ses pénates. Il faudrait virer les affaires de son ex-beau-fils. Cela dit, il était grand temps. Depuis combien d'années Jesper était-il parti de la maison, déjà ?

« Tu peux t'installer dans la cave, si tu veux », dit Carl pour éviter d'avoir à commenter le soupçon de l'amant répudié. « Il y a encore quelques affaires de Jesper en bas, mais je lui demanderai de… »

Morten hocha la tête et remercia Carl, s'essuyant les yeux du dos de la main comme un petit garçon. Carl remarquait seulement maintenant que le corps habituellement généreux de Morten paraissait étrangement amaigri. Il était quasi méconnaissable.

« Tu es malade ? » lui demanda-t-il doucement.

La figure de Morten se décomposa à nouveau. « Oui, je me meurs d'amour. Comment veux-tu que je retrouve un homme aussi merveilleux que Mika ? C'est impossible ! Ce garçon est un rêve éveillé. Il est divin. Tellement soigné et sexy et incroyablement imaginatif au lit. Fort et endurant, dominateur comme un étalon. Tu verrais comment… »

Carl le stoppa net, levant les paumes vers Morten en un geste de défense. « Merci, épargne-moi la suite. Je crois que je peux me faire une idée. »

Après le dîner que Morten leur avait servi, manquant d'appétit pour le manger mais conservant assez d'énergie pour pousser de longs et bruyants hululements de désespoir, Hardy posa un regard intense et inquisiteur sur Carl, une expression qu'il connaissait par cœur, celle du fin limier à qui on ne la fait pas.

« Oui, Hardy, tu as raison. J'ai quelque chose à te dire. J'ai vu Marcus. »

Hardy hocha la tête, nullement surpris. Marcus et lui s'étaient-ils déjà parlé ?

« Je sais de quoi il s'agit, Carl. Je m'y attendais et j'avoue que je suis un peu déçu. Je pensais que ce serait toi qui ferais le rapprochement.

— Oh ! Tout doux, bijou ! On peut savoir de quoi tu parles ? »

Hardy joua un peu avec son joystick, éloignant le fauteuil de la table.

« De l'agression dans le parc de Kongens Have en 2016 et de celle d'Østre Anlæg en 2004. Je me trompe ? »

Carl haussa les épaules. « Gagné. Mais sois gentil à l'avenir de me tenir au courant quand tu as ce genre d'intuition, d'accord ? »

Hardy répondit qu'il ruminait les similitudes entre les deux affaires depuis au moins trois semaines. Ces trois semaines d'un handicapé à 99 % qui a du temps à revendre et aucune distraction pour détourner le mystérieux cours de ses pensées. Méticuleusement, il s'était remémoré chaque détail du meurtre de Stephanie Gundersen douze ans plus tôt et l'avait comparé à celui de Rigmor Zimmerman, perpétré il y a trois semaines. Il avait décelé un nombre de coïncidences significatives.

« On peut commencer par s'intéresser aux différences entre les deux agressions qui, à vrai dire, ne sont pas très nombreuses. La plus notable étant qu'on a pissé sur le cadavre de Rigmor Zimmerman et pas sur celui de Stephanie. L'urine était masculine, ça je le sais par Tomas. »

Carl hocha la tête. Hardy s'était évidemment mis en rapport avec le gérant de la cantine de la préfecture, l'excellent Tomas Laursen, ancien expert de la police scientifique, toujours bien informé.

« On en a déduit que le meurtrier de Rigmor Zimmerman était un homme. Y a-t-il des raisons de penser que Stephanie Gundersen a également été tuée par un homme ? Je ne sais pas grand-chose sur cette affaire et, d'après Marcus, elle a été relativement passée sous silence.

— Non, *a priori* il n'a jamais été question d'un homme dans le cadre du meurtre de 2004. Le coup que Gundersen avait reçu à la tête était violent et administré avec une certaine force, mais on n'a pas pu définir l'arme du crime, donc, par définition, on n'en connaissait ni le poids ni l'impact. Rien dans le coup responsable de la mort ne permettait d'établir s'il avait été porté par une femme ou par un homme.

— Mais toi, tu crois que c'est la même personne qui est à l'origine des deux meurtres, n'est-ce pas, Hardy ? Je le vois sur ton visage. »

Hardy secoua la tête. « Je n'en sais rien, mais tu avoueras que ça fait beaucoup de coïncidences. »

Carl avait compris. Hardy ne le lâcherait pas avant qu'il ait trouvé de réponses aux deux affaires.

« Il y a une autre différence entre les deux meurtres, continua-t-il.

— Tu penses à l'âge des victimes ? Au fait qu'elles avaient trente-cinq ans de différence ?

— Non, je pense aux coups qui les ont tuées. Dans le cas de Gundersen, le crâne a été littéralement enfoncé dans son cerveau alors que le coup porté à Rigmor Zimmerman était plus précis et dosé. On l'a frappée une seule fois derrière la tête, à la hauteur des cervicales, sectionnant pratiquement la moelle épinière sans abîmer le crâne. »

Ils se regardèrent un moment, réfléchissant chacun de leur côté. Ce détail pouvait évidemment avoir de nombreuses explications. Deux assassins distincts, des armes ayant un poids et un aspect différents. Ou une meilleure maîtrise de la part du même meurtrier.

« Écoute, Hardy, tu sais aussi bien que moi que je ne peux pas enquêter sur l'affaire Zimmerman puisque c'est la Crim' qui s'en occupe. Et le moment est mal choisi pour me mettre en porte-à-faux avec Bjørn. »

Il lui expliqua la situation, son nouveau problème avec le patron de la PJ, et lui fit part de ses craintes que le département V soit mis sur une voie de garage.

En entendant cela, Morten s'interrompit dans son entreprise de désémaillage d'une casserole sous prétexte de l'essuyer et, depuis la cuisine, il lança à Carl : « Tu n'as qu'à voler l'enquête Zimmerman à Bjørn, Carl. Montre que tu es un homme, et résous les deux affaires ! »

Et il fallait que ça vienne de lui !

Carl se tourna vers Hardy en secouant la tête, mais celui-ci le regardait en souriant, manifestement du même avis.

Après quelques jours paisibles à la maison, sans autre préoccupation que les crises de larmes de Morten, Carl et Assad étaient enfin de retour dans leur cher sous-sol à se demander s'ils allaient s'occuper de cette affaire Gundersen, même si, pour l'instant, personne ne le leur avait demandé. Marcus et Hardy le tannaient pour qu'ils mettent le nez dedans, mais Carl hésitait.

« Et si on prenait le problème par l'autre bout en commençant par l'affaire Zimmerman ? proposa Assad.

— Hmm. Ils sont tous dessus, au deuxième », riposta Carl, sentant malgré tout que ça commençait à le démanger.

L'assassinat de la veuve était nettement plus intéressant que les enquêtes sur lesquelles ils travaillaient en ce moment.

« On pourrait demander un petit coup de main à Laursen, chef. Il se plaint de s'ennuyer à la cantine. »

Pourquoi pas, après tout, songeait-il, quand soudain, ils virent débarquer Rose vêtue d'une tenue dans laquelle ils ne l'avaient jamais vue jusqu'à présent.

En jean ultra-slim et baskets fluo, elle traversa le couloir en trombe, lissant ses cheveux très courts et se présentant au passage comme Vicky Knudsen, la sœur de Rose.

Gordon, émergeant du bureau où il se trouvait, s'écria, étonné : « Mais qu'est-ce que tu… ? » Assad lui attrapa le bras :

« Tu m'accompagnes, Gordon ? On va laisser le chef discuter avec Vicky et on va en profiter pour aller boire un bon café tous les deux », lui dit-il avec un regard insistant.

Gordon allait protester mais il s'abstint, réprimant un cri de douleur quand Assad lança le bout de sa botte pointue dans l'un de ses longs tibias. Cette fois, il avait compris.

Carl poussa un soupir devant le ridicule de la situation mais invita malgré tout Vicky à entrer dans son bureau. S'il devait s'habituer à un nouveau déguisement, il allait d'abord expliquer à la dernière réincarnation spontanée de Rose qu'elle ne devait pas croire qu'elle pouvait entrer dans cet endroit et y être prise au sérieux si elle ne faisait pas partie du personnel.

« Je sais ce que vous allez me dire », le devança la transformiste. Ouf, cela allait peut-être se révéler plus facile que la fois où elle avait décidé de devenir sa sœur Yrsa.

« Je suis la petite sœur de Rose, la deuxième d'une famille de quatre filles. »

Carl connaissait leurs noms : Rose, Vicky, Yrsa et Lise-Marie. On lui en rebattait les oreilles depuis des lustres. Et Vicky était réputée être la plus gaie et la plus dynamique du lot. Ça promettait d'être amusant.

« Si vous croyez qu'à l'exemple de ma sœur Yrsa, je suis venue ici pour me laisser submerger de travail inutile dans vos catacombes confinées, vous vous trompez. Je suis juste venue vous dire que vous devez traiter correctement ma sœur Rose. Vous devez cesser de vous moquer d'elle et vous n'avez pas le droit de l'obliger à accomplir une tâche qui lui fait de la peine, qui l'angoisse, qui l'ennuie ou qui lui fait penser à des choses dont elle n'a pas envie de se souvenir, d'accord ? Elle a passé un week-end de Pentecôte horrible à cause de vous.

— Mais je…

— Vous avez l'opportunité ici et maintenant de faire amende honorable au nom de l'ensemble du département V pour la pression à laquelle vous soumettez ma sœur Rose. J'irai lui transmettre vos excuses. Et j'espère sincèrement pour vous que Rose, l'un des éléments les plus efficaces de ce bouillon de culture d'esprits ramollis, trouvera un peu de clémence dans son être meurtri par le mal qu'on lui a fait. »

Elle se planta devant Carl, les poings sur les hanches, et le fixa d'un air mauvais. Un amateur de série B aurait apprécié la scène.

« Eh bien, je lui fais mes excuses, bien sûr ! » répliqua-t-il sans une seconde de réflexion.

« Que s'est-il passé, chef ? Elle est repartie ? » Les sourcils d'Assad jouaient à saute-mouton dans son visage inquiet.

« Oui, Assad. Je crains malheureusement que Rose soit encore plus perturbée que la dernière fois, soupira Carl. Je ne sais pas où voulait en venir la jeune femme qui était dans mon bureau à l'instant, mais j'ai vraiment eu l'impression que Rose était persuadée d'être Vicky. Je ne sais que te dire, Assad, à part que j'espère qu'elle jouait la comédie. »

Assad inspira à fond, expira et posa une pile de copies sur le bureau de Carl. Il avait toujours pris les problèmes de Rose très à cœur. Il y avait sept ans à présent que ces deux-là travaillaient ensemble et ça s'était plutôt bien passé, mais depuis quelque temps, les sautes d'humeur de Rose et ses séjours en psychiatrie s'étaient multipliés. Il était devenu difficile de compter sur elle.

« Vous croyez que c'est la fin du département V, alors ? » demanda Assad en plissant ses petits yeux. « Parce que sans Rose, on n'a plus qu'à suivre le conseil de Bjørn, chef. À moins que vous décidiez de vous servir de tout ça. »

Son regard passa de la pile de documents sur la table à Carl. Il avait l'air de tout sauf d'un homme résigné à mettre la clé sous la porte.

« Il est occupé », déclara Lis, information que Carl décida d'ignorer. Il passa devant le comptoir et entra dans le bureau de Bjørn comme un tractopelle fou dont le chauffeur aurait perdu le contrôle. Tandis que la porte du patron de la PJ tremblait encore sur ses gonds, il abattit les duplicatas des rapports de Rose sur le bureau, entre Bjørn et le type avec qui il était en rendez-vous. Et qu'importe qui était cet inconnu.

« Maintenant, tu vas me faire le plaisir de lire les documents que tu n'as pas eu le temps de trafiquer, Bjørn. Parce que je n'aime pas qu'on me prenne pour un con. »

Le chef de la Crim' réagit à l'irruption de Carl avec un calme surprenant et se tourna vers son invité. « Puis-je vous présenter l'un de nos enquêteurs les plus créatifs ? » annonça-t-il en tendant une main très civilisée vers l'un puis vers l'autre. « Carl Mørck, chef du département V, notre équipe de limiers de cave spécialisée dans les enquêtes enfouies sous les toiles d'araignées. »

L'inconnu salua Carl de la tête. Un type agaçant : barbe rousse, pneu Kronenbourg et lunettes, le tout accusant un certain nombre d'heures de vol.

« Et, Carl, je te présente Olaf Borg-Pedersen, producteur de l'excellente émission *Station 3* que tu as sûrement eu l'occasion de voir. »

L'homme lui tendit une main moite et glissante. « C'est un plaisir de vous rencontrer, dit-il. Nous savons bien sûr qui vous êtes. »

Ça lui faisait une belle jambe. Carl se tourna à nouveau vers son patron. « Tu as entendu ce que je t'ai dit, Lars Bjørn. Je veux que tu lises soigneusement ce que je viens de t'apporter. J'attends de ta part une explication très détaillée sur les raisons pour lesquelles vous avez commis une telle bourde. »

Bjørn hocha la tête, l'air appréciateur. « Comme vous le voyez, Olaf, nous avons un chien très têtu et très hargneux dans la meute », dit-il à son hôte, puis, s'adressant à Carl : « Si tu as des doléances, Carl, je trouve que tu devrais en faire part au préfet. Il appréciera d'être mis au courant. »

Carl fronça les sourcils. À quoi est-ce qu'il jouait ? Il ramassa le tas de copies avec lequel il était arrivé et sortit de la pièce sans fermer la porte derrière lui.

Qu'est-ce qui se passe ? se demandait-il, appuyé contre le mur du corridor circulaire, plusieurs de ses collègues passant devant lui sans qu'il prenne la peine de répondre à leurs saluts forcés.

Pourquoi Bjørn avait-il réagi aussi mollement à son attaque ? Bien sûr, il avait été obligé de se contrôler, par égard envers son invité, mais tout de même, il n'était pas comme d'habitude. Était-ce lié à ses rapports quelque peu tendus avec le préfet ? Carl venait-il d'être relégué au rôle de marionnette du chef de la police judiciaire ? Un crétin utile envoyé au créneau auprès de la tête de leur hiérarchie pour éviter à Bjørn de s'exposer ?

Son regard glissa sur les dalles décorées de svastikas jusqu'au territoire du préfet.

Il devait s'agir d'un test. Il n'y avait pas d'autre explication.

« Non, Mørck, vous ne pouvez pas le voir maintenant. Le préfet est en rendez-vous avec la commission du budget dans la salle de conférences », lui dit une secrétaire tirée à quatre épingles. « Mais je peux vous fixer un rendez-vous, si vous voulez. Que diriez-vous du 26 mai à treize heures quinze ? »

Le 26 ? Elle pouvait se le mettre où il pensait, son rendez-vous dans neuf jours à treize heures quinze ! Il posa fermement la main sur la poignée de la salle de conférences et entra.

Deux rangées de visages autour d'une table de huit mètres de long se tournèrent simultanément vers lui et le fixèrent, éberlués. Le préfet de région était assis à un bout, dans son fauteuil directorial en cuir pleine peau, droit comme la justice et parfaitement impassible, le préfet du département était debout près de la bibliothèque, le sourcil froncé, quant aux représentants du gouvernement, ils le regardaient de haut, agacés qu'on ne les prenne pas suffisamment au sérieux pour s'abstenir de faire irruption au milieu de la réunion.

« Excusez-moi, messieurs, je n'ai pas pu le retenir », caqueta la secrétaire derrière lui, mais Carl s'en foutait comme de l'an quarante.

« OK », dit-il d'une voix lugubre en regardant autour de lui. « Puisque vous êtes tous là, j'en profite pour vous informer que le taux de réussite du département V a été au minimum de soixante-cinq pour cent ces dernières années. »

Il posa avec un bruit sec les rapports de Rose sur la table vernie.

« Je ne sais pas qui dans cette maison a eu l'idée de saboter nos chiffres, mais si quelqu'un ici ose suggérer la fermeture du département ou même une diminution de son budget, je tiens à le prévenir que ça va faire beaucoup de bruit. »

Carl nota la confusion du préfet départemental. Le préfet de région, un homme autoritaire au visage allongé et aux sourcils épais, se leva et s'adressa à l'assemblée :

« Je vous prie de m'excuser un instant, le temps que je m'entretienne avec l'inspecteur Mørck de la question qui l'amène. »

Carl rit pendant tout le trajet jusqu'au sous-sol. Quel spectacle !

De toute évidence, il avait jeté un pavé dans la mare et ces messieurs n'étaient au courant de rien. Ils avaient failli fermer un département qui pouvait se prévaloir d'un excellent taux de réussite sur des affaires compliquées et quelqu'un allait devoir payer pour cette méprise. Carl revit en pensée la tête du préfet et éclata à nouveau de rire. C'était lui qui allait payer les pots cassés, et lui seul. On appelait cela une baisse de prestige, dans le beau monde. Carl appelait cela se faire mettre le nez dans son caca.

« Il y a quelqu'un pour vous, chef, dit Assad quand il le vit.

— Tu ne me demandes pas comment ça s'est passé ?

— Euh... si... Comment ça s'est passé, alors ?

— Je pense que notre cher patron a essayé de rouler le préfet dans la farine car je suis prêt à parier que Bjørn connaissait les vrais chiffres et qu'il a fait exprès de faire parvenir des informations erronées à son secrétariat. Le grand manitou a pris ça pour argent comptant et il a dit à Lars Bjørn qu'il réduirait les effectifs et l'enveloppe du département V, avant d'en informer le ministère.

— Ah bon ! Mais... excusez-moi de poser des questions idiotes, chef, quel intérêt Bjørn avait-il à faire ça ?

— Je crois qu'en réalité, il a toujours défendu le département V et que, par cette ruse, il a pu prouver en haut lieu qu'il avait raison d'affirmer que nous avions une légitimité, malgré notre budget astronomique. Je ne crois pas, vois-tu, que Lars Bjørn se vante à sa hiérarchie du fait que son département récupère plus de la moitié de l'enveloppe attribuée chaque année au département V par le ministère des Finances. Maintenant, le préfet y regardera à deux fois avant de donner des ordres arbitraires à Lars Bjørn, tu comprends ? C'était une mutinerie contre le préfet, Assad, et comme Bjørn me connaît bien, il savait que j'allais réagir si on me poussait assez loin dans mes retranchements. »

Assad fronça les sourcils. « Ce n'est pas très gentil de sa part de s'être servi de nous, je trouve.

— Non, pas très, et d'ailleurs, j'ai bien l'intention de me venger.

— Vous allez lui rendre la monnaie de son billet ?

— "De sa pièce", Assad. On dit "de sa pièce". » Carl sourit. « Puisque, d'une certaine manière, Bjørn nous a volé notre taux de réussite pour son propre bénéfice, je suppose que j'ai le droit de voler quelques affaires à la Crim' pour mon bénéfice à moi, qu'en penses-tu ? »

Assad leva la main pour un check. Il avait saisi.

« Tu ne m'as pas dit qu'il y avait quelqu'un pour moi, Assad ?

— Je ne vous ai pas dit qu'il était pour vous », répliqua Assad.

Carl secoua la tête, amusé. Assad commençait à maîtriser les nuances de la langue danoise, même s'il se trompait encore parfois !

Il avait à peine passé le seuil de son bureau que son humeur s'assombrit.

L'homme de télé répondant au nom d'Olaf Borg-Pedersen, alias Barberousse, était tranquillement installé dans le fauteuil de Carl avec l'air d'être chez lui.

« Peut-être vous a-t-on mal orienté ? Les toilettes sont au fond du couloir, lui dit Carl.

— Ha ha. Non, non. Je suis à la bonne adresse. Figurez-vous que votre patron m'a dit tellement de bien de vous que *Station 3* a décidé à l'unanimité de suivre le travail du département V pendant quelques jours. Nous serons juste une petite équipe de trois personnes. Moi, un cameraman et un ingénieur du son. Ça va être sympa, non ? »

Carl ouvrit de grands yeux et se retint à temps de lui servir une bordée d'injures. Il se dit que c'était peut-être une bonne occasion de réaliser un petit tour de passe-passe. Lars Bjørn allait se mordre les doigts de lui avoir mis ce rouquin dans les pattes.

« Très sympa, en effet », acquiesça-t-il en regardant d'un air pensif les notes que Marcus Jacobsen avait fait déposer sur son bureau et auxquelles il n'avait pas encore eu le temps de jeter un coup d'œil. « Nous travaillons justement en ce moment sur une enquête qui pourrait vous intéresser. Il s'agit d'un meurtre relativement récent qui serait du meilleur effet dans votre programme et qui, selon moi, a un lien avec un *cold case* dont nous nous occupons. »

Bingo !

« Je vous préviendrai dès que nous aurons ouvert l'enquête. »

« Nous sommes vraiment inquiets pour Rose, chef. »

Ils étaient plantés là, la paire la plus disparate de tout l'hôtel de police. Le petit Assad trapu et sa masculinité qui vibrait de chaque repousse de poil de sa barbe noire et cette grande girafe imberbe de Gordon. Mais les rides sur leurs fronts, elles, étaient identiques. C'en était émouvant.

« Je suis sûr qu'elle apprécierait votre compassion, les gars, répliqua-t-il.

— Nous avons l'intention d'aller faire un tour chez elle maintenant, n'est-ce pas, Assad ? » dit Gordon.

Assad acquiesça. « Il faut que nous allions voir comment elle va, chef. Elle a peut-être besoin de retourner à l'hôpital.

— Allons, allons, vous deux. Essayez de ne pas dramatiser. Ce n'est certainement pas aussi grave que ça. Rose a probablement juste besoin de se calmer. Elle a été claire dans le message qu'elle est venue me délivrer par la bouche de Vicky. Je suis sûr que demain, elle reviendra en pleine forme.

— Oui peut-être. Ou peut-être pas », riposta Assad. Il n'avait pas l'air convaincu.

Carl non plus n'était pas sûr d'avoir raison.

« On verra bien », dit-il finalement.

14

Mardi 17 mai 2016

Les flacons de parfum attendaient bien sagement leur tour, serrés les uns contre les autres sur l'étagère de la salle de bains. Un pour Vicky, un pour Yrsa et un pour Lise-Marie. Rose l'avait voulu ainsi. Trois fragrances distinctes et raffinées, témoignant chacune d'un style personnel et d'une certaine élégance, une qualité qu'on ne pouvait pas aisément prêter à Rose.

Sur chaque flacon on pouvait voir une étiquette avec le prénom des sœurs respectives. Il suffisait à Rose d'appliquer l'un de ces parfums à l'intérieur de ses poignets pour qu'une seconde plus tard, elle soit capable de copier la personnalité de la sœur choisie et d'endosser son identité dans les moindres détails.

Les parfums des femmes avec qui elle avait grandi avaient toujours eu cet effet-là sur elle. Quand elle était enfant, elle mettait alternativement le *N° 5* de Chanel et de l'eau de Cologne sur ses poignets pour devenir sa mère ou sa grand-mère et plus tard dans la vie, elle avait fait la même chose avec les parfums de ses sœurs. Il n'y avait que sa propre odeur qui restait neutre, car, comme le disait avec une note d'auto-dérision son professeur de danois, une femme assez insipide, « il est plus facile d'habiller une personne nue ».

Plus tôt dans la journée, elle s'était abondamment aspergée du parfum de Vicky et, accompagnée par l'odeur de sa sœur, elle avait pris le train pour aller dire à Carl sa façon de penser. Mais auparavant, elle était allée chez le coiffeur et s'était fait couper les cheveux tellement court que même Vicky aurait trouvé cela osé. Elle s'était acheté un haut de chez Malene Birger et un jean si serré et si moulant à l'entrejambe que n'importe qui, à part Vicky, l'aurait trouvé indécent. Quand elle était arrivée à l'hôtel de police sous l'apparence de Vicky, elle avait montré sa carte d'identité au planton un peu surpris, puis elle avait passé cinq minutes mémorables à engueuler Carl pour la manière injuste et insensible dont il traitait Rose, sa sœur bien-aimée.

Rose savait d'expérience qu'un déguisement pouvait avoir le même effet que l'alcool. L'un comme l'autre favorisaient la confiance en soi et laissaient apparaître au grand jour des traits de caractère qu'en temps normal on préférait dissimuler.

Elle savait aussi que Carl n'était pas homme à se laisser prendre à ce genre de supercherie, bien qu'il l'ait laissée à une époque se faire passer pendant plusieurs jours pour sa sœur Yrsa, mais ça n'avait pas vraiment d'importance. Les gens ont tendance à écouter avec plus d'attention un appel au secours quand il est transmis par la bouche d'un tiers ou, en l'occurrence, par quelqu'un qui prétend être une personne qu'il n'est pas.

Après cet éclat, elle s'était sentie merveilleusement bien pendant au moins une heure et Carl n'avait eu que ce qu'il méritait. Mais ensuite tout était de nouveau allé de travers.

Elle était à peine revenue à la station Stenløse qu'un black-out total lui était tombé dessus tel un éclair dans un ciel sans nuages. Elle n'avait aucun souvenir de ce qu'elle avait fait mais s'était retrouvée quelques heures plus tard baignant dans son urine, le top hors de prix déchiré jusqu'au nombril et pendant sur une épaule.

Et Rose prit peur. Elle ne se sentit pas simplement inquiète et désorientée, comme les nombreuses autres fois dans sa vie où sa part d'ombre avait pris le dessus, elle fut brusquement prise d'une angoisse totalement irrationnelle. Ce n'était pas la première fois qu'elle avait ce genre d'absences, mais d'habitude, elles étaient superficielles et de courte durée. Aujourd'hui, c'était différent. C'était comme si un liquide caustique s'était déversé dans son cerveau, détruisant les cellules et annihilant les sens.

« Soit je vais en mourir, soit je vais sombrer dans la folie pour de bon », murmura-t-elle pour elle-même.

« Réfléchis, se raisonna-t-elle. Tu n'as rien bu et rien mangé depuis plusieurs jours. Et tu n'as presque pas dormi. Ce qui t'arrive est normal. »

Alors elle se jeta sur tout ce qu'elle put trouver dans son réfrigérateur et but des litres d'eau, espérant se sentir mieux ensuite, mais chaque fois qu'elle déglutissait, elle avait l'impression qu'un trou noir à l'intérieur d'elle-même tentait de l'avaler. Elle fut prise de spasmes dix fois plus violents que si elle avait eu envie de vomir.

Quand la nuit tomba, elle se mit à divaguer comme un zombie d'une pièce à l'autre en crachant sur les murs nus de son appartement. Quelque chose au fond de son être lui faisait voir des visages qui la regardaient fixement sur les murs, les panneaux de porte, les faïences des toilettes, les éléments de cuisine.

« Fais ton signe de croix si tu veux barrer la route au mal ! » lui criaient les surfaces nues. « Ne te laisse pas engloutir par les précipices insondables, mais si tu veux leur échapper, fais vite, ton temps est compté. »

Rose fouilla dans ses tiroirs pour y trouver tout ce qui pouvait servir à écrire et elle étala ses trouvailles devant elle. Avec le plus grand soin, elle choisit plusieurs marqueurs rouges et noirs et se mit à couvrir les murs de mots capables pour un temps d'éloigner ses angoisses.

Après de longues heures dans cet état de transe, le poignet douloureux et la nuque raide, elle prit le marqueur de l'autre main et poursuivit sa tâche. La soirée et la nuit s'écoulèrent sans qu'elle s'accorde une seule pause. Elle ne s'arrêta même pas quand elle eut envie d'aller aux toilettes. Elle avait déjà fait pipi dans sa culotte, alors autant recommencer ! La peur qu'un monde inconnu l'entraîne si elle s'arrêtait de faire ce qu'elle était en train de faire lui donna la force de continuer. Inlassablement, elle chercha de nouvelles surfaces planes qu'elle recouvrit de son message jusqu'à ce qu'il ne reste plus que les miroirs, le réfrigérateur et les plafonds.

À ce stade-là, les mains de Rose tremblaient de manière incontrôlée et son visage était agité de tics nerveux. Les spasmes avaient pratiquement remplacé sa respiration normale et sa tête oscillait d'un côté à l'autre comme le balancier d'une horloge.

Quand les écritures de Rose l'eurent menée au bout de la nuit et que les premières lueurs de l'aube vinrent éclairer son odieux message d'impuissance, Rose ne maîtrisait presque plus son corps. En s'apercevant dans le miroir de l'entrée, à travers les lignes rouges et noires, elle vit que la Rose qu'elle connaissait avait maintenant le visage déformé des âmes perdues qu'on trouve en salle d'isolement dans les hôpitaux psychiatriques et elle comprit que si elle ne prenait pas une décision rapide, elle allait sombrer, irrémédiablement.

Lorsqu'elle appela l'hôpital d'une voix tremblante pour les supplier de l'interner, ils lui conseillèrent de prendre un taxi et de venir toute seule. Ils lui parlèrent d'une voix optimiste et enjouée, espérant peut-être déteindre sur elle et lui donner un peu d'initiative.

Il fallut qu'elle hurle dans le téléphone pour qu'ils comprennent la gravité de la situation et décident qu'il valait peut-être mieux lui envoyer une ambulance.

15

Mercredi 18 mai 2016

Scotché à l'écran plat, Carl se posait des questions. Avec plus d'un million de téléspectateurs fidélisés, l'émission criminelle *Station 3* était devenue la plus pérenne et la plus regardée de toute l'histoire de la télévision danoise. D'autres programmes du même genre fournissaient à ses compatriotes des divertissements honorables montrant assez fidèlement le travail de la police, donnant même un coup de main dans certaines enquêtes quand c'était possible et que cela pouvait faire avancer les choses. *Station 3* était un format différent qui proposait une explication du comportement criminel en partant du principe que tout délit trouvait son terreau dans un environnement social délétère, ce qui parfois équivalait à une apologie du criminel en question.

L'émission que Carl venait de regarder ne faisait pas exception à la règle. Elle commençait par un examen détaillé de la jeunesse d'Hitler dans lequel étaient révélés les abus qu'avait subis le jeune Adolf, et s'achevait en concluant que la Seconde Guerre mondiale aurait pu être évitée si le dictateur avait eu une enfance plus heureuse. Tu parles d'un scoop ! Dans une autre, on avait fait le portrait de quinze meurtriers en série américains qui tous, sans exception, avaient échappé à diverses condamnations dans l'enfance. Dans chaque cas on démontrait par A+B qu'un travail policier bien mené aurait constitué un investissement social à long terme qui aurait aidé ces délinquants à échapper à leur destin criminel inéluctable.

Tout cela n'était qu'une logique délirante pour les analphabètes et les poules élevées en batterie, ce qui n'empêchait pas les psychologues et autres consultants de l'émission de faire grassement leur beurre en étudiant ces violeurs, assassins, escrocs et autre engeance pendant que des intervieweurs trop bavards se servaient de leur langue de bois journalistique pour interroger ces pauvres criminels sur les agressions dont eux-mêmes avaient été victimes par le passé.

Carl secoua la tête. Il ne manquait plus qu'ils demandent à ces salopards de raconter les crimes immondes qu'ils avaient commis ! Les actes les plus graves devenaient un divertissement et, pendant ce temps-là, les politiciens pouvaient se détendre dans leur fauteuil parce que le programme le plus populaire du pays faisait croire à la population qu'ils avaient la situation en main.

Carl éjecta et soupesa un instant le DVD que la chaîne lui avait fait déposer puis il le promut au grade de frisbee, visant la corbeille à papier dans l'angle de son bureau. Bjørn était tombé sur la tête : croire qu'il allait se compromettre dans une émission de télévision aussi infantile ! Il s'en voulait maintenant d'avoir fait mine de marcher dans la combine.

Il se tourna vers Assad. « Qu'est-ce que tu dis de cette daube, vieux ? »

Assad oscilla de la tête. « Autant me demander pourquoi les dromadaires ont d'aussi grands pieds, chef. »

Carl leva les yeux au ciel. Il en avait vraiment plein le dos de ces foutus dromadaires.

« Pourquoi ils ont de grands pieds ? » Il poussa un soupir. « Je suppose que c'est pour ne pas s'enfoncer dans le sable. Mais qu'est-ce que les pieds des dromadaires ont à voir avec cette émission de télé, Assad ?

— Ce n'est pas la bonne réponse, chef. Les dromadaires ont des grands pieds pour pouvoir danser le fandango sur les serpents à sonnette si ces saloperies avaient la mauvaise idée de passer par là.

— Et alors ?

— Et alors, vous et moi sommes comme les dromadaires. Nous avons de très grands pieds. Vous ne le saviez pas ? »

Carl baissa les yeux sur les deux petites palmes de canard d'Assad et inspira longuement. « Tu veux dire que Bjørn nous a mis sur ce coup pour pourrir la vie à *Station 3* ? »

Assad leva en l'air son pouce labouré de cicatrices.

« Et si moi je n'avais pas envie de jouer au dromadaire pour les beaux yeux de Bjørn ? » dit Carl, s'apprêtant à appeler Lars Bjørn. S'il fallait danser le fandango sur les serpents à sonnette, il n'avait qu'à le faire lui-même.

Il n'avait pas eu le temps de poser la main sur le téléphone qu'il se mettait à sonner. « Oui ! » aboya-t-il. On ne pouvait donc jamais être tranquille.

« Bonjour, mon nom est Vicky Knudsen, dit une voix douce. Je suis la petite sœur de Rose. »

Carl se composa un visage attentif. Cela risquait de devenir intéressant. Il prit le deuxième combiné et le tendit à Assad.

« Bonjour, Vicky, quelle surprise ! Carl Mørck à l'appareil, répliqua-t-il, quelque peu ironique. Comment va notre Rose, aujourd'hui ? Lui avez-vous transmis mes excuses ? »

Il y eut un blanc à l'autre bout de la ligne. Elle avait compris qu'elle était démasquée.

« Pardonnez-moi, de quelles excuses parlez-vous ? »

Assad fit signe à Carl de se calmer. Son besoin de voler dans les plumes de Rose était-il vraiment si évident ?

« Je vous appelle parce que, malheureusement, Rose ne va pas bien du tout, reprit son interlocutrice.

— C'est le moins qu'on puisse dire », chuchota Carl en posant la main sur le micro.

Mais Assad ne l'écoutait pas.

« Rose a de nouveau été internée au service psychiatrique de l'hôpital de Glostrup. Je voulais vous prévenir qu'elle ne va pas pouvoir revenir travailler pendant un certain temps. Je demanderai au service de vous envoyer son arrêt de travail. »

Carl s'apprêtait à protester que la plaisanterie avait assez duré quand les phrases suivantes le stoppèrent net :

« Deux de nos amis l'ont retrouvée assise sur ce que nous appelons le banc jaune, devant la parapharmacie Matas au centre commercial d'Egedal, hier après-midi. Il paraît qu'elle tremblait comme une feuille. Ils lui ont proposé de la ramener chez elle mais elle leur a dit de foutre le camp. Alors ils m'ont appelée et m'ont dit que je ferais mieux d'y aller. Ma sœur Lise-Marie et moi l'avons cherchée partout dans le centre commercial. Ce n'est pas nous, finalement, qui l'avons trouvée mais un gardien du parking. On l'a appris après. Il l'a trouvée par terre dans une mare d'urine, à moitié endormie, adossée à une voiture tout au fond du parking. Elle portait une blouse à demi arrachée. C'est lui aussi qui l'a aidée à rentrer chez elle.

« Et ce matin, on a eu un coup de fil de notre mère. Le service psychiatrique l'avait appelée pour lui dire que Rose était à nouveau internée. Je les ai évidemment contactés aussitôt. L'infirmière en chef m'a expliqué qu'on avait, entre autres, trouvé un billet de train dans sa poche, composté à la gare centrale de Copenhague. Nous pensons qu'elle a dû rentrer à pied de la gare de Stenløse et qu'elle s'est arrêtée en route. En général, c'est dans le supermarché du centre commercial qu'elle faisait ses courses. Sauf qu'au moment où le gardien l'a trouvée, elle n'avait pas de sacs de courses près d'elle, alors soit elle les a égarés quelque part, soit elle a changé d'avis avant de les avoir faites.

— Je suis désolé, Vicky », s'entendit-il commenter tandis qu'Assad hochait la tête.

C'était affreusement triste, en effet.

« Est-ce qu'on peut faire quelque chose ? Lui rendre visite, par exemple ? » Et à nouveau Assad acquiesça pendant qu'il parlait, plus lentement cette fois, et avec un regard perçant et… accusateur ?

Carl saisit le message. Assad avait raison. Il aurait dû les laisser partir quand ils avaient voulu prendre des nouvelles de Rose, la veille, Gordon et lui.

« Lui rendre visite ? Non, ce n'est pas une bonne idée. Les médecins ont mis un protocole de soins en place et préfèrent la laisser en isolement pour l'instant.

— Elle n'est pas hospitalisée d'office, au moins ?

— Non, et de toute façon, d'après eux, il y a peu de risques qu'elle cherche à s'échapper dans l'état où elle est. Elle est prête à subir un traitement.

— OK. Tenez-nous au courant s'il y a du changement. »

Elle se tut, comme si elle rassemblait son courage pour ajouter quelque chose. Carl et Assad s'attendaient au pire.

« Mais je ne vous appelais pas seulement pour

vous raconter ça, dit-elle enfin. En fait, mes sœurs et moi aimerions que vous alliez voir l'appartement de Rose. C'est de là que je vous appelle. Et n'oubliez pas qu'elle a emménagé à l'étage au-dessus.

— Vous voulez dire, maintenant ?

— Oui, s'il vous plaît, ce serait vraiment bien. Nous pensions juste aller chercher des vêtements pour Rose mais nous ne nous attendions pas du tout à ce sur quoi nous sommes tombées ici. Nous nous sommes dit que peut-être vous ou quelqu'un de votre équipe pourriez nous aider à comprendre ce qui arrive à notre sœur. »

Le Vespa rouge pétard de Rose était garé à côté des racks à vélos sur le parking de la résidence Sandalparken, à l'abri d'un bosquet dont les bourgeons venaient tout juste d'éclore. Le tableau évoquait la paix et la tranquillité. Rose vivait depuis plus de dix ans dans cette résidence dont les immeubles jaunes étaient bordés par un réseau de coursives à chaque étage et, à leur connaissance, elle n'avait jamais regretté de s'y être installée. La vision à laquelle ils furent confrontés quand Vicky, une jeune femme assez conforme à celle que Rose avait prétendu être la veille, leur ouvrit la porte semblait démentir cette impression.

« Pourquoi est-ce qu'elle a changé d'appartement ? C'est exactement le même, non ? s'enquit Carl peu après leur arrivée.

— Vous avez raison. Mais celui-ci étant un étage

plus haut, elle peut apercevoir l'église, invisible depuis le rez-de-chaussée. Non pas qu'elle soit particulièrement pieuse, mais elle trouvait la vue plus jolie », répondit Vicky en les conduisant dans le salon. « Alors, qu'est-ce que vous en dites ? »

Carl déglutit une première fois, puis une deuxième. Le chaos et le désordre de la pièce étaient indescriptibles. Il comprenait mieux maintenant pourquoi Rose portait des parfums aussi prégnants. Aucune fragrance n'était assez puissante toutefois pour masquer l'odeur qui régnait dans cet appartement. On se serait cru chez un collectionneur obsessionnel après la visite d'un cambrioleur qui aurait fouillé les lieux de fond en comble. Dans tous les coins étaient entassés des cartons de déménagement dans lesquels on avait déjà vidé la moitié des tiroirs. Il y avait de la vaisselle sale empilée sur la table basse. La table de la salle à manger était couverte de restes de nourriture et de boîtes à pizza à moitié vides. Les livres avaient été jetés au bas des étagères, les couvertures et les couettes déchirées, le canapé et les chaises lacérés. Rien n'avait échappé à cette furie destructrice.

L'appartement n'avait plus rien à voir avec celui que Carl et Assad avaient eu l'occasion de voir deux ans auparavant.

Vicky attira leur attention sur les murs. « C'est surtout ça qui nous a effrayées. »

Carl entendit Assad marmonner quelque chose en arabe derrière son dos. S'il avait parlé la langue, Carl aurait sans doute pu en dire autant – de toute façon, tout cela était indescriptible. Partout, du sol au plafond, avec des lettres de toutes les tailles, on avait griffonné avec une rage absolue une seule et même phrase.

« TU N'AS RIEN À FAIRE ICI. » Carl comprenait pourquoi les sœurs de Rose lui avaient demandé de venir.

« Vous en avez parlé aux psychiatres ? » demanda Assad.

Vicky acquiesça. « Nous leur avons envoyé par mail des photos de presque tout l'appartement. Lise-Marie est dans la chambre en train de photographier le reste.

— C'est pareil dans la chambre ?

— C'est pareil partout. Dans les toilettes, dans la cuisine. Elle a même écrit cette phrase à l'intérieur du frigo !

— Vous savez depuis combien de temps elle est comme ça ? voulut savoir Carl. Il n'arrivait tout simplement pas à faire coller ce spectacle apocalyptique avec la personne habituellement si carrée qui les rappelait à l'ordre tous les jours au département V.

— Non. Nous ne sommes pas venues ici depuis la dernière fois que maman est remontée d'Espagne.

— Il me semble que Rose nous en a parlé. C'était à Noël, je crois ? C'est-à-dire il y a bientôt cinq mois. »

Vicky hocha la tête, prête à fondre en larmes. Elle s'en voulait sans doute de ne pas avoir été là pour Rose. Elle n'était pas la seule.

« Vous pouvez venir voir ? » cria Lise-Marie

depuis la chambre à coucher. Elle semblait très abattue.

Ils la rejoignirent dans une pièce décorée sensiblement dans le même goût que celle qu'ils venaient de quitter. Elle était assise sur le lit de Rose, en tailleur, l'appareil photo posé à côté d'elle sur la couette. Entre ses jambes était posée une boîte pleine de carnets de notes à dos noir.

« Vicky, c'est épouvantable ! » s'exclama Lise-Marie dans un sanglot. « Regarde ça ! Rose a continué. Même après la mort de papa. »

Vicky vint s'asseoir au bord du lit, prit un carnet et l'ouvrit. L'expression de son visage changea brusquement, comme si on venait de la gifler.

« C'est pas vrai », dit-elle, tandis que sa petite sœur enfouissait sa tête dans ses mains et se mettait à sangloter.

Vicky prit un autre carnet dans la boîte et elle le tendit à Carl. « Elle faisait ça quand on était enfants. On croyait qu'elle avait arrêté après la mort de papa. Celui-ci est le premier. »

Sur la couverture, il était écrit « 1990 » au marqueur.

Assad vint regarder par-dessus son épaule pendant que Carl l'ouvrait.

S'il s'était agi d'un projet artistique, il aurait été intéressant. Au regard de ce qu'ils savaient maintenant, ce qu'ils avaient sous les yeux était seulement triste et un peu effrayant.

Il fit défiler toutes les pages du carnet qui ne contenait qu'une seule et même phrase, en lettres capitales, avec l'écriture caractéristique d'une enfant de dix ans, serrée et irrégulière.

« TA GUEULE TA GUEULE TA GUEULE. »

Assad en prit un autre, portant la date « 1995 » en noir sur la couverture et en blanc au dos.

Il l'ouvrit de manière à ce que Carl puisse lire aussi.

« JE NE T'ENTENDS PAS JE NE T'ENTENDS PAS JE NE T'ENTENDS PAS », disait celui-là, de la première à la dernière page.

Carl et Assad échangèrent un regard.

« Rose et notre père ne s'entendaient pas, leur expliqua Vicky.

— C'est le moins qu'on puisse dire ! » réagit Lise-Marie, qui s'était suffisamment ressaisie à présent pour pouvoir se joindre à la conversation.

« Oui, je sais, dit Vicky d'une voix lasse. Notre père est mort dans un accident de travail à l'usine de tôles fortes en 1999. Depuis sa mort, nous n'avions plus jamais vu Rose écrire dans ces carnets. Mais ils sont là maintenant pour prouver le contraire. »

Elle en lança un autre à Carl qui l'attrapa au vol.

La couverture indiquait qu'il datait de « 2010 » et il était rempli comme les autres d'une seule et même phrase, rédigée d'une écriture plus mûre.

« FOUS-MOI LA PAIX FOUS-MOI LA PAIX FOUS-MOI LA PAIX. »

« Vous ne croyez pas que c'était sa façon de

communiquer avec votre père, vivant ou mort ? » demanda Assad.

Les sœurs et Carl acquiescèrent en même temps.

« Mais c'est de la démence ! » s'écria la plus jeune, pleurant de plus belle.

Vicky était plus calme, elle n'avait rien de la jeune femme ingérable et belliqueuse que leur avait décrite Rose. « Notre père la harcelait, expliqua-t-elle en toute objectivité. Nous ne savons pas précisément jusqu'où allait ce harcèlement, parce qu'elle n'a jamais voulu nous le dire, mais elle le haïssait à cause de ça. À un point que nous étions incapables de comprendre. »

Carl fronça les sourcils. « Vous voulez dire qu'il abusait d'elle ? Sexuellement, vous croyez ? »

Elles secouèrent la tête toutes les deux. Non, leur père n'était pas comme ça. Le harcèlement était moral. C'est ce qu'elles prétendirent en tout cas.

« Ce que je ne comprends pas, c'est que ça n'ait pas cessé à sa mort. Enfin, tous les carnets sont là. Et maintenant, elle écrit sur les murs », soupira Vicky en levant les yeux vers les graffitis, si serrés qu'on aurait eu des difficultés à en caser un de plus.

« Tout cela n'a aucun sens », renifla Lise-Marie.

« Vous pouvez venir, chef ? » l'appela Assad.

Carl le rejoignit dans l'entrée où, debout devant le miroir, il regardait d'un air perplexe une commode de taille modeste sur laquelle était posée une impressionnante pile de livres, aussi grands que des atlas mais qui n'en étaient pas.

« Je les ai tous feuilletés, chef. Vous n'allez pas me croire. »

Il souleva le premier livre, un exemplaire d'épaisseur moyenne par rapport à l'ensemble, avec une reliure rigide.

Il s'intitulait en toute sobriété « L'hôtel de police » et Carl savait parfaitement de quoi il s'agissait. C'était une description exhaustive de l'hôtel de police de Copenhague dans ses moindres recoins et dans toutes ses activités, hormis l'absence remarquable du département V au sous-sol.

Il est salutaire de prendre conscience de sa propre insignifiance, parfois.

« Regardez ça ! » Assad montrait à Carl le deuxième volume de la pile, un ouvrage d'environ un centimètre et demi d'épaisseur, relié de toile, comme la plupart des autres, dans différentes couleurs.

Il l'ouvrit à la première page. « Regardez le titre. Elle l'a appelé "La clocharde". »

Assad tourna la page suivante et montra la photo d'une jeune femme.

« Elle a fait une fiche personnelle pour chacun des personnages impliqués dans l'affaire », dit-il, désignant le texte sous la photo.

« Kirsten-Marie Lassen, alias Kimmie. »

Carl continua sa lecture.

> Résumé : Dort dans une petite remise en brique au bord de la voie ferrée à la hauteur de Ingerslevsgade. Vit dans la rue depuis onze ans. A mis au monde un enfant mort-né il y a quelques années. Le père habite Monte-Carlo, la mère, Kassandra Lassen, a sa résidence à Ordrup dans les quartiers huppés de la banlieue de Copenhague. Fille unique.

Il poursuivit sa lecture en diagonale. On trouvait sur cette page tous les éléments concernant les protagonistes de la première enquête à laquelle Rose avait participé.

Il feuilleta rapidement les pages suivantes. Personne n'avait été oublié, ils étaient tous là, avec leur photo et leur curriculum vitæ ainsi que les coupures de journaux faisant état des principaux déboires de leur existence.

« Il y a plus de quarante affaires dans cette pile, chef. Toutes celles sur lesquelles Rose a travaillé depuis qu'elle est entrée au département V, et elle leur a à toutes donné un nom. Regardez : “Une bouteille à la mer”, “Le scandale de l'île de Sprogø”, “Marco”, pour n'en citer que quelques-unes. »

Assad sortit le dernier de la pile, un livre couleur rouille.

« Celui-là devrait vous intéresser encore plus que les autres, chef. »

Carl le prit et l'ouvrit. Sur la page de garde Rose avait écrit : « Le gourou. »

« C'est l'affaire Habersaat, chef. Regardez la page suivante. »

Carl tourna la page et découvrit le portrait d'un homme qu'il ne reconnut pas.

« On dirait vaguement Habersaat, mais ce n'est pas lui, remarqua-t-il.

— Non, mais lisez le texte en dessous et tournez la page. »

Sous la photo, Rose avait écrit : « Arne Knudsen – 12.12.1952 – 18.05.1999. » C'était son père.

« D'accord », murmura Carl pour lui-même, passant à la page suivante où se trouvait une photo de Christian Habersaat.

« Revenez en arrière, vous allez voir. »

Carl fit ce que lui conseillait Assad et effectivement, en voyant les deux portraits l'un après l'autre, la ressemblance était frappante. Les yeux surtout étaient presque identiques, à part que ceux d'Arne Knudsen étaient totalement vides de toute expression.

« J'ai l'impression que le père de Rose n'était pas un homme très sympathique », dit Carl.

« Elle devait vraiment être très mal pour casser ses meubles et tout déchirer dans son appartement », déclara soudain Assad qui avait repris sa position favorite, les pieds sur le tableau de bord.

Ils roulaient depuis dix minutes sans rien dire et il fallait bien que l'un d'eux rompe le silence.

« Plus mal que nous le pensions, admit Carl.

— Je me demande ce que son père a pu lui faire, poursuivit Assad. Et pourquoi seulement à elle et pas à ses autres filles ?

— J'ai posé la question à Vicky, tu ne devais pas être dans la pièce. Il semble que chaque fois qu'il a voulu s'en prendre aux autres, Rose se soit immédiatement interposée.

— Comment ? Et pourquoi est-ce qu'elle ne faisait pas la même chose quand il en avait après elle ?

— Bonne question, Assad. Ses sœurs ne connaissent pas la réponse non plus.

— C'est comme les dromadaires. Personne ne comprend jamais pourquoi ils font ce qu'ils font.

— Je ne suis pas sûr d'aimer cette comparaison, Assad.

— C'est parce que vous n'avez pas appris à respecter les dromadaires, chef. Mais souvenez-vous que ce sont eux qui sauvent la vie des gens dans le désert. »

Du respect pour les dromadaires ! Il aurait tout entendu. Mais il promit de faire un effort, pour la paix des ménages.

Ils passèrent le restant du trajet à ruminer leurs pensées et à se faire des reproches chacun de leur côté. Pourquoi ne s'étaient-ils pas intéressés d'un peu plus près à la vie de Rose ?

Carl soupira. À présent, il allait devoir se concentrer sur trois sujets différents. Le meurtre d'une femme il y a douze ans, celui d'une autre, commis il y a trois semaines, et la disparition de la Rose qu'ils croyaient connaître.

Il ne savait plus où donner de la tête.

16

Du vendredi 20 mai au lundi 23 mai 2016

Anneli se déshabilla comme un automate et s'assit dans son lit, tremblant sous l'effet de l'exaltation, de l'overdose d'adrénaline provoquée par le meurtre de Michelle. C'était une sensation complètement inédite chez cette fille bien sage qui depuis bientôt cinquante ans qu'elle était sur terre n'avait jamais dévié du droit chemin ni fait de mal à personne. Comment aurait-elle pu connaître l'ivresse de tenir la vie de quelqu'un entre ses mains ? C'était plus fort que le sexe le plus débridé, et jamais elle n'aurait cru qu'il lui serait donné de vivre une chose pareille. C'était comme si des mains étrangères et avides sur son corps éveillaient des désirs jusque-là interdits. Un jour, au cinéma, elle avait omis de repousser la main baladeuse d'un homme assis à côté d'elle. Elle l'avait laissé faire ce qu'il voulait en s'abandonnant à la contemplation des étreintes cinématographiques qu'elle ne vivrait jamais. Le plaisir qu'elle avait ressenti quand il avait enfoncé ses doigts en elle, l'orgasme qu'elle avait dû juguler en un long gémissement muet, l'envahissait à nouveau maintenant alors qu'elle se masturbait, son corps acceptant et refoulant alternativement l'incompréhensible vérité : elle venait de tuer un être humain.

Michelle s'était révélée une victime aussi facile qu'Anneli s'y attendait. Elle avait traversé la route pratiquement sans regarder et cette petite idiote avait cru pouvoir se protéger en levant le bras alors qu'il était déjà trop tard.

Anneli croyait qu'elle aurait peur en passant à l'acte. Qu'elle aurait mal au ventre et le cœur battant, mais en appuyant sur la pédale d'accélérateur, elle n'avait ressenti aucune inquiétude. Au contraire, elle avait pris un méga-shoot d'adrénaline pendant dix secondes et puis… terminé.

Elle pensait que le moment de l'impact serait le plus fort, mais le bruit sourd entendu à l'instant où le pare-chocs avait percuté le corps et la vision de Michelle Hansen propulsée en arrière et heurtant le bord du trottoir avec sa tête n'était rien comparé au regard échangé avec sa victime dix secondes avant la collision. C'étaient ces dix secondes qui lui avaient procuré la plus grande jouissance. Juste avant de quitter ce monde, la fille avait compris qu'il ne s'agissait pas d'un accident et qu'elle était visée personnellement. Qu'elle connaissait le chauffeur de la voiture et qu'elle n'avait que ce qu'elle méritait.

La petite Peugeot qu'elle avait choisie s'était avérée étonnamment performante et facile à manœuvrer et Anneli se dit que si elle décidait de s'occuper de sa prochaine victime dès ce week-end, elle s'en servirait à nouveau.

Pensant au visage épouvanté de Michelle Hansen, Anneli oublia le cancer, la douleur et la peur de mourir et enfonça avec délices la tête dans son oreiller. C'était peut-être un signe du ciel que cette créature stupide lui donne avec son dernier souffle un bonheur aussi intense. Le destin avait uni la victime et son bourreau dans cette symbiose orgasmique. L'une en donnant sa vie, l'autre en la recevant.

Anneli se réveilla reposée et la tête pleine de sa mission. Dans moins de vingt-quatre heures, elle aurait expédié *ad patres* une nouvelle bouche inutile et c'était une sensation merveilleuse. Bien sûr qu'aux yeux de la société, l'acte restait répréhensible. Se faire justice soi-même, sans parler de tuer quelqu'un, était interdit par la loi. Mais quand elle pensait aux milliers d'heures que ces parasites lui avaient fait perdre et à l'argent qu'ils avaient coûté à la société, est-ce qu'il n'était pas grand temps que quelqu'un se charge du problème ? Sa vendetta semblait bien moins répréhensible de son point de vue qu'une infinité d'autres méfaits qu'on pouvait observer tous les jours dans ce Danemark aux mœurs déliquescentes. Les politiciens se comportaient comme des voyous et se moquaient de leurs concitoyens avec des solutions à l'emporte-pièce et des propositions utopiques qui auraient eu leur place dans une république bananière. Quelle importance quelques petits meurtres pouvaient-ils avoir, comparés au déclin des valeurs de toute une nation ?

Elle s'assit dans son affreuse petite cuisine en Formica et se mit à développer tranquillement, dans l'éclairage très particulier de son image du monde, une colère légitime et une ambition démesurée. Toute seule dans sa médiocre demeure, elle était pour un temps devenue détentrice de tous les pouvoirs universels et il n'y avait personne avec elle pour la contredire.

Elle avait l'intention de fêter la couverture médiatique dont avait bénéficié la mort de Michelle en prenant soin d'elle-même toute la journée. Elle allait faire des dépenses que d'habitude elle ne s'accordait pas et s'offrir un bon déjeuner. Ensuite, elle mettrait en place les détails de sa prochaine expédition punitive.

Mais quand elle alluma son ordinateur pour lire les infos en ligne et qu'enfin, elle vit apparaître la nouvelle qu'elle attendait, ce fut comme si on lui plantait un couteau dans le ventre et que toute la joie qu'elle ressentait s'écoulait par la blessure.

« Une jeune fille renversée par un chauffard à Copenhague échappe miraculeusement à la mort. »

Anneli était pétrifiée. Elle lut le gros titre plusieurs fois avant de se ressaisir et de cliquer dessus, les doigts engourdis, afin de lire l'article.

Le nom de la victime n'était pas cité, évidemment,

mais il n'y avait aucun doute, il s'agissait bien de Michelle Hansen.

Dans son désespoir, elle chercha dans le texte la formule « pronostic vital engagé », mais ne la trouva nulle part. Elle était sous le choc. Elle avait du mal à respirer.

Puis tout devint noir et elle s'évanouit sur le carrelage de sa cuisine.

Lorsqu'elle se réveilla et qu'au prix d'un immense effort elle réussit à s'asseoir et à se traîner dans l'angle de la cuisine, à côté du réfrigérateur, d'horribles questions l'assaillirent.

Michelle Hansen avait-elle réellement eu le temps de voir son visage ? Comment aurait-elle pu la reconnaître alors que le parc-brise était sale et qu'elles ne s'étaient regardées que pendant quelques secondes ? Et si effectivement elle l'avait vue, comme elle l'espérait au départ, qu'est-ce cela signifiait ? Anneli savait que des femmes entre deux âges correspondant à sa description, il y en avait treize à la douzaine ! Elle n'aurait qu'à nier. Dire que la fille avait dû se tromper ou qu'elle l'avait accusée parce qu'elle ne l'aimait pas. La décrire comme un parasite qui voulait se venger d'elle par ce moyen minable parce qu'elle lui avait mené la vie dure.

Elle se persuada que personne d'autre ne l'avait vue. La rue était déserte, et même s'il y avait eu quelqu'un derrière une fenêtre, il n'y avait aucun risque que cette personne puisse l'identifier.

Soucieuse, elle se leva pour aller chercher une bouteille de vin et un verre. Elle dévissa le bouchon et réfléchit. Et si quelqu'un avait eu le temps de noter le numéro de la plaque d'immatriculation de la Peugeot ? À cette idée, sa main trembla un peu. Si c'était le cas, la police devait déjà être à la recherche de la voiture.

Elle vida d'une traite le verre qu'elle venait de remplir.

Comment savoir si le véhicule était recherché ? Et s'il l'était, l'avait-elle garé suffisamment loin de son domicile ?

Anneli examina la situation sous tous les angles. Il y avait tellement de choses qui la contrariaient. D'abord que Michelle soit toujours en vie. Et surtout que ce fait risquait de faire capoter tout son projet.

« Non ! » rugit-elle après le troisième verre. Pour la première fois, elle avait senti la joie de vivre courir comme un torrent dans ses veines. Pour rien au monde elle n'y renoncerait à nouveau. Même le danger de se faire prendre et emprisonner ne l'arrêterait pas.

Anneli s'habilla, sans se doucher, sortit dans le doux soleil matinal et se dirigea d'un pas déterminé vers l'endroit où elle avait laissé la Peugeot rouge.

Elle attendit que la rue soit déserte puis elle retira le plastique de la vitre cassée, ouvrit la portière et enfonça le tournevis dans le démarreur.

Anneli avait imaginé un plan qui, en plus d'être très malin, avait aussi le mérite d'être simple. Il fallait qu'elle sache si la police connaissait le numéro d'immatriculation de la voiture et le meilleur moyen de le savoir était d'aller se garer dans une rue passante où la police venait régulièrement. Ainsi, elle saurait très vite si la Peugeot les intéressait ou pas.

Au bout de deux heures qu'Anneli passa à surveiller la voiture de loin, au moins quatre véhicules de patrouille passèrent à côté d'elle à une allure parfaitement normale. Comme il ne s'était rien passé de particulier, elle prit un ticket de stationnement qu'elle paya en liquide et laissa la voiture où elle était. Si elle s'y trouvait encore le lendemain, elle en déduirait que son arme fatale était toujours viable.

Senta Berger avait emprunté son nom à une célèbre actrice allemande et Anneli avait du mal à s'y habituer. Avant, Senta s'était appelée Anja Olsen, puis Oline Anjou, avant de finalement choisir ce patronyme très glamour qui lui allait comme un tutu à un hippopotame. Anneli s'était occupée de son dossier pendant toutes les années qu'il avait fallu à cette jeune fille agaçante, sûre d'elle et prodigieusement capricieuse de dix-huit ans pour devenir une insignifiante et prétentieuse emmerdeuse couverte de strass de vingt-huit ans.

Penser à cette Senta suffisait à donner des boutons à Anneli et ce fut un soulagement quand elle fut mutée dans un nouveau Centre, livrant enfin cette peste au jugement et à la merci de quelqu'un d'autre. Cependant, bien que cette incarnation de poupée Barbie soit sortie de son horizon professionnel, elle la rencontrait sans cesse dans la rue.

Chaque fois, Senta était encombrée de sacs provenant de divers magasins de vêtements. La fille ne vivait et ne respirait qu'à travers cette boulimie acheteuse aux frais des services sociaux et, pendant des heures après chacune de ces rencontres fortuites, Anneli était taraudée sans répit par la haine et la colère. Ce n'était donc pas entièrement le fait du hasard si la roulette fatale d'Anneli s'était arrêtée sur Senta Berger.

Anneli prit tout son temps. Elle savait que le lendemain de leurs agapes du samedi soir, ces filles ne se montraient dans la rue que tard dans l'après-midi et elle se cala confortablement au fond du siège avec sa bouteille thermos, les yeux fixés sur la porte par laquelle la fille sortirait forcément tôt ou tard.

Si elle n'était pas seule, Anneli reviendrait un autre jour. Même chose si la voie n'était pas libre.

Mais à Valby le dimanche, à cette heure de la journée, les rues étaient aussi désertes qu'un restaurant à Lyngby un soir de nouvel an. Un riverain alla chercher des viennoiseries pour le goûter, un cycliste prit au plus court pour rejoindre Vigerslevvej, mais à part ça c'était le calme plat. Exactement comme prévu.

Un peu avant dix-sept heures, il y eut enfin du mouvement dans l'appartement de Senta Berger. On tira les rideaux et une silhouette se découpa dans l'encadrement d'une fenêtre.

Anneli revissa le bouchon de la thermos et enfila ses gants.

Un quart d'heure plus tard, la porte sur la rue s'ouvrit et Senta apparut avec son sac, une imitation de grande marque, sa jupe ultracourte, ses cuissardes et sa veste pourpre en fausse fourrure.

Elle fut tuée cent mètres plus loin, sur le trottoir. Cette idiote avait monté à fond le son de son iPod et elle n'eut même pas le temps de s'apercevoir de ce qui lui arrivait avant d'être broyée contre le mur.

Elle était morte, cela ne faisait aucun doute, mais Anneli eut du mal à se décider à reculer sur la chaussée et à quitter le quartier. Elle était frustrée. Elle aurait voulu que la fille la regarde, bon Dieu. Qu'elle reconnaisse son assassin avant que son cerveau soit tartiné sur la façade de l'immeuble et qu'elle quitte le monde des vivants. Ainsi, à l'instant du trépas, elle aurait eu le temps de reconnaître toute une existence d'erreurs et d'abus, ce qui était le but du jeu, après tout.

Et surtout c'était ce qui excitait Anneli. Alors non, cette fois encore elle ne fut pas totalement satisfaite de la façon dont les choses s'étaient passées.

Elle conduisit la voiture directement à la station de lavage et resta à l'intérieur tandis que les rouleaux essayaient d'arracher le plastique de la vitre conducteur. Elle épongea ensuite l'eau savonneuse entrée dans l'habitacle et essuya soigneusement tous les endroits qu'elle avait pu toucher.

Elle avait décidé de se servir de la voiture une dernière fois puis d'en trouver une autre. Elle ne devait pas seulement se montrer prudente quant au choix de ses victimes, elle devait aussi être vigilante en ce qui concernait l'arme du crime.

Comme la dernière fois, elle garerait la voiture dans la rue Griffenfeldsgade. Si elle était recherchée par la police, soit parce que c'était une voiture volée, soit parce qu'elle était impliquée dans un délit de fuite – ce qui à l'arrivée revenait au même –, elle ne tarderait pas à le savoir. L'important était de changer régulièrement le ticket de stationnement et de venir vérifier de temps en temps si la police rôdait dans le secteur. Dans le cas contraire, elle continuerait à s'en servir.

Elle prit la thermos, enleva quelques cheveux du siège, des restes de biscuits apéritif et deux mouchoirs jetables usagés et jeta le tout dans un sac en plastique avant de claquer la portière. Elle ne tarderait pas à partir pour un nouveau raid et cette fois, elle ferait en sorte que la victime se retourne à temps.

Quand bien même elle devrait klaxonner pour attirer son attention.

Le service de radiothérapie de Rigshospitalet était caché au bout d'un labyrinthe de cabanes de chantier et noyé dans une activité trépidante. Anneli suivit les pancartes jusqu'à la porte 39 puis descendit plusieurs étages sous terre en pensant au danger des rayons X et aux bunkers des années soixante, censés pouvoir résister à une attaque atomique.

Calme-toi, Anneli, ils ne veulent que ton bien, se rassura-t-elle en pénétrant enfin dans une salle d'attente de dimensions inattendues avec un guichet d'information, un aquarium, un coin salon, des écrans plats diffusant des programmes de télévision et un océan de jour coulant doucement d'un puits de lumière sur une jungle de plantes d'intérieur. En ce lundi matin à l'aube, tous les patients attendaient leur séance de radiothérapie et, malgré la triste raison de leur présence, il régnait en ce lieu une atmosphère paisible et rassurante. Tout le monde était là pour les mêmes raisons, dans une sorte de communion, et tous portaient tatoués sur le corps de minuscules points afin qu'infirmières et radiologues puissent envoyer les rayons à l'endroit précis où ils étaient nécessaires. Ici, on venait pour donner une chance à la vie et Anneli y viendrait cinq fois par semaine pendant les quatre à cinq semaines à venir, dans le même but.

Si, contre toute attente, il s'avérait que ni la radiothérapie ni la chimiothérapie ne venaient à bout de son cancer, elle avait décidé d'accélérer le rythme de ses meurtres. Elle calcula froidement qu'en se donnant de la peine, elle avait le temps d'assassiner des dizaines de femmes. Et si la police commençait à la soupçonner, elle en tuerait plusieurs par jour. Qu'elle en tue une ou quarante, le prix serait le même dans un pays où la sanction la plus grave était l'emprisonnement à vie. Elle avait eu l'occasion de voir, dans les centres de détention psychiatrique, la vie de patachon que menaient les criminels qu'on n'osait pas relâcher dans la société. Si ça, c'était le pire qui pouvait lui arriver, alors elle le supporterait sans mal. Anneli sourit intérieurement quand ce fut son tour de passer à la radiothérapie et elle souriait encore une heure plus tard dans son bureau en recevant ses clients.

Après deux consultations plutôt satisfaisantes, ce fut enfin au tour de Jazmine Jørgensen.

Tu vas voir ce que tu vas voir, songea Anneli avec une certaine jubilation quand la fille s'assit et tourna aussitôt la tête vers la fenêtre, complètement indifférente au fait que c'était elle, Anneli, qui avait la main.

Si elle avait pu savoir ce que cette attitude risquait de lui coûter !

Depuis plusieurs années, Jazmine s'était empiffrée sans vergogne sur le dos du système, enchaînant les grossesses à complications médicales et les congés maternité sans fournir une seule journée de travail honnête. Elle avait désormais été dirigée vers une psychologue et si elle refusait de se soumettre à la contraception radicale qu'on lui proposait, elle serait convoquée à un entretien où l'on déciderait de ce qu'on allait faire d'elle.

Anneli se dit en son for intérieur que cela n'irait pas jusque-là puisque, dans quelques jours ou quelques semaines, Jazmine pourrirait dans sa tombe, enceinte ou pas.

Pendant cinq minutes, Anneli posa les jalons de leur future collaboration, coaching en entretien d'embauche, stage de prévention au planning familial, formation en gestion de budget et, comme elle s'y attendait, pas une fois Jazmine ne détourna les yeux du paysage de l'autre côté de la fenêtre. C'était agaçant évidemment, mais cela avait le mérite de conforter Anneli dans sa conviction qu'elle servait une juste cause.

Elle poussa un document vers la perruche, pour qu'elle ne puisse pas prétendre ensuite qu'elle n'avait pas entendu ce qu'elle s'évertuait à lui raconter et la donzelle daigna enfin tourner les yeux vers elle.

Elle regarda sa conseillère avec une expression glaciale qui l'enlaidissait et avait de quoi surprendre de la part d'une jeune femme qui, quelle que soit la situation, essayait toujours de se montrer à son avantage. Derrière l'épais masque de fond de teint, d'eye-liner et de rouge à lèvres, Anneli décela dans son visage de poupée certains traits de caractère qu'elle n'y avait jamais vus jusque-là. Il y avait du défi, à la limite de l'agressivité, et une volonté farouche qui allait au-delà de son obstination à recevoir de l'argent et de sa détermination à ne rien faire en échange.

« On vous a dit que Michelle Hansen allait s'en tirer ? » demanda sèchement la fille, prenant Anneli de court. Pas un trait de son visage ne s'altéra, elle se contentait de la regarder avec une haine froide. Anneli ne put retenir un imperceptible mouvement de recul mais rien de plus, heureusement. Sous son crâne, la tempête faisait rage. Un chaos d'idées de parade et de réflexes de défense se mêlaient à un détachement froid et à une perplexité totale.

Que savait cette garce, au juste ?

« Michelle Hansen ? répéta-t-elle avec une légère hésitation. Pourquoi, qu'est-ce qu'elle a ? Je ne savais pas que vous vous connaissiez », mentit-elle, alors qu'elle savait parfaitement qu'elle était avec les deux autres filles qui se moquaient d'elle l'autre jour, dans la salle d'attente.

C'est le genre de chose qu'on n'oublie pas.

Elles se jaugèrent un petit moment. Anneli, les sourcils levés en accents circonflexes, Jazmine le sourcil bas, comme un chien juste avant qu'il ne montre les dents.

Elle te laisse prendre l'initiative, alors réfléchis bien, Anneli, songea-t-elle.

« Pourquoi ne répondez-vous pas à mes questions, Jazmine, je n'ai pas compris ce que vous venez de me dire ? Qu'est-ce que vous entendez par : "Michelle va s'en tirer ?" Se tirer de quoi ? »

Jazmine ne disait toujours rien. Elle se contentait de fixer l'adversaire comme si elle guettait un signe qui la trahirait, un frémissement au coin de son œil ou une veine gonflée sur son cou.

Anneli respirait calmement alors que tout en elle hurlait que ce n'était pas possible. Elle était dos au mur. Elle ne pouvait que se persuader que personne au monde n'était en mesure d'apporter la preuve de ses crimes car, grâce à Dieu, personne ne l'avait vue écraser Michelle Hansen et Senta Berger.

« Il paraît que vous avez un faible pour les voitures rouges ! » déclara alors Jazmine, impassible.

Anneli s'efforça de sourire. « Dites-moi, Jazmine, vous êtes sûre que vous allez bien ? Prenez donc ce papier et rentrez le lire chez vous tranquillement. » Elle poussa la feuille vers la jeune femme. « Quant à ma voiture, elle est noir et bleu. C'est une belle petite Ford Ka. Vous connaissez ce modèle ? »

Tandis qu'elle signifiait à Jazmine Jørgensen qu'elle pouvait s'en aller, elle se disait qu'elle n'utiliserait plus la Peugeot et qu'il serait peut-être bon de surveiller les faits et gestes de cette fille, et en particulier ses fréquentations.

Une chose était sûre, après l'entretien d'aujourd'hui, Jazmine allait remonter de plusieurs places dans sa liste.

17

Jeudi 19 mai 2016

« C'est là qu'on a retrouvé Rigmor Zimmerman. »

Tomas Laursen leur désigna le contour d'une silhouette pratiquement effacée dans l'herbe.

Carl sourit. Assad avait eu l'idée extraordinaire d'attirer le gérant de la cantine de l'hôtel de police dans les jardins de Kongens Have. Il y avait un bail que Tomas avait raccroché les gants dans son activité de médecin légiste, mais ce changement de carrière n'était manifestement pas à mettre sur le compte d'une vue qui baissait.

« Est-ce qu'on sait par quelle entrée elle est arrivée ? demanda Assad. Par celle-là, là-bas ? »

Carl regarda la grille en fer forgé qui longeait la rue Kronprincessegade jusqu'à l'angle le plus reculé du parc. Il hocha la tête. Sachant que la femme avait quitté l'appartement de sa fille situé au fin fond du quartier de Borgergade par une pluie battante, le plus plausible était, en effet, qu'elle ait pris l'entrée de la rue Sølvgade pour rejoindre Gothersgade par le chemin le plus court.

« J'avoue que je ne comprends pas très bien, poursuivit Assad. Rigmor Zimmerman habitait Stenløse et elle prenait toujours le train pour rentrer chez elle. Est-ce qu'on sait pourquoi elle allait vers la gare de Nørreport et pas vers la station de métro de Kongens Nytorv ou la gare d'Østerport ? Ça aurait été plus logique ! »

Tomas feuilleta le rapport déjà très fourni qu'il avait accompli la prouesse de faire sortir des bureaux de la Crim'.

Il secoua la tête. « Non, on l'ignore.

— Que dit la fille ? Elle a peut-être une idée ! » dit Carl.

Tomas dut le décevoir. « Nous avons la copie de son interrogatoire. Ce n'est pas très long. Il semble que cette question en particulier n'ait pas été posée. »

Ça me semble pourtant assez important, pourquoi est-ce qu'ils ne lui ont pas demandé ça ? songea Carl.

« Qui dirige l'enquête ? s'enquit-il alors.

— Pasgård. »

Carl poussa un soupir. Ce con superficiel et imbu de lui-même !

« Je sais, dit Tomas comme s'il lisait dans ses pensées. Mais il est également aussi soupe au lait que toi, Carl, et quand il apprendra que tu te mêles de son affaire, il ne va pas être content du tout.

— Alors, on ne va pas lui dire, n'est-ce pas ? proposa Assad.

— Non, on ne va pas lui dire. »

Laursen s'agenouilla à côté de l'emplacement du cadavre pour scruter le sol. Le gardien du parc avait suivi les consignes de la police à la lettre et la pelouse n'avait pas été tondue dans un périmètre de trois mètres autour de la scène de crime. L'herbe était donc légèrement plus haute à cet endroit.

« Hmm », grogna Laursen en soulevant avec précaution une feuille fanée posée, toute seule, à cinquante centimètres du contour de la morte.

Carl remarqua que Laursen et Assad fronçaient les sourcils de concert et suivit leurs regards qui parcouraient lentement les plates-bandes et la grille vers la rue Sølvgade. Il avait compris ce qui les tracassait, et c'était parfaitement bien observé de leur part. La feuille trouvée sur la scène du crime ne venait pas des arbres ou des arbustes plantés alentour.

« C'est possible que cette feuille soit là depuis plus de trois semaines ? » demanda Assad.

Laursen haussa les épaules. « Oui, c'est même probable. La scène de crime est éloignée des sentiers de promenade et nous n'avons pas eu de vent depuis le jour du meurtre. D'un autre côté, elle a pu être apportée là sous la semelle d'une chaussure ou la patte d'un chien n'importe quand après l'agression. Quel genre de feuille est-ce, à propos ? Tu as une idée, Carl ? »

Comment le saurait-il ? Il n'était ni jardinier, ni botaniste, putain !

« Je vais faire un tour », dit Assad. Il aurait aussi bien pu leur annoncer qu'il partait faire son jogging puisque le petit homme se mit à courir ventre à terre dans l'allée conduisant à l'entrée côté Sølvgade. Carl avait du mal à décider s'il lui faisait penser à un bouledogue ou à un type qui cherchait des toilettes pour satisfaire un besoin urgent.

Il le suivit des yeux, bouche bée.

« La feuille est très aplatie, ce qui confirme l'hypothèse qu'elle serait restée collée à une chaussure », reprit Laursen, à genoux, les fesses en l'air et le nez pratiquement collé à sa trouvaille.

Carl était sur le point de déclarer qu'ils ne tireraient probablement plus grand-chose de cette scène de crime, les traces et surtout le corps de la victime s'étant volatilisés depuis longtemps.

« Mais je remarque maintenant des striures très fines sur la face supérieure de la feuille. Les semelles de chaussure n'ont pas de striures aussi fines. Les pattes de chien non plus », poursuivit Laursen en rigolant. Son humour avait toujours été réservé aux initiés.

« Et tu en déduis que... ? »

Laursen se remit à tourner les pages du rapport et montra à Carl une photo du cadavre. « J'en déduis qu'elles peuvent provenir de là, répondit-il en désignant le pantalon de la victime. Pantalon en velours côtelé. Très apprécié des vieilles dames qui ne changent pas leur garde-robe tous les deux jours. »

Carl lui prit la feuille des mains et l'étudia de plus près. Il avait raison.

« Nous en saurons peut-être un peu plus quand notre coureur de cent mètres aura passé la ligne d'arrivée », ajouta-t-il en regardant Assad qui revenait vers eux à l'allure d'un gnou au galop dans la savane.

Il était essoufflé, mais fier. « Regardez ! » claironna-t-il en brandissant une feuille sous leur nez. « Il y en a plein des comme ça dans les buissons à gauche de l'entrée, derrière les racks à vélos. »

Le visage de Tomas Laursen se fendit en un large sourire. Il y avait longtemps que Carl ne l'avait pas vu aussi heureux.

« Fantastique ! s'exclama-t-il. Comme ça on sait d'où venait cette urine d'homme. On sait des tas de choses, tout à coup. »

Assad acquiesça. « Elle avait de la crotte de chien sous ses chaussures, je me souviens.

— Oui, mais il n'y avait pas de gravillons dans la crotte, ce qui laisse à penser qu'elle avait marché dedans à l'extérieur du parc. »

Ils avaient perdu Carl depuis un moment.

« Donc, vous êtes convaincus que les choses se sont passées comme vous le dites ? Ce serait une sacrée percée dans l'enquête ! » Carl ne pouvait pas s'empêcher d'être sceptique.

Laursen éclata de rire. « Une sacrée percée, en effet. Ça donnerait presque envie de retourner travailler dans la police.

— Vous pensez que Rigmor Zimmerman a voulu prendre un raccourci à travers le parc, mais qu'elle avait déjà commencé à courir dans la rue à l'extérieur ? Et qu'est-ce qui vous fait dire ça ?

— C'était une dame qui prenait soin d'elle, n'est-ce pas ? Elle portait de belles chaussures cousues main de chez Scarosso. En outre, elle avait été mariée à un marchand de chaussures et savait reconnaître les belles choses. Une paire de souliers comme celle-là, ça vaut plus de deux mille couronnes dans le commerce, répliqua Laursen.

— Des pompes pour notre Premier ministre ! plaisanta Assad.

— Et elle n'aurait pas marché dans la merde avec des chaussures à ce prix-là si elle avait pu l'éviter, c'est ça que tu veux dire ? »

Laursen leva un pouce en l'air.

Assad hocha la tête. « Elle devait courir sur le trottoir sans regarder où elle allait. Il pleuvait comme vache qui pisse ce soir-là. Je suis d'accord avec l'hypothèse de Laursen. »

On se serait cru dans un vieux film avec Sherlock Holmes et le docteur Watson.

« Elle n'a pas regardé où elle allait et elle a mis le pied dans une crotte de chien avec ses belles chaussures hors de prix, non parce qu'elle était pressée d'arriver quelque part mais parce qu'elle se sentait menacée, c'est là que vous voulez en venir ? »

Carl eut droit à deux pouces brandis en guise de réponse.

Il accompagna le tandem jusqu'aux buissons et les regarda un petit moment. C'était un bon endroit pour se cacher, en effet.

« OK, alors récapitulons. Rigmor Zimmerman court parce qu'elle a peur de quelque chose. Elle se réfugie dans le parc de Kongens Have…

— Les jardins de Rosenborg Slotshave, chef, intervint Assad.

— C'est le même parc. »

Deux sourcils se froncèrent illico.

« OK, elle se réfugie dans les jardins de Rosenborg Slotshave », corrigea-t-il, pour faire plaisir à son équipier, bien qu'il ignorât pourquoi il préférait cette appellation. « Puis elle tente de se cacher dans ces buissons où le sol est tapissé de feuilles identiques à celle que nous avons retrouvée à l'endroit où on l'a tuée. Et les gens vont volontiers pisser un coup dans ces buissons.

— Tu ne sens pas, Carl ? Ça pue à plusieurs mètres ! Mais c'est normal, c'est juste à l'entrée du parc et c'est pratique pour quelqu'un qui a une envie soudaine, conclut Laursen.

— Hmm. Et vous pensez que l'urine que le médecin légiste a trouvée sur sa fesse et sa cuisse droites vient de ce qu'elle s'est assise dans ces fourrés. »

Carl réfléchit. « Mais pourquoi son agresseur ne l'a-t-il pas assassinée ici ? Vous pensez qu'il ne l'a pas vue et qu'il a continué à courir ? »

Laursen sourit, enchanté. Enfin ils étaient sur la même longueur d'onde.

« Oui, c'est ce que je crois, dit-il. Rigmor Zimmerman a dû rester là un moment, attendant que la voie soit libre, puis elle est repartie dans l'allée. Bien sûr ce n'est qu'une théorie. Nous ne pouvons pas en être sûrs. »

Il avait au moins raison sur ce point.

« Et vous pensez que l'agresseur a attendu, lui aussi, dissimulé près du restaurant, et qu'il est sorti de sa cachette au moment où Zimmerman passait à côté de lui ? »

Les foutus pouces refirent leur apparition.

Carl secoua la tête, amusé. « Une hypothèse construite sur des éléments aussi intangibles que des crottes de chien et des feuilles mortes ! Vous devriez écrire des romans policiers tous les deux !

— N'empêche qu'elle tient la route, Carl. » Laursen avait l'air assez content de lui et ça faisait plaisir à voir. « Au cours des années où j'ai travaillé comme technicien dans la police scientifique, j'ai appris que c'est avec les idées les plus saugrenues qu'on perce les mystères, tu n'as pas remarqué ? »

Carl hocha la tête. Il le savait mieux que personne. C'est juste qu'il ne pouvait pas s'empêcher de trouver cela drôle. Si leur idée se révélait exacte, il connaissait un certain inspecteur Pasgård qui allait bouffer sa casquette de rage.

« Aaah, vous êtes là ! » s'écria un homme qui traversait la pelouse à grands pas dans leur direction. « Gordon avait raison ! Je peux vous demander de revenir à l'endroit où la femme a été retrouvée ? »

Ils étaient venus à trois, comme promis. Un cameraman, un ingénieur du son et l'agaçant Olaf Borg-Pedersen de *Station 3* en personne. Qu'est-ce qu'ils foutaient là et pourquoi Gordon leur avait-il dit où ils étaient ? Il ne perdait rien pour attendre, celui-là.

Quand ils furent revenus sur le lieu du crime, Borg-Pedersen fit signe à son ingénieur du son qui tira un objet de sa sacoche.

« Nous avons apporté une bombe de peinture blanche pour marquer à nouveau la position de la victime. Vous voulez le faire ou je m'en occupe ? »

Carl rugit : « Si vous touchez à cette bombe, je vous jure que je vous la vide sur la tête. Vous êtes complètement cinglé ou quoi ? Vous êtes sur une scène de crime, ici ! »

Olaf Borg-Pedersen avait manifestement des années d'expérience lorsqu'il s'agissait d'amadouer un client difficile. Sans se laisser déstabiliser le moins du monde, il plongea une main dans la poche de sa veste et en sortit trois barres de Mars.

« Une petite douceur contre l'hypoglycémie ? »

Il n'y eut qu'Assad pour accepter la proposition. D'ailleurs, il prit les trois.

Il y avait un grand nombre de noms sur l'interphone et celui de Zimmerman revenait deux fois. La Birgit F. Zimmerman qu'ils étaient venus voir habitait au rez-de-chaussée mais il y avait aussi une Denise F. Zimmerman au cinquième. Carl ignorait qui elle était.

« Vous avez vu ça ? » fit-il, offusqué, aux deux autres tout en appuyant sur l'interphone. « Ils sont givrés, ces gens de la télé. Comment pouvait-ils imaginer qu'ils allaient pouvoir entrer avec nous pour un interrogatoire !

— Quand même, Carl, tu aurais dû éviter de donner un coup de pied dans le tibia de ce producteur. Je ne suis pas sûr qu'il t'ait cru quand tu as prétendu que tu ne l'avais pas fait exprès », dit Laursen.

Carl lança à Assad un regard ironique. Assad lui rendit son sourire et haussa les épaules. Du moment que cela fonctionnait.

Ils durent appuyer de nombreuses fois sur le bouton de l'interphone avant qu'une voix traînante de femme leur réponde enfin.

« C'est la police », annonça Laursen. Une entrée en matière un peu maladroite, mais la communication ne faisait pas partie des qualités premières du bonhomme. Son domaine était la technique, pas la psychologie.

« Bonjour, madame Zimmerman, dit Carl, charmeur. Nous vous serions reconnaissants de bien vouloir nous accorder cinq minutes de votre temps. »

Un bourdonnement enroué retentit et en poussant la porte, Carl lança à Tomas Laursen un regard entendu qui signifiait : « Laisse-nous faire. »

La femme ouvrit sa porte en grand, dans un kimono lui-même ouvert en grand, découvrant sa peau très blanche et ses bas plissés. Son haleine chargée d'alcool ne laissait planer aucun doute sur la façon dont elle employait ses journées.

« Veuillez nous excuser de ne pas vous avoir annoncé notre venue. Mais comme nous étions dans le quartier… », mentit Carl.

Elle fixait ses trois visiteurs tour à tour en tanguant légèrement. Elle avait surtout du mal à quitter Assad du regard.

« Je suis enchanté de vous rencontrer, madame Zimmerman », dit Assad avec les yeux d'un gamin devant un arbre de Noël en tendant sa grosse pogne vers elle. Décidément, il savait y faire avec les femmes. Surtout quand elles avaient un petit coup dans le nez.

« Excusez le désordre, j'ai eu beaucoup de choses à faire ces derniers temps », dit-elle en s'efforçant de faire un peu de place sur le canapé. Plusieurs objets non identifiés atterrirent par terre et ils se retrouvèrent là, assis en rang d'oignons.

Carl commença par lui exprimer ses condoléances. Il devait être éprouvant de perdre sa mère d'une manière aussi affreuse, dit-il.

Elle hocha la tête en un mouvement approximativement vertical et fit des efforts admirables pour garder les yeux ouverts et rester avec eux.

En scannant la pièce, Carl compta au moins vingt-cinq bouteilles vides ayant contenu diverses boissons alcoolisées dispersées sur le sol, les commodes et les étagères.

« Nous aimerions comprendre pourquoi votre maman a décidé de traverser le parc de Kongens… » Carl jeta un coup d'œil en coin à Assad. « … je veux dire les jardins de Rosenborg Slotshave, au lieu d'aller prendre le métro sur la place de Kongens Nytorv ou à la gare d'Østerport. Vous avez une idée ? »

Elle jeta la tête en arrière. « Elle aimait bien le parc.

— Alors c'était une habitude ? »

La femme sourit, dévoilant une dentition tachée de rouge à lèvres.

« Oui », répliqua-t-elle, hochant à nouveau la tête une bonne dizaine de fois avant de se décider à poursuivre : « Et elle faisait ses courses chez Netto.

— La supérette Netto de la gare de Nørreport ?

— Ouaip, toujours ! »

Au bout d'un quart d'heure, Carl dut se résigner à admettre que l'état du témoin n'était pas optimal s'il voulait aborder des questions plus ardues.

Il fit signe aux autres qu'il était temps de partir, mais Assad prit le relais.

« Pourquoi votre maman avait-elle autant d'argent liquide sur elle ? Vous avez dit à nos collègues que c'étaient des billets de mille couronnes. Comment le saviez-vous, au fait, Birgit ? » Assad lui prit la main. Elle sursauta violemment, mais n'enleva pas sa main.

« Je le sais parce qu'elle me les avait montrés pour se vanter. Ma mère adorait l'argent liquide. »

« Bien, Assad », disait le regard de Carl.

« Est-ce qu'elle se vantait devant tout le monde d'avoir du liquide sur elle ? » demanda Assad.

La tête de Birgit Zimmerman se mit à rebondir sur sa poitrine. Est-ce qu'elle rigolait tout bas ?

« Ma mère passait son temps à se vanter. Partout et tout le temps. » Elle riait maintenant à gorge déployée. « Elle aurait peut-être mieux fait de s'abstenir, pas vrai ? »

Pas faux, songea Carl.

« Est-ce que votre maman laissait aussi traîner de l'argent partout chez elle ? » continua Assad.

Elle secoua la tête. « Ah, ça non ! Elle n'était pas bête, ma mère. On peut dire beaucoup de choses contre elle, mais elle n'était pas bête. »

Carl se tourna vers Laursen. « Tu sais s'il y a eu une perquisition au domicile de feu Mme Zimmerman ? » lui demanda-t-il à voix basse.

Laursen acquiesça. « Oui, mais à ma connaissance, on n'a rien trouvé qui puisse servir à l'enquête.

— C'est Pasgård qui y est allé ? »

Laursen confirma. À part Børge Bak, dans le temps, il n'y avait aucun inspecteur à l'hôtel de police que Carl méprisât autant.

Carl s'adressa à la femme : « Vous n'auriez

pas une clé de l'appartement de votre mère, par hasard ? »

Elle renâcla un peu, comme si sa question lui posait un problème insoluble. Ils avaient intérêt à faire vite, s'ils ne voulaient pas qu'elle s'endorme complètement.

Puis tout à coup, elle se redressa et dit d'une voix étonnamment claire qu'elle en avait toujours une, parce que sa mère était une tête en l'air qui égarait constamment son trousseau de clés. Alors un jour, elle en avait fait faire une dizaine de jeux et il en restait encore quatre dans son tiroir.

Elle leur en confia un, mais insista pour voir d'abord leur badge. Après que Carl lui eut montré le sien, il le glissa discrètement à Laursen, elle le vit donc une deuxième fois, sans y trouver à redire. Elle sembla satisfaite. Quant à Assad, elle l'avait complètement oublié.

« Juste une dernière chose, madame Zimmerman, dit Carl sur le pas de la porte. Denise Zimmerman, c'est quelqu'un de votre famille ? »

Elle acquiesça à contrecœur.

« Votre fille, peut-être ? » suggéra Assad.

Elle le regarda comme s'il venait de donner la bonne réponse à la dernière question de *Qui veut gagner des millions ?*

« Elle n'est pas là, déclara-t-elle cependant. Je ne l'ai pas vue depuis l'enterrement. »

De retour à l'hôtel de police, Carl s'assit lourdement dans son fauteuil et contempla les montagnes de papiers qui encombraient son bureau. Deux piles concernaient les affaires en cours peu urgentes et il les mit de côté. Et puis il y avait le dossier auquel Rose lui avait demandé de jeter un coup d'œil. Celui-là, il le posa dans le coin. Les autres documents étaient des notes et des photocopies de toutes sortes dont on pensait qu'elles pourraient l'intéresser. En général, tout cela allait droit dans la corbeille à papier, mais il ne pouvait décemment pas se débarrasser des notes de Marcus. Cette vieille affaire taraudait son ancien patron et il était inévitable qu'il fasse des rapprochements s'il y avait le moindre rapprochement à faire. Les retraités de la police avaient tous le même problème, Carl l'avait déjà observé par le passé. Mais devait-il s'en mêler ? Ne risquait-il pas de se retrouver dans une impasse, à l'exemple d'autres avant lui ? Et ne risquait-il pas tout simplement de décevoir Marcus et de lui enlever tout espoir de résoudre cette vieille affaire un jour, ce qui immanquablement le ferait rentrer dans sa coquille pour ne plus jamais en ressortir ? C'était ce que Carl craignait le plus.

Il tendit la main vers un portrait en couleurs sous lequel on avait écrit STEPHANIE GUNDERSEN en lettres d'imprimerie.

Les yeux en particulier attirèrent son attention. Un peu bridés, pratiquement verts. Elle avait un regard fascinant, envoûtant même.

Pourquoi tuer une fille comme elle ?

Avait-elle envoûté son meurtrier au point qu'il ait éprouvé le besoin de l'éliminer ?

Qui sait ?

18

Lundi 23 mai 2016

Il régnait dans le wagon un silence de mort, chacun étant occupé à surfer sur son smartphone ou son iPad. Certains concentrés et studieux, d'autres fébriles, pianotant désespérément sur leur clavier dans l'espoir d'un contact quelque part dans le cyberespace.

Pour l'instant, Jazmine ne cherchait à contacter personne. Elle comptait les jours dans son agenda à partir de celui de ses dernières règles, marqué d'une croix. Tout laissait à penser qu'elle n'allait pas tarder à ovuler et elle devait prendre une décision rapide.

Si elle optait pour une grossesse supplémentaire, elle se ferait sûrement virer de chez elle, mais était-ce vraiment si grave ? Les services sociaux n'auraient qu'à lui trouver un logement en plus du reste.

Elle sourit à cette idée. Anne-Line Svendsen n'aurait plus qu'à asseoir son gros cul flétri sur ses admonestations, ses plannings familiaux et ses menaces à la con. Si elle tombait enceinte à nouveau et qu'elle venait se plaindre d'avoir mal au dos, elle serait à nouveau tranquille pour un bon moment. Ils n'avaient pas le droit de l'obliger à avorter, de toute façon.

Jazmine avait à peine senti passer ses grossesses, même si elle prétendait le contraire devant le médecin. Elle n'avait ni nausées ni vomissements, et il n'y avait rien de très compliqué là-dedans. Pourtant, cette fois-ci, elle ne pouvait s'empêcher de trouver déprimante l'idée de recommencer. Car la prochaine fois qu'elle remettrait un enfant aux services sociaux, elle aurait trente ans. *Trente !* Et bien qu'elle ait depuis longtemps cessé de croire au prince charmant, elle avait tout de même conscience que le capital sur lequel elle avait vécu et qui avait été sa carte maîtresse, sa jeunesse, serait considérablement dévalué.

Car qui voudrait d'une femme de trente ans qui a eu cinq enfants avec Dieu sait qui, et qui les a tous livrés à l'adoption ? Pareil pour quatre, d'ailleurs, se dit-elle, objective.

Elle regarda ses compagnons de voyage. Y avait-il un seul homme dans ce wagon qu'elle désirerait pour compagnon, à ce stade de sa vie ? Et inversement, qui dans ce wagon voudrait d'elle ? Le trentenaire en train de glisser de manière peu ragoûtante sur sa banquette, là-bas dans le coin, comme s'il avait le cul enduit de vaseline. Lui serait sûrement d'accord. Mais avait-elle envie de gaspiller sa vie avec un type comme ça ? Pas très excitant comme perspective.

Jazmine haussa les épaules et se connecta sur le site de rencontres en ligne qui donnait les résultats les plus rapides. Victoria Milan était en principe réservé aux utilisateurs en couple recherchant une aventure, et on ne pouvait pas dire que Jazmine corresponde au profil type, mais qu'est-ce qu'elle en avait à faire ? Si elle pouvait s'organiser une partie de jambes en l'air sans lendemain avec un homme correct et propre sur lui qui ne lui ferait pas d'histoires, et à qui elle pourrait éventuellement soutirer quelques billets en venant le faire chanter avec son gros ventre, pourquoi ne pas essayer ? En outre, les concepteurs du site avaient eu l'intelligence de prévoir une icône de déconnexion d'urgence si celui ou celle avec qui on était en couple ou marié venait tout à coup regarder par-dessus votre épaule. Une fonction pratique pour Jazmine, qui avait toujours vécu dans un appartement de la taille d'une boîte à chaussures, où la table de la salle à manger était le seul endroit où on pouvait surfer. Elle avait plus d'une fois eu à cliquer sur cette icône parce que sa mère venait rôder autour d'elle. *Pouf !* Et le contact avait disparu de l'écran.

Elle entra sur son profil soigneusement camouflé et regarda ses touches. Si elle avait le choix, elle prendrait un homme banal. En plus, être à peu près sûre que l'enfant serait moche facilitait l'abandon. De surcroît, les hommes peu gâtés par la nature étaient de meilleurs amants que les beaux.

Elle sourit en pensant à quelques-unes de ses expériences passées. Qu'est-ce qu'ils pouvaient se donner comme mal, ces laissés-pour-compte.

« Alors, qu'est-ce qu'elle a dit ? » demanda Michelle en tirant avec impatience Jazmine par la manche. Malgré quelques égratignures et son pansement derrière la tête, elle avait nettement meilleure mine hors de son lit d'hôpital et habillée avec ses propres vêtements.

« Attends », l'arrêta Denise parce que l'infirmière de garde entrait dans la chambre à ce moment-là.

« Bon, et maintenant, Michelle, j'espère que vous allez vite vous remettre et faire attention à vous », dit celle-ci en lui tendant un flacon de comprimés. « Vous pouvez en prendre deux comme ça deux fois par jour si vous continuez à avoir mal à la tête, mais surtout n'hésitez pas à revenir nous voir si quelque chose ne va pas, d'accord ? »

Michelle acquiesça et l'infirmière lui serra la main. Tout cela était très formel.

« Allez, Jazmine, dis-moi », demanda à nouveau Michelle quand l'infirmière fut partie.

Son amie fit un signe du menton vers le paravent qui les séparait de la patiente d'à côté.

« Ah, la femelle putois ? Elle est sortie ce matin », répondit Michelle en fronçant le nez avant de fixer à nouveau sur elle un regard interrogateur. « Alors, tu as réussi à lui faire avouer ? Qu'est-ce que tu lui as dit ?

— En plein milieu des conneries habituelles qu'elle était en train de me débiter, je lui ai dit tout à coup que tu allais bien et puis je lui ai demandé si c'était vrai qu'elle avait une préférence pour les voitures rouges.

— C'est pas vrai, tu lui as dit ça ? »

Michelle porta une main à sa poitrine.

Jazmine acquiesça. « Oui. Évidemment, elle a été surprise, n'importe qui l'aurait été à sa place, mais franchement, elle n'avait pas l'air inquiète.

— Alors tu ne crois pas que c'était elle ? »

Jazmine haussa les épaules. « *A priori*, non. »

L'espace d'un instant, Michelle fut déstabilisée par la nouvelle, mais elle l'accepta sans faire de commentaire. Quand elle eut fini de rassembler ses affaires, elles rejoignirent ensemble le grand hall qui distribuait les quatre services de l'étage et abritait divers comptoirs de réception, une salle d'attente et les ascenseurs. Un soleil presque estival entrait à flots par la baie vitrée, offrant une vue panoramique sur le nord de Copenhague, et la plupart des gens qui se trouvaient dans la salle d'attente étaient occupés à admirer le paysage et les toits de la capitale.

« Oh, mon Dieu, Patrick est là ! » murmura Michelle, affolée, en désignant un canapé sur lequel était posé un énorme paquet de muscles avec les bras de chemise roulés.

Jazmine jeta un coup d'œil dans sa direction. Il venait sûrement d'arriver car elle était sûre de ne pas l'avoir vu tout à l'heure, quand Denise et elle attendaient.

Denise réagit très vite et s'avança d'un pas pour cacher Michelle, mais c'était déjà trop tard. Le type devait avoir un flair de chien de chasse, et le chien avait senti le gibier car il se leva au même instant et tourna la tête dans leur direction. En six pas, il les eut rejointes et il braqua sur Michelle un regard si mauvais qu'on l'aurait dit capable de la renvoyer illico faire un séjour dans la chambre 32.

« Qu'est-ce que tu me fais, Michelle ? Pourquoi je n'ai pas eu le droit de venir te voir ? »

Michelle s'agrippa au bras de Denise et se mit à l'abri derrière elle. Manifestement, il la terrorisait, et Jazmine comprenait parfaitement qu'elle ait la trouille.

« C'est qui, ces filles ? lui demanda-t-il, furieux.

— C'est Jazmine et Denise et tu les laisses tranquilles, répliqua-t-elle d'une petite voix.

— Ce qu'elle te fait, c'est qu'elle te quitte, répondit Denise à sa place. Elle en a marre de toi. »

Deux rides verticales se creusèrent entre les sourcils de Patrick. Il ne s'attendait pas à cette réponse.

« Ta gueule, connasse ! Michelle n'ira nulle part tant qu'elle ne m'aura pas remboursé ce qu'elle me doit. Et toi, pétasse, tu te mêles de ce qui te regarde ! » riposta-t-il en attrapant Denise par le bras et en la poussant contre le mur.

L'incident fit s'agiter nerveusement quelques personnes dans la salle d'attente et l'infirmière derrière son comptoir leva la tête. Ce fut peut-être ce qui lui fit baisser le poing.

« Elle te doit quoi, connard ? Elle a tout fait pour toi pendant qu'elle habitait dans ton studio minable ! »

lança Denise sans se démonter. « Tu crois peut-être qu'un mec comme toi peut baiser une fille comme Michelle gratis ? »

Michelle et Jazmine n'étaient pas rassurées. Denise devrait peut-être arrêter de toujours chercher la bagarre.

« Tu as pourtant l'air assez grand pour connaître la vie, mec. Mais peut-être que tu n'as pas connu beaucoup de filles ? » poursuivit-elle au contraire.

Le gars sourit, apparemment il était trop malin pour se laisser provoquer en public. Il se tourna vers Michelle.

« Je me contrefous de ce que tu fais de ta vie. Mais si tu déménages, tu payes ta part de loyer pour les mois de février, mars, avril et mai, Michelle. Il y en a pour six mille couronnes. C'est le deal ! Quand tu m'auras payé cette somme, tu pourras te casser où tu veux, mais pas avant, tu m'entends ? »

Michelle ne répondit pas. Sa main sur l'avant-bras de Jazmine tremblait comme une feuille. « Comment veux-tu que je trouve une somme pareille ? » disait son visage.

À nouveau, Denise s'interposa. Le grand homme costaud et la jeune femme toute frêle se jaugèrent quelques instants. N'importe où ailleurs, la situation aurait dégénéré.

Denise le poussa une fois ou deux, intrépide. « Je t'en file la moitié et on n'entend plus parler de toi, proposa-t-elle. Ou tu vas te faire foutre sans rien du tout. »

Puis elle plongea la main dans son sac et en sortit trois billets de mille.

« Il ne faut pas vous attendre à un palace », les prévint Denise en insérant la clé dans la serrure. « Ma grand-mère n'était qu'une vieille garce, ses meubles sont laids à pleurer et ça pue le parfum bon marché là-dedans. »

Jazmine leva les yeux au ciel. Ça faisait dix fois que Denise leur répétait la même chose. Elle s'en fichait complètement de savoir si l'appartement était joli ou moche et s'il sentait bon ou mauvais. Du moment qu'elle avait un endroit où dormir, en attendant de trouver autre chose, elle était contente, et c'était pareil pour Michelle.

« Il y a des portraits de toi partout, Denise. C'est ta mère, ça, là-bas ? » s'exclama Michelle, enchantée. Elle pointait du doigt une photo en noir et blanc représentant une jolie femme bien fichue qui avait été extraite de sa photo d'origine puis posée devant un autre cliché en couleurs pris dans un parc.

« Oui, c'est elle. Sauf qu'elle ne ressemble plus tellement à ça.

— Pourquoi la photo a-t-elle été découpée comme ça ?

— Parce qu'il y avait mon père à côté d'elle et que mes grands-parents n'ont pas mis longtemps à le chasser de nos vies.

— Ah », dit Michelle, désolée d'avoir posé la

question. « Et il est où, maintenant ? Tu le vois encore ?

« C'était un Américain, un ancien soldat. Ma grand-mère ne pouvait pas le blairer et ma mère ne faisait rien pour le défendre, alors il est rentré aux États-Unis et il s'est réengagé.

— Pourquoi est-ce que tu portes le nom de ta mère et pas celui de ton père ? Ils n'étaient pas mariés ? »

Denise renifla. « Qu'est-ce que tu crois ? Bien sûr qu'ils l'étaient. Et d'ailleurs je porte son nom. Je m'appelle Denise Frank Zimmerman.

— C'est trop bizarre. Frank, c'est un prénom de garçon. Je ne savais pas que ça pouvait aussi être un nom de famille. Vous vous écrivez de temps en temps ? » continua Michelle.

Denise fit la grimace. « On aurait du mal, vu qu'il a été réduit en bouillie par une mine antipersonnel en Afghanistan, en 2002, juste avant Noël. Sympa comme cadeau, vous ne trouvez pas ? »

Michelle était perplexe.

« Alors, d'une certaine manière, on peut dire que ta grand-mère est responsable de sa mort », commenta Jazmine.

Denise pointa un index menaçant vers une photo fanée de la vieille dame. « Tu as tout compris. »

Jazmine regarda autour d'elle. L'appartement était bien aménagé si on aimait les tables en chêne massif et le cuir marron patiné. Personnellement, elle préférait le mobilier contemporain. Elle n'aurait sans doute jamais les moyens de posséder ce genre de choses, mais au moins elle savait faire la différence.

Elle avait remarqué avec plaisir que l'appartement était assez grand pour que chacune ait sa propre chambre. Il disposait aussi d'une salle à manger et d'un séjour avec de grandes baies vitrées donnant sur une immense terrasse couverte, avec vue sur une pelouse et un immeuble identique à celui dans lequel elles se trouvaient. Par rapport à ce qu'elle avait avant, c'était Byzance.

Elle traversa le vestibule pour aller inspecter la salle de bains, qui pour elle était pratiquement la pièce la plus importante d'une maison. Elle n'était pas très grande, mais dans l'ensemble, elle n'était pas mal. Il y avait une machine à laver, un séchoir à linge et deux placards qui leur seraient bien utiles une fois qu'elles auraient débarrassé toutes les vieilleries de l'ancienne propriétaire. Le miroir était gigantesque, il couvrait tout le mur derrière la double vasque et elles ne seraient même pas obligées d'utiliser la salle de bains à tour de rôle.

« Ta grand-mère était invalide, Denise ? » demanda-t-elle quand elles furent assises toutes les trois dans le salon.

« Pourquoi tu me demandes ça ?

— À cause de la poignée sur le mur et des accoudoirs escamotables à côté de la cuvette des W-C. Elle avait du mal à marcher ?

— Tu rigoles ! Elle n'arrêtait pas de courir dans

tous les sens ! Je crois que ces trucs datent de l'ancien propriétaire.

— Et ton grand-père ? Il ne s'en servait pas non plus ?

— Il était mort depuis longtemps quand elle est venue s'installer ici. Il était beaucoup plus vieux qu'elle.

— Ce n'est pas grave », dit Michelle sans qu'on puisse dire si elle parlait de la mort du vieil homme, du fait qu'il ait été plus âgé que sa femme ou des poignées dans la baignoire. Il n'était pas toujours facile de suivre le cours des pensées de la jeune femme.

« Qui est-ce qui paye le loyer ? » s'enquit Jazmine.

Denise alluma une cigarette et souffla la fumée vers le plafond.

« L'appartement était à elle et elle terminait de payer son crédit. Les charges de copropriété sont prélevées directement sur son compte et elle avait plein de fric. Mon grand-père tenait un magasin de chaussures dans lequel il vendait des marques dont il avait l'exclusivité au Danemark. Quand il est mort, ma grand-mère a presque tout vendu. Je suppose que je vais hériter de la moitié de ce qu'elle a laissé, quand la succession sera réglée, et à ce moment-là on se trouvera un autre endroit où habiter. En tout cas, je ne resterai pas ici. Cet appartement me sort par les trous de nez.

— Comment on va faire pour la bouffe et tout ça ? s'inquiéta Jazmine. Michelle ne gagne pas d'argent et si je refuse de prendre un boulot, je perds mon revenu de solidarité. » Elle se mordit les lèvres et prit une cigarette dans le paquet posé sur la table. « J'ovule dans quelques jours, je crois que je vais aller me faire mettre en cloque. »

Jazmine sortit son smartphone de sa poche et retourna sur son site de rencontres. Elle leur montra une photo. « J'ai rendez-vous avec cet homme-là, ce soir. Chez lui, en plus. Sa femme est partie à un repas d'anciens élèves de son lycée quelque part au fin fond du Jutland et on aura la baraque pour nous.

— Lui ? » s'étonna Michelle.

Jazmine devait lui donner raison, il n'était vraiment pas beau. Mais sa femme était enceinte alors, *a priori*, son sperme devait être bon.

« Tu ne devrais pas faire ça, je trouve. » Pour une fois, Michelle avait presque l'air adulte. « Qu'est-ce que tu feras dans un an ? »

Denise était dubitative, elle aussi.

Le regard de Jazmine se perdit dans les volutes de fumée, mais ne lui donna pas la réponse. « Pourquoi "dans un an" ? » rétorqua-t-elle.

Denise fit tomber son mégot dans un vase de tulipes fanées posé au centre de la table.

« Écoute, Jazmine, quitte à te servir de ton corps pour mettre des gosses au monde, pourquoi est-ce que tu n'essayes pas de te faire vraiment du blé ? C'est minable de te contenter d'une simple allocation pendant ta grossesse. Trouve un couple qui ne peut pas avoir d'enfants. Belle comme tu es, parce que tu es vachement belle, figure-toi, tu pourrais facilement toucher cent cinquante mille couronnes au black pour être mère porteuse. Tu n'y as jamais pensé ? »

Jazmine acquiesça.

« Et alors, c'est pas mieux comme idée ?

— Pas pour moi, non. Je ne veux rien savoir de cet enfant. Pour moi, c'est juste un morceau de viande dont je me débarrasse, d'accord ? »

Jazmine vit que Michelle était choquée, mais qu'est-ce qu'elle pouvait savoir de ce qu'on ressent quand on a la mauvaise idée de regarder une seule fois le gosse dans les yeux ? Jazmine avait eu le malheur de le faire et elle ne recommencerait jamais.

« OK, je comprends, dit Denise. Alors fais comme moi. Trouve-toi des protecteurs. Tu choisis toi-même les types, ce n'est pas ça qui manque. Ils ne sont pas toujours très jeunes, mais ils peuvent parfois être très généreux. En couchant avec chacun d'entre eux au maximum une fois par mois, tu peux facilement te faire cinq mille couronnes, à condition de bien t'organiser. Tu t'en fais un à deux par semaine et ça roule. Comment crois-tu que je gagne ma vie ? Et je te rassure, ça ne marche pas seulement quand on a vingt-huit ans. Tu peux tenir encore des années. »

Michelle se mit à tripoter son col en dentelle. Elle était visiblement mal à l'aise. « Mais c'est de la prostitution, Denise ! s'exclama-t-elle. Et toi, ce que tu fais, Jazmine, c'est encore pire.

— Si tu veux. Mais dis-moi comment tu appelles ce que tu faisais avec Patrick, alors, répliqua Denise. Ce que nous avons vu à l'hôpital tout à l'heure ne ressemblait pas vraiment à de l'amour, je trouve. Cela dit, pas de problème, ma belle. Si tu as une meilleure idée pour se faire de la thune, on t'écoute. Je suis capable du pire.

— C'est quoi le pire, pour toi ? demanda Jazmine.

— N'importe quoi, du moment que je ne me fais pas baiser. Sans jeu de mots. »

Jazmine rigola et écrasa sa cigarette. Elle décida de la mettre à l'épreuve. « Même commettre un meurtre ? »

La tasse de Michelle s'arrêta entre la soucoupe et sa bouche mais Denise répondit, tout sourire. « Oui, mais encore ? »

Jazmine réfléchit un court instant. « Tuer quelqu'un qui aurait plein de fric planqué chez lui.

— Ha ha, tu es pleine de ressources, Jazmine. Alors par qui allons-nous commencer ? Une styliste célèbre ? Un galeriste ? » demanda Denise.

« Je ne sais pas si ce genre de personnes gardent du cash à leur domicile mais on pourrait commencer par Anne-Line Svendsen.

— Oh oui ! s'écria Michelle, enthousiaste. J'ai entendu dire qu'elle avait gagné plusieurs millions de couronnes au loto un jour, il doit bien lui en rester un peu. On n'est peut-être pas obligées de l'assassiner ? Je suppose que c'était pour rire ?

— Tu dis qu'Anne-Line a de l'argent ? On ne croirait pas à la voir. » Deux fossettes se creusèrent dans les joues de Denise. « Tu sais que tu viens d'avoir une très bonne idée, Jazmine. En la tuant, on fait d'une pierre deux coups. On se fait un paquet de fric et on se débarrasse d'elle en même temps. C'est une proposition intéressante, même si elle n'est pas très réaliste.

— On pourrait se contenter de la faire chanter, si l'argent est à la banque, par exemple, poursuivit Michelle. Si toi et Jazmine vous allez lui dire que vous étiez là et que vous avez tout vu le jour où elle a essayé de m'écraser, elle nous en lâchera bien un peu, non ? »

Jazmine et Denise échangèrent un regard lourd de sous-entendus.

19

Lundi 23 mai 2016

Carl contemplait le tableau d'affichage dans la salle de situation. Manifestement, Assad, Gordon et Laursen n'avaient pas chômé car il regorgeait d'éléments d'enquête.

Dont certains qu'il voyait pour la première fois. La photo de la dépouille de Rigmor Zimmerman, couchée sur le sol, l'arrière du crâne défoncé, celle d'un homme et d'une femme posant fièrement avec leurs employés devant un magasin de chaussures à Rødovre. Plusieurs comptes rendus d'hospitalisation à l'hôpital de Hvidovre faisant état du passage de Rigmor Zimmerman pour : une ablation de l'utérus, des points de suture suite à une lésion mineure du cuir chevelu, une réduction de luxation d'épaule.

Il y avait aussi une carte sur laquelle était reporté le trajet de la victime entre Borgergade et le lieu du crime, quelques clichés pris par Assad à l'aide de son smartphone dans le bosquet du parc de Kongens Have, une description des faits qui était désormais en contradiction avec celle élaborée par l'équipe de la Criminelle et le rapport d'autopsie de Rigmor. Carl découvrit également le certificat de décès de Fritzl Zimmerman et quelques autres détails qui, à la connaissance de Carl, n'avaient rien à faire là.

Bref, l'affaire Zimmerman commençait à prendre forme. À part que pour l'instant ils n'avaient pas l'ombre d'un suspect, que l'enquête n'était pas la leur et qu'elle ne le serait jamais. S'ils la poursuivaient, c'était sous son entière responsabilité.

Carl avait surtout envie de partager ces découvertes avec Marcus Jacobsen, mais n'était-ce pas risquer que l'ancien patron de la Crim' lui demande de passer par la voie hiérarchique ? Qu'il ne fasse pas preuve de compréhension en voyant que Carl se mêlait du travail de ses collègues du deuxième étage ?

« Allez-vous mettre Bjørn au courant de nos découvertes, Carl ? » demanda Laursen, avec beaucoup d'à-propos.

Assad et Carl échangèrent un regard. Carl fit un signe de tête à son assistant, l'invitant à répondre, évitant ainsi de se mouiller.

« Vous ne croyez pas qu'ils en ont assez sur les bras avec l'autre affaire, là-haut ? » répondit Assad.

Carl fut content de voir qu'Assad jouait pour le département V, mais de quelle affaire parlait-il ?

« Vous n'avez peut-être pas vu le journal ! » répondit Assad, devançant sa question. « Montre-nous, Gordon. »

Deux mains osseuses étalèrent le quotidien sur la table. Ce garçon commençait à ressembler à un échalas vivant. Est-ce qu'il mangeait, parfois ?

Carl lut le gros titre. « Le chauffard choisit-il ses victimes au hasard ? » En dessous, on pouvait voir les portraits des deux femmes renversées ces derniers jours par un automobiliste qui, dans les deux cas, avait pris la fuite.

« Michelle Hansen, demandeuse d'emploi, 27 ans. Grièvement blessée après avoir été percutée par une voiture le 20 mai. » « Senta Berger, demandeuse d'emploi, 28 ans. Tuée par une voiture le 22 mai. »

« Le journal pense qu'il y a un lien entre les deux accidents ! fit remarquer Gordon, très excité. Pas étonnant, quand on y regarde de près, n'est-ce pas ? »

Carl étudia les visages des victimes sans grande conviction. Certes, elles avaient à peu près le même âge et elles étaient plutôt jolies toutes les deux. Et alors ? Dans ce pays, il arrivait constamment que des gens soient victimes de chauffards trop lâches pour assumer leurs responsabilités, le plus souvent parce qu'ils étaient sous l'emprise de l'alcool ou de stupéfiants. Il maudissait ces salopards.

« Regardez les boucles d'oreilles, Carl, elles sont pratiquement identiques. Et elles portent le même haut de chez H&M, mais dans deux couleurs différentes, reprit Gordon.

— Oui, et on croirait qu'elles se sont fait ravaler la façade par la même entreprise ! » ajouta Assad.

La remarque n'était pas très élégante, mais il n'avait pas tort. Carl devait admettre que sur ce point aussi, elles étaient assez semblables.

« Le blush, le rouge à lèvres, les sourcils redessinés et les cheveux avec des mèches plus claires et une belle coupe, tout est pareil, continua Assad. Si je sortais avec les deux filles en même temps, au bout de cinq minutes, je ne saurais plus faire la différence. »

Laursen hocha la tête. « C'est vrai qu'il y a des similitudes, mais quand même… »

Comme d'habitude, Laursen et Carl étaient sur la même longueur d'onde. On pouvait voir ce genre de coïncidences partout si on s'en donnait la peine.

Ironique, Carl dit à son assistant : « Bref, Assad, tu es en train de me dire que tu penses que nos chers collègues du département A cherchent un lien entre les deux accidents ?

— Moi, je sais que c'est le cas, intervint Gordon. Je suis monté voir Lis tout à l'heure pour lui demander quelque chose et elle m'a dit qu'ils avaient mis une équipe sur le coup. Un cycliste a vu une Peugeot rouge débouler à toute vitesse dans la rue où Michelle Hansen a été renversée et une voiture correspondant à la même description est restée stationnée, moteur allumé, pendant plus d'une heure dans la rue où l'autre fille s'est fait écraser contre une façade d'immeuble. Lars Bjørn a envoyé plusieurs équipes dans les deux quartiers pour interroger les riverains. Je crois que l'équipe de Pasgård en fait partie.

— Bonne nouvelle ! » s'exclama Assad.

Carl jeta un nouveau coup d'œil au journal.

« C'est quand même incroyable qu'ils fassent tout un plat de cette histoire ! Mais bon, quels que soient les effectifs utilisés sur cette enquête, je doute qu'elle mette le département A sur les rotules. La circulation va s'en occuper jusqu'à ce qu'on trouve une preuve tangible qu'il s'agit bien d'un meurtre. » Puis, s'adressant à Laursen : « Mais pour revenir à ta question, Tomas, si tu ne dis rien à Pasgård ni à personne d'autre travaillant sur l'affaire Zimmerman, je serais bien fichu d'oublier de leur en parler, moi aussi. »

Laursen se leva et administra une tape sur l'épaule de Carl en sortant.

« Eh bien, il n'y a plus qu'à espérer que tu sois le premier sur la ligne d'arrivée, Carl.

— Je ne vois pas ce qui m'en empêcherait ! »

Il se tourna vers Assad et Gordon. Il fallait approfondir plusieurs détails de cette affaire. Leur hypothèse était que Rigmor Zimmerman avait eu l'impression qu'on la poursuivait et que pour cette raison elle s'était cachée. Selon eux, on pouvait l'avoir filée parce qu'elle avait la mauvaise habitude d'agiter une grande quantité d'argent liquide sous le nez de n'importe qui. Il s'agissait donc de reconstituer son parcours entre l'appartement de sa fille et le lieu du crime. Était-elle entrée dans un endroit où elle avait ouvert son portefeuille bien garni sous les yeux de la mauvaise personne ? Ou bien un voleur à la tire avait-il simplement eu de la chance ce jour-là ? Mais si son agresseur était un passant lambda, pourquoi s'était-elle enfuie ? Le type avait-il tenté de l'agresser plus haut dans la rue ? Et cette hypothèse était-elle plausible dans un quartier où il y avait autant de passants et autant d'habitations ?

Cela faisait beaucoup d'inconnues pour un seul détail de cette investigation et pour Assad et Gordon faire du porte-à-porte chez l'habitant, interroger les commerçants, les tenanciers des troquets serait un véritable parcours du combattant.

« Raconte à Carl ce que tu as fait, Gordon », dit Assad avec un sourire en coin.

Carl tourna les yeux vers l'asperge. Qu'est-ce qu'il avait encore inventé pour ne pas oser l'avouer de lui-même ?

Gordon prit son élan. « Je sais que j'aurais dû vous en parler avant, Carl, mais j'ai pris un taxi pour Stenløse. »

Carl fronça les sourcils. « Pour Stenløse ! À tes frais, j'espère ? »

Gordon ne répondit pas à cette question. Ce qui signifiait qu'il avait piqué un bon dans la caisse pour payer son déplacement.

« Lise-Marie Knudsen a bien voulu me prêter les carnets de Rose, dit-il. Elle m'a rejoint à l'appartement.

— Je vois. Et cette Lise-Marie t'avait bien sûr supplié de venir chercher ces carnets ? Comment se fait-il qu'elle ne les ait pas apportés ici, si c'était si important pour elle ?

— C'est-à-dire que ça ne s'est pas exactement passé comme ça. » Voilà qu'il allait prétendre être désolé. Dieu, que ce garçon pouvait être agaçant ! « En fait, c'était mon idée. »

Carl sentit le rouge lui monter aux joues, mais avant qu'il atteigne la température d'ébullition, Assad intervint :

« Regardez, chef. Gordon a défini un schéma. »

Deux mains simiesques posèrent la pile des calepins de Rose en tas d'un côté de la table et une feuille A4 de l'autre.

Carl regarda le papier, une suite chronologique de morceaux de phrases qui remplissait pratiquement toute la page et dont les messages avaient *a priori* de quoi effrayer n'importe qui :

1990 TA GUEULE
1991 JE TE HAIS
1992 JE TE VOMIS
1993 JE TE VOMIS-J'AI PEUR
1994 PEUR
1995 JE NE T'ENTENDS PAS
1996 AU SECOURS MAMAN-SALOPE
1997 SEULE EN ENFER
1998 MOURIR
1999 MOURIR-AU SECOURS

2000 ENFER ABSOLU
2001 OBSCURITÉ
2002 GRIS-PAS PENSER
2003 PAS PENSER-NÉANT
2004 LUMIÈRE BLANCHE
2005 LUMIÈRE JAUNE
2006 JE SUIS BONNE
2007 SOURDE
2008 ALORS ? ON NE RIT PLUS ?
2009 CASSE-TOI CONNARD !
2010 FOUS-MOI LA PAIX
2011 JE VAIS BIEN, OK ?
2012 REGARDE-MOI MAINTENANT, CONNARD !
2013 JE SUIS LIBRE
2014 JE SUIS LIBRE – ÇA N'ARRIVE PAS – VA-T'EN
2015 JE ME NOIE
2016 VOILÀ JE ME NOIE

« Ce sont toutes les phrases que Rose a écrites dans les carnets qui sont ici. » Gordon désigna la pile. De 1990 à 2016. Il n'en manquait pas un seul. « Dans chaque carnet, comme vous le savez déjà, la même phrase est reprise à l'infini et ce sont ces phrases que j'ai inscrites par ordre chronologique, dit-il en montrant la feuille A4. Chaque carnet a quatre-vingt-seize pages contenant ces phrases, à l'exception d'un ou deux que Rose n'a pas fini de remplir. »

Gordon ouvrit le premier carnet, celui de 1990 dans lequel elle avait écrit inlassablement « TA GUEULE TA GUEULE ».

« Pour indiquer chaque nouvelle journée, elle a fait un trait en dessous du premier mot, dit-il. S'il y a quatre traits sur une page, cela nous indique que la page représente un peu plus de quatre jours », expliqua-t-il.

Il leur montra une page au hasard. Il avait raison, de minces traits séparaient les jours et chaque jour comportait le même nombre de lignes. Rose était manifestement une fille déjà très organisée à l'âge de dix ans.

« J'ai compté le nombre de traits. Il y en a trois cent soixante-cinq, car elle a également souligné le premier mot de la dernière série du dernier jour de l'année.

— Et les années bondissantes ? demanda Assad.

— On dit les années bissextiles, le corrigea Carl.

— C'est moins marrant.

— C'est une bonne question, Assad, répliqua Gordon. Elle a aussi pris en compte les années bissextiles. Elle a ajouté une journée aux sept années de 366 jours qu'il y a eues depuis 1990. Elle a même entouré les séries écrites le 29 février.

— Ça ne m'étonne pas. Je reconnais bien là notre petite Rose », grommela Carl, ému.

Gordon hocha la tête, fier d'elle, mais il vrai qu'elle avait en lui depuis toujours un fan absolu et un fidèle écuyer. Et un peu plus que cela, sans doute.

« Pourquoi sept ? Il n'y en a eu que six, de ces années… bissextiles, non ?

— Nous sommes le 23 mai aujourd'hui. Le mois de février est derrière nous. 2016 est une année bissextile, figure-toi. »

Assad regarda Carl comme s'il venait de le traiter de crétin. « Je parlais de l'année 2000, chef. Les années divisibles par cent ne sont jamais bissextiles, ça, j'en suis sûr.

— Et tu as raison, mais si elle est divisible par quatre cents, elle l'est. Tu ne te souviens pas de toutes les discussions qu'il y a eues à ce sujet en 2000 ? Ça n'en finissait pas.

— Si vous le dites. » Il hocha la tête. Il avait l'air songeur, pas vexé. « Ça doit être parce que je n'étais pas au Danemark à ce moment-là.

— Et on ne parlait pas d'années bissextiles là où tu étais ?

— Pas tellement.

— C'était où ? » demanda Carl.

Assad botta en touche. « Oh, un peu partout. »

Carl attendit quelques secondes. Il n'en saurait pas plus.

« Quoi qu'il en soit, j'ai eu l'idée de noter, dans l'ordre, tout ce qu'elle a écrit avec tant d'acharnement, année après année, reprit Gordon, et cela nous donne une vision assez claire de son état d'esprit pendant cette période. »

Carl survola la page. « En tout cas, en 2000, la pauvre gosse n'allait pas très bien. » Il mit le doigt sur l'année 2002. « Il semble que certaines années, elle soit passée par deux états différents. En 2014, trois. Tu sais s'il y a une raison particulière, Gordon ? Tu as fait des recherches ?

— Oui et non. Je ne connais pas encore la cause de ces changements d'humeur, mais je peux compter les jours et en définir la date exacte. Il est vraisemblable qu'ils correspondent à des évènements particuliers survenus dans sa vie ces jours-là. »

Carl continua à étudier la feuille. Cinq années comportaient deux phrases différentes, une année seulement en comportait trois.

« Je crois qu'on sait ce qui a changé en 2014, n'est-ce pas, chef ? fit remarquer Assad. Elle a commencé à écrire autre chose juste après la séance d'hypnose, c'est bien ça, Gordon ? »

Gordon acquiesça, un peu surpris. « C'est exactement ça. Et c'est la seule année où il y a plusieurs jours où il ne se passe rien. Elle écrit : "ÇA N'ARRIVE PAS ÇA N'ARRIVE PAS." Puis pendant trois jours, elle n'écrit rien et ne matérialise pas non plus ce laps de temps par les fameux traits, puis, le reste de l'année, elle écrit : "VA-T'EN VA-T'EN."

— Tout ça est vraiment bizarre, dit Assad, comme un constat. Et je me demande ce qui se passe dans sa tête au début de chaque nouvelle année pour qu'elle redémarre toujours avec une nouvelle phrase. »

L'expression de Gordon avait changé. Il était assez difficile de déterminer l'effet que tout cela avait sur lui. À certains moments, il affichait la gravité d'un travailleur humanitaire en situation d'urgence, à d'autres, il avait l'exaltation d'un collégien qui vient de lever sa première petite amie.

« C'est une très bonne question, Assad. Effectivement, à l'exception de quatre années, pendant vingt-sept ans, le premier janvier, elle change de mantra. »

Assad et Carl étudièrent les dates et surtout les années 1998 et 1999. « MOURIR » pouvait-on lire ces deux années-là. Ça faisait mal de lire ça. Était-ce réellement leur Rose dont l'esprit était dérangé au point de lui dicter ce mot chaque jour pendant dix-huit mois ? « MOURIR MOURIR MOURIR. »

« C'est invraisemblable, dit Carl. Comment une jeune femme peut-elle jour après jour écrire des choses aussi définitives et puis tout à coup se mettre à appeler au secours, inlassablement ? Qu'a-t-il pu lui arriver ?

— Ça fait peur, dit Assad, doucement.

— Tu as compté les jours pour déterminer la date où la phrase se modifie en 1999, Gordon ? demanda Carl.

— Le 18 mai, répondit Gordon aussitôt. » Il avait l'air fier de lui, et à juste titre.

« Oh mon Dieu, non », gémit Carl.

Gordon le regarda, intrigué. « Qu'est-ce qu'il y a ? Il s'est passé quelque chose de particulier ce jour-là ? » demanda-t-il.

Carl acquiesça et fit un signe de tête en direction d'une chemise cartonnée jaune, coincée entre deux autres dossiers, portant sur la tranche une étiquette blanche sur laquelle il était écrit « RÈGLEMENT INTÉ-

RIEUR ». Un moyen infaillible pour éviter à un collaborateur du département V d'être tenté de l'ouvrir.

Gordon prit le dossier et le donna à Carl.

« L'explication est là-dedans », dit ce dernier en sortant de la chemise une coupure de journal qu'il posa sur la table.

Il leur montra d'abord la date du journal, le 1er mai 1999, puis il fit descendre son doigt jusqu'à un fait divers de moindre importance.

« Un terrible accident à l'aciérie de Stålvalseværket coûte la vie à un homme de quarante-sept ans », disait l'entrefilet.

Carl fit glisser son doigt le long de la colonne jusqu'au nom de la victime.

« Comme vous pouvez le voir, l'homme s'appelait Arne Knudsen, dit-il. C'était le père de Rose. »

Chacun resta comme pétrifié, le temps de digérer l'information, le regard alternativement posé sur la coupure de journal et sur le papier de Gordon.

« Nous sommes désormais tous d'accord sur le fait que les carnets de Rose témoignent de son état psychologique sur une période de plus de vingt-six ans », conclut Carl en fixant la liste de Gordon au tableau d'affichage.

« Il faudra penser à faire disparaître ce papier avant que Rose revienne », s'inquiéta Gordon.

Assad hocha vivement la tête. « Ça c'est sûr. Elle ne nous le pardonnerait pas. Et à ses sœurs non plus. »

Carl était de leur avis, mais pour l'instant cette feuille resterait où elle était.

« Vicky et Lise-Marie nous ont appris que leur père était constamment sur le dos de Rose et qu'elle écrivait dans ses carnets le soir dans sa chambre, résuma Carl. Apparemment, c'était une sorte de thérapie pour elle. Malheureusement, la suite prouve que cette méthode n'a pas fonctionné sur le long terme.

— Il la battait ? » demanda Gordon, les poings serrés, ce qui ne suffisait pas à lui donner l'air méchant.

« Non, pas d'après ses sœurs. Et il n'abusait pas d'elle sexuellement non plus, répondit Assad.

— Alors il se servait juste de sa grande gueule, ce salaud ! » rugit Gordon, rouge comme une pivoine, ce qui lui allait assez bien.

« Oui, toujours si l'on en croit ses sœurs, répondit Carl. Il paraît qu'il la harcelait en permanence, mais nous ne savons pas encore de quelle façon. Il va falloir qu'on nous éclaire sur ce point. En tout cas, on peut constater que pas un jour, au cours de ces vingt-six années, elle n'est parvenue à prendre des distances avec ce harcèlement moral systématique. Il semble qu'il ait profondément affecté sa personnalité.

— Je n'arrive pas à faire coller tout ça avec la Rose que nous connaissons, dit Assad. Et vous ? »

Carl poussa un soupir. C'est vrai que ce n'était pas facile.

Ils avaient tous les trois les yeux rivés sur la liste de Gordon. Comme les deux autres, Carl se concentrait sur chaque phrase, puis il passait à la suivante.

Il se passa près de vingt minutes avant que l'un d'eux dise quoi que ce soit. Tous avaient étudié la feuille dans ses moindres détails et laissé décanter les sentiments qu'elle leur inspirait. Carl avait le cœur serré de penser à la longue thérapie solitaire de Rose. Toutes ces années où elle avait crié au secours en silence lui brisaient le cœur.

Il soupira. Il avait beaucoup de difficulté à admettre que cette femme qu'ils croyaient si bien connaître ait été dans un tel état de souffrance émotionnelle que la violence de ces phrases et de ces mots répétés à l'infini avait été son seul moyen de continuer à exister.

Extraordinaire Rose, songeait Carl. Malgré son mal de vivre, elle avait été capable de le soutenir et de le consoler quand lui avait sombré. Et tous les jours, elle avait trouvé l'énergie nécessaire pour se lancer avec passion et courage dans les difficiles enquêtes du département V grâce à cet exutoire à sa part d'ombre, à ce système qui lui permettait de donner le change.

Intelligente et compétente. Prodigieusement agaçante, merveilleuse et blessée. Elle était toujours leur petite Rose. Et voilà qu'à nouveau, elle était internée. En fin de compte, son système n'avait pas été un garde-fou suffisamment efficace.

« Écoutez-moi », dit Carl.

Les deux autres se tournèrent vers lui.

« Il n'y a aucun doute sur le fait que sa relation avec son père est à l'origine de ses maux et des mots avec lesquels elle les exprime dans ces carnets. Mais je suppose que nous pouvons convenir également qu'une phrase qui change en cours d'année doit être en rapport avec un événement spécifique et que cet événement a aggravé son état, en tout cas les premières années. »

Ils acquiescèrent tous les deux.

« On peut aussi imaginer que des choses positives lui soient arrivées. "L'ENFER ABSOLU" s'éclaircit au cours des dernières années pour aboutir à un "JE SUIS BONNE". Si nous voulons comprendre ce qui est arrivé à Rose, et c'est le cas, évidemment, nous devons isoler les évènements qui ont marqué sa vie. La mort de son père en 1999 est l'un d'eux. Elle passe de plusieurs années de désespoir total à pratiquement l'inverse.

— À votre avis, elle se parle à elle-même ou bien c'est à son père qu'elle écrit ? demanda Gordon.

— Le mieux, c'est que nous posions la question aux gens qui faisaient partie de sa vie à ce moment-là.

— Alors il faut revoir ses sœurs. Elles doivent pouvoir nous dire ce qui est arrivé à Rose les années où les phrases changent brusquement. »

Carl hocha la tête.

Gordon avait retrouvé son teint de pâté de foie oublié au soleil. Apparemment, c'était quand il avait l'air d'aller le plus mal qu'il se portait le mieux. Carl n'y avait jamais prêté attention jusque-là.

« Et si on allait plutôt voir une psychologue pour qu'elle nous explique les brusques revirements de Rose ? Elle pourrait aussi faire passer les résultats de nos recherches à ses psychiatres à Glostrup ? proposa Gordon.

— Bonne idée ! On va aller discuter un peu avec Mona, n'est-ce pas, chef ? »

Exceptionnellement, Assad lui avait épargné le sourire entendu qu'il avait chaque fois qu'il citait le prénom de Mona devant lui.

Carl croisa les doigts et appuya le menton sur ses phalanges. Bien que Mona et lui travaillent dans le même immeuble, cela faisait au moins deux ans qu'ils ne s'étaient pas parlé. Lui en mourait d'envie mais elle semblait tellement distante qu'il n'avait pas eu le courage de faire le premier pas. Il avait seulement demandé à Lis un jour si elle pensait que Mona était malade mais elle lui avait assuré que non.

Carl essaya en vain de se retenir de plisser le front. « OK, Gordon. Alors, toi tu appelles les sœurs de Rose, puisque vous vous entendez si bien. L'une d'elles acceptera peut-être de venir à cet entretien. Toi, Assad, je te charge d'organiser le rendez-vous. De préférence demain, si c'est possible. Appelle Mona et résume-lui la situation.

— Et vous, chef ? Vous rentrez vous la couler douce chez vous, ou vous allez faire un tour au deuxième étage pour voir comment ils avancent dans l'affaire Zimmerman ? » dit Assad, esquissant un sourire sous les poils drus de sa barbe naissante.

Pourquoi les gens s'obstinent-ils à poser des questions dont ils connaissent déjà la réponse ?

20

Mardi 24 mai 2016

Elles avaient passé un long moment à papoter devant la glace de la salle de bains comme trois vieilles copines, se passant la main dans les cheveux et commentant leurs coupes respectives, Jazmine et Denise devant et Michelle derrière, entre les deux. Elles étaient magnifiques. Michelle se disait que si elle n'avait pas habité avec elles, elle aurait cherché à copier la façon dont Jazmine rehaussait ses pommettes déjà bien marquées avec du blush appliqué avec un gros pinceau, et la décontraction incroyable avec laquelle Denise remontait ses seins dans son Wonderbra, bref, tous ces détails qui les rendaient si remarquables.

« Le mien m'a filé quatre mille hier, dit Denise. Et toi, Jazmine, tu as pris combien ? »

Jazmine haussa les épaules. « Au départ, il ne voulait rien me donner du tout. Il s'est mis en rogne en me disant qu'il n'avait pas pris contact avec moi sur un site de rencontres de ce genre-là, mais il a fini par me lâcher deux mille parce qu'il était super-excité. Par contre, ce connard a voulu récupérer mille couronnes quand je lui ai tendu un préservatif. Vu la tête qu'il faisait, j'ai été obligée de les lui donner. »

Michelle se mêla à leur conversation, avançant un peu la tête pour passer entre les deux. « Un préservatif ? »

Jazmine haussa un sourcil « Je ne voulais pas me faire mettre enceinte par lui, il était vraiment trop laid. Non pas que ça ait beaucoup d'importance, mais pour que ça vaille la peine de baiser avec un mec comme lui, il me fallait du cash, tout de suite. »

Michelle regarda son reflet dans la glace. Est-ce qu'elle serait capable de les imiter ? Et d'ailleurs, quelqu'un voudrait-il d'elle avec la tête qu'elle avait en ce moment ? Les yeux pochés, des pansements près de l'oreille et dans la nuque. Des vaisseaux éclatés dans l'œil droit.

« Vous croyez que ça va disparaître ? » s'inquiéta-t-elle à haute voix en leur montrant son œil. « Il paraît que le sang dans les yeux teinte le blanc en marron s'il ne s'en va pas assez vite. »

Denise se retourna, son applicateur d'eye-liner suspendu à la hauteur de sa tempe.

« Où est-ce que tu vas chercher des conneries pareilles ? Tu crois aux lutins aussi ? »

Le sentiment désagréable d'avoir une fois de plus été prise en flagrant délit de bêtise crasse l'envahit. Est-ce que ses nouvelles amies allaient aussi se mettre à la mépriser ? Qu'est-ce qu'elles avaient de plus qu'elle ? Elles ne l'aimaient peut-être pas ? Si elle n'avait pas eu autant de chance, elle ne serait pas là en ce moment. Elle serait dans un cercueil. Est-ce qu'elles s'en rendaient compte ? En tout cas, elle se sentait incapable de coucher avec des étrangers. Est-ce que cela faisait d'elle une imbécile ?

À vrai dire, Michelle savait qu'elle n'était pas aussi brillante que ses parents avaient toujours voulu le lui faire croire. Mais peut-être qu'eux-mêmes étaient moins futés qu'ils le pensaient. Une chose est sûre, pendant qu'elle grandissait dans leur petite maison en béton cellulaire dans la ville de Tune, protégée des dures réalités de l'existence par une vie de princesse avec pour seules préoccupations la pureté de son teint, la brillance de ses cheveux et la façon dont ses vêtements étaient assortis, les filles de sa rue étaient sorties du monde des rêves et elles s'étaient mises au travail pour apprendre des choses et évoluer.

Elle prit douloureusement conscience de sa stupidité le jour où elle prétendit mordicus qu'Ebola était une ville en Italie et où, dans la même journée, elle affirma que dans le temps, tout était en noir et blanc parce qu'elle l'avait vu plein de fois dans des films. Elle avait eu droit à des commentaires cruels sur son QI et un simple regard avait suffi à la plonger dans un abîme de honte auquel sa vie l'avait souvent renvoyée par la suite. Par exemple, elle utilisait régulièrement des mots qui avaient un sens pour elle et qui n'existaient pas. Quand quelqu'un relevait ses incongruités, elle avait pris l'habitude de désarmer le moqueur en riant plus fort que lui, ce qui pouvait passer pour une sympathique autodérision et une forme d'intelligence. Mais en réalité, elle en ressortait chaque fois plus blessée et elle avait fini par apprendre à n'aborder que les sujets auxquels elle comprenait quelque chose, et à se taire le reste du temps. En particulier en présence d'inconnus.

Elle avait surtout tendance à se réfugier dans un monde imaginaire où un beau prince charmant arrivait sur son cheval blanc. Où elle était riche, célèbre et adulée. N'était-elle pas belle, douce et gentille ? N'étaient-ce pas les qualités que recherchaient les princes ? Elle l'avait appris dans les romans à l'eau de rose qu'elle essayait aujourd'hui avec fierté et délectation de faire partager à ses deux nouvelles amies à la table du petit déjeuner. À elles dont le principal sujet de conversation était la prostitution, elle voulait ouvrir les yeux sur une nouvelle réalité.

Denise leva les yeux de son yaourt. « Parce que tu crois encore au prince charmant, Michelle ? Moi, ça fait un moment que je n'y crois plus.

— Pourquoi ? Il y a plein d'hommes gentils sur cette terre, répliqua Michelle.

— Je te rappelle qu'on va bientôt avoir trente ans. Pour nous, c'est terminé, tu comprends ? »

Michelle secoua la tête avec obstination. Cette idée n'était tout simplement pas acceptable, elle la rendait malade.

« Vous ne voulez pas qu'on joue au jeu de la vérité ? » proposa-t-elle pour changer de sujet. Elle repoussa l'assiette de brioches posée devant elle et sourit.

« Tu veux dire "la vérité ou un gage" ? corrigea Jazmine.

— Non, non, pas de gages. Les gages, c'est seulement amusant quand on joue avec des garçons. Juste la vérité. Je peux commencer ? Celle qui donne la pire réponse fait la vaisselle.

— Je croyais qu'il n'y avait pas de gages ? Et d'abord qui va décider quelle réponse sera la pire ? dit Denise.

— On le saura quand elle viendra. On y va ? »

Les deux autres haussèrent les épaules. Pourquoi pas.

« Jazmine, quelle est la chose la plus horrible que tu aies faite dans ta vie, à part cette histoire de bébés dont tu t'es débarrassée ? » Elle nota la crispation dans le visage de Jazmine et se dit qu'elle aurait peut-être pu s'abstenir de la fin de la phrase. Mais elle avait simplement voulu éviter que Jazmine revienne sur ce sujet.

« Je n'ai pas envie de répondre à cette question, dit-elle.

— Allez Jazmine ! dit Denise. Vas-y, dis-le ! »

Jazmine se mit à pianoter sur la table puis elle prit une grande respiration et dit : « J'ai couché avec le petit ami de ma mère. C'est le premier type à m'avoir mise enceinte. » Elle toisa les deux autres avec un sourire canaille.

« Non ! » s'exclama Michelle, avec un coup d'œil

vers Denise qui haussait les sourcils. « Ta mère l'a su ? »

Elle acquiesça et ses fossettes se creusèrent encore plus.

« Et, évidemment, ça a été la fin de cette liaison », commenta Denise.

Jazmine hocha à nouveau la tête. « Évidemment ! Et pour elle et pour moi, soit dit en passant. »

Michelle était ravie. Le jeu en valait la chandelle finalement.

« Et toi, Denise, c'est quoi la pire chose que tu aies faite ? »

À voir la façon dont elle inspectait ses ongles rouge sang, elle n'avait que l'embarras du choix.

« D'après moi ou d'après les autres ? demanda-t-elle, ingénue.

— Comme tu veux. Le jeu n'a pas de règle à ce sujet.

— Je ne sais pas ce qui est le pire. Je vole mes protecteurs dès que l'occasion se présente. Hier par exemple, j'ai piqué au type avec qui j'étais une photo de sa femme. Quelquefois, pour me débarrasser d'eux, je les fais chanter, ils payent et je leur rends la photo.

— Je n'ai pas l'impression que ce soit la pire chose dont tu sois capable », dit Jazmine, froidement.

Une lueur maligne s'alluma dans les yeux de Denise. « Vas-y, toi, Michelle, dis-nous la chose la plus terrible que tu aies faite et je vais réfléchir pendant ce temps-là. »

Michelle se mordit la lèvre inférieure. Elle hésitait à passer aux aveux.

« J'ai tellement hooonte !

— Allez ! » lui dit Jazmine, agacée, en poussant vers elle son assiette sale. « Sinon, tu peux commencer la vaisselle tout de suite.

— Oui, d'accord. Attendez une seconde. » Elle cacha son visage entre ses mains. « Si je devais poser nue pour un photographe, je crois que je serais capable de coucher avec lui pour avoir l'impression de ne pas avoir fait les choses à moitié.

— On s'en fout de ça, Michelle ! Allez, corvée de vaisselle », lui lança Jazmine d'un air mauvais. « Tu nous obliges à t'avouer des vrais trucs et toi tu nous sers ces foutaises ? Qu'est-ce que tu crois qu'on ferait, nous, dans la même situation ? Tu t'imagines que ça m'a fait plaisir de baiser avec un type laid comme un poux et de devoir lui demander de l'argent ?

— C'est quand même mieux que de retomber enceinte, non ? » dit Denise.

Jazmine acquiesça. « Allez, Michelle, arrête de faire l'idiote. Raconte-nous la pire chose que tu aies faite. Celle dont tu as le plus "hooonte" !

— J'adore regarder *L'Île de la tentation*.

— Mais quelle sainte-nitouche, c'est pas vrai ! Tu ne peux pas…

— Et je rêve d'y participer un jour. »

Jazmine fit mine de se lever. « En tout cas, il n'y a pas photo, la plonge, c'est pour toi !

— Et quand Patrick n'est pas là, je me masturbe devant la télé. Je me déshabille entièrement et je me caresse pendant toute l'émission. C'est hyper-excitant. »

Jazmine s'assit. « Waouh ! Là, tu marques un point, petite salope », dit-elle, hilare.

Michelle était revenue dans la course.

« Je sais que c'est parce que j'en ai marre de Patrick. En ce moment, j'ai l'impression que je le déteste. Pendant que vous étiez bien occupées, cette nuit, moi j'étais en train de me demander comment j'allais me venger. Je me suis dit que j'allais appeler son patron et lui raconter qu'il lui vole des fils électriques et des prises pour aller faire des chantiers au noir. Je pourrais crever les quatre pneus de sa voiture, aussi. Il l'aime tellement cette voiture. Ou bien faire une belle rayure tout autour. Ou le ridiculiser en public dans la discothèque où il travaille. Je crois que c'est ce qui le dérangerait le plus. Il…

— Alors ? la coupa Jazmine pour s'adresser à Denise. Tu as trouvé ce que tu voulais nous avouer ? »

Denise hocha la tête, réfléchit encore un peu. « La pire chose que j'aie faite ? Déjà, je mens tout le temps. On ne peut pas me faire confiance. Vous non plus, vous ne pouvez pas me faire confiance. Mais je vais vous révéler une autre chose, et là, vous ne risquez pas de me dire que ce n'est pas assez grave.

— Allez, accouche ! » Jazmine trépignait d'impatience.

Michelle, quant à elle, n'était plus intéressée.

Denise ne venait-elle pas d'avouer qu'elle mentait en permanence et à tout le monde ? À quoi bon l'écouter dans ce cas ?

« Je trouve qu'on devrait aider Michelle », déclara Denise.

Michelle fronça les sourcils. Est-ce qu'elle se moquait d'elle ?

« D'accord, pas de problème, répliqua Jazmine. Mais qu'est-ce que ça a à voir avec le jeu ?

— Si Michelle est d'accord avec ce que je vais proposer, c'est toi qui auras perdu, Jazmine. » Elle se tourna vers Michelle. « Nous sommes d'accord que, pour l'instant, tu ne participes à rien du tout ici, n'est-ce pas ? Je parle d'argent, là. Alors maintenant, tu vas nous donner une idée pour trouver du fric rapidement et quelle que soit cette idée, nous la mettrons en œuvre. »

Michelle était décontenancée. « Qu'est-ce que tu veux que je dise ? Je ne sais pas comment faire pour trouver de l'argent. Sinon, je l'aurais déjà fait. Vous savez bien que Patrick m'a fichue dehors...

— Dis n'importe quoi ! La première idée qui te vient. Tu as proposé qu'on aille cambrioler Anne-Line Svendsen. Tu veux qu'on le fasse ?

— Non, je disais juste ça...

— Tu veux qu'on aille dans l'appartement de Patrick et qu'on lui pique tout ? »

Michelle secoua la tête, affolée. « Non, surtout pas, il devinerait tout de suite que c'est moi.

— Alors, donne-moi une autre idée, Michelle. Je

suis prête à faire tout ce que tu me dis, même une chose très grave. »

Jazmine rigolait. Ce jeu-là semblait beaucoup lui plaire, contrairement à Michelle qui ne savait pas quoi répondre.

« Tu nous as bien dit tout à l'heure que Patrick volait du matériel à son patron. Tu pourrais peut-être le faire chanter, suggéra Jazmine.

— Non, je n'oserais jamais. Il me tuerait si je faisais une chose pareille.

— Sympa le mec, décidément. C'est quoi cette boîte de nuit dans laquelle il est videur ? Et quand est-ce qu'il travaille là-bas ? » s'enquit Jazmine.

Michelle secouait la tête, de plus en plus nerveuse. « Il y est le mercredi et le vendredi, mais à quoi ça va nous avancer ? Il ne me donnera pas d'argent si c'est ce que vous croyez et on ne pourra rien lui faire parce qu'il y a des caméras de surveillance et tout ça.

— Je t'ai demandé le nom de la boîte.

— Ce n'est pas une vraie boîte. Plutôt un club privé.

— Comment s'appelle ce club, Michelle ?

— Le Victoria. C'est au port sud. »

Jazmine se cala au fond de sa chaise et alluma une nouvelle cigarette.

« Le Victoria. OK. Je connais. J'ai dragué des tas de mecs dans cette boîte. C'est un super-concept qu'ils ont inventé là-bas. Parce qu'ils ne sont pas ouverts seulement le week-end. Ils travaillent du lundi au samedi. Ils sont les seuls à faire ça, hormis un ou deux clubs privés en centre-ville et puis les boîtes gays. Les consommations sont obligatoires, mais il suffit de commander un verre et on peut le faire durer toute la soirée, si on ne trouve pas un mec pour payer les suivants. Ça fait combien de temps qu'il travaille là-bas ? Je ne me rappelle pas l'y avoir vu. »

Michelle essaya de se souvenir. Elle n'avait pas beaucoup la notion du temps.

« C'est pas grave, laisse tomber », dit Denise, balayant la question d'un geste. « Contente-toi de nous dire ce que tu sais. Décris-nous l'entrée de la boîte, l'endroit où se trouve le bureau du patron. Les horaires d'ouverture et de fermeture, comment c'est, par exemple, le mercredi. Est-ce qu'il y a beaucoup de monde ? Quel genre de clients ? Donne-nous toutes les infos qu'on peut trouver sur le Net, et les autres. Ensuite, Jazmine, tu compléteras avec ce que tu sais.

— Pourquoi vous voulez savoir tout ça ? Vous avez l'intention de faire un casse ? » Elle eut un petit rire nerveux. « Vous vous fichez de moi, hein ? »

L'absence de réponse était une réponse en soi.

21

Mardi 24 mai 2016

Après une longue nuit à soutenir Morten qui les entraînait dans ses montagnes russes, entre espoir et désespoir, Carl et Hardy étaient épuisés. Comment explique-t-on à un grand couillon habituellement gai et jovial, affecté d'un corps en surpoids d'au moins quarante kilos, qu'il y a un moment dans la vie où seul un régime draconien pourrait accomplir le miracle de faire revenir un premier amour particulièrement charmant, chargé de testostérone, body-buildé, doté d'une musculature d'Apollon et d'une culture encyclopédique ? Il faut d'infinis détours pour atteindre le cœur brisé d'un homme hypersensible et profondément malheureux. Quoi que Hardy et Carl inventent pour distraire l'âme blessée et égocentrée de Morten, ils avaient l'impression de remuer le couteau dans la plaie de sa jalousie et de son chagrin insondable.

Hardy, après une nuit entière à entendre résonner

dans la cave les sanglots déchirants de Morten, finit par craquer.

« Je vais faire un tour », annonça-t-il brusquement, alors que le jour était à peine levé. « Tu diras à Morten que j'ai rechargé la batterie du fauteuil chez nos camarades du dépôt-vente de Gladgården et que je ne rentrerai probablement pas avant le dîner. »

Carl acquiesça. Il avait oublié d'être bête, ce Hardy.

Ce fut donc un Carl sur les rotules qui commença sa journée en gravissant l'escalier en colimaçon de l'hôtel de police pour tenter de glaner au deuxième de nouvelles informations sur l'affaire Zimmerman.

Quand une nouvelle affaire promettant une enquête intéressante tombait entre les mains de la police criminelle, on le sentait d'une manière aussi irrationnelle qu'on sent une astringence dans l'air, l'odeur de la neige juste avant qu'elle se mette à tomber. Ses chers collègues levaient le menton imperceptiblement, se tenaient plus droits sur leur chaise, plissaient un peu plus les yeux. Sans avoir grand-chose sur quoi construire cette impression, la Crim' ressentait plus ou moins collectivement la présence dans les rues d'un forcené qui tuait des gens en les percutant de plein fouet avec sa voiture. Les couloirs vibraient de détermination et de l'envie d'en découdre car, si leur instinct ne les trompait pas, par un travail assidu et bien mené, ils pourraient épargner des vies humaines.

« Vous avez fait une découverte pour être dans un état pareil ? » demanda Carl à Bente Hansen qu'il croisa dans le corridor. Récemment nommée commissaire, elle était l'une des rares homologues de Carl qu'il respectait au département A.

« Bien vu, Carl Mørck. Tu ne devrais pas sous-estimer le flair de Terje Ploug. Il a formé deux équipes en piochant à droite à gauche et leur a demandé de trouver des points communs entre les deux délits de fuite. Ils ont déjà pas mal de résultats.

— Mais encore ?

— Dans les deux cas, la voiture était une Peugeot rouge, probablement une 106, le modèle un peu carré, tu sais ? Et il y a de fortes chances qu'il s'agisse de la même voiture. Dans le deuxième accident, il n'y a aucun doute sur le fait qu'il s'agit d'un acte délibéré. On n'a relevé aucune trace de freinage sur la route, ni sur le lieu de l'impact. Dans la première affaire, les témoins disent avoir vu un véhicule correspondant à la description stationner assez longtemps dans la rue, légèrement écarté du trottoir. Il existe une forte ressemblance entre les deux victimes, aussi bien physiquement que dans leur style vestimentaire. Elles ont le même âge et perçoivent toutes les deux une aide sociale.

— Beaucoup de gens vivent des minima sociaux au Danemark aujourd'hui et les boutiques de mode vendent toutes les mêmes vêtements. Je te défie de trouver une fille à Copenhague qui n'ait pas au moins un pantalon H&M dans ses placards. »

Bente sourit. « Bref, ils sont maintenant à la recherche d'une voiture rouge de ce modèle. Les véhicules de patrouille ont ordre de signaler à la PJ tout véhicule de marque Peugeot d'un modèle un peu ancien portant des traces évoquant un accident avec un piéton.

— Alors en ce moment, ils sont dix bonshommes de la Crim' assis sur leur cul en train d'attendre un coup de fil ? »

Bente Hansen planta un coude pointu dans son estomac. « Toujours le sarcasme aux lèvres, Mørck ! Ça fait du bien de voir qu'il y a des choses dans ce pays qui ne changent pas. »

Elle venait de lui faire un compliment, là, non ?

Carl, enchanté, mit le cap sur le comptoir qui laissait tout juste apparaître le visage éternellement grognon de Mme Sørensen. Pourquoi était-elle assise, et pourquoi juste derrière cette pile de dossiers ?

« Hormis Pasgård, est-ce qu'il y a quelqu'un d'autre avec qui je pourrais m'entretenir de l'affaire Zimmerman ? » demanda-t-il d'un ton faussement naïf.

Sørensen écarta démonstrativement le tas de documents. « Est-ce que j'ai la tête d'une préposée aux renseignements, Carl Mørck ?

— Dites-moi juste si Gert est dans l'équipe de Pasgård, alors. »

Elle allongea le cou de quelques centimètres, frange collée au front et commissures des lèvres si tombantes qu'on apercevait les dents de sa mâchoire inférieure. Le mot agacement était très en dessous du sentiment que nourrissait Mme Sørensen à son égard.

« Comment faut-il vous le dire, Mørck ? Par lettre anonyme avec des mots découpés dans un journal ? En lettres de néon ? Par hiéroglyphes gravés dans le marbre ou sous forme de sculpture moderne représentant une pyramide de lettres géantes ? PRENEZ LA VOIE HIÉRARCHIQUE, OK ! »

Ce fut au milieu de cette diatribe que Carl comprit ce qui se passait. Mme Sørensen avait ses bouffées de chaleur et elle avait les pieds plongés dans une bassine d'eau froide cachée derrière le comptoir. Elle était à la fois le dragon protégeant la source, la sorcière sur son balai rejoignant le mont Blocksberg et une horde de hyènes aux babines retroussées. Toxique.

Carl recula. Tant que l'enfer de sa ménopause ne serait pas terminé, il avait intérêt à se tenir à distance raisonnable de la furie.

« Hé, Janus ! » lança-t-il en voyant l'honorable directeur de la communication de l'hôtel de police s'engager dans le couloir des stars. Il devait avoir rendez-vous avec Lars Bjørn pour qu'ils accordent leurs violons quant à la façon dont il convenait de réagir aux extrapolations de la presse dans l'affaire du serial chauffard.

« Tu veux bien me résumer les derniers rebondissements de l'affaire Zimmerman, s'il te plaît ? On a des signaux d'alarme qui commencent à sonner au sous-sol et je me disais que…

— Va voir Pasgård, c'est lui qui dirige l'enquête. »

Il salua Mme Sørensen au passage et elle lui répondit par un regard las qui de sa part devait être une marque de respect.

Et Carl se retrouva planté là, le chapeau à la main. L'adorable Lis sortit du bureau du patron de son pas dansant et tint la porte du corridor ouverte pour laisser passer Janus Staal.

« Salut, Lis ! Tu sais où ils en sont sur l'affaire Zimmerman ? » lança Carl.

Elle pouffa. « Comment sais-tu que je viens d'en prendre le dernier rapport en sténo, Carl ? Pasgård est encore dans le bureau de Lars Bjørn. »

Elle tourna les yeux vers Mme Sørensen qui agitait les mains en signe de dénégation.

« Écoute, Lis. Nous travaillons au sous-sol sur une affaire qui semble avoir un lien avec l'affaire Zimmerman, et tu connais mes relations avec Pasgård ? »

Elle hocha la tête. « Tout ce que je peux te dire, Carl, c'est qu'on a plusieurs pistes. Pasgård est au courant qu'une agression similaire a eu lieu il y a plusieurs années dans des circonstances qui peuvent faire penser à l'assassinat de Rigmor Zimmerman. Il a joint Marcus Jacobsen qui lui a raconté que toi et lui aviez évoqué ensemble les détails de ces deux crimes. Pasgård était fou de rage. Alors si j'étais toi, je me dépêcherais de descendre m'occuper de mes propres affaires parce que dans vingt secondes, il va sortir de ce bureau et te trouver là ne va pas lui plaire. »

OK. Ce gant-là, il le relèverait à son heure. Mais quel dommage qu'ils aient appelé Marcus. Heureusement qu'il n'était pas encore informé des dernières découvertes que Tomas et Assad avaient faites à Kongens Have. À partir de maintenant, Carl ferait aussi bien de ne pas montrer ses cartes, s'il ne voulait pas qu'ils tirent la couverture à eux.

Pasgård était littéralement nimbé dans sa fureur outragée lorsqu'il apparut à la porte du patron. Quand il vit Carl, attendant les bras croisés dans le couloir, l'orage éclata instantanément.

« TOI, tu vas aller fourrer ton nez ailleurs que dans mes affaires, connard ! Tu n'as aucune idée à quel point je vais te pourrir la vie, et je peux d'ores et déjà te prévenir que Lars Bjørn va te passer un savon de la taille de… » Il s'interrompit un instant pour réfléchir.

« De ton ego », suggéra Carl, toujours prêt à rendre service.

Pasgård ne se borna pas à plisser les yeux, c'est son visage tout entier qui se froissa, fondant la bouche, le nez et les yeux en une seule et unique grimace. Carl ne comprit pas ce qu'il lui hurla ensuite dans un embrouillamini de phrases incohérentes, mais le niveau sonore suffit à faire sortir le patron de son bureau.

« Je m'en occupe, Pasgård », dit-il d'une voix très calme, invitant Carl à entrer.

Le directeur de la communication hocha la tête, impassible, quand Carl vint s'asseoir et se prépara à un remontage de bretelles musclé.

« Janus me dit qu'il y a quelques soucis avec notre projet commun, Carl », dit alors le patron.

Carl fronça les sourcils. Leur « projet commun » ? Qu'est-ce que c'était encore que cette histoire ?

« Voyons, Carl, tu dois bien t'imaginer qu'Olaf Borg-Pedersen me tient au courant de tout. C'est conjointement notre service de relations publiques et le préfet qui t'ont choisi pour aider *Station 3* à préparer une émission qui sorte un peu de leur concept habituel, dans lequel les journalistes ont tendance à prendre systématiquement le parti des criminels. »

Carl déglutit.

« À partir de demain, je compte sur toi pour te montrer un peu plus coopératif envers l'équipe de tournage, d'accord ? »

Que répondre à cela ? Il était de plus en plus perdu.

« Attends une seconde. Je ne pouvais tout de même pas laisser ce type et ses techniciens entrer avec moi chez un témoin ! »

Le directeur de la communication le coupa : « Bien sûr que non, Mørck, mais il doit y avoir moyen de trouver un compromis. Nous attendons de toi que tu leur proposes des solutions constructives, tu comprends ?

— Non, je ne comprends pas.

— Alors je vais t'expliquer. Par exemple tu peux leur dire : "Non, vous ne pouvez pas être avec moi pendant que j'interroge un témoin, mais demain, nous pourrions faire ceci, ou cela." Tu leur donnes un os à ronger, tu vois ? »

Carl poussa un long soupir.

« Nous savons parfaitement que tu te mêles de l'enquête de Pasgård, Carl », lança soudain Lars Bjørn. « Sinon, qu'est-ce que tu ferais avec Laursen dans le parc de Kongens Have, à l'endroit précis où on a retrouvé le cadavre de Rigmor Zimmerman ? Dis-nous ce que vous avez trouvé, Carl. »

Carl tourna les yeux vers la fenêtre. La vue était ce qu'il y avait de mieux dans ce bureau.

« Allez, Carl, on t'écoute !

— OK, OK. » Gros soupir. « Nous avons trouvé une explication à la présence d'urine sur la victime et nous pensons que Rigmor Zimmerman était poursuivie par son assassin.

— Tu as vu, Janus, je te l'avais dit ! » s'exclama Bjørn.

Les deux hommes échangèrent un sourire complice. Qu'est-ce qu'ils étaient en train de mijoter, nom de Dieu ? Avaient-ils vraiment envie que cette affaire soit élucidée ?

« On a rendez-vous au cabinet de Mona dans dix minutes, chef », annonça Assad, alors que Carl venait à peine de s'asseoir à son bureau. « Vous avez appris des choses intéressantes là-haut ?

— Oui j'ai appris que nous sommes officieusement autorisés à travailler sur l'affaire Zimmerman parce que nous sommes les seuls sur qui ils peuvent compter pour maîtriser l'équipe de tournage. *Station 3* souhaite suivre spécifiquement cette enquête-là, et Pasgård est la dernière personne qu'ils aient envie de mettre devant une caméra. Ils craignent probablement de ruiner définitivement l'image de la police. »

Assad en resta comme deux ronds de flan.

« J'ai appris aussi qu'ils voient en toi un homme qui en quelques années a gagné son statut de petit prodige issu de l'immigration, et qu'il est temps pour le public de voir que la police danoise est ouverte à la divergence. »

Le front d'Assad se plissa. C'est vrai que c'était un mot difficile.

« Vous voulez dire à la diversité, chef ? »

Cette fois, ce fut la mâchoire de Carl qui céda à la loi de gravitation. Diversité ? C'était ça le mot ?

« Alors, on n'a plus qu'à s'exécuter, chef. Avec mon charme naturel, je suis sûr que ça va bien se passer. » Assad rigola tout seul puis il leva les yeux vers un Carl inquiet. « Vous êtes sûr que ça va, chef ?

— Putain, non, Assad, ça ne va pas du tout. Je n'ai aucune envie de voir ces crétins nous coller aux basques pendant quinze jours.

— Ce n'est pas ce que je voulais dire. Je parlais du fait que vous allez revoir Mona.

— Je vais quoi ?

— Je me disais bien que vous ne m'aviez pas entendu. Mona nous attend. Et Yrsa, la sœur de Rose, est dans son bureau. Les deux autres sœurs n'ont pas pu venir. Elles étaient au travail. »

22

Mardi 24 mai 2016

Sur le présentoir du kiosque à journaux de la place de Vesterbro, la manchette sautait aux yeux. Si les quotidiens et l'un des principaux tabloïds mentionnaient à peine l'histoire du chauffard, le journal DK en revanche avait fait sa une sur le sujet. Le journal misait manifestement sur le fait divers pour booster ses ventes et il n'avait pas lésiné sur le choc des photos et le poids des mots.

On voyait en première page les portraits de Michelle Hansen et de Senta Berger et la ressemblance entre les deux jeunes femmes ne faisait aucun doute. Elles étaient décrites dans l'article comme des jeunes filles saines et pleines de vie et le journaliste évoquait leur destinée commune comme une tragédie qui avait provoqué un océan de larmes chez leur famille et leurs amis.

« Demandeuse d'emploi », était-il inscrit à côté de leurs noms. Anneli renifla avec mépris car rien n'était moins vrai. Ces deux-là n'étaient que deux misérables parasites, des résidus de fond de poubelle que personne n'avait aucune raison de pleurer. Anneli était prodigieusement agacée de voir que, grâce à elle, elles avaient accédé à une célébrité qu'elles ne méritaient à aucun titre, même si elles avaient passé leur vie à rêver un jour d'être sous les feux des projecteurs.

Pourquoi ne pas dire la vérité ? Ces filles étaient des sangsues, des profiteuses, des vampires de la pire espèce ! Des cafards qu'on écrase et qu'on s'empresse d'oublier. Pourquoi les journalistes ne se renseignaient-ils pas avant de parler des gens au lieu de faire pleurer dans les chaumières en les faisant passer pour de belles personnes aimées de tous ?

Bien sûr qu'elles n'étaient pas aimées. Pas par elle en tout cas, alors par qui ? Elle aimerait bien le savoir.

Après sa séance de radiothérapie, Anneli avait passé un long moment toute seule dans son bureau, à réfléchir. Et si Jazmine ou Michelle étaient tombées sur les manchettes ou sur ces foutus gros titres et que cela leur avait donné l'idée d'aller voir la police ? Elle avait essayé d'imaginer comment elle réagirait si elle recevait tout à coup la visite de deux enquêteurs venus lui poser quelques questions. Son rendez-vous avec Jazmine la veille lui avait montré qu'elle était capable de garder son sang-froid. Si la police y allait un peu fort, elle répondrait qu'elle ignorait tout de cette histoire et qu'elle serait aussi choquée que n'importe qui s'il s'avérait qu'on avait écrasé ces pauvres femmes volontairement. Elle n'oublierait pas d'ajouter que cette histoire la touchait tout particulièrement parce qu'elle les connaissait toutes les deux. Que sa rencontre avec Senta Berger remontait à quelques années déjà, mais qu'elle s'en rappelait comme d'une gentille fille qui ne méritait certainement pas une fin aussi cruelle.

Anneli rit toute seule à l'idée de cet interrogatoire et dut mettre la main devant sa bouche pour qu'on ne l'entende pas depuis le couloir. Elle ne pouvait pas prendre le risque qu'on vienne lui demander ce qui la faisait tellement rigoler. On n'avait pas beaucoup de raisons de rire chez les ronds-de-cuir.

Anneli réfléchissait à son prochain coup en essayant de refouler le sentiment désagréable que ses moindres faits et gestes étaient désormais surveillés.

Au départ, elle avait prévu de tuer sa prochaine victime dès ce soir et elle l'avait déjà choisie. La fille n'était pas jolie, ce qui tombait très bien – le physique avantageux des deux premières avait déjà fait couler assez d'encre. Après avoir été une jeune fille quelconque avec de grandes attentes et une haute opinion d'elle-même, elle était devenue une prolétaire obèse, peu séduisante, mal élevée et pourvue d'un goût vestimentaire que même une Russe de l'époque soviétique aurait trouvé déplorable.

Elle se faisait appeler Roberta, pseudonyme du moins flatteur prénom de Bertha et, de toutes ces femmes qu'Anneli haïssait, elle était probablement celle qui avait extorqué à l'État la plus importante somme d'argent indue depuis le début de sa carrière. Anneli lui reprochait le nombre incalculable de paires de bottes qu'au fil des années elle avait demandé à faire changer parce que les précédentes s'ouvraient aux coutures à cause de ses mollets de plus en plus énormes, sa propension à ignorer tous ses conseils et à prétendre qu'elle les avait oubliés, l'échec systématique de toutes ses tentatives de réinsertion, chacune d'entre elles n'ayant abouti qu'à la voir revenir au Centre avec de nouvelles doléances. La bonne femme avait supporté sans broncher les périodes de carence et les allocations dégressives, empruntant ici et là quand elle trouvait quelqu'un d'assez inconscient pour lui faire confiance. À l'époque où Anneli avait demandé à être mutée, Roberta avait déjà réussi à accumuler une dette de plus d'un million et demi de couronnes. Il y avait quatre ans de cela, et aujourd'hui la somme devait être astronomique.

En quelques clics sur le clavier Anneli avait trouvé son adresse. Elle habitait le même quartier que jadis, dans un petit immeuble entouré de plusieurs débits de boissons situé dans une rue perpendiculaire à l'avenue Amagerbrogade. Il y avait de fortes chances pour qu'Anneli la retrouve accoudée au comptoir de l'un de ces pubs, à boire de la bière dans un nuage de fumée de cigarettes, à côté de quelque inconnu qu'elle avait convaincu de payer ses consommations.

Anneli n'était venue qu'une seule fois chez cette Bertha Lind pour un rendez-vous à domicile convenu d'avance, mais elle avait trouvé porte close. Après avoir poussé la porte de quelques bars, elle avait finalement découvert la jeune femme au café Nordpolen et lui avait reproché une fois de plus de ne pas respecter ses engagements. Depuis ce jour-là, Anneli ne s'était plus donné la peine de faire quoi que ce soit pour elle.

Bertha Lind n'était pas un modèle de vertu et elle n'était un exemple pour personne. Elle n'aurait certainement pas droit à sa photo en couverture des journaux, comme ses autres victimes qui avaient au moins pour elles d'être jolies à regarder.

Malheureusement, la couverture médiatique dont avaient bénéficié les deux premières avait jeté un pavé dans la mare et Anneli avait modifié ses plans le temps que les remous s'apaisent. Bertha avait gagné un sursis.

En enfourchant sa bicyclette à la sortie du bureau, elle prit brusquement la décision de se rendre au port sud, où habitait Jazmine.

Pendant une demi-heure, elle inspecta l'immeuble de briques rouges et ses alentours. Quand elle écraserait Jazmine, il faudrait que cela se passe ailleurs qu'ici. D'une part, il y avait trop de circulation dans la rue Borgmester Christiansen, y compris au fond de l'impasse où elle habitait, et d'autre part, le trottoir était envahi de piétons qui allaient faire leurs courses au supermarché Fakta de l'autre côté de la rue. Anneli observerait les déplacements de Jazmine et elle improviserait le moment venu. Tôt ou tard, elle découvrirait dans ses comportements habituels ou ponctuels un moment et un lieu où elle serait vulnérable. Alors, elle passerait à l'acte.

Anneli leva les yeux vers le troisième étage où Jazmine avait toujours été domiciliée. Les registres de l'état civil indiquaient à la même adresse la présence d'une Karen-Louise Jørgensen, sa mère. La pauvre femme avait dû avaler pas mal de couleuvres avec toutes les grossesses que sa fille lui avait imposées. Mais, après tout, cette Karen-Louise Jørgensen n'avait-elle pas elle-même donné naissance à cette diablesse et contribué à en faire la femme qu'elle était ? Elle ne lui inspirait aucune commisération.

Et si Jazmine n'habitait plus là ? Si, comme beaucoup d'autres, elle utilisait l'adresse de ses parents alors qu'en réalité elle vivait ailleurs, avec un homme qui n'avait pas envie de perdre une partie de son aide au logement ? Il y avait une chance pour que Jazmine habite désormais dans un quartier plus isolé et moins fréquenté.

Anneli trouva le numéro de la mère à l'aide de son smartphone et le composa. Elle eut tout de suite quelqu'un au bout du fil.

« Bonjour, j'aimerais parler à Jazmine, dit-elle en déformant sa voix.

— Oui ? À qui ai-je l'honneur ? »

Le ton était affecté. Il semblait incongru dans ce quartier ouvrier.

« Euh… Henriette, une amie.

— Henriette ? Jazmine ne m'a jamais parlé d'une

amie qui s'appelle Henriette. Je suis désolée, je ne peux pas vous la passer car elle n'habite plus ici. »

Anneli hocha la tête. Son intuition ne l'avait pas trompée.

« Oh, quel dommage ! Elle habite où, maintenant ?

— Vous êtes la deuxième personne à me poser cette question aujourd'hui, mais au moins vous, vous parlez correctement le danois. Pourquoi cherchez-vous à la joindre, au fait ? »

La question était très directe. En quoi est-ce que cela la regardait ? Jazmine était tout de même adulte.

Elle apercevait à présent la mère de Jazmine qui s'était postée devant sa fenêtre. Elle était encore en robe de chambre, à cette heure avancée de la matinée. Quel exemple, vraiment !

« J'avais emprunté de l'argent à Jazmine pour acheter des cadeaux de Noël et maintenant que mes finances vont un peu mieux, je voudrais la rembourser.

— Je trouve cela un peu bizarre, je vous avoue. Ma fille n'a jamais un sou devant elle. Combien ?

— Pardon ?

— Combien lui devez-vous ?

— Deux mille deux cents couronnes », mentit-elle.

Il y eut un silence au bout de la ligne. « Deux mille deux cents, c'est ça ? » répéta-t-elle au bout de quelques instants. « Eh bien, écoutez Henriette, vous n'avez qu'à me les donner. Jazmine me doit beaucoup d'argent de toute façon. »

Anneli était estomaquée. Cette bonne femme avait un de ces toupets !

« D'accord, si vous voulez. Mais je préférerais l'appeler pour la prévenir.

— Entendu, alors au revoir », déclara Karen-Louise Jørgensen.

La déception perçait dans sa voix.

Non, non, non, ne raccrochez pas ! songea Anneli. Je ne suis pas plus avancée que tout à l'heure. « Je dois rentrer chez moi à Vanløse, annonça-t-elle subitement. Si elle n'habite pas trop loin, je pourrais aller le lui dire de vive voix.

— Je ne saurais pas vous dire. Elle vient d'emménager à Stenløse et j'avoue que j'ignore où cela se trouve. J'ai dit la même chose à l'autre personne, d'ailleurs. À ma connaissance, Jazmine n'a pas effectué de changement d'adresse car je reçois toujours son courrier. Elle passera sûrement le chercher à un moment ou à un autre et je pourrai lui dire que vous m'avez donné l'argent.

— Ah oui ! Stenløse, j'en ai entendu parler, c'est un complexe d'immeubles dans la rue Lilletoftvej, je crois ? »

Elle ignorait totalement qu'il existait un endroit du nom de Stenløse, mais parfois il faut savoir prêcher le faux pour savoir le vrai.

« Non, ce n'était pas ce nom-là. Ce n'est pas à moi qu'elle l'a dit d'ailleurs, pourquoi l'aurait-elle fait ? Je ne suis que sa mère après tout ! Mais je l'ai entendue en parler sur son portable. L'adresse avait quelque chose à voir avec des sandales, si je ne m'abuse. Mais surtout, pensez à me donner cet argent à moi. Et pas à elle. »

En tapant les mots « sandales » et « Stenløse » sur le moteur de recherche, Anneli trouva un lien avec une résidence appelée Sandalparken. Mais une fois sur place, force lui fut de constater qu'elle n'était pas au bout de ses peines. Deux longues barres d'immeubles s'étendaient sous ses yeux avec au bout de chacune un bâtiment en retrait. Chaque barre contenant près d'une centaine d'appartements, comment – à moins d'aller se promener dans les coursives – trouver celui qu'habitait Jazmine, sachant qu'elle n'y était pas officiellement domiciliée ? Allait-elle déambuler autour des immeubles comme une âme en peine jusqu'au lever du jour ? Non, ce n'était probablement pas une bonne idée. Elle pourrait lui téléphoner pour lui faire miroiter un abonnement gratuit à un bouquet TV ou ce genre de proposition commerciale, mais le risque qu'elle ne morde pas à l'hameçon était considérable et cela pourrait éveiller sa méfiance.

Elle contempla le premier immeuble d'un air las. Les noms des résidents étaient inscrits sur toutes les portes, comme il est prévu dans le règlement d'une copropriété, mais il y en avait tellement. Elle se dit qu'elle pourrait consulter la liste des résidents reliés à cette adresse dans l'annuaire Krak mais Jazmine n'était sûrement enregistrée nulle part. Elle avait également la possibilité de consulter toutes les boîtes aux lettres mais l'éventualité que Jazmine ait pris la peine de coller son nom sur ou à côté de celui du propriétaire était mince.

Anneli soupira. Cela restait malgré tout une possibilité et c'était mieux que rien.

Elle commença par l'escalier A, au tout début de la première barre, et lut les noms sur chacune des boîtes chromées qui recouvraient tout le mur du fond dans le hall. Et alors qu'elle s'apprêtait déjà à jeter l'éponge en constatant qu'il ne s'agissait pas du tout du genre de résidence où quelqu'un se permettrait de coller un vulgaire bout de papier avec son nom sur une boîte aux lettres, elle aperçut un nom dans la liste des résidents de l'escalier B qui fit battre son cœur un peu plus vite.

D'une pierre deux coups fut la première idée qui lui traversa l'esprit.

Car le nom qu'elle venait de lire, inscrit avec les caractères tout à fait réglementaires de la copropriété, était « Rigmor Zimmerman ».

Un nom de famille qui n'était certes pas celui de Jazmine – mais celui de quelqu'un qui figurait aussi en bonne place sur sa liste fatale.

23

Mardi 24 mai 2016

Il reconnut son parfum alors qu'il approchait de la porte de son bureau. Des jours et des mois de tendresse partagée vinrent envahir les narines de Carl, déclenchant divers signaux d'alerte dans son cerveau. Pourquoi n'avait-il pas mis une chemise plus seyante ? Pourquoi n'avait-il pas emprunté un déodorant à Morten ? Au moins, ses aisselles auraient senti la vanille ! Pourquoi avait-il…

« Bonjour Carl, bonjour Assad », les accueillit-elle de cette voix qui avait toujours eu le pouvoir de transformer ses genoux en gélatine.

Elle était assise dans une pièce sans bureau, meublée de quatre grands fauteuils, et elle souriait de ses lèvres rouges, comme s'ils s'étaient vus la veille.

Il fit un simple signe de tête en guise de salut, à Yrsa comme à elle, parce qu'il était incapable d'autre chose. Il avait la gorge si serrée qu'il aurait eu du mal à proférer un son.

Mona était égale à elle-même et cependant elle était différente. Son corps était aussi appétissant et désirable qu'avant, mais son visage avait changé, même si ces changements étaient infimes. Sa bouche était plus fine, les ridules au-dessus de la lèvre supérieure plus creusées, la peau était moins tendue sur ses joues mais cela donnait d'autant plus envie de les caresser.

C'était sa Mona et elle avait vieilli. Sa Mona avec quelques années de plus. Qu'est-ce que ce temps passé loin de lui avait bien pu lui faire ?

Son sourire fugitif mais toujours aussi merveilleux lui coupa un instant le souffle. Il eut l'impression de recevoir un coup dans la poitrine.

Il espéra qu'elle n'avait pas remarqué l'effet qu'elle lui faisait.

Elle se tourna vers la sœur de Rose, assise sur le fauteuil voisin du sien.

« Yrsa et moi avons parcouru la liste de Gordon Taylor et examiné ensemble les dates auxquelles Rose change de phrase dans ses carnets de mantras, comme on pourrait les appeler. Nous avons déjà eu le temps de nous entretenir un peu avant votre arrivée et je pense que Yrsa a un certain nombre de commentaires à faire à ce sujet. Je vous en prie, Yrsa ! Je vous aiderai en cours de route et j'essaierai d'apporter mon éclairage sur ce que vous allez nous dire. »

La version rousse d'un personnage de Tim Burton acquiesça. Elle avait l'air particulièrement affectée par la situation. Il ne faut pas m'en vouloir si je me mets à pleurer, disaient ses yeux. Elle inspira un bon coup et se jeta à l'eau.

« Vous êtes déjà au courant de beaucoup de choses, mais comme je ne sais pas exactement ce que vous savez et ce que vous ne savez pas, je vais tout reprendre depuis le début. Cela va vous paraître étrange, mais ce n'est que maintenant que je comprends réellement ce que Rose a écrit dans ces carnets. Le travail de synthèse que Gordon a fait me paraît parfaitement logique. »

Elle posa devant eux la liste des déclarations de sa sœur. Carl aurait quasiment pu les réciter par cœur.

« Mon père a commencé à tyranniser Rose alors que j'avais sept ans, Vicky huit, Lise-Marie cinq et Rose neuf. Il semble qu'il se soit passé quelque chose en 1989 qui lui a brusquement donné envie de s'en prendre à elle, mais j'ignore ce que c'est. Entre 90 et 93, ça a empiré. Quand Rose commence à écrire dans ses cahiers en 93, c'est pour dire qu'elle a "PEUR". Cela correspond probablement à l'époque où elle a commencé à s'enfermer dans sa chambre. Je me souviens d'une période où elle verrouillait sa porte et n'ouvrait qu'à moi et à Vicky. Nous avions pris l'habitude de lui apporter ses repas en cachette. Il fallait bien qu'elle mange. Nous devions frapper plusieurs fois et lui promettre que notre père n'était pas avec nous pour qu'elle accepte de nous ouvrir. Elle ne sortait plus que pour aller à l'école ou aux toilettes, et encore, les toilettes, elle n'y allait que quand tout le monde dormait.

— Pouvez-vous nous expliquer en quoi consistait le harcèlement moral que votre père faisait subir à Rose ? demanda Mona.

— Oh, il n'était jamais à court d'idées quand il s'agissait de la blesser. Selon lui, Rose ne faisait rien comme il fallait, et s'il ne trouvait aucune raison concrète de lui faire des reproches il l'humiliait autrement. Il la mettait plus bas que terre en lui disant qu'elle était laide, que personne ne voudrait d'elle et qu'il aurait mieux valu qu'elle ne vienne jamais au monde. Nous, on faisait semblant de ne pas entendre, parce que c'était insupportable. Malheureusement, beaucoup de ces souvenirs se sont effacés de notre mémoire aujourd'hui. Nous en avons discuté, Lise-Marie, Vicky et moi, et c'est vrai que nous avons presque tout oublié de ce que vivait notre sœur à cette époque… »

Elle déglutit rapidement, plusieurs fois, luttant contre les larmes, mais ses yeux montraient clairement à quel point elle était triste du peu de cas qu'elles avaient fait du malheur de Rose.

« Continuez, Yrsa, dit Mona, doucement.

— Oui. En 95, on a l'impression que Rose commence à se révolter. Vous ne trouvez pas que c'est ce qui ressort quand elle écrit "JE NE T'ENTENDS PAS" ? »

Elle les regarda, attendant leur avis.

« Est-ce que vous croyez que toutes ces phrases sont une sorte de dialogue intérieur avec votre père qu'elle aurait poursuivi après sa mort ? » demanda Carl.

Yrsa acquiesça. « Oui, c'est ce que je crois. Et en 95, Rose a changé. Au lieu d'être la petite Rose terrifiée, elle est devenue une Rose courageuse qui prenait des initiatives, vraisemblablement grâce à une nouvelle élève qui était arrivée dans sa classe au milieu de l'année scolaire précédente. Il me semble me souvenir qu'elle s'appelait Karoline, une racaille qui écoutait du rap et du hip-hop. Des chanteurs comme 2Pac, Shaggy et Eightball, alors que nous et les filles de notre âge étions dingues de boys bands du genre Take That ou Boyzone. Elle venait des quartiers ouest et c'était une dure à cuire. Elle a beaucoup influencé Rose. Du jour au lendemain, notre sœur s'est mise à porter un style de vêtements que mon père détestait et quand il l'engueulait, elle se bouchait les oreilles. »

Carl voyait parfaitement la scène. « Il la battait ?

— Non, papa était plus pervers que cela. Par exemple, il interdisait à notre mère de faire le ménage dans la chambre de Rose, ou bien il la punissait en la privant d'argent de poche et en gâtant ses autres filles autant qu'il pouvait.

— Et vous le laissiez faire. »

Yrsa haussa les épaules. « On croyait que Rose s'en fichait. Qu'elle s'en sortait à sa manière.

— Et votre mère ? » demanda Assad.

Yrsa pinça les lèvres et il lui fallut plus de trente secondes pour se ressaisir et parvenir à répondre.

Ses yeux erraient partout dans la pièce pour ne pas croiser les leurs et son regard resta fuyant un certain temps après qu'elle eut repris la parole :

« Maman prenait toujours le parti de papa. Enfin pas franchement, mais en évitant de le contredire ou de défendre Rose contre lui. La seule fois où elle a essayé de la défendre, la tyrannie de notre père s'est retournée contre elle et c'est elle qui a payé pour le comportement de Rose. En 1996, notre mère a finalement baissé les bras et elle s'est mise elle aussi à s'en prendre à Rose. Avec le recul, je me dis qu'elle était entre le marteau et l'enclume et qu'elle ne pouvait pas faire autrement.

— C'est pour cela que Rose appelle sa mère à l'aide dans le carnet de cette année-là. Est-ce qu'elle a fini par répondre à ses suppliques ?

— Non, elle nous a abandonnées et Rose a dû se débrouiller toute seule. C'est à partir de ce jour-là que Rose a commencé à la haïr.

— C'est quand votre mère est partie qu'elle s'est mise à écrire "SALOPE" ? »

Yrsa confirma d'un hochement de tête et baissa les yeux.

Mona décida d'intervenir : « À partir de ce moment-là, l'état de Rose s'aggrave. Alors que ça marche plutôt bien pour elle au lycée, son père lui mène la vie de plus en plus dure. Finalement, elle n'a pas d'autre solution que de se soumettre à sa volonté. Et quand il exige d'elle une pension pour continuer de vivre à la maison après son bac, elle accepte un emploi de bureau à l'usine de tôles fortes où son père travaille également. Six mois plus tard, il meurt dans un tragique accident et Rose voit son père broyé sous un bloc de métal. "AU SECOURS", écrit-elle, suite à cet évènement.

— Comment expliquez-vous qu'elle écrive cela, Yrsa ? »

Yrsa tourna vers Carl un regard vide de toute énergie. Elle venait peut-être de comprendre dans toute son horreur le rôle passif qu'elle et ses sœurs avaient joué dans ce drame. Elle fut incapable de répondre.

À nouveau, Mona vint à son secours : « Yrsa et ses sœurs ne savaient pas exactement ce qui se passait parce que Rose ne vivait plus avec elles. Leur sœur était en état de choc et elle a sombré dans une sorte de dépression nerveuse. Malheureusement, elle n'a jamais cherché à se faire soigner et s'est enfoncée de plus en plus. Elle voyait tout en noir, se sentait coupable sans savoir de quoi et elle s'est mise à faire un tas de trucs bizarres. Elle allait dans les pubs ramasser des hommes. Couchait avec n'importe qui. Enchaînait les aventures d'une seule nuit. Elle jouait des rôles. Elle n'avait plus envie d'être Rose, en fait.

— Des envies de suicide ? demanda Carl.

— Pas au départ. N'est-ce pas, Yrsa ? »

Yrsa secoua la tête. « Non. Elle a quitté la maison et elle s'est mise à se déguiser. Elle jouait à être l'une d'entre nous, peut-être parce que papa ne nous faisait aucun mal et que nous avions une vie de famille relativement normale. Nous pouvons sans doute remercier Rose pour ça, parce qu'elle était toujours là pour nous défendre et faire le tampon entre notre père et nous, dit-elle tout doucement. Le plus difficile a été le jour du changement de millénaire. Le soir du réveillon, nous étions toutes les quatre, ce qui n'arrivait pas souvent. Nous étions avec nos fiancés mais Rose était toute seule et je crois qu'elle n'allait pas très bien. Juste après que nous avons échangé nos vœux, Rose nous a tout à coup annoncé qu'elle en avait marre de la vie et que cette année serait sa dernière. Quelques semaines plus tard, nous étions de nouveau réunies pour fêter l'anniversaire de Lise-Marie et elle s'est mise à jouer avec des ciseaux comme si elle voulait se taillader les poignets avec. »

Yrsa soupira. « À l'époque, ce n'était qu'une menace en l'air. Pas comme l'année dernière, où elle a été internée à Nordvang parce qu'elle s'était sectionné les veines des poignets. » Elle s'essuya les yeux et fit un nouvel effort pour se ressaisir. « Mais au moins, ce jour-là, Lise-Marie, qui est la plus jeune d'entre nous et celle à qui Rose est le plus attachée, avait réussi à la convaincre d'aller voir un psychologue.

— Et est-ce que le psychologue en question pourrait nous aider à comprendre ce qui arrive à Rose aujourd'hui, à votre avis ? demanda Carl. Vous vous souvenez de son nom, Yrsa ?

— Les filles sont allées le voir, répondit Mona à sa place, il a invoqué le secret professionnel pour ne rien leur dire. Yrsa m'a dit qu'il s'appelait Benito Dion. Je le connais, en fait. Un type brillant. C'est lui qui m'avait enseigné la psychologie cognit...

— Tu as dit "il s'appelait". Il est mort ? »

Mona acquiesça : « Et même s'il était encore en vie, il aurait plus de cent ans.

— Merde ! »

Carl soupira et se plongea à nouveau dans la liste. « Je vois que les années suivantes, elle revient lentement à un état plus normal puisqu'elle passe de l'"ENFER ABSOLU" à l'"OBSCURITÉ" pour arriver au "GRIS". Ensuite elle semble se donner le conseil de "NE PAS PENSER" et enfin celui de "NE PAS EXISTER". Mais que se passe-t-il en 2004, où tout à coup son univers s'éclaire avec "LUMIÈRE BLANCHE" ? Vous avez une idée, Yrsa ?

— Moi, non, mais je crois que Gordon a trouvé la réponse à votre question. C'est l'année où elle est rentrée à l'école de police. Ça se passait vraiment bien, elle était contente, jusqu'à ce qu'elle échoue au permis de conduire. »

Elle allait peut-être bien, songea Carl, mais de là à prétendre qu'elle était équilibrée ! Il se souvenait avoir entendu parler de ses écarts de conduite qui avaient fini par devenir un vrai problème. Sans parler de sa réputation de coup le plus facile de l'institution.

« Cependant, cet échec ne la renvoie pas à la case "ENFER". Elle semble plus équilibrée, non ? dit Carl, malgré tout.

— Vous ne vous rappelez pas qu'elle avait décroché un emploi de bureau au commissariat central de Station City ? » intervint Assad, le détournant du cours de ses pensées.

Carl avait complètement oublié sa présence.

« Pendant cette période, elle est "SOURDE" à ce que lui dit son père. » Carl montra la ligne correspondant à l'année 2007. « Je pense que nous sommes tous capables de deviner la suite ? Mais Gordon a dû vous l'expliquer. »

Mona acquiesça : « Être engagée au département V en 2008 la rend forte et elle se met littéralement à se moquer de son père. "ALORS, ON NE RIT PLUS ?" – et, de façon encore plus claire en 2009, "CASSE-TOI, CONNARD !"

— Je ne sais pas si tu t'en souviens, mais en 2010, elle est arrivée un jour au bureau déguisée en Yrsa et elle est restée dans ce personnage plusieurs jours de suite. Nous sommes tous tombés dans le panneau tellement elle jouait bien son rôle. Je n'ai d'ailleurs jamais su si elle jouait la comédie pour se moquer de nous ou s'il s'agissait d'une rechute ; qu'est-ce que tu en penses, Mona ? »

C'était la première fois depuis plusieurs années qu'il s'adressait à elle en l'appelant par son prénom. Quelle sensation étrange. C'était presque gênant. Trop intime. Trop… ! Mais qu'est-ce qui lui arrivait ?

« Vous veniez de vous disputer avec elle la veille, vous ne vous souvenez pas, chef ? dit Assad. Elle a réagi comme si elle s'était à nouveau sentie victime de harcèlement moral.

— Je ne lui avais rien fait, si ? »

Mona secoua la tête. « Ça, nous ne le saurons jamais. Mais vu de l'extérieur et quoi qu'il en soit, travailler avec vous a eu sur elle un effet particulièrement bénéfique, déclara-t-elle. Jusqu'à cette affaire Habersaat dont Gordon m'a parlé, qui a commencé avec le suicide à Bornholm d'un certain Christian Habersaat, un homme qui ressemblait tellement au père des filles que Rose a complètement perdu les pédales. L'épisode aurait pu s'avérer thérapeutique sur le long terme mais, malencontreusement, vous êtes allés voir cet hypnotiseur qui a fait remonter à la surface d'un seul coup toutes ces choses qu'elle avait refoulées, ce qui l'a renvoyée tout droit à l'hôpital psychiatrique ; je me trompe ? »

Carl fit la moue. Rien de tout cela n'était très agréable à entendre.

« Tu as probablement raison, mais je croyais que c'était de la comédie ou bien une de ses habituelles sautes d'humeur. Je pensais que ça allait lui passer. Nous avons traversé beaucoup de choses difficiles au fil des années. Je ne pouvais pas deviner que, cette fois, c'était vraiment grave.

— Elle a écrit "JE ME NOIE". L'épisode a dû être nettement plus pénible que vous ne pouviez le deviner. Mais vous n'avez rien à vous reprocher, vous ne pouviez pas le savoir.

— Elle n'a jamais rien dit, non plus. »

Carl baissa la tête et fouilla dans sa mémoire. Ce qu'il venait de dire était-il exact ? Rose n'avait-elle jamais rien dit ?

« Avec le recul, quand j'y pense, je me demande si Assad n'a pas été plus attentif que moi. » Il se tourna vers lui. « Qu'est-ce que tu en penses, Assad ? »

Assad hésita, frotta son avant-bras velu. Manifestement, il se demandait comment répondre à cette question avec le plus de diplomatie possible.

« C'est vrai que j'ai essayé de vous arrêter quand vous avez insisté pour qu'elle termine son rapport sur cette affaire Habersaat. Vous vous en souvenez, n'est-ce pas ? Mais bien sûr, je ne savais pas tout cela, sinon, j'aurais insisté un peu plus. »

Carl hocha la tête. À présent, il pouvait lire noir sur blanc dans son dernier carnet l'ultime doléance de Rose. "VA-T'EN !" Son père était revenu dans sa vie.

Les dommages consécutifs à la tyrannie qu'il lui avait fait subir par le passé étaient sans fin.

« Et maintenant, qu'est-ce qu'on fait, Mona ? » demanda-t-il, désolé.

Elle inclina la tête avec une expression presque tendre.

« Je vais écrire aux psychiatres de Rose pour partager avec eux ce que nous savons. Quant à toi, tu vas faire ce que tu fais le mieux, Carl. Tu vas retrouver la fille qui a poussé Rose à se révolter et tu vas chercher à savoir de quelle façon le père de Rose tyrannisait sa fille. Son amie saura peut-être ce qui a été à l'origine de ce harcèlement moral. Et enfin, toi et Assad, vous allez essayer de savoir ce qui s'est passé exactement dans cette aciérie. »

24

Mercredi 25 mai 2016

« Vous n'êtes pas venue pour travailler, alors vous êtes venue pour quoi, au juste ? » lui demanda sa supérieure avec une suspicion mal déguisée.

Anneli la regarda, le visage dénué d'expression. Et elle, alors ? Quand avait-elle abattu pour la dernière fois une honnête journée de boulot, ne serait-ce que pour mériter le respect de ses collaborateurs ? Pas dans son poste actuel en tout cas. À vrai dire, ça tournait bien mieux ici lorsqu'elle partait pour l'une de ses fréquentes formations ou un séminaire dans quelque lieu exotique avec les autres escrocs des services sociaux. Au moins, quand elle ne l'avait pas sur le dos, elle pouvait prendre de vraies décisions. Anneli avait eu pas mal de chefs dans son genre par le passé, mais celle-là remportait la palme. Antipathique, velléitaire et complètement dépassée par les circulaires et les directives. Incapable de juger de ce qu'il convenait de faire ou de ne pas faire. Bref, elle était la personne la plus redondante du service, et aussi la plus indéboulonnable.

« Je travaille un peu de chez moi et je suis à peu près à jour, mais j'avais des détails à vérifier dans mes archives », répondit Anneli distraitement, l'esprit occupé par les dossiers de plusieurs de ses futures victimes.

« Vous travaillez de chez vous ? Alors, je comprends mieux ! Parce que depuis quelque temps, je constate un certain absentéisme de votre part, Anne-Line. » La chef de service baissa les paupières juste assez pour que ses cils cachent ses pupilles. C'était dans ces moments-là qu'il fallait être le plus prudente. Il y avait moins de trois semaines que la bonne femme était rentrée d'une très onéreuse formation en efficacité professionnelle à Bromølla, en Suède, où on lui avait, entre autres, appris à satisfaire sa hiérarchie en étant plus ferme envers ses subalternes mais aussi à envoyer les bons signaux pour leur faire peur. Depuis, quatre collègues d'Anneli avaient été rétrogradées, réduites à accomplir des tâches ingrates, et Anneli savait qu'elle risquait d'être mise au placard d'une seconde à l'autre.

« Malheureusement, Anne-Line, si vous ne vous sentez plus capable de fournir une semaine de travail normale, je vais devoir vous demander de m'apporter un certificat médical. » Elle dit cela avec un léger sourire. Cela faisait également partie des choses qu'on lui avait enseignées. « Mais vous savez que ma porte est toujours ouverte si vous avez besoin de parler. » Ça ne coûtait rien de le proposer.

« Je vous remercie. Je vous jure que ça va. J'ai juste préféré travailler un peu à la maison en attendant de me débarrasser de cette méchante grippe et je ne crois pas avoir pris de retard. »

Le sourire ténu de la chef de service s'éteignit tout à fait. « J'en suis sûre, Anne-Line, mais vous devez bien vous douter que les gens comptent sur votre présence quand ils ont pris rendez-vous avec vous.

— J'ai organisé des entretiens par téléphone avec certains d'entre eux, mentit-elle.

— Voyez-vous ça ! Eh bien, dans ce cas, j'attends un rapport sur ces entretiens ! » répliqua sa supérieure en se levant, après avoir redressé le chevalet portant le nom d'Anneli sur son bureau.

Anneli savait qu'elle n'allait plus la lâcher.

Elle regarda par la fenêtre où un soleil vif luttait pour entrer à travers une vitre sale, dans ce pays de Sisyphe où tout était si vain. Les petites chamailleries de bureau l'indifféraient. Pendant le quart d'heure où elle était allongée sur la banquette pour sa radiothérapie quotidienne, elle songeait à ses collègues de bureau comme à des ombres qui l'empêchaient de voir la lumière. Évidemment, quelques-uns de ses clients avaient réellement besoin de son aide et faisaient leur possible pour se montrer coopératifs et tenter d'améliorer leur situation, aussi désespérée fût-elle. Mais ils étaient de moins en moins nombreux et depuis qu'Anneli avait appris qu'elle avait un cancer et qu'elle avait élaboré son plan, elle se désintéressait des cas qui s'empilaient sur son bureau. Elle avait passé le stade des solutions de rafistolage.

À contrecœur, elle s'était obligée à ralentir et à retourner s'asseoir derrière son bureau. La préparation de ses prochains meurtres se révélait chronophage. La recherche d'une nouvelle voiture, la veille au soir, lui avait demandé presque cinq heures, mais c'était réglé. La Honda Civic noire un peu rayée qu'elle avait finalement trouvée à Tåstrup était parfaite.

C'était une voiture discrète, basse et sombre, avec des vitres teintées. L'arme idéale. Ce matin, elle avait passé une heure au volant, garée sur le parking de la rue Præstegårdsvej, à deux pas de la cité de Sandalparken, afin d'observer les allées et venues dans le quartier.

Dans cette bulle de calme, elle avait réalisé qu'elle se fichait de la présence d'éventuels témoins au moment où elle passerait à l'acte. Quelle importance, en effet, qu'on remarque la voiture, et même qu'on note sa plaque minéralogique, puisque de toute façon elle ne l'utiliserait qu'une seule fois ? Il suffisait qu'elle quitte rapidement le lieu du crime pour s'en débarrasser ensuite dans un endroit qu'elle avait déjà repéré, à Ølstykke, à cinq kilomètres de là.

Bref, elle était aussi prête qu'aurait pu l'être une tueuse à gages et elle ressentait une véritable ivresse en pensant à ce qu'elle était en train d'accomplir. Elle savait qu'elle agirait sans la moindre hésitation dès que l'occasion se présenterait d'éliminer Jazmine ou la fille Zimmerman. Elle risquait seulement d'être confrontée à un dilemme. Que ferait-elle, par exemple, si les filles sortaient de l'immeuble en même temps, bras dessus, bras dessous ? Elle imaginait bien ces petites dindes faire ce genre de chose. En percutant les deux, elle endommagerait considérablement l'avant de la voiture et l'un des corps pouvait être projeté en l'air et casser le pare-brise en retombant, comme elle l'avait souvent vu dans les films.

Mais elle s'était également préparée à cette éventualité. Elle porterait un foulard sur la tête, noué autour du cou, et des lunettes de soleil. Les éclats de verre ne lui faisaient pas peur.

Elle sourit. Elle avait vraiment pensé à tout. Bien sûr, elle avait entendu parler d'accidents de la route où un gros gibier passait à travers le pare-brise et blessait le conducteur à l'intérieur de l'habitacle, mais ni Jazmine ni Denise ne gesticuleraient comme un cervidé ou un gros cochon paniqué sur le siège de la Honda, surtout si elle les percutait par-derrière.

Le même soir, après le travail, elle vint reprendre la place de parking en face de la résidence depuis laquelle elle avait une vue dégagée sur la porte de l'appartement et la coursive. Que les donzelles entrent ou sortent, elle ne pouvait pas les rater.

Elle se félicita de sa propre détermination, songeant qu'en cet instant il n'y avait rien de plus important pour elle que de se trouver dans cet endroit paumé, dans une voiture volée, la radio allumée avec le son baissé au maximum et les yeux rivés sur le premier étage d'un immeuble. Car dans cet appartement se trouvaient les deux filles qu'Anneli avait le plus rêvé d'assassiner.

À une ou deux reprises, il y eut du mouvement sur la coursive et le plan d'Anneli était de démarrer et de laisser tourner le moteur au ralenti aussitôt qu'elle verrait apparaître l'une ou l'autre de ses victimes. Elle adorait le ronronnement puissant de ce moteur, il évoquait l'action. Le vol d'un hélicoptère de combat au-dessus d'une jungle dense devait résonner de même. Ce bruit de rotor et de mort avait été le pouls de la guerre du Vietnam. Poétique, régulier et rassurant, à condition d'être du bon côté du front. Elle ferma les yeux un instant pour se remémorer les films qu'elle avait vus sur le sujet et n'aperçut le fourgon de livraison UPS que lorsqu'il vint se garer juste devant la Honda, bloquant la voiture et lui bouchant la vue sur l'appartement et sur le trottoir.

Et, comme par un fait exprès, au moment où le livreur passa devant la porte de l'appartement Zimmerman, quelqu'un en sortit. Anneli ne put pas voir si c'était Denise ou Jazmine, mais avec des vêtements aussi voyants, c'était forcément l'une ou l'autre.

Merde !

Anneli tapa rageusement sur le volant, comme si cela pouvait faire revenir plus vite le livreur.

Quand il réintégra enfin la camionnette, il s'assit dans la cabine et fourragea dans ses papiers pendant plusieurs minutes avant de passer la première et de se mettre en route.

Anneli renonça à prendre la même direction que la fille. Le centre commercial d'Egedal n'était qu'à quelques centaines de mètres et elle devait déjà avoir été engloutie dans le labyrinthe des boutiques. Elle changea la voiture de place pour se garer de manière à ce que le même problème ne se reproduise pas.

Elle se gratta un peu à l'endroit où les rayons lui avaient brûlé la peau.

Anneli vit approcher la silhouette avec ses sacs de commissions au moment même où une vieille dame qui promenait son chien s'arrêtait sur le trottoir, juste en face de la Honda.

Sale bête, songea-t-elle, tandis que la propriétaire du chien plongeait la main dans sa poche à la recherche d'un sac ramasse-crottes et que sa victime continuait d'approcher.

« Allez, cassez-vous et laissez cette merde où elle est », dit Anneli à voix haute en gigotant d'impatience sur son siège. Les sacs de courses à moitié vides battaient contre les jambes de la fille. Elle était ridicule avec ses chaussures à talons beaucoup trop hauts et sa veste en fausse fourrure léopard.

En tenue de combat, y compris pour aller au supermarché, se disait Anneli, quand soudain la fille tourna les yeux vers elle.

Anneli en eut le souffle coupé. C'était Michelle.

Elle se figea. Alors Michelle aussi habitait là ? La gravité de la situation la frappa aussitôt. Si elles habitaient toutes les trois ensemble, c'était une catastrophe !

Qu'est-ce que Michelle avait raconté aux deux autres ? Est-ce qu'elles la soupçonnaient toujours ? Et si oui, quelles étaient leurs intentions ?

Il suffisait de quelques mots aux flics pour qu'Anneli se retrouve dans leur collimateur. Bien sûr elle pourrait nier et tout mettre sur le compte de l'absence de fiabilité de ces filles et la haine qu'elles lui portaient, mais à quoi bon ? Sa si zélée supérieure confirmerait que son comportement avait changé ces derniers temps. Les enquêteurs ne mettraient pas longtemps à découvrir qu'elle était en contact depuis plusieurs années avec les filles qu'elle avait écrasées. Ses prétendues amies et collègues diraient qu'elles ne l'avaient pas vue au yoga récemment et confirmeraient qu'elle haïssait ce genre de clientes. Les techniciens de la police scientifique n'auraient aucun mal à retrouver son historique de recherches dans son disque dur, malgré le mal qu'elle s'était donné pour l'effacer. Ils trouveraient peut-être même des traces de son ADN dans la Peugeot, malgré tout le soin avec lequel elle avait essayé de la nettoyer.

Ces filles pouvaient lui créer pas mal de problèmes, à vrai dire.

Michelle avait apparemment quitté son compagnon, peut-être s'étaient-ils disputés, et peut-être les soupçons se dirigeraient-ils vers l'ancien fiancé s'il arrivait quelque chose à Michelle ou à l'une des deux autres.

Était-ce pour cette raison que Michelle avait quitté Patrick ? Pensait-elle que son crétin de concubin avait essayé de se débarrasser d'elle ? Quelqu'un avait-il même suggéré la culpabilité d'Anneli ?

Tout à coup, une image lui traversa l'esprit. Les trois filles sortaient dans la rue en même temps et l'affaire était réglée. Une rapide accélération et une collision bien franche. Elle avait bien conscience qu'elle n'arriverait pas à les tuer toutes les trois avec un véhicule aussi léger et qu'il lui faudrait leur repasser plusieurs fois dessus pour en finir.

Anneli sourit d'abord puis elle éclata de rire. C'était tellement désopilant d'imaginer ces trois pétasses aplaties comme des crêpes sur la chaussée. Elle rit et rit encore sans pouvoir s'arrêter, jusqu'à ce que tout son corps se mette à trembler.

Elle surprit son reflet dans le rétroviseur : une bouche ouverte, des lèvres retroussées, un regard de folle hystérique. La vision stoppa net son hilarité.

Elle baissa les yeux et constata que son corps avait

sa vie propre. Ses mains tapaient sur ses cuisses, ses genoux jouaient des castagnettes, ses pieds tambourinaient sur le tapis de sol. Elle délirait mais ce n'était pas désagréable, c'était même assez jouissif, comme si elle avait avalé quelque substance aphrodisiaque.

Ai-je des métastases au cerveau ? Suis-je en train de perdre la tête ? se demanda-t-elle, éclatant de rire de plus belle. Tout cela était tellement fantastique. La vieille assistante sociale insignifiante qu'elle était détenait tout à coup un pouvoir absolu.

Anneli leva les yeux vers le plafond de la Honda. Elle devait profiter de cet état de grâce pour agir. Si elle ne pouvait pas tuer les trois greluches aujourd'hui, il fallait qu'elle aille en écraser une autre en attendant.

Mais était-ce vraiment une bonne idée ? Oui, décida-t-elle. C'était une excellente idée. Anneli ne se rappelait pas s'être sentie aussi bien de toute sa vie.

Elle regarda l'heure. Il était très tard, mais si elle partait tout de suite, Bertha Lind avait encore le temps de figurer sur son tableau de chasse.

Une ombre glissa devant la voiture et un taxi s'arrêta à quelques mètres de la Honda. Au même instant, la porte de l'appartement s'ouvrit et trois femmes en sortirent.

Bien que deux d'entre elles soient parfaitement méconnaissables à cause de leurs cheveux noirs et de l'épaisse couche de maquillage qui recouvrait leurs visages, il n'y avait pas d'erreur possible. Il s'agissait bien de Denise, de Jazmine et de Michelle partant faire la fête.

Quand le taxi démarra, Anneli le suivit.

25

Mercredi 25 mai 2016

« Tu veux bien arrêter de m'appeler quand tu es soûle, maman ? Combien de fois faut-il que je te le dise ? Tu pues l'alcool à travers le téléphone, putain !

— Pourquoi est-ce que tu me parles comme ça, Denise ? Je suis juste enrhumée, dit-elle en reniflant pour étayer son propos.

— Tu me dégoûtes. Qu'est-ce que tu veux ?

— Tu es où ? Ça fait des jours que tu ne m'as pas donné de nouvelles, la police est passée ici pour te voir et je n'ai pas su lui dire où tu étais.

— La police ? Qu'est-ce qu'ils voulaient ? »

Denise retint son souffle et s'appuya au dossier de sa chaise.

« Seulement parler de grand-mère avec toi.

— Je n'ai envie de parler de grand-mère avec personne, d'accord ? Je n'ai rien à voir avec ça et tu n'as pas intérêt à leur dire quoi que ce soit d'autre. Qu'est-ce que tu leur as raconté ?

— Je ne leur ai pas parlé de toi. Où es-tu, Denise ? Je peux venir te voir à l'endroit où tu es ?

— Certainement pas. J'habite avec un homme à… Slagelse. Et ça ne te regarde pas.

— Mais… »

Denise raccrocha le téléphone et regarda Michelle sortir de sa chambre sur la pointe des pieds. Sans maquillage, elle était vraiment quelconque. Elle avait des yeux minuscules et les traits de son visage étaient flous. Une fois vieille, elle ne serait plus que l'ombre de ce qu'elle avait été. Elle deviendrait molle à force de manger n'importe quoi et ressemblerait à une grosse vache mal fagotée dans des fringues de minette. Pauvre fille.

« Bonjour, Denise. » Michelle hasarda un timide sourire, mais après leurs discussions de la veille, il en fallait plus pour établir entre elles une véritable intimité. Denise s'entendait mieux avec Jazmine. Elle au moins, elle semblait avoir compris dans quel merdier elles seraient si elles ne se construisaient pas rapidement une nouvelle vie. Jazmine n'était pas dupe : leur mode de vie actuel allait droit dans le mur et les réalités de l'existence, leurs mauvais choix, leur manque de diplômes et leurs talents gaspillés les avaient rattrapées. Ça, une paumée comme Michelle ne le comprendrait probablement jamais.

« J'adore ta sonnerie, Denise. *Coldplay*, c'est génial ! » s'exclama Michelle quand le portable sonna de nouveau avec la sonnerie que Denise avait choisie pour reconnaître les appels de sa mère.

Denise refusa l'appel. Puis elle alla dans les réglages et bloqua le contact une fois pour toutes.

Chapitre clos. Bon débarras.

« Ferme-la un peu, Michelle. Je ne suis pas idiote. Je sais qu'il y a une différence entre un vol, un vol aggravé et un vol à main armée. Mais tout se passera bien, si tu fais ce qu'on te dit. Alors sois gentille d'arrêter ton cinéma, maintenant. »

Michelle avait maquillé ses yeux tout en gris. La paupière, la ligne des cils, les cils et le dessous de l'œil. On aurait dit une actrice de film muet atteinte de tuberculose. Si elle sortait comme ça ce soir, elle ne manquerait pas de faire sensation.

« Tu nous as expliqué comment ça se passe, là-bas. Tu nous as dit où ils gardaient l'argent de la billetterie et celui qu'ils récoltaient au bar plusieurs fois au cours de la soirée. Tu nous as décrit le bureau du directeur et tu nous as expliqué comment y aller. Je te promets qu'on fera attention, qu'on n'ira nulle part avant que la voie soit libre et qu'on fera vite. C'est du vol, tu as raison, mais ce n'est pas plus grave que ça.

— Et si quelqu'un vient ? Qu'est-ce que vous ferez ?

— On le menacera, évidemment.

— Alors ça deviendra un vol à main armée. » Elle leur montra l'écran de son iPad. « Regardez ! Sur Wikipedia, ils disent qu'un vol à main armée est passible d'une peine allant jusqu'à six ans de prison.

Six ans ! On aura trente-cinq ans, notre vie sera pratiquement terminée à ce moment-là !

— Ben voyons ! Il faut que tu arrêtes de croire tout ce que tu lis sur Wikipedia, Michelle. » Jazmine lui prit l'iPad des mains et survola la page. « En plus, on n'a jamais été condamnées et même si on se fait arrêter, je suis sûre qu'on en prendra pour moins que ça.

— Vas-y, lis jusqu'au bout ! » dit Michelle d'une voix blanche. Elle tremblait comme une feuille, à présent, ce qui n'augurait rien de bon quant à la réalisation de leur plan du soir même. « J'ai vu la façon dont tu as frappé ce pauvre maçon l'autre jour et ça ne m'étonnerait pas que tu sois capable de recommencer, et alors ce sera beaucoup plus cher. On va passer dix ans en prison, j'en suis sûre », pleurnicha-t-elle.

Denise la prit par le bras. « Tu vas te calmer maintenant ! Pour l'instant, il ne s'est rien passé. Et en plus, tu n'es pas concernée ! Toi, tout ce que tu as à faire, c'est de discuter avec Patrick pendant qu'on fera le boulot. »

Michelle détourna la tête. « Alors si ça se passe mal, vous en prendrez l'entière responsabilité ?

— Bien sûr, qu'est-ce que tu crois ? »

Denise lança un regard à Jazmine. Elle avait intérêt à approuver.

Et c'est ce qu'elle fit.

« Tu vois bien ? Tu n'as aucun souci à te faire. Et maintenant, c'est l'heure de la chasse au trésor.

— Une chasse au trésor ? »

Michelle ne comprenait plus rien.

« Mon grand-père avait un pistolet. Je suis sûre que ma grand-mère l'a caché, mais je ne sais pas où. Je pense qu'il est quelque part ici. »

En fin de compte, Denise ne connaissait pas l'appartement de sa grand-mère si bien que ça. Les rares fois où sa mère et elle y étaient venues, le salon était plein de vieilles pies curieuses et elle n'avait pas eu le loisir de fouiner beaucoup. Mais à présent, il n'y avait plus personne pour la surveiller et Denise avait déjà extrait des armoires un tas de tailleurs hideux et de cardigans démodés.

« Jetez tout par terre, on le fourrera dans des sacs-poubelle tout à l'heure, dit-elle. On n'aura qu'à tout déposer dans une friperie à Østerbro, en admettant qu'ils en veuillent.

— Je déteste toucher des vêtements que d'autres gens ont portés. Ça sent l'antimite et il paraît que c'est mauvais pour la peau », dit Michelle.

À l'inverse, Jazmine y mettait tout son cœur. Boîtes à chaussures, chapeaux, lingerie, caisses tapissées de papier de soie, bas filés, porte-jarretelles volaient à travers la pièce. Jazmine était en pleine chasse au trésor.

Elles cherchèrent sous les lits, dans la boîte à couture, elles ouvrirent des tiroirs, écartèrent les meubles des murs. Quand elles eurent terminé de fouiller toutes les pièces, elles s'assirent et contemplèrent le désordre. Ce qui n'avait été jusque-là qu'un appartement de vieux comme les autres était désormais une collection honteuse d'objets d'un autre âge témoignant de l'absence totale de sens des réalités de sa propriétaire.

« Pourquoi les vieux gardent-ils autant de conneries sans aucune valeur ? » résuma Jazmine.

Denise était énervée. Elle n'arrivait pas à croire que sa grand-mère s'était débarrassée des reliques de son grand-père. Où étaient passés les photos, le pistolet, les décorations et les uniformes ? Et si elle avait tout jeté, comment pourraient-elles menacer quelqu'un, dans le cas où on les prendrait la main dans le sac ? Merde ! Elle espérait au moins tomber sur une boîte à bijoux, des papiers importants, un peu de devises étrangères dans une pochette en plastique datant de l'époque où sa grand-mère parcourait le monde avec son vieux mari. Mais comme disait Jazmine, il n'y avait ici que des conneries sans valeur.

« Il ne reste plus que ça », signala Michelle en montrant la terrasse, qui avait l'air d'une décharge publique avec son fatras de pots de fleurs vides, de plantes enveloppées dans leurs voiles d'hivernage et de meubles de jardin attendant les beaux jours que leur propriétaire ne reverrait jamais. Il y a quelques années, sa grand-mère avait fermé la terrasse avec des baies vitrées pour la transformer en une véranda dont elle pourrait profiter toute l'année. Les vitres étaient opaques de saleté et n'avaient pas dû être ouvertes très souvent.

« Je m'en occupe », déclara Jazmine.

Denise commençait à avoir une réelle admiration pour sa nouvelle amie. Comparée à Michelle, Jazmine était chétive et délicate, mais si quelqu'un pouvait rivaliser avec Denise en termes d'esprit d'initiative et d'énergie, c'était bien elle.

Jazmine disparut derrière la baie vitrée. Suivirent des bruits de terre cuite et de meubles qu'on déplace, accompagnés de jurons peu féminins. Jazmine n'y allait pas de main morte.

« Ce n'est pas bien ce qu'on fait », insista Michelle.

Alors tu devrais aller retrouver ton Patrick, songea Denise, sans pourtant l'exprimer à haute voix. Si seulement elle pouvait fermer sa gueule. C'était grâce à Michelle qu'elles s'étaient rencontrées toutes les trois, on ne pouvait pas lui enlever ça, mais à présent, elle était devenue plus encombrante qu'autre chose.

Quand elles auraient vidé la caisse de cette discothèque, il faudrait décider avec Jazmine ce qu'elles feraient de Michelle.

Elle entendit un gros soupir venant de la terrasse et Jazmine se releva, les cheveux en bataille et le rouge à lèvres bavant sur la joue.

« Venez me donner un coup de main », dit-elle.

Tout était là, caché dans une vieille caisse en bois, sous une pile de magazines des années quatre-vingt. Denise n'avait aucun mal à en deviner le contenu.

Elles s'agenouillèrent autour de la trouvaille de Jazmine.

« C'est plein de vieux trucs, là-dedans », dit celle-ci en brandissant une pile de journaux portant le nom de *Neues Volk*, *Der Stürmer*, *Signal* et *Das Schwarze Korps*. « On dirait de la presse nazie ! Pourquoi ta grand-mère gardait-elle ce genre de choses ?

— Parce que mon grand-père était un nazi, voilà pourquoi », répondit Denise.

Elle n'avait plus jamais avoué cela à personne depuis le jour où, à l'âge de dix ans, elle l'avait dit à sa maîtresse en classe et qu'elle avait reçu deux claques pour sa peine. Étrangement, cela ne lui faisait plus aucun effet de parler de ça. La poussière était retombée et à présent, c'était à elle de décider de la réputation posthume des gens de sa famille.

« Et ta grand-mère ? s'enquit Michelle.

— Ma grand-mère ? Je n'en sais rien. Je suppose qu'elle était…

— Quelle horreur ! Regardez ça ! » Jazmine laissa tomber quelques photographies par terre et Michelle fit un bond en arrière.

« Mais c'est horrible ! Il ne faut pas regarder ça, gémit-elle.

— Voici mon grand-père », annonça Denise en leur montrant une photo sur laquelle il passait une corde autour du cou d'une jeune femme qui se tenait debout sur un tabouret. « Sympathique personnage, n'est-ce pas ?

— Je n'aime pas ça, Denise. Je n'ai pas envie de rester dans cet appartement si ce genre de personnes vivaient là.

— C'est nous qui habitons ici, maintenant, Michelle. Calme-toi.

— Je ne sais pas si je vais être capable de faire ce truc, ce soir, ça me fout les jetons. On est obligées d'y aller ? »

Denise lui jeta un regard furieux. « Tu as une autre idée ? Tu veux te faire entretenir par Jazmine et moi ? Tu crois que ça nous amuse de faire ce qu'on fait pour que tu aies de quoi manger ? Et si tu allais écarter les cuisses pour nous, Michelle ? Qu'est-ce que tu en dis ? »

Mais non, elle ne ferait jamais ça, cette sainte-nitouche.

« Tu as vu, il y a un drapeau ! s'écria Jazmine. On dirait un drapeau nazi !

— C'est pas vrai ! s'exclama Michelle.

— Il y a un truc enveloppé dedans et c'est lourd. »

Denise hocha la tête d'un air satisfait. « Fais voir. »

Elle déplia le drapeau sur le parquet du salon et mit au jour une grenade avec un manche en bois, un chargeur vide, une boîte de balles pleine et un pistolet graissé enveloppé dans un linge.

« Regardez ! » dit Jazmine en leur montrant une feuille cartonnée sur laquelle était représentée l'arme qu'elles avaient sous les yeux. « *Pistole 08* », était-il écrit au-dessus.

Denise étudia avec soin la vue en coupe du pistolet et les instructions d'utilisation et leva à hauteur des yeux le magasin qui pouvait contenir six balles. Elle le soupesa et glissa le chargeur dans la crosse du pistolet jusqu'à la butée. Un léger *clic*, et l'arme était équilibrée dans sa main.

« C'est le pistolet dont il se sert sur cette photo », dit-elle en montrant un cliché sur lequel son grand-père abattait un prisonnier d'une balle dans la nuque.

« C'est monstrueux ! s'écria Michelle. Vous n'allez pas vous servir de ça, au moins ?

— Il n'est pas chargé, Michelle. C'est juste pour faire peur aux gens. »

Denise montra un petit mécanisme au bout du canon, du côté gauche de l'arme. « D'après les instructions, ce serait une sécurité. Si on veut être crédibles, il faudra penser à l'enlever quand on pointera le pistolet sur quelqu'un. »

Denise leva et abaissa la sécurité plusieurs fois de suite. Quand elle était baissée, on pouvait lire le mot « sécurité » gravé dans le métal. C'était simple et génial. Elle soupesa l'arme à nouveau, la sensation était parfaite, on avait l'impression d'être maître du monde et de pouvoir tout contrôler.

« C'est un vrai pistolet, Denise, dit Michelle d'une voix pleurnicharde. On risque gros en menaçant quelqu'un avec un truc pareil. Vous n'allez pas y aller avec ça, hein ? »

Si. C'était exactement ce qu'elles allaient faire.

Dans le taxi, Michelle n'ouvrit pas la bouche, serrant contre elle son sac à main. Ce ne fut que lorsque la voiture les eut déposées à quelques centaines de mètres de l'ancienne usine qui abritait la boîte de nuit qu'elle recommença à pleurnicher.

« Je me sens hyper-mal. Je ne comprends rien à ce qu'on est en train de faire. Est-ce qu'on ne ferait pas mieux de rentrer avant qu'il ne soit trop tard ? »

Ni Jazmine ni Denise ne se donnèrent la peine de lui répondre. Elles avaient étudié le projet en long, en large et en travers, qu'espérait-elle en revenant dessus, maintenant ?

Denise regarda Jazmine. Le rouge à lèvres, les faux cils, les épais sourcils redessinés au crayon noir, les cheveux teints et crêpés en choucroute sur sa tête, l'épais trait d'eye-liner et le fond de teint blafard la rendaient méconnaissable. Avec les moyens du bord, elle avait réussi à se grimer à la perfection.

« Franchement tu déchires, Jazmine ! Et moi, tu me trouves comment ? » Denise tourna son visage vers la lumière d'un réverbère.

« Magnifique. On dirait une star des années quatre-vingt. »

Elles éclatèrent de rire. Michelle gardait les yeux rivés sur le sac de Denise.

« Vous êtes sûres que le pistolet n'est pas chargé ? Parce que s'il l'est et que ça tourne mal, vous risquez d'écoper d'au moins quatre ans de prison. Au minimum !

— Évidemment qu'il n'est pas chargé ! Tu as bien vu que le magasin était vide », répliqua Denise en resserrant son foulard autour du cou et en évaluant la circulation dans Sydhavnsgade. Elles ne mettraient pas longtemps à trouver un taxi.

« C'est vrai que je vous ai dit que Patrick et les autres videurs ne fouillaient pas les filles, en général, mais quand même, je n'aime pas ça. Je n'aime pas ça du tout… », rumina Michelle à haute voix, les cinquante mètres suivants. Elle n'allait pas bientôt avaler sa langue, cette dinde ?

Arrivées devant la discothèque, elles suivirent la file d'attente qui avançait lentement vers l'entrée. L'atmosphère était gaie et l'humeur festive. Les clubs de la capitale savaient mettre de l'ambiance.

« J'ai l'impression qu'on est les plus âgées », soupira Jazmine.

Denise acquiesça. Dans la lumière des réverbères, beaucoup de fêtards avaient tout juste l'âge d'être admis dans une boîte de nuit et ils risquaient fort de se faire refouler en passant devant les physionomistes.

« C'est une bonne chose si Patrick est occupé à vérifier des papiers d'identité », fit remarquer Denise. Puis, s'adressant à Michelle : « J'espère qu'il ne va pas nous reconnaître. Il nous a quand même déjà croisées à l'hôpital !

— Vous ne vous êtes pas regardées. Vous êtes méconnaissables. Et puis s'il vous reconnaît, on n'aura qu'à repartir, pas vrai ? »

Jazmine poussa un soupir. « Oui Michelle, n'aie pas peur, on n'est pas stupides. S'il nous reconnaît, on repartira, on te l'a déjà dit cent fois.

— OK, excuse-moi. Si ça peut vous rassurer, Patrick est un peu myope et il refuse de mettre des lunettes. Si vous écartez un peu vos foulards et que vous lui montrez votre décolleté comme on a prévu, il ne s'intéressera à rien d'autre. » Elle réfléchit un instant à ce qu'elle venait de dire. « Quel salaud », ajouta-t-elle.

Jazmine regarda l'heure.

« Il n'est que minuit, Michelle. Est-ce qu'au moins il y a déjà du fric dans la caisse à cette heure-ci ? »

Michelle acquiesça. « On est mercredi et la plupart des gens se lèvent tôt demain. La boîte est ouverte depuis onze heures. »

Elle pointa les caméras du doigt. Dans quelques secondes, elles seraient sous le feu des projecteurs.

Devant l'entrée de la discothèque, Patrick était en plein boum, légèrement menaçant dans son rôle de rempart contre les indésirables. Il avait les manches retroussées et ses tatouages étaient bien visibles sur ses avant-bras musclés. Il portait des gants de cuir qu'on n'avait pas envie de prendre dans la figure et des bottes cloutées qu'il valait mieux ne pas recevoir dans le derrière. Personne ne devait faire le malin en le voyant.

La caricature du parfait videur laissait entrer les gens un par un, fouillant quelques clients de sexe masculin, refoulant ceux qui avaient apporté leurs boissons dans des sacs en plastique et demandant à voir les pièces d'identité. Ceux qu'il connaissait déjà, il les faisait passer d'un simple geste de la main. Il ne devait subsister aucun doute sur son autorité.

« Attendez ! Voilà notre chance », souffla Michelle aux deux autres en attrapant Denise par la manche et en lui montrant une bande de jeunes immigrés très déterminés qui traversaient la rue derrière elles. L'un d'entre eux était peut-être assez vieux pour entrer en boîte de nuit, mais ce n'était sûrement pas le cas de ses copains. Denise avait déjà noté que les premiers poils de barbe adolescente suffisaient rarement à cacher l'immaturité et Patrick avait l'air de s'être fait la même réflexion.

Il avait déjà repéré la petite bande, instinctivement fait un pas en avant et tiré son talkie-walkie de sa poche.

« C'est le moment, chuchota Michelle. Mettez-vous derrière moi et entrez sans vous arrêter ! »

« Salut, Patrick », dit-elle d'une voix haute et claire. Sa nervosité de tout à l'heure avait disparu.

Le visage de Patrick passa de la détermination farouche à l'incrédulité totale. Deux problèmes d'ordre aussi différent se posant à lui simultanément, c'était plus qu'il ne pouvait en gérer, ce qui laissait la voie libre à Jazmine et à Denise.

En quelques pas, elles étaient à l'intérieur, laissant Michelle dehors pour détourner l'attention de Patrick.

Le décor était gris et cru. Il n'était pas facile de deviner à quoi le local avait servi par le passé car à présent ce n'était plus qu'un entrepôt répugnant de saleté avec des murs en béton nus. Là où précédemment il devait y avoir des portes, il n'y avait plus que des ouvertures. Les rambardes avaient été enlevées et remplacées par des planches de bois brut. Le mobilier et tout ce qui pouvait avoir une quelconque valeur avaient disparu.

Dans moins d'un an, le bâtiment n'existera plus, songeait Denise. De manière générale, le vieux quartier du port sud et ses petites entreprises appartenaient au passé. Dans ce secteur situé si près du port et rafraîchi par la brise marine, les terrains étaient tout simplement devenus trop coûteux.

Elles payèrent leur entrée et se frayèrent un passage à travers la piste de danse. Beaucoup d'hommes les regardèrent avec intérêt, mais ce soir-là, elles avaient d'autres projets.

Le DJ était déjà remonté comme une horloge, le sol en béton et la foule grillaient littéralement sous les éclairs des lampes au laser. Le tsunami sonore interdisait tout échange d'informations et Denise se contentait de suivre Jazmine en silence.

Jazmine lui avait dit être montée deux ans auparavant dans le bureau du gérant de l'époque qui avait profité de ses services tarifés pendant une heure.

Elle avait appris par la suite que le type avait fini au cimetière après une overdose de méthamphétamines et de coke et s'était félicitée qu'il n'ait pas réussi à la mettre enceinte, comme elle l'avait espéré au départ. La drogue aurait sans doute endommagé le fœtus. Et les enfants handicapés étaient plus difficiles à refourguer.

Elles quittèrent la piste de danse et s'engagèrent dans un couloir éclairé de néons suspendus à un plafond de dix mètres de haut. C'est là qu'on les arrêta.

Le vigile, un clone de Patrick en termes de gabarit, mais le regard vide, leur coupa la route et leur demanda ce qu'elles fichaient là, comme elles l'avaient prévu.

« Ah ! On est contentes de vous trouver, monsieur ! » Denise désigna le talkie-walkie pendu à sa ceinture. « Vous n'avez pas entendu que Patrick a besoin de votre aide, dehors ? Il a un problème avec une bande de jeunes immigrés ! »

L'homme semblait sceptique, mais Denise avait l'air de parler sérieusement et il attrapa quand même son talkie-walkie.

« Vous feriez mieux de vous dépêcher, monsieur. Je ne crois pas qu'il ait le temps pour une conférence téléphonique, là ! »

Enfin la lourde carcasse se mit en branle, au pas de course.

Jazmine se retourna vers un escalier métallique au fond du couloir.

« En ce moment, il y a au moins une personne dans ce bureau, là-haut, les yeux braqués sur les écrans de surveillance, tu peux être sûre qu'on est déjà repérées », dit-elle. Elle fit un léger signe de tête vers le plafond. « Ne regarde pas, mais il y a une caméra juste au-dessus de nous. Je lui ai fait un coucou la dernière fois que je suis venue. »

Denise posa une main sur la rampe de l'escalier et, imitant Jazmine, elle remonta son foulard sur son visage.

À l'instant où elles ouvrirent la porte du bureau, un vacarme infernal les accueillit. Un couple étroitement enlacé se tenait contre le mur du fond, langues emmêlées, ses mains à elle se promenant avec efficacité et sans aucune pudeur sur son corps à lui.

Denise jeta un rapide coup d'œil circulaire dans la pièce tout en s'approchant du couple avec la souplesse d'un chat. Une rangée de moniteurs formait un papier peint mouvant sur le mur et sur l'un d'entre eux, elle put constater qu'à l'entrée de la boîte la situation était déjà sous contrôle. Au milieu de l'image, on voyait Michelle, l'air coupable, aux côtés de son ex-petit ami qui partageait son attention menaçante entre elle et les clients.

L'ambiance n'était pas franchement à la réconciliation mais, contre toute attente, Michelle semblait gérer plutôt bien la situation.

Sur l'un des écrans, elles purent constater que le vigile qu'elles avaient croisé dans le couloir arrivait justement à la porte d'entrée. Il cria quelque chose à Patrick qui secoua la tête sans comprendre et lui montra du doigt un troisième videur à quelques pas de là.

Le premier s'énerva. Dans un instant, il reviendrait prendre son poste dans le couloir où il avait probablement pour mission d'empêcher qu'on vienne interrompre son patron, quoi qu'il soit en train de faire.

« OUVREZ LE COFFRE-FORT ! » cria Denise, tout à coup, dans l'oreille du type en pleine action, les faisant sursauter tous les deux si fort que la mâchoire de la femme se referma sur la langue de son partenaire. Il se retourna, furibond, le sang coulant aux commissures de ses lèvres.

« Qui êtes-vous, putain ? » brailla-t-il avec difficulté, essayant en vain d'agripper le foulard qui dissimulait la moitié du visage de Denise.

« Vous avez entendu ce que j'ai dit ? ordonna celle-ci, imperturbable. Attention ! Je n'aime pas attendre ! »

La fille éclata d'un rire hystérique qui se figea dans sa gorge dès qu'elle vit Denise pointer le pistolet entre les yeux de son compagnon, après avoir démonstrativement retiré la sécurité.

« Vous allez ouvrir le coffre bien gentiment et mon amie va prendre l'argent. Nous allons vous attacher avant de partir. Si vous faites ce qu'on vous dit, il ne vous arrivera rien », déclara-t-elle très calmement.

Cinq minutes plus tard, elles étaient dans le corridor, foulards dissimulant leurs visages, avec dans un sac suffisamment de billets de banque pour justifier amplement le déplacement.

Le vigile bouillait de colère rentrée mais Denise l'aborda avec un flegme parfait.

« Je dois vous dire de la part de votre patron qu'il est très content de vous. Vous avez pu donner un coup de main à Patrick ? »

Décontenancé, il acquiesça malgré tout.

En rejoignant la sortie, elles virent que la discussion entre Patrick et Michelle était moins orageuse qu'elle ne le paraissait sur le moniteur de contrôle. D'un regard, Denise fit comprendre à Michelle que tout s'était bien passé. Elle pouvait arrêter la comédie.

« C'est toi qui as raison, Patrick », dit-elle tendrement, tandis que Jazmine et Denise passaient derrière elle et s'éloignaient dans la rue. « Je vais passer demain pour te donner le reste de ce que je te dois, d'accord, trésor ? » ronronna-t-elle.

Elles avaient prévu de se retrouver dans la ruelle qui séparait la boîte de nuit du hangar voisin et de rester à une dizaine de mètres de la rue, cachées dans la pénombre et les odeurs de pissotière.

Denise s'appuya, soulagée, contre le mur vibrant du bruit venant de l'intérieur. « Putain, quel pied ! » s'exclama-t-elle, ivre d'adrénaline. Elle n'avait pas ressenti une excitation pareille depuis la première fois où elle avait levé un client et où elle s'était retrouvée couchée sur un lit en train de masturber un parfait étranger.

Elle posa une main sur sa poitrine. « Est-ce que ton cœur bat aussi fort que le mien, Jazmine ? » demanda-t-elle, essoufflée.

Son amie lui répondit avec jubilation : « Tu ne

peux pas savoir ! Je crois que j'ai pissé dans ma culotte quand il a tendu la main pour attraper ton foulard.

— On a réussi, putain ! » Elle éclata d'un rire libérateur. « Tu as vu sa tête quand j'ai retiré la sécurité ? Il avait l'air trop con, franchement. Tu les imagines là-haut, entortillés dans du gaffer et des liens en plastique en train de se demander ce qui leur est arrivé ? »

Elle exultait. L'opération leur avait pris moins de cinq minutes et tout s'était passé à la perfection.

« Tu crois qu'on a pris combien, Jazmine ? demanda Denise.

— Je n'en sais rien. Je sais juste que j'ai vidé le coffre-fort. Plusieurs milliers, je crois. Tu veux qu'on vérifie ? »

Elle plongea la main dans le sac et en sortit une poignée de billets. Il y avait surtout des billets de deux cents, mais aussi des billets de cinq cents et de mille.

Jazmine jubila. « La vache ! Il doit y avoir au moins cent mille couronnes là-dedans !

— Chut ! » l'interrompit Denise.

Au bout de l'allée, une silhouette à la fois plus mince et plus petite que celle de Michelle se dessinait dans la lumière des réverbères. Quelqu'un les avait repérées.

« Qu'est-ce que vous trafiquez, pétasses ? » gueula une voix avec un fort accent tandis qu'une femme approchait.

Denise la reconnut. C'était Birna.

Jazmine eut un hoquet de surprise et Denise vit qu'elle n'avait pas eu le temps de remettre l'argent dans le sac. Elle s'était immobilisée comme une criminelle prise en flagrant délit.

Birna regardait la liasse de billets dans sa main.

« J'ai bien l'impression que cet argent ne vous appartient pas », dit-elle froidement, avançant d'un pas.

« Vous feriez aussi bien de me le filer tout de suite. Allez ! » ordonna-t-elle en claquant des doigts pour leur faire accélérer le mouvement.

Elle me prend pour une idiote, ou quoi ? songea Denise, formant un cornet derrière son oreille pour provoquer l'autre. « Pardon, tu disais ? Je ne t'entends pas avec ce vacarme !

— Dis donc, Jazmine, elle est sourde, ta copine ? Ou bien elle cherche des crosses ? lança la punk. C'est rigolo, on dirait moi, avec tout ce noir que vous avez mis autour de vos yeux. C'est pour qu'on sache pas qui vous êtes ? demanda-t-elle, sarcastique. C'est con ce qui vous arrive. Parce que maintenant, moi je le sais ! Alors si vous voulez que je ferme ma gueule, il va falloir envoyer la monnaie. » Elle pointa sur Denise un doigt aux ongles peints en noir. « Et toi, connasse, tu vas me parler sur un autre ton, sinon tu vas voir ta gueule. Allez, aboule le fric ! »

Denise secoua la tête. L'arrivée de Birna n'était pas du tout prévue au programme. « Je ne sais pas ce que tu crois savoir, mais je te conseille de ne pas faire l'idiote, Birna. C'est bien ça, ton nom ? » Denise glissa la main dans sa poche. « Il me semble que je t'avais demandé de ne pas venir traîner sur nos plates-bandes, tu te souviens ? »

Le sourire de la punk s'évanouit. « Ah, tu veux jouer à ça ? OK. Tu l'auras cherché, ma belle. » L'Islandaise se tourna vers Jazmine. « Toi qui me connais, Jazmine, tu devrais peut-être prévenir ta petite copine qu'elle ferait mieux de me respecter. » Elle sortit tranquillement un cran d'arrêt de sa poche et l'ouvrit. « Parce que sinon, elle risque de le regretter. Allez, Jazmine, dis-lui ! »

Elle n'attendit pas la réponse de Jazmine et avança sur Denise en agitant son couteau vers son estomac. La lame à double tranchant était aussi pointue qu'un surin et Denise comprit qu'elle entrerait sans la moindre résistance si la jeune femme mettait sa menace à exécution.

« Qu'est-ce que tu fous ici, Birna ? Tu n'es pourtant pas du genre à aller en boîte de nuit ? » lui dit Denise froidement, sans quitter le couteau des yeux.

« De quoi tu parles, bimbo ? On est chez nous, ici c'est nous qui décidons et Jazmine le sait parfaitement, pas vrai, Clochette ? »

Denise jeta un coup d'œil vers le bout de la rue. La bande de Birna allait-elle arriver en renfort ? Apparemment pas. La punk n'avait pas assuré ses arrières. Et Denise n'avait pas l'intention de céder à ses menaces. Elles avaient planifié et réalisé un hold-up sans faute et ne laisseraient pas cette mocheté androgyne leur mettre des bâtons dans les roues maintenant que le plus dur était fait.

« Je regrette, Birna, mais ce n'est pas ta journée », lui dit-elle en sortant lentement le pistolet de sa poche. « Si tu veux sauver ta misérable vie, je veux bien te filer un billet de mille pour que tu te casses. Et si tu as le malheur d'en parler à qui que ce soit, je te retrouverai, tu m'entends ? »

La punk alla s'appuyer contre le mur du hangar et évalua quelques secondes la vieille pétoire que Denise braquait sur elle. Puis elle sourit et leva le menton de l'air de dire qu'elle savait qu'elle ne courait aucun danger.

« Ho, qu'est-ce qui se passe ici ? » s'écria une voix alarmée. C'était Michelle, l'ingénue, qui débarquait comme un chien dans un jeu de quilles, son sac à l'épaule.

« Wouah, trop fort ! Elle est là aussi, celle-là. Putain, vous m'épatez, les filles », rigola la punk. Et, sans prévenir, elle avança en hurlant vers Denise, la lame de son cran d'arrêt dirigée droit sur son bas-ventre.

« Je vais tirer », la prévint Denise sans que cela arrête Birna. Et elle appuya sur la détente, machinalement, comme si le pistolet pouvait la sauver.

Le coup de feu qui éclata entre les murs en béton et se matérialisa par un petit nuage de poudre et un trou de la taille d'une pièce d'une couronne dans la poitrine de l'Islandaise s'était fondu dans le vacarme ambiant avant même que la punk ne s'écroule sur le sol.

Le recul de l'arme avait projeté le bras de Denise en l'air. Elle ne comprenait plus rien. Elle était pourtant certaine que ce pistolet n'était pas chargé. Pourquoi est-ce qu'elle n'avait pas vérifié correctement au départ ? Le mode d'emploi était pourtant assez clair.

Jazmine et Denise contemplaient, la bouche ouverte, le corps inerte et le sang qui s'écoulait sur le bitume.

« Qu'est-ce qui s'est passé, putain ? Denise, tu m'as dit qu'il n'était pas chargé ! » pleurnicha Michelle en titubant vers elle.

« Il faut qu'on se tire d'ici ! » s'écria Jazmine.

Denise tenta de se secouer. Elle était sous le choc. C'était vraiment la merde. Le trou dans le mur, le sang sur ses chaussures, le pistolet fumant dans sa main, la fille qui respirait encore tandis que son sang s'écoulait sous son aisselle.

« La-bal-le-l'a-tra-ver-sée, ânonna-t-elle.

— Aidez-moi ! Vous ne voyez pas qu'elle respire encore ? Il faut qu'on la porte jusqu'au trottoir, sinon elle va perdre tout son sang et mourir ! » supplia Michelle.

Denise fourra machinalement le pistolet dans son sac et se baissa pour attraper un pied de Birna pendant que Jazmine prenait l'autre. Elles la traînèrent au bout de la ruelle, juste assez loin pour que le réverbère lui éclaire les jambes.

Puis elles s'enfuirent toutes les trois vers Sydhavnsgade sans regarder en arrière.

Avant de monter dans le taxi, Michelle se plaignit encore que c'était affreux, qu'elle se sentait bizarre et qu'elle avait à nouveau eu envie de vomir. Puis elle ajouta qu'elle était tellement perturbée qu'elle avait à nouveau eu l'impression d'apercevoir Anne-Line.

26

Mercredi 25 mai 2016

Admettons que ce soit l'exception qui confirme la règle, songeait Carl.

Il avait pratiquement arraché ses draps. Son oreiller gisait sur le sol et tous les objets qui se trouvaient sur sa table de nuit avaient disparu comme par enchantement. Il y avait un certain temps que son sommeil était agité, mais cette fois, il ne faisait aucun doute que Mona en était la cause.

Il n'arrivait pas à se la sortir de la tête. Leur rencontre de la veille et les changements qu'il avait observés chez elle l'avaient profondément bouleversé. Sa peau un peu plus lâche sur le cou et autour des lèvres. Ses hanches légèrement élargies, ses mains où apparaissaient à présent les veines. Tous ces détails l'obsédaient et le tenaient éveillé la nuit. Pour la dixième fois au cours de ces dernières années, il avait craqué à cause de cette femme et il avait beau essayer, il ne parvenait pas à l'oublier. Il avait eu des aventures de quelques jours ou quelques semaines avec des femmes rencontrées dans des cafés et des bars, des aventures d'un soir dans des congrès et des séminaires, il avait même tenté d'avoir quelques relations suivies. Mais aucune n'avait effacé Mona.

Je me demande ce qu'elle pense de moi, songeait Carl. Il fallait qu'il trouve la réponse à cette question.

« J'ai encore trouvé des affaires de Jesper dans la cave. Je peux les entreposer au grenier avec le reste ? » s'enquit Morten qui finissait de nourrir Hardy à la cuillère à la table du petit déjeuner.

Carl acquiesça de la tête alors qu'au fond de lui, il hurlait l'inverse. Malgré ses demandes réitérées, son ex-beau-fils n'était jamais venu finir son déménagement. Il y a un mois, le gosse avait eu vingt-cinq ans. Il avait passé son examen de fin d'études secondaires, il était pratiquement diplômé d'une école de commerce. Était-il un monstre de vouloir que son fils qui n'était pas vraiment son fils quitte la maison pour de bon ?

« Vous avez trouvé un lien entre l'affaire Zimmerman et le meurtre de Stephanie Gundersen ? s'enquit Hardy, la bouche pleine.

— On y travaille, répondit Carl, mais l'état de Rose nous préoccupe beaucoup en ce moment. Il semble que nous soyons assez attachés à elle, finalement. C'est le genre de choses qu'on découvre souvent le jour où il y a un gros problème.

— Je comprends. Je croyais simplement que tu tenais à résoudre ces affaires avant Pasgård. »

Carl s'autorisa un sourire. « Disons que tant que Pasgård continuera à dépenser son énergie à rechercher l'homme qui a pissé sur le cadavre, cela nous laisse de la marge.

— À mon avis, tu ferais mieux de t'y mettre, Carl. Marcus Jacobsen m'a appelé hier pour me demander où tu en étais. Il faut que tu saches qu'il joue sur les deux tableaux en ce moment. Il attache beaucoup d'importance à ce que l'affaire Gundersen soit résolue.

— Justement, je ne peux pas m'empêcher de me demander s'il n'y attache pas trop d'importance. »

Hardy réfléchit et se mit à marmonner dans son coin. Il avait toujours fait ça quand il avait un doute. C'était sa façon de peser le pour et le contre.

« Tu sais quoi ? Je pense que tu devrais appeler la fille de Rigmor Zimmerman, déclara-t-il soudain. À un moment tu as mentionné que Rigmor avait retiré dix mille couronnes sur son compte avant d'être assassinée. Je crois que Birgit Zimmerman sait ce que la victime avait l'intention de faire avec tout cet argent. Attrape-la au saut du lit. Si j'en crois Marcus, elle passe ses nuits dans les bars en ce moment.

— Comment Marcus est-il au courant de ce que Birgit Zimmerman fait de ses nuits ? »

Hardy sourit. « Les vieux chevaux de cirque aussi ont besoin de sentir la sciure sous leurs sabots de temps en temps. »

Était-ce de lui-même qu'il parlait en disant cela ?

Carl lui serra amicalement l'épaule. Le paraplégique ne sentait rien, mais c'est l'intention qui compte.

« Aïe ! » s'exclama-t-il de manière inattendue.

Carl se figea et Hardy prit un air affolé.

C'était impossible. À l'exception de deux de ses doigts, Hardy était paralysé du cou jusqu'aux pieds depuis près de huit ans. Comment…

« Je déconne, Carl ! » rigola l'infirme.

Carl déglutit.

« Excuse-moi, vieux frère. Je n'ai pas pu m'en empêcher. »

Carl soupira. « Ne me refais jamais ça, Hardy. J'ai eu un choc.

— On se distrait comme on peut », répliqua Hardy sèchement.

Carl tourna la tête vers Morten qui remontait de la cave, les bras chargés des affaires de Jesper. Hardy n'avait pas tort. On ne pouvait pas dire que la maison respirait la bonne humeur ces temps-ci.

Carl ferma les yeux un instant. L'espace d'une seconde, il avait ressenti un tel bonheur. Ç'aurait été tellement merveilleux si Hardy…

Il s'éclaircit la gorge et prit son mobile. Il était sans doute présomptueux de sa part d'espérer que Birgit Zimmerman aurait un discours cohérent aussi tôt dans la journée, mais au moins, il suivait le conseil de son ami.

Au bout d'un laps de temps étonnamment court, la sonnerie fut remplacée par un remue-ménage et un cliquetis de verre au bout de la ligne et Carl en déduisit qu'il avait joint son interlocutrice.

« Ouiii, allôôô », dit une voix traînante.

Carl se présenta.

« Ouiii, allôôô, dit son interlocutrice à nouveau. Il y a quelqu'un ? »

« Je crois que la mégère tient le combiné à l'envers », dit Carl à Hardy.

« C'est moi la mégère ? C'est qui à l'appareil ? »

Carl raccrocha sans répondre.

« Ha ha, on peut dire que tu sais parler aux femmes, toi ! » se marra Hardy, et son rire faisait plaisir à voir. « Tu me laisses essayer ? Tu composes le numéro, tu mets le haut-parleur et tu tiens le téléphone près de mon oreille. »

Hardy hocha la tête quand Birgit Zimmerman décrocha et répondit dans un flot d'injures qui avaient depuis longtemps disparu de la langue danoise.

« Vous devez faire erreur, madame Zimmerman. Je ne sais pas à qui vous croyez parler, mais permettez-moi de me présenter. Je suis le clerc de maître Valdemar Uhlendorff et je vous appelle à propos de la succession de votre mère, Rigmor Zimmerman. J'aurais quelques questions à vous poser. Auriez-vous un petit moment à m'accorder ? »

Le silence à l'autre bout du fil en disait long sur la surprise de son interlocutrice et les efforts qu'elle était en train de faire pour s'extraire des vapeurs d'alcool qui lui embrumaient le cerveau.

« Bien sûr, je suis… à votre disposition, dit-elle enfin, maladroitement.

— Je vous remercie. Nous savons que votre mère a retiré une somme de dix mille couronnes sur son compte peu de temps avant sa regrettable disparition et, d'après ce que vous avez vous-même déclaré à la police, elle avait encore cette somme sur elle lorsqu'elle vous a rendu visite avant l'agression qui lui fut fatale. Avez-vous par hasard une idée de ce qu'elle comptait faire de cet argent, madame Zimmerman ? Dans notre métier, nous devons nous attacher au moindre détail. Il serait tout à fait fâcheux que cette question remonte à la surface par la suite, vous me comprenez ? Pensez-vous que votre mère avait une dette qu'elle avait prévu d'honorer ce jour-là ? Ou bien un achat qu'elle n'aurait pas eu le temps d'effectuer avant… ? Pouvez-vous me dire quelque chose à ce sujet ? »

Cette fois, le silence fut remarquablement long. Peut-être s'était-elle endormie ? Ou bien elle sondait son esprit quelque peu ralenti ?

« Un achat, je dirais, répondit-elle enfin. Peut-être un manteau de fourrure. Il me semble qu'elle m'a parlé d'un manteau de fourrure. »

Ce n'était pas très plausible. Qui irait s'acheter un manteau de fourrure à une heure aussi tardive ?

« Madame Zimmerman utilisait beaucoup sa carte de crédit, je vous avoue que nous trouvons bizarre qu'elle ait eu autant de liquide sur elle. Mais c'était peut-être dans ses habitudes ?

— Oui, répliqua sa fille très vite.

— Mais quand même, dix mille couronnes ! C'est une somme !

— Oui. Écoutez, je ne sais pas si je vais pouvoir vous aider », dit la pauvre femme d'une voix tremblante.

On aurait dit qu'elle allait pleurer.

Un *clic* très doux leur indiqua qu'elle avait raccroché.

Ils se regardèrent.

« C'est du bon boulot, Hardy.

— Tu sais ce qu'on dit ? Les enfants et les ivrognes. Mais elle mentait, bien sûr. »

Carl hocha la tête. « Acheter un manteau de fourrure en liquide ? Elle ne manque pas d'imagination. » Carl sourit. Voir son ancien équipier au travail lui procurait un plaisir amer.

« Uhlendorff ! Où est-ce que tu es allé chercher ce nom-là ?

— J'ai un copain qui a acheté une maison de campagne à un type qui s'appelait Uhlendorff. Peu importe. Mais nous sommes bien d'accord que vous allez éplucher les comptes bancaires de Rigmor et de Birgit Zimmerman et qu'il pourrait y avoir une adéquation entre les débits de l'un et les crédits de l'autre ? »

Carl acquiesça. « Oui. Tu as raison. Elle devait avoir apporté cet argent pour le donner à sa fille. Mais pourquoi l'avait-elle toujours sur elle quand elle est repartie de chez sa fille ? Tu as une idée ?

— Eh ! Je ne vais pas faire ton boulot ! C'est toi ou moi qui touche un salaire, Carl ? »

Ils se tournèrent en même temps vers Morten qui, un gros sac-poubelle dans les bras, reprenait son souffle avant d'attaquer l'escalier vers le premier étage.

« J'ai retrouvé les vieux joggings de Mika. Je peux les mettre en haut, Carl ? » demanda-t-il, le visage couleur pivoine après ses allers-retours entre le sous-sol et le grenier.

« Si tu trouves de la place.

— Ce n'est pas la place qui manque. À part les affaires de Jesper et un tas de puzzles qui doivent appartenir à ton ex-femme, il y a juste une paire de skis et une malle fermée à clé. Tu as une idée de ce qu'elle contient, Carl ? »

Il réfléchit. « Ça doit être Vigga qui l'a oubliée. J'irai jeter un coup d'œil, à l'occasion. J'espère qu'il n'y a pas un cadavre découpé en morceaux à l'intérieur ! » Il éclata de rire en voyant la réaction de Morten. On pouvait vraiment lui faire croire n'importe quoi !

« Qu'est-ce que tu préfères, Assad ? Aller te promener avec Gordon dans le quartier de Kongens Have pour voir si Rigmor Zimmerman aurait agité ses billets sous le nez de quelqu'un, ou bien essayer de retrouver un employé de l'aciérie, ancien ou encore en poste, qui connaisse les circonstances de l'accident du père de Rose ? »

Assad posa sur lui un regard lourd. « Vous croyez que je ne sais pas ce que vous êtes en train de fabriquer, chef ? Vous me prenez pour une chamelle à qui on vient d'enlever son petit ?

— Euh… je ne sais pas si…

— Quand une chamelle est triste, elle ne donne plus de lait. Elle se couche par terre et rien au monde ne la forcera à se relever. Sauf un bon coup de cravache sur la croupe.

— Euh…

— La deuxième proposition, bien sûr ! »

Carl était largué.

« Je vais aller trouver cet homme à l'usine, évidemment ! Et pour l'histoire des billets, Gordon s'en est déjà occupé hier, après qu'on a quitté Mona. Il vous avait dit qu'il le ferait, non ? »

Carl était sidéré.

« Assad dit vrai », confirma Gordon un peu plus tard, dans la salle de situation. « Je suis allé interroger les gens dans les kiosques, les pubs, les restaurants, les marchands de saucisses de Store Kongensgade à Kronprincessegade dans un sens et Gothersgade et Fredereciagade dans l'autre. Je leur ai montré une photo de Rigmor Zimmerman. Certains avaient l'impression de la connaître mais tous étaient sûrs de ne pas l'avoir vue depuis un certain temps. En tout cas, personne ne l'a croisée dans ce quartier une liasse de billets de mille à la main. »

Carl était épaté. Le garçon n'avait pas dû s'amuser sur le terrain pour faire tout ça en aussi peu de temps.

Ses jambes interminables avaient servi à quelque chose, finalement.

« Je me suis aussi mis en quête de l'ancienne camarade de classe de Rose, poursuivit Gordon. J'ai appelé l'école et la secrétaire m'a confirmé qu'une nouvelle élève était arrivée dans la classe de Rose en 1994. Elle s'appelait bien Karoline, comme nous l'a dit Yrsa, chez Mona. Ils n'ont pas gardé les archives de cette époque mais j'ai parlé à un prof qui se souvenait à la fois de Rose et de Karoline. Il se rappelait même son nom de famille : Stavnsager. »

Carl leva un pouce.

« Je n'ai pas encore réussi à la retrouver sous ce nom-là, mais ça ne saurait tarder, Carl. On lui doit bien ça, non ? »

Une heure plus tard, Assad était de nouveau sur le pas de la porte de Carl.

« J'ai eu au téléphone un gars qui travaillait à l'aciérie. Il s'appelle Leo Andresen et il est membre d'une association d'anciens ouvriers de Stålvalseværket. Il m'a promis qu'il allait essayer d'en trouver un qui se trouvait dans le hall W15 le jour où le père de Rose a eu son accident. »

Carl leva les yeux de ses papiers.

« Il s'est passé pas mal de choses depuis ce temps-là. L'usine a été rachetée par des Russes en 2002. Elle a été divisée en plusieurs entreprises différentes et il n'y a plus que trois cents ouvriers qui y travaillent alors qu'ils étaient plusieurs milliers à l'époque. Il paraît qu'on a fait des milliards d'investissements et que l'entreprise n'a plus rien à voir avec ce qu'elle était à l'époque.

— Cela ne m'étonne pas. L'histoire remonte à près de dix-sept ans, Assad. Parle-moi plutôt du hall où s'est produit l'accident. Il est encore intact ? On peut voir l'endroit où ça s'est passé ? »

Il haussa les épaules. Il ne devait pas avoir posé la question. Décidément, il n'était pas au mieux de sa forme.

« Leo Andresen a dit qu'il allait se renseigner. Il se souvenait très bien de l'accident, bien qu'il ne soit pas en contact avec quelqu'un qui se soit trouvé sur place. Lui travaillait aux fours UHP, pour Ultra High Power, des fours à haute tension électrique. Apparemment, c'est dans un autre bâtiment. Elle est gigantesque, cette usine.

— Alors croisons les doigts pour qu'il trouve quelqu'un qui en saura un peu plus. »

Carl montra à Assad les papiers qu'il avait sous les yeux.

« Voici deux relevés de compte. Ne me demande pas comment je me les suis procurés. »

Il entoura diverses sommes autour du premier de chaque mois sur les deux relevés. « Regarde là et là. »

Carl pointait du doigt plusieurs chiffres entourés d'un cercle. « Là, tu as les retraits effectués par Rigmor Zimmerman depuis le premier janvier. Comme tu peux le voir, elle retirait une assez grosse somme d'argent à la fin de chaque mois. Et maintenant, regarde ça. »

Il montra à Assad le deuxième relevé.

« Ça, c'est le compte de la fille. Comme par hasard, on constate qu'elle dépose une somme à chaque début de mois, inférieure, certes, à celle qui figure en débit sur le compte de sa mère, mais je pense qu'on peut en déduire que Birgit Zimmerman recevait de l'argent de Rigmor en liquide qu'elle déposait sur son compte, après avoir réglé son loyer et celui de sa fille Denise, ainsi que ses factures d'électricité et de téléphone et tout ce genre de choses. Qu'en penses-tu ? »

Assad en avait presque les larmes aux yeux. « Saperlipopette ! » murmura-t-il dans sa barbe.

Carl hocha la tête. « C'est le mot, Assad. De là à conclure que Rigmor Zimmerman entretenait sa fille et sa petite-fille, il n'y a qu'un pas. Et ce mois-ci, elle n'a entretenu personne, vu qu'elle a été tuée le 26 avril. » Assad avait soudain ce regard limpide que Carl avait remarqué chaque fois qu'il se levait de son tapis de prière. Il se mit à énumérer les faits en comptant sur ses doigts.

« UN : D'après Birgit Zimmerman, sa mère avait l'argent sur elle quand elle est venue lui rendre visite le 26 avril.

« DEUX : L'argent n'a pas été versé sur le compte de Birgit et c'est pour ça qu'il y a un tas de factures qui n'ont pas été payées au mois de mai.

« TROIS : Conclusion, la fille n'a pas touché d'argent le jour où sa mère est morte.

« QUATRE : Il s'est passé quelque chose ce jour-là qui a empêché Rigmor Zimmerman de donner de l'argent à sa fille comme elle en avait l'habitude.

« CINQ : Et on ne sait pas quoi !

— Je suis de ton avis, Assad. Mais SIX : À quoi cela nous avance-t-il de savoir tout ça, puisque nous ne savons rien des relations entre la mère et la fille ? Nous allons évidemment demander à Birgit de nous en dire plus à ce sujet. Mais je crois que tu devrais enquêter aussi sur le passé de Rigmor Zimmerman. Qui était cette femme ? Est-ce qu'elle entretenait sa fille et sa petite-fille parce qu'elle attendait quelque chose en retour ? A-t-elle omis de verser la somme qu'elle avait prévu de leur donner le 26 avril parce qu'elle n'a pas obtenu ce qu'elle attendait ? S'agissait-il d'une sorte de chantage ? Ou bien a-t-elle tout à coup décidé de faire autrement ?

— Que voulez-vous dire, chef ?

— Pourquoi donne-t-on aux gens de l'argent liquide ? Parce que la personne qui le reçoit n'est pas obligée de déclarer cette somme aux impôts. Ou du moins, c'est ce que je crois. Imaginons que Rigmor Zimmerman ait subitement pris peur. Qu'elle ait brusquement réalisé que le rapprochement que nous venons de faire, le Trésor public pouvait le faire tout aussi bien. Et qu'elle n'ait plus osé prendre ce risque. Elle s'est peut-être dit tout à coup qu'elle n'avait pas envie de payer pour l'escroquerie sociale de sa fille et de sa petite-fille.

— Pourquoi ? Ça aurait pu arriver ?

— Peut-être, si la somme devenait trop importante. À vrai dire, non. Je ne pense pas, mais il est possible qu'elle l'ait pensé. Il est possible aussi que Rigmor Zimmerman ait décidé de verser désormais l'argent directement sur le compte de sa fille. Elle pouvait être au courant de son problème d'alcool et ne pas souhaiter que cet argent soit mal employé.

— Ce qui n'aurait pas empêché Birgit Zimmerman de tirer l'argent ensuite et de s'en servir pour acheter de l'alcool », commenta Assad.

Il avait raison, bien sûr. Il y avait beaucoup d'inconnues dans cette équation qui semblait simple au départ.

« En tout cas, chef, la mère avait plus que largement les moyens d'entretenir sa fille et sa petite-fille », fit remarquer Assad en montrant le solde du compte. Il y avait plus de six millions sur le compte.

Carl acquiesça. L'information constituait à elle seule un excellent mobile.

« Est-ce que nous soupçonnons Birgit Zimmerman, chef ?

— Je n'en sais rien, Assad. Écoute, je voudrais que tu trouves des renseignements sur elle, sur sa mère et également sur sa fille. Tâche d'en apprendre le maximum. Et donne-moi le numéro du gars de l'aciérie. Je vais m'en occuper.

— Il s'appelle Leo M. Andresen, chef et il était

délégué syndical et contremaître de l'un des départements, là-bas, alors parlez-lui gentiment. »

Quelle étrange remarque. Est-ce qu'il ne s'adressait pas toujours gentiment aux gens ?

Le délégué syndical Leo M. Andresen avait une voix très jeune pour un homme à la retraite. Quant à son langage, il était encore plus jeune. Bref, au téléphone, Carl aurait été incapable de lui donner un âge.

« On n'a qu'à se retrouver chez moi quand j'aurai trouvé quelqu'un qui est au courant de quelque chose, Carl Mørck. Ça ne devrait pas être un problème, il y en a des wagons, de ces anciens métallurgistes. Je vous appelle dès que j'en ai un sous la main et on ira faire un tour à Stålvalseværket pour jeter un coup d'œil à l'endroit où le type a tiré sa révérence.

— Euh, merci beaucoup. J'en déduis que le lieu de l'accident existe encore ? On m'avait laissé entendre qu'il y avait eu pas mal de changements là-bas. »

Son interlocuteur sembla trouver sa remarque divertissante. « Ouais, ce n'est pas faux. Le bâtiment W15 s'est agrandi dans toutes les directions. Les blocs arrivent directement de Russie, de nos jours. L'usine ne fond plus sur place et du coup, il faut beaucoup plus d'espace de stockage. Mais la partie de l'atelier où Arne Knudsen a passé l'arme à gauche n'a pratiquement pas bougé.

— Des blocs ?

— Les Russes nous expédient des blocs d'acier qui sont ensuite transformés en plaques, à l'aciérie.

— Ah ? Alors c'est tout ce qu'on fait dans cette usine ?

— C'est tout et c'est déjà pas mal. On parle de trucs hyper-lourds, là. L'acier arrive de Russie sous forme d'énormes blocs qui sont chauffés à une température d'environ mille deux cents degrés puis roulés en plaques de toutes tailles pour répondre aux commandes reçues. »

Carl avait d'autres questions mais quelqu'un appela Leo pour le café et celui-ci prit congé.

La vie d'un retraité est un peu comme le temps en montagne, elle peut changer radicalement d'une seconde à l'autre.

27

Mercredi 26 mai 2016

Michelle, au bord du canapé, avait enfoui son visage dans ses mains. Elle avait pleuré toute la nuit. Dès leur retour à l'appartement, elle s'était évertuée à leur faire comprendre la gravité de ce qu'elles avaient fait. Elles avaient commis un vol à main armée et Denise avait tiré sur quelqu'un.

La nouvelle était déjà à la radio.

Mais les deux autres s'étaient contentées de rire et de trinquer entre elles avec du champagne tiède en lui disant que si elle rentrait chez Patrick avec les quelques milliers de couronnes qu'il lui réclamait et qu'elle l'écoutait en tombant des nues pendant qu'il lui racontait ce qui s'était passé à la discothèque, il ne viendrait à l'idée de personne de la soupçonner.

Et en ce qui concernait Birna, il ne fallait surtout pas qu'elle se fasse du souci. La fille l'avait bien cherché. Mais Michelle n'était pas tranquille et il y avait plusieurs raisons à cela. Il y a six jours à peine, elle avait failli être tuée par une voiture et c'était un miracle qu'elle s'en soit sortie avec quelques contusions. Mais elle avait encore très mal et ça ne l'empêchait pas de travailler sans arrêt dans l'appartement. Et malgré cela, les deux autres ne lui témoignaient aucun égard. Il y avait trois jours maintenant qu'elles vivaient ensemble et Michelle avait passé le plus clair de son temps à faire le ménage derrière elles. Ce n'était pas juste. Les deux autres allaient très bien et c'était elle qui avait été hospitalisée, elle qui avait tout le temps mal à la tête.

Elles laissaient leurs vêtements traîner partout. Elles ne fermaient jamais les couvercles des pots de cosmétiques. Il y avait des éclaboussures de dentifrice sur la glace, des cheveux dans le lavabo, les numéros de téléphone à moitié effacés de leurs clients sur les murs en faïence de la salle de bains. Elles ne tiraient jamais la chasse. Ne faisaient jamais la cuisine, laissant ce soin à Michelle. Et c'était elle aussi qui faisait toute la vaisselle. En fait, elles n'étaient pas du tout celles que Michelle croyait. Les deux jeunes femmes qu'elle avait tellement admirées au Centre d'action sociale n'étaient finalement que des truies et Michelle était déçue.

Denise avait même ramené un de ses clients à l'appartement tard le soir, alors qu'elles étaient convenues de ne jamais le faire, et elle avait été obligée de passer le reste de la nuit à écouter leurs ébats. Tout ça aggravait son mal de tête.

Et puis ce qui s'était passé hier ! Le pire, c'était qu'elles semblaient s'en moquer. Le pistolet, elles l'avaient tout simplement remis dans la caisse sur la terrasse. Elles ne se rendaient donc pas compte que si Birna mourait, ce pistolet devenait l'arme d'un crime ? Si Jazmine avait été capable de le trouver dans cette caisse, la police le trouverait aussi. Tout cela lui était insupportable.

Elle leva les yeux vers l'écran de télévision et se mit à trembler comme une feuille à l'idée de ce qui pourrait arriver. Et les deux idiotes qui dormaient à poings fermés dans leurs chambres alors qu'il était plus de dix heures et qu'à la télé on ne parlait plus que du casse dans la discothèque et de la fille qui s'était fait tirer dessus. Le présentateur ne disait pas si Birna était morte ou vivante. Normalement il aurait dû le dire, non ?

En plus, les billets traînaient partout dans l'appartement parce que Denise et Jazmine, complètement soûles, les avaient jetés en l'air pour les voir retomber en pluie sur leurs têtes. Évidemment, elle aussi avait besoin de cet argent, mais comment allait-elle expliquer à Patrick qu'elle était subitement en mesure de payer ses dettes ? On était à la fin du mois et, en général, à cette période, elle n'avait plus un centime en poche. Il la connaissait suffisamment pour savoir que quelque chose clochait.

En pensant à lui et à tout le temps qu'ils avaient passé ensemble, elle se remit à pleurer. Pourquoi l'avait-elle quitté ? Est-ce qu'elle n'aurait pas mieux fait d'accepter ce travail à la laverie, puisque c'était ce qu'il voulait ?

À l'écran, on voyait maintenant un reporter, micro à la main, devant le Victoria. Michelle voyait ses lèvres bouger et la caméra changea plusieurs fois de prise de vue.

Elle monta le son.

« Les deux femmes, dont le visage était dissimulé sous un foulard, se sont enfuies avec un butin de plus de cent soixante-cinq mille couronnes. On a pu les localiser sur plusieurs bandes de caméras de surveillance et, bien qu'elles aient apparemment su où se trouvaient les caméras et qu'elles aient évité dans la mesure du possible d'être filmées, on a désormais une idée de leur âge et de leur stature. En se basant sur leur démarche et leur façon de s'habiller, la police scientifique pense avoir affaire à deux Danoises issues de l'immigration, d'allure sportive, mesurant un mètre soixante-dix environ pour la première et quelques centimètres de plus pour la deuxième. Selon un vigile et le gérant qu'elles ont agressé, elles auraient toutes deux les yeux bleus. »

Retenant son souffle, Michelle regarda les différentes vidéos prises de Jazmine et de Denise en contre-plongée, de côté et à distance. Dieu soit loué, comme l'avait dit le reporter, on ne voyait pas leurs visages et n'importe qui aurait pu être habillé comme elles. Cela la rassura un peu.

« La police tente actuellement d'obtenir un signalement plus précis des deux femmes, à l'aide du témoignage d'un vigile qui semble être la seule personne à les avoir vues sans leurs foulards. » Le reporter se tourna vers une autre caméra. « On pense qu'elles ont fui en direction de la rue Sydhavnsgade et, pour suivre leurs traces, les enquêteurs interrogent actuellement les compagnies de taxis et visionnent les caméras de surveillance des gares et des artères avoisinantes. »

Il revint vers la première caméra. « La relation entre le hold-up et le coup de feu tiré dans la ruelle voisine de la boîte de nuit reste à établir, mais selon le gérant de la boîte que les femmes ont tenu en joue, l'arme serait un pistolet de type parabellum, aussi appelé Luger, une arme de poing iconique de la Seconde Guerre mondiale, de calibre neuf millimètres, comme l'arme ayant servi à tirer sur la jeune femme. »

Puis ils montrèrent une photo du modèle de pistolet utilisé et Michelle le reconnut. C'était la copie exacte de celui qui se trouvait dans le coffre sur la terrasse.

« Il semble que la victime du coup de feu soit bien connue des services de police. Il s'agit de Birna Sigurdardottir, arrêtée à plusieurs reprises pour troubles sur la voie publique et actes de violence. La police n'exclut pas qu'elle puisse être complice du vol, voire le cerveau derrière la planification du hold-up dans la discothèque. En ce moment, la police interroge deux femmes, membres de la bande dirigée par Birna Sigurdardottir. Cette bande serait impliquée dans de nombreuses agressions sur des femmes, principalement dans le sud-ouest de la capitale, quartier où se sont déroulés les évènements. »

Michelle secoua la tête, abattue. Il y avait tellement de gens à leur recherche. Que diraient sa mère et son beau-père s'ils apprenaient qu'elle avait été mêlée à cette affaire ? Elle en avait froid dans le dos rien que de penser à la réaction de son entourage.

« L'état de Birna Sigurdardottir étant qualifié par ses médecins du Rigshospitalet de "particulièrement alarmant", il a été impossible de l'interroger et si, comme on le pense, son pronostic vital était engagé, il est peu probable qu'on puisse recueillir son témoignage. »

Le regard de Michelle flotta dans le vide. Si elle mourait, ce serait un meurtre. Et si elle survivait, elle les dénoncerait. Elle conduirait la police à Jazmine et la vérité éclaterait au grand jour car elle n'était pas sûre que Jazmine réussirait à tenir sa langue si elle était soumise à un interrogatoire musclé.

Michelle consulta sa montre. Le reportage touchait probablement à sa fin car il était presque onze heures et c'était l'heure de la pub.

« Les deux femmes ayant eu une parfaite connaissance des locaux du Victoria, la police pense à une complicité interne. Dans ce contexte, plusieurs des employés de la discothèque sont actuellement interrogés. Aussitôt qu'il y aura du nouveau dans cette affaire, nous ne manquerons pas de vous en tenir informés. »

Michelle se recroquevilla au fond du canapé. Oh mon Dieu ! Et s'ils interrogeaient Patrick ?

Elle pinça les lèvres. Il fallait qu'elle quitte cet appartement au plus vite. Il fallait qu'elle aille retrouver Patrick. Qu'elle s'en aille. N'importe où.

Tandis qu'elle rassemblait ses affaires, elle se demandait combien d'argent elle allait emporter. Elles n'avaient pas discuté du montant de sa part. Peut-être qu'elles n'avaient pas l'intention de lui en donner du tout.

Finalement, elle décida de prendre les vingt mille couronnes qui se trouvaient sur la table basse, réunies en une seule liasse. Ce n'était pas beaucoup par rapport aux cent soixante-cinq mille qu'avait rapportés le hold-up et si elle les cachait soigneusement et qu'elle les donnait à Patrick à raison de toutes petites sommes à la fois, cela ne devrait pas poser de problème.

Elle frappa à la porte de Denise et entra, bien que celle-ci ne donne aucun signe de vie.

Elle était couchée sur le lit, dans un semi-coma, la bouche ouverte, tout habillée, la taie d'oreiller tachée par son maquillage de la veille. Elle avait l'air d'une prostituée. Elle tenait le deuxième oreiller bien serré entre ses cuisses et des billets de banque étaient dispersés partout autour d'elle et sur le sol. Michelle fut profondément choquée par ce spectacle.

« Je m'en vais, Denise, annonça-t-elle. Et je ne reviendrai plus, d'accord ?

— Mmm d'accord », marmonna Denise.

Elle n'eut même pas le courage d'ouvrir les yeux.

Dans la rue, Michelle essaya de voir les éléments positifs dans tout ce fichu désastre.

Le plus important était que Patrick puisse témoigner qu'elle n'avait pas participé au vol et que personne ne sache qu'elle habitait avec les deux autres. Denise avait fait en sorte que la course en taxi ne puisse pas être tracée jusqu'ici. Avec le premier taxi qu'elles avaient pris à Sydhavnen, elles étaient allées jusqu'à la place de l'hôtel de ville, puis elles avaient marché jusqu'aux jardins de Ørstedparken, où elles avaient fait cadeau de leurs foulards et de leurs vestes à une clocharde qui somnolait sur un banc. De là, elles avaient continué en bus jusqu'à la gare d'Østerport, où elles avaient pris un autre taxi, d'une autre compagnie que le premier, jusqu'à Stenløse.

Pendant le trajet, Jazmine et Denise avaient fait comme si de rien n'était et parlé gaiment du bon repas qu'elles venaient de faire dans un restaurant du quartier. Enfin, elles s'étaient fait déposer derrière la gare de Stenløse et étaient rentrées à pied. De ce côté-là, il ne devrait pas y avoir de problème.

Enfin, Michelle ne pensait pas qu'il vienne à l'idée de qui que ce soit de soupçonner une fille qui venait tout juste de se faire renverser par un chauffard de commettre un hold-up quelques jours plus tard.

Mais évidemment, il y avait Jazmine et Denise. Si cette Birna sortait du coma ou si, d'une manière ou d'une autre, la police leur mettait la main dessus, comment pouvait-elle être sûre qu'elles tiendraient leur langue ? Et si elles se mettaient à table, est-ce qu'elles la feraient tomber aussi, malgré leur promesse ?

Michelle sentit son estomac se nouer. Elle était presque arrivée à la gare. Devait-elle faire demi-tour et faire le point avec les filles ? Elle s'arrêta, pesa le pour et le contre. C'étaient elles qui lui avaient conseillé de rentrer chez Patrick et d'arranger les choses avec lui. Alors n'était-ce pas ce qu'elle devait faire ?

Mais si la police l'avait convoqué pour l'interroger, il n'était peut-être même pas chez lui ? En premier lieu, il fallait qu'elle en ait le cœur net.

Elle plongea la main dans son sac pour prendre son téléphone. S'il décrochait, tant mieux. Elle lui dirait qu'elle était en route et qu'elle lui apportait l'argent qu'elle lui devait. Comme ça, il ne serait pas trop surpris. Michelle sourit. Qui sait, cela lui ferait peut-être plaisir ? Peut-être même qu'il l'attendait et qu'il lui demanderait de rester ? La veille, elle avait eu l'impression de voir une lueur d'espoir dans ses yeux. Elle en était presque sûre.

Un léger bruit lui fit tourner la tête, à temps pour voir une voiture noire foncer droit sur elle.

La dernière chose qu'elle vit avant de mourir fut le visage d'une femme qu'elle connaissait bien et qui n'avait aucune raison de se trouver là.

28

Jeudi 26 mai 2016

Rose regardait le mur.

Les yeux fixés sur la surface jaune pâle, elle parvenait à créer un vide qui absorbait toute sa conscience. Elle flottait dans un état intermédiaire entre la veille et le sommeil. Son souffle était presque imperceptible et ses sens engourdis. Elle était une morte vivante.

Mais il suffisait qu'un bruit dans le couloir la sorte de sa léthargie pour qu'une vague de pensées déferle en elle comme autant de dominos. Cette simple interférence sonore avait le pouvoir de la plonger dans le plus profond désespoir. Une porte qui se fermait, le gémissement d'un compagnon d'infortune, un pas dans le couloir, il n'en fallait pas plus pour que Rose ait tout à coup la plus grande peine à respirer et qu'elle fonde aussitôt en larmes.

On lui avait prescrit des médicaments pour rompre ce cycle infernal, des médicaments pour l'abrutir et des médicaments pour la plonger dans un sommeil sans rêves. Et malgré tous ces médicaments, elle retombait dans le même schéma de pensée à la moindre stimulation extérieure.

Avant d'être hospitalisée, Rose avait passé des semaines presque sans dormir. Un nombre inhumain d'heures sombres qu'elle ne parvenait à surmonter qu'en se faisant mal d'une manière ou d'une autre.

Rose savait qu'elle n'avait pas d'autre solution car si elle baissait un seul instant sa garde, elle serait à nouveau projetée dans un kaléidoscope d'images fragmentées dans lesquelles elle reverrait le cri et les yeux écarquillés de son père au moment où il avait été tué. Chaque fois que cela se produisait, elle hurlait vers le ciel qu'il la laisse tranquille, elle se griffait jusqu'au sang pour que, pendant quelques secondes, la douleur efface cette image qui ne la laissait jamais en paix.

« Va-t'en », se mettait-elle à marmonner. Et quand, après des heures, sa voix cessait de lui obéir, elle le pensait et elle l'écrivait.

Après quatre jours sans manger et sans dormir, elle s'était fait interner.

Rose savait toujours à peu près où elle se trouvait. En revanche, elle perdait la notion du temps. On lui disait qu'elle était là depuis dix jours, mais on aurait aussi bien pu lui faire croire qu'elle y était depuis cinq semaines. Les médecins qu'elle connaissait déjà de son dernier internement continuaient obstinément à lui assurer que sa perception du temps n'avait aucune importance. Du moment qu'elle avait l'impression de faire des progrès, aussi infimes soient-ils, durant son séjour, elle ne devait se faire aucun souci.

Rose savait qu'ils mentaient. Elle était persuadée que cette fois, ils se passeraient de son avis et augmenteraient les doses jusqu'à prendre entièrement le contrôle de sa volonté.

Leur indifférence quand elle se laissait submerger par les larmes était flagrante. Les infirmières, en particulier, avaient du mal à cacher leur agacement. Leurs visages n'exprimaient ni pitié ni sympathie. On aurait dit qu'elles étaient vexées que les choses n'aillent pas comme elles le souhaitaient.

Lors des entretiens, il avait été bien précisé que Rose était là de son plein gré et qu'elle était libre de ne leur parler de sa solitude, du harcèlement dont elle avait été victime, de son sentiment d'avoir été trahie par sa mère et d'avoir été privée de son enfance que dans la mesure où elle s'en sentait capable.

Ils n'auraient pas accès à la chambre la plus secrète de son âme obscure car elle seule avait le droit d'y entrer. Car dans cette chambre se cachait la vérité sur la mort de son père, et la honte et l'horreur du rôle qu'elle avait joué dans cette tragédie ne devaient en aucun cas remonter à la surface.

Rose gardait ses distances, elle avait toujours su faire ça. Tout ce qu'elle demandait, c'était de trouver un traitement capable de juguler sa haine, son chagrin et son sentiment de culpabilité.

Ils étaient venus la chercher dans la salle commune. Elle pleurait et pensait qu'ils l'emmenaient dans sa chambre pour éviter qu'elle sème la zizanie parmi les autres patients mais elle se trompait. Ils la conduisirent dans le bureau du psychiatre.

Pour l'assister, il y avait dans le bureau un autre médecin qu'elle n'aimait pas, une infirmière et l'une des jeunes internes responsables de la médication. Ils avaient tous l'air grave et Rose comprit qu'une fois de plus, on allait lui proposer un traitement par électrochocs.

Mais il n'était pas né, celui qui aurait le droit de triturer le cerveau de Rose. Elle ne laisserait personne effacer ce qu'elle avait vécu. Ni éteindre ce qui lui restait d'étincelle de vie et de pensées créatives. S'ils ne réussissaient pas à trouver le cocktail capable de lui apporter un peu de paix, elle n'avait plus rien à faire ici. Elle avait fait des choses dont elle n'était pas fière, mais ça, ils n'avaient pas le pouvoir d'y remédier.

Il fallait qu'elle apprenne à vivre avec. C'est tout.

Le psychiatre posait sur elle ce regard calme et vide qu'on devait leur enseigner en faculté. La manipulation a de nombreux visages mais il pouvait arrêter de se donner autant de peine, on ne trompe pas une enquêtrice qui côtoie le mal et le mensonge chaque jour.

« Rose, commença-t-il d'une voix de velours. Si j'ai voulu vous voir aujourd'hui, c'est parce qu'on nous a fourni des renseignements qui pourraient modifier notre compréhension de votre état et nous aider à l'améliorer. » Il lui tendit un paquet de mouchoirs en papier qu'elle ignora.

Elle fronça les sourcils et s'essuya les yeux du dos de la main. Elle se tourna contre le mur et le fixa avec obstination pour essayer de ralentir son cœur qui battait beaucoup trop vite. Celle-là, elle ne l'avait pas vue venir. Des renseignements ? Quels renseignements ? Depuis quand se donnaient-ils le droit de parler de quoi que ce soit qui ne vienne pas d'elle ?

Elle fit mine de se lever en se disant qu'il était temps pour elle de retourner regarder le mur de sa propre chambre. Plus tard, elle déciderait de ce qu'elle voulait faire.

« Soyez gentille de vous asseoir, Rose, et essayez de m'écouter. Je sais que tout cela peut paraître très effrayant, mais souvenez-vous que tout le monde ici ne vous veut que du bien. Vos sœurs ont mentionné certaines choses que vous auriez écrites et vos collègues de l'hôtel de police les ont analysées. Vos changements de mantras au fil des ans nous ont permis de nous faire une idée de l'évolution de votre état psychologique entre l'âge de dix ans et aujourd'hui. »

Rose s'assit, l'esprit vide, et se pétrifia. Ses canaux lacrymaux se bouchèrent, ses mâchoires se serrèrent.

Elle se tourna vers le psychiatre avec une lenteur infinie. Malgré son ton aimable et sa gentillesse, elle voyait clair dans son jeu. Cette ordure venait de la trahir d'une façon impardonnable. Il avait soigneusement évité de lui faire part de ce qui se tramait derrière son dos et omis de mentionner des éléments qu'elle seule pouvait l'autoriser à utiliser. Elle souffrait le martyre depuis des jours et voilà qu'il l'emmenait tout droit dans la chambre de torture.

« Je vais maintenant poser devant vous une feuille sur laquelle figurent les phrases que vous avez écrites dans vos carnets toutes ces années, Rose. Je voudrais que vous les regardiez et que vous me disiez ce que vous ressentez. »

Rose ne l'écoutait plus. Elle se disait qu'elle aurait dû brûler ces carnets depuis longtemps et se suicider avant de sombrer définitivement dans la folie. Elle sentait que ce jour n'était plus très éloigné.

À côté d'elle se trouvait une armoire vitrée. Elle ignorait ce que le psychiatre entreposait là-dedans, mais dans l'état où elle était, elle préférait ne pas la regarder. Il y a deux jours, elle avait tourné la tête vers cette armoire et elle y avait vu son propre reflet. Il lui avait semblé si irréel qu'elle avait eu peur. Était-ce vraiment elle qui avait ces pensées ? Elle qui reconnaissait le visage qui se reflétait dans la vitre de cette porte comme étant le sien ? Étaient-ce ses yeux à elle qui transmettaient cette information à un cerveau qui était également son cerveau ? Toutes ces questions la rendaient dingue. La simple idée de son existence lui donnait le vertige, comme si elle était ivre ou droguée.

« Rose ? Vous êtes avec nous ? » Le médecin agita la main dans sa direction et Rose le regarda. Elle avait l'impression que leurs fronts se touchaient et que la pièce avait rétréci.

C'est parce que nous sommes nombreux, songea-t-elle. La pièce n'a pas changé de taille. Je te le promets.

« Écoutez, Rose. Nous croyons, à la lecture de ces phrases répétées à l'infini, que vous avez cherché à établir avec votre père un dialogue intérieur pour tenter de vous protéger des agressions morales qu'il vous faisait subir. Nous avons pu déterminer quand et pourquoi vos déclarations se sont modifiées mais, évidemment, nous n'avons pas une idée précise des sentiments qui vous animaient. Je suppose que vous cherchiez des réponses pour sortir de l'obscurité dans laquelle vous vous débattiez. Et c'est sur ce point que nous devons travailler ensemble afin que vous soyez en mesure un jour de vous défaire de vos obsessions. Êtes-vous disposée à vous prêter à cet exercice, Rose ? »

Un exercice ! Il prenait cela pour un jeu ?

Les bras de Rose reposaient mollement sur ses genoux tandis qu'elle parcourait distraitement la feuille posée sous ses yeux. Puis elle regarda le plafond. Elle sentait sur elle leurs regards attentifs. Ils espéraient peut-être qu'elle allait craquer en voyant cette merde. Ils pensaient probablement que ces phrases réduites à un schéma auraient le pouvoir d'aspirer ses pensées hors de sa tête et que les réponses à leurs questions allaient atterrir sur ce bureau, limpides et claires. Comme si leurs manœuvres pouvaient réussir là où les médicaments, les discours hypocrites, les menaces et les prières avaient échoué. Comme si ce papier pouvait agir à la façon d'un sérum de vérité.

Elle posa un regard vitreux sur le médecin.

« Est-ce que vous m'aimez ? » lui demanda-elle en détachant bien les mots.

Le psychiatre ne fut pas le seul à lui faire les yeux ronds.

« Ma question est simple, Søren Thisted, je voudrais que vous me disiez si vous m'aimez. »

Il chercha ses mots. Balbutia qu'il l'aimait, bien sûr, comme il aimait tous ceux qui lui confiaient leurs sentiments les plus intimes. Comme tous ceux qui avaient besoin d'aide, comme…

« Oh ! Fermez-la, voulez-vous, avec vos lieux communs de toubib ! » Elle s'adressa aux trois autres. « Et vous ? Vous avez une meilleure réponse à me fournir ? »

Ce fut par la bouche de l'infirmière que la vérité s'exprima :

« Non, Rose. Et vous ne pouvez pas attendre cela de nous. Le verbe aimer est trop fort, trop intime, vous comprenez ? »

Rose hocha la tête, se leva et alla prendre la femme dans ses bras. Elle comprit évidemment son geste de travers et lui tapota l'épaule d'un geste consolateur. Le propos de Rose devint en revanche parfaitement clair quand elle se retourna vers les trois autres, gardant le bras autour des épaules de l'infirmière et criant au visage des hommes dans un nuage de postillons :

« Des traîtres ! Voilà ce que vous êtes ! Et désormais, rien ne me fera plus jamais revenir dans un endroit où des charlatans prétentieux et trop bien payés qui ne m'ont jamais aimée dissimulent des pensées secrètes plus dangereuses pour moi que celles que j'ai déjà. »

Le chef de service afficha un air d'indulgence qui s'effaça brusquement quand Rose vint lui administrer une énorme gifle qui fit reculer les trois autres sur leur chaise.

Lorsqu'elle passa devant le bureau de la secrétaire médicale dans le corridor, la jeune femme tenta de la retenir pour lui dire qu'un certain Assad demandait à lui parler au téléphone.

Rose se retourna brusquement. « Eh bien, ça me fait une belle jambe ! Vous n'avez qu'à lui dire d'aller se faire foutre et de me laisser tranquille ! »

C'était très douloureux, mais les êtres qui l'avaient trahie et qui étaient allés fouiner dans son passé n'avaient plus de place dans sa vie.

Cinquante minutes plus tard, Rose était en route pour la station de taxis devant l'hôpital de Glostrup. Elle savait qu'elle était trop mal en point pour s'en aller. Les médicaments dans son organisme lui faisaient voir son environnement au ralenti et lui ôtaient toute notion de distance. À vrai dire, Rose avait l'impression que si elle vomissait, elle tomberait sans pouvoir se relever, alors elle serrait sa gorge de la main qui ne tenait pas la poignée de son sac et étrangement, cela semblait lui faire du bien.

C'était sans espoir. Elle était assez lucide pour se rendre compte qu'elle ne fonctionnerait vraisemblablement plus jamais normalement. Alors pourquoi ne pas en finir tout de suite ? Elle avait collectionné suffisamment de comprimés ces dernières années pour pouvoir se suicider si elle le décidait. Un verre d'eau, quelques mouvements de déglutition et toutes ses idées noires disparaîtraient avec elle.

Elle donna au chauffeur de taxi cinq cents couronnes de pourboire et ce petit acte de générosité lui procura un bref instant de bonheur. En montant l'escalier jusqu'à son appartement, elle pensa à un pauvre mendiant infirme aux jambes atrocement difformes qu'elle avait vu devant la cathédrale, à Barcelone. Si elle devait partir, comme on dit, pourquoi ne pas distribuer tout ce qu'elle avait à des malheureux comme lui ? Non pas qu'elle ait tellement à donner ! Si, au lieu de détruire ses organes en bouffant des somnifères, elle se coupait les veines ? Elle laisserait une lettre dans laquelle elle ferait don de ses organes et appellerait une ambulance pendant qu'elle se viderait de son sang. Combien de temps mettrait-elle à perdre connaissance ? Pouvait-elle les prévenir sans risquer qu'ils arrivent à temps pour la sauver ? C'était la question.

Elle referma sa porte, déboussolée par toutes ces possibilités et toutes ces obligations et se retrouva nez à nez avec son propre message sur le mur. « VA-T'EN », disait l'inscription, VA-T'EN.

Ces mots lui firent l'effet d'un coup de massue.

Qui parlait à qui, à présent ? Était-ce elle qui lançait une malédiction à son père ou bien l'inverse ?

Rose lâcha son sac et mit la main sur sa poitrine. Une pression montant du diaphragme poussa sa langue contre son palais, sa gorge se serra. La sensation d'étouffement était si intense que son cœur se mit à battre comme un marteau piqueur pour parvenir à irriguer son organisme. Les yeux écarquillés, elle regarda autour d'elle et vit à mille détails combien on avait trahi sa confiance. On avait mis des collerettes décoratives à la base des bougies, des nappes propres sur les tables. Les rapports de ses enquêtes au département V avaient été rangés en un tas parfait sur la commode en dessous du miroir. Ses chaises avaient été remises sur leurs pieds. Les taches de graisse et de sucre qui maculaient sa chaîne stéréo avaient été nettoyées, on avait passé l'aspirateur sur les tapis.

Elle serra les poings et sentit qu'elle suffoquait. Personne n'avait le droit de rentrer chez quelqu'un et de prendre le pouvoir sur ses habitudes et sur la façon dont il avait envie de se comporter chez lui. Ses vêtements sales, sa vaisselle entassée dans l'évier, ses ordures, ses papiers qui traînaient par terre et tous les signes de son désespoir lui appartenaient à elle, et à elle seule, et personne n'avait le droit d'y toucher.

Comment pourrait-elle fonctionner dans ce foyer décapé et violé ?

Rose sortit à reculons pour s'éloigner de ce poison jusqu'à ce qu'elle se retrouve sur la coursive, dos à la rambarde, où elle put laisser couler librement ses larmes.

Quand ses jambes commencèrent à s'ankyloser, elle se tourna vers la porte de sa voisine. Au fil des années où Rose avait habité dans l'immeuble, une sorte de lien s'était tissé entre elles. On ne pouvait pas parler d'amitié mais plutôt d'une relation mère-fille, basée, contrairement à celle que Rose avait connue, sur la confiance et une espèce de tendresse. Il y avait un certain temps qu'elles ne s'étaient pas vues, mais dans l'état où elle était aujourd'hui, il lui parut naturel de sonner à sa porte.

Sans prendre conscience du temps qui passait, elle resta debout devant la porte close jusqu'à ce qu'une autre résidente du même étage arrive de la cage d'escalier et vienne la rejoindre.

« Vous vouliez voir Mme Zimmerman, Rose ? »

Elle acquiesça.

« Je ne sais pas où vous aviez disparu ces derniers temps, mais je dois malheureusement vous annoncer que Rigmor est décédée. » Elle fit une pause. « Elle a été assassinée, Rose. Ça va faire trois semaines aujourd'hui. Vous n'étiez pas au courant ? Je croyais que vous étiez policier ? »

Rose leva les yeux. Vers le ciel. Vers l'infini incompréhensible. Pendant une seconde, elle quitta ce monde, et quand elle revint, c'était le monde qui l'avait quittée.

« C'est terrible, dit la femme. Oui, je sais, il se passe des choses terribles. Quand je pense à cette jeune fille, aussi, qui s'est fait tuer ce matin par un chauffard juste devant la résidence ! Mais vous n'étiez peut-être pas au courant de ça non plus ? »

29

Jeudi 26 mai 2016

C'est un Assad bien triste que Carl trouva agenouillé au sous-sol, en train d'enrouler son tapis de prière dans son bureau encombré.

« Tu n'as pas l'air en forme, Assad. Qu'est-ce qui t'arrive ?

— Ça va, chef, pourquoi est-ce que vous me demandez ça ? C'est juste que j'ai appelé l'hôpital pour prendre des nouvelles de Rose. Elle a refusé de me parler et je l'ai entendue gueuler d'aller me faire foutre et de la laisser tranquille.

— Tu l'as entendue ?

— Oui, dans le téléphone de la secrétaire. Je voulais savoir quand on pourrait lui rendre visite. Elle devait passer dans le couloir au moment où j'ai téléphoné. »

Carl lui donna une tape amicale sur l'épaule. Il n'avait pas mérité qu'on lui parle ainsi.

« Alors, nous allons respecter sa volonté, Assad. Si Rose n'a pas envie de nous voir, nous ne lui rendrons pas service en insistant. »

Assad baissa la tête. Il était vraiment bouleversé. Manifestement, il tenait énormément à Rose. Il fallait que Carl le sorte de cet état qui n'était constructif pour personne.

« Assad t'a raconté ce que Rose a dit ? »

Le long visage de Gordon se crispa. Carl prit cela pour un oui.

« C'est entièrement de ma faute si elle réagit comme ça, dit-il, tout doucement. Je n'aurais pas dû lire ses carnets.

— Elle va se calmer, Gordon. Ce n'est pas la première fois que Rose nous fait ce genre de crise.

— J'en doute, Carl. »

Carl en doutait aussi, mais il insista. « Arrête de te flageller, Gordon. Tu as fait ce que tu devais faire. C'est moi qui suis à blâmer. J'aurais dû lui demander l'autorisation avant d'entrer dans son appartement et de transmettre le fruit de tes observations aux psychiatres. Ce n'était pas professionnel de ma part.

— Si vous le lui aviez demandé, elle aurait refusé !

— Exactement ! » répliqua Carl, l'index pointé vers Gordon. « Tu sais que tu es moins bête que tu en as l'air ? Et tu peux prendre ça comme un compliment. »

Gordon lissa ses notes de ses doigts maigres et si longs qu'ils auraient facilement pu encercler un ballon de basket. La fine couche de graisse qu'il avait péniblement réussi à accumuler ces dernières années avait à nouveau fondu depuis que Rose était retournée à l'hôpital. Les poches sous ses yeux, ordinairement couleur pourpre, étaient d'un noir bleuté, et sa peau constellée de taches de rousseur aussi blanche que de la crème fouettée. Personne n'aurait osé prétendre que le résultat était particulièrement esthétique.

« Comme nous le savons déjà, commença-t-il avec sérieux, le mari de Rigmor Zimmerman était marchand de chaussures à Rødovre et il possédait le monopole d'une grande marque, ici, au Danemark. Il a laissé à son épouse une importante somme d'argent en mourant. Rigmor Zimmerman a vendu la boutique, la franchise, la maison, les voitures et le reste, et elle s'est installée dans un appartement. Depuis, elle a déménagé plusieurs fois et – ce qui est surprenant – son adresse fiscale est celle de sa fille. Je crois qu'il s'agit d'un de ses anciens appartements et qu'elle n'a jamais déclaré le changement. »

Carl regarda Gordon d'un air surpris. « Comment se fait-il que ce soit toi qui t'occupes d'enquêter sur Rigmor Zimmerman ? Je l'avais demandé à Assad, il me semble. Toi, tu étais supposé retrouver l'ancienne copine de classe de Rose.

— En l'absence de Rose, nous nous répartissons les tâches différemment, c'est plus simple comme ça. Assad fait des recherches sur le passé de Fritzl Zimmerman et, en ce qui concerne cette Karoline, on a chargé le service de l'état civil de la retrouver. Ils reviennent vers nous un peu plus tard dans la journée.

— Pourquoi Assad s'intéresse-t-il au passé du

vieux Zimmerman ? Qu'est-ce qu'il a à voir avec l'affaire ?

— C'est ce qu'Assad est en train de vérifier. Il trouvait bizarre que le type soit mort le lendemain du jour où on a découvert le cadavre de Stephanie Gundersen dans le parc d'Østre Anlæg.

— Pardon ?

— Ah ! Vous voyez bien, Carl. Assad a réagi pareil quand il l'a découvert. Tenez, regardez. » Les longs doigts décharnés reprirent du service. « Stephanie Gundersen a été assassinée le 7 juin 2004 et Fritzl Zimmerman s'est noyé le 8 juin 2004.

— Il s'est noyé ?

— Oui, dans le lac de Damhussøen. Tombé à l'eau dans son fauteuil roulant à l'âge de quatre-vingt-six ans. Il était en fauteuil depuis six mois suite à un AVC. Il avait encore à peu près sa tête mais il n'avait plus assez de forces pour manœuvrer le fauteuil lui-même.

— Comment était-il arrivé là-bas, alors ?

— Sa femme l'emmenait faire un tour tous les soirs. Elle était retournée lui chercher un pull. Quand elle est revenue, elle a trouvé le fauteuil à l'envers, au bord de l'eau et son mari à plat ventre – quelques mètres plus loin – dans le lac.

— Comment fait-on pour se noyer dans quelques dizaines de centimètres de flotte dans le lac de Damhussøen, ça doit grouiller de monde en cette saison ?

— Le rapport de police ne dit rien à ce sujet. Il

devait faire frais ce soir-là puisqu'elle était partie lui chercher un pull-over. Cela expliquerait que personne n'ait été là pour le sauver.

— Vérifie.

— D'accord… En fait, je l'ai déjà fait. L'été 2004 a été exceptionnellement frais et pluvieux. Il a fallu attendre le début du mois d'août pour avoir une vraie journée estivale. Un record pas très réjouissant. »

Carl fouilla dans sa mémoire. C'était l'année avant que Vigga le quitte. Ils avaient parlé de partir faire du camping en Italie dans la région de l'Ombrie, mais il y avait eu un contretemps et, au grand mécontentement de Vigga, il avait finalement loué une maison de vacances près de Køge. Il se souvenait parfaitement de cet été-là et il n'avait rien eu de très romantique. Si le temps avait été plus clément, il aurait peut-être réussi à sauver son couple.

« Carl, vous m'écoutez ? » dit une voix qui lui parut venir de très loin.

Gordon parlait toujours.

« La femme dit qu'elle l'a garé sur la berge, comme elle le faisait fréquemment. Elle n'a pas réfuté l'hypothèse selon laquelle il aurait lui-même desserré le frein et la police n'a donc pas non plus exclu la thèse du suicide. Il avait quatre-vingt-six ans et il était devenu incapable de s'occuper de sa boutique. Je suppose que pour certains, il n'en faut pas plus pour être fatigué de vivre. »

Carl acquiesça, mais il ne voyait toujours pas ce

que tout cela avait à voir avec leur enquête. Il avait l'impression qu'ils s'égaraient un peu.

Par chance, son téléphone sonna.

« Mørck à l'appareil », annonça-t-il d'une voix autoritaire en congédiant Gordon d'un geste.

« C'est vous le flic ?

— C'est possible, qui le demande ?

— Pourquoi ? Vous allez refuser de me parler si je ne vous dis pas qui je suis ? »

Carl s'accouda à son bureau, intrigué. La voix de son interlocuteur était sourde, comme s'il avait posé une serviette sur le micro du téléphone.

« Ça dépend de ce que vous avez à me dire. » Carl s'empara d'un bloc-notes et d'un stylo.

« J'ai appris que vous aviez parlé avec Leo Andresen de l'accident d'Arne Knudsen à l'aciérie et je voulais vous dire qu'il n'y a rien à aller chercher de plus dans cette histoire. Même si on détestait tous ce connard d'Arne Knudsen et qu'on s'est marrés comme des bossus quand on a appris qu'il avait été écrasé comme une crêpe, c'était un accident.

— Est-ce que j'ai donné l'impression que nous suspections autre chose ? » demanda Carl, très intéressé à présent. « Parce que vous savez, notre investigation n'a pour but que d'aider l'une de nos collègues qui est manifestement très affectée par l'évènement, encore aujourd'hui.

— Vous parlez de Rose Knudsen, n'est-ce pas ?

— Je ne peux pas répondre à cette question tant

que je ne sais pas qui vous êtes et pourquoi vous m'appelez.

— Rose était une gentille gamine. Vraiment. Elle était notre petite Rose, il ne méritait pas une fille comme elle, cette ordure.

— Il n'est pas certain que…

— Évidemment que ç'a été un choc pour elle, c'est arrivé sous ses yeux. Toutes les investigations du monde n'y changeront rien, vous devez bien vous en rendre compte. Enfin, c'est juste ça que je voulais vous dire. »

Et il raccrocha.

Ça alors ! Ce type venait d'appeler Carl pour le convaincre qu'il s'agissait d'un accident ? Et pourquoi ferait-il ça sinon pour cacher que c'était l'inverse ? Cet homme savait-il quelque chose ? Craignait-il qu'on soupçonne Rose ? Ou bien était-il plus impliqué qu'il ne voulait l'admettre ?

Merde alors. Il aurait bien aimé avoir Rose sous la main, maintenant. Personne ne connaissait aussi bien qu'elle le réseau téléphonique de l'hôtel de police.

Faute de grives… Il appela Lis au secrétariat. « Je sais que c'est normalement le travail de Rose, mais est-ce que tu pourrais me dire d'où venait l'appel que je viens de recevoir ? »

La jolie Lis semblait un peu stressée mais trois minutes plus tard, il avait sa réponse.

« Ton correspondant a le même nom qu'une de mes idoles, Carl.

— Tu veux dire qu'il s'appelle Carl Mørck ? C'est incroyable ! »

Elle rit et Carl en eut des frissons partout. Il n'y avait rien de plus sexy que le rire d'une femme.

« Nooon. Il s'appelle Benny Andersson comme le chanteur du groupe ABBA. L'autre est devenu un peu grassouillet avec l'âge mais du temps où il se produisait encore, il avait un charme fou. S'il m'avait appelée après sa séparation avec Anni-Frid, j'aurais rappliqué au galop. »

Carl nota le numéro et l'adresse de l'homonyme du chanteur tout en essayant d'ignorer les diverses associations d'idées qu'elle venait de déclencher dans son esprit.

« On va faire un tour, Assad », lança-t-il dans le couloir.

« Vous vous souvenez du procès de Nuremberg, chef ? »

Carl hocha la tête. Il n'avait aucun mal à se rappeler les images en noir et blanc de ces salopards de la Seconde Guerre mondiale, voués à la potence, assis côte à côte avec des écouteurs en bakélite sur la tête, en train d'entendre énumérer les crimes de guerre abominables dont ils étaient accusés. Göring, Ribbentrop, Rosenberg, Frank, Streicher et tous les autres. Pas une soirée de Noël chez sa tante Abelone à Brovst sans se retrouver en train de frémir devant les photographies du magazine *Le Monde en texte et en images* sur lesquelles figuraient les victimes dans toute leur horreur. Étrangement, ces souvenirs restaient malgré tout parmi ses meilleurs souvenirs d'enfance.

« Après la guerre, de nombreux procès de ce genre ont eu lieu un peu partout dans le monde, même si on en a moins parlé. Mais je suppose que je ne vous apprends rien. »

Carl consulta le GPS et vit qu'ils devaient continuer tout droit pendant encore deux kilomètres.

« Je sais, il y en a eu partout où ont été commis ces crimes contre l'humanité. Dans les pays des Balkans, au Japon, en Pologne, en France et même au Danemark. Pourquoi est-ce que tu me parles de ça, Assad ?

— Parce que Fritzl Zimmerman était l'un de ceux que les Polonais ont tenté de faire exécuter. »

Carl haussa les sourcils et jeta un rapide coup d'œil à son voisin. « Tu veux dire le mari de Rigmor Zimmerman ?

— En personne.

— Qu'est-ce qu'il avait fait ?

— On n'a rien pu prouver parce qu'il faisait partie de ceux qui ont réussi à effacer toutes les traces des horreurs qu'ils avaient commises. Et probablement aussi parce que aucune de ses victimes ne lui a survécu.

— Qu'est-ce qu'on n'a pas pu prouver, Assad ?

— Que Fritzl Zimmerman et le *Sturmbahnführer* Bernd Krause, qui a participé à l'extermination de soldats alliés faits prisonniers en France et plus tard de civils en Pologne et en Roumanie, étaient une seule et même personne. Il paraît qu'il existe un important dossier de preuves contre lui sous forme de témoignages et de photos. »

Il descendit ses jambes du tableau de bord et se baissa pour fouiller dans une chemise cartonnée posée à ses pieds.

« Je ne comprends pas. Tu parles de témoignages. Tu ne viens pas de me dire qu'il avait fait le ménage derrière lui et qu'il n'avait laissé aucun survivant susceptible de prouver sa culpabilité ?

— Si, mais les principaux témoins à charge étaient deux autres officiers de la *Totenkopf* et je crois que l'avocat de Zimmerman est parvenu à convaincre le juge que ces témoignages étaient sans valeur parce que les deux SS essayaient de faire porter le chapeau à quelqu'un d'autre. L'affaire a été classée sans suite. Les deux autres ont d'ailleurs été pendus pour les crimes en question en 1946.

— Et où sont passées les photos qui incriminaient Zimmerman ?

— J'en ai vu quelques-unes mais je préfère vous épargner ça, chef. On y voit des exécutions vraiment brutales. Quoi qu'il en soit, l'avocat est parvenu à prouver que les photos avaient été retouchées et que l'homme qu'on voyait dessus n'était pas son client. Et Zimmerman a été relaxé.

— Carrément relaxé ?

— Relaxé. Quelques années plus tard, un acte de décès est apparu tout à coup, indiquant que le *Sturm-*

bahnführer Bernd Krause était mort de la diphtérie le 27 février 1953 dans un camp de travaux forcés à Sverdlovsk, au nord de l'Oural.

— Et entre-temps, Fritzl était devenu marchand de chaussures ?

— Exact. Il a commencé avec une petite affaire à Kiel et puis il s'est agrandi en ouvrant deux autres boutiques dans le Jutland du Sud avant de s'implanter à Rødovre, à l'ouest de Copenhague.

— Comment as-tu fait pour obtenir toutes ces informations en aussi peu de temps, Assad ?

— Je connais quelqu'un qui connaît quelqu'un au centre Simon-Wiesenthal, en Autriche.

— Ce n'est pas un organisme qui s'occupe exclusivement de crimes contre le peuple juif ?

— Si. Il y avait aussi des Juifs parmi les victimes de Bernd Krause. Ils ont tout son CV au centre et ils sont convaincus de la culpabilité de Fritzl Zimmerman.

— Il était toujours dans leur collimateur après s'être établi au Danemark ?

— Ça ne transparaît pas clairement dans les documents, mais mon ami pensait qu'"on" », il traça des guillemets en l'air, « avait cambriolé son appartement à deux reprises pour chercher des preuves de sa culpabilité. Et comme "on" n'avait rien trouvé, l'affaire avait été classée.

— Deux cambriolages, à Rødovre ?

— Les Israéliens ne manquent pas de ressources.

Vous vous souvenez quand ils ont kidnappé Adolf Eichmann et qu'ils l'ont forcé à rentrer en Israël ? »

Carl hocha la tête. À droite après le feu rouge, indiquait le GPS.

« À quoi tout cela va-t-il nous servir, Assad ? demanda-t-il en mettant la voiture au point mort.

— Parmi les photos que j'ai reçues par mail, il y avait celle-ci, chef. Regardez et vous comprendrez. »

Il tendit une copie à Carl pour qu'il la voie de plus près.

La photo, particulièrement nette, montrait l'officier allemand dans son uniforme noir, en pied et de dos. Il tenait des deux mains une matraque courte au bout évasé. Ses bras étaient lancés en arrière et la photo était prise juste avant que le coup ne s'abatte sur la nuque de son infortunée victime, à genoux devant lui, les bras attachés dans le dos.

Couchés par terre à la droite du condamné, on pouvait voir trois corps au crâne défoncé. À gauche de la future victime deux autres hommes agenouillés attendaient leur sort.

« Quelle horreur », murmura Carl. Il déglutit péniblement et repoussa le cliché. Il fut un temps où l'on pensait que des atrocités de ce genre ne pourraient jamais se reproduire et à présent, elles vous rappelaient simplement des choses qui arrivaient tous les jours dans de nombreux endroits du monde. Comment pouvait-on continuer à laisser faire ?

« Dis-moi à quoi tu penses, Assad.

— Je pense que Stephanie Gundersen et Rigmor Zimmerman ont été tuées exactement de cette manière. Qu'est-ce qu'il y a d'autre à dire ? Est-ce que je crois que c'est un hasard ? Non, je ne crois pas… C'est vert, chef. »

Carl leva la tête. Cette petite ville de la province danoise lui paraissait soudain infiniment loin de tout.

« Quand Stephanie Gundersen a été tuée, en 2004, Fritzl Zimmerman avait quatre-vingt-six ans, il était très diminué et il était en fauteuil. Il y a peu de chances qu'il soit l'auteur du crime, songea-t-il à voix haute. Sans compter qu'il ne peut en aucun cas avoir tué sa femme puisqu'elle est morte plus de dix ans après lui.

— Je dis seulement qu'il doit y avoir un lien. Peut-être que Marcus a raison. »

Carl acquiesça. Ça faisait beaucoup d'éléments nouveaux en très peu de temps. Il réalisa tout à coup qu'Assad avait fait son exposé dans un danois parfait. Quand avait-il commencé à s'exprimer aussi bien dans sa langue d'adoption ?

Il observa Assad qui regardait défiler les maisons d'un air songeur et plein de sagesse.

Qui es-tu, Assad ? songea Carl en tournant vers la droite.

Le titulaire de la ligne à partir de laquelle avait été passé le coup de fil anonyme au département V correspondait à une adresse située dans un quartier défavorisé à proximité de l'usine de tôles fortes. Un rapide coup d'œil à l'état de la maison et au fatras d'objets accumulés autour suffit à éveiller tous les préjugés de Carl.

« Vous croyez qu'il collectionne les vieux métaux ? » interrogea Assad. Carl hocha la tête. Il s'était toujours demandé ce qui pouvait tant émouvoir les collectionneurs de vieilles tondeuses, de bicyclettes rouillées et d'épaves de voitures.

L'homme qui leur ouvrit sa porte était à l'image de ce désespérant micmac d'objets mis au rebut. Jamais un jogging n'avait eu autant besoin d'être remplacé ni crinière graisseuse plus besoin d'être élaguée. Il valait mieux se tenir à distance si l'on tenait à sa santé.

« Vous êtes qui ? » leur lança le type en manière de bienvenue, avec une haleine assassine. Carl recula d'un pas pour permettre à l'homme de leur claquer la porte au nez si l'envie lui prenait.

« Je suis la personne à qui vous avez téléphoné il y a exactement… », Carl consulta sa montre « … cinquante-deux minutes.

— Je n'ai téléphoné à personne. Je ne sais pas de quoi vous parlez.

— Vous vous appelez Benny Andersson et Assad, ici présent, est en train d'enregistrer votre voix avec son application de reconnaissance vocale. Fais voir à monsieur, Assad. »

Il donna un coup de coude à son coéquipier qui eut la présence d'esprit de dissimuler sa surprise et de sortir son smartphone de sa poche.

« Il est encore en train d'analyser les fréquences

de la voix de monsieur », expliqua Assad, voyant que le putois regardait le téléphone avec une incrédulité manifeste.

« C'est bien ça, chef, c'est la voix du gars qui nous a appelés à l'hôtel de police tout à l'heure », dit-il au bout de quelques secondes, fixant l'écran vide du portable. « On vous a reconnu, Benny ! » ajouta-t-il sans lever les yeux. Il pressa quelques touches du clavier comme pour éteindre l'application et remit le portable dans sa poche.

« Alors, Benny ! lança Carl avec une autorité qui lui était peu coutumière. Il y a un peu moins d'une heure vous avez passé un appel anonyme à la préfecture de police de Copenhague et nous sommes là pour vérifier si votre appel concerne une affaire criminelle. Pourrions-nous entrer, s'il vous plaît, afin de vous poser quelques questions, ou bien est-ce que vous préférez venir avec nous à l'hôtel de police ? »

Assad poussa la porte vers l'intérieur de tout son poids, évitant au type d'avoir à réfléchir à la réponse.

Carl faillit suffoquer en entrant dans la maison, qui sentait effroyablement le renfermé, mais aussitôt qu'il se fut habitué à l'odeur, il attaqua Benny Andersson bille en tête. En deux minutes, il avait sorti tout l'arsenal. Il l'accusa de mauvaise foi, de faux témoignage, de diffamation et de rétention d'informations qui le rendaient lui-même suspect. Puis il ralentit la cadence.

« Vous nous avez dit que vous aimiez bien Rose.

Mais qu'est-ce que votre sympathie pour elle a à voir avec la mort de son père ? »

L'homme tendit sa main aux doigts tachés vers un cendrier dans lequel il dénicha un mégot de cigarillo qu'il alluma.

« Monsieur l'inspecteur a-t-il déjà travaillé à l'usine de Stålvalseværket ?

— Non, bien sûr que non.

— Évidemment pas. Alors vous ne pouvez pas comprendre ce que c'est. Vous n'avez aucune idée de ce que travailler là-bas fait aux gens. Vous ne pouvez pas imaginer ces gigantesques ateliers dans lesquels de fragiles êtres humains doivent maîtriser d'énormes machines, se battre contre une chaleur si intense qu'ils sont parfois au bord de l'évanouissement et obligés de sortir pour laisser la brise venant du fjord faire redescendre leur température corporelle. Ces hommes qui doivent penser constamment au danger du travail qu'ils font et qui les anéantit, ces pères et ces mères qui sentent en rentrant chez eux la peau douce de leur enfant endormi sous la peau rêche de leurs doigts. Personne n'imagine à quel point c'est dur s'il ne l'a pas vécu lui-même. Certains d'entre nous sont devenus aussi durs que l'acier que nous travaillions et d'autres aussi mous que du beurre fondu. »

Carl réfléchit un instant à ce discours étonnamment bien formulé. Le gars avait fait des études de rhétorique dans sa jeunesse ou quoi ?

« Ne sous-estimez pas notre corps de métier,

Andersson. Être flic peut parfois s'avérer très éprouvant, figurez-vous, et je suis parfaitement capable de comprendre ce que vous voulez dire.

— Pareil pour un soldat en mission, un secouriste ou un pompier, intervint Assad.

— C'est possible, mais ce n'est quand même pas la même chose parce que dans ces jobs-là, on sait à quoi s'attendre, alors que dans une usine comme celle-là, il y en a beaucoup qui n'ont aucune idée de ce qui les attend. Je ne crois pas que Rose était prête pour ça. Mais pour nous, c'était incroyable qu'elle soit là. À cause du contraste. Quand une fille aussi fragile atterrit dans un endroit aussi brutal, où tout est violent, l'acier, le rouleau, la chaleur, un lieu où les hommes sont endurcis et durs au mal, le contraste peut parfois être un peu trop grand, vous comprenez ? Rose était trop jeune et pas du tout armée pour travailler là-bas. Je ne veux pas dire autre chose.

— Et vous, Benny, qu'est-ce que vous faisiez à l'aciérie ?

— Parfois, j'étais à la salle de contrôle où je surveillais le rouleau devant la vieille console. Parfois, je faisais l'inspection des postes de travail.

— Il semble que vous ayez occupé un poste à responsabilité.

— Tout le monde a un poste à responsabilité, là-bas. L'aciérie peut devenir un lieu de travail extrêmement dangereux si quelqu'un fait une connerie.

— Et le père de Rose a fait une connerie ?

— Il va falloir que vous posiez cette question à

quelqu'un d'autre. Moi je n'ai pas vu ce qui s'est passé.

— Et qu'est-ce qui s'est passé, exactement ?

— Demandez aux autres. Je n'étais pas là, je vous l'ai déjà dit.

— Et si on le ramenait à l'hôtel de police, chef ? » suggéra Assad.

Carl acquiesça. « Je sais que Leo a passé le mot. Il vous a dit que nous enquêtions sur cette affaire et que nous voulions en savoir plus sur l'accident. Ce que je ne comprends pas, c'est votre intérêt là-dedans. Je me demande pourquoi vous nous avez passé un appel anonyme et pourquoi vous cherchez à nous mettre des bâtons dans les roues. Alors, j'ai une proposition à vous faire, Benny Andersson. Soit vous collaborez et vous restez ici à respirer l'air vivifiant de votre domicile, soit vous refusez de répondre à nos questions et vous enfilez une veste, vous allez vous asseoir à l'arrière de notre voiture et vous oubliez votre *home sweet home* pendant vingt-quatre heures. Qu'est-ce que vous en dites ? »

Pitié, ne choisissez pas le petit tour en voiture, songeait Carl en pensant à l'état impeccable de la banquette arrière.

« Vous voulez m'arrêter ? Pour quel motif ?

— On trouvera bien. Personne ne passe de coup de fil anonyme comme vous l'avez fait sans qu'il y ait anguille sous roche. Vous avez laissé entendre au téléphone que Rose a quelque chose à voir avec l'accident de son père, qu'est-ce que vous vouliez dire par là ?

— Je n'ai jamais dit ça.

— C'est pourtant ce que nous avons compris », dit Assad en se penchant courageusement au-dessus de la table gluante. « Je tiens à vous rappeler que Rose est notre collègue, que nous l'aimons beaucoup et que nous ne lui voulons que du bien. Ceci étant dit, je vais commencer un compte à rebours en partant de six ou peut-être sept, et si d'ici que je sois arrivé à zéro, vous ne nous avez pas dit ce que vous savez, je vais aller chercher ces vieux os de poulet qui se dessèchent dans un reste de sauce figée et je vais vous les faire avaler. Six, cinq, quatre…

— Non, mais quel con ! Vous croyez que vous allez me faire peur avec ce genre de menaces, sale… »

L'injure raciste devait lui brûler la langue mais Assad était arrivé au bout du décompte et il se dirigeait vers la carcasse de poulet.

« Attendez ! » s'exclama Benny Andersson en voyant Assad arracher ses deux ailes à la volaille. « Arrêtez. Je vous dis que je n'ai rien vu. Vous n'avez qu'à aller demander aux autres ce qui s'est passé. Je sais seulement qu'Arne Knudsen était en dessous de la grue dans le vieil atelier quand l'un des aimants a lâché alors qu'il levait un bloc d'acier de dix tonnes.

— Je croyais qu'il avait été entraîné dans un broyeur.

— C'est ce qu'ils ont écrit dans le journal. Je ne

sais pas où ils sont allés chercher ça. La vérité, c'est que l'aimant a lâché.

— Et le bloc de béton lui est tombé dessus ? » s'enquit Carl tandis qu'Assad reposait les os de poulet et allait se rasseoir à sa place.

« C'est ça. Et il l'a complètement aplati, de là jusqu'en bas, dit-il en plaçant le tranchant de sa main sur son plexus.

— Il est mort sur le coup ?

— Non, il a d'abord hurlé comme un cochon, mais ça n'a pas duré longtemps. Il avait la moitié du corps écrasée.

— Hmm. Pas très sympa comme façon de mourir. Et Rose, qu'est-ce qu'elle faisait dans cet atelier ? Elle ne nous en a jamais parlé. Sa sœur nous a dit qu'elle assurait un intérim pendant les vacances d'été. »

Benny se marra. « Rose, intérimaire ? Certainement pas. Elle était en formation comme introductrice. »

Carl et Assad secouèrent la tête. Le mot ne leur évoquait rien. « Introductrice ?

– C'est la personne qui décide quel bloc doit passer au four avant d'être dirigé vers le rouleau.

— Pour être transformé en plaque », expliqua Carl à Assad, fort de son nouveau savoir sur le sujet. « Et quel était votre rôle dans ce processus, Benny ?

— Quand le bloc sortait incandescent du four, il arrivait que ce soit moi qui prenne le relais et qui m'occupe du roulage.

— Et ce jour-là, c'était vous ? »

Il acquiesça.

« Et vous n'avez rien vu ?

— Non, rien du tout, puisque je vous dis que je me trouvais de l'autre côté du four. »

Carl poussa un soupir, essayant en vain de se représenter la scène.

Il n'y avait pas à tortiller. Benny allait devoir les emmener faire une visite guidée.

30

Jeudi 26 mai 2016

Rose n'y était pas allée de main morte. Des tasses fracassées au sol, de désespoir, des souvenirs balayés des étagères, de frustration, des meubles renversés, de colère. Il ne lui avait fallu que quelques minutes pour vandaliser la majeure partie du salon et qui plus est, elle n'en tira aucune satisfaction parce qu'elle avait le visage de Rigmor devant les yeux en permanence.

Combien de fois sa voisine avait-elle été là pour Rose quand sa solitude devenait trop insupportable ? Combien de fois lui avait-elle fait les courses en voyant que Rose n'avait pas eu la force d'ouvrir ses stores de tout le week-end ? Rose n'avait jamais eu autant besoin d'elle qu'à présent, et Rigmor n'était plus là. Pourquoi ?

Tuée ? Mais comment ? Et par qui ?

Elle ramassa son ordinateur qui gisait sur le sol, l'alluma et constata avec un soulagement irrationnel qu'elle pouvait aller sur Internet malgré l'écran cassé. Elle s'assit et tapa son code pour entrer sur le site de la police.

Les informations sur l'affaire Zimmerman étaient encore succinctes, mais elle eut la confirmation de son décès et apprit dans quelles circonstances c'était arrivé.

« Traumatisme cervical et crânien », disait le rapport trop factuel. Rose se demanda où elle était au moment où Rigmor était morte. Vraisemblablement en train de se regarder le nombril dans l'appartement voisin comme elle l'avait fait pendant deux semaines, sans s'apercevoir du silence qui régnait chez sa voisine.

« Tu te rends compte de ce que tu es devenue, Rose ? » s'accusa-t-elle, sans verser une larme sur elle-même. Elle n'arrivait même plus à pleurer.

Quand son mobile sonna dans sa poche arrière, elle en était au même point qu'une demi-heure auparavant. Fatiguée de vivre et à côté de ses pompes.

Le mobile sonna cinq fois avant qu'elle se décide enfin à le sortir de sa poche et à regarder l'écran.

C'était sa mère qui l'appelait d'Espagne. La personne au monde avec laquelle elle avait le moins envie de parler en ce moment. L'hôpital l'avait donc jointe et elle ne tarderait pas à prévenir ses sœurs.

Rose regarda sa montre. Combien de temps lui restait-il ? Vingt, vingt-cinq minutes avant que ses sœurs débarquent chez elle pour lui demander pourquoi elle avait quitté l'hôpital ?

« Je ne veux pas vous voir ! » hurla-t-elle, prête à pulvériser le téléphone contre le mur.

Elle prit une longue respiration tout en réfléchissant à ce qu'elle allait écrire. Puis elle rédigea son SMS.

Chère maman, je suis dans le train pour Malmø et la connexion est très mauvaise. C'est pour ça que je t'écris. Ne t'inquiète pas pour moi, je vais bien. Je suis sortie de l'hôpital parce qu'un bon ami à moi m'a proposé de venir passer quelques jours dans sa maison à Blekinge qui est très agréable. Je pense que ces vacances vont me faire du bien. Je t'appellerai dès mon retour.

Un bruit de papier froissé et le message était en route. Elle posa le téléphone devant elle, sûre que sa mère n'insisterait pas, puis elle ouvrit un tiroir, en sortit quelques feuilles de papier et un stylo qu'elle posa également à côté du téléphone. Ensuite, elle alla dans la salle de bains et elle examina le contenu de son armoire à pharmacie. Des antidépresseurs, des antalgiques, une boîte de somnifères à moitié pleine, de l'aspirine, du paracétamol, les ciseaux Matas avec lesquels elle se coupait les cheveux et les dessous de bras, un paquet de rasoirs jetables, son vieux rasoir Gillette, une boîte de suppositoires anti-inflammatoires appartenant à sa mère, du sirop contre la toux, goût réglisse, qu'elle gardait depuis près de vingt ans. Employé intelligemment et à bon escient, cet arsenal constituerait un cocktail fatal, à utiliser ou pas. Elle jeta à la poubelle les cotons-tiges et les tampons rangés dans un petit panier en plastique et fit un tri. Les comprimés inoffensifs allèrent rejoindre les articles d'hygiène et elle remplit le panier avec les autres médicaments.

Elle passa ensuite dix minutes appuyée au lavabo à penser à ses morts et aux caprices de l'existence. Au bout d'un moment les choses qui avaient du sens cessèrent d'en avoir et vice versa.

Enfin, elle prit le rasoir Gillette qu'elle avait récupéré parmi les affaires de son père après sa mort et qu'elle avait eu l'intention d'utiliser pour se raser les poils pubiens en signe de mépris, sans jamais avoir mis son projet à exécution.

Elle le démonta et contempla un instant la lame souillée. Quelques poils de la barbe courte de son père y étaient restés collés et elle faillit vomir de dégoût.

Allait-elle laisser des poils de son père entrer en elle quand elle se trancherait les veines ? Allait-elle laver de son sang la lame de rasoir de ce porc ?

Rose lutta contre la nausée et se força à nettoyer la lame dans l'évier de la cuisine, regardant les fines coupures tracer une grille au bout de ses doigts.

« Mon heure est venue », constata-t-elle mollement avec des larmes dans les yeux quand la lame brilla enfin d'une propreté virginale. Maintenant il ne lui restait plus qu'à écrire quelques lignes sur une feuille de papier pour que ses sœurs sachent qu'elle agissait en son âme et conscience et qu'elles pouvaient se partager ses possessions terrestres.

Aurai-je le courage d'aller jusqu'au bout ? se demandait-elle.

Jusqu'ici les larmes avaient permis à Rose de supporter la misère de son existence, mais à présent qu'il était temps de faire les comptes, elles n'avaient pour effet que d'aggraver son impuissance, ses regrets et sa honte et elle les sentait courir dans son corps comme des torrents d'eau noire charriant son mal de vivre.

Elle posa délicatement la lame de rasoir sur la table à côté des feuilles, du stylo et du panier de médicaments et alla ouvrir le placard du meuble télé dont elle sortit plusieurs bouteilles d'alcool qu'elle déboucha. Le vase posé sur sa bibliothèque n'avait jamais contenu de fleurs pour la simple raison que personne ne lui en avait jamais offert, mais pour une fois il allait servir à quelque chose. Elle y vida tous les fonds de bouteilles en un cocktail à l'odeur puissante et à la couleur indéfinissable.

Elle but quelques longues gorgées du mélange, ses yeux allant du panier en plastique à l'écran de l'ordinateur, ses pensées redevenant étrangement claires et cohérentes.

Elle regarda en souriant le désordre dans la pièce et se dit qu'au moins elle avait évité à ses sœurs de se demander ce qu'elles allaient jeter et ce qu'elles allaient garder.

Elle rapprocha d'elle la première feuille et écrivit :

Mes chères sœurs,

Ne me pleurez pas, ma malédiction était sans fin. Je suis là où je peux enfin trouver la paix et où toutes mes pensées me conduisaient depuis très longtemps. C'est une bonne chose. Profitez de vos vies du mieux que vous pouvez et pensez à moi parfois avec un peu d'amitié et d'amour. Je vous ai toutes aimées et respectées et je vous respecte et vous aime encore au moment où je décide d'en finir avec la vie. Pardonnez ma grandiloquence, mais ce n'est pas tous les jours qu'on a la chance de dire à ses sœurs qu'on les aime. Pardon pour tout le mal que je vous ai fait et veuillez accepter l'humble présent que je vous fais de mes biens matériels que je vous demande de vous partager. Soyez heureuses.

Votre Rose

Elle data sa lettre d'adieu, la relut deux fois de suite et la reposa sur la table. Comme c'est pathétique et pitoyablement formulé, songea-t-elle en froissant le papier et en le jetant par terre.

Rose porta le vase à ses lèvres et avala encore quelques gorgées. Elle avait l'impression que l'alcool la rendait plus lucide.

« Je ne vois pas ce que ça changera, de toute façon », soupira-t-elle en ramassant la balle de papier et en la défroissant du tranchant de la main.

Puis elle prit une deuxième feuille sur laquelle elle écrivit, cette fois en lettres d'imprimerie :

STENLØSE, JEUDI 26 MAI 2016

PAR LA PRÉSENTE JE SOUSSIGNÉE ROSE KNUDSEN LÈGUE MON CORPS À LA SCIENCE ET FAIS DON DE TOUS MES ORGANES. BIEN À VOUS.

Rose inscrivit en tremblant son numéro de Sécurité sociale, signa en dessous et posa la feuille sur la table le plus en vue possible. Puis elle prit son portable pour appeler police secours. Tout en écoutant les sonneries, elle examinait son poignet gauche, se demandant jusqu'à quelle hauteur elle devait couper. Son pouls était fort et visible sur toute la longueur et elle se dit que cela n'avait pas d'importance. Quand elle eut enfin quelqu'un au bout du fil, elle était aussi prête et sûre de ce qu'elle était sur le point de faire qu'on peut l'être. Elle s'apprêtait à dire les choses comme elles étaient, que dans un instant elle serait morte et qu'il fallait qu'ils se dépêchent d'arriver s'ils voulaient pouvoir se servir de ses organes. Il ne fallait pas qu'ils oublient les sacs réfrigérants pour le transport, dirait-elle avant de raccrocher et de se taillader soigneusement les veines des deux bras.

Mais au moment où son interlocutrice lui redemandait son nom et l'adresse où elle se trouvait, elle entendit un choc violent dans l'appartement de Rigmor Zimmerman.

Rose sursauta. Qu'est-ce que c'était que ça ? Et pourquoi fallait-il que cela arrive maintenant ?

« Excusez-moi, j'ai fait un faux numéro », bafouilla-t-elle avant de refermer le clapet du téléphone. Son cœur battait si fort qu'elle avait mal à la tête, son calme et sa détermination avaient été perturbés. Elle n'en revenait pas, mais Rose l'enquêtrice était brusquement remontée à la surface. Que se passait-il dans l'appartement de Rigmor ? Était-elle déjà si soûle que son esprit lui jouait des tours ?

Elle couvrit les comprimés et ses deux lettres d'adieu avec sa veste et se rendit dans le vestibule.

Là aussi, elle entendit du bruit venant de l'appartement voisin. Des cris ? Des éclats de rire ?

Rose fronça les sourcils. Pendant toutes ces années où elle et Rigmor Zimmerman avaient habité à quelques mètres l'une de l'autre, elle avait entendu une voix d'homme chez sa voisine à une seule occasion. Une voix énervée. Mais ça s'était arrêté là. À la connaissance de Rose, personne à part elle ne semblait avoir envie de fréquenter Rigmor Zimmerman. Les rares fois où elles avaient fait leurs courses ensemble au centre commercial, Rose avait remarqué que les gens faisaient même en sorte de l'éviter.

Mais si ce n'était pas Rigmor, alors qui était-ce ?

Rose ouvrit le tiroir de la commode de l'entrée et en sortit la clé de l'appartement d'à côté. À plusieurs reprises, Rigmor avait dû aller demander son aide à sa fille parce qu'elle s'était enfermée dehors mais, il y a environ six mois de cela, elle avait décidé qu'elle ne voulait plus courir si loin et elle avait confié un double de ses clés à Rose.

Elle sortit en titubant légèrement, sans fermer sa porte, et approcha sur la pointe des pieds de la porte de Rigmor. Elle resta un petit moment sur la coursive, l'oreille tendue. Elle entendait deux voix différentes à l'intérieur. Deux filles, à en juger par leur timbre et leur façon de s'exprimer.

Un peu groggy, elle frappa à la porte et, comme personne ne répondait, ce qui ne manqua pas de la surprendre, elle inséra sa clé dans la serrure et entra.

31

Jeudi 26 mai 2016

Gordon avait l'air épuisé mais il est vrai que son éducation et son milieu ne l'avaient pas préparé aux tâches ingrates que Carl lui confiait.

« Le centre Wiesenthal nous a envoyé tout ce qu'il avait ? lui demanda Carl.

— Apparemment, oui. Et j'ai montré à Tomas Laursen quelques photos de la manière dont Fritzl Zimmerman exécutait des prisonniers d'un coup de matraque dans la nuque, comme vous me l'avez demandé. Tomas m'a confirmé que c'était comme ça que Stephanie Gundersen et Rigmor Zimmerman avaient été assassinées.

— Bon, eh bien on avance ! Merci !

— Stephanie Gundersen a été tuée en 2004, je suppose que je n'ai pas besoin de vous rappeler que Fritzl Zimmerman était encore en vie ?

— Mmm ! grogna Carl en feuilletant les horreurs que venait de lui apporter Gordon. Non, je l'avais bien noté. En revanche, cela faisait un moment qu'il ne l'était plus quand sa femme a été tuée, il y a un mois. »

Gordon pointa sur lui un doigt blanc comme neige. « Bravo, Carl, vous revenez en deuxième semaine ! » répliqua-t-il. Étrange expression dans ce contexte ! Étrange expression tout court, d'ailleurs.

Carl baissa le son de TV2 News. « Maintenant, mon cher Gordon, il s'agit de savoir qui l'a fait, si ce n'est pas lui. Tu penses peut-être à Birgit Zimmerman ou à sa fille Denise ? Jusqu'à présent, elles sont les seules à avoir un mobile. En ce qui me concerne, je n'ai pas de préférence. Enquête sur celle que tu veux.

— Euh, merci patron ! Je ne sais pratiquement rien sur la petite-fille, mais la fille peut parfaitement avoir tué sa mère. En tout cas, selon Assad, elle boit comme un trou, et l'alcool, ça coûte cher. »

Carl hocha la tête. « Pas faux. Alors toi, tu la vois courir après sa mère dans la rue, par une pluie battante, un gourdin brandi au-dessus de la tête ? Et tu t'imagines Rigmor Zimmerman, terrorisée par sa fille, se cachant dans un buisson au milieu des crottes de chien ? Un peu bizarre comme scénario, tu ne trouves pas ? »

Gordon laissa tomber son menton sur sa poitrine, découragé. Mais le travail d'un flic est ainsi fait. On doit accepter paradoxes, joies, désillusions et doutes avec équanimité.

« Comment avancer à partir de là, Carl ?

— Tu retrouves la fille de Birgit Zimmerman, Gordon. Comment est-ce qu'elle s'appelle, déjà ?

— Elle a été baptisée Dorrit Zimmerman mais se fait désormais appeler Denise Zimmerman.

— Alors mets-toi en quête des deux. »

Carl avait presque pitié de Gordon en le regardant sortir de son bureau. Tant que Rose serait dans cet état, Gordon ne serait plus lui-même.

« Qu'est-ce qui arrive à Gordon, chef ? » demanda Assad quelques secondes plus tard. « J'ai cru voir un fantôme. »

Carl secoua la tête. « Gordon est malheureux, Assad. Cette histoire avec Rose l'a complètement abattu.

— Moi aussi.

— Elle nous fait de la peine à tous, Assad. Rose nous manque énormément. »

Et encore, il était en dessous de la vérité. Force lui était d'admettre que l'absence de son assistante faisait un grand vide au département V.

Le seul point positif était qu'il pouvait fumer en paix, songea Carl en prenant une cigarette. « Où en es-tu avec la copine de classe de Rose, Assad ? Tu progresses ?

— C'est pour ça que je suis là. Je l'ai trouvée. »

Il jeta quelques copies sur le bureau. Sur la première, une imposante créature avec une tignasse hirsute qui la faisait ressembler à un troll, habillée en violet des pieds à la tête, avait un sourire jusqu'aux oreilles.

« KINUA VON KUNSTWERK », pouvait-on lire en gros caractères au-dessus de sa tête. Au bas de la photo le texte annonçait sa prochaine expo.

« Elle est artiste peintre.

— Elle n'y est pas allée de main morte pour choisir son pseudonyme, dis donc !

— Il paraît qu'elle est très connue en Allemagne, mais j'avoue que ça me dépasse. »

Assad illustra son propos en montrant à Carl un aperçu des œuvres récentes de la jeune femme. De l'art pour initiés s'il en était.

« Nom de Dieu ! » fut le premier commentaire qui vint à l'esprit de Carl.

« Elle habite Flensborg, chef. Vous voulez que j'aille l'interroger ?

— On ira ensemble », répondit Carl, distrait par l'écran plat où défilaient un nombre inhabituel de communiqués sous les reportages en direct.

« Tu es au courant de ce qui se passe, Assad ?

— Non.

— Vous avez vu ça ? » s'exclama fort à propos la grande asperge qui venait d'apparaître à la porte, le doigt pointé vers les nouvelles. « Ça tourne en boucle depuis une heure et Lis dit qu'au deuxième étage, ils sont dans tous leurs états. »

Il piétinait sur le seuil tel un danseur de salsa. « Il y a un briefing en cours là-haut. Qu'est-ce que vous en dites ? » Il regardait ses deux collègues d'un air suppliant. « On y va ?

— Vas-y, Gordon, puisque tu en meurs envie. Mais souviens-toi que ce n'est pas notre affaire. »

Gordon avait l'air déçu et il n'était visiblement pas d'accord avec la dernière partie de la phrase.

Carl sourit. Gordon avait vraiment progressé ces derniers temps. Il n'était pas seulement devenu plus courageux, il était aussi devenu plus ambitieux.

« Je trouve qu'on devrait y aller tous ensemble », insista-t-il.

Carl éclata de rire et se leva brusquement. « OK, allons-y. On n'a que les distractions qu'on se crée, après tout. »

Près de vingt visages désapprobateurs se tournèrent vers eux quand ils débarquèrent au beau milieu du briefing de la Criminelle.

« Désolés d'arriver à l'improviste, les enfants, mais on vient de voir la nouvelle à la télé, annonça Carl. Faites comme si on n'était pas là ! »

Pasgård renâcla. « Ça va être difficile ! » dit-il dans sa barbe. Plusieurs enquêteurs assis autour de lui marquèrent leur assentiment.

Lars Bjørn leva la main. « Allons, messieurs ! Par égard pour vos collègues du sous-sol… » puis il marqua une pause étudiée pendant laquelle plusieurs policiers secouèrent la tête, « … je vais résumer la situation. »

S'adressant directement à Carl, il dit : « Nous avons retrouvé la Peugeot rouge qui, selon toute probabilité, a été utilisée pour renverser Michelle

Hansen le 20 mai et Senta Berger le 22 mai. C'est un ancien agent du service, qui n'existe plus aujourd'hui mais qui s'occupait jadis de rechercher les voitures volées pour le compte des assurances, qui l'a découverte avec la vitre cassée côté conducteur et un démarreur forcé. Elle était garée à l'angle de Tantzausgade et de Griffenfeldsgade avec un vieux ticket de parking derrière le pare-brise et une pile de contraventions sous les essuie-glaces, ce qui a permis de déterminer depuis quand elle était là. Les experts ont trouvé des traces de sang et des cheveux sur le pare-chocs, mais apparemment l'intérieur du véhicule a été soigneusement nettoyé. Nous attendons les réponses du labo pour en savoir plus à ce sujet.

— Une voiture qui ne bouge pas de sa place de stationnement une semaine entière en plein cœur de Copenhague sans que personne ne la remarque, voilà qui en dit long sur l'efficacité de la police municipale ! grommela Carl.

— Si c'est pour faire des remarques désobligeantes, toi et tes collègues pouvez redescendre à la cave, Carl. Sinon, vous êtes les bienvenus », reprit Lars Bjørn.

Il se tourna vers le projecteur et lança la photo suivante.

« Il y a une demi-heure, à une heure moins vingt environ, la susnommée Michelle Hansen a été tuée par un chauffard à Stenløse, rue Stationsvej. Vous pouvez voir ici le lieu où s'est produit l'accident.

D'après les deux écoliers qui arrivaient à pied de la gare, le véhicule était cette fois une Honda Civic qui a disparu tout de suite après avoir écrasé la victime en tournant à droite sur la place devant la gare de chemin de fer. La description du véhicule et le signalement du conducteur sont relativement flous, étant donné l'âge des témoins, le plus âgé ayant seulement dix ans, sans compter le choc qu'ils ont pu avoir. Quoi qu'il en soit, les enfants pensent que le conducteur, dont ils n'ont aperçu que la silhouette, n'était "pas très grand". Ce sont les mots qu'ils ont employés. »

Bjørn se tourna vers ses équipes. « Bref, mesdames et messieurs, si nous rapprochons les précédents accidents de celui-ci, nous devons conclure que le meurtrier agit délibérément. La question étant de savoir s'il compte commettre d'autres crimes. Si la réponse est oui, notre efficacité à le trouver et à l'arrêter est devenue une question de vie ou de mort. Nous sommes d'accord ? »

Assad échangea un regard avec Carl et haussa légèrement les épaules. Il en fallait plus pour le déstabiliser qu'un potentiel tueur en série.

« Les dernières vingt-quatre heures ont été plutôt mouvementées et j'ai le regret de vous annoncer que je vais devoir retirer du personnel de l'enquête Zimmerman, je parle en particulier de toi, Pasgård, et de Gert. »

« Pauvre Rigmor », murmura Carl assez fort pour que Pasgård le fusille du regard.

« Depuis la mort de Michelle Hansen, nous savons que le meurtre était prémédité. Les circonstances de ce meurtre nous indiquent, en outre, plusieurs pistes, grâce en particulier aux vingt mille couronnes en billets usagés retrouvées dans le sac de Michelle Hansen alors que son compte en banque indique que la victime avait de sérieux problèmes de trésorerie. Or, Michelle Hansen correspond à la description d'une femme qui discutait cette nuit devant l'entrée de la discothèque Victoria avec son ancien petit ami, le videur Patrick Pettersson, pendant qu'un cambriolage était en cours dans le bureau du directeur. Il est donc possible que Michelle Hansen ait été impliquée dans ce hold-up. Quelqu'un a-t-il une question à ce sujet ?

— Ce Patrick Pettersson est-il toujours entre les mains de la police ? » demanda Terje Ploug.

Carl hocha la tête pour lui-même. Si Ploug dirigeait cette enquête, il ne donnait pas cher de la peau du pauvre Patrick, car Ploug était un sacré bon flic. Il avait mauvaise haleine mais si on se tenait un peu à distance, il n'y avait pas meilleure et plus compétente recrue que lui.

« Non, nous avons dû provisoirement relâcher Pettersson à onze heures trente-deux, le récit de son emploi du temps de la veille ayant été confirmé par les caméras de surveillance. Bien entendu, nous le gardons à l'œil et nous avons conservé son passeport. Nous attendons un mandat du juge pour effectuer une perquisition dans son appartement.

Nous le soupçonnons à plusieurs titres mais pour l'instant, nous n'avons rien de concret à lui reprocher.

— Est-ce que Pettersson pourrait être le chauffeur de la voiture qui a renversé Michelle Hansen ? continua Ploug.

— Absolument.

— Savons-nous s'ils se sont vus peu avant l'accident ? » demanda Bente Hansen qui, en plus d'être sympathique et d'avoir beaucoup d'humour, était une enquêtrice qui menait ses investigations de manière irréprochable.

« *A priori*, non. Michelle Hansen avait son portable à la main quand elle a été renversée et il était totalement écrasé. La police technique l'a récupéré, mais la carte SIM est inutilisable. Nous allons devoir nous procurer l'historique de ses communications auprès de la compagnie de téléphone. Je n'ai pas besoin de vous dire que le corps de la victime est dans un piteux état. D'après les enfants, elle a littéralement été aspirée sous la voiture.

— Et le portable de Patrick Pettersson ?

— Il s'est montré coopératif et nous a laissé examiner son journal d'appels. Michelle Hansen lui a annoncé par SMS qu'elle était en chemin pour venir le voir mais sans dire d'où elle venait. Cela dit, ils ont pu être en contact par un autre moyen et il est possible qu'il ait su où elle se trouvait. Si c'est effectivement lui.

— Évidemment que c'est lui », grogna Pasgård, qui avait apparemment besoin d'une résolution rapide.

« Nous soupçonnons également Birna Sigurdardottir, la femme qui a été admise à l'hôpital Rigshospitalet cette nuit à zéro heure trente-deux avec une blessure par balle à la poitrine, d'être liée au cambriolage. Je rappelle qu'on lui a tiré dessus dans une ruelle jouxtant la discothèque et que son pronostic vital est engagé.

— Et ce soupçon est basé sur quoi ? s'enquit Ploug.

— Sur son parcours de délinquante. Sur sa présence sur les lieux. Sur son tempérament qui l'a, à plusieurs reprises, conduite à des actes d'une extrême violence. On l'a trouvée avec un couteau à la main, ce qui évoque un règlement de comptes entre elle et l'une de ses complices. Nous connaissons le calibre de l'arme utilisée, un 9 mm, comme le Luger dont on s'est servi pour menacer le gérant de la discothèque. Et enfin, il a été établi qu'on avait tiré sur la victime dans la ruelle, à dix mètres du trottoir où elle a été découverte. La trace entre le mur et le trottoir est nette et laisse à penser que quelqu'un a voulu lui donner une chance de s'en sortir. Nous supposons que la ou les meurtrières sont aussi celles qui sont responsables du hold-up et qu'elles ont un lien avec la femme abattue.

— N'est-ce pas la chose la plus stupide qu'on puisse faire ? La laisser à demi morte dans un endroit où les gens pouvaient la voir ? Ils ou elles ne craignaient pas que leur victime révèle leur identité ? demanda Bente Hansen.

— On peut voir les choses comme ça, oui. Mais les filles auxquelles nous pensons et qui font partie de la bande de Birna Sigurdardottir ne sont pas connues pour avoir inventé l'eau tiède. »

Plusieurs inspecteurs rigolèrent mais Bente Hansen s'abstint. « Y a-t-il quelque chose qui puisse suggérer un lien entre Patrick Pettersson et cette bande ?

— Non, absolument rien, et, à ce propos, il convient de préciser que Pettersson a un casier vierge.

— Et Michelle Hansen ?

— Nous n'avons pas non plus trouvé de lien entre elle et les Black Ladies.

— Birna va-t-elle s'en sortir ? On le sait ? »

Lars Bjørn haussa les épaules. « Cela n'en prend pas le chemin, mais on l'espère, bien sûr. »

Carl hocha la tête. Évidemment, ce serait la façon la plus simple de résoudre cette affaire.

« Si la fille meurt, ils vont avoir du pain sur la planche, là-haut, dit Assad tandis qu'ils descendaient l'escalier de la rotonde.

— Mais cela nous donnerait un peu de temps. »

Carl eut un sourire oblique en pensant à Pasgård, contraint de laisser de côté l'affaire Zimmerman en attendant qu'il y ait du nouveau dans celle du serial chauffard.

Son sourire eut tôt fait de s'éteindre car au pied de l'escalier attendaient non seulement Olaf Borg-Pedersen de *Station 3*, mais deux de ses collaborateurs. Le premier colla l'objectif de sa caméra sous le nez de Carl et le deuxième lui brandit un spot dans la figure, activant aussitôt ses glandes lacrymales.

« Éteignez-moi cette saloperie ! » rugit-il, avant de s'apercevoir qu'Olaf Borg-Pedersen tenait un micro à deux centimètres de sa figure.

« Il paraît que la brigade criminelle peut se féliciter aujourd'hui d'une percée majeure dans l'affaire du chauffard, attaqua-t-il sans préambule. Que pouvez-vous nous dire sur la voiture trouvée à Griffenfeldsgade et sur le meurtre de Michelle Hansen à Stenløse ?

— Rien, parce que ce n'est pas mon enquête », grogna Carl.

Comment avaient-ils eu cette information ? Venait-elle de Lars Bjørn ?

« La police semble penser que c'est le même chauffard qui a écrasé d'abord Senta Berger puis Michelle Hansen et que ces meurtres étaient prémédités. Avons-nous affaire à un tueur en série ou bien s'agit-il d'un règlement de comptes au sein d'une bande ? Ces meurtres ont-ils un lien avec le cambriolage d'hier soir et avec la jeune femme blessée par balle ?

— Allez demander à mes collègues de la Crim' », répondit Carl.

Il commençait à se demander si le type n'était pas complètement stupide.

Borg-Pedersen se tourna vers la caméra. « Décidément, le mystère plane sur cette affaire. Plusieurs services de police interrogés refusent de répondre à nos questions. Mais la population danoise n'est-elle pas en droit de craindre pour sa sécurité quand elle ne peut plus se déplacer dans la rue sans risquer sa vie ? Nous croisons des milliers de véhicules chaque jour. Le prochain est-il en réalité une arme mortelle et vous sa victime ? Voilà ce que nous aimerions savoir. À vous les studios. »

C'était quoi son but, au juste ? Semer la panique ? Et depuis quand travaillait-il pour les infos ?

« Nous allons vous suivre partout pendant les trois jours qui viennent et je vous saurais gré de me communiquer votre agenda », annonça Borg-Pedersen à Carl avant que celui-ci lui tourne le dos et se rue dans son bureau, Assad et Gordon sur ses talons.

« On ne va pas les emmener à Flensborg, patron, hein ? s'inquiéta Assad.

— Moi vivant, jamais ! Le problème de Rose ne concerne personne d'autre que nous.

— Qu'est-ce que vous avez l'intention de leur dire ? Vous savez qu'ils attendent devant la porte ? demanda Gordon.

— Viens avec moi », dit soudain Carl en l'entraînant dans le couloir vers le cameraman et son équipe, armé de son plus charmant sourire.

« J'ai le plaisir de vous annoncer que vous allez pouvoir suivre notre meilleur assistant, Gordon Taylor, pour une série d'interrogatoires dans le quartier de Borgergade, d'une importance primordiale pour l'enquête Zimmerman. »

La tête de Gordon fit un quart de tour sur son long cou. « Mais, je… »

« La dernière tournée de Gordon n'a duré que deux heures, mais demain, vous risquez d'en avoir pour la journée. »

Les épaules de Gordon s'affaissèrent autant qu'il était possible.

« Il faudra vous assurer, bien entendu, que toutes les personnes avec qui Gordon entrera en contact donnent leur accord pour être filmées, mais ça vous avez l'habitude, n'est-ce pas ? »

Borg-Pedersen fronça les sourcils. « Et vous, Mørck, on peut savoir où vous serez ?

— Demandez tant que vous voudrez, Borg-Pedersen, nous sommes là pour ça. Mais pour vous répondre, nous serons tranquillement assis sur notre derrière, ici même, à éplucher des tas de rapports ennuyeux. Rien de très télévisuel, j'en ai peur. »

Borg-Pedersen n'avait pas l'air content. « Écoutez-moi bien, Carl Mørck. Notre boulot, c'est avant tout de divertir et le chef de la Criminelle nous a désigné votre département comme celui où nous avions le plus de chances d'avoir de bonnes images. Alors j'ai besoin que vous m'en donniez, d'accord ?

— Absolument. Et je vous promets de faire mon possible pour vous satisfaire, Borg-Pedersen. Nous avons parfaitement compris ce que vous attendiez de nous. »

L'homme s'aperçut probablement que Gordon n'avait pas l'air aux anges, mais l'ambiance était détendue lorsqu'ils se quittèrent.

« Qu'est-ce que vous voulez que j'en fasse ? demanda Gordon nerveusement.

— Refais la même tournée qu'hier, Gordon. Retourne voir les marchands de journaux, les restaurants et tous ceux que tu as déjà interrogés. Mais cette fois, vas-y avec des photos de Denise et de Birgit Zimmerman. Montre-les aux gens et demande-leur s'ils savent ce qu'elles font de leurs journées et comment elles gagnent leur vie. S'il leur est arrivé de voir la mère et la fille sortir ensemble. Si quelqu'un a vu récemment l'une ou l'autre en compagnie de Rigmor Zimmerman. Imagine les questions toi-même, tu trouveras bien quelque chose. Ça roule ? »

Gordon avait l'air perplexe.

« Je viens d'avoir un contremaître de Stålvalseværket au téléphone, dit-il soudain. Il propose de vous faire visiter l'usine lundi matin, avec Leo Andresen. Ils vous attendront à l'entrée principale à dix heures. Vous y serez ? »

Carl acquiesça. « Il connaissait Rose ?

— Oui. Il se souvient parfaitement d'elle et de son père aussi, mais il ne m'a pas dit grand-chose sur ce qui s'est passé. Seulement que Rose était là et qu'elle a vu son père mourir sous ses yeux. Il a dit aussi que c'était un accident étrange et très violent et qu'il n'était pas surpris que Rose ait fait une crise d'hystérie le jour où ça s'est passé. D'après lui, elle riait et elle hurlait en même temps, comme possédée. Il n'en savait pas plus, mais il va essayer de se renseigner auprès des ouvriers qui étaient là à l'époque.

— OK, Gordon, je te remercie. » Carl se tourna vers Assad. « Ici, demain, à six heures ? Ça te va ?

— Pas de problème. La journée appartient à ceux qui se lèvent tôt, comme on dit !

— Non, on dit l'avenir appartient à ceux qui se lèvent tôt.

— L'avenir ? » Il regarda Carl d'un air incrédule. « Pas là d'où je viens, en tout cas. Ah, avant que vous partiez, Carl, Vigga a appelé. Elle a dit que si vous n'alliez pas voir votre ex-belle-mère aujourd'hui, ça allait barder. Il paraît que la vieille dame ne va pas fort et qu'elle vous réclame. »

Carl gonfla ses joues et souffla l'air, très lentement.

La poisse.

Un minibus déversait devant la maison de retraite son contenu de vieillards séniles qui s'égaillaient dans toutes les directions à la vitesse de l'éclair aussitôt qu'ils posaient le pied sur le bitume. Le personnel ne savait plus où donner de la tête.

Seule Karla attendait patiemment en secouant la tête avec une désapprobation attendrie.

Carl poussa un soupir de soulagement. Son ex-belle-mère devait être dans l'un de ses bons jours. Une fois de plus, Vigga avait exagéré pour le forcer à venir.

« Bonsoir, Karla ! Alors, vous avez fait une petite promenade ? Vous êtes allés où ? »

Elle pivota lentement vers lui, le jaugea un instant, puis désigna ses compagnons d'excursion d'un geste théâtral.

« *Didn't I warn them ? Look how these children are running around. They can't pretend I didn't tell them how dangerous the trafic is here in Rio de Janeiro.* »

Aïe ! Je l'ai peut-être surestimée, songea Carl en prenant délicatement son ex-belle-mère par le bras pour la conduire vers l'entrée de l'établissement.

« *Careful*, lui recommanda-t-elle. *You're twisting my arm.* »

Il hocha la tête à l'intention de l'un des aides-soignants qui le regardait d'un air triomphant parce qu'il avait réussi à attraper un vieillard.

« Qu'est-ce que vous lui avez fait ? Elle ne parle plus que l'anglais. »

L'autre lui fit un sourire las. « Quand Mme Alsing a des bouchons de cire dans les oreilles et qu'elle n'entend pas bien, elle croit que nous lui parlons anglais. Si vous voulez qu'elle vous réponde en danois, il faut parler plus fort. »

Carl en prit bonne note mais se dit qu'elle devait quand même être un peu perturbée parce que pendant tout le trajet jusqu'à sa chambre, elle continua à lui raconter dans un anglais parfait la violente averse, les arbres arrachés sur des routes de montagne et le chauffeur qui s'était tiré une balle dans la tempe au moment où le car avait basculé au fond du ravin.

Quand il l'eut enfin installée dans son fauteuil, elle porta la main à sa poitrine pour marquer une émotion bien compréhensible après ces terribles évènements.

« Une journée mouvementée, apparemment ! lui hurla Carl. Je suis content que tu sois revenue saine et sauve. »

Elle le regarda d'un air surpris.

« Je rentre toujours saine et sauve, répliqua-t-elle en danois en sortant un mégot caché derrière un coussin. Greta Garbo ne quitte pas le plateau comme ça ! Pas avant que son metteur en scène le lui demande », répliqua-t-elle d'un ton outragé, fichant le mégot dans un fume-cigarette.

Carl haussa un sourcil. Greta Garbo ? C'était nouveau, ça.

« Vigga dit que tu m'as réclamé ! » cria-t-il pour changer de sujet.

Elle alluma sa cigarette et prit plusieurs longues bouffées.

« Moi ? » Elle resta trente secondes la bouche ouverte, la fumée s'élevant au-dessus de sa tête. Puis elle hocha la tête.

« Ah oui. C'est à cause de ce truc-là. C'est le garçon de Vigga qui me l'a donné, comment s'appelle-t-il, déjà ? »

Carl prit le portable que lui tendait Karla. Un smartphone Samsung, nettement plus récent que celui que Jesper avait refilé à Carl deux ans auparavant. Que deviendrions-nous sans l'électronique mise au rebut par nos adolescents ?

« Il s'appelle Jesper, Karla ! » brailla-t-il directement dans son oreille. « C'est ton petit-fils. Que veux-tu que je fasse de ça ?

— Tu dois m'apprendre à faire des selfies, comme font les jeunes filles sur les réseaux sociaux. »

Malgré sa surprise, Carl acquiesça, admiratif. « Des selfies ! Tu es drôlement branchée, Karla ! » dit-il en gueulant toujours. « C'est très simple. Il suffit d'appuyer là pour que la caméra soit tournée vers toi et de tenir le téléphone à bout de bras…

— Non, non, pas ça. Ça, le jeune homme me l'a déjà montré. Je veux savoir comment faire. »

Elle n'entendait décidément pas, alors il opta pour le ton du commandement, comme pour une arrestation musclée. « JE VIENS DE TE LE DIRE ! TU DIRIGES L'APPAREIL VERS TOI ET TU APPUIES.

— Arrête de crier, je ne suis pas sourde. Je te demande juste de m'expliquer à quel moment je dois me déshabiller ! »

32

Jeudi 26 mai 2016

Jazmine flottait dans les nappes brumeuses de ses rêves, enveloppée dans une matière plus fine qu'une toile d'araignée, blottie contre la peau brûlante d'amants inconnus et baignée dans une chaleur méditerranéenne. Ivre du parfum de pin et de lavande mêlé à une subtile fragrance iodée. Bercée par les vagues et par une douce musique… et par des mains qui la secouaient à lui faire mal.

Jazmine ouvrit les yeux pour découvrir le visage catastrophé de Denise.

« Elle s'est barrée ! dit-elle sans cesser de la bousculer.

— Aïe ! Arrête ! » Jazmine se redressa sur un coude et se frotta les yeux. « Qu'est-ce que tu racontes ? Qui est-ce qui s'est barré ?

— Michelle, idiote. Il y avait une liasse de billets de mille couronnes sur la table et elle a disparu. Cette salope s'est servie, elle a fait ses bagages et elle a dû partir vachement vite parce qu'elle a oublié son iPad. »

Elle se tourna vers la bibliothèque de la salle à manger où était aussi posée la grenade.

Jazmine sortit du lit. « Combien elle a pris ?

— Je n'en sais rien. Vingt, trente mille, je crois. Il faudrait ramasser tous les billets et les compter pour savoir. »

Jazmine s'étira. « On s'en fout, non ? Si elle n'a pris que trente mille, ça en fera plus pour nous. Quelle heure est-il ?

— Tu es bête ou quoi ? Tu ne comprends pas qu'elle n'a pas l'intention de revenir ? Je te dis qu'elle a pris toutes ses affaires à part sa tablette. Elle est retournée chez l'autre con, Jazmine ! On ne peut pas lui faire confiance. Il faut qu'on la retrouve, vite ! »

Jazmine baissa les yeux sur sa tenue. Elle avait dormi dans ses vêtements de la veille, ses aisselles étaient trempées de sueur, son cuir chevelu la démangeait atrocement.

« Il faut d'abord que je me lave et que je me change.

— On n'a pas le temps ! Tu ne te rends pas compte de la merde dans laquelle on est ? Il est hyper-tard, on a dormi toute la journée et si ça se trouve, Michelle a déjà eu le temps de nous créer de sacrés ennuis. Qui sait ce qu'elle est capable d'inventer pour se protéger. Si elle essaye de sauver sa peau, on va porter le chapeau toutes les deux. Ce n'est pas elle qui a piqué le fric et ce n'est pas elle non plus qui a tiré sur Birna. »

Jazmine sentit un frisson glacé la traverser. « Ni moi non plus, Denise ! » lâcha-t-elle, regrettant dans la seconde ce qu'elle venait de dire.

Denise se figea et une lueur dangereuse passa dans son regard. Simple réaction à sa remarque, ou Denise s'apprêtait-elle à lui arracher les yeux ? Jazmine eut peur. Elle avait vu de quoi Denise était capable.

« Excuse-moi, Denise, ce n'est pas ce que je voulais dire », se rattrapa-t-elle en y mettant toute la conviction qu'elle put. « On ne pouvait pas savoir que le pistolet était chargé. Je suis avec toi sur ce coup-là, promis, juré ! »

Elle fit un signe de croix sur son cœur. Elle n'était pas croyante, mais elle se dit que ça ferait plus sérieux.

Denise inspira à fond, expira lentement et son expression belliqueuse se transforma en un air inquiet. « Au fait, on ne sait toujours pas si Birna est morte, Jazmine, dit-elle. Si elle est morte, on est mal et si elle est vivante, on est encore plus mal. Pourquoi on s'est saoulées comme ça en rentrant ? Comment on a pu dormir autant et laisser Michelle filer ?

— Si Birna est morte, on va le voir sur TV2 News », déclara Jazmine en entraînant Denise dans le salon.

La vision qui les attendait dans le salon faillit les renverser l'une comme l'autre. Pas seulement parce qu'on aurait pu croire qu'une horde d'éléphants en fuite avait traversé la pièce, ni à cause des coulures de bougies, du vin renversé sur les tapis ou des miettes de chips et des mégots dispersés partout. Non, ce qui les heurta de plein fouet fut la télé restée allumée avec le son monté à fond affichant en gros plan un visage qu'elles ne connaissaient que trop bien. Contre toute attente, ce n'était pas celui de Birna, mais celui de Michelle. Et en dessous, sur une bande jaune, un communiqué défilait en boucle.

Jeune femme tuée par un chauffard à Stenløse. La même jeune femme avait déjà été percutée par une voiture le 20 mai. Lien possible entre cet incident et la fusillade devant la discothèque Victoria dans le port sud à Copenhague.

Jazmine tomba en état de choc, contrairement à Denise que tout poussait à l'action. Elle rappela à Jazmine, transformée en statue de sel, que Michelle leur avait répété plusieurs fois qu'elle pensait avoir vu Anne-Line Svendsen dans une voiture garée en face de la boîte de nuit. Et qu'elle avait également eu l'impression de reconnaître l'assistante sociale la première fois qu'on avait essayé de l'écraser.

« L'autre jour, quand tu es allée voir l'autre garce pour lui faire avouer que c'était elle, tu n'en étais plus du tout sûre en revenant. Et maintenant, qu'est-ce que tu en penses, Jazmine ?

— Qu'est-ce que tu veux faire ? » rétorqua Jazmine, des larmes dans la voix. « Michelle est morte et la police risque de faire le rapprochement entre elle et nous. Si c'est vraiment Anne-Line Svendsen que Michelle a aperçue hier devant la discothèque, elle nous a vues sortir de la ruelle. Qui te dit qu'elle ne va pas nous dénoncer ? »

Denise se moqua d'elle. « Ce que tu peux être conne, Jazmine. Tu te doutes bien que c'est la dernière chose qu'elle a envie de faire ! C'est une meurtrière, putain ! Et nous sommes les seules à pouvoir l'identifier. Tu ne crois pas que c'est plutôt à ça qu'elle pense, en ce moment ? »

Jazmine gratta de ses longs ongles le blister d'un paquet de cigarettes neuf et, quand il fut ouvert, elle en versa le quart sur la table et alluma la première. Denise la regardait à présent avec un sérieux que Jazmine ne lui connaissait pas. Elle n'arrivait pas à croire que c'était la même personne avec qui elle avait fait cette fête débridée la veille et qui l'avant-veille batifolait avec l'un de ses clients dans la chambre à côté.

« Écoute, Jazmine, dit-elle gravement. Moi aussi je suis secouée par tout ça. La mort de Michelle et le fait que nous soyons impliquées dans tous ces évènements dont ils parlent à la télé. C'est pas bon du tout. Et cette histoire avec Anne-Line Svendsen fout franchement les jetons. Parce que si j'étais elle, je me dépêcherais de faire en sorte que nous soyons les prochaines à claquer. En plus, elle sait où on habite, sinon qu'est-ce qu'elle serait venue faire à Stenløse ? »

Jazmine sentit une véritable angoisse lui nouer le

ventre. Denise avait raison. Anne-Line était peut-être déjà là, dehors, en train de les attendre.

« Qu'est-ce qu'on fait si elle débarque ?

— À ton avis ? » lui demanda Denise, le regard glacé. « Il y a d'excellents couteaux dans la cuisine et le pistolet de mon grand-père est à portée de main, sur la terrasse.

— Je ne crois pas que je sois capable de tuer quelqu'un, Denise. »

Son amie la regarda d'un air songeur. « Et moi, je doute qu'Anne-Line ose revenir ici aussi rapidement après avoir écrasé Michelle. Il doit y avoir un tas de flics dans les rues du quartier. Ils doivent être en train de faire du porte-à-porte pour demander aux gens s'ils ont vu quelque chose. Nous devons faire très attention et nous méfier de tout et de tout le monde. De la police, d'Anne-Line… » Elle posa sur Jazmine un regard pénétrant. « Et l'une de l'autre, aussi. »

Jazmine ferma les yeux. Elle voulait retourner dans le rêve de tout à l'heure. Elle ne voulait pas être ici. « Nous avons plus de cent quarante mille couronnes à nous partager. C'est assez pour partir. Tu ne veux pas qu'on fasse ça ? supplia-t-elle. Qu'en penses-tu ? On pourrait s'enfuir en Amérique du Sud quelque part ? C'est loin de tout. Tu crois que c'est assez loin ? »

Denise acquiesça, indulgente. « Parce que tu parles couramment espagnol, maintenant ? Et tu es une spécialiste des coutumes locales ? Par exemple, tu sais faire éjaculer un type entre tes seins, comme elles font là-bas ? Parce que dans le meilleur des cas, c'est ce que tu risques d'avoir à faire pour bouffer, une fois que tu auras dépensé tout ton fric de l'autre côté de la planète. C'est ça que tu veux ? »

Deux rides de désespoir creusèrent le front lisse de Jazmine et elle regarda son amie, blessée. « Je n'en sais rien. Ce n'est pas très différent de ce qu'on fait ici, non ? Et ni la police ni Anne-Line n'iront nous chercher en Amérique du Sud.

— S'il ne tenait qu'à moi, Anne-Line ne nous emmerderait pas longtemps. Nous allons la devancer, si tu vois ce que je veux dire ? Nous sommes deux, et elle est toute seule. Nous allons élaborer un plan et la prendre par surprise. Peut-être chez elle, au milieu de la nuit, au moment où elle s'y attendra le moins. Nous la menacerons et la forcerons à signer des aveux. Ensuite, nous la tuerons de manière à ce que ça ait l'air d'un suicide, et si elle a du liquide chez elle, nous lui prendrons aussi son argent. Après, il sera toujours temps de nous enfuir quelque part. »

Jazmine tendit l'oreille et mit un doigt sur ses lèvres. Denise se tut et écouta. Quelqu'un avait frappé à la porte et ce quelqu'un entrait maintenant dans l'appartement.

« Qu'est-ce qu'on fait ? » murmura Jazmine quand une femme entra dans le séjour, tanguant dangereusement, pâle comme la mort, avec des yeux tellement charbonneux qu'on voyait à peine ses paupières.

« Qui êtes-vous ? » leur demanda-t-elle d'un ton agressif, son regard flou faisant le tour du salon.

« Ça ne vous regarde pas, répondit Denise. Et

d'abord, comment ça se fait que vous ayez les clés de cet appartement ?

— Je ne vous connais pas, mademoiselle. Dites-moi qui vous êtes ou je vous arrête. C'est vous qui n'avez rien à faire ici. »

Jazmine essaya de croiser le regard de Denise. Malgré son allure bizarre, la femme avait l'air de savoir de quoi elle parlait. Mais Denise ne semblait nullement impressionnée par la visiteuse et se mit carrément à la tutoyer.

« Va te faire foutre, connasse. Je suis la petite-fille de Rigmor et j'ai le droit d'être ici, contrairement à toi. *Capice ?* Alors file-moi ces clés et casse-toi avant que j'appelle les flics. »

La femme fronça les sourcils et vacilla un instant sur son centre de gravité. Lorsqu'elle eut repris son équilibre, elle dit à Denise : « Alors, vous êtes Dorrit ? J'ai entendu parler de vous. »

Jazmine était déconcertée. Dorrit ?

« Allez, donne ! » insista Denise en tendant la main vers la femme qui secoua la tête.

« Non. Je garderai ces clés jusqu'à ce que je sache ce qui se passe ici, dit-elle en scannant la pièce du regard. Rigmor a été assassinée et il y a des billets de banque partout dans son appartement. Je me demande ce qu'un inspecteur de la police judiciaire penserait s'il voyait ça ? Moi, en tout cas, je trouve ça louche et je n'irai nulle part avant que j'aie trouvé une explication, compris ? »

Puis elle fit demi-tour et traversa en zigzag le couloir avant de quitter les lieux.

« Merde ! gémit Jazmine. Tu as entendu ça ? Et l'argent qui traîne partout ! » Elle regarda le séjour et cacha son visage dans ses mains. Ces billets dispersés dans tous les coins étaient à eux seuls un aveu de culpabilité.

Denise avait les poings sur les hanches et le regard vitreux. Elle semblait avoir compris la gravité de la situation.

« Ma grand-mère m'a dit que sa voisine faisait partie de la police criminelle. Elle devait parler de l'ivrogne qu'on vient de rencontrer », dit-elle tout bas en hochant la tête.

Jazmine était sous le choc. « Qu'est-ce qu'on fait, Denise ? Si elle a appelé la police, ils vont arriver d'un instant à l'autre. Il faut qu'on s'en aille. » Elle regarda autour d'elle, calculant qu'elles pourraient rassembler le fric en moins de dix minutes, s'habiller avec ce qui leur tombait sous la main, jeter le reste dans un sac de voyage et avoir quitté l'appartement en moins d'un quart d'heure.

Denise secoua la tête. « Non. On va lui rendre une petite visite, déclara-t-elle.

— Sérieux ? Mais pour quoi faire ? Je te rappelle qu'elle a vu l'argent. Tu ne l'empêcheras pas d'enquêter sur nous, je l'ai vu à la façon dont elle nous regardait.

— Justement. C'est pour ça qu'on doit la stopper avant. »

Vais-je laisser ce désordre témoigner de ce qu'a été ma vie ? se demandait Rose en regardant le chaos qui régnait dans son appartement.

Son regard se posa sur la veste sous laquelle se trouvaient sa lettre d'adieu, le panier en plastique, la déclaration de don d'organes et la lame de rasoir et elle songea avec tristesse à sa vie solitaire et gâchée. Il y a quelques minutes, elle avait aperçu une petite lumière dans l'obscurité en entendant le son des voix venant de l'appartement de Rigmor et, du fond de son brouillard alcoolique, elle s'était dit qu'elle pourrait peut-être continuer à vivre.

Il suffit d'un instant d'égarement, parfois. Un faux sentiment de sécurité peut accomplir des miracles et vous donner l'impression que tout peut changer. Mais la décevante réalité revient toujours à la charge.

Ces deux femmes extrêmement suspectes n'avaient évidemment rien à faire dans l'appartement de Rigmor, mais qu'est-ce que cela pouvait lui faire, après tout ? Elles pillaient une morte ? Elles squattaient son appartement ? Et alors ?

Rose s'assit lourdement sur la dernière chaise encore debout, découragée. Tout était si confus dans sa tête.

C'est probablement comme ça qu'on doit se sentir le dernier jour de sa vie, songea-t-elle avec une terrible envie de vomir. Tout en elle la poussait à en finir. À composer le numéro du service d'urgence pour leur dire qu'elle s'était coupé les veines et qu'ils devaient venir chercher ses organes. Et tant pis pour ce qui se passait dans l'appartement voisin. Si elle s'en mêlait, elle risquait d'être ramenée à la case départ. La police viendrait, et c'était justement ce qu'elle voulait éviter. Elle ne laisserait ni ses sœurs, ni les médecins de Glostrup, ni aucun de ses collègues de l'hôtel de police l'empêcher de faire ce qu'elle avait décidé.

« Ils peuvent aller se faire foutre, tous autant qu'ils sont, eux, les filles d'à côté et le monde entier ! » dit-elle à haute voix en soulevant le coin de la veste pour dévoiler ce qui attendait en dessous. Un petit coup de fil, deux petits coups de lame et tout serait terminé.

Quand on frappa à la porte, elle avait déjà composé les premiers chiffres du numéro du service d'urgence.

— Allez-vous-en ! hurla-t-elle intérieurement, et quand on frappa à nouveau, plus fort cette fois, elle mit les mains sur ses oreilles et appuya très fort. Mais lorsqu'elle retira ses mains, on cognait toujours à sa porte avec la même insistance. Alors elle se leva, couvrit à nouveau les lettres et le reste et se rendit dans le vestibule d'un pas hésitant.

« Oui ! cria-t-elle sans ouvrir.

— C'est Denise Zimmerman, dit la personne sur le palier. Est-ce qu'on peut entrer une minute ? On voudrait juste vous expliquer…

— Pas maintenant, répliqua Rose. Revenez dans une demi-heure. »

Car dans une demi-heure, tout serait terminé.

Les yeux rivés sur la porte d'entrée, elle songea que

les secouristes mettraient peut-être trop longtemps à entrer si la porte était verrouillée et que ses organes seraient inutilisables. Elle ne savait pas exactement comment fonctionnaient ces choses-là.

Les filles répondirent « D'accord, alors à tout à l'heure », puis s'éloignèrent. Quand elle entendit la porte de Rigmor claquer et qu'il n'y eut plus de bruit sur la coursive, elle tourna son verrou pour que les pompiers puissent entrer.

Elle avait à peine fait demi-tour que la porte s'ouvrit violemment et qu'un énorme coup sur la nuque lui fit perdre connaissance.

33

Jeudi 26 mai et vendredi 27 mai 2016

Qui es-tu Anneli ? se demanda-t-elle en croisant son regard démoniaque dans le miroir. Elle venait de tuer et pourtant, elle souriait comme une femme amoureuse. Elle avait transgressé les lois les plus sacrées de Dieu et des hommes et pris la vie d'autrui, et elle ne s'était jamais sentie plus heureuse qu'en ce moment merveilleux où le visage surpris de Michelle Hansen avait disparu sous la voiture avec une violence qui avait brisé son corps et soulevé la Honda de cinquante centimètres au-dessus de la route. Elle s'attendait bien sûr, comme la fois précédente, à une forme de jouissance, mais l'exceptionnel sentiment d'euphorie qui s'était répandu dans toutes les fibres de son corps comme un élixir de vie dépassait tout ce qu'elle avait connu jusque-là.

Après s'être arrêtée quelques instants pour s'assurer que le corps disloqué de Michelle ne se relèverait jamais, elle avait tranquillement passé la première et prit la direction d'Ølstykke et du parking qu'elle avait choisi au préalable, tremblant d'excitation et de bonheur. Elle riait aux éclats. Jamais elle n'avait connu une telle sensation du devoir accompli.

Mais à peine fut-elle assise chez elle sur le canapé, les jambes ramenées sous ses fesses et un verre de vin blanc frais à la main, qu'elle comprit que certains évènements évoluaient parfois plus vite et de manière imprévisible.

Après le meurtre de Senta Berger, la presse avait été partagée. S'agissait-il d'un accident ou bien d'un meurtre ? Y avait-il réellement un lien entre Berger et l'*accident* de Michelle Hansen ? Certaines chaînes de télévision et un unique tabloïd avaient émis cette hypothèse, mais c'en était resté là.

Cette fois, ce n'était plus la même histoire, car la mort de Michelle Hansen ne faisait pas seulement la une de tous les journaux, elle était devenue le principal sujet de la plupart des émissions d'information, comme elle put le constater sur sa vieille télé à l'image pas très nette.

La police ne détenait heureusement que peu de renseignements sur le chauffard, ce qui n'empêchait pas les présentateurs, fidèles à leurs habitudes, d'émettre leur avis sur le sujet. À mesure que l'après-midi passait, puis la soirée, leurs théories et leurs analyses devenaient plus fumeuses. Pour finir, Anneli eut le sentiment complètement irrationnel d'avoir été mise sur la touche. Ces animateurs de plateau n'étaient-ils pas en train de suggérer que le cambriolage de cette boîte de nuit la veille au soir était lié aux meurtres du chauffard ? Qu'est-ce qu'ils allaient inventer ?

Anneli se versa un autre verre et examina la situation.

Elle aurait dû être soulagée que l'enquête parte dans la mauvaise direction, mais sa mission était loin d'être terminée. Ce droit de vie et de mort qu'elle s'était octroyé était désormais devenu une véritable drogue, et sa soif d'éliminer ces existences inutiles était presque plus forte que sa fierté d'avoir accompli deux crimes parfaits.

Était-elle capable d'arrêter de tuer ? C'était l'unique question qui méritât une réponse.

Hier soir, elle avait suivi le taxi des filles du parking devant leur appartement de Stenløse jusqu'à la boîte de nuit, brûlant plusieurs feux rouges pour ne pas perdre leur trace, et puis elle avait tranquillement attendu devant le Victoria de les voir ressortir. À la lumière de ce qu'elle avait appris ces dernières heures, elle avait maintenant une idée assez précise de ce dont elle avait été témoin. Ces petites poupées imbues d'elles-mêmes, obsédées par le strass et le look, avaient commis des crimes si graves qu'ils leur auraient valu la peine de mort dans un état totalitaire. Elle avait vu Jazmine et Denise entrer dans la discothèque à l'insu du physionomiste dont Michelle avait aisément détourné l'attention puisqu'il n'était autre que son petit ami, Patrick. Puis Anneli avait vu les filles ressortir du Victoria et se cacher dans la ruelle voisine. Sachant que les chaînes de télé abreuvaient les téléspectateurs de l'information selon laquelle les deux voleuses étaient des jeunes femmes, comment ne pas en conclure qu'il s'agissait précisément de Jazmine et de Denise ?

Quant au coup de feu tiré sur Birna, elle avait aussi son mot à dire là-dessus. Elle avait vu avec surprise l'horrible créature arriver devant la boîte de nuit. Puis elle avait observé sa réaction en voyant Denise et Jazmine disparaître dans la ruelle au même moment. Elle les avait suivies et peu de temps après, c'était Michelle qui était venue rejoindre les trois autres. Il s'était passé quelques minutes pendant lesquelles Anneli n'avait plus rien distingué. Elle avait essayé d'entendre ce qui se passait mais le bruit venant de la boîte de nuit était trop fort et l'unique son qui était parvenu à dominer les basses de la musique avait été un claquement sourd qu'Anneli n'avait pas pu identifier. Ensuite, Denise, Jazmine et Michelle avaient réapparu, discutant avec passion et traînant derrière elles le corps inerte de Birna qu'elles avaient déposé sous le halo d'un réverbère.

Puis les filles avaient traversé la rue en direction de la voiture dans laquelle elle était assise, ce qui l'avait obligée à s'enfoncer dans son siège pour éviter la lumière de l'éclairage urbain. En les voyant passer à côté d'elle, Anneli avait remarqué leur expression figée, mais elle avait cru voir Michelle réagir. Indéniablement, elle l'avait regardée, mais l'avait-elle reconnue ? Anneli n'en était pas certaine car les vitres étaient embuées et son visage caché dans la pénombre.

Mais pouvait-elle en être vraiment sûre ?

En mathématiques, on dit que l'ordre des facteurs peut être inversé, mais était-ce aussi le cas en l'occurrence ? Que se passerait-il si elle décidait tout simplement d'interrompre ses activités et de laisser les chacals des médias et la police s'exciter tout seuls et faire passer ces idiotes pour les membres d'une bande ? Si elle les laissait croire que les meurtres de Michelle Hansen et de Senta Berger étaient le résultat d'un règlement de comptes ? Son ardoise à elle serait lavée. Mais si elle n'agissait pas, ne risquait-elle pas d'être dénoncée par Denise et Jazmine quand on les arrêterait ? Elles pourraient raconter que Michelle avait reconnu la personne au volant de la Peugeot rouge qui avait essayé de l'écraser la première fois ? Car c'était bien ce que Jazmine avait insinué le jour où elle était venue dans son bureau.

Non, décidément, elle ne pouvait pas rester passive. Si les filles caftaient, la police se mettrait à travailler sur de nouvelles pistes et elle comprendrait vite que les différents crimes n'étaient pas liés.

L'euphorie d'Anneli se transforma en doute et elle sentit une douleur croissante dans sa poitrine qui pourtant l'avait laissée relativement tranquille jusqu'ici. Elle savait que l'anxiété pouvait parfois être ressentie physiquement, mais que fallait-il en déduire lorsque la douleur devenait aussi intense ? Devait-elle s'inquiéter d'un problème plus grave ?

Elle avala une poignée d'antalgiques, dépassant largement la prescription médicale, et massa doucement la cicatrice consécutive à son opération. Voyant que cela n'avait aucun effet, elle fit bon poids bonne mesure en avalant un ou deux verres de vin supplémentaires.

Anneli n'aimait pas du tout le dilemme auquel elle était confrontée.

Elle se réveilla le lendemain la tête lourde à cause du vin blanc de la veille et d'un sommeil agité, et le pire fut de se rendre compte qu'elle n'était arrivée à aucune conclusion.

Elle avait surtout envie de reprendre des cachets et de rester au lit. Tout en ne tenant pas en place et en brûlant de se défouler sur quelque chose. Casser un peu de vaisselle sur le carrelage de la cuisine, arracher quelques tableaux des murs et balayer tout ce qui se trouvait sur sa table de travail d'un revers du bras.

Bref, elle avait envie de tout sauf de ce qui paraissait le plus raisonnable, c'est-à-dire de faire profil bas et de laisser les choses évoluer d'elles-mêmes avant de jouer son prochain coup.

Aujourd'hui, j'irai travailler après mes rayons et on verra ce qui se passe, décida-t-elle finalement après avoir examiné ses différentes options.

Elle fut relativement bien accueillie à son arrivée au bureau. Elle eut droit à quelques sourires contraints, certains plus faux que les autres, et à de légers saluts de la tête, neutres.

Elle alla annoncer au secrétariat qu'elle était prête à recevoir les citoyens de la journée, selon le nom ridicule qu'on devait désormais donner aux cas sociaux.

Anneli jeta un coup d'œil circulaire dans son bureau. Quelqu'un était entré. Il n'y avait plus aucun papier sur sa table de travail et les plantes fanées qui ornaient les rebords de sa fenêtre avaient été retirées. Comme s'ils croyaient qu'elle allait partir comme ça, sans rien dire.

Anneli sourit. Ils avaient raison. Dès qu'elle aurait complété sa croisade par un ou deux meurtres supplémentaires, elle disparaîtrait de la circulation, ni vue ni connue, un projet auquel, sans le savoir, Jazmine, Denise et Michelle avaient largement contribué. Elle avait lu sur la Toile que le cambriolage du Victoria avait rapporté cent soixante-cinq mille couronnes et elle avait bien l'intention d'accaparer cet argent. Une fois qu'elle aurait tué Jazmine et Denise, ce devrait être un jeu d'enfant. Bien que la somme soit relativement modeste, elle ne doutait pas qu'elle puisse suffire à vivre une bonne dizaine d'années quelque part en Afrique centrale, si le cancer ne l'avait pas emportée avant. Un train jusqu'à Bruxelles puis un avion pour Yaoundé, au Cameroun, et plus personne n'entendrait parler d'elle. On ne lui ferait pas croire qu'Interpol ou ce genre d'organisation serait capable de la retrouver une fois que la jungle se serait refermée sur elle.

Absorbée par ces pensées de soleil à l'infini et de jeunes hommes noirs à volonté, elle n'avait fait attention ni au nom, ni à la requête de la jeune femme assise de l'autre côté du bureau.

Anneli la jaugea rapidement. Vingt-cinq ans, sexe féminin, l'incontournable tatouage de lézard sur le dos de la main entre le pouce et l'index. Bref, une jeune mendiante propre sur elle comme elle en voyait treize à la douzaine toutes les semaines.

Elle remarqua cependant que la jeune femme était polie, à l'ancienne mode, presque servile, et si agréablement discrète dans son attitude et son ton qu'Anneli fut un instant prise au dépourvu par ce qui suivit.

« Comme je vous l'ai dit, j'ai interrompu mon cursus et perdu ma bourse d'études », expliquait la jeune fille avec un regard lourd et félin. « Je ne peux plus payer ni ma chambre, ni ma nourriture, ni mes vêtements. Je sais bien qu'on n'obtient pas une aide sociale comme ça, mais si vous ne me donnez rien, je vais me suicider. »

Puis elle se tut. Rejeta ses longs cheveux en arrière avec le même geste futile que les autres idiotes, comme si être bien coiffée était la chose la plus importante au monde. Elle défiait Anneli avec son air de tête à claques, tellement bête qu'elle croyait probablement ses desiderata légitimes. Elle avait sans doute fait les yeux doux à ses professeurs pendant toutes ses années de lycée pour avoir de bonnes notes et rentrer à l'université. Ensuite, elle avait dû réaliser qu'il ne suffisait pas de minauder pour réussir. Elle devait avoir *oublié* d'assister aux cours magistraux et avait fini par se faire renvoyer de l'université, ce qui avait mis fin au versement de sa bourse d'études.

Les traits d'Anneli se crispèrent. L'agacement, l'aversion, la haine et le mépris qu'elle ressentait n'étaient que le sommet de l'iceberg.

Elle leva les yeux vers la jeune femme. Cette dinde venait-elle réellement de menacer de se suicider ? Dommage pour elle qu'elle soit tombée sur la mauvaise interlocutrice.

« Vous voulez vous suicider ? Eh bien, vous savez quoi ? Vous devriez vite rentrer chez vous et le faire, ma chère », lui dit Anneli en faisant pivoter son fauteuil d'un quart de tour, lui signifiant que l'audience était terminée.

Derrière elle, elle entendit la voix outrée et choquée de la fille. « Je vous préviens, je vais vous dénoncer à la responsable du Centre. Je lui dirai que vous m'avez incitée à me suicider, se plaignait-elle. C'est une faute grave et vous allez avoir de gros ennuis. Alors si j'ai un conseil à vous donner, vous feriez mieux de vous dépêcher de trouver un moyen de me verser une aide de cinq mille couronnes tout de suite, espèce de gar… ! »

Si ses oreilles ne l'avaient pas trompée, la fille venait de finir sa phrase en la traitant de garce.

Elle ramena très lentement son fauteuil à sa position initiale et posa un regard glacé sur l'étudiante qui venait de s'assurer une place au sommet de la liste de ses condamnées à mort. Anneli aurait un immense plaisir à éteindre la lumière dans ces beaux yeux trop maquillés et à écrabouiller sa gueule de poupée Barbie.

Elle sortit son téléphone de son sac et activa le dictaphone. « Neuf heures et dix minutes le 27 mai 2016, dit-elle. Je m'appelle Anne-Line Svendsen et je travaille pour les services sociaux de la ville de Copenhague. J'ai devant moi une citoyenne de vingt-six ans, Tasja Albrechtsen, qui vient d'exiger le versement de cinq mille couronnes et qui menace de se suicider si je refuse. » Elle tourna le dictaphone vers la fille. « Vous voulez bien répéter vos exigences, Tasja Albrechtsen, et me donner par la même occasion votre numéro de Sécurité sociale pour me permettre de compléter votre dossier ? »

Anneli n'eut pas le temps de déterminer si c'était le dictaphone, l'accusation de chantage ou l'évolution générale de la situation qui avaient déstabilisé la fille car son téléphone fixe sonna sur la table, faisant diversion. Profitant de ce qu'Anneli soulevait le combiné pour répondre, la fille s'éclipsa discrètement.

Anneli sourit. Dommage qu'elle n'ait pas eu le temps de lui soutirer plus d'informations. Son adresse, par exemple. À toutes fins utiles.

« Salut, Anneli, c'est Elsebeth », dit une voix qu'elle connaissait bien à l'autre bout du fil. « Je suis contente d'avoir réussi à te joindre. »

Anneli se souvenait parfaitement de son ancienne collègue du C.A.S. de Gammel Køge Landevej.

C'était une femme sérieuse et assez consciencieuse pour se foutre de l'avis de ses supérieurs. Elle regrettait qu'elles se soient perdues de vue, finalement.

Elles échangèrent quelques politesses, puis Elsebeth en vint à la raison de son appel.

« Tu te souviens de Senta Berger, n'est-ce pas ? »

Anneli fronça les sourcils. « Oui, bien sûr, comment oublier une diva comme elle ?

— Je l'ai récupérée comme cliente après ton départ. Tu sais qu'elle est morte ? »

Anneli réfléchit une seconde avant de répondre : « Oui, je l'ai lu dans le journal. Un accident de la route, c'est ça ?

— C'est justement la question. La police est venue me voir pour me demander un tas de renseignements sur elle. Si elle avait des ennemis, si j'avais eu des problèmes avec elle et si j'avais connaissance d'une Peugeot rouge ou d'une Honda noire. C'était horrible. On aurait presque dit qu'ils me soupçonnaient et qu'ils voulaient me faire avouer des crimes. Heureusement, je n'ai même pas le permis de conduire, mais quand même !

— Oh la la ! Je comprends ! Ça a dû être pénible. Mais pourquoi est-ce que tu m'appelles, Elsebeth ? » lui demanda Anneli, sentant un nœud se former dans son estomac.

Les filles avaient-elles été arrêtées ? L'avaient-elles déjà dénoncée ? Elle n'était pas du tout prête.

« Ils voulaient savoir qui s'occupait de son dossier avant moi, alors j'ai été obligée de leur dire que c'était toi. Ils m'ont aussi demandé si toi tu avais eu des conflits avec elle.

— Mon Dieu, non. C'était juste une cliente parmi d'autres. Qu'est-ce que tu as répondu ?

— Rien du tout. Qu'est-ce que tu voulais que j'en sache ? »

Quelle imbécile ! songea Anneli. Elle aurait pu répondre que non. Qu'est-ce ça lui aurait coûté ?

« Non, bien sûr que tu n'en savais rien. Enfin en tout cas, je n'ai eu aucun conflit avec elle.

— Ils sont en route pour t'interroger. Je les ai entendus le dire à ma chef. Comme ça, tu es prévenue. Je t'appelais juste pour ça. »

Après avoir raccroché, Anneli resta un long moment à regarder le téléphone, sans force.

Puis elle se secoua et appuya sur l'Intercom. « Vous pouvez faire entrer le suivant », dit-elle. Il était hors de question qu'ils la trouvent assise les bras croisés, à les attendre.

Apparemment, les deux policiers étaient déjà là depuis un moment, probablement pour expliquer à sa supérieure la raison de leur visite. Cette dernière lui jeta un regard soupçonneux quand ils entrèrent en force dans le bureau d'Anneli.

« Excusez-nous », dit la responsable à la cliente d'Anneli. « Je vais vous demander d'aller vous asseoir un petit moment dans la salle d'attente. »

Anneli salua les deux policiers. « Il n'y a pas de problème, nous avions fini de toute façon, n'est-ce pas ? » dit-elle, souriante, en se levant pour serrer la main à sa cliente.

Puis elle se rassit tranquillement, rassembla ses notes et les rangea dans un dossier avant de s'intéresser aux deux policiers.

« Et maintenant, que puis-je faire pour vous, messieurs ? » leur demanda-t-elle, un sourcil levé vers celui qui semblait le plus gradé des deux. Elle désigna les deux chaises en face de son bureau. « Asseyez-vous, je vous en prie. » Tant pis pour la harpie, elle resterait debout.

« Lars Pasgård, commissaire de police, se présenta le chef, tendant sa carte à Anneli.

— Bonjour commissaire, répliqua-t-elle avec un calme remarquable.

— Ces messieurs enquêtent sur deux meurtres perpétrés par un chauffard, l'informa sa chef, pincée.

— Merci, madame, mais si vous permettez, nous préférerions expliquer nous-mêmes à Mlle Svendsen de quoi il retourne. »

Anneli buvait du petit-lait et elle eut le plus grand mal à ne pas le montrer. Elle n'avait encore jamais eu la joie de voir sa chef de service ainsi rembarrée et elle ne se souvenait pas de la dernière fois où on l'avait appelée mademoiselle.

Anneli regarda le commissaire dans les yeux. « Je crois savoir de quoi il s'agit.

— Vraiment ?

— J'ai reçu un appel, il y a une demi-heure, d'une collègue de l'ancien Centre où je travaillais. Elsebeth Harms. Vous venez de la rencontrer, si je ne m'abuse ? »

Les deux policiers échangèrent un regard. Peut-être avaient-ils demandé à Elsebeth de se taire. Tant pis pour elle, dans ce cas.

« J'aimerais pouvoir vous aider, mais je ne crois pas que je sache grand-chose à ce sujet.

— Ça, ce sera à nous de le découvrir, mademoiselle Svendsen. »

La responsable du Centre sourit derrière leur dos. Le score était de un partout.

« Vous possédez une Ford Ka, exact ? »

Elle acquiesça. « Oui. Je l'ai depuis bientôt cinq ans. C'est une bonne petite voiture, très économique et incroyablement facile à garer. » Elle s'autorisa un petit rire, mais personne n'y fit écho.

« Vous vous êtes occupée à la fois de Senta Berger et de Michelle Hansen par le passé, c'est exact ? »

Plus sérieusement, elle répondit : « C'est exact, mais je pense qu'Elsebeth et ma supérieure vous ont déjà donné ces informations.

— Avez-vous quelque commentaire à faire sur le fait que toutes les deux sont mortes, écrasées par une voiture ? » s'enquit le deuxième policier.

Quelle question stupide, songea-t-elle. Nouveau dans le métier, sans doute.

Elle prit une longue inspiration et répondit : « Je suis l'actualité et quand j'ai entendu parler du premier accident de Michelle Hansen, cela m'a fait de la peine. Elle est tout de même ma cliente ! Enfin, elle l'était. C'était une gentille fille. J'ai été bouleversée d'apprendre qu'il était arrivé la même chose à Senta Berger puis de nouveau à Michelle. Atterrée, même. Vous avez une piste ? »

Lars Pasgård sembla irrité par la question et d'ailleurs il l'éluda : « Les médias ne manquent pas d'imagination, repondit-il. Mais pour en revenir à vous, mademoiselle Svendsen, votre responsable nous a informés que vous aviez été souvent absente ces derniers temps. À des dates qui correspondent étrangement aux évènements que nous venons d'évoquer. »

Anneli remarqua le regard de sa supérieure qui n'augurait rien de bon.

« C'est vrai, j'ai été beaucoup absente, mais maintenant je suis là.

— Les motifs de ces absences restent assez flous, cependant. Vous avez été malade ?

— Je suis malade, oui.

— Je vois. Et de quelle maladie souffrez-vous, si je peux me permettre de vous poser cette question ? D'une maladie qui pourrait expliquer vos allées et venues ? »

Ils vont me demander des horaires précis. Il faut que j'évite ça, se dit-elle.

Anneli se leva très lentement. « Je n'ai pas informé ma hiérarchie de ma maladie, c'est vrai, et je suppose que j'aurais dû le faire. Mais ça a été une période difficile pour moi. J'ai beaucoup souffert et j'ai été très déprimée, je vais mieux, maintenant.

– Et de quoi… », eut juste le temps de demander sa chef avant qu'Anneli croise les bras et lève son pull au-dessus de sa tête.

Elle resta un petit moment ainsi pour leur laisser le temps de regarder le pansement qui dépassait de son soutien-gorge, puis elle retira le soutien-gorge et leur montra sa poitrine.

« Cancer du sein », dit-elle en désignant sa cicatrice tandis que trois têtes reculaient instinctivement de quelques centimètres.

« Je viens d'apprendre que j'avais une bonne chance de survivre et c'est ce qui m'a permis de remonter à la surface. Je dois encore faire un peu attention, mais d'ici une semaine ou deux, je devrais pouvoir revenir travailler à plein temps, même si je vais encore devoir continuer la radiothérapie pendant quelque temps. »

Puis elle remit délicatement son soutien-gorge en place et baissa son pull-over.

« Je sais, j'aurais dû venir vous voir, dit-elle à sa chef. Mais je n'arrivais tout simplement pas à en parler. »

La responsable acquiesça. S'il y avait une chose devant laquelle les femmes restaient humbles, c'était le cancer du sein.

« Nous comprenons parfaitement », dit le commissaire Pasgård, un peu secoué. Les deux policiers échangèrent un regard. Anneli ne savait pas ce qu'elle devait en penser, mais ça n'avait pas l'air mauvais du tout. Anneli se rassit. Derrière les policiers déboussolés, la responsable du Centre dut s'appuyer à la bibliothèque. Était-elle sur le point de défaillir ? Quelle excellente idée.

« J'ai beaucoup pensé à tout ça et à vrai dire, je suis contente que ce soit vous qui soyez venus me rendre visite. D'une certaine façon, je suis tenue au secret professionnel, mais je ne pense pas le trahir en vous disant ce que je vais vous dire à présent. » Elle se mordit la lèvre, espérant qu'ils en déduiraient qu'elle était en plein dilemme moral.

« Hier, j'ai vu aux informations que Michelle Hansen était peut-être mêlée à un cambriolage. Et j'ai vu aussi que son compagnon était videur dans la boîte où le hold-up a eu lieu. J'ai reconnu un certain Patrick Pettersson, qui accompagnait fréquemment Michelle à ses entretiens chez nous. Un type assez effrayant, si vous me permettez un avis personnel. Un électricien avec des tatouages partout sur les bras et sur tous les muscles. On dirait qu'il prend des stéroïdes, ce qui explique peut-être son tempérament violent. La dernière fois que Michelle l'a amené ici, il était furieux contre elle. Michelle avait fait une bêtise en s'installant avec lui sans en informer les services sociaux. Patrick lui en voulait beaucoup parce qu'ils allaient devoir rembourser le trop-perçu, et parce qu'elle avait commis un abus de biens sociaux à son insu. Je doute un peu qu'il n'ait pas été au courant, cela dit. Il m'a l'air d'un type qui sait compter. »

Pasgård prenait des notes, l'air très satisfait. « Vous

pensez qu'il pourrait avoir quelque chose à voir avec la mort de ces filles ?

— Ça, je n'en sais rien. Ce que je sais, c'est qu'il adore les voitures et qu'il a dit à Michelle, dans ce bureau, qu'elle "allait lui payer ça". J'ai remarqué que l'argent comptait beaucoup pour lui et aussi qu'il avait sur elle un ascendant total.

— Savez-vous si Michelle Hansen et Senta Berger se connaissaient ? »

Il avait changé de ton avec elle, à présent. Ils commençaient à être sur un pied d'égalité.

Elle secoua la tête. « Je me suis posé la question, mais je n'en sais rien. Enfin, je ne me souviens de rien de précis à ce sujet. » Elle fit une longue pause pour montrer qu'elle ne répondait pas à tort et à travers.

« Il y a une autre chose que je devrais peut-être signaler, pendant que vous êtes là.

— Oui ?

— Birna Sigurdardottir est aussi une de mes clientes. C'est la fille sur qui on a tiré… devant la même discothèque. »

Le commissaire se pencha vers Anneli, intéressé.

« C'est exact. Nous allions justement vous interroger à son sujet. »

Elle se félicita intérieurement. Excellent timing.

« Je crois que Michelle et Birna s'étaient déjà vues.

— Qu'est-ce qui vous fait croire ça ? »

Anneli se mit à pianoter sur son écran d'ordinateur.

« Regardez. La dernière fois que Michelle est

venue, elle est entrée tout de suite après Birna. Elles ont forcément attendu ensemble dans la salle d'attente et, si ma mémoire est bonne, ce n'est pas la première fois que cela arrivait, sans que je puisse l'affirmer.

— Et qu'en déduisez-vous ? »

Elle s'enfonça dans son siège. « Qu'elles arrivaient peut-être ensemble et qu'elles se voyaient en dehors d'ici sans que je le sache. »

Le commissaire Pasgård hocha la tête, les yeux plissés. Il semblait content. Très content, même.

« Merci pour tous ces renseignements, mademoiselle Svendsen, vous nous avez été d'une aide inestimable. Je pense qu'il ne me reste plus qu'à vous remercier et à vous prier de nous excuser pour le dérangement. » Pasgård se leva avant son assistant. « Nous allons vérifier les déplacements de Patrick Pettersson ces dernières semaines, ce qui ne devrait pas être très difficile si son patron tient son agenda et son carnet de commandes en ordre. »

Anneli s'efforça de dissimuler son soulagement. « J'ai oublié de vous dire que Michelle Hansen et Patrick Pettersson prévoyaient un voyage. C'est, entre autres, pour ça que Michelle est venue la dernière fois. Je n'ai évidemment pas pu l'aider à financer ce projet de vacances, étant donné qu'elle était sous le coup d'une enquête pour fraude sociale. Mais il est possible que son compagnon ne soit pas du tout allé travailler pendant cette période. »

Ici, l'assistant émit un sifflement et regarda son chef comme si tout s'éclairait tout à coup.

Pauvre Patrick Pettersson.

« Écoutez, Anne-Line, je suis terriblement désolée de ce que vous venez de subir. Je ne pouvais pas savoir. J'étais effroyablement gênée que vous ayez dû vous exposer de la sorte pour prouver votre bonne foi. Je vous demande pardon. »

Anneli hocha la tête. En ne forçant pas trop sa chance, elle se dit qu'elle arriverait même à grappiller quelques jours de congé supplémentaires.

« Ne vous excusez pas, c'est ma faute. Ce n'est pas facile de savoir comment réagir quand on apprend qu'on est malade. C'est moi qui vous demande pardon, j'aurais dû vous en parler tout de suite, je m'en rends compte, maintenant. »

Sa responsable lui sourit, l'air ému.

« Alors, je vous propose qu'on oublie cela et qu'on reparte de zéro. Je comprends parfaitement ce que vous ressentez, Anne-Line. Je crois que je ne supporterais pas non plus que tout le monde s'en mêle si j'avais le même problème. » Elle sourit, l'air un peu bête. « Mais vous allez bien ? ajouta-t-elle.

— Ça va, merci. Je suis un peu fatiguée, mais ça va.

— Je voudrais surtout que vous vous ménagiez jusqu'à ce que vous alliez mieux, d'accord ? Vous n'aurez qu'à prévenir les secrétaires si vous avez besoin de souffler un jour ou deux, promis ? »

Anneli feignit l'émotion, elle aussi. Il valait toujours mieux partager ce genre de sentiment.

On appelait cela « créer du lien », ou quelque chose comme ça.

34

Vendredi 27 mai 2016

Mais qui avait bien pu avoir l'idée saugrenue de partir aussi tôt ? Assad, forcément ! se disait Carl tandis qu'ils roulaient vers le sud. Et depuis une heure et demie, il ronflait à côté de lui, avec la tête de truand qu'il avait toujours au réveil quand il n'avait pas pris le temps de se raser. La vie était trop injuste, parfois !

« Assad ! Réveille-toi ! » cria Carl subitement, d'une voix si forte que son voisin fit un bond dans son siège.

« On est où ? » demanda Assad, les paupières lourdes, complètement désorienté.

« On a fait la moitié de la route et je vais piquer du nez sur le volant si tu ne me fais pas la conversation. »

Assad se gratta les joues et il leva les yeux vers les panneaux suspendus au-dessus de l'autoroute luisante de pluie. « On est seulement à Odense ? Alors, je crois que je vais me rendormir un petit peu. Vous n'avez qu'à ouvrir votre vitre, ça aide à rester éveillé. »

Carl lui donna un coup de coude dans les côtes, mais cela ne l'empêcha pas de retomber aussi sec dans les bras de Morphée.

« Hé, Assad ! Je pense à un truc. Écoute. »

Assad soupira.

« Hier soir, je suis allé voir mon ex-belle-mère. Elle a bientôt quatre-vingt-dix ans, elle est un peu givrée et elle vit dans son propre monde. Eh bien, figure-toi que chaque fois que je vais lui rendre visite, elle m'entraîne dans une nouvelle aventure.

— Vous me l'avez déjà dit, chef, répliqua Assad, sans ouvrir les yeux.

— Hier, elle voulait que je lui montre comment prendre un selfie.

— Hmmm…

— Tu as entendu ce que je t'ai dit ?

— Je crois, oui.

— Ça m'a fait penser que le portable de Michelle Hansen doit être rempli de photos, et je ne serais pas étonné qu'elle ait pris des selfies avec les filles avec qui elle a cambriolé cette boîte de nuit, en admettant que la police ait raison de penser qu'elle y est mêlée.

— Je crois que vous oubliez que ce n'est pas notre enquête, chef. Et aussi que le téléphone en question est cassé, détruit, *kaputt*.

— Je sais, Assad, mais ça n'a aucune importance. Elle avait un iPhone. »

Assad leva à contrecœur une paupière et regarda mollement son patron. « Vous voulez dire que…

— Je veux dire que, normalement, on doit pouvoir

tout retrouver sur le Cloud. Ou sur son ordinateur, ou son iPad, ce qu'elle avait. Sur Instagram ou Facebook ou…

— Vous ne croyez pas que l'équipe a déjà eu la même idée ?

— Si, sûrement. Terje Ploug sait ce qu'il fait. Mais ça ne nous empêche pas de lui souffler l'idée, à tout hasard ! »

Il tourna la tête vers Assad, content de lui. Mais, aussi incroyable que cela puisse paraître, le petit homme s'était déjà rendormi.

Après sa vie avec Vigga et de nombreuses années dans la rue avec les prostituées et les maquereaux, Carl pensait pouvoir se targuer d'une certaine dose de tolérance. Mais la galerie à l'architecture Bauhaus de Kinua von Kunstwerk au port de Flensborg mit son ouverture d'esprit à l'épreuve. L'œuvre n'était pas pornographique à proprement parler, mais la frontière était mince : tous les tableaux qui ornaient les murs étaient des représentations extrêmement détaillées et cliniques du sexe féminin en grand format et en couleurs.

Assad ouvrait des yeux comme des soucoupes. Un personnage féminin de taille imposante avait mis le cap sur eux, vêtu d'une tenue qui illustrait assez bien la palette avec laquelle elle devait travailler. Kinua von Kunstwerk, car c'était elle, traversa la pièce tel un flamant rose, perchée sur des talons de douze centimètres, et Carl ne put s'empêcher de penser que l'amie d'enfance de Rose avait tout de même déteint sur elle.

« *Willkommen*, bienvenue, *welcome*, chers amis », aboya-t-elle assez fort pour qu'aucun des visiteurs indécemment plongés dans la contemplation de ses œuvres ne puisse ignorer son entrée.

Elle embrassa Carl et Assad sur les deux joues quatre ou cinq fois de trop, si l'on se référait à la coutume en Allemagne du Nord, et posa sur eux un regard de biche si suggestif que Carl craignit de voir Assad tomber à genoux aux pieds de la Walkyrie.

« Ça va ? » lui demanda-t-il à tout hasard du coin des lèvres, voyant sa jugulaire tambouriner sous la peau de son cou. Assad ne répondit pas et continua à cligner des yeux en regardant l'invraisemblable créature, comme s'il avait été sous le soleil des tropiques en plein midi.

« Nous nous sommes parlé au téléphone », dit Assad d'une voix si chaude que Julio Iglesias et ses copains crooners pouvaient aller se rhabiller.

« Nous sommes venus au sujet de Rose », annonça Carl avant que l'atmosphère de boudoir ne devienne trop intense.

Karoline, alias Kinua, plissa les yeux. « Elle ne va pas bien du tout, si j'ai bien compris. »

Une machine à café faisait de l'œil à Carl sur son socle en plexiglas en dessous d'une toile pourpre et mauve représentant un vagin pendant un accouchement.

« On pourrait peut-être s'installer ailleurs ? » demanda Carl, qui avait du mal à se concentrer. « Aller prendre un café, je veux dire. Il y a pas mal de route depuis Copenhague. »

Dans le décor plus discret de son bureau, l'icône autoproclamée abandonna son numéro :

« Il y a des années que Rose et moi ne nous voyons plus et je le regrette. Nous étions de si bonnes amies, même si nous étions très différentes. » Son regard se fit vague, tandis qu'elle se laissait emporter par les images de son cinéma intérieur. Puis elle sourit. « Et puis nous avions deux carrières très différentes à bâtir.

– Certes. Comme vous devez vous en douter, si nous sommes venus jusqu'ici, madame von Kunstwerk, c'est parce que nous cherchons à comprendre les raisons profondes de ce qui arrive à Rose en ce moment. Pourriez-vous, en nous donnant quelques exemples, nous éclairer sur sa relation avec son père ? Nous savons qu'il la harcelait moralement et que cela avait pris des proportions assez importantes, mais nous ne savons pas de quelle façon. »

Pendant un court moment, l'artiste eut presque l'air d'une personne normale, tandis qu'elle se demandait comment exprimer par des mots ce qu'elle avait dans la tête.

« Des exemples ? dit-elle enfin. Vous êtes pressés ? »

Carl haussa les épaules.

« Prenez votre temps », dit Assad.

Kinua sourit fugitivement.

« Ce ne serait pas un mensonge que de vous affirmer que Rose n'a jamais, de toute sa vie, reçu un éloge ni entendu un compliment de la part de son père. Il était implacable avec elle et allait jusqu'à interdire à sa mère de lui dire le moindre mot gentil.

— Et il n'était pas comme ça avec ses sœurs ? »

Kinua secoua la tête.

« En grandissant, Rose avait essayé par différents moyens de l'amadouer. Mais c'était peine perdue. Par exemple, si elle cuisinait pour toute la famille, elle pouvait être sûre que son père viderait la carafe d'eau dans son assiette de dégoût après la première bouchée. Si elle passait l'aspirateur, il était capable de renverser le cendrier par terre au moindre grain de poussière oublié.

— Pas très gentil, en effet.

— Et encore, ce n'est rien. Il écrivait des mots au directeur de l'école en prétendant l'avoir entendue dire du mal de ses professeurs et les insulter derrière leur dos. Et il allait voir ses professeurs pour leur conseiller de se faire mieux respecter par sa fille.

— Et ce n'était pas vrai ?

— Bien sûr que non. Quand sa mère lui achetait des vêtements, il se moquait d'elle. Il s'esclaffait bruyamment et lui disait qu'elle ne ressemblait à rien et qu'elle ferait mieux d'éviter de se regarder dans la glace si elle ne voulait pas qu'elle se casse en mille morceaux. Il faisait tomber tout ce qui se trouvait sur ses étagères quand l'un de ses livres était rangé de travers, sous prétexte de lui apprendre à mettre de l'ordre dans ses affaires. Il l'envoyait manger dans l'arrière-cuisine lorsqu'elle se renfermait sur elle-même parce qu'il l'avait réprimandée. Il la traitait de cocotte si elle avait le malheur d'emprunter un peu d'eau de Cologne à Yrsa ou à Vicky. »

Assad grommela quelques mots en arabe. Quand il faisait cela, c'était rarement pour dire du bien des gens.

Carl hocha la tête. « Bref, c'était un vrai salaud. »

Kinua baissa la tête. « Un salaud ! ? Je ne sais pas quel terme employer pour le définir ! Pour sa confirmation, elle a dû porter une vieille robe parce que son père refusait de dépenser de l'argent pour elle. Elle n'a pas eu droit à une fête, et pourquoi lui faire des cadeaux alors qu'elle était incapable d'en prendre soin ? Vous trouvez que le mot salaud est assez fort pour décrire un père qui se comporte comme ça ? »

Carl secoua la tête. Il y a des tas de manières de détruire l'image qu'un enfant a de lui-même et aucune n'est excusable.

« J'entends ce que vous me dites, mais cela suffit-il à expliquer ce que je vous ai raconté ? Que Rose ait passé sa vie entière à exprimer sa haine pour son père dans ces carnets de notes ? »

Kinua von Kunstwerk semblait n'avoir aucun doute là-dessus.

« Vous devez comprendre aussi qu'il ne lui laissait pas une minute de répit. Il était sur son dos dès l'instant où il passait le pas de la porte. Je vous donne un autre exemple : il faisait exprès de lui poser un tas de questions auxquelles elle n'avait aucune chance de trouver la réponse, juste pour lui démontrer à quel point elle était idiote. Et, chaque fois que c'était possible, il le faisait en présence d'autres enfants afin qu'elle soit encore plus humiliée de ne pas pouvoir répondre. Elle m'a raconté que lorsqu'elle a dû apprendre à faire du vélo, parce qu'elle changeait d'école et que le trajet jusqu'à la nouvelle était trop long pour qu'elle le fasse à pied, son père avait promis de l'aider. Mais bien sûr, il attendait de la voir zigzaguer pour lâcher le porte-bagages afin qu'elle tombe et se fasse mal. »

Elle regarda Carl un instant sans rien dire, les yeux humides. « J'avais un peu oublié tout cela, mais maintenant que j'y repense, tous les souvenirs remontent. Je me souviens que son père la forçait à rester chez elle quand toute la famille s'en allait en balade, arguant qu'il n'avait pas envie de voir sa sale gueule alors qu'ils avaient l'intention de s'amuser. Il lui préférait tellement ses sœurs qu'elle avait fini par se sentir invisible. Les rares fois où elle avait une chance d'échapper à son calvaire, il s'arrangeait pour la mettre dans une impasse. Je pense à la veille de son baccalauréat, où il a fait du bruit toute la nuit pour l'empêcher de dormir. Elle m'a raconté aussi qu'il lui faisait croire qu'elle était en si mauvaise santé que le moindre rhume la tuerait. Une fois, il a poussé le sadisme jusqu'à commencer par lui montrer gentiment les rangs de fraisiers dans le potager et lui dire dans lequel elle pouvait aller se servir. Quand elle est revenue, ravie et repue, il lui a dit qu'elle s'était trompée de rang et que celui dans lequel elle s'était gavée de fraises avait été traité avec un insecticide très puissant et qu'elle allait mourir dans d'atroces douleurs. »

Les yeux de Carl s'embuèrent. Pauvre Rose.

« Avez-vous le moindre souvenir qui puisse donner des circonstances atténuantes à ce monstre ? » demanda-t-il.

Karoline secoua la tête. « Non. Et il ne s'est jamais excusé. En revanche, il obligeait Rose à s'excuser tout le temps, à la moindre petite erreur.

— Mais pourquoi ? Vous avez une idée de la raison pour laquelle il faisait tout cela, Karoline ?

— Sans doute parce que Rose était déjà dans le ventre de sa mère quand il l'a rencontrée. En tout cas, c'est ma théorie. Et puis parce que c'était un authentique psychopathe et qu'il la détestait de ne jamais verser une larme malgré tout ce qu'il lui faisait subir. »

Carl hocha la tête. C'était une bonne explication. Il se demanda si les sœurs de Rose étaient au courant de tout cela.

« Et puis vous êtes entrée dans sa vie », dit Assad sur le ton du constat.

Kinua sourit. « Oui. Et je lui ai appris à rire au nez de son prétendu père chaque fois qu'il l'embêtait. Cela le mettait hors de lui mais il a fini par être moins virulent. Il n'était pas homme à supporter qu'on se moque de lui. Un jour, j'ai dit à Rose qu'elle pourrait toujours lui faire la peau s'il recommençait. On a bien ri cet été-là. »

Elle cessa de rire et se tut, comme si, avec le recul, elle voyait les choses autrement.

« À quoi pensez-vous, Karoline ? lui demanda Carl.

— Je me dis qu'il a gagné en fin de compte. »

Carl et Assad la regardèrent tous deux sans comprendre.

« Elle voulait faire des études et, à la place, il l'a fait embaucher à l'usine de tôles fortes de Stålvalseværket. Dans l'entreprise où il travaillait, comme par hasard. Il n'allait pas la laisser lui échapper comme ça, n'est-ce pas ?

— Pourquoi n'est-elle pas partie habiter dans une autre ville, loin de son bourreau ? »

Kinua resserra son kimono autour d'elle. Elle était revenue dans le présent où tout ceci n'était plus son problème, où les *ding* répétés de la porte lui indiquaient qu'il y avait du monde dans sa galerie.

« Pourquoi ? » Elle haussa les épaules. « Parce qu'à ce moment-là, elle était déjà brisée. »

« Vous croyez qu'il l'a détruite à vie, chef ? »

Le front de Carl se plissa. Comme il aurait aimé savoir il y a plusieurs années tout ce qu'ils venaient d'apprendre.

« Vous pensez que Rose a tué son père ? » continua Assad.

Carl fronça les sourcils. « Si c'est le cas, ça n'a jamais été prouvé.

— Et si on pouvait le prouver ? »

Carl regarda l'océan doré qui défilait derrière la vitre. Le colza n'était-il pas particulièrement en avance, cette année ? Il ne se souvenait jamais à quel moment il était en fleur.

« Alors, chef, qu'est-ce qu'on ferait ?

— Tu as entendu ce qu'a dit Kinua. La meilleure manière d'aider Rose, c'est de garder tout cela pour nous.

— Je suis d'accord. »

Assad avait l'air soulagé.

Ils roulèrent longtemps dans un silence qui ne fut interrompu que par la sonnerie du téléphone. Assad pressa l'icône verte du tableau de bord.

C'était Gordon.

« Comment s'est passée la tournée ? demanda Carl. Tu as réussi à te débarrasser de l'équipe de tournage ? »

On aurait dit qu'il riait, mais avec Gordon, on ne pouvait jamais savoir.

« Oui, répondit-il finalement. Ils sont partis au bout de dix minutes en voyant qu'il ne se passait rien d'intéressant. Ils n'avaient pas envie de refaire un circuit que j'avais déjà fait. D'ailleurs, ils se fichaient complètement de l'affaire Zimmerman et ils ont passé leur temps à me poser des questions sur l'histoire de la boîte de nuit et sur celle du chauffard. »

Carl sourit. Tout se passait comme prévu.

« Ceci dit, ils auraient dû rester encore un peu parce que dans un café de Store Kongensgade, je suis tombé sur un gars que j'avais déjà interrogé la dernière fois et qui habite rue Borgergade. Entre-temps, il avait rapporté notre conversation à sa fiancée, qui fêtait son anniversaire le jour où Mme Zimmerman a été assassinée et qui, du coup, s'est souvenue avoir vu ce jour-là dans leur rue un grand type avec des gestes lents à qui elle avait trouvé un air… elle a mis du temps à trouver le mot juste, mais a fini par dire qu'elle le trouvait "intense". Comme s'il était bouleversé ou énervé, ou quelque chose comme ça.

— Pourquoi ne sont-ils pas venus nous en parler à l'hôtel de police ?

— Ils voulaient le faire et puis c'est resté à l'état de projet. »

Carl hocha la tête. C'était toujours la même chanson.

« Est-ce qu'elle se rappelait à quel moment de la journée elle a vu ce type ?

— Parfaitement. Elle était en route pour se rendre chez une amie qui lui avait organisé un pot d'anniversaire à huit heures du soir.

— Qu'est-ce qu'il faisait ?

— Il attendait sur le trottoir, à quelques numéros de l'immeuble de Birgit Zimmerman et elle a trouvé bizarre qu'il reste là, sans bouger, alors qu'il pleuvait à verse.

— Elle a été capable de te donner un signalement ?

— Elle a dit qu'il était à peu près bien habillé,

mais sale avec de longs cheveux. C'est sans doute la raison pour laquelle elle l'a remarqué. Elle a dit que l'ensemble ne collait pas.

— Elle s'en souvient assez bien pour que notre dessinateur puisse faire un portrait-robot ?

— Pas de ses traits, mais de son corps, de son attitude et de ses vêtements, oui.

— Alors, occupe-t'en, Gordon.

— C'est déjà fait. Mais j'ai autre chose, Carl. J'ai trouvé un autre témoin. Un type qui a vu Rigmor Zimmerman peu de temps avant le meurtre. Il avait déjà parlé à quelqu'un de la Crim', mais on ne l'a pas recontacté depuis.

— Quand est-ce qu'il est venu nous voir ?

— Dès le lendemain du meurtre.

— Ça figure au rapport ?

— Non, je n'ai trouvé de trace de son témoignage nulle part. »

Assad leva les yeux au ciel et Carl n'en pensait pas moins. Si Pasgård arrivait un jour à élucider cette affaire, cela tiendrait du miracle.

« Alors, qu'est-ce que le témoin a vu ?

— Il a vu Rigmor Zimmerman s'arrêter au coin d'une rue, se retourner pour regarder derrière elle et se mettre à courir.

— Tu sais où ça s'est passé, exactement ?

— À l'angle de Klerkegade et de Kronprincessegade.

— C'est-à-dire à cent mètres du parc de Kongens Have.

— Oui. Et elle a couru en direction du parc. Il n'a rien vu de plus parce qu'il marchait en sens inverse dans la rue Kronprincessegade. Le type habite Nyboder.

— Qu'est-ce qu'il a pensé en voyant ça ?

— Il s'est dit qu'elle s'était mise à courir à cause de la pluie, ou qu'elle avait soudain réalisé qu'elle allait être en retard à un rendez-vous. Il n'a pas pensé grand-chose, en fait.

— Où l'as-tu trouvé, ce témoin ? » demanda Assad en posant les pieds sur le tableau de bord dans une posture proscrite par tout bon professeur de yoga.

« C'est lui qui m'a trouvé. Il m'a entendu interroger des gens sur son lieu de travail.

— Bravo, Gordon, le complimenta Carl. Je propose qu'on le fasse venir au département V pour lui faire répéter tout cela. On sera là dans une demi-heure. Tu crois que tu peux mettre la main sur lui d'ici là ?

— Je peux essayer, Carl, mais c'est vous qui n'allez pas avoir le temps. Le préfet en personne vient de descendre dans notre humble cave pour voir ce qu'il s'y passe. Il m'a demandé de vous dire qu'il vous attend dans son bureau dès que vous serez rentré. Ça avait l'air sérieux, vous feriez peut-être mieux d'y aller. Je crois qu'il s'agit de l'équipe de tournage. Ils ont impérativement besoin que vous leur donniez quelque chose à mettre dans la boîte. »

Carl et Assad échangèrent un regard. Tout bien

réfléchi, ils allaient mettre un peu plus d'une demi-heure à rentrer au bureau.

« Dis-lui qu'on a crevé et qu'on est tombés dans un fossé. »

Silence. Gordon n'était manifestement pas ravi d'être le messager de cette excuse bidon.

35

Vendredi 27 mai 2016

En reprenant connaissance, la première chose que Rose ressentit fut une douleur intense sous les cuisses. Des images et des sons déconcertants envahissaient par flashs son cerveau embrumé. Un coup dans la nuque, des mains la manipulant maladroitement, des voix haut perchées, le bruit sec de quelque chose qu'on déchire.

Rose ouvrit lentement les yeux et vit un rai de lumière blanche qui s'insinuait sous une porte non loin. Elle ne reconnaissait pas la pièce dans laquelle elle se trouvait et ne parvenait pas à comprendre sur quoi elle était assise.

Puis elle ressentit une violente douleur à l'arrière du crâne et une lourdeur dans la tête. Était-ce à cause du mélange d'alcools qu'elle avait ingurgité ? Est-ce qu'elle avait eu un accident ? Incapable de comprendre ce qui lui arrivait, elle voulut appeler à l'aide. Mais aucun son ne sortit de sa bouche, quelque chose lui scellait les lèvres.

En bougeant légèrement le buste, elle put se faire une idée de sa situation. Sans qu'elle en ait le moindre souvenir, on l'avait ligotée en position assise, les bras au-dessus de la tête, les mains attachées à quelque chose de froid. Ses chevilles étaient entravées, son dos maintenu en arrière contre une surface lisse et son cou retenu de manière à ce qu'elle ne puisse avancer la tête que de quelques centimètres.

Elle n'avait aucune idée de ce qu'elle faisait dans cet endroit et dans cette position pour le moins inconfortable.

À l'extérieur de la pièce, deux femmes se disputaient. Leurs voix étaient jeunes, aiguës et parfaitement audibles. Elles parlaient d'elle et, apparemment, elles étaient en train de décider si elle devait vivre ou mourir.

Vous n'avez qu'à me tuer, qui que vous soyez, songea-t-elle. Qu'elle meure d'une manière ou d'une autre, le résultat serait le même, elle aurait enfin la paix.

Rose ferma les yeux. Tant que sa tête la ferait autant souffrir, elle ne verrait pas défiler en boucle toutes les images réelles ou inventées qui l'obsédaient. Le corps broyé de son père, son bras émergeant sous l'énorme plaque, un doigt accusateur pointé vers elle, le sang d'un rouge sombre éclaboussant sa chaussure, sa mère qui souriait quand les pompiers l'avaient raccompagnée chez elle un peu plus tard dans la journée, alors que la police était déjà garée devant la maison et qu'elle devait être au courant de ce qui s'était passé. Comment pouvait-elle sourire ? Pourquoi sa mère l'avait-elle regardée en souriant au lieu d'essayer de la consoler ?

ÇA SUFFIT ! hurlait une voix à l'intérieur d'elle. Malgré les maux de tête, les pensées étaient toujours là. Et Rose savait que si elle ne résistait pas, d'autres images, des mots bien pires et des pensées qu'elle ne pouvait pas chasser viendraient la submerger.

Elle tira de toutes ses forces sur les liens qui lui immobilisaient les bras. Elle gémit derrière l'adhésif qui collait à sa bouche et la réduisait au silence.

Elle avança la tête, força autant qu'elle pouvait sur le lien qui lui serrait la gorge, cherchant à s'étrangler, et resta dans cette position jusqu'à perdre à nouveau connaissance.

Quand elle revint à elle, les deux filles étaient là, à la regarder. La première, celle qui s'était présentée comme la petite-fille de Rigmor, l'observait d'un air pensif avec dans une main une sorte de pic à glace, et l'autre fille, un rouleau de gaffer gris.

Est-ce qu'elles vont me tuer d'un coup de couteau ? se demanda-t-elle tout d'abord, repoussant aussitôt cette idée. Si c'était le cas, que ferait la deuxième avec de l'adhésif ?

Rose regarda autour d'elle. Elle savait où elle était, à présent. Elle était ligotée à la cuvette des W.-C. dans la salle de bains de sa voisine. Ce qui expliquait cette sensation de cisaillement sous ses cuisses.

Le nœud autour de son cou l'empêchait de voir

son corps, mais en regardant du coin de l'œil dans le miroir de l'armoire de toilette au-dessus du lavabo, elle réussit à comprendre ce que ces filles lui avaient fait.

Elles lui avaient baissé son pantalon et sa petite culotte et attaché les cuisses à la cuvette avec du gaffer. Le même gaffer était enroulé autour de son ventre et la maintenait collée au réservoir des W.-C. Ses bras levés étaient attachés à l'aide de deux ceintures appartenant à Rigmor à des poignées en inox fixées au mur. Elle reconnut l'une des ceintures parce que c'était elle qui l'avait offerte à Rigmor, une année, à Noël. C'était une ceinture dorée, très fine, et Rigmor l'avait portée pendant toute la période des fêtes, sans doute plus par courtoisie que parce qu'elle lui plaisait, parce que Rose ne l'avait plus jamais vue sur elle ensuite.

Elles l'avaient également bâillonnée avec le même adhésif et elles lui avaient enroulé autour du cou une tresse d'écharpes en soie qu'elles avaient attachées aux poignées en inox sur le mur.

Elle se souvint tout à coup qu'elle avait tenté de s'étrangler toute seule et comprit qu'avec la meilleure volonté du monde, elle n'arriverait jamais à se tuer de cette façon. Car aussitôt qu'elle perdrait connaissance, sa tête retomberait en arrière, ses liens se desserreraient et l'oxygène atteindrait à nouveau son cerveau.

Si elle avait pu, elle aurait expliqué à ces filles qu'elles pouvaient la laisser partir sans crainte.

Qu'elle se fichait complètement d'elles et que tout ce qu'elles pourraient lui faire ne servirait à rien. Elle tenta de leur faire comprendre sa bonne volonté en parlant avec ses yeux, mais elles ignorèrent ses efforts.

Qu'est-ce que ces filles avaient bien pu faire pour qu'elle constitue pour elles un tel danger ?

« Tu veux qu'on la laisse là jusqu'à ce qu'on fiche le camp d'ici, Denise ? » dit la fille au gaffer.

Denise ? Rose essaya de se concentrer. Elle ne s'appelait pas Dorrit ? Ou bien Rigmor lui avait-elle raconté un jour que sa petite-fille avait changé de prénom ? Oui, il lui semblait bien que oui.

« Tu as une autre idée, peut-être ? répliqua Denise.

— Et on appellera quelqu'un pour dire où elle est dès que tout sera terminé, d'accord ? »

Denise acquiesça.

« Si elle reste assise là, où est-ce qu'on va faire pipi ? s'inquiéta l'autre.

— Tu grimperas sur le lavabo, Jazmine.

— Et si elle me regarde ?

— Tu feras comme si elle n'était pas là. De manière générale, tu n'as pas à t'en occuper. C'est mon problème, d'accord ?

— Mais je ne peux pas faire caca dans le lavabo ?

— Tu n'auras qu'à aller chez elle, son appartement n'est pas fermé. »

Denise s'adressa à Rose : « On va te donner à boire de temps en temps et tu vas te tenir tranquille, sinon je t'assomme, *capice* ? »

Rose cligna deux fois des yeux.

« Je ne plaisante pas. Et je taperai plus fort. »

Rose cligna des yeux à nouveau.

Denise approcha l'objet pointu de la bouche de Rose.

« Je vais faire un petit trou dans le gaffer. Écarte les lèvres, si tu peux. »

Rose les écarta autant qu'elle put mais quand le pic traversa l'adhésif, un goût de sang lui remplit aussitôt la bouche.

« Désolée ! » dit Denise, voyant le sang couler par le trou. « J'étais obligée pour passer ça », dit-elle en lui montrant une paille du genre de celles dont on se sert dans les hôpitaux.

Elle l'enfonça à travers l'orifice aménagé dans l'adhésif et Rose ferma les yeux de douleur quand la peau desséchée de sa lèvre supérieure entra dans sa bouche avec le bout de la paille. Elle déglutit plusieurs fois pour avaler le sang et but l'eau que Denise lui tendait dans un verre à dents.

Si elles lui donnaient de l'eau, cela signifiait qu'elles avaient décidé de la laisser en vie.

Bien que le pays soit frappé depuis plusieurs semaines par ce qu'au Danemark on pouvait appeler une canicule, la salle de bains était assez fraîche et, au bout de quelques heures, Rose commença à avoir froid, principalement sans doute à cause de ses liens qui empêchaient son sang de circuler.

Si je ne peux pas bouger, je vais faire une embolie,

se dit-elle en crispant les muscles de ses mollets pour empêcher la pompe musculaire de s'arrêter complètement. Elle était tout de même sacrément dans la merde. Elle ne pourrait survivre que quelques jours dans cette position, mais les filles n'avaient peut-être pas besoin de plus pour disparaître. Elles avaient dit qu'elles préviendraient quelqu'un de l'endroit où elle se trouvait. Mais ensuite ?

On la renverrait à l'hôpital psychiatrique. La personne que les filles appelleraient contacterait sa mère ou ses sœurs. Ses frangines rappliqueraient ventre à terre et elles tomberaient forcément sur ses lettres d'adieu et sur la lame de rasoir. Ce n'était pas bon du tout pour elle. Dès qu'ils apprendraient qu'elle voulait se suicider, les psychiatres ne la lâcheraient plus. Elle préférait encore crever ici.

Elle n'allait plus bouger du tout. Des caillots ne tarderaient pas à se former dans ses veines. Ce genre de gamines ne pensaient pas à ces choses-là.

Et Rose entama sa longue attente, écoutant sa propre respiration sifflant à travers la paille, s'étonnant de voir que la très soigneuse Rigmor ait laissé son linge dans la machine à laver, que, malgré son âge, elle ait encore des serviettes hygiéniques sur l'étagère au-dessus du sèche-linge et qu'elle garde une vieille paire de collants de nylon filés accrochée à une patère. Elle se demanda si elle reprisait ses collants. Est-ce qu'on pouvait repriser des collants, d'ailleurs ?

Elle ferma les yeux pour imaginer la scène mais,

parasitant l'image de deux mains adroites occupées à rattraper les fines mailles de nylon, elle vit soudain apparaître le visage de son père, la bave au coin des lèvres et la haine luisant dans ses yeux.

« Tu viens quand je te l'ordonne, crachait-il. Tu viens maintenant et si je te dis de repartir, tu m'obéis. C'est compris ? »

Le visage devint de plus en plus gros. Les mots rebondissaient dans sa tête, répétés à l'infini, et la panique fit violemment battre le cœur de Rose. Ses joues se gonflèrent et le sifflement à travers la paille atteignit une note qui se substitua au cri que Rose aurait voulu pousser.

Elle vida sa vessie. Comme elle l'avait fait en ce jour maudit, à l'instant où elle avait senti la vibration de son bipeur au fond de sa poche.

Lorsque Denise vint lui redonner de l'eau, Rose était trempée de sueur.

« Tu as trop chaud ? » lui demanda-t-elle. Sans s'inquiéter de la réponse de sa prisonnière, elle baissa le thermostat du radiateur et ressortit de la salle de bains, laissant la porte entrebâillée.

La lumière du jour éclairait encore l'entrée, bien qu'elle ne soit plus très forte. En cette saison, il était difficile de déterminer l'heure, puisqu'il faisait jour jusqu'à onze heures du soir. Mais il ne devait pas être très tard.

« Ça n'arrête pas, Denise, dit Jazmine un peu plus

tard dans le salon. Ils ont passé ce reportage sur Michelle en boucle toute la journée.

— Alors éteins ce foutu poste !

— Ils savent qu'elle était à la discothèque quand le hold-up a été commis et que Birna s'est fait tirer dessus. Et ils savent qu'elle était là avec deux autres femmes. Ils ont ce Patrick dans le collimateur et il sait comment on s'appelle. Il a entendu nos noms quand on l'a croisé à l'hôpital.

— Ah oui ? Et tu crois qu'il s'en souvient ?

— Même s'il a oublié, je suis sûre qu'il a su nous décrire. Je suis prête à te parier qu'on est déjà recherchées par la police, Denise.

— Arrête, s'il te plaît. Ils n'ont aucune idée de l'endroit où nous sommes et plus personne ne va nous reconnaître. Allez, viens avec moi dans la salle de bains. »

Quelque part au fond du chaos intérieur de Rose, les mots qu'elle entendait prenaient tout leur sens. L'instinct de l'enquêtrice en elle supplantait les mauvaises pensées et Rose aurait fait n'importe quoi pour échapper à ces pensées-là.

Jazmine avait mentionné un hold-up et une certaine Birna qui s'était fait tirer dessus près d'une discothèque. Les filles pensaient-elles qu'elle savait quelque chose à ce sujet ?

Rose rembobina le film jusqu'au moment où elle était venue dans l'appartement et avait découvert leur présence. Avant de partir, elle leur avait dit qu'elle allait les dénoncer pour être entrées dans l'appartement de Rigmor.

C'était pour ça, alors. Elles avaient peur que Rose révèle leur présence ici. Et cette peur la mettait en très grand danger. Elle était l'ennemie et c'est pour ça qu'elle était leur prisonnière. Elles allaient l'abandonner en partant. Elles n'informeraient personne de sa présence ici car l'inverse leur ferait courir un trop grand risque.

Les deux filles entrèrent dans la salle de bains ensemble. Rose ferma les yeux et fit semblant de dormir. Elles ne devaient pas savoir qu'elle avait entendu leur conversation.

Denise monta sur le lavabo pour faire pipi pendant que Jazmine se déshabillait et entrait dans la douche.

Elles s'étaient coupé les cheveux très court toutes les deux. Elles étaient métamorphosées.

« Je déteste ce qu'on vient de faire, Denise. Ça m'a pris plus de cinq ans pour avoir les cheveux aussi longs. J'en chialerais, je te jure », dit Jazmine en faisant couler de la teinture sur sa tête avant de tirer le rideau.

« Quand on sera arrivées au Brésil, tu pourras te faire poser toutes les extensions capillaires que tu voudras pour une bouchée de pain. Alors arrête de pleurnicher, tu veux ? » se moqua Denise en redescendant du lavabo.

Elle arracha un morceau de papier-toilette sur le rouleau à côté de Rose, s'essuya l'entrejambe et jeta le papier souillé dans le panier à linge. Voilà pourquoi les affaires de Rigmor étaient dans la machine.

Rose suivait leurs gestes à travers la fente de ses yeux mi-clos. Denise ne lui accordait pas un regard. Était-elle déjà morte à ses yeux ou bien croyait-elle vraiment qu'elle dormait ?

Denise contempla ses boucles courtes dans le miroir en agitant le flacon de teinture. Rose leva légèrement les paupières. Trois larges entailles traversaient le dos de la jeune femme en diagonale. Une vision choquante sur un corps parfait.

« Tu es sûre qu'Anne-Line ne va pas te reconnaître, Denise ? Et si elle refusait de te laisser entrer ? » lança l'autre fille derrière le rideau de douche.

« J'en ai dupé de plus malins qu'elle, Jazmine. Je vais la neutraliser avant qu'elle ait eu le temps de dire ouf », répliqua Denise.

Comme si elle avait senti son regard, elle se tourna brusquement et regarda Rose, qui n'avait pas refermé les yeux assez vite.

36

Dimanche 29 mai et lundi 30 mai 2016

Quand Carl posa devant lui une canette de bière sur la table de son jardinet à Rønneholtparken, Marcus Jacobsen refusa d'un geste. « Non, merci, Carl. J'ai tout arrêté, alcool et tabac. Je vais faire attention à moi, maintenant. »

Carl hocha la tête et s'alluma une cigarette. Statistiquement, il devait y avoir des gens qui y arrivaient. Mais quand même, une Carl's Special ! Il n'y avait rien de meilleur au monde.

« Alors, tu as pu jeter un coup d'œil à mes notes ? »

Carl fit la grimace et secoua la tête. « Pas vraiment, mais je vais le faire, je te le promets. Elles sont sur mon bureau. »

Il vit qu'il avait déçu Marcus et sa réaction était légitime. C'était Marcus Jacobsen qui lui avait tout appris dans le métier et il n'avait pas pris sa demande au sérieux. C'était impardonnable.

« OK, Marcus, je vais te dire la vérité. Au départ, j'avais quelques doutes sur toi et sur cette affaire. J'ai pensé qu'elle t'avait tellement obsédé à l'époque que cela t'avait fait voir un lien entre les deux affaires là où il n'y en avait probablement pas. Mais comme je viens de te le dire, j'ai maintenant l'intention de m'y pencher sérieusement et c'est d'ailleurs pour ça que je t'ai fait venir aujourd'hui.

— Ah ! Ce n'était pas pour le plaisir de ma compagnie ? Bon, vas-y, je t'écoute. »

Carl poussa un soupir un peu plus long qu'il ne l'aurait souhaité, mais après tout, Marcus pouvait y être sensible. « Comme tu sais, dit-il, nous sommes tous très occupés par cette histoire avec Rose. Alors je me suis dit que je pourrais peut-être te demander de nous donner un coup de main. »

Marcus sourit. « Sur une affaire qui ne t'appartient pas, je présume ? »

Carl regarda monter vers le ciel la fumée de sa cigarette. Il savait que Marcus ne le trahirait pas, mais il ne s'attendait pas à une question aussi directe de sa part et cela le décontenança.

« Tu sais ce que c'est, Marcus. On se retrouve avec des tas d'intuitions contradictoires et on ne sait plus où on en est. Je déteste ça. Et puis Rose n'est pas là. D'habitude, on peut compter sur elle quand on a besoin de creuser certaines questions. Elle nous manque beaucoup plus qu'on ne l'aurait cru. »

Marcus sourit, amusé. « Je comprends. Et dans quoi aimerais-tu que je creuse, Carl ? Que te dit ton intuition ?

— Qu'il faut que j'en sache le plus possible sur

les Zimmerman et sur le passé des divers membres de la famille. Nous en savons déjà beaucoup sur le mari de Rigmor et le moins qu'on puisse dire c'est qu'il n'était pas blanc-bleu. »

Carl résuma pour son ancien patron la carrière méprisable de Fritzl Zimmerman, sa reconversion et les circonstances de sa mort.

Marcus Jacobsen hocha la tête. « Effectivement, l'homme que tu me décris n'était pas un modèle de vertu. Mais maintenant que tu me le dis, je crois que l'enquête sur le type qui s'est noyé dans le lac de Damhussøen a atterri sur mon bureau à la Criminelle à un moment donné. C'était lui, alors ? »

Ils entendirent un bruit de conversation venant de la maison. Morten et Hardy étaient rentrés.

Marcus s'illumina. Il était impatient de revoir Hardy. Il se leva pour l'accueillir. Voir leur vieux chef jadis si intransigeant se pencher pour serrer dans ses bras son ancien inspecteur était une scène touchante.

« Alors, mon garçon, bonne promenade ? » demanda-t-il à Hardy quand il fut parvenu à garer son fauteuil roulant près de la table du jardin.

« Mmouais », répondit l'infirme de façon presque inaudible tandis que Morten, les yeux bouffis de larmes, venait rejoindre la compagnie pour demander, d'une voix étranglée, s'il pouvait leur apporter quelque chose.

Carl le congédia d'un geste. « C'est bon, Morten, on va se débrouiller, merci.

— Parfait, alors… je crois… que je vais aller m'allonger un peu », répliqua-t-il entre deux reniflements.

« Qu'est-ce qu'il a ? » s'inquiéta Marcus quand on n'entendit plus de bruits de pas dans l'escalier du sous-sol.

Hardy avait l'air épuisé. « Il a le cœur brisé. Il ne faut pas se promener au mois de mai si on n'a pas envie de voir les amoureux se bécoter sur les bancs publics. Il a chialé comme un môme pendant toute la balade.

— Ah, il est bien loin le temps de nos premiers chagrins d'amour ! » soupira Marcus, lyrique. Il se perdit quelques brefs instants dans ses souvenirs puis se tourna vers Carl, déjà revenu à son rôle de détective. « Le mari de Birgit Zimmerman, qu'est-ce qu'on sait sur lui ?

— Rien du tout. Mais cela fait justement partie des choses que nous espérons apprendre quand tu auras commencé à creuser un peu. »

Ils se retrouvèrent comme convenu à l'usine de Stålvalseværket le lundi matin à dix heures, au poste de contrôle à gauche de la grille d'entrée. Derrière Leo Andresen attendaient un homme âgé et une femme plus jeune. Leur demande d'une visite guidée avait manifestement été prise très au sérieux.

Leo leur présenta le vieil homme maigre. « Polle P. est le doyen de l'usine, moi j'y ai travaillé pendant trente ans avant de prendre ma retraite et Lana est la dernière arrivée dans l'entreprise. À nous trois, nous devrions pouvoir répondre à toutes vos questions, quelle que soit la période qui vous intéresse. »

Carl et Assad serrèrent la main à leurs trois guides.

« Polle et moi nous chargerons de vous montrer les lieux et Lana, qui est responsable de la sécurité, vous fournira les casques et les chaussures que vous devez porter pour vous déplacer dans l'usine. Puis-je me permettre de vous demander votre pointure, s'il vous plaît ? »

Tous trois baissèrent les yeux en même temps vers les pieds d'Assad et de Carl.

« Je dirais bien un 45 pour vous, Carl, et un 41 pour M. Assad ? enchaîna Leo Andresen.

— Vous dites ce que vous voulez, répliqua Assad, mais si vous ne me donnez pas un 42, je préfère que vous me tuiez tout de suite. »

Il fut le seul à rire de sa blague.

Ils quittèrent le poste de garde et Carl leur raconta leur rencontre avec Benny Andersson. À en juger par leurs visages fermés, ils savaient parfaitement qui il était.

« Benny est l'un de ceux qui ont obtenu des dommages et intérêts pour empoisonnement au manganèse, grogna Polle. Je ne me prononcerais pas pour les autres, mais en ce qui le concerne, il n'était pas plus empoisonné que moi.

— Cela dit, à quelque chose malheur est bon, puisqu'on ne l'a plus jamais revu, ajouta Leo sans autre explication.

— J'avoue être pour ma part resté indifférent à son charme naturel, enchérit Carl. Mais il m'a paru sincère quand il a mentionné l'affection qu'il avait pour Rose, ce qui aurait tendance à adoucir mon jugement. Vous savez quels étaient leurs rapports ?

— Aucun rapport particulier, je crois. Il aimait bien les femmes et il détestait Arne Knudsen.

— Vous savez pourquoi ?

— Parce que Arne Knudsen était détestable. Il n'était gentil avec personne, et surtout pas avec Rose, ce qui n'échappait à aucun d'entre nous. Elle n'aurait jamais dû travailler dans la même entreprise que son père », commenta Polle tout en agitant les bras pour attirer leur attention sur le paysage industriel.

Les espaces entre les bâtiments étaient ordonnés et étrangement déserts, quand on pensait aux énormes masses d'acier roulé qui devaient passer quotidiennement par ce complexe d'industrie lourde. Où se cachaient les trois cent quarante hommes qui travaillaient ici ? Pourquoi n'y avait-il pas âme qui vive ? Il est vrai que le site devait faire la superficie d'une petite île danoise, que les bâtiments avaient la taille de hangars pour avions, qu'un seul d'entre eux pouvait contenir mille hommes et que trois cents s'y seraient cachés aisément, mais quand même. Carl s'attendait à trouver des montagnes de ferraille, un bruit assourdissant et surtout de grands hommes très costauds en bleu de travail un peu partout.

Leo Andresen sourit quand Carl lui fit part de son étonnement. « Ce n'est plus du tout comme ça, aujourd'hui, expliqua-t-il. Tout est électronique. Les employés sont des gens hautement qualifiés qui manipulent des joysticks, appuient sur des boutons et contrôlent des écrans. C'est comme ça depuis que nous ne fondons plus le métal sur place. À présent Stålvalseværket est une entreprise d'import-export qui appartient à la Russie…

— Et en 1999, quand Arne Knudsen est mort, c'était comment ? l'interrompit Carl.

— Très, très différent et en même temps pas si différent que ça, répondit Polle. D'abord, nous étions plus de mille. Là-bas, sur la péninsule, il y a une autre usine, à présent, mais à l'époque, tout cela appartenait à un même groupe dirigé par de gros industriels comme A. P. Møller et l'East Asiatic Company. Et puis, il y a eu cette fichue affaire du manganèse et un tas d'autres problèmes qui ont nui à la rentabilité de la société, jusqu'au dépôt de bilan en 2002 qui a marqué la fin d'une ère. »

Il leur montra plusieurs piles d'épais blocs d'acier posés en plein air, à même le sol bétonné.

« En ce temps-là, nous étions une entreprise de recyclage qui récupérait huit cent mille tonnes de déchets métalliques par an pour les fondre et les transformer en plaques d'acier, en tubes d'acier et en acier trempé. Nous fournissions des matériaux pour bâtir des ponts, des structures de tunnel et tout un tas d'autres constructions. Aujourd'hui, nous recevons ces blocs russes, expédiés tels quels par nos patrons russes, et avons pour unique mission de les transformer en plaques. »

Il ouvrit la porte d'un hangar si colossal qu'Assad porta la main à son casque. Carl n'arrivait même pas à évaluer les dimensions du bâtiment.

« C'est ici que l'accident s'est produit ? » demanda-t-il. Il désignait un tapis roulant sur lequel les blocs étaient transportés puis soulevés par des grues munies de gigantesques aimants pour être déposés ailleurs. « Ce n'est tout de même pas un truc comme ça qui est tombé sur le père de Rose ? » s'étonna-t-il.

Polle secoua la tête. « Non. Et d'ailleurs ça s'est passé dans l'ancienne partie du W15. Ici ce sont des blocs de vingt tonnes. Celui qui a tué Arne en faisait à peine la moitié. » Il haussa les épaules. « Ce qui n'est déjà pas mal, il faut bien le dire. Si Rose travaillait encore ici, elle serait probablement assise dans ce bureau », ajouta-t-il en désignant un coin de l'atelier où une vitre délimitait un bureau comme on en trouve dans toutes les usines.

À l'intérieur de l'aquarium une jeune et jolie femme en blouse bleue était assise devant un ordinateur. Elle agita la main pour saluer Leo Andresen.

« Je vous présente Micha. Elle est introductrice. C'est le métier auquel Arne Knudsen voulait former sa fille. C'était celui qu'il exerçait. L'introducteur est la personne qui s'assure que les blocs numérotés sont traités dans le bon ordre. Tout ici est programmé. Nous savons ce que nous devons livrer, quand et où nous devons le livrer et à qui. Chaque bloc est marqué en blanc avec les chiffres et les lettres que vous voyez ici. Ensuite, il est chauffé et roulé en plaque d'une certaine taille et d'une certaine épaisseur en fonction des commandes. Mais vous verrez cela dans un instant. »

À mesure qu'ils approchaient du fond du hangar, l'éclairage passait d'une lumière blanche vive et éblouissante à une lumière jaune tamisée.

Cette partie de l'atelier W15 était plus ancienne. Avec ses imposantes structures en métal, ses ponts, ses tubes, ses escaliers métalliques, ses poulies, ses rails et son four qui faisaient penser à une maquette futuriste des silos à grain de la ferme de son père, elle ressemblait plus à l'idée que Carl s'était faite de l'aciérie.

Leo Andresen leur montra une grue suspendue à des câbles, un engin énorme sur lequel on pouvait lire la marque DEMAG. « Cette grue sert à lever les blocs pour les poser ensuite sur le tapis roulant qui les emmène dans les fours de fusion. Regardez, la porte va s'ouvrir et vous allez pouvoir sentir la chaleur qui se dégage de ces fours. Une température de 1 200 degrés pour chauffer à blanc les blocs d'acier. »

Ils s'étaient tous arrêtés pour regarder l'aimant. « C'est cet aimant qui a lâché, laissant tomber le bloc d'acier sur Arne Knudsen, expliqua Polle. Il paraît qu'il y aurait eu une coupure accidentelle de courant mais, en ce qui me concerne, je doute fort qu'elle l'ait été.

— OK. Et qui est aux commandes de cet engin ? »

demanda Carl en reculant pour échapper à l'intolérable chaleur du four.

Il comprenait mieux à présent pourquoi un côté de l'atelier était ouvert à l'air libre.

« Celui qui se trouve à la console dans la salle des commandes, derrière les fours de fusion.

— Et qui était aux commandes le jour où c'est arrivé ? s'enquit Assad.

— C'est toute la question. C'était au moment de la relève et, même si cela ne devrait jamais arriver, nous ne savons pas précisément qui s'y trouvait à ce moment-là.

— Nous avons posé la question à Benny Andersson et il nous a dit que ce n'était pas lui.

— Je vois. Je vous avoue que je n'en ai aucun souvenir. À cette époque, il faisait partie de ceux qui étaient partout à la fois.

— Si Rose et Arne Knudsen travaillaient dans le bureau comme cette jeune femme que vous nous avez montrée tout à l'heure, pourquoi se trouvaient-ils à cet endroit de l'atelier quand c'est arrivé ?

— Non, ce n'est pas ce que j'ai dit. La partie de l'atelier où se trouve ce bureau préfabriqué et où vous avez vu Micha n'existait pas encore. En ce temps-là, il n'y avait que ce truc-là. » Il se retourna pour leur montrer une construction en bois. « Ils passaient la journée assis là-haut dans un bureau et parfois, ils descendaient ici pour marquer les blocs qui devaient être transportés sur le tapis roulant jusqu'au four.

— Qu'est-ce que tu en dis, Assad ? Tu vois quelque chose de particulier ? »

Assad baissa les yeux sur le rapport qu'il avait à la main. « Il est juste écrit que l'aimant a lâché et que Arne Knudsen avait ignoré les règles de sécurité en restant au-dessous d'un bloc que la grue était en train de déplacer. L'enquête a conclu à un accident, même si une coupure de courant était un évènement extrêmement rare. Arne Knudsen a été tenu pour intégralement responsable, sa sanction étant sa propre mort.

— Rose était dans le bureau quand c'est arrivé ?

— Non. Des ouvriers ont accouru de l'extérieur en entendant les cris de Knudsen et ils ont trouvé Rose à côté de son père agonisant. Elle était comme pétrifiée, les bras ballants, muette, l'air horrifié et les yeux exorbités.

— Vous-même n'étiez pas là ?

— Non, répondit Andresen. Je n'étais pas de garde.

— Et moi, je travaillais aux docks, très loin de ce hangar, dit Polle sans qu'on le lui ait demandé.

— Vous qui aviez quotidiennement affaire avec l'alimentation électrique, avez-vous une explication à ce qui a pu causer la panne, Leo ?

— Il y a des systèmes informatiques qui permettent de vérifier cela précisément, mais en l'occurrence, ils n'ont rien pu expliquer. Moi, je pense que le courant a été interrompu volontairement. La coupure a duré juste assez longtemps pour que l'aimant lâche le bloc d'acier et pas une seconde de plus. Un timing un peu trop parfait, si vous voulez mon avis.

— Vous pensez que c'était prémédité ?

— Je n'en sais rien, mais j'ai tendance à le croire. »

Carl soupira. Comment espérer obtenir des éléments d'information aujourd'hui alors que le rapport de police de l'époque et celui de l'inspection du travail en contenaient si peu ?

« Peut-être qu'un jour on pourra interroger Rose sur ce qui s'est réellement passé », dit Carl quand ils furent rentrés au département V.

Assad secoua la tête. « Vous avez vu leur tête quand je leur ai demandé si Rose était présente au moment où l'aimant a lâché ?

— J'ai vu, oui.

— Mais en admettant qu'il y ait eu plusieurs complices, comment auraient-ils fait pour synchroniser leurs actions, chef ? Ils n'avaient ni Intercom, ni téléphones portables. On parle de quelques dixièmes de seconde. »

Une longue silhouette se découpa dans la porte. « Salut ! Le préfet m'a encore une fois demandé quand vous rentriez. Je ne lui ai pas dit que vous étiez déjà là.

— Merci, Gordon, tu as bien fait. Dis-lui que je m'occuperai de sa chère équipe de tournage plus tard dans la journée, ou demain matin, et que je lui promets d'être bien sage. »

Le grand escogriffe n'eut pas l'air content. « OK.

Bon. Mais à part ça, j'ai interrogé le gars qui a vu Rigmor Zimmerman s'arrêter au coin d'une rue, regarder derrière elle et repartir en courant, mais il n'y avait pas grand-chose à glaner. Il ne se souvenait de rien de précis, en fait.

— Dommage. Tu as pu découvrir où habitait Denise Zimmerman ?

— Non. Elle a quitté son domicile il y a une semaine. Le 23 mai, exactement. Je suis allé me renseigner auprès de ses voisins dans les chambres de bonnes, au sixième étage. Je suis tombé sur de drôles de phénomènes. J'ai aussi parlé avec sa mère. Enfin, parlé c'est beaucoup dire. Elle est complètement dans le potage. C'est tout juste si on arrive à comprendre ce qu'elle dit.

— Comment ça partie ?

— Denise a dit à sa mère qu'elle était allée habiter chez un homme, à Slagelse.

— Il y a une semaine ? »

Carl écarta les bras en un geste d'impuissance. Ils n'allaient pas fouiller la terre entière ! Pas étonnant qu'un vieux flic se sente un peu fatigué, parfois.

Son téléphone sonna. « Vous voulez bien aller tous les deux afficher au tableau un résumé des affaires que nous avons en cours pour qu'on fasse un point tout à l'heure ? » Puis il décrocha.

« C'est moi », dit une voix éteinte au bout du fil. C'était Marcus Jacobsen. « Tu as pu regarder mes notes, Carl ?

— Euh, oui, vite fait.

— Tu veux bien y jeter un coup d'œil maintenant ? Je reste en ligne. »

Carl dut déplacer pas mal de papiers sur sa table avant de mettre la main sur une feuille sur laquelle Marcus avait écrit de son écriture anguleuse mais très lisible :

Notes concernant l'affaire Stephanie Gundersen :

1/ Hardy a remarqué le nom de Stephanie Gundersen dans la liste des personnes présentes à une conférence sur la prévention contre la violence en milieu scolaire.

2/ Revérifier la listes des parents d'élèves des classes de 5e et de 4e.

3/ Les entretiens parents/professeurs menés par S. Gundersen aboutissent à plusieurs disputes. Deux fois avec des couples de parents d'élèves et une fois avec une mère célibataire ?

4/ Qu'est-ce que S.G. allait faire dans le parc de Østre Anlaeg alors qu'elle avait un entraînement de badminton ?

« Voilà, j'ai la feuille sous les yeux. C'est une liste comprenant quatre points.

— Parfait. Ce sont les quatre questions que nous n'avons jamais pris le temps d'approfondir au moment de l'enquête. Nous avions déjà investi des centaines d'heures en ressources humaines sur l'affaire. Il nous tombait des tas de nouvelles affaires importantes sur les bras et j'ai été obligé de reconnaître que nous avions fait le tour de la plupart des procédures de routine concernant ce meurtre et que nous n'avions pas progressé malgré les éléments rassemblés. Résultat, l'enquête avait dû être provisoirement abandonnée, même si ça n'avait pas été de gaieté de cœur. Tu sais de quoi je parle. C'est terrible de mettre une affaire de côté parce qu'au fond de soi, on sait que cela veut dire qu'elle ne sera jamais résolue.

« Bref, le jour où j'ai vidé mon bureau de la préfecture pour partir à la retraite, je suis tombé sur ce mémo et depuis, il est accroché sur mon frigo, au grand dam de ma femme quand elle était encore en vie. "Pourquoi est-ce que tu ne peux pas simplement oublier cette affaire, Marcus ?" me disait-elle toujours. Mais c'est impossible. Tu le sais comme moi. »

Carl savait de quoi parlait le vieux. Il n'avait pas été obligé d'en lâcher beaucoup, mais c'était arrivé.

« C'est surtout le quatrième point qui me dérange. À quoi pensais-tu en écrivant ça ?

— À la même chose que toi, Carl : pourquoi renonce-t-on à son entraînement de badminton hebdomadaire pour aller faire un tour au parc ? Parce qu'on a un rendez-vous galant, bien sûr.

— Et tu ne sais pas qui Stephanie Gundersen a rencontré ce jour-là ?

— Non. Et il ne semble pas qu'elle ait eu de liaison au moment du crime. C'était une fille réservée, tu vois. Pas du genre à se vanter de ses conquêtes. »

Carl ne connaissait que trop bien ce genre de femmes. Il soupira. « Et le point numéro un ? Qu'est-ce qui avait attiré l'attention de Hardy le jour où il avait rencontré cette Stephanie ?

— Il avait été désigné pour participer à une réunion de sensibilisation. Tu sais, ces présentations où l'école, les services sociaux et la police parlent devant les élèves d'un établissement scolaire. Dès son arrivée, il avait remarqué au fond de la classe, contre le mur, la plus belle femme qu'il ait jamais vue. Elle lui a souri et il m'a raconté ensuite qu'elle lui avait fait perdre tous ses moyens. Quand il a appris qu'elle avait été assassinée, il en a été malade pendant plusieurs jours. Il était triste et en colère que quelqu'un ait pu ôter la vie à une créature aussi ravissante. Il voulait absolument aider à retrouver le salaud qui avait fait ça, mais tu es bien placé pour savoir qu'il avait bien assez à faire avec tes enquêtes.

— Elle était très belle, effectivement.

— Selon Hardy, elle aurait pu faire perdre la tête à n'importe qui. Tu peux lui demander, il te le dira.

— Tu as gardé la liste des parents d'élèves des classes de 5e et de 4e dont tu parles ?

— Hum. J'en conclus que tu n'as regardé aucun des éléments que je t'ai confiés. Elle se trouve sur la deuxième feuille que je t'ai fait passer au restaurant l'autre jour. Jette un coup d'œil, tu auras la réponse à ta question.

— Oups, voilà qui est embarrassant. Je suis désolé, Marcus. Je suis perturbé, en ce moment. » Il relut les quatre points de l'enquête restés en souffrance. « J'aimerais que tu m'expliques la note numéro trois. Ce n'est pas normal dans ce genre de réunions parents/profs que les esprits s'échauffent un peu ? Je me souviens avoir vu Vigga voler sérieusement dans les plumes de l'instituteur de Jesper, une fois ou deux.

— Je te l'accorde et les couples dont il est question, les Carstensen et les Willumsen, se sont montrés très coopératifs quand je les ai interrogés. Dans les deux cas, le motif de la dispute était le même et, d'après le directeur, il était embarrassant et assez inhabituel. Dans le cas de la mère célibataire, il s'agissait d'une question plus personnelle, mais le responsable de l'école avait cru percevoir certains non-dits qui l'avaient mis mal à l'aise. La mère, une certaine Birthe Frank, si ma mémoire est bonne, se plaignait de l'ascendant de Stephanie sur sa fille à qui, selon elle, elle accordait trop d'attention. D'après le directeur, on aurait dit qu'elle était jalouse de Stephanie Gundersen.

— Bref, Stephanie était un peu trop jolie ? »

Marcus éclata d'un rire gras et dut tousser pour s'éclaircir la gorge. Son tabagisme lui avait laissé quelques séquelles.

« Tu sais que tu n'es pas bête, Carl ? Les deux premiers couples étaient parents de garçons qui rentraient de l'école complètement tourneboulés. Dans le cas du premier, il avait été surpris en train de se masturber devant sa photo de classe. Tous demandaient à Stephanie de mettre sa féminité un peu en sourdine.

— Et tu en conclus quoi ?

— Eh bien… On sait que le sexe joue un rôle plus ou moins direct dans plus de la moitié des crimes crapuleux. Et la simple existence de Stephanie semblait éveiller les passions.

— Tu veux dire que nous cherchons un amant de Stephanie Gundersen ou quelqu'un qui aurait aimé le devenir ?

— Je n'en sais rien. Mais au moins, je t'en aurai parlé.

— Pourtant, on ne l'avait pas violée ?

— Non, seulement assommée par-derrière et tuée. Terminé.

— OK, merci. Je te demande pardon de ne pas avoir montré plus d'intérêt quand tu m'as remis ces papiers, Marcus. »

Marcus ricana. « Tu sais, ça fait douze ans qu'ils traînent chez moi. Une semaine de plus ou de moins, ça ne change pas grand-chose. Je savais que tu y viendrais tôt ou tard, Carl. »

Après avoir raccroché, Carl fouilla dans les tas de papiers qui s'amoncelaient sur son bureau. Mais où était donc passée cette deuxième page ?

« Gordon, Assad ! Venez ici tout de suite ! » cria-t-il.

Ils renâclèrent un peu dans le couloir avant d'obtempérer.

« Il y a quelques jours, Marcus Jacobsen m'a remis deux feuillets avec des notes et je ne retrouve plus que le premier. Vous avez une idée de l'endroit où a pu disparaître le deuxième ? La feuille que je cherche est du même type que celle-ci », précisa-t-il en leur montrant le papier ligné avec les quatre points à vérifier.

« Vous savez quoi, chef, je trouve que vous devriez venir faire un tour dans la salle de situation, dit Assad. Gordon a bien travaillé et il a quelque chose à vous montrer. »

La grand échalas s'excusa d'avoir sans autorisation photocopié plusieurs documents que Carl avait sur son bureau, mais assura qu'il n'avait aucune idée de ce qu'avait pu devenir l'original de la feuille manquante.

« Mais ne vous inquiétez pas, Carl, j'ai tous les doubles. »

Carl suivit le mouvement et en arrivant dans la pièce, les cinq feuilles A3 fixées au tableau d'affichage lui sautèrent aux yeux.

« Voici les cinq affaires sur lesquelles nous travaillons actuellement », dit Gordon.

Cinq ! Ils n'enquêtaient tout de même pas sur cinq affaires en même temps, si ?

Carl survola le tableau des yeux.

À l'extrémité gauche, Gordon avait punaisé un document intitulé : « AFFAIRE ROSE : LE PÈRE DE ROSE MEURT LE 18 MAI 1999 ». C'était tout ce qu'il avait écrit. Ensuite, venaient l'affaire Zimmerman, l'affaire Stephanie Gundersen, l'affaire du chauffard et enfin l'affaire de la boîte de nuit, comprenant à la fois le hold-up et le coup de feu qui avait atteint la jeune Islandaise. Sur chaque document étaient indiqués l'heure et le jour du décès des victimes et d'autres informations les concernant.

« Tu peux me dire ce que viennent foutre l'affaire du chauffard et celle de la discothèque sur ce tableau ? demanda Carl. Elles n'ont rien à voir avec nous ! »

Gordon sourit. « Non, je sais. Mais comme c'est moi qui suis le plus souvent en relation avec l'équipe de tournage et que je dois répondre à leurs drôles de questions, je me suis dit que j'allais les afficher, pour être au courant de ce qui se passe. »

Carl grogna. Gordon était vraiment bizarre. S'il avait tellement envie de travailler sur ces deux affaires, pourquoi n'allait-il pas rejoindre les équipes du deuxième étage, puisqu'on le lui avait proposé ?

« Bon. Du moment qu'il n'y a pas de malentendu avec Bjørn, je suppose que ça n'a pas grande importance. Où sont les notes de Marcus ?

— Regardez, les deux pages sont là, accrochées sur le panneau appelé « AFFAIRE STEPHANIE GUNDERSEN » ! répliqua Gordon, non sans une certaine fierté.

Assad intervint tout à coup, n'y tenant plus : « Avant de consulter la liste que vous cherchiez, je voudrais que vous regardiez cette photo, chef. » Il brandit sous le nez de Carl une grande photo en couleurs. « Nous venons de la recevoir. Elle a été prise en 2003, dans une classe de 3e, à l'école libre Bolman. Regardez-la bien. »

Carl fit ce qu'il lui demandait. Il s'agissait d'une de ces photos de classe sans intérêt qu'un an ou deux après on se mettait à détester et que des années plus tard on regrettait amèrement d'avoir jetées. Qu'est-ce que celle-ci avait de spécial ?

« Là, debout derrière les élèves, à côté des autres professeurs, c'est Stephanie Gundersen », l'aida Gordon, son index osseux posé sur l'enseignante.

Carl hocha la tête. Oui, maintenant qu'il le disait. « C'est indéniablement la plus belle, commenta-t-il. Mais où veux-tu en venir, Assad ?

— Ce n'est pas elle que vous devez regarder, chef. Je parle de celle qui est dans la rangée juste devant. Stephanie a les mains posées sur ses épaules. »

Carl plissa les yeux. La fille avait un chignon volumineux, un rouge à lèvres prune et un regard provocant.

« Si j'en crois le nom sous la photo, elle s'appellerait Dorrit Frank.

— Exactement », sourit Assad.

Carl ne voyait pas ce qui le faisait sourire. « Vas-y, dis-moi, je ne suis pas sûr de… tu veux dire que…

— Je veux dire que Dorrit et Denise sont une seule et même personne. Vous vous souvenez qu'elle avait changé de prénom ? »

Carl sentit un frisson glacé lui parcourir l'échine. « Tu es sûr ? Et le nom de famille, alors ?

— Denise s'appelle Denise F. Zimmerman, F. pour Frank, on a vérifié. Maintenant, vous pouvez regarder la liste des parents d'élèves. »

Carl parcourut rapidement la liste. Voilà. Elle ne s'appelait pas Birthe Frank comme Marcus le pensait, mais Birgit Frank. Birgit Frank Zimmerman.

Gordon se permit un bref commentaire : « Je l'avais remarqué, moi, sur son interphone, quand j'ai fait ma deuxième tournée dans le quartier de Borgergade. Une simple initiale pour un deuxième nom peut parfois avoir une importance capitale. »

Il avait raison. Ce simple détail faisait que, tout à coup, deux affaires qui se ressemblaient pouvaient désormais être liées. Un mobile, des acteurs, un mode opératoire. Mais pourquoi ? Et comment ?

« Il faut absolument que je le dise à Marcus. »

Carl bondit dans son bureau et cette fois, son ancien patron décrocha à la troisième sonnerie.

« Écoute ça, Marcus ! La mère célibataire qui s'était disputée avec Stephanie Gundersen à la réunion parents/professeurs ne s'appelait pas Birthe Frank, mais Birgit Frank, sa fille, qui s'appelait Dorrit, se fait désormais appeler Denise, dit-il sans préambule. Donc, le nom de sa mère était, et est toujours, Birgit Frank Zimmerman, même si à cette époque, et pour une raison qu'on ignore encore, elle n'utilisait que le nom de famille Frank, au moins vis-à-vis de l'école. »

Un soupir lui répondit. Le soulagement de Marcus était audible.

« Tu te rends compte, Marcus ! insista Carl. Maintenant tu peux établir un lien entre Stephanie Gundersen, Birgit Zimmerman et sa mère, Rigmor Zimmerman, tu n'es pas content ? Les trois femmes ont été en relation les unes avec les autres et deux d'entre elles ont été tuées exactement de la même façon. Tu crois qu'on peut encore parler de coïncidence ? »

Pendant quelques secondes, Carl n'entendit qu'un silence religieux au bout du fil. Puis vint l'exclamation :

— Birgit Zimmerman a un deuxième nom qui commence par F. Comment cela a-t-il pu nous échapper à l'époque ? C'est incompréhensible ! Alors qu'elle était déjà parmi nos suspects quand nous enquêtions sur le meurtre de Stephanie Gundersen ! »

37

Dimanche 29 mai et lundi 30 mai 2016

Cette fois encore, Anneli avait eu une chance inouïe. Pas une voiture et aucun témoin.

Le crâne de la grosse fille pataude avait heurté le réverbère avec une violence terrible. Elle avait dû se briser la nuque parce que la tête avait une drôle de position.

Roberta, alias Bertha Lind, s'était révélée être une jeune femme attachée à ses habitudes car le chemin qu'elle prit sur son vélo, entre son domicile et le cours d'aérobic bi-hebdomadaire sur lequel elle comptait sans doute pour rentrer à nouveau un jour dans une taille 44, fut exactement le même que celui qu'elle avait pris la fois précédente, le jour où Anneli avait initialement prévu de la tuer.

Ce dimanche-là était particulièrement torride et le Danemark entier suffoquait. Bertha n'était vêtue que d'un minuscule haut qui remonta très vite sur son ventre, exposant ses rondeurs disgracieuses. Elle lâcha le guidon au moins dix fois sur le trajet, soit pour envoyer des SMS, soit pour tirer sur son T-shirt. La onzième fut la fois de trop. Alors qu'elle négociait une longue courbe à gauche, elle se déconcentra, tira trop fort et tourna trop brusquement.

Anneli roulait en seconde derrière elle, à environ dix-huit kilomètres à l'heure, afin de rester assez loin pour qu'elle ne puisse pas entendre la voiture. Mais à l'instant où elle vit son vélo déraper légèrement, elle saisit l'occasion, accéléra et vint la percuter avec l'aile gauche.

Comment un corps aussi lourd est-il capable de voler ? songea Anneli, le pied sur le frein, tandis qu'elle suivait des yeux la trajectoire en parabole de sa victime impuissante.

Mission accomplie ! se félicita-t-elle. Dommage que je n'aie pas pu voir ses yeux. Enfin, on ne peut pas tout avoir. Elle alla garer la petite Renault dans une rue perpendiculaire au boulevard d'Amager et l'abandonna après l'avoir soigneusement nettoyée.

Comme Anneli s'y attendait, la presse ne classa pas cet accident dans la même catégorie que les précédents. Toutefois, elle ne voulait exclure aucune piste car, cette fois encore, il s'agissait d'un délit de fuite, et d'un usager de la route qui avait laissé une cycliste sans vie sur le bord de la route. Il était possible cependant que la victime ait été renversée par un camion ou un autobus qui ne se serait pas aperçu qu'il l'avait accrochée accidentellement.

Le lendemain, Anneli entendit aux informations que les experts de la police scientifique avaient calculé que Bertha roulait loin du trottoir et qu'elle avait pu tamponner le flanc d'un poids lourd. Dans ce cas de figure, la violence de la chute et sa masse corporelle auraient causé la mort, et non l'accident lui-même. Un cycliste qui se fait renverser en ville est toujours une tragédie, mais il ne se passe pas un jour sans que les cyclistes de Copenhague risquent leur vie.

Anneli était enchantée. Elle continuait à s'en tenir à son plan initial et son sentiment de remplir une mission sacrée en débarrassant le monde de ses parasites ne faisait que grandir. L'euphorie et l'exaltation des premières fois avaient disparu, en revanche, après avoir réalisé trois crimes parfaits en moins de huit jours, elle commençait à avoir une sacrée confiance en elle.

Le lundi matin, au Centre d'action sociale, elle eut l'impression qu'on avait donné des consignes pour qu'on la laisse tranquille. Personne ne lui en parla, mais elle était convaincue que tout le monde savait ce qui lui arrivait, et aussi qu'elle venait au bureau directement après sa séance de rayons. Cela en disait long sur la discrétion de sa chef de service.

Mais elle se fichait de ce qu'ils pensaient. L'essentiel était que cela lui donnait le temps de préparer ses prochains meurtres et d'en évaluer les risques.

En ce moment de l'année où le Parlement s'apprêtait à partir en vacances d'été, les journalistes avaient besoin de sujets pour leurs articles. Hormis l'affaire du chauffard qui occupait plusieurs pages dans un certain nombre de quotidiens, c'était la mort de Birna, la veille, à l'hôpital Rigshospitalet, qui faisait couler le plus d'encre. Et la chasse pour retrouver son assassin était lancée.

Bien que ce fût logique et très tentant, deux raisons empêchaient Anneli de dénoncer les meurtrières de la jeune Islandaise. D'abord, elle tenait beaucoup à les tuer, ce qu'elle ne pourrait plus faire si elles étaient en prison. Ensuite, si les filles étaient entre les mains de la police, elles risquaient à un moment donné, en échange, par exemple, d'une réduction de peine, de révéler qu'elles pensaient connaître la responsable de la mort de leur amie Michelle. En même temps, la mort de Birna resserrait la corde autour du cou d'Anneli. Les interrogatoires de Patrick, le compagnon de Michelle, conduiraient tôt ou tard les enquêteurs à faire le rapprochement entre les trois filles. Et quand la police aurait mis la main sur les deux restantes, la sécurité d'Anneli serait compromise.

Anneli regarda l'heure. Elle venait de recevoir une gentille cliente qui avait besoin d'aide pendant une dizaine de jours, le temps de commencer un nouveau boulot. Elle lui avait conseillé de remplir un formulaire d'aide à la subsistance. Dans une minute, elle avait rendez-vous avec son exact contraire. Cette femme venait se présenter à son bureau tous les cinq jours, précisément, avec de nouveaux besoins urgents qui, étrangement, coûtaient tous cinq cents couronnes, une somme qu'Anneli n'était absolument pas habilitée à lui donner. Ce n'était pas une mauvaise femme en soi, mais en ce moment Anneli avait d'autres chats à fouetter. Elle ne pouvait préjuger des progrès des deux enquêtes sur le hold-up et le meurtre de Birna et il fallait tout simplement qu'elle se débarrasse de cette épée de Damoclès au-dessus de sa tête. Pour cela, elle devait faire disparaître deux inconnues de son équation : Denise et Jazmine.

Elle ne pouvait pas se servir d'une voiture pour les éliminer. Les filles devaient être particulièrement attentives à présent. Par chance, ces derniers temps, il y avait eu pas mal de fusillades dans les quartiers sensibles de Copenhague et les banlieues les plus exposées à la délinquance. Si elle pouvait se procurer une arme à feu et les liquider en faisant croire qu'il s'agissait d'un règlement de comptes entre bandes, la police cesserait complètement de s'intéresser à elle. Et s'il devait y avoir un couac, elle aurait à sa disposition l'outil nécessaire pour mettre fin à ses jours, rapidement et sans douleur.

Anneli se leva, se rendit dans la salle d'attente et expliqua avec un regret feint à ses deux clients suivants qu'elle allait malheureusement devoir reporter leurs rendez-vous. Ils eurent l'air mécontents et déçus, en particulier celle qui était là pour réclamer ses habituelles cinq cents couronnes, mais Anneli s'en moquait.

« J'ai un candidat au suicide au téléphone », se contenta-t-elle de se justifier. Puis elle tourna les talons et retourna s'enfermer dans son bureau.

Après quelques minutes de recherches, elle trouva le numéro d'un client avec qui elle avait normalement rendez-vous en milieu de semaine. L'homme s'appelait Amin et il était l'un des nombreux Somaliens du quartier de Vesterbro à avoir trouvé un travail qui, ajouté à l'aide sociale, lui permettait de faire vivre toute sa famille, qui semblait d'ailleurs s'agrandir à vue d'œil.

Amin avait fait plusieurs séjours en prison pour détention d'arme, vol et trafic de cannabis. *A priori*, il n'avait jamais commis aucun acte de violence et quand il venait voir Anneli, il n'exprimait que joie de vivre et gratitude pour la modeste aide qu'elle pouvait lui apporter.

À la demande d'Anneli, il arriva juste après l'heure du déjeuner et posa deux vieux revolvers sur son bureau, afin qu'elle choisisse elle-même. Elle prit celui qui avait l'air le plus neuf et qui semblait le plus facile à manier et reçut en prime une pleine boîte de balles. Il regrettait beaucoup de n'avoir pas pu lui fournir le silencieux qu'elle lui avait demandé, mais lui donna quelques conseils sur les différentes manières dont elle pouvait malgré tout réduire le bruit du tir. Après une courte démonstration où elle apprit à enlever la sécurité, à charger l'arme, à retirer les balles et à nettoyer les chambres, ils convinrent qu'il recevrait six mille couronnes immédiatement en liquide, ainsi qu'une allocation supplémentaire pour habiller toute sa famille et qu'Anneli s'arrangerait pour faire reporter les embauches obligatoires qui n'allaient pas tarder à lui être proposées. Ils s'engagèrent l'un et l'autre à affirmer à quiconque poserait la question que l'entretien d'aujourd'hui portait exclusivement sur son problème de garde-robe et elle lui fit jurer que personne ne devrait jamais connaître le véritable motif de leur rencontre.

Elle avait à peine eu le temps de dissimuler l'arme que sa chef de service entrait sans prévenir dans son bureau pour lui offrir un soutien psychologique afin de l'aider à traverser ce moment difficile.

« Je suis atterrée de penser que vous avez dû supporter tout cela toute seule, Anneli. D'abord, ce terrible diagnostic, puis la perte de deux de vos clientes d'une manière aussi atroce. »

Un soutien psychologique ? Elle n'avait pas besoin d'un soutien psychologique, elle avait besoin d'un silencieux !

Quand la responsable fut ressortie de son bureau en l'assurant de sa compassion, Anneli informa la secrétaire qu'elle avait un certain nombre de dossiers en retard et que, malheureusement, elle ne pourrait plus recevoir personne ce jour-là.

Sans être dérangée, elle put ainsi surfer quelques heures sur le Net afin de se documenter sur les tueries entre bandes. Quand elle se sentit suffisamment renseignée, elle décida de quelle façon elle allait les imiter. Le plus important, quand on voulait liquider quelqu'un, était apparemment de rentrer vite et de ressortir aussi vite. Une balle dans la nuque de chacune des filles et le revolver au fond du port de Copenhague. Ce n'était pas plus compliqué que ça.

La question du silencieux était plus difficile à résoudre, mais là encore, Internet s'avéra une source d'informations providentielle.

La rue Webersgade se distinguait par ses charmantes petites maisons mitoyennes, prévues à l'origine pour loger deux ou trois familles ouvrières. Ces dernières décennies, elles avaient commencé à attirer la classe moyenne malgré leur faible surface, leurs petites pièces et leurs escaliers peu pratiques entre le rez-de-chaussée et le premier étage. Leur prix avait augmenté de façon spectaculaire à mesure qu'elles devenaient très recherchées. En réalité, la rue était bruyante, victime d'une circulation très dense, principalement parce qu'elle reliait le centre-ville à l'axe conduisant sur la large artère de Lyngbyvejen qui desservait tout le nord de l'île de Seeland. Pour y avoir vécu en location la moitié de sa vie, Anneli connaissait bien ces bâtisses patinées par la pollution qu'on aurait pu prendre pour les habitations sales d'une ville minière dans le nord de l'Angleterre, disposant de combles humides et de la moitié d'un premier étage. Elle ne voyait jamais son propriétaire, un ingénieur en mécanique qui était supposé occuper le rez-de-chaussée mais préférait la chaleur des tropiques, avec l'inconvénient qu'il ne dépensait jamais un sou pour l'entretien de la maison.

En rentrant chez elle ce soir-là, Anneli avait décidé

d'aller faire un tour dans son appartement. Elle savait qu'il y stockait de vieux cartons remplis de pièces détachées sur des étagères métalliques. Dans cette caverne d'Ali Baba, elle était sûre de trouver un filtre à huile. D'après ses recherches sur Internet, l'objet, par sa structure, pouvait parfaitement se transformer en silencieux. Évidemment, un filtre à huile n'était ouvert que d'un seul côté, mais s'il était emmanché sur le canon d'un pistolet et qu'on tirait une balle, celle-ci trouverait probablement toute seule un moyen de sortir. En tout cas, cela semblait être le cas sur le tutoriel qu'elle avait regardé.

Quand ce détail serait réglé, elle se rendrait à Stenløse, elle garerait sa Ford Ka sur le parking habituel et elle surveillerait attentivement d'éventuels signes de vie dans l'appartement des filles. Dès qu'elle verrait quelque chose bouger, elle sonnerait à la porte, entrerait aussitôt, les ferait mettre à genoux et leur réglerait leur compte.

38

Lundi 30 mai 2016

La femme qui quelques jours plus tôt semblait en train de couler avait à présent atteint le fond.

Une odeur épaisse d'alcool et de tabac saturait l'air de l'appartement et on ne pouvait s'empêcher de penser que si l'alcool ne la tuait pas bientôt, la cigarette s'en chargerait.

« Je ne comprends pas ce qu'elle dit », chuchota Assad à Carl, qui en avait vu d'autres. Au moins celle-là répondait aux questions qu'on lui posait, même si ces réponses n'étaient pas claires.

« Alors, vous ne vous souvenez pas d'une Stephanie Gundersen qui donnait des cours à votre fille à l'école Bolman ? Nous avons pourtant eu vent d'un sérieux accrochage entre vous. Il paraît que vous vous êtes disputées à faire trembler les murs lors d'une rencontre parents/professeurs. Vous êtes sûre de ne pas vous en rappeler, Birgit ? »

Elle secoua la tête, un peu déstabilisée.

« C'était cette femme qu'on a retrouvée morte

dans le parc de Østre Anlæg. Mon ancien patron vous avait d'ailleurs déjà interrogée à ce sujet, en 2004. »

Ici, Birgit Zimmerman leva un doigt en l'air, comme à l'école, et elle acquiesça. Ouf, elle était avec eux.

« Vous souvenez-vous pourquoi vous étiez tellement en colère à cette réunion ? Qu'est-ce que cette Stephanie vous avait fait ? »

Birgit secoua longuement la tête, enfoncée dans son ébriété débilitante. Puis, à nouveau, elle leva le doigt. « Je sais bien ce que vous cherchez à faire, ha, ha. Vous devez me prendre pour une idiote à qui vous allez faire porter le chapeau pour toutes sortes de conneries. Mais laissez-moi vous donner un petit conseil, monsieur l'inspecteur. Si vous voulez des réponses à vos questions, vous feriez mieux d'aller voir ma mère.

— Ça va être un peu compliqué, Birgit, vu que votre mère est décédée.

— Ah oui, c'est vrai, j'avais oublié. Alors, allez voir ma fille. Et vous en profiterez pour lui demander qui a tué ma mère.

— Qu'est-ce que vous voulez dire ? Est-ce que vous insinuez que Denise a assassiné sa grand-mère ?

— Ha, ha, vous voyez, vous recommencez, dit-elle en éclatant d'un rire caverneux. Vous me prenez vraiment pour une conne. Ce que vous venez de dire, n'oubliez pas que c'est vous qui l'avez dit, pas moi.

— Moi aussi, je peux parler ? » intervint Assad.

Comme s'il avait eu besoin de son autorisation pour prendre la parole !

Elle le regarda comme si elle remarquait à l'instant qu'il se trouvait dans son salon. Puis elle eut l'air de se demander si elle ne l'avait pas déjà rencontré quelque part.

« J'ai l'impression en vous écoutant que votre fille ne s'entendait pas très bien avec sa grand-mère. Je me trompe ? lui demanda Assad.

— Waouh ! Toi tu es trop fort, mon petit monsieur. Elles ne pouvaient pas se blairer. »

Assad écarquilla ses yeux bruns pour qu'elle ne puisse pas échapper à son regard. « Et pourquoi est-ce qu'elles ne s'aimaient pas, à votre avis ? Est-ce que par hasard ce serait parce que Denise s'était tout à coup détachée de sa famille, en partie à cause de l'influence que Stephanie Gundersen avait sur elle ? »

Assad s'attendait évidemment à ce qu'elle réagisse, mais pas à ce qu'elle retienne sa respiration quelques secondes pour éclater ensuite d'un rire hystérique en lui postillonnant à la figure.

« On peut dire ça, petit bonhomme en chocolat, grasseya-t-elle. C'est une très bonne explication. »

Après quoi elle se laissa tomber en arrière contre le dos du canapé et s'endormit.

L'audience était terminée.

« On n'a pas vraiment assuré sur ce coup-là, chef », dit Assad quand ils furent arrivés à l'hôtel de police.

Le « on » n'était pas le pronom exact, de l'avis de Carl.

Il hocha la tête en passant devant les deux plantons.

« Je le vois à vos tronches, dit-il. Je suis attendu dans le bureau de Bjørn, c'est ça ? »

Ils secouèrent la tête de concert. « Perdu, Carl Mørck ! Cette fois, c'est dans celui du préfet », dit l'un en rigolant.

Carl se tourna vers Assad. « Nous sommes d'accord pour aller jusqu'au bout de cette enquête, n'est-ce pas, Assad ? »

Son assistant acquiesça.

« Alors, Gordon et toi vous me trouvez tout ce que vous pouvez sur la famille Zimmerman. Je veux TOUT savoir. Quand Birgit s'est mariée. Où est passé le mari. Combien de temps Denise a passé à l'école Bolman. Où est le directeur qui était présent à la fameuse réunion parents/professeurs qui a tourné au vinaigre. À combien se monte l'héritage de Rigmor Zimmerman. Tout ce qui peut nous aider à nous faire une idée plus précise de cette étrange famille. Et encore une chose : retrouvez-moi Denise Zimmerman, même si vous devez aller jusqu'à Slagelse. »

Le préfet n'était pas seul. Marcus Jacobsen, assis dans un de ces drôles de fauteuils en cuir à trois pieds qui cernaient la table basse en verre du préfet, le gratifia à son entrée d'un sourire amical.

« Je vous en prie, asseyez-vous », dit-il.

Bizarre, songea Carl. Après toutes ces années passées à l'hôtel de police, il se retrouvait pour la première fois dans le saint des saints, sous les portraits de tous les préfets de police qui avaient officié ici avant celui-là.

« Je ne vais pas y aller par quatre chemins, Carl Mørck, poursuivit le préfet. Je regrette d'avoir été mal informé en ce qui concerne le taux de réussite de votre département. Il s'agissait d'un malentendu qui est maintenant dissipé, avec pour conséquence, évidemment, que le département V pourra continuer l'excellent travail qu'il a accompli jusqu'ici. » Il fit une pause en regardant Carl et en hochant lentement la tête. « À part cela, j'aimerais vous demander s'il vous serait possible d'établir de meilleures relations avec l'équipe de tournage qui est actuellement dans nos murs pour réaliser cette émission de télévision pour *Station 3*. Ils vont vous suivre le restant de la journée et je compte sur vous pour leur donner quelque chose de solide à se mettre sous la dent. »

Carl acquiesça. Ils n'allaient pas être déçus.

« Marcus vient de me dire que vous et votre équipe avez établi un lien entre l'ancienne affaire Stephanie Gundersen et le meurtre de Rigmor Zimmerman ? »

Carl lança un regard de reproche à son ancien patron, qui le dissuada d'aller plus loin d'un imperceptible mouvement de tête.

« En théorie, l'enquête est entre les mains du département A et je doute que Lars Bjørn accepte de s'en défaire. Mais en même temps, ses équipes sont très occupées en ce moment par cette affaire de chauffard récidiviste. À cela, j'ajouterai que dans cette maison, c'est à moi de décider qui fait quoi. Vous allez donc reprendre cette affaire, Carl. »

Le préfet avait trouvé le moyen de se venger de l'humiliation que Lars Bjørn lui avait fait subir devant la commission du ministère de la Justice, et l'homme qui lui en avait donné l'idée était assis en ce moment dans ce bureau.

Carl fit un clin d'œil à Marcus pour le remercier.

« Vous allez expliquer à l'équipe de *Station 3* de quelle façon vous avez relié les deux affaires et vous leur donnerez de bonnes images qui montreront aux Danois l'efficacité de leur police. Enfin, je vous annonce que Marcus Jacobsen a accepté de nous prêter son concours à titre de consultant. Je ne doute pas que sa grande expérience nous sera précieuse, en temps voulu. »

C'était une merveilleuse nouvelle. Carl se tourna vers son ancien patron. Les gesticulations faciales de Marcus semblaient vouloir l'inciter à quelque chose, mais Carl ne comprit pas tout de suite ce qu'il cherchait à lui dire. Avec quelques signes du menton vers le préfet, Marcus finit tout de même par lui faire comprendre qu'il devait également faire amende honorable.

Carl s'éclaircit la gorge. « Monsieur le Préfet, je vous remercie de votre confiance et vous assure que nous ferons tout notre possible pour résoudre les deux affaires. Je profite de l'occasion pour prier Monsieur le Préfet de m'excuser pour mon comportement dans la salle de conférences l'autre jour. Je vous promets que cela ne se reproduira pas. »

L'homme au sommet de sa hiérarchie se fendit de l'un de ses rares sourires.

Balle au centre.

Quelle ne fut pas sa satisfaction de passer devant le bureau de Lars Bjørn ! On dit que la vengeance est douce au cœur de l'Indien, mais l'adage était en dessous de la vérité. La vengeance était jubilatoire.

Il salua Lis et Mme Sørensen pour les remercier de leur contribution indirecte et il souriait encore quand il faillit percuter Mona. Ils restèrent ainsi quelques secondes, à cinquante centimètres l'un de l'autre, et Carl remarqua à quel point elle semblait fatiguée.

« Vous avez du nouveau pour Rose ? » s'enquit-elle poliment, mais il voyait bien qu'elle avait l'esprit ailleurs. Il sentit à nouveau chez elle cette fragilité et cette tristesse qui rend la peau comme translucide et marque un visage à force d'espoirs déçus et d'occasions manquées.

« Tu vas bien, Mona ? » lui demanda-t-il par automatisme, espérant qu'elle se jetterait dans ses bras en lui avouant à quel point elle était malheureuse depuis qu'ils étaient séparés.

« Je vais bien, merci, répondit-elle, distante. J'aurais dû éviter les crevettes, à la cafétéria, c'est tout. Les crevettes ne me réussissent pas, en général. »

Le sourire de Carl s'était figé quand Mona eut

passé son chemin pour aller s'enfermer dans son bureau.

« Sa fille est très malade, Carl, dit Lis. Ce n'est pas facile pour elle en ce moment. »

39

Lundi 30 mai 2016

L'équipe de tournage d'Olaf Borg-Pedersen avait déjà placé plusieurs caméras dont une, lampe allumée, filma le pas lourd d'un Carl fatigué à son arrivée dans la cave. Il y avait même une caméra dans son bureau, où le producteur en personne s'était assis dans le fauteuil de l'inspecteur, avec ingénieur du son et cameraman, l'attendant comme un vautour au-dessus d'un mourant dans le désert.

« Et l'inspecteur Carl Mørck est un homme très occupé », commença-t-il aussitôt que Carl pénétra dans le bureau. « Nos équipes de *Station 3* ont pu suivre ces derniers jours ce qui se passe dans les coulisses pendant que la police travaille à faire de notre société un endroit où il fait bon vivre. »

Il hocha la tête à l'intention de son chef opérateur qui courut enlever la caméra de son trépied.

« Dans la rue ou chez M. et Mme Tout-le-monde il arrive des choses terribles qui détruisent tous les jours les vies de personnes innocentes. »

Pas toujours innocentes, songea Carl, agacé, en cherchant à éviter que l'objectif de la caméra à l'épaule filme sous tous les angles son visage renfrogné.

« Un chauffard assassin sillonne les rues de la ville et des jeunes femmes meurent. Et nous, à *Station 3*, aimerions contribuer à ce que cela cesse. Qui sait si l'inspecteur Carl Mørck ne marche pas dans une impasse dont nos téléspectateurs pourraient l'aider à sortir ? »

C'est toi qui es dans une impasse, connard, se dit Carl, hochant la tête en réfléchissant à une idée pour taquiner Lars Bjørn et le préfet.

« Oui, répliqua-t-il le plus sérieusement du monde. Le public est notre meilleur atout. Que ferions nous sans la perspicacité de l'homme de la rue et sa capacité à remarquer les situations et les évènements inhabituels ? »

Il regarda droit dans l'objectif.

« Malheureusement, le règlement de la police m'interdit de travailler sur des affaires qui ont été confiées à d'autres, je ne peux donc donner aucune information sur celle que vous évoquez.

— Vous voulez dire que c'est un autre département qui mène cette enquête ?

— C'est exact. Comme vous le savez, le département V n'a pas pour vocation de s'occuper des affaires en cours, quand bien même nous serions peut-être en mesure d'y apporter un éclairage différent.

— Le problème du cloisonnement touche aussi la police, à présent ? »

Carl acquiesça. Il avait fait ce que le préfet lui avait demandé, l'émission avait maintenant quelque chose à se mettre sous la dent. Olaf Borg-Pedersen en salivait presque.

« Alors pour le dernier meurtre du chauffard récidiviste, vous avez les mains liées, inspecteur ? »

Le dernier meurtre ? Carl ignorait de quoi il parlait.

« Une seconde, le coupa-t-il. Je vais chercher mon assistant. Votre reportage doit coller à la réalité, n'est-ce pas ? En temps normal, il serait présent pour évoquer les derniers rebondissements d'une affaire. »

Il trouva Assad et Gordon en train de discuter tranquillement dans la salle de situation, apparemment indifférents au cirque dans lequel Carl se trouvait embringué.

« Comment ça s'est passé chez le préfet, chef ? demanda Assad.

— Très bien, merci. Mais vous pouvez me mettre au courant ? Il paraît que le chauffard a frappé de nouveau ?

— On n'en sait rien encore, répondit Gordon. Ça ne s'est pas déroulé exactement de la même façon, ça ressemble plus à un accident, cette fois.

— Faites-moi vite un topo. Les hyènes à côté refusent de me lâcher… »

« Et nous voici dans la salle de situation du département V », dit brusquement une voix à la porte, faisant sursauter Carl. Il se retourna vers Olaf Borg-Pedersen le micro à moitié enfoncé dans la bouche, suivi de près par la caméra. « Il semble que ce soit dans cette pièce que les différents éléments d'une affaire sont analysés et synthétisés de manière à ce que toutes les personnes travaillant sur l'enquête en aient une vision globale », poursuivit-il en tendant le micro à Carl.

« Par exemple, on m'a dit que sur ce tableau étaient affichées les différentes affaires en cours. Pouvez-vous nous expliquer ce que nous voyons ici, Carl Mørck ?

— Je regrette », répondit Carl, se faisant plus large que d'habitude de façon à ne montrer qu'une toute petite partie du panneau et à éviter que ses collègues de la Crim' voient les éléments d'enquête de l'affaire Zimmerman. Il ne fallait quand même pas pousser le bouchon trop loin. « Pour le bien de l'enquête, certaines informations ne peuvent pas être divulguées.

— C'est évident. » Olaf Borg-Pedersen acquiesçait avec l'air de quelqu'un qui a bien l'intention d'obtenir ce qu'il veut. « Nous évoquions tout à l'heure les meurtres du chauffard. Il y a quatre jours seulement que Michelle Hansen a été brutalement assassinée à Stenløse, sous les yeux de deux malheureux enfants qui passaient par là. Avant elle, Senta Berger avait été écrasée dans les mêmes circonstances et hier c'était au tour de Bertha Lind, sur l'île d'Amager, à Copenhague. Que pouvez-vous nous dire à ce sujet ?

Le département V peut-il d'ores et déjà lier ce terrible drame aux deux précédents ?

— Le fait est, intervint Gordon, que, contrairement aux deux premiers cas, nous ignorons encore si Bertha Lind a été renversée volontairement. Pour relier ces affaires avec certitude, il faudrait, par exemple, que nous ayons constaté des traces de freinage laissées par des pneus identiques ou des résidus de caoutchouc de même type sur le lieu des trois accidents. »

Carl jeta un regard réprobateur à la grande asperge. Il ne fallait pas non plus prendre tout cela trop au sérieux.

« Bref, en l'état, traces de pneus ou pas, intervint-il rapidement, il semble qu'un tueur en série sévisse actuellement dans les rues de cette ville et il serait bon que la presse dispose d'informations plus précises que celles que nous avons pu lui communiquer jusqu'ici. Cela étant dit, c'est à notre service de communication de veiller à cela et je vous invite à vous rapprocher de Janus Staal. Ce qui va malheureusement vous obliger à remonter au deuxième étage. »

Olaf Borg-Pedersen se mit sur la pointe des pieds. « Je vois cependant qu'à côté de cette inquiétante affaire, vous avez affiché un certain nombre d'éléments sur la fameuse affaire de la boîte de nuit. Cela signifie-t-il que vous travaillez sur plusieurs enquêtes apparemment distinctes qui, en réalité, seraient liées les unes aux autres ? »

Carl soupira intérieurement. Mais quel con ! Évidemment qu'elles étaient liées, sinon pourquoi les auraient-ils affichées les unes à côté des autres ? « En effet, nous ne pouvons pas exclure cette hypothèse. La jeune Birna Sigurdardottir, dont nous venons d'apprendre qu'elle avait malheureusement succombé à sa blessure, bénéficiait de l'aide sociale, comme les victimes du chauffard, et elle avait à peu près leur âge. Ces filles se fréquentaient-elles, étaient-elles associées ou membres d'une même bande ? C'est la question que nous nous posons. Mais peut-être les téléspectateurs de *Station 3* pourront-ils nous aider à y répondre ? Sur ce, je vous souhaite bonne continuation avec notre attaché de presse. N'hésitez pas à parler avec lui du cloisonnement entre les différents départements de la police et du manque de collaboration entre les services. Je suis sûr qu'il aura un avis sur le sujet. »

Après le départ de l'équipe de tournage, Carl s'offrit un café bien mérité dans son bureau et un grand éclat de rire libérateur. Qu'est-ce qu'il avait pu débiter comme conneries ! Bjørn et le préfet ne devaient pas s'attendre à ça ! Il les avait bien eus ! En tout cas, Carl s'était débarrassé de ces imbéciles de la télé.

Soudain, un tumulte éclata dans le couloir et, une seconde plus tard, Assad et Gordon se bousculaient littéralement pour entrer dans son bureau.

Gordon arriva le premier, hors d'haleine. « Carl ! Les experts ont pu déterminer que c'est la même Peugeot rouge qui a été utilisée pour renverser Michelle

Hansen la première fois et pour tuer Senta Berger ! s'exclama-t-il, presque euphorique. Ils ont trouvé des tas d'indices. Entre autres du sang et des cheveux sur le pare-chocs et l'aile avant. »

Assad, à côté de lui, gémit. « J'ai trop de choses dans la tête en même temps, chef. Est-ce que je peux…

— Michelle Hansen a certainement participé au hold-up de la discothèque, poursuivit Gordon, sur sa lancée. J'ai parlé à l'un des policiers qui ont interrogé Patrick Pettersson, le petit ami de Michelle. Il affirme qu'il n'y est pour rien et il paraît qu'il s'est montré très coopératif. Mais Pasgård n'est pas satisfait et il vient de le convoquer pour la troisième fois. Ils sont en train de l'interroger en ce moment pour obtenir d'autres renseignements. Je pense qu'ils ne vont pas tarder à le lâcher et je me disais qu'on pourrait l'intercepter avant qu'il s'en aille. »

L'intercepter ! Gordon était décidément en pleine forme, mais pourquoi pas ? Si cela pouvait contribuer à mettre Pasgård de mauvaise humeur.

« Dites ! Est-ce que je pourrais en placer une ? J'aimerais bien qu'on parle d'abord de ce qu'on a dans l'affaire Zimmerman ! les interrompit Assad. Vous avez posé un certain nombre de questions, chef, et, si vous le permettez, je vais y répondre. »

Ah ! Alors c'était comme ça, quand deux hommes jouaient à qui pisserait le plus loin ?

Assad consulta son calepin. « Vous vouliez savoir quand Birgit Zimmerman s'est mariée ? Je suppose que votre question concernait son mariage avec le père de Denise ?

— Oui, pourquoi, elle a eu d'autres maris ?

— Plusieurs. Elle s'est mariée à dix-huit ans avec un travailleur immigré yougoslave, en 1984, et a divorcé trois mois après. En 1987, elle s'est mariée à nouveau, cette fois avec un ancien capitaine de l'armée des États-Unis. Quand elle l'a rencontré, il travaillait comme barman dans un établissement de la capitale, sur le circuit des grands-ducs. Elle est tombée enceinte la même année et a accouché en 1988 d'une petite fille baptisée Dorrit, alias Denise. C'était cet Américain bien sûr qui s'appelait Frank, James Lester Frank, né à Duluth, Minnesota, en 1958. Donc, maintenant on sait au moins ça. Il ne paye plus d'impôts au Danemark depuis 1995 et j'en ai déduit qu'il était probablement retourné aux USA. Je ferai des recherches si cela vous intéresse. »

Assad avait l'air très impatient de poursuivre.

« Je te remercie et propose que tu refiles le bébé à Marcus. Il est déjà sur le coup, répondit Carl.

— Vous m'avez posé une deuxième question. Denise a commencé sa scolarité à Rødovre mais en CE2, elle est entrée à l'école libre Bolman et n'en est ressortie qu'à la fin de son année de 3e, en juin 2004.

— C'est-à-dire quelques semaines après l'assassinat de Stephanie Gundersen, commenta Carl.

— Exact. Quant à l'enseignante qui a assisté à la réunion parents/professeurs aux côtés de Stephanie le jour où elle s'est disputée avec la mère de Denise, elle travaille toujours à l'école et ne se souvient ni de la dispute, ni de la mère de Denise. Par contre, elle se rappelle très bien que Stephanie a été assassinée en pleine période d'examens et du tumulte que l'évènement avait provoqué.

— Parce qu'il tombait au moment des examens ?

— En fait, oui. Elle avait été obligée de prendre la place de la morte comme examinatrice pendant les épreuves du brevet et, en dehors de ce désagrément, elle ne m'a pas donné l'impression d'avoir été très bouleversée par la mort de sa collègue.

— Quel cynisme incroyable ! s'exclama Gordon.

— J'ai eu un peu de mal à m'en sortir avec le Trésor public et le notaire, ils n'ont aucune envie de se rendre utiles. Heureusement, Lis m'a donné un coup de main, c'est vraiment un diamant, cette fille, chef.

— Une perle, tu veux dire une perle, Assad. »

Le visage brun vira au cuivre. « Si vous pouviez arrêter tout le temps de m'interrompre ! »

Carl hocha la tête. « Tu as raison mais, "Si vous pouviez arrêter tout le temps de m'interrompre" ne sonne pas très bien. Tu aurais mieux fait de dire : "Si vous pouviez arrêter de m'interrompre tout le temps." »

Cette fois, ce fut la goutte d'eau qui fit déborder le vase. « Mais nom d'un chien, c'est exactement la même chose, chef ! » Indifférent à Gordon et à Carl qui se regardaient d'un air surpris, il explosa : « Ça fait des années que j'en prends mon parti, mais maintenant j'en ai assez, alors je vais vous demander d'arrêter DÉFINITIVEMENT de corriger mon danois, chef ! »

Carl haussa les sourcils. Il n'avait pas l'impression de le corriger si souvent. Il voulut riposter mais s'abstint en voyant Gordon poser la main sur l'épaule de son collègue. Deux contre un, un lundi matin, il ne pouvait pas lutter.

Assad inspira profondément et se plongea dans ses notes. « Lis a appris que Rigmor Zimmerman était… il réfléchit quelques instants… nantie. » Il leva les yeux et fixa Carl, qui faillit hocher la tête mais n'osa pas.

« En plus des six millions qu'elle a sur son compte, ce que nous savions déjà, elle avait également un portefeuille d'actions d'un montant de quatre millions et elle était propriétaire de trois appartements. Un à Borgergade, où vit sa fille Birgit, un à Rødovre, au-dessus de l'ancien magasin de chaussures de son mari, et un à Stenløse. »

Carl siffla, impressionné : « La dame avait les moyens, c'est le moins qu'on puisse dire. Tu dis qu'elle avait un appartement à Stenløse ? C'est marrant, Rose aussi a un appartement là-bas.

— C'est exact, Carl. Ne t'inquiète pas, Gordon, je n'étais pas au courant non plus », dit Assad, d'un air un peu vexé.

Gordon haussa les épaules. Qu'est-ce que ça pouvait lui faire que Carl sache où habitait Rose ?

« Vous allez avoir du mal à le croire. Mais la voisine de Rose s'appelle Zimmerman. Rigmor Zimmerman. »

40

Lundi 30 mai 2016

« Tout le monde à Stålvalseværket te déteste, Rose. Tout le monde. Ils te font des sourires mais derrière ton dos, ils se moquent de toi et pleurent de rire en voyant à quel point tu es nulle. HAHAHAHAHA ! Tu ne les entends pas ? Ils se marrent et en même temps, ils ont peur parce qu'ils savent à quel point c'est dangereux d'avoir quelqu'un comme toi à l'usine. Il est grand temps que tu te ressaisisses, Rose. Ça va mal finir. »

Son père consulte le papier qu'il a en main et note des repères au marqueur sur quelques blocs avant de pointer vers sa fille un doigt menaçant et jauni de nicotine. Quand cet index accusateur se tendait vers elle, Rose se demandait toujours ce qui allait lui arriver car son père agissait selon un système qui consistait à ne jamais s'énerver deux fois de la même façon. C'était une des grandes joies de sa vie que de l'humilier et de la mettre plus bas que terre. Aucune mesquinerie n'était assez vile pour lui.

Elle savait que la majeure partie de ce qu'il lui disait était fausse mais elle n'en pouvait plus. L'état d'angoisse dans lequel elle vivait constamment, attendant la prochaine attaque, pompait toute son énergie et, quelques jours auparavant, elle avait décidé qu'il fallait que cela cesse.

« Tu devrais être reconnaissante que je prenne la peine de t'en parler, Rose, avant que quelqu'un d'autre le fasse. Tu sais que je suis ton seul ami ici et le seul qui prenne ta défense. Surtout, ne l'oublie pas. Il faut bien que tu gagnes de l'argent, pense à ta pauvre mère. » Il a l'air ému par sa propre remarque et puis, tout à coup, son expression change radicalement – il fait tout le temps ça, passer d'un état à l'autre sans transition –, son visage devient dur. « Et tu sais comme tu nous coûtes cher. Non, tu ne t'en rends pas compte, évidemment, tu es trop stupide. »

Il fait quelques pas en arrière quand l'aimant soulève un nouveau bloc d'acier et voit que Rose va riposter. Ses yeux brillent de plaisir et de haine et ses lèvres s'ouvrent dans un immense rictus, dévoilant de grosses dents mal plantées. Sa salive forme un nuage autour de sa bouche et l'éclabousse.

« Et en plus, il faut faire tout ton travail à ta place. S'ils savaient ça, les patrons ! Déjà que les affaires sont dures ! Après tout, ce serait peut-être un service à leur rendre que d'aller leur dire ce que je pense de ton travail. Alors qu'est-ce que tu en dis ? Je vais les voir ou pas ? Hmmm… Ah oui, il faut aussi que tu saches… »

Rose serre dans sa main le bipeur qui vibre et, dans un énorme effort de concentration, elle ferme ses oreilles pour ne plus entendre ses méchancetés. Elle inspire à faire éclater ses poumons pour que les mots qui lui brûlent la langue aient la puissance nécessaire.

« SI TU N'ARRÊTES PAS TOUT DE SUITE, ESPÈCE D'ORDURE, JE VAIS… ! »

Et comme prévu, il se tait. Le monde s'efface autour de lui et un sourire satisfait éclaire sa sale gueule. Le cadeau qu'elle vient de lui faire est celui qu'il préfère entre tous, Rose le sait. Rien ne le rend plus heureux que cette victoire-là.

« Tu vas quoi ? »

Quand les hallucinations de Rose atteignaient le point où le fantasme et la réalité se disputaient son esprit, elle se débattait pour s'arracher à ses liens. Depuis trois jours que les filles l'avaient attachée, elle vivait ce même rêve éveillé. Les mots se mélangeaient et perdaient tout leur sens, et les souvenirs sonores de l'usine, les chocs bruyants et réguliers à la sortie du four résonnaient dans sa tête. C'était comme ça depuis trois jours, et chaque fois qu'elle tentait de revenir à la réalité, le cauchemar reprenait, accompagné par le sifflement de la plaque d'acier qui venait d'être aplatie et qu'on refroidissait aussitôt en la plongeant dans l'eau. Elle ne pouvait plus supporter ce sifflement.

« Tu ne vas rien faire du tout », grimace la bouche énorme de son père dans un nuage de vapeur. « Parce que tu ne fais jamais rien », accuse le doigt pointé sur elle.

Rose touche le bipeur en absorbant une dernière bouffée de son mépris.

Cet instant va être son ultime triomphe. Le bonheur de voir ce doigt se figer au moment où il sent se détacher l'ombre au-dessus de sa tête.

Elle a oublié le bruit de l'aimant au moment où il a lâché le bloc et ne se souvient que du craquement du corps de son père quand la masse d'acier a atterri, broyant chacun de ses os des pieds à la taille.

Rose se réveilla en sursaut parce que la sueur s'était accumulée sur ses cils. Elle entrouvrit un œil et prit à nouveau conscience de l'endroit où elle se trouvait et de l'épuisement qui, petit à petit, drainait la vie hors de son être.

Elle avait atrocement mal aux jambes. Le moindre frémissement de ses mollets attaquait son système nerveux central comme des milliers d'aiguilles. En revanche, il y avait plus de deux jours qu'elle ne sentait plus rien des chevilles aux orteils et il en allait de même pour ses bras et ses mains. Elle avait tout tenté pour se détacher. Si seulement elle avait pu dégager une main de la ceinture qui l'attachait à la poignée au mur, elle aurait eu une chance de se libérer. Mais plus elle se débattait, plus le cuir lui rentrait dans la peau.

La pièce de plus en plus glacée faisait baisser sa température corporelle et elle savait que son ventre n'allait pas tarder à réagir. Une longue exposition de son abdomen au froid lui donnait toujours la diarrhée. L'expérience le lui avait appris. Tous les ans, quand elles étaient enfants, ses sœurs réclamaient à leurs parents de les emmener faire un pique-nique au parc de Dyrehaven dès que les premières fleurs apparaissaient sur les buissons d'aubépine. Aussi tôt dans l'année, être assis sur une couverture à même le sol était une expérience réfrigérante et Rose tombait invariablement malade, à la grande joie de son père qui y voyait une occasion de plus pour la tyranniser en l'obligeant à se retenir jusqu'à la dernière seconde. Ensuite, elle passait plusieurs jours à se vider les tripes et elle devait rester à la maison, ce qui lui valait de nouveaux reproches, évidemment. Assise sur les toilettes de Rigmor, elle avait froid de la taille au bout des pieds depuis quatre jours. Elle n'avait rien mangé et ses intestins n'auraient pas dû avoir grand-chose à évacuer, mais quelque chose s'écoula brusquement entre ses jambes ligotées avec l'impétuosité d'un torrent.

La brûlure était insupportable et si elles lui avaient enlevé le gaffer qu'elle avait sur la bouche, elle les aurait suppliées de lui essuyer le derrière. Mais il ne fallait pas y compter. Tout ce qu'elles acceptaient de faire pour elle était de lui donner à boire, et encore, quand elles y pensaient. La plus autoritaire des deux, celle qui s'appelait Denise, lui avait fait la grâce d'autoriser l'autre fille à plonger dans un verre d'eau la paille que Rose avait toujours dans la bouche. Elle les avait entendues parler à un moment d'une troisième fille, mais elle n'en était pas sûre. Elle n'était plus très consciente de ce qui se passait autour d'elle à cause des hallucinations qui l'arrachaient à la réalité les trois quarts du temps.

La veille, avant d'aller se coucher, Denise était venue comme elle en avait l'habitude faire pipi dans le lavabo, mais pour la première fois, elle lui avait parlé. Jusque-là, elle ne lui adressait la parole que lorsqu'il s'agissait de la faire boire.

« Tu dois te demander ce qu'on fout ici ? » lui dit-elle, avant de lui expliquer que sa grand-mère, Rigmor Zimmerman, était un monstre et une sorcière mais qu'heureusement elle était morte.

« Alors franchement, avec tout ce qu'elle m'a fait, je trouve que j'ai bien le droit de squatter son appartement avec ma copine. »

Elle aurait sans doute voulu que Rose acquiesce, mais comme cela ne se produisait pas, elle changea de ton :

« Tu t'imagines peut-être que c'était une femme bien ? Hein ? » cracha la jeune femme parce que Rose détournait la tête, refusant de la regarder. « C'était une garce et elle a foutu ma vie en l'air. Tu ne me crois pas ? Il n'y qu'à me regarder. »

Elle avait les lèvres peintes en rouge vif et les dents bien blanches, mais sa bouche était aussi répugnante et grimaçante que celle du père de Rose. Sa haine aussi flagrante. C'était peut-être elle qui avait tué sa grand-mère, songea Rose. Ce genre de crimes étaient souvent commis par un membre de la famille.

Des parents tuaient leurs enfants, des enfants assassinaient leurs parents et leurs grands-parents. Elle était bien placée pour le savoir.

« Tu m'écoutes, fliquette ? » dit Denise sur son lavabo en s'essuyant.

Mais Rose n'écoutait pas.

Elle profitait de ce qu'il y ait de la lumière dans la pièce pour examiner les lieux. Il y avait une VMC dans la bouche d'aération qui ne tournait que lorsque la lumière était allumée. Malheureusement, le premier et dernier étage de l'immeuble était un peu comme le bout du monde. S'il y avait eu des voisins au-dessus d'elle, elle aurait pu gémir et quelqu'un aurait pu l'entendre à travers la gaine de ventilation, même si la probabilité était extrêmement faible, mais il n'y avait personne, l'appartement était vide en ce moment. Et en dehors de cette issue qui n'en était pas une, la pièce n'avait aucune ouverture sur l'extérieur.

Elle tordit le cou autant qu'elle le put vers sa main droite où elle avait l'impression que la ceinture serrait un peu moins son poignet que du côté gauche, mais ne réussit pas à se tourner assez pour la voir. Elle en conclut qu'elle était tout à fait incapable de se sauver elle-même, et imaginer que cette femme montre la moindre clémence à son égard était une utopie.

« Il faut que je te raconte le jour où je suis allée à une vente aux enchères avec mon grand-père et où j'ai accidentellement fait tomber un vase chinois. Tu crois que ma grand-mère était contente quand elle a su qu'il valait trente mille couronnes ? Et tu crois que ma mère m'a défendue ? »

Rose décrocha. Ce genre d'histoires l'avait toujours bouleversée. Elle était incapable de voir un film dans lequel il y avait un enfant incompris. Incapable d'entendre un adulte donner des excuses pour avoir maltraité un enfant. Elle haïssait les hommes aux doigts tachés de nicotine, les hommes avec la raie à droite, les hommes qui commençaient leurs phrases en disant « Et tu sais… », ces foutus mots avec lesquels ils affirmaient leur supériorité et creusaient un fossé entre elle et eux. Mais surtout, elle n'avait jamais pu supporter les femmes qui ne défendaient pas leur progéniture comme des tigresses.

Et maintenant, voilà que cette gamine faisait remonter tout cela à la surface. Elle n'avait pas le droit.

L'autre fille appela Denise dans le salon parce qu'il y avait du nouveau. Denise sauta du lavabo en jetant négligemment le PQ usagé par terre. Apparemment, Denise attendait cette information avec impatience car cette fois, elle ne prit même pas le temps de fermer la porte de la salle d'eau qui donnait sur le vestibule.

Elles n'en ont rien à faire de moi. Elles ne font même plus attention à ce qu'elles disent en ma présence. Rose ouvrit grands ses yeux au regard vide.

Elle venait de comprendre que ces filles allaient la laisser crever ici. Et pour la première fois depuis plusieurs semaines, ce n'était plus ce qu'elle voulait.

Pendant un long moment, elle n'entendit dans le salon que le faible murmure de la télévision.

Mais quand elles éteignirent le poste et qu'elles s'assirent à la table de la salle à manger, elle parvint, avec un effort de concentration, à saisir quelques mots isolés et parfois même quelques phrases, quand Jazmine élevait la voix.

Elle ne comprenait pas de quoi il s'agissait mais une chose était sûre, les deux jeunes femmes, et Jazmine en particulier, étaient inquiètes. Elles commençaient même à avoir peur.

Elles se faisaient du souci à cause d'un type prénommé Patrick. Disaient qu'à cause de lui, la police allait faire le rapprochement entre Birna, Michelle, Bertha et Senta. Les filles de la bande de Birna avaient été interrogées et elles avaient mentionné une Jazmine et aussi parlé d'une Michelle, celle qui s'était fait renverser par une voiture.

Rose tendit l'oreille. La voix de Jazmine tremblait. La respiration de Rose devint lente et profonde. De petites bulles de salive faisaient des allers-retours dans la paille à travers laquelle on la faisait boire. La conversation dans le salon portait maintenant sur une fusillade, sur la défunte Michelle, sur la police et sur le cambriolage d'une discothèque. Et puis tout à coup, Rose entendit clairement ce que disait Denise :

« Il nous faut des faux passeports, Jazmine, c'est toi qui t'en occupes. Pendant ce temps-là, moi je vais me débrouiller pour entrer chez Anne-Line. Si elle a du fric, je le prendrai. Si je n'en trouve pas, je resterai chez elle pour attendre qu'elle rentre. »

Elles se turent. Apparemment leur situation avait atteint un point de non-retour et elles avaient décidé de fuir.

Et elle resterait là, livrée à son triste sort.

Le silence dura longtemps avant que Jazmine réponde.

« Anne-Line te tuera, Denise. »

Son amie éclata de rire. « Pas si j'y vais avec ça. » Elle devait lui montrer quelque chose.

« Tu ne vas pas emporter cette grenade, Denise ! Tu crois qu'elle fonctionne ? Est-ce que tu sais t'en servir, au moins ?

— Il n'y a rien de plus facile. Il suffit de dévisser la base. À l'intérieur il y a une bille, reliée à un cordon sur lequel tu n'as plus qu'à tirer. Après il te reste quatre secondes pour aller te cacher le plus loin possible, et *boum* !

— Promets-moi que tu ne l'utiliseras pas ! »

Denise ricana. « Tu es tellement naïve, ma pauvre fille. Ça ferait beaucoup trop de bruit. Et puis, je sais ce qu'un truc comme ça peut faire à un être humain. Mon grand-père m'a montré des centaines de photos et je te jure que ce n'est pas beau à voir. Ne t'inquiète pas, je vais prendre le pistolet. J'ai déjà rempli le chargeur. Au moins, lui, on sait qu'il est en état de marche. Je vais te laisser la grenade si tu as peur de rester toute seule.

— Arrête de te moquer de moi. Emmène-moi

avec toi. Je n'ai pas envie de rester ici avec l'autre à côté. »

De quoi est-ce qu'elle a peur ? se demanda Rose. Que je perde trente kilos en dix minutes et que tous mes liens se relâchent ? Que je l'assomme d'une manchette ? Que je la réduise en chair à pâté avec les dix-sept coups de kickboxing que je maîtrise ?

Rose laissa échapper un rire étouffé par l'adhésif. Elle s'arrêta net en sentant la présence des deux jeunes femmes en train de la regarder depuis le seuil de la salle de bains.

Elle grogna pour leur faire croire qu'elle sortait d'un rêve désopilant.

Denise ne fut pas dupe et elle dit froidement à Jazmine :

« Tu vas rester ici et la surveiller jusqu'à mon retour. Ensuite, je m'occuperai d'elle. »

41

Lundi 30 mai 2016

Anneli força la serrure de l'appartement du rez-de-chaussée et jeta le sac par terre dans l'entrée. Elle était très excitée. Elle avait vu au moins trente types de filtres à huile différents sur Internet qui tous pouvaient servir de silencieux de fortune. Dans l'idéal, il faudrait qu'elle en trouve un d'assez grande taille. Elle alluma le néon dans le salon de l'ingénieur et comprit pourquoi il ne rentrait pas souvent chez lui. Tous les murs étaient couverts d'étagères remplies de composants électroniques et de pièces mécaniques qui, selon elle, auraient dû avoir leur place chez un ferrailleur. Elle se sentait comme une poule qui vient de trouver un couteau.

Elle découvrit le filtre adéquat au fond d'une caisse qui en contenait au moins trente. Rond, rouge et merveilleux, avec un orifice à une extrémité dans lequel le canon du pistolet vint se ficher dès la première tentative.

Elle agita l'arme munie de son nouvel appendice

et résista à l'envie d'appuyer sur la détente afin de constater par elle-même l'efficacité de ce silencieux improvisé. Elle avait l'arme pointée sur ce qui ressemblait à un sac de ficelle d'emballage ou quelque chose comme ça quand on sonna à la porte d'entrée.

Anneli fronça les sourcils. Encore une quête ? Médecins Sans Frontières venait de faire sa tournée. La Croix-Rouge, peut-être ? Non, ils auraient un jour de retard. La Croix-Rouge ne venait jamais le lundi.

Anneli ne comprenait pas qui cela pouvait être car elle n'avait ni amis, ni voisins susceptibles d'arriver à l'improviste. C'était sûrement pour l'ingénieur. Mais à part conseiller au visiteur de s'acheter un billet d'avion pour le Venezuela, le Laos ou Dieu sait quel autre endroit où se trouvait son propriétaire en ce moment, elle ne pourrait rien faire pour lui.

Elle sortit de l'appartement et écarta légèrement le rideau de la porte. Le visiteur était une visiteuse aux cheveux très courts et d'un noir de jais, avec un maquillage qui lui donnait un air dur et vulgaire. Anneli ne la connaissait pas et elle n'aurait pas ouvert la porte si elle n'avait pas porté une jupe plissée. Le mélange improbable de styles l'intrigua. Elle alla poser le revolver sur une étagère derrière la porte de l'appartement et ouvrit à la jeune femme avec un sourire qui s'effaça aussitôt.

Le regard glacial, l'inconnue braquait le canon d'un pistolet sur sa poitrine. En la voyant de près, malgré son maquillage, Anneli la reconnut enfin.

« Denise ! » dit-elle, étonnée. Elle pouvait difficilement lui réserver un accueil plus chaleureux vu les circonstances.

La fille la poussa en arrière avec son arme et Anneli recula en trébuchant. Denise semblait calme et déterminée et n'avait plus rien de la fille paresseuse et capricieuse qu'elle traitait avec mépris depuis tant d'années.

« Nous savons que c'est vous qui avez tué Michelle, annonça-t-elle sans préambule. Et si vous ne voulez pas pourrir derrière des barreaux pour le restant de vos jours, vous allez bien m'écouter, Anne-Line Svendsen. »

Elle hocha doucement la tête. Elle avait dit « derrière des barreaux ». Elle n'était donc pas venue avec cette arme impressionnante dans l'intention de la tuer. Anneli essaya de gagner du temps.

« Excusez-moi, Denise, mais j'avoue que je ne comprends pas de quoi vous voulez parler. Et puis qu'est-ce que c'est que ce nouveau look ? J'ai failli ne pas vous reconnaître ! Est-ce qu'il vous est arrivé quelque chose que je devrais savoir ? Est-ce que je peux vous aider ? »

Le coup de crosse que l'autre lui administra sur la mâchoire lui fit comprendre qu'elle en avait fait un peu trop. Elle retint un hurlement de douleur et s'évertua à afficher une totale incompréhension, mais visiblement Denise ne s'y laissa pas prendre.

« Je ne comprends pas ce que vous me voulez », dit Anneli avec autant d'humilité qu'elle en était capable.

« Je veux que vous me donniez votre fric ! Tout le monde sait que vous avez gagné le pactole à la loterie nationale. Où avez-vous caché l'argent ? Vous l'avez mis à la banque ? Dans ce cas, vous allez faire un virement sur mon compte en ligne. Vous avez compris ? »

Anneli déglutit péniblement. Ce vieux mensonge allait-il réellement la rattraper après tant d'années ? Si la situation n'avait pas été aussi grave et périlleuse, elle aurait presque trouvé cela comique.

« J'ai peur qu'on vous ait mal informée, Denise. Cette histoire de gain à la loterie n'était qu'une blague. Je peux vous montrer mes relevés de compte, mais vous risquez d'être déçue. Vous ne voulez pas me dire ce qui vous est arrivé pour que vous soyez obligée de faire ce que vous êtes en train de faire ? Cela ne vous ressemble pas, Denise. Vous devriez poser cette arme et je vous promets qu'on en restera là. Vous pouvez me faire confiance… »

Le deuxième coup lui fit vraiment très mal. Une fois, un type lui avait donné un violent coup de poing dans la figure et cela avait immédiatement mis fin à leur relation. Mais là, c'était bien pire.

Elle porta la main à sa joue, tandis que la fille exigeait qu'elle lui montre où elle cachait son argent, s'il n'était pas à la banque.

De guerre lasse, Anneli poussa un soupir et hocha la tête.

« D'accord. Il est dans la pièce à côté », avoua-t-elle en poussant la porte de l'appartement de l'ingénieur. « J'ai quelques milliers de couronnes ici que je garde pour les imprévus. Le reste est caché ailleurs, je vous le donnerai plus tard », dit-elle en empoignant l'arme munie de son silencieux tout neuf.

Elle se retourna brusquement, appuya l'arme et son filtre à huile contre le front de Denise et put constater avec soulagement que l'assemblage fonctionnait à la perfection.

Un *plop* discret et : terminé.

Denise était aussi morte qu'on pouvait l'être.

42

Lundi 30 mai 2016

« L'appartement de Rose, c'est bien celui qui est juste à côté de l'escalier au premier étage de la résidence des Hirondelles, non ? »

Carl regarda Assad et hocha la tête en se demandant pourquoi il posait subitement cette question.

« Vous savez que c'est moi qui achète le sucre, ici, n'est-ce pas, chef ? »

Carl ne comprenait plus rien. De quoi parlait-il ?

« Je sais, Assad, et je sais aussi que ça a été une longue journée, mais rassure-moi, tu n'es pas en train de disjoncter, là ?

— C'est également moi qui achète le café et tout le reste. Pourquoi est-ce que je le fais, à votre avis ?

— Parce que ça fait partie de ton boulot, peut-être ? Mais où veux-tu en venir ? Tu vas me demander une augmentation ? Parce que si c'est ça, ça ne me dérange pas d'aller moi-même au supermarché acheter du café la prochaine fois.

— Vous ne comprenez pas, chef. Figurez-vous

qu'à la lumière indiciblement vive de l'expérience, on voit parfois des choses qui aident à lever le voile sur le cerveau le plus embrumé. »

Il avait rêvé ou Assad venait de parler de « lumière indiciblement vive de l'expérience » ? Il avait décidément fait de gros progrès en danois ces derniers temps.

« Tu as raison, Assad. Je ne comprends plus rien !

— Voilà. Alors en fait, c'est très simple. C'est moi qui achète le café parce que Rose ne le fait pas, alors que nous étions convenus que c'était son rôle. Le problème, c'est qu'elle oubliait toujours d'en acheter.

— J'aimerais bien que tu en viennes au fait, Assad, parce qu'on a autre chose à faire. Il faut que j'arrive à convaincre Rose de parler d'une manière ou d'une autre et que je l'interroge sur Rigmor Zimmerman. Peut-être qu'elle connaissait suffisamment sa voisine pour éclairer notre lanterne. »

Assad lui jeta un regard las. « C'est exactement de ça que je suis en train de vous parler, chef. Rose oubliait régulièrement de faire les courses pour le département V, alors je l'ai taquinée un jour à ce sujet en lui demandant si elle oubliait aussi de faire ses propres courses. Et c'est là qu'elle m'a parlé de sa gentille voisine à qui elle pouvait toujours emprunter du lait et des flocons d'avoine ou n'importe quoi d'autre quand elle avait oublié d'en acheter. »

Le front de Carl se plissa. Ah, voilà où il voulait en venir.

« Nous savons maintenant que Rigmor Zimmerman était sa voisine et aussi qu'elle n'en avait pas d'autre, vu qu'elle a le premier appartement après la cage d'escalier. Nous pouvons en déduire que c'était Rigmor Zimmerman qu'elle venait voir quand il lui manquait quelque chose. Et que la gentille voisine de Rose n'est autre que la victime du meurtre sur lequel nous enquêtons. » Il fit une longue pause avant de conclure : « Et aussi que Rose la connaissait bien, chef, très bien, même. »

Carl se frotta le visage des deux mains. Tout cela était tellement bizarre. Il prit le téléphone et composa le numéro du service dans lequel Rose était internée.

« Rose Knudsen ? demanda l'infirmière de garde. Je regrette, elle n'est plus chez nous. Elle est partie de sa propre initiative le… attendez, je regarde… »

Carl entendit l'infirmière taper sur son clavier.

« Voilà, j'ai la date ici. D'après son dossier, c'était le 26 mai. »

Carl crut avoir mal entendu. Le 26 mai, c'était il y a quatre jours. Pourquoi ne les avait-elle pas appelés ?

« Pourquoi est-ce qu'elle est partie, elle était guérie ?

— Pas vraiment. Au contraire, nous la trouvions très renfermée et assez agressive, mais Rose Knudsen était en hospitalisation libre. Elle était venue de son plein gré et elle pouvait s'en aller quand elle le voulait. En ce qui nous concerne, nous n'aurions pas préconisé une sortie. Je ne serais d'ailleurs pas surprise de la voir revenir très prochainement. C'est souvent ce qui se passe dans ces cas-là. »

Carl raccrocha doucement le téléphone. « Elle a quitté l'hôpital jeudi, Assad. Il y a quatre jours, et sans nous prévenir. Il y a un vrai problème. »

Assad le regarda d'un air effaré. « C'est le jour où je l'ai entendue gueuler derrière pendant que je parlais à l'infirmière. Et elle est où, maintenant ? Ils ne vous l'ont pas dit ? »

Carl secoua la tête. « Je crois qu'ils l'ignorent. » Il reprit le téléphone et composa le numéro de Rose.

Après deux sonneries, le répondeur délivra son message : *« Votre correspondant n'est pas disponible pour le moment, veuillez renouveler votre appel ultérieurement. »*

Il leva les yeux vers Assad. « Messagerie », grogna-t-il. Puis il se tourna vers la porte du couloir et cria : « Gordoooon ! »

La grande perche du département V et les sœurs de Rose qu'ils prévinrent immédiatement réagirent tous de la même façon en apprenant ce que Rose avait fait. Ils furent étonnés et aucun d'entre eux n'était au courant de rien.

Après en avoir discuté toutes les trois, Vicky, Yrsa et Lise-Marie appelèrent leur mère en Espagne qui leur dit qu'elle avait été avertie par l'équipe soignante que Rose avait quitté l'hôpital et qu'elle lui avait téléphoné aussitôt sans réussir à la joindre, mais qu'immédiatement après, elle avait reçu un texto de sa part.

Avec quelques difficultés sur la façon de procéder, elles réussirent à lui expliquer comment transférer le message de Rose sur leur téléphone et celui de Carl.

Carl le lut à haute voix pour Gordon et Assad :

Chère maman, je suis dans un train pour Malmø et la connexion est très mauvaise. C'est pour ça que je t'écris. Ne t'inquiète pas pour moi, je vais bien. Je suis sortie de l'hôpital parce qu'un bon ami à moi m'a proposé de venir passer quelques jours dans sa maison à Blekinge qui est très agréable. Je pense que ces vacances vont me faire du bien. Je t'appellerai dès mon retour. Rose.

« Vous saviez que Rose avait un ami à Blekinge ? » demanda Carl.

Aucun d'entre eux n'en avait jamais entendu parler. « Et qu'est-ce que vous pensez de ce message ? »

Ce fut Assad qui tira le premier. « Si elle connaît quelqu'un à Blekinge, c'est bizarre qu'elle n'en ait pas parlé quand vous êtes allés à Hallabro pour l'affaire de la bouteille à la mer.

— Son ami n'y habitait peut-être pas encore », argua Gordon.

Carl pensait à autre chose. « Franchement, est-ce que vous trouvez que c'est le style de Rose ? Elle commence son message par "Chère maman", alors que nous savons à quel point elle lui en veut. Rappelez-vous comment elle appelait sa mère à l'époque où elle les a abandonnées. “Sale truie”, si mes souvenirs sont bons. Et puis elle écrit que la connexion est mauvaise dans le train pour Malmø et que c’est pour ça qu’elle envoie un texto. Je n’y crois pas ! Puis elle parle de la maison “très agréable” de son ami. Elle qui se moque éperdument de l’ordre et de la décoration dans son propre appartement !

— Vous voulez dire que son SMS était une simple diversion ? » suggéra Gordon.

Carl regarda par le soupirail qui faisait office de fenêtre le temps qu’il faisait dehors. Un ciel dégagé et un soleil de plomb. Inutile de mettre une veste.

« Venez ! dit-il. On va faire un tour chez elle.

— On ne pourrait pas repousser cela d’une demi-heure, Carl ? demanda Gordon, l’air malheureux. Vous vous rappelez qu’on a de la visite dans un petit instant ?

— Ah bon, qui ça ?

— Je vous avais dit que j’essaierais d’attraper Patrick Pettersson à la sortie de son interrogatoire chez Bjørn. Et puis j’ai ça pour vous, aussi. »

Carl se rassit pesamment tandis que Gordon posait devant lui un dessin représentant un homme vêtu d’un énorme manteau.

« C’est le portrait-robot que notre dessinateur a fait d’après la description du type que la femme a vu devant chez elle, à Borgergade, le jour de son anniversaire, c’est-à-dire le jour de la mort de Rigmor Zimmerman. »

Carl examina le dessin. Artistiquement parlant, il

n'était pas mauvais, le trait était fin et précis, mais du point de vue d'un enquêteur, le sujet, parfaitement anonyme, ne présentait aucun intérêt.

« C'est tout ce qu'elle a pu se rappeler de ce type ? Je ne vois qu'un manteau avec deux jambes en dessous vu de dos. On dirait un clochard dans un dessin humoristique de Robert Storm Petersen. Mais je te remercie, Gordon. Cela valait la peine d'essayer. »

Gordon acquiesça. Il était difficile de ne pas être d'accord.

« Il y a encore autre chose, Carl.

— Oui ?

— C'est à propos du parcmètre rue Griffenfeldsgade. Un petit malin de la Crim', appelons-le Pasgård, a eu l'idée géniale de penser que le chauffard du premier délit de fuite avait dû payer le ticket de stationnement avec des pièces, ce qui semble assez plausible, parce qu'il aurait été imprudent de sa part de se servir d'une carte de crédit ou de sa carte Easypark. Afin d'examiner cette piste, ils ont donc vidé le parcmètre d'où venait le ticket.

— Tu ne vas pas me dire qu'ils vont chercher des empreintes digitales sur les pièces ? »

Gordon hocha la tête et Carl explosa de rire. Le super-inspecteur Pasgård comptait vraiment mettre la main sur son tueur en série de cette façon ? Une empreinte sur plusieurs milliers grâce à laquelle il allait pouvoir du premier coup d'œil reconnaître l'identité du chauffard ?

Sur une pièce, qui plus est ! C'est-à-dire l'objet qui

est tripoté par le plus de gens au monde ! Franchement, il y avait de quoi se marrer.

« Merci, Gordon, tu viens d'illuminer ma journée. »

Gordon eut l'air visiblement touché et s'efforça de se joindre à l'hilarité de son patron.

Ils avaient l'air d'en tenir une couche au deuxième étage. Il était temps de leur donner un coup de main, avec un interrogatoire mené par un professionnel, par exemple.

Le gars que Carl put apercevoir à travers la porte entrouverte de la salle de situation où l'avait fait attendre Gordon était du genre plutôt costaud. Il avait d'énormes biceps couverts de tatouages qui auraient fait passer les tentatives ratées de quelques stars du showbiz pour des murs de graffitis.

Carl prit Gordon à part et lui demanda en chuchotant s'il était fou à lier. Quelle idée d'avoir fait entrer un éventuel suspect, en tout cas une personne impliquée dans l'affaire, dans la pièce ou étaient affichées toutes leurs notes et photos concernant l'enquête ! Mais apparemment, Gordon avait pris ses dispositions.

« J'ai mis un drap sur le panneau d'affichage, Carl. Ne vous inquiétez pas.

— Un drap, où est-ce que tu as trouvé un drap ?

— Dans le bureau d'Assad. Il s'en sert quand il dort ici. »

Carl lança à son assistant un regard interrogateur

pour savoir s'il avait l'intention de revenir dormir au bureau à l'avenir, mais Assad ne fit pas de commentaire à ce sujet.

Carl salua Patrick Pettersson d'un hochement de tête et vint s'asseoir face à lui. Il avait la mine un peu pâle, ce qui est en général le cas quand on sort de plusieurs heures d'interrogatoire, mais à part ça, il avait l'air d'un type solide avec un regard calme et posé. Il n'avait probablement pas inventé l'eau tiède, mais il répondit rapidement et franchement à toutes les questions de Carl.

« On a déjà dû vous demander une centaine de fois tout ce que je vais vous demander maintenant, mais si ça ne vous ennuie pas, je vais recommencer, Patrick. »

Il fit signe à Gordon qui posa trois photos devant Patrick, tandis qu'Assad lui apportait un café.

« Ce n'est pas ton mélange spécial au moins, Assad ? s'inquiéta Carl.

— Non, non, chef, c'est un simple Nescafé Gold.

— Voici Senta Berger, Bertha Lind et Michelle Hansen. Toutes trois ont été tuées par un chauffard au cours des huit derniers jours. Je me suis laissé dire que vous avez pu fournir une preuve de l'endroit où vous vous trouviez au moment de chacun de ces meurtres et je tiens à vous préciser que vous n'êtes pas ici à titre de suspect. »

Le gars lui jeta pratiquement un regard de reconnaissance en portant la tasse à sa bouche.

« Nous n'avons pas établi de véritable lien entre

les trois victimes mais, si j'ai bien compris, Michelle avait une relation, disons amicale, avec deux jeunes femmes qu'elle ne connaissait pas depuis très longtemps, car dans le cas contraire je suppose que vous auriez été au courant, c'est exact ?

— C'est exact.

— Michelle était-elle le genre de fille à savoir garder un secret ?

— Non, je ne crois pas. Ce n'était pas une fille très compliquée.

— Pourtant, vous dites qu'elle vous a quitté quelques jours avant sa mort. Cela ne vous a pas surpris ? »

Petterson baissa la tête. « On s'était disputés parce que je voulais qu'elle aille voir sa conseillère au Centre d'action sociale pour mettre de l'ordre dans sa situation.

— Quelle situation ?

— Elle n'avait pas déclaré son changement d'adresse et elle ne me l'avait pas dit. Elle devait rembourser un trop-perçu aux services sociaux et je voulais qu'elle négocie un échéancier avec eux et qu'elle accepte le travail qu'on lui avait proposé.

— Et elle l'a fait ? »

Il haussa les épaules. « Je l'ai vue quelques jours plus tard devant la discothèque où je travaille comme videur. Elle m'a dit qu'elle allait me rembourser ce qu'elle me devait et j'en ai déduit qu'elle l'avait fait. »

Il regarda la photo de son ancienne petite amie d'un air mélancolique.

« Elle vous manque ? » lui demanda Assad.

Il le regarda d'un air surpris, peut-être à cause du caractère très personnel de la question, ou bien parce que c'était Assad qui l'avait posée, et il acquiesça.

« Je croyais que c'était du sérieux entre nous. Et puis ces deux satanées filles sont arrivées. »

Ses yeux, légèrement humides l'instant d'avant, séchèrent en une seconde. Il prit une gorgée de café et la tasse resta suspendue en l'air. « Je ne sais pas dans quelle histoire elles l'ont entraînée, mais je ne crois pas que ce soit très honnête.

— Qu'est-ce qui vous fait dire ça ?

— J'ai vu les bandes des caméras de surveillance prises au moment du hold-up dans la boîte. Vos collègues de la Criminelle me les ont montrées. On ne voit pas très bien les filles parce que leurs visages sont cachés derrière des foulards, mais j'ai l'impression de les reconnaître. Ils m'ont aussi montré un selfie qu'ils avaient trouvé.

— Ah bon, quel selfie ?

— Un selfie que Michelle avait pris avec deux filles. Celles que j'ai vues avec elle à l'hôpital. En plus, les policiers qui m'ont interrogé tout à l'heure m'ont dit qu'ils avaient reconnu l'endroit où il a été pris, au bord du canal, à la hauteur de Gammel Strand. Elles l'ont pris le 11 mai, plusieurs jours avant qu'elle me quitte. Elle ne m'a jamais raconté cette journée à Gammel Strand, probablement parce qu'elle avait quelque chose à cacher.

— Vous dites que vous avez vu ces deux filles à l'hôpital ?

— C'était après la première fois où Michelle s'est fait renverser. Elles l'attendaient à l'hôpital le jour de sa sortie. »

Carl fronça les sourcils. « Vous êtes en train de me dire que vous êtes certain que Michelle connaissait les deux filles qui ont commis ce hold-up et vraisemblablement abattu Birna Sigurdardottir ?

— Oui.

— De là à penser que Michelle était leur complice et qu'elle est venue à la discothèque pour détourner votre attention, il n'y a qu'un pas. Qu'en pensez-vous ? »

Pettersson baissa la tête. Les écailles venaient de lui tomber des yeux. Le visage empreint de colère et de déception, il serrait les poings. Soudain, laissant éclater sa rage, avec une violence surprenante, il repoussa la table et envoya sa tasse se fracasser contre le mur où le drap était accroché.

Carl s'apprêtait à réagir violemment à cet éclat, mais le drap, souillé de café, se décrocha, dévoilant tous les détails de l'enquête en cours. En outre, Patrick ne lui en laissa pas le temps et il présenta spontanément ses excuses.

« Je rembourserai la tasse et tout ça, dit-il humblement, les yeux baissés. Je suis vraiment désolé. Et j'ai taché vos photos, aussi », dit-il, relevant la tête.

C'est alors qu'il se figea, le front plissé, comme s'il avait la berlue.

« Euh… je ne crois pas… », dit Gordon en voyant le type faire le tour de la table et s'approcher du tableau.

« C'est encore elle, là, dit-il en pointant du doigt l'agrandissement de la photo de classe de l'école Bolman. La fille que j'ai vue sur le selfie de Michelle et aussi à l'hôpital. Et je mettrais ma main à couper que c'est aussi l'une des deux femmes qu'on m'a montrées sur les bandes des caméras de surveillance du Victoria, mais en beaucoup plus jeune. »

Les trois hommes le regardèrent comme s'il venait de descendre d'une soucoupe volante.

Carl demanda à Patrick d'aller l'attendre dans le bureau de Gordon, s'excusant d'avoir encore quelques précisions à lui demander.

Quand il fut sorti de la salle de situation, Carl, Gordon et Assad se regardèrent longuement avant qu'Assad prenne enfin la parole :

« Je ne comprends pas bien comment c'est possible, chef, mais maintenant on dirait que toutes ces affaires sont liées. Michelle, la victime du chauffard, connaît Denise et l'autre femme de l'affaire de la boîte de nuit. Denise connaît Stephanie Gundersen et, évidemment, sa grand-mère, Rigmor Zimmerman, qui comme par hasard habite l'appartement voisin de celui de Rose ! »

Carl avait entendu, mais il ne fit aucun commentaire. Il était sidéré. De mémoire de policier, on n'avait jamais vu une chose pareille, c'était vraiment très étrange.

« On va être obligés de faire venir Bjørn pour qu'il voie ça. Tant pis si vous vous faites engueuler, Carl. »

Carl voyait d'ici le tollé que cela allait déclencher. Conseil de discipline, colère et représailles, sans compter les grincements de dents de ses collègues qui se sentiraient trahis. Mais d'un autre côté, s'ils ne s'étaient pas intéressés à ces enquêtes et s'ils ne les avaient pas affichées sur ce tableau, cette épiphanie n'aurait pas eu lieu.

Carl haussa les épaules, prit le téléphone et demanda à Lis de leur envoyer immédiatement Bjørn au sous-sol. Puis ils attendirent en silence, se demandant comment des affaires aussi différentes pouvaient avoir un dénominateur commun.

Quand Bjørn entra dans la salle de situation, on aurait dit un ours. Après un bref coup d'œil au tableau, l'ours sortit ses griffes. Le patron semblait soudain prendre deux fois plus de place dans leur petit local plutôt spartiate.

Carl fit signe à Gordon de ramener Patrick et quand Bjørn vit le pseudo-rocker apparaître à la porte, le rouge de son visage vira à l'écarlate. Il était tout simplement furibond, et encore, l'adjectif était faible.

« Je peux savoir ce que MON témoin fait ici, et surtout ce que l'affaire du chauffard, celle de la discothèque et l'affaire Zimmerman font au département V ? Alors, c'était ça que cet imbécile d'Olaf Borg-Perdersen me racontait et que je refusais de croire ? »

Il pointa l'ongle acéré de son index à dix centimètres du front de Carl. « Cette fois, Carl Mørck, tu as dépassé les bornes, tu m'entends ? »

Carl saisit sa chance et stoppa le flot de paroles en posant une main courageuse sur la bouche de son supérieur hiérarchique. Puis il se tourna tranquillement vers Patrick. « Auriez-vous l'obligeance, monsieur Pettersson, de répéter au commissaire Bjørn ce que vous nous avez dit tout à l'heure ? »

Bjørn leva la main pour empêcher Patrick Pettersson de répondre.

« Monsieur n'a pas à être mêlé à nos histoires, Carl. Faites-le sortir immédiatement ! »

Mais Patrick alla se planter devant le tableau d'affichage et désigna Denise sur la photo de classe. « Ça, c'est Denise », dit-il simplement.

Bjørn plissa les yeux et examina le visage de l'écolière.

« Je t'assure, Lars. La fille qu'il est en train de te montrer est Denise Frank Zimmerman, et derrière elle, c'est Stephanie Gundersen, assassinée en 2004. Toutes les affaires que tu vois sur ce tableau sont reliées entre elles d'une façon ou d'une autre. »

Cela leur prit dix minutes, à tour de rôle, d'expliquer à leur patron comment les choses s'articulaient et quand ils eurent terminé, il était aussi figé qu'une statue de sel. On pouvait l'accuser d'être un cul serré, mais on ne pouvait pas lui enlever son instinct de flic. À cette seconde, il était exactement dans le même état qu'eux. Incrédule mais libéré.

« Assieds-toi et prends un café, Lars. Essayons de nous mettre d'accord sur la façon dont nous allons procéder à partir de maintenant », proposa Carl en faisant signe à Assad qui partit aussitôt au ravitaillement.

« Effectivement, il semble que toutes ces enquêtes soient étroitement liées, reconnut Lars. Et Rose, qu'est-ce qu'elle fait là-dedans ?

— Rose est en congé maladie en ce moment et nous venons de découvrir que Rigmor Zimmerman était sa voisine. C'est juste un hasard, mais elles habitent le même palier. Alors nous nous sommes dit que nous pourrions aller demander l'avis d'une enquêtrice talentueuse sur la victime.

— Et vous lui en avez parlé ?

— Euh, non, pas encore. Son téléphone tombe directement sur le messagerie. Sa batterie doit être déchargée. »

Bjørn secoua la tête. Pour lui, c'était un gros morceau à avaler.

« Marcus est au courant de tout ça ?

— Pas du dernier rebondissement, non. »

Patrick vint toucher l'épaule de Carl. Ils l'avaient complètement oublié.

« Je peux m'en aller ? Je suis là depuis ce matin. Il faut que j'aille au garage. Le patron va m'engueuler si je n'ai pas fait le boulot.

— Vous n'avez pas l'intention de quitter Copenhague, n'est-ce pas ? » s'assura Bjørn.

Patrick secoua la tête. « D'abord vous me dites de ne pas quitter le Danemark, ensuite, il ne faut pas que je m'en aille de Copenhague. Après, ça va être quoi ? Je ne vais plus avoir le droit de sortir de chez moi ? »

Lars Bjørn lui fit un sourire oblique et désigna la porte.

Quand le témoin fut parti, Bjørn fouilla dans ses poches à la recherche de son portable.

« Lis, je voudrais que tu rassembles tous les inspecteurs qui ne sont pas sur le terrain et que tu les fasses venir au sous-sol. Oui, tout de suite ! Je sais qu'il est tard ! Chez Carl, c'est ça. »

Il raccrocha. « Deux questions. Est-ce que vous avez une idée de qui peut être notre chauffard ? »

Carl secoua la tête.

« C'est dommage. Et ensuite, est-ce que vous savez où se trouve la fameuse Denise Zimmerman ?

— Non. Mais nous ne l'avons pas recherchée activement non plus. D'après sa mère, elle n'est pas chez elle, en tout cas. Elle lui a dit qu'elle était partie habiter chez un amant, à Slagelse. »

Lars Bjørn poussa un long soupir. « Pour l'instant, je ne sais pas quoi vous dire, mais je vais aller faire un tour aux toilettes, ça me laissera le temps d'y réfléchir. »

Carl gratta sa barbe naissante et remercia Assad qui revenait avec le café du patron. « On ira attendre chez Rose dans une petite heure. Il faut d'abord qu'on fasse un topo aux crétins du deuxième.

— OK. Et après ? Vous le sentez comment, chef ? Lars Bjørn est en train de recharger ses batteries pour piquer la gueulante du siècle, ou quoi ?

— C'est vrai qu'avec lui on ne sait jamais à quelle sauce on va être mangé. »

Assad rigola et son rire amena un sourire sur le visage de Gordon. Carl se demanda comment il avait accompli ce miracle.

« C'est vrai qu'il est chiant, mais au moins il est juste.

— Ah bon ? Pourquoi tu dis ça, Assad ?

— Parce qu'il est chiant avec tout le monde. »

43

Lundi 30 Mai 2016

« Dites, chef, je meurs de faim. On ne pourrait pas s'arrêter pour manger quelque chose ? »

Carl haussa les épaules. Lui, c'était l'inverse. Depuis que cette histoire avec Rose le tarabustait, il n'avait plus d'appétit.

Il fit démarrer la voiture et la radio déversa les nouvelles.

« Ils n'y vont pas de main morte pour retrouver Denise Zimmerman », commenta Carl. Jamais un témoin n'avait fait l'objet d'un avis de recherche aussi largement étendu. Les infos de toutes les stations de radio et de toutes les chaînes de télévision le diffusaient en boucle, probablement à la demande expresse du patron de la Criminelle et du responsable de la communication de l'hôtel de police. Mais si retrouver cette jeune femme leur permettait de résoudre trois enquêtes d'un seul coup, cela valait la peine d'essayer.

Assad baissa les yeux sur son mobile qui vibrait

en silence. « C'est pour vous, chef », annonça-t-il en prenant l'appel et en mettant le haut-parleur.

« Carl Mørck à l'appareil. »

Son interlocuteur toussa et cracha au bout de la ligne.

« Excuse-moi, Carl, dit-il enfin, depuis que j'ai arrêté de fumer, je n'arrête pas de tousser. »

C'était Marcus Jacobsen.

« J'ai fouillé un peu dans la vie du mari de Birgit Zimmerman, comme tu me l'as demandé, et j'ai trouvé quelques informations qui pourraient t'intéresser. Je te les lis ? »

Est-ce que ça ne pourrait pas attendre demain ? songeait Carl. Il était tard et il tombait d'épuisement.

« J'ai le temps, on est sur la route. Vas-y, je t'écoute », dit-il malgré tout.

Marcus s'éclaircit la gorge. « James Lester Frank est né à Duluth en 1958. Il s'est marié avec Birgit Zimmerman en 1987, un an avant la naissance de Denise Frank Zimmerman. Le couple s'est séparé à l'automne 1995 et a divorcé quelques mois plus tard. La mère a eu la garde de l'enfant et le père est reparti vivre aux USA la même année. »

Carl bâilla discrètement. À quel moment est-ce que cela devenait intéressant ?

« J'ai aussi appris qu'il s'était réengagé dans l'armée et qu'il a servi plusieurs fois en Irak et en Afghanistan. En 2002, il a été porté disparu au cours d'une mission où deux de ses camarades ont été tués. On l'a cru mort mais il a été reconnu un jour par un officier de liaison à Istanbul, après quoi il a été recherché comme déserteur. »

Malin le type, songea Carl.

Enfin arriva la seule information qui méritait de l'attention.

« Il y a un mois, un certain Mark Johnson s'est écroulé en pleine rue et a été transporté à l'hôpital de Herlev avec un bilan hépatique désastreux. Un examen global de son état de santé a montré que plusieurs de ses organes étaient en bout de course. Les conclusions des médecins furent sans appel. L'homme avait atteint un degré d'alcoolisme auquel il est inutile d'espérer survivre.

« Et Mark Johnson est le type qui a reconnu Frank en Turquie, proposa Carl, jouant aux devinettes.

— Non, patience, Carl, j'y viens. Bien sûr, on a demandé à ce Mark Johnson de prouver son identité et, comme il en était incapable, on a appelé la police.

— Ce n'est pas gentil de faire des ennuis à un pauvre gars qui est à l'article de la mort, commenta Assad.

— C'est ton avis et il t'honore, Assad, mais tu comprends, quand on doit établir un dossier médical sur quelqu'un, il faut mettre un nom sur la couverture.

— Forcément. Et alors ? Que s'est-il passé ? demanda Carl.

— Le type avait un certain nombre de tatouages sur le corps, dont un *meat tag* qu'il s'était fait faire sous le bras et grâce auquel on a pu l'identifier.

— Tu peux me rappeler ce que c'est qu'un *meat tag* ? demanda Carl.

— C'est une plaque militaire qu'on se fait tatouer directement sur la peau, Carl, l'informa Assad.

— Exact, reprit Marcus. Elle indique le nom et le prénom du soldat ainsi qu'une initiale s'il a un deuxième nom de famille. Dans le cas qui nous intéresse, l'homme étant un soldat de l'armée américaine, il portait aussi son numéro d'immatriculation du département de la Défense, ainsi que son groupe sanguin et sa religion. En ce temps-là, beaucoup de soldats se faisaient faire ce genre de tatouages avant de partir au front. De nos jours, l'armée américaine a de nouvelles règles en matière de tatouages et je ne suis pas sûr que ce soit encore autorisé, mais quoi qu'il en soit, pour un soldat cela signifiait qu'il pouvait être identifié s'il tombait en action, même s'il perdait sa plaque militaire.

— Et le tatouage en question a permis de prouver qu'il s'agissait de James Lester Frank ? suggéra Carl cette fois-ci.

— Exactement. James L. Frank. Ce qui signifie que le mari de Birgit Zimmerman est en vie, même s'il ne va pas très bien et qu'il risque de ne tenir que quelques mois. Il est sorti de l'hôpital et habite comme par hasard l'appartement au-dessus de l'ancien magasin de chaussures de Fritzl Zimmerman à Rødovre. Appartement qui est enregistré au nom de… Rigmor Zimmerman.

— Alors, il est au Danemark, finalement.

— Je n'y comprends rien, Marcus, dit Assad. J'ai épluché tous les registres sans parvenir à mettre la main dessus. Il n'est pas enregistré à l'état civil, si ?

— Non, répliqua Marcus. Il vit ici clandestinement depuis 2003, sous la fausse identité de Mark Johnson. J'aurais bien aimé savoir ça du temps de l'enquête sur le meurtre de Stephanie Gundersen, figure-toi.

— Pourquoi est-ce qu'on ne l'a pas arrêté à l'hôpital, Marcus ? s'étonna Carl.

— Je n'en sais rien. Sans doute parce qu'il était mourant et qu'il ne risquait pas de se sauver très loin. Mais après l'avoir interrogé, la police a transmis son dossier aux services de l'immigration. On le surveille, bien sûr, mais ce n'est pas l'usage d'expulser un individu en aussi mauvaise santé et, de surcroît, il y a un peu de lenteur administrative côté dossiers. Si vous avez l'occasion d'y passer un jour, vous verrez qu'ils sont débordés.

— Tu sais de quoi il vit, depuis toutes ces années ?

— Aucune idée et je crois qu'il est le seul à le savoir. Au jour le jour, j'imagine, comme un clochard, un pauvre hère. Mais à mon avis, il n'a jamais rien fait de réellement criminel. Ne serait-ce que pour ne pas risquer de se faire arrêter et être renvoyé dans un pays qui veut le condamner pour désertion.

— Il me semble que nous avons des accords d'extradition avec les USA, non ? dit Carl.

— Absolument. Et malheureusement pour Frank, ils remontent déjà à 2003. La Suède a passé le même genre d'accord, mais là-bas ils ne livrent pas les gens qui sont accusés de délits militaires ou politiques, comme nous le faisons au Danemark. Si on l'avait renvoyé chez lui, les Américains l'auraient jeté au fond du plus noir cachot qu'ils auraient pu trouver. Le pays béni de Dieu n'aime pas les déserteurs. De manière générale, il ne fait pas bon être vétéran, outre-Atlantique. »

Assad hocha longuement la tête. Il devait le savoir mieux que personne.

Carl remercia Marcus pour ce travail de premier ordre. James Frank était au Danemark, incroyable !

Après avoir raccroché, il ralentit. « Tu peux attendre un peu pour manger, Assad ? » lui demanda-t-il sans attendre de réponse. « Maintenant que nous avons appris tout ça, j'ai bien envie de rendre une petite visite à ce James Lester Frank. Denise Zimmerman est peut-être allée habiter chez son père, après tout. Ce ne serait pas beau, ça ? »

Le magasin de chaussures de Fritzl Zimmerman à Rødovre n'était plus ce qu'il avait été. Ils découvrirent un vieil immeuble décrépit, une vitrine vide et un tas de saletés derrière. On devinait encore la vieille enseigne malgré plusieurs tentatives maladroites pour la cacher. Si Carl comptait bien, au moins cinq autres commerces avaient dû mettre la clé sous la porte du local depuis la grande époque de Fritzl Zimmerman.

Assad désigna l'appartement situé au-dessus de la boutique. Avec son unique encorbellement, il devait s'agir d'un simple studio, mais au Danemark en ce temps-là, les commis et les domestiques s'en contentaient largement.

Le nom de Mark Johnson était écrit directement au marqueur sur la peinture écaillée de la porte pleine qui n'aurait certainement pas répondu aux nouvelles normes de sécurité anti-incendie. Ils frappèrent.

« Entrez, c'est ouvert ! » répondit une voix avec un fort accent américain. Ils s'attendaient à tomber sur un taudis, mais ils s'étaient trompés. Une odeur d'assouplissant textile comme celui dont on se sert pour laver de la layette les précéda le long d'une bibliothèque fabriquée avec des caisses de bière en bois peint jusque dans le séjour, meublé d'un canapé et d'une table basse, d'un poste de télévision posé sur une commode et de rien d'autre.

Carl regarda autour de lui. Si Denise Zimmerman se cachait ici, elle devait avoir beaucoup rétréci. Il fit signe à Assad de contrôler le reste de l'appartement.

« Vous êtes de la police, n'est-ce pas ? » dit l'homme à la peau très jaune couché sur le sofa enveloppé dans plusieurs couvertures, bien que la température de la pièce avoisinât les trente degrés. « Vous êtes venus m'arrêter ? »

L'accueil ne laissait pas de surprendre.

« Non. Nous ne sommes pas de l'immigration, mais de la police criminelle de Copenhague. »

Carl s'attendait à une réaction d'inquiétude, ce qui aurait été normal et courant, mais l'homme se contenta de pincer les lèvres et de hocher la tête.

« Nous sommes à la recherche de votre fille. »

Assad revint dans le séjour. Denise n'était ni dans la cuisine, ni dans les toilettes.

« Pouvez-vous me dire quand vous avez vu Denise pour la dernière fois, James ? Mais peut-être préférez-vous que je vous appelle Mark ? »

Il haussa les épaules. Cela lui était manifestement égal.

« Denise ? Pour moi, elle sera toujours Dorrit, à vrai dire. Mais pour répondre à votre question, je ne l'ai pas revue depuis 2004. Je viens d'apprendre qu'elle était recherchée et ça m'a fait de la peine, vous vous en doutez. » Il tendit la main vers un verre posé sur la table qui semblait contenir de l'eau.

« Nous enquêtons en ce moment sur la mort de votre ex-belle-mère et toutes les personnes qui ont été en contact avec elle avant son décès sont potentiellement suspectes. C'est pourquoi nous aurions besoin d'interroger votre fille sur ses faits et gestes à ce moment-là. »

Le malade but une gorgée et posa le verre sur son ventre. « Vous savez que je vais être expulsé, n'est-ce pas ? »

Carl et Assad hochèrent la tête en même temps.

« L'armée américaine est ravie quand elle a la chance de remettre la main sur un déserteur. J'étais sur le point d'être nommé officier, vous savez ? J'avais reçu tellement de médailles que je penchais comme la tour de Pise en marchant. Je ne compte plus le nombre d'Opex auxquelles j'ai participé. La plupart datent du temps où j'étais encore un jeune soldat. Et aucune de ces missions n'a été particulièrement glorieuse, je peux vous l'affirmer. Alors ils sont contents quand ils peuvent faire rentrer quelqu'un comme moi et s'en débarrasser. Ils ne veulent pas qu'on parle, vous comprenez ? Surtout quand on a la poitrine couverte de médailles et qu'on était sur le point de monter en grade au moment où on a fichu le camp. » Il secoua la tête. « L'armée américaine n'oublie jamais un déserteur. Les États-Unis ont récemment demandé à la Suède d'extrader un ancien soldat qui vit là-bas depuis vingt-huit ans, avec famille et enfants. Alors je vais vous poser une question : à votre avis, qu'est-ce qui pourrait empêcher le Danemark de me renvoyer en Amérique ? Ma maladie ? »

Carl acquiesça. C'était plausible, non ?

« Eh bien, vous faites erreur, parce que les Américains promettront sur l'honneur que je bénéficierai des meilleurs traitements et les Danois me mettront dans l'avion quand même.

— Je vois, mais qu'est-ce que tout cela a à voir avec la raison de notre visite ? »

Après tout, Carl n'était ni prêtre, ni médecin des âmes.

« La raison de votre visite ? J'y venais justement. Figurez-vous qu'il y a une chose qui pourrait m'éviter l'extradition et qui me conviendrait parfaitement.

— Et ce serait ?

— Ce serait d'avoir commis un acte plus grave que celui de déserter, vu que les Danois n'en ont rien à foutre de ça. »

Ici, Assad intervint : « Pourquoi est-ce que, dans un premier temps, vous avez décidé de retourner là-bas, alors que votre famille était ici ?

— Je vais vous le dire.

— C'est à cause de ce qui s'est passé en 1995 ? »

Il acquiesça.

« Vous savez que je suis gravement malade, n'est-ce pas ?

— Oui, mais nous ne connaissons pas les détails de votre dossier médical.

— Pour faire court, ce n'est pas la peine de faire une collecte pour mon cadeau de Noël, si vous voyez ce que je veux dire. » Il rit de sa propre blague. « Et c'est pour cela que je n'ai pas envie de passer le temps qui me reste à pourrir dans une prison américaine. J'aimerais mieux mourir au Danemark, où on s'occupe bien de vous quand la mort approche. Même en prison. »

Carl fit la moue. Tous ses signaux d'alarme clignotaient.

« Je tiens à vous signaler, James, qu'il n'y a pas dix jours, j'ai viré un type de mon bureau parce qu'il venait s'accuser d'un crime qu'il ne pouvait en aucun cas avoir commis. Si c'est ce que vous avez derrière la tête, je préfère vous prévenir qu'on ne me fait pas prendre des vessies pour des lanternes. »

Le gars sourit. « C'est quoi votre nom ?

— Carl Mørck.

— Très bien. Alors vous n'êtes pas le flic le plus con qu'il m'ait été donné de rencontrer, Carl Mørck, parce que c'est justement ce que j'allais vous raconter. Je ne peux pas être extradé aux États-Unis car j'ai commis un crime au Danemark. Que vous le croyiez ou non. »

Cela avait commencé comme un jeu entre James et son beau-père. Ils étaient tous deux d'anciens soldats et tous deux avaient fait la guerre, de manière active, avec tout ce que cela implique. Leurs passés et leurs parcours respectifs n'étaient pas pour les âmes sensibles et c'était pour cela que Fritzl Zimmerman appréciait son gendre. Pour Fritzl, servir comme soldat était honorable et c'était une preuve de virilité et de courage. Avec une passion non déguisée, il interrogeait James sur les campagnes auxquelles il avait participé, du Zaïre au Liban en passant par l'invasion de l'île de Grenade. Fritzl se délectait de chaque histoire où cynisme et détermination avaient mené au conflit armé. Plus James lui donnait de détails, plus Fritzl en redemandait. C'est de là qu'était parti le jeu.

« Si je dis le mot baïonnette, on doit tous les deux raconter quel évènement il nous rappelle. Ensuite, c'est à l'autre de citer un mot, proposa Fritzl. Il faut choisir des mots puissants bien sûr, comme embuscade ou… feu. Le mot feu est un mot fantastique. »

Au départ, James n'avait pas été très à l'aise. Quel que soit le mot choisi, Fritzl avait toujours une anecdote cent fois pire qu'il racontait avec une jubilation suspecte. Dans sa bouche, une attaque sans pitié devenait une croisade. Un lynchage illustrait la notion de légitime défense. Mais il parlait aussi de solidarité et de fraternité en évoquant ses camarades de combat, de tous ces hommes fiers marchant d'un seul pas, et petit à petit, à sa grande surprise, James avait commencé à s'identifier à lui.

Ils passaient souvent quelques heures ensemble le samedi en fin de matinée, une fois que James s'était remis de ses excès du vendredi soir, derrière le bar où il ne faisait pas que servir. Pendant que Birgit s'occupait de la petite, que Rigmor faisait son ménage, Fritzl et lui réveillaient le passé au fond du labyrinthe des pièces du rez-de-chaussée. Dans cet antre, il pouvait à nouveau sentir dans sa main le poids d'un parabellum et apprendre comment les objets les plus simples pouvaient devenir des armes redoutables.

Cette belle idylle aurait pu durer des années si par un pur hasard, la haine qui couvait entre James et Rigmor ne s'était pas brusquement ranimée. Ils déjeunaient tranquillement, comme tous les samedis, quand soudain son beau-père lui avait posé la surprenante question qui avait mis le feu aux poudres.

Dorrit étant à table, Fritzl n'aurait jamais dû lui demander cela à ce moment-là, mais le vieil homme ne s'encombrait pas de ce genre de scrupules. « Qu'est-ce qui est le plus grave dans la vie d'un soldat ? Tuer ou tromper sa femme ? »

James avait cru que son beau-père voulait jouer et il avait demandé à sa fille d'aller faire un tour dans le jardin jusqu'à ce qu'ils l'appellent. Il s'était dit que c'était encore une des idées morbides de son beau-père, mais quand, après un court moment de réflexion, il avait répondu qu'il préférait tuer, bien entendu, Rigmor lui avait administré une gifle retentissante.

« Ordure ! » avait-elle rugi, tandis que Fritzl se tapait sur les cuisses de rire.

James était sonné et quand il avait pris sa femme à part pour lui demander une explication, elle lui avait craché au visage :

« Tu es tombé droit dans le panneau, pauvre imbécile. J'ai parlé à mon père et à ma mère de toutes tes femmes et de tes aventures et du mépris avec lequel tu traites ta femme et ta fille. Tu croyais vraiment que tu allais t'en tirer comme ça ? »

Il avait menti et pleuré et l'avait assurée de sa fidélité. Il lui avait affirmé que lorsqu'il rentrait tard, c'était pour faire de la comptabilité. Mais elle avait des informations.

« Elle te déteste pour des tas de raisons, James. Parce que tu me trompes, parce que tu te soûles plusieurs fois par semaine. Parce que tu parles avec mon père de choses dont elle ne veut pas qu'on parle. »

Ce jour-là, Rigmor Zimmerman avait révélé à James son vrai visage et surtout, elle avait montré qui portait la culotte chez les Zimmerman. Les papiers qui allaient détruire sa famille étaient posés sur la table et Birgit les avait déjà signés.

James avait supplié sa femme de les déchirer, mais elle n'avait pas osé. En outre, Rigmor et Fritzl lui avaient promis de veiller sur elle et sa fille quand il ne serait plus là.

Ils l'avaient purement et simplement répudié.

Plus tard, il avait essayé de convaincre Rigmor de revenir sur sa décision en la menaçant d'informer les autorités des crimes de Fritzl pendant la Seconde Guerre mondiale et de le faire mettre en prison pour de bon, cette fois. Il avait toutes les preuves.

Elle avait mis deux jours à réagir, sous la forme d'une enveloppe de cent cinquante mille dollars s'il repartait aux États-Unis et s'il ne remettait plus les pieds au Danemark. L'argent serait versé en trois fois sur un compte américain. James avait accepté. Un fils d'ouvrier de Duluth, Minnesota, n'avait pas tous les jours l'occasion de mettre la main sur une somme pareille.

Seulement, il avait oublié de déclarer l'argent au fisc américain et après plusieurs procès et diverses amendes, il était ruiné.

Alors James Lester Frank s'était réengagé dans l'armée et pour sa peine, on l'avait envoyé en mission quasi ininterrompue pendant des années, si près des talibans que lui et ses hommes s'étaient mis à leur ressembler et à sentir comme eux.

« On était devenus des animaux. On chiait là où on dormait. On mangeait ce qu'on pouvait tuer. Et on mourait comme des bêtes, à cause des talibans. Le dernier de mes camarades que je les ai vus exécuter, ils ont commencé par lui couper les bras. Alors je me suis enfui. Pendant onze mois, j'ai vécu dans les montagnes et quand enfin j'ai réussi à partir, je me suis juré que je ne tuerais plus pour les USA et pour l'armée américaine.

— Mais quelqu'un vous a reconnu à Istanbul », dit Carl.

Frank acquiesça et tira la couverture sous son menton.

« Je travaillais dans un bar pour touristes, fréquenté principalement par des Américains, ce qui était stupide de ma part. L'officier m'a reconnu malgré ma barbe et mon crâne rasé. Heureusement, le même jour, j'avais rencontré au bar un couple de Danois qui voyageaient en camping-car. Ils ont accepté de me ramener au Danemark avec eux. Je leur ai dit toute la vérité, que j'avais été soldat et que j'avais déserté, mais pour eux ce n'était pas un problème. Au contraire, même. Il n'y avait pas plus pacifiste que ces gens-là.

— C'est une belle histoire, monsieur Frank, dit Assad, non sans ironie. Mais où voulez-vous en venir ? »

Son ventre grondait bruyamment. Son hypoglycémie le rendait agressif. Carl, quant à lui, avait oublié sa faim. Avec une petite cigarette, il tiendrait quelques heures de plus.

« En arrivant au Danemark, je n'avais pas de papiers et j'étais sans le sou. Je n'avais pas d'autre solution que d'aller voir Rigmor et Fritzl pour leur annoncer que j'avais l'intention de rester et qu'ils allaient devoir m'aider. Ils étaient catastrophés car

Birgit et eux avaient fait croire à Dorrit, enfin Denise, que j'étais mort et enterré. Cela m'a mis dans une colère terrible et, bien qu'ils aient essayé de m'en empêcher, je suis allé dans la pièce secrète de Fritzl et j'ai volé tout ce que je pouvais emporter, de manière à avoir le plus de preuves possible contre eux. J'ai pris des photos de la pièce et d'eux en train de m'injurier. Pour finir, j'ai posé la lame du couteau de Fritzl contre la gorge de Rigmor en lui murmurant que je connaissais le bruit que cela faisait quand on tranchait la trachée d'un être humain. Cette menace parmi d'autres les fit se tenir tranquilles. Nous avons fini par convenir qu'ils me laisseraient occuper ce studio dont ils paieraient tous les frais et qu'ils me verseraient en plus douze mille couronnes de pension tous les mois *ad vitam æternam*. Si j'avais été plus malin, j'aurais pu demander plus. »

Il ricana, poussa un soupir et eut l'air de s'endormir. Ses yeux étaient aussi jaunes que ceux d'un loup-garou. Manifestement, il n'allait pas bien du tout.

« En échange de ces largesses, je devais m'engager à rester loin de Birgit et de ma fille. Rigmor m'avait assuré que si je m'approchais d'elles, elle se fichait de ce qui arriverait à Fritzl et me ferait arrêter et renvoyer aux États-Unis. Et elle le pensait. Elle préférait sacrifier son mari et la réputation de sa famille plutôt que les filles.

— Je suppose que vous n'avez pas respecté cette interdiction », dit Carl.

James Frank sourit. « Si, d'une certaine manière. En revanche, je ne compte plus le nombre de fois où je me suis caché derrière les arbres au bord du lac de Sortedamsøen pour surveiller les grilles de l'école libre Bolman sans essayer de parler à Denise. Juste pour l'apercevoir à l'heure de la sortie.

— Et Birgit ?

— J'ai essayé de la retrouver, par pure curiosité, mais elle n'avait pas d'adresse. Alors un jour, j'ai imaginé que je pourrais suivre Denise après l'école pour savoir où elles habitaient.

— Et vous l'avez fait ? » demanda Carl.

Assad lui tapota l'épaule avec un soupir à vous fendre le cœur. « Dites, chef, est-ce que vous voyez des bosses sur mon dos ?

— Vingt minutes, Assad. Dans vingt minutes, je t'emmène manger quelque chose. Mais je t'en supplie, pas d'histoire de chameau maintenant, d'accord ? »

Assad soupira encore plus fort. Vingt minutes, c'était bien trop long à son goût.

« Alors, vous avez filé Denise ou pas ?

— Non, ça n'en est pas arrivé là. Mais je l'ai vue à la sortie de l'école, à plusieurs reprises. Elle était tellement belle et pleine de vie. J'adorais la regarder. »

Il leva son verre à ses lèvres pour boire un peu, mais on sentait qu'il lui en coûtait.

« Et vous aimiez encore plus regarder Stephanie Gundersen, n'est-ce pas, James ? »

Un filet d'eau s'écoula de la commissure de ses

lèvres, formant une goutte sur son menton. Une expression de surprise apparut dans ses yeux brûlants de fièvre.

« Pourquoi avez-vous tué Stephanie Gundersen, James ? » demanda Carl.

James reposa le verre sur la table et se racla la gorge à plusieurs reprises, comme s'il avait avalé de travers.

Puis il secoua la tête. « Je crois vous avoir dit tout à l'heure que vous étiez très fort ? Je retire. »

Assad pouffa dans son coin. Une façon de venger son estomac vide.

« Pourquoi ?

— Parce que j'aimais Stephanie. Je l'ai préférée à Birgit et à Denise, tout simplement. Je l'ai croisée un jour à la sortie de l'école et ça a été le coup de foudre, pour elle comme pour moi. Nous avons été secrètement amants pendant un trimestre. Nous nous retrouvions en ville plusieurs fois par semaine.

— Pourquoi tant de discrétion ?

— Parce qu'elle était le professeur de Denise. Si Denise m'avait vu avec elle et qu'elle m'avait reconnu, j'aurais… Ils lui avaient fait croire que j'étais mort. J'aurais rompu ma part du contrat avec Rigmor. Elle m'aurait fait arrêter et extrader. »

Ses yeux se perdirent dans le vague et il se mit à pleurer doucement. Sans bruit.

« Ce n'est pas moi qui ai tué Stephanie, c'est Rigmor. » Sa voix tremblait. « Je suis sûr que cette garce m'a vu avec Stephanie en ville et qu'elle s'est vengée de moi en l'assassinant. Par la suite, quand je lui ai fait part de mes soupçons, elle m'a juré son innocence, mais je ne l'ai pas crue, évidemment. Seulement, je savais que je ne pouvais rien contre elle et qu'elle n'aurait aucune peine à rejeter la faute sur moi. Je n'étais qu'un vulgaire maître chanteur étranger en situation illégale, doublé d'un meurtrier.

— Alors vous vous êtes mis à boire, sans rien dire à personne, et vous avez continué à vivre ici et à accepter son argent. Comment peut-on tomber aussi bas ? »

Carl se tourna vers Assad. Il voulait voir dans ses yeux la confirmation que cette histoire était sur le point d'être élucidée, mais Assad dormait à poings fermés. Ces quelques heures sans boire et sans manger l'avaient dégonflé comme un ballon de baudruche.

« Le lendemain de notre confrontation, Fritzl s'est noyé et quelques semaines plus tard, Rigmor a vendu la maison et la boutique, elle est allée s'installer rue Borgergade et je n'ai plus entendu parler d'elle, poursuivit James Frank.

— Et vous ?

— Moi, je n'avais plus la moindre raison de vivre et je me suis suicidé à petit feu en picolant.

— Et la vengeance est un plat qui se mange très froid, chez vous, apparemment !

— Je n'ai pas dessaoulé pendant douze ans. Boire était la seule chose dont j'avais envie. Et pour douze mille couronnes par mois, je n'avais pas les moyens de me noyer dans le champagne », précisa-t-il avec un rire ironique.

Carl remarqua au passage qu'il avait perdu toutes ses dents.

« Et qu'est-ce qui a mis fin à cette situation ? »

Il posa une main sur son ventre. « Ça. Je suis tombé malade. J'avais déjà vu un de mes camarades de biture avec les mêmes symptômes et il n'a pas tenu longtemps. Comme lui, j'ai commencé à être fatigué tout le temps. À vomir du sang. À ne plus rien manger. Des petites plaques rouges sont apparues sur mon torse, ma peau s'est mise à jaunir et à me démanger atrocement, je me faisais des bleus partout, j'avais des crampes dans les jambes et je ne pouvais plus bander. Quand je ne passais pas mon temps à dormir, je me cassais la gueule dans la rue. *I knew damn well what was wrong with me.*

— Et vous vous êtes dit qu'il était temps de vous refaire une santé ! »

Frank hocha la tête. « Mais ça ne m'a pas empêché de continuer à boire. J'avais en permanence une bouteille de kirsch à la main. Je savais que ma vie ne tenait plus qu'à un fil et je n'en avais plus rien à foutre du contrat que j'avais passé avec mon ex-belle-mère. Ils pouvaient me faire ce qu'ils voulaient, ces militaires à la con, du moment que je me serais vengé. Alors je suis allé à la bibliothèque, j'ai cherché l'adresse de Rigmor sur Google et j'ai vu qu'elle avait toujours son appartement rue Borgergade.

— Mais elle n'y habitait pas.

— C’est ce que j’ai compris en voyant les noms de Birgit et Denise F. Zimmerman sur l’interphone. En voyant ce petit F, j’étais presque heureux. Je me suis dit que j’existais encore un petit peu. J’ai failli sonner, mais je me suis abstenu. J’avais une mine épouvantable, je n’étais pas rasé et je ne m’étais pas lavé depuis une semaine, je n’avais pas envie qu’elles me voient comme ça. Alors je suis allé me poster sur le trottoir d’en face et j’ai surveillé leurs fenêtres, espérant les apercevoir. Pour la première fois depuis des années, je me sentais euphorique – et puis Rigmor est sortie de l’immeuble.

— Elle vous a reconnu ?

— Non, pas avant que je traverse la route pour aller à sa rencontre. Elle s’est mise à courir sous la pluie. À un moment, elle s’est retournée pour me crier d’aller au diable. Elle m’a lancé des billets de mille sur le trottoir mouillé mais cela ne m’a pas arrêté. Au contraire, ça m’a mis en rage.

— Et vous lui avez couru après ?

— Je n’ai pas pu. J’étais complètement fait, mec. La vieille s’est engagée dans une ruelle en direction de Kronprincessegade. J’ai eu juste le temps de la voir entrer dans les jardins de Kongens Have, mais quand je suis arrivé là-bas, elle avait disparu.

« Assad, réveille-toi ! James a quelque chose à nous dire. »

Le petit frisé se réveilla en sursaut, désorienté. « Quelle heure est… ? » eut-il le temps de demander avant que les grondements de son estomac ne couvrent le son de sa voix.

« Vous dites que Rigmor Zimmerman avait disparu quand vous êtes arrivé à Kongens Have. Qu'est-ce qui s'est passé ensuite, James ? Tu écoutes, Assad ? »

Son assistant hocha la tête, grognant, désignant son portable qui avait enregistré tout l'interrogatoire depuis le début.

« Je suis resté un moment à scruter les alentours. Rigmor n'était nulle part sur la pelouse et elle n'avait pas pu traverser le parc en aussi peu de temps. Elle ne devait pas être très loin. J'ai bien examiné les lieux, c'est une chose que j'ai appris à faire en ex-Yougoslavie, où les Serbes excellaient dans l'art de se dissimuler dans les espaces ouverts. Là-bas, il fallait surveiller chaque buisson, pas comme en Irak où il fallait se méfier de la route, des accotements, des petits amas de terre dans les chemins ou sur les trottoirs. Dans les Balkans, il fallait faire attention aux buissons si on ne voulait pas se faire tuer.

— Et vous avez trouvé Rigmor cachée dans un buisson ?

— Oui et non. Je suis ressorti du parc et je me suis posté sur le trottoir, derrière la grille en fer forgé, à un endroit où elle ne me verrait pas en sortant de sa cachette. Il s'est passé environ cinq minutes avant que je l'entende bouger dans le bosquet près des racks à vélos.

— Elle ne vous a pas vu ? »

Il sourit. « Je me suis dépêché de retourner à l'entrée du parc et j'ai fait le tour de ce stupide panneau qui vous souhaite la bienvenue à Kongens Have et vous recommande de traiter les autres promeneurs avec le maximum d'égards afin que tout le monde profite au mieux de sa visite. Je me suis souvent marré en lisant ces conneries. Et ce jour-là, je me suis dit que j'allais montrer le maximum d'égards à mon ex-belle-mère en la tuant d'un seul coup.

— Alors, le meurtre était prémédité ? »

Frank acquiesça. « Cent pour cent prémédité. Je n'ai aucune raison de prétendre le contraire.

— Tu notes, Assad ? » dit Carl.

Assad brandit son portable.

« Parlez-nous du meurtre. Vous l'avez laissée prendre de l'avance en direction du restaurant ?

— Non, je l'ai tuée dans le bosquet. Elle a crié quand je suis entré dans les fourrés pour la débusquer, alors je l'ai sortie de là et je lui ai fracassé la nuque avec la bouteille de kirsch. Elle est morte sur le coup.

— Mais vous n'avez pas voulu laisser son cadavre sur place.

— Non, je l'ai regardée un petit moment en tanguant un peu parce que j'étais très bourré, et je me suis dit que je n'allais pas l'abandonner dans cet endroit nauséabond où les ivrognes vont pisser.

— Et vous avez déplacé le corps ?

— Oui.

— Ce n'était pas très prudent, il me semble. »

Frank haussa les épaules. « Il faisait un temps

dégueulasse et il n'y avait pas un chat, alors je l'ai chargée sur mon épaule et je l'ai jetée dans l'herbe un peu plus loin. Sans trop m'éloigner de la grille de Kronprincessegade pour pouvoir filer rapidement.

— Donc, vous l'avez tuée avec une bouteille de kirsch ?

— Exact », répliqua-t-il avec un sourire édenté. « Elle était pratiquement pleine, mais elle était complètement vide quand je l'ai jetée une heure plus tard dans une poubelle de la rue Frederiksborggade. Ensuite, je suis rentré chez moi. À pied. Je vous jure, j'avais tellement d'énergie à ce moment-là que je n'en revenais pas moi-même. Ça a duré à peu près vingt minutes, et puis je me suis écroulé. C'est à ce moment-là qu'on m'a ramassé.

— Comment se fait-il que vous n'ayez plus rien bu depuis ce jour-là ?

— Parce que je veux être crédible et capable de témoigner quand je serai présenté à un juge dans un tribunal danois. Je ne veux pas retourner en Amérique.

— Alors pourquoi ne pas avoir avoué votre crime aux policiers qui vous ont interrogé à l'hôpital ? » intervint Assad, grognon.

On aurait dit qu'il lui reprochait d'être la cause directe de son trépas imminent pour cause d'inanition.

L'homme haussa les épaules. « Si j'avais fait ça, ils m'auraient arrêté tout de suite. Mais je voulais d'abord parler avec ma fille. Je me devais ça et je trouvais que je le lui devais aussi. »

Carl hocha la tête en regardant Assad. Il s'était mis à écrire dans son bloc-notes et le voyant rouge du dictaphone était toujours allumé. Le meurtrier en personne était en train de leur servir toutes les réponses sur un plateau. Dans la vraie vie, ce genre de chose n'arrivait jamais ! Carl sourit. Il était en droit d'être content. Ils étaient venus pour trouver Denise et ils venaient peut-être d'élucider un crime, voire deux.

Assad n'allait pas tarder à pouvoir reconstituer les réserves énergétiques de ses bosses.

« Alors, vous avez fait quoi ? » demanda Assad qui, malgré sa faim, voulait quand même repartir avec toute l'histoire.

« Hier, je suis allé traîner près de l'appartement de Birgit. Je l'ai vue sortir de son immeuble, plusieurs bouteilles vides à la main. Elle est partie en zigzag sur le trottoir sans me voir parce qu'elle était complètement ivre. J'aurais voulu pouvoir lui dire que je tenais encore à elle, mais quand je l'ai vue dans cet état, je n'ai pas pu. »

Elle aurait pu se dire la même chose, songea Carl.

« Maintenant vous savez tout. Je vais rester ici jusqu'à ce que quelqu'un vienne me chercher. »

Le kebab faisait pousser à Assad des petits cris de contentement. Le voir engouffrer ce sandwich oriental était aussi beau que voir un enfant manger une glace à l'eau par trente degrés à l'ombre. Rafraîchissant fut le mot qui vint à l'esprit de Carl. On aurait pu lui offrir un yacht qu'il n'aurait pas été plus heureux que maintenant.

Carl mâchait le sien avec circonspection. C'était, paraît-il, le meilleur de Rødovre, mais un homme du Nord-Jutland préférera décidément toujours une bonne saucisse de porc.

« Vous y croyez, vous, chef, à tout ce que James Frank nous a raconté ? » lui demanda son coéquipier, la bouche pleine.

Carl posa son kebab. « Je crois qu'il croit lui-même à ce qu'il dit. Après ce sera à nous de trier le bon grain de l'ivraie.

— Je veux dire, vous pensez vraiment qu'il a tué Rigmor Zimmerman ? Ou bien il dit ça juste pour éviter l'extradition ?

— Oui, cette partie de son histoire, j'y crois. On en aura confirmation en demandant à la police scientifique de chercher son ADN sur les vêtements de la morte. On trouvera peut-être aussi des traces de Rigmor sur les vêtements qu'il portait ce soir-là. Le contraire serait étonnant. »

Les sourcils d'Assad firent un bond. « Et à quelle partie de son histoire est-ce que vous ne croyez pas ?

— Je ne sais pas très bien. Mais je persiste à trouver extrêmement surprenant que Fritzl Zimmerman soit mort justement le lendemain de l'assassinat de Stephanie Gundersen. Je me demande ce qui s'est passé entre ces deux décès.

— Et vous pensez que Birgit pourrait nous le dire ? »

Carl regarda Assad commander un deuxième kebab. C'était une bonne question et Carl ne manquerait pas de lui demander son avis quand il n'aurait plus la bouche pleine. Pour l'instant, il allait appeler Marcus et ensuite, ils se rendraient à Stenløse comme ils l'avaient prévu au départ.

44

Lundi 30 mai 2016

Il était un peu moins de dix-neuf heures et Anneli avait passé près d'une heure à essuyer le sang sur les murs, les étagères, les éclaboussures sur le sol. Ensuite, elle avait veillé le cadavre de Denise pendant un petit moment. Elle tirait une immense satisfaction de la voir couchée là, au milieu de ce fatras d'éléments mécaniques, avec son air étonné. Son regard jadis intense et provocant était désormais terne et vide et toutes ces heures passées à se pomponner et à se donner de l'importance s'avéraient désormais inutiles.

« Où vais-je aller jeter une jolie fille comme toi, petite Denise Zimmerman ? L'ironie du sort voudrait que je t'abandonne dans les rues de Vesterbro parmi les autres putes de ton espèce, mais il vaut mieux, bien sûr, que je te dépose dans un parc des quartiers chics où il ne passe plus personne après vingt heures. Que dirais-tu du parc Bernstorff, Denise, dans un coin isolé, au milieu des buissons impeccablement taillés, où un joli petit toutou de Charlottenlund te trouvera en allant faire son petit pipi matinal ? »

Anneli éclata de rire.

Elle était plutôt fière de la manière dont elle avait géré la situation. Elle avait caché le pistolet de Denise et lui avait mis son propre revolver dans la main de façon à ce qu'il porte leurs empreintes à toutes les deux, prévoyant de faire semblant d'être en état de choc, au cas où un voisin aurait entendu le coup de feu et appelé la police. Dans ce cas, elle leur dirait que c'était un accident. Que cette femme avait débarqué chez elle, menaçant de la tuer avec ce revolver muni de ce drôle de truc au bout. Elle la ferait passer pour l'une de ces folles qui rejettent la faute sur leur conseillère parce qu'elles sont incapables de se sortir de leur situation malgré l'aide que leur apporte la société. La police savait que des clients dérangés s'en prenaient ainsi à leur bienfaiteur. Elle ajouterait que cette agression à son domicile lui enlevait ses derniers doutes quant au fait que cette pauvre Denise Zimmerman était folle à lier.

Elle leur montrerait de quelle façon elles s'étaient battues toutes les deux après que Denise Zimmerman avait sonné à sa porte et qu'elle lui avait ouvert. Elle reconstituerait leur trajet jusque dans l'appartement du rez-de-chaussée et sa peur de voir sa dernière heure arrivée quand elle avait tenté d'arracher le revolver à Denise et que le coup était parti accidentellement.

Elle pleurerait un peu et dirait, le menton tremblant, que c'était la pire chose qui lui soit arrivée de sa vie.

Mais la police n'était pas venue.

Anneli alla chercher le pistolet de Denise dans sa cachette provisoire. Elle allait laisser Denise où elle était pour le moment, se rendre à Stenløse et expédier Jazmine dans un autre monde.

Elle regarda le revolver avec son silencieux improvisé dans la main de sa victime.

Les deux armes avaient servi à tuer. La question était maintenant de savoir quel bénéfice elle allait pouvoir en tirer.

Elle prit un réel plaisir à mener cette réflexion à son terme. L'idée géniale qu'elle venait d'avoir serait le point d'orgue de son projet.

Quand elle fut parvenue au premier panneau routier indiquant la direction de Stenløse, Anneli sentit une grande excitation l'envahir. Elle était impatiente comme une petite fille de voir la tête de Jazmine lorsqu'elle lui ouvrirait la porte.

Anne-Line Svendsen n'est pas morte ! ? serait probablement la première pensée qui traverserait la tête de cette petite garce. Elle serait décontenancée, affolée et surprise qu'Anneli connaisse leur adresse. Enfin, elle se demanderait où était passée Denise.

Oui, Jazmine aurait un vrai choc et elle verrait sa mort en face.

Anneli la pousserait dans le salon et elle la tuerait à bout portant à l'aide du revolver avec silencieux et sans autre forme de procès. Ensuite, elle lui mettrait le pistolet de Denise dans la main et arrangerait la scène de façon à ce qu'on croie à un règlement de comptes entre elle et Denise ayant abouti à la mort de Jazmine. On penserait que le vieux Luger que Jazmine tenait à la main ne lui avait été d'aucune utilité. Et plus tard, on découvrirait que c'était lui qui avait causé la mort de Birna.

Ensuite, elle n'aurait plus qu'à aller chercher le cadavre de Denise rue Webersgade, l'installer sur le siège passager et l'emmener dans le parc Bernstorff. Elle placerait le revolver près de la main de Denise pour qu'on conclue à un suicide et voilà. C'est ce qui s'appelait faire d'une pierre deux coups.

La boucle serait bouclée. Son plan était parfait.

Anneli riait comme une folle dans sa voiture. En y réfléchissant, Denise risquait même de porter le chapeau pour les crimes du chauffard. La police s'apercevrait rapidement que Michelle avait elle aussi habité l'appartement et en tirerait peut-être certaines conclusions. Si tout ça fonctionnait, son triomphe serait total et elle pourrait la conscience tranquille arrêter de tuer, se concentrer sur sa maladie et tâcher de guérir. Elle se tiendrait à carreau pendant un an ou deux et puis elle reprendrait tranquillement sa croisade. Cela lui donnerait tout le temps de réfléchir à de nouvelles méthodes pour tuer. Elle lirait des tas de livres sur les poisons, le feu, l'électricité et l'eau pour apprendre à provoquer des morts accidentelles qui n'auraient aucun rapport avec elle ni avec la vague de crimes perpétrés par le mystérieux chauffard.

Elle alluma la radio car une joie pareille appelait un peu de musique. Il ne manquait plus que les bougies et un verre de vin rouge pour parfaire ce moment, mais pour cela elle devrait faire preuve d'un peu de patience. Ce soir, quand tout serait terminé, elle n'aurait plus qu'à rentrer chez elle, préparer le décor, mettre les pieds sur la table basse et télécharger une série. Elle avait entendu d'excellents commentaires sur *True Detective*.

Elle écoutait les dernières mesures de « Viva la vida » de Coldplay en se garant sur le parking devant la résidence, ce qui ne manquait pas d'à-propos. Elle trouva une place exactement au même endroit que la dernière fois, plus sûre d'elle que jamais au moment d'entrer en scène pour l'avant-dernier acte de cette fascinante tragédie de vie et de mort qu'elle avait commencé à jouer il y a quelques semaines.

Mais alors qu'elle s'apprêtait à descendre de voiture, un véhicule à l'allure très officielle vint se garer devant elle, gyrophare éteint, si près qu'elle put voir l'expression du couple hétéroclite assis à l'avant du véhicule. Les deux hommes n'étaient pas là pour s'amuser.

Ça sentait le poulet à plein nez.

Elle les suivit des yeux jusqu'à ce qu'ils s'arrêtent devant l'appartement voisin de celui de Jazmine et de Denise.

Merde, songea-t-elle en s'installant dans une position plus confortable.

Elle se consola en allumant la radio et entendit que Denise Frank Zimmerman était recherchée pour témoigner dans une affaire de meurtre. Toute personne ayant connaissance de l'endroit où elle se trouvait devait en informer la police.

« Vous n'aurez qu'à aller jeter un coup d'œil au parc Bernstorff demain matin ! » pouffa-t-elle avec un extraordinaire sentiment de toute-puissance.

45

Lundi 30 mai 2016

« Laquelle des sœurs sera là pour nous accueillir ? » demanda Carl en garant la voiture.

Assad enleva ses pieds du tableau de bord et agita un trousseau de clés. « Aucune, mais j'ai le trousseau que Vicky a confié à Gordon. Si Rose refuse de nous ouvrir, on pourra entrer quand même. »

Carl n'était pas très à l'aise avec cette idée.

« Je suis un peu inquiet de la réaction de Rose en nous voyant débarquer comme ça sans prévenir. »

Car Rose était compliquée, sa situation était compliquée et, en plus, c'était une femme. Pourquoi tout était-il si difficile avec les femmes ? Car il devait se rendre à l'évidence, il ne comprenait rien à la gent féminine. C'était peut-être la faute des filles du Nord-Jutland qui l'avaient induit en erreur en lui faisant croire que toutes les femmes étaient comme elles, simples et sans détour. Hardy lui avait souvent conseillé de prendre un coach ou de s'inscrire dans un groupe de réflexion dans lequel les hommes comme lui s'entraidaient pour tenter de mieux comprendre le sexe dit faible. Il n'avait jamais suivi son conseil.

« Je sais, chef. Je ne suis pas rassuré non plus, je vous avoue, convint Assad. Ça m'a fait beaucoup de peine le jour où elle a hurlé contre moi au téléphone. »

Ils sonnèrent plusieurs fois à la porte sans entendre le moindre signe de vie à l'intérieur.

« Vous croyez qu'elle dort ? dit Assad. Peut-être qu'elle prend encore des médicaments ! Ça shoote, les neuroleptiques.

— Je ne sais pas… qu'est-ce qu'on fait ? » gémit Carl.

Il aurait préféré avoir à séparer deux macs dopés en train de se battre au cran d'arrêt que d'être là. Au moins on savait à quoi s'attendre. En l'occurrence, ils ne savaient pas du tout sur quoi ils allaient tomber.

« Si seulement on pouvait savoir si elle est là. Imagine qu'elle soit…

— Qu'elle soit quoi ?

— Rien, Assad. Frappe à la porte plusieurs fois, un peu fort. Peut-être qu'on n'entend pas la sonnette dans tout l'appartement.

— On devrait demander à la fille si elle l'a vue », suggéra Assad après avoir frappé plusieurs fois en vain.

« Quelle fille ?

— Celle qui a écarté le rideau dans l'appartement Zimmerman.

— Dans l'appartement de Rigmor Zimmerman ? Tu es sûr ? Je n'ai vu personne.

— Euh oui, enfin je crois. Regardez, le rideau est de travers.

— Allons-y. »

Il sonna à la porte de la voisine mais personne ne répondit.

« Tu es sûr d'avoir vu quelqu'un, Assad ? Qui veux-tu qu'il y ait dans cet appartement ? Le fantôme de Rigmor, peut-être ? »

Assad haussa les épaules et il se mit à tambouriner à la porte. Comme cela ne donnait pas plus de résultat, il se mit à genoux sur le paillasson et gueula à travers la fente de la boîte aux lettres : « Eh ! Vous là-dedans ! Nous savons que vous êtes là ! Nous voulons juste vous poser quelques questions. »

Carl sourit. On aurait dit qu'Assad priait Allah à travers la boîte aux lettres.

« Tu vois quelque chose ?

— Non, l'entrée est déserte. »

Carl jeta un coup d'œil dans la cuisine à travers la fente du rideau. Il ne vit rien de particulier. Un peu de vaisselle dans l'évier, et des assiettes sales sur la table, mais il est vrai que Rigmor ne pouvait pas savoir qu'elle ne rentrerait jamais chez elle pour remettre de l'ordre.

Il pianota sur la vitre avec les ongles et Assad continua à se servir de la fente de la boîte comme d'un porte-voix.

« J'ai bien peur que tu aies mal vu, Assad », dit

Carl au bout d'une minute de vains efforts. « Si nous avions été malins, nous aurions pensé à prendre la clé que nous a donnée Birgit.

— Si vous voulez, j'ai un passe-partout dans la voiture, chef. »

Carl secoua la tête. « Je préfère laisser nos collègues de la Crim' s'en charger. Ils ont de toute façon l'intention d'inspecter l'appartement une deuxième fois. Entrons chez Rose et voyons si elle est là. »

Assad sortit la clé de sa poche et abaissa machinalement la poignée, pour découvrir que la porte n'était pas verrouillée.

Voilà qui n'est pas bon signe, se dit Carl.

Assad, intrigué, poussa lentement le battant et appela Rose plusieurs fois de suite afin qu'elle ne s'effraie pas de les voir brusquement au milieu de son salon.

Mais l'appartement était plus silencieux qu'un tombeau.

« Ben dites donc, chef, ce n'est plus la peine de se demander si elle est passée chez elle ! » s'écria Assad. Il avait l'air sincèrement choqué et on l'aurait été à moins. Tout ce qui aurait dû se trouver sur les étagères, sur les meubles ou sur les rebords de fenêtres gisait à même le sol. La terre des plantes vertes était dispersée sur le canapé, il y avait des débris de tasses et d'assiettes partout et deux chaises avaient été fracassées contre le carrelage de la cuisine. Un véritable champ de bataille.

« Rose ! » cria Assad en inspectant les autres pièces.

« Elle n'est pas là, dit-il au bout de quelques secondes. Mais venez voir la salle de bains, chef. »

Carl s'arracha à la contemplation de l'ordinateur posé sur la table et rejoignit son assistant.

« Regardez ! » Assad désignait d'un air malheureux la poubelle remplie de sparadraps, de blisters, de tampons hygiéniques, de cotons-tiges et de boîtes de médicaments.

« Je n'aime pas du tout ça, Assad.

— C'est ça que vous vouliez dire tout à l'heure ? soupira Assad. Vous pensez qu'elle s'est suicidée ? »

Carl fut incapable de répondre. Il pinça les lèvres et retourna dans le séjour. Il n'en savait rien.

Il renifla le contenu d'un vase posé sur la table et jugea qu'il avait contenu un mélange indéfinissable d'alcools divers. Puis il regarda à nouveau l'écran de l'ordinateur portable.

« Viens voir, Assad. Rose est allée sur le site de la police et sur notre Intranet. »

Il montra à Assad l'écran fissuré. « Elle s'est renseignée sur l'affaire Zimmerman, elle est donc au courant. J'ai bien peur que cela l'ait gravement déstabilisée. »

Il ouvrit toutes les pages que Rose avait consultées, dans son historique de recherche.

« Elle semble s'être simplement renseignée sur les grandes lignes du meurtre.

— Je trouve ça plutôt bon signe, chef. On peut en

déduire que ce n'est pas elle qui a tué Rigmor Zimmerman », commenta doucement Assad.

Carl le regarda avec l'air de ne pas comprendre.

« Ce n'est pas que je l'aie cru, mais avouez que c'est un drôle de hasard qu'elles aient été voisines !

— Mais enfin, Assad, comment peux-tu avoir des idées pareilles ! »

Le frisé fit une moue.

« J'ai aussi trouvé ça dans la salle de bains, malheureusement. »

Il posa un vieux rasoir Gillette à lame amovible sur la veste jeté sur la table.

« Il n'y a plus de lame, il est démonté. »

Carl sentit son cœur s'accélérer. Non, pas ça.

Il prit le rasoir et le laissa retomber sur la veste, où il atterrit dans un faible cliquetis.

Pour savoir d'où venait le bruit, il souleva le vêtement.

En dessous, ils découvrirent le portable de Rose et plusieurs autres objets qui leur glacèrent le sang. Un panier en plastique plein de médicaments qui, pris tous ensemble, étaient susceptibles de tuer, la lame du rasoir et, ce qui les effraya plus encore que le reste, une lettre de l'écriture de Rose.

« Oh non », murmura Assad avant de se mettre à prier doucement en arabe.

Carl se fit violence et lut la lettre à voix haute. Les premières lignes disaient :

« Mes chères sœurs,

« Ne me pleurez pas, ma malédiction était sans fin, je suis là où je peux être en paix... »

Il lut la suite presque sans reprendre son souffle.

Ils se regardèrent pendant une minute entière sans rien dire. Qu'y avait-il à dire ?

« Elle est datée du 26 mai, Carl », dit enfin Assad, rompant le silence. Carl ne l'avait jamais entendu parler d'une voix aussi éteinte. « C'était jeudi dernier, le jour où elle est partie de l'hôpital et je ne crois pas qu'elle soit repassée ici depuis. » Il poussa un soupir. « Elle peut être n'importe où, Carl, morte. Et elle a fait exprès... » Il ne put achever sa phrase.

Carl regarda la pièce où ils se trouvaient. C'était comme si Rose avait voulu, par cet ultime acte de vandalisme, montrer l'état de délabrement de son âme. Comme si elle avait voulu leur dire qu'il n'y avait pas de quoi pleurer et qu'il n'y avait aucune question à se poser sur les raisons de son acte.

« Elle était tellement maligne et intelligente que je ne crois pas que nous la retrouverons un jour. » Les rides aux coins des yeux d'Assad s'étaient effacées, ses sourcils et ses lèvres tremblaient.

Carl le prit par l'épaule. « C'est épouvantable. Je suis désolé, mon pauvre Assad. »

Assad leva son visage vers Carl. Son regard était infiniment doux, presque reconnaissant. Il hocha la tête et prit des mains de Carl la lettre de suicide de Rose pour la relire.

« Il y a une autre lettre, Assad », dit Carl, soudain. Il la prit et la lut à haute voix, comme la première :

STENLØSE, JEUDI 26 MAI 2016

PAR LA PRÉSENTE, JE SOUSSIGNÉE ROSE KNUDSEN LÈGUE MON CORPS À LA SCIENCE ET FAIS DON DE TOUS MES ORGANES. BIEN À VOUS.

« Ça n'a pas de sens, Assad. Pourquoi serait-elle allée se cacher pour mourir si elle avait l'intention de faire don de ses organes et de léguer son corps à la science ? »

Assad secoua la tête. Ils se regardèrent longuement tandis qu'ils essayaient de remettre leur cerveau en route.

« Quand on veut faire don de ses organes, on ne les empoisonne pas avec une dose létale de médicaments et on ne s'éloigne pas de ses proches. Comment expliquer ce testament ? » continua Carl en agitant la lettre.

Assad fourragea dans ses cheveux comme si cela pouvait l'aider à réfléchir. « Je n'y comprends rien. Elle a peut-être changé d'avis en cours de route et décidé d'aller faire ça ailleurs.

— Et tu trouves cela logique ? À ton avis qu'est-ce qu'on fait quand on décide de se suicider et de faire quand même don de ses organes pour aider les autres ?

On se débrouille pour être retrouvé le plus rapidement possible. Et je crois que c'est ce que Rose aurait fait. Alors où est-elle ? Et pourquoi n'a-t-elle pas pris son portable pour pouvoir prévenir de l'endroit où elle est ? C'est tout simplement incompréhensible. »

Carl prit le mobile et il tenta de l'allumer. La batterie était effectivement morte, ainsi qu'il avait essayé de le faire croire à Lars Bjørn.

« Je serais curieux de savoir ce qu'il y a dedans. Tu crois qu'elle a un chargeur quelque part ? »

Ils scrutèrent le désordre pour le chercher. C'était sans espoir. Autant chercher la fameuse aiguille dans sa meule de foin.

« Elle a un chargeur dans son bureau, chef. »

Carl hocha la tête. Ils ne pouvaient rien faire de plus ici de toute façon.

« Vous êtes allés chez Rose ? Elle va bien ? » demanda une femme qui passait sur la coursive au moment où ils refermaient la porte.

« Qui êtes-vous, madame, et pourquoi posez-vous cette question ? » répliqua Carl.

Elle lui tendit la main. « Je m'appelle Sanne et j'habite quelques appartements plus loin, répondit-elle, indiquant la direction.

— Vous vous connaissez bien ?

— Pas vraiment. Nous nous disons bonjour. Je l'ai vue il y a quelques jours et je lui ai dit que Mme Zimmerman était morte. Elle est malade ? On ne la voit plus depuis quelque temps et je ne l'ai pas trouvée comme d'habitude.

— Vous l'avez vue quand, exactement ?

— Jeudi. Le jour où Kevin Magnussen est rentré dans un mur avec sa Renault. J'adore la formule 1, surtout quand Kevin court. Je venais de l'entendre à la radio quand j'ai croisé Rose, je m'en souviens très bien.

— Rose n'est pas chez elle. Avez-vous une idée de l'endroit où elle peut être ? »

Sanne secoua la tête. « Non, aucune. À part Rigmor, elle ne fréquentait personne dans la résidence. Et d'ailleurs, je n'étais pas chez moi. » Elle montra du doigt la valise à roulettes à côté d'elle. « Je suis allée passer le week-end dans ma famille. »

Elle sourit avec l'air d'attendre qu'ils lui demandent des détails sur sa visite, mais ils en restèrent là.

« Est-ce qu'on ne devrait pas lancer un avis de recherche ? » demanda Assad alors qu'ils approchaient de la voiture.

« Si, bien sûr, mais… » Carl hésita un instant. Comme Assad, il était secoué par la découverte de la lettre de suicide de Rose et par cette déclaration de don d'organes. Même si, heureusement, quelques détails les autorisaient maintenant à penser qu'elle pouvait avoir changé d'avis, avec une malade mentale il n'y avait aucune certitude. Et Rose était une malade mentale, qu'on le veuille ou non. Carl regarda Assad, soucieux. « Mais si nous faisons cela, tout ce que nous venons de découvrir sur Rose va se savoir et si elle est simplement dans un hôtel quelque part en train d'essayer de se retaper, on aura bousillé sa carrière.

— Vous croyez, chef ? »

Assad semblait sincèrement surpris.

« J'en suis sûr. Elle aura du mal à garder son boulot si ses secrets sont dévoilés au grand jour. Lars Bjørn ne le permettra pas. Soucieux du règlement comme il est.

— Ce n'est pas ce que je voulais dire, chef. Vous pensez vraiment qu'il y a une chance qu'elle se soit réfugiée quelque part pour retrouver ses esprits ? Car si c'est ça, elle pense peut-être toujours à se suicider. Je crois que ce serait bien de lancer un avis de recherche. »

Assad avait raison et ils étaient face à un dilemme. Carl poussa un long soupir en passant à côté d'une Ford Ka sur le parking, dans laquelle une femme était tranquillement en train de dormir.

Il aurait bien aimé en faire autant.

46

Lundi 30 mai 2016

Jazmine ne savait plus quoi faire. Denise était partie depuis plusieurs heures sans donner de ses nouvelles. Qu'est-ce qu'elle foutait, bon Dieu ? Pourquoi est-ce qu'elle n'avait pas téléphoné ? Et qu'est-ce qu'elle attendait d'elle ? Elle lui avait recommandé de ne pas l'appeler, pour ne pas que la sonnerie de son téléphone la trahisse si elle était en planque quelque part. Alors quoi ? attendre ? Elle allait devenir folle à rester comme ça sans rien faire. La femme dans la salle de bains n'arrêtait pas de gémir, elle avait une sale couleur sur la figure et d'horribles plaques rouges sur les cuisses. Ses doigts étaient presque bleus.

Elle n'osait même plus lui donner à boire de peur qu'elle s'étouffe, tant elle semblait affaiblie.

Jazmine n'avait pas envie de penser à ça, parce que si cette femme mourait, elles seraient tout à coup coupables d'un double meurtre. Elles prendraient perpète et leur vie serait foutue. Qu'est-ce qu'elle ferait en sortant de prison à quarante-cinq ans, sans formation et avec un casier judiciaire que rien ne pourrait jamais effacer ? Est-ce qu'on peut faire des économies en taule pour se payer un truc en sortant, genre un voyage à l'autre bout du monde ? Aurait-elle la moindre chance de devenir autre chose qu'une prostituée ? Parce que ça, c'était hors de question ! Mais alors quoi ? Si Denise ne revenait pas d'ici une ou deux heures, elle allait ficher le camp, tout simplement. Elle prendrait tout l'argent et elle partirait le plus loin possible. Tant pis pour Denise, elle l'aurait bien cherché !

Elle ramassa l'argent et le rangea dans un sac en toile du style que les vieilles dames trouvaient élégant il y a une trentaine d'années. Personne n'irait s'imaginer qu'il puisse contenir quoi que ce soit d'intéressant. Elle prendrait le train jusqu'à la gare centrale et ensuite un bus pour Vejle à l'arrêt d'Ingerslevsgade. Elle savait qu'il y en avait un qui partait vers vingt-deux heures. Elle avait tout le temps de l'attraper.

Une fois au Jutland, ce ne serait pas compliqué de partir vers le sud sans se faire remarquer. Et c'était vers le sud qu'elle voulait aller. Passer les frontières, partir le plus loin possible. Disparaître pour ne plus jamais revenir. Le billet de bus pour Berlin ne coûtait que cent cinquante couronnes et de là, elle pouvait prendre un avion pour aller n'importe où dans le monde. Pour l'instant, c'était l'Italie qui la tentait le plus. Le pays était plein d'hommes sexy qui adoraient les filles dans son genre et les destinations comme la Sardaigne ou la Sicile avaient sur elle un pouvoir de fascination extraordinaire.

La femme sur les toilettes gémissait toujours, mais de moins en moins fort.

Les yeux de Jazmine tournaient, affolés, dans leurs orbites, cherchant désespérément dans la pièce quelque chose pour la distraire de ce qui était en train de se passer dans la salle de bains.

« Je le fais, je ne le fais pas ? » se demanda-t-elle plusieurs fois avant de se résoudre à aller dans la cuisine chercher un verre d'eau. Au moins, elle boirait une dernière fois et le sort déciderait de la suite.

Elle se penchait au-dessus de l'évier pour remplir le verre quand elle entendit quelqu'un frapper à la porte de l'appartement d'à côté.

Jazmine écarta le rideau de quelques centimètres et fit un bond en arrière en croisant les yeux d'un type basané.

Elle retint son souffle et alla se cacher derrière le réfrigérateur. Est-ce qu'il m'a vue ? se demanda-t-elle, n'osant plus sortir de sa cachette. Une ombre passa devant le rideau. Elle entendait distinctement les voix des deux hommes qui discutaient sur la coursive, juste derrière la fenêtre. Elle avait si peur qu'elle crut que son cœur allait s'arrêter de battre. Le premier disait qu'il n'avait rien vu. Ils vinrent sonner à la porte.

La femme dans la salle de bains gémit de plus belle, très faiblement, mais assez fort pour que Jazmine l'entende de la cuisine. Est-ce qu'on pouvait l'entendre aussi de l'extérieur ?

Les deux hommes parlementaient.

Elle sursauta de terreur quand l'un d'entre eux commença à frapper à la porte et à crier à travers la fente de la boîte aux lettres qu'ils savaient qu'elle était là. Il affirmait qu'il voulait seulement lui poser quelques questions, mais Jazmine n'avait nullement l'intention de répondre à quoi que ce soit et elle se tut.

Allez-vous-en ! criait-elle en silence quand le deuxième homme demanda si le premier voyait quelque chose à travers la fente dans la porte. Heureusement qu'elle n'était pas sortie dans le vestibule.

L'ombre derrière le rideau se déplaça et quelqu'un regarda dans la cuisine. Et il tapa à la vitre. Jazmine jeta un coup d'œil sur la table qui se trouvait en face de la fenêtre. Elles avaient laissé des assiettes sales et des mugs avec des petites cuillères dedans. Qu'allait-il en déduire ?

« J'ai bien peur que tu aies mal vu, Assad », l'entendit-elle dire à l'autre quand il arrêta de frapper à la porte. Il le dit bien haut et fort et ajouta qu'ils auraient dû apporter une clé pour l'appartement, ce à quoi l'autre répondit qu'il avait un passe-partout dans la voiture.

Jazmine était sur le point de s'évanouir. S'ils allaient le chercher, elle était fichue. La femme dans la salle de bains était sûrement encore en vie, mais quand même. Elle qui venait de se projeter dans un monde plein de couleurs vives et d'hommes bruns au sang chaud revenait brutalement à la dure réalité.

Le premier dit alors qu'il préférait laisser à leurs collègues de la Crim' le soin de s'en occuper et leurs voix s'éloignèrent. Il sembla à Jazmine qu'ils entraient dans l'appartement voisin. Oui, maintenant elle les entendait à travers la cloison. Pour l'instant, elle s'en tirait avec une bonne frayeur, mais sa chance ne durerait pas. La PJ allait débarquer, apparemment. Que savaient-ils, au juste ? Qu'est-ce qui les avait amenés ici ? Cela avait-il quelque chose à voir avec Denise ? Pourquoi est-ce qu'elle n'appelait pas ? Ce qu'elle avait à faire n'était pourtant pas très compliqué ! Elle devait juste faire chanter Anne-Line et, si nécessaire, la ligoter comme elles avaient ligoté la femme dans la salle de bains et la garder prisonnière jusqu'à ce qu'elle cède et leur donne ses gains du loto. Cela n'empêchait pas Denise d'appeler ! Alors pourquoi ne le faisait-elle pas ?

Tant pis pour elle, après tout. Jazmine ne pouvait pas rester dans cet appartement. Si elle partait avec tout l'argent du hold-up, Denise n'aurait qu'à garder celui d'Anne-Line Svendsen, ça lui était égal. De toute façon, elles avaient prévu de tout partager quand Denise serait de retour.

Elle réfléchissait, fronçant les sourcils. Pourquoi ces hommes avaient-ils dit que la police criminelle devait venir ?

Elles étaient convenues que si Denise ne revenait pas, Jazmine devait appeler la police pour dénoncer

Anne-Line Svendsen, mais allait-elle oser le faire ? Ils pourraient tracer son appel. Il n'y avait rien de plus facile avec un téléphone portable. Denise n'avait pas pensé à ça.

À voir la façon dont évoluait la situation, Jazmine n'en avait rien à foutre, du moment qu'elle sauvait sa propre peau. Est-ce qu'elle n'avait pas fait tout ce qu'on lui avait demandé ? Est-ce qu'elle ne s'était pas organisée pour qu'elles récupèrent leurs nouveaux passeports avec de faux noms un peu plus tard dans la soirée, avant de se rendre à la gare routière ? Si Denise n'était pas là pour récupérer le sien, elle n'aurait qu'à se débrouiller autrement.

La femme s'était remise à pleurnicher.

« Ferme-la, putain ! » lui lança-t-elle en passant devant la porte de la salle de bains. Si les flics venaient, ils n'auraient qu'à lui donner à boire eux-mêmes. Elle puait la pisse et la merde et Jazmine ne pouvait plus supporter son odeur.

Elle mit moins de cinq minutes à rassembler ses affaires.

Le sac contenant l'argent sur son épaule et sa valise à la main, elle écarta une dernière fois le rideau de la cuisine pour s'assurer que la voie était libre. Elle entendait encore la voix étouffée des deux hommes dans l'appartement d'à côté. Elle avait intérêt à se dépêcher.

Par précaution, elle vérifia aussi le parking. Il n'y avait apparemment pas d'autres policiers en train d'attendre parce qu'il n'y avait qu'une seule voiture en bas munie d'un gyrophare, les autres voitures en stationnement n'étaient que des véhicules de tourisme banals. Pas le genre de voiture dans laquelle elle avait l'intention de se balader quand elle serait en Italie. Elle sourit à cette idée. Là-bas, elle roulerait en cabriolet avec des sièges en cuir blanc. Elle en avait toujours rêvé.

Tout à coup, la porte de l'appartement voisin s'ouvrit, puis se referma derrière les deux hommes qui s'arrêtèrent un instant sur la coursive pour parler à une femme qui passait par là.

Attends qu'ils soient partis, Jazmine, et la voie sera libre, songea-t-elle en surveillant discrètement ce qui se passait dehors.

Quelques hoquets se firent entendre du côté des toilettes. La femme sanglotait à présent. Mais Jazmine ne pouvait rien pour elle. Denise allait sûrement la tuer quand elle reviendrait et qu'elle s'apercevrait qu'elle était partie. Elle prendrait conscience d'un seul coup qu'elle allait devoir se passer de faux papiers et que la femme qu'elles avaient séquestrée était devenue dangereuse parce qu'elle en savait trop.

Mais c'était son problème, pas celui de Jazmine.

Elle vit partir la voiture de police et écarta le rideau pour s'assurer qu'elle ne faisait pas seulement semblant de s'éloigner.

C'est alors qu'elle remarqua une femme assise dans une petite voiture tout près de l'endroit où celle des policiers se trouvait encore il y a un instant. Quand elle retira ses lunettes de soleil et leva les yeux vers elle, le sang de Jazmine se glaça dans ses veines.

C'était Anne-Line, l'assistante sociale ! Mais alors, où était Denise ?

Elle sentit une remontée acide dans sa gorge. Et maintenant, que faire ?

La femme ne la quittait pas des yeux et son regard en disait long sur ses intentions. Anne-Line Svendsen n'avait pas peur. Elle était froide et nullement déstabilisée, Denise avait échoué dans son entreprise. Mais où était-elle, alors ? Jazmine craignait le pire et la panique s'empara d'elle.

Elle devait fuir. La seule autre issue était de passer par le balcon.

Elle se précipita dans la chambre à coucher et sortit tous les draps de l'armoire à linge.

Elle en attacha plusieurs bout à bout, espérant que cette corde de fortune serait assez longue pour arriver jusqu'en bas, puis elle retourna dans le salon, attacha un drap à la poignée de la porte, ouvrit la baie vitrée, jeta sa valise en bas et le sac de toile sur son épaule puis elle entreprit de descendre le long du mur de l'immeuble.

Elle avait mal aux doigts car elle n'avait jamais été une grande sportive. À quoi cela aurait-il bien pu lui servir ?

Elle se retourna pour regarder en bas. La voie était libre, il n'y avait personne sur la pelouse et l'appartement du rez-de-chaussée semblait heureusement inoccupé. Elle s'aperçut, contrariée, que sa valise s'était ouverte en tombant et que ses vêtements étaient éparpillés partout autour.

Je n'aurai jamais le temps de tout ramasser, pesta-t-elle intérieurement quand elle fut arrivée en bas.

Elle se mit aussitôt à courir.

Quand elle eut traversé la résidence et constaté que la rue conduisant à la gare était déserte, elle poussa un soupir de soulagement. Elle était en sécurité.

Elle remarqua en marchant une zone sur le bas-côté où l'herbe avait été labourée et songea que c'était l'endroit où Michelle s'était fait écraser. Elle en était là dans ses pensées quand une voiture la doubla à toute allure.

47

Lundi 30 mai 2016

Allez, Rose, viens, c'est Vicky. Tu peux sortir, papa est parti travailler. Il est de garde de nuit, cette semaine.

Les doigts tremblants, elle avança sa main vers la clé de la porte de sa chambre, mais la laissa en suspens. Était-il réellement de garde de nuit ? Était-on déjà jeudi ? Et était-ce vraiment Vicky qui l'appelait derrière la porte ?

Elle disait être Vicky, mais ce n'était pas possible puisque c'était elle, Vicky. Pourquoi s'obstinait-on à l'appeler Rose ? Qui aurait envie d'être Rose, d'ailleurs ? Puisque personne ne l'aimait. En revanche, Vicky… c'était autre chose.

Quand je pourrai sortir, je mettrai une chemise, se dit-elle. Aujourd'hui, je veux porter une chemise à carreaux noirs et jaunes et je laisserai plusieurs boutons ouverts pour qu'on voie bien la naissance de mes seins. Elle pouffa de rire. Les gens n'auraient d'yeux que pour elle.

Mais quand on me regardera, je me contenterai de sourire et je dirai que je vais épouser un acteur et que je sais déjà lequel. Son nom m'échappe pour l'instant, mais ça n'a pas d'importance. Il sait que je suis sa promise. Il le sait, j'en suis sûre.

Ils disent que Vicky est jolie, donc je suis jolie. Rose est juste Rose, c'est dommage pour elle, elle n'y peut rien, elle est née comme ça. Papa le dit tout le temps et il a raison. C'est pour ça que je suis contente de ne pas être elle. Qui voudrait être Rose ? Je ne l'ai pas déjà dit, ça ? Bon, ce n'est pas grave, en tout cas, je ne veux pas. Et maintenant que papa est parti pour sa garde de nuit, je peux aller danser. Dieu soit loué, cela ne les regarde pas. Cela ne regarde personne.

Puis la très concrète et insupportable douleur dans son œsophage se manifesta à nouveau. Elle ne savait pas très bien si elle faisait partie de l'histoire dans laquelle elle évoluait tout à l'heure, mais elle espérait que non, parce que tout allait si bien. Il y a encore un instant, elle n'avait mal nulle part, et puis voilà que la douleur était revenue.

Aïe, ça fait mal ! Quand cela va-t-il s'arrêter ?

« Aïe ! Aïe ! »

Rose ouvrit les yeux. Tout était flou autour d'elle. Elle avait les yeux secs et mal partout. Mais avait-elle vraiment mal ? Est-ce qu'elle n'avait pas seulement la gorge qui brûlait ? Et la langue ?

Elle entendit une femme, pas très loin, qui jurait. Avait-elle réellement entendu cette voix ou bien était-ce à nouveau un rêve ?

Est-ce que je suis encore en train de perdre conscience ? Elle avait l'impression qu'elle s'était évanouie plusieurs fois et pendant de nombreuses heures. À vrai dire, elle avait perdu la notion du temps et n'avait plus qu'une très vague idée de l'endroit où elle se trouvait.

Ce dont elle était sûre, c'est qu'elle était attachée et qu'elle avait d'atroces brûlures au ventre et à l'œsophage, quant au reste de son corps, il était complètement engourdi. Il y avait au moins deux jours qu'elle n'avait plus senti ses mains et ses jambes, plus peut-être.

La femme parlait toujours, elle semblait très en colère. Elle jurait et pestait contre celle qui s'appelait Denise. Donc elle ne rêvait pas, elle était dans la réalité et espérait y rester, car si elle repartait à l'intérieur d'elle-même, elle allait revoir son père allongé par terre, la chair et les os broyés, en train de la regarder avec un large sourire. Elle allait revoir ce regard fixé sur elle qui, au lieu de s'estomper avec le temps, la brûlait plus intensément chaque fois qu'elle perdait connaissance. Heureusement, ses sœurs venaient toujours à son secours. Tout à coup, elles étaient Rose et Rose devenait elles et elle était en paix. La paix était la seule chose à laquelle elle aspirât. Et elle pouvait se présenter avec le visage qu'elle voulait, cela n'avait pas d'importance.

« Mais qu'est-ce qu'elle fout ? » rugit la voix. Était-ce celle de Michelle ? Non, ça ne pouvait pas être Michelle. Michelle était morte. Ou bien était-ce encore quelque chose qu'elle avait rêvé ?

Rose fit « Mmmm » derrière le gaffer, ce qui signifiait qu'elle avait soif, mais la femme continuait de parler toute seule sans se soucier d'elle. Autant qu'elle se le rappelle, ce n'était pas cette fille-là qui venait lui donner à boire d'habitude. Elle l'avait fait une fois peut-être, mais pas plus.

Elle sentit une crampe lui contracter l'estomac. Il fonctionnait donc encore. Aussitôt après, la brûlure enflamma à nouveau son œsophage. Les deux phénomènes étaient liés.

Rose écarquilla les yeux. Cette dernière remontée acide l'avait définitivement sortie de sa léthargie.

Elle regarda autour d'elle. La lumière du jour lui sembla un peu mate dans le vestibule. Cela voulait-il dire qu'il était tôt le matin ou bien tard le soir ? Difficile à dire en cette saison où la nuit ne tombait jamais complètement. Cette saison où l'été attendait son heure, où les yeux des amoureux se fondaient en un seul regard et où chacun sentait une effervescence au fond de soi. Elle avait vécu ce sentiment une fois dans sa vie et elle ne le regrettait pas. On dit que tomber amoureux est une chose qui se produit alors qu'on ne s'y attend pas et qui peut se reproduire souvent. Ce n'était pas l'expérience qu'en avait Rose, mais elle avait ressenti cette effervescence et c'était précisément cette effervescence que son père avait détruite en elle.

La femme continuait à parler toute seule, elle criait même, à présent.

Rose fronça les sourcils. Mais non, ce n'était pas une femme qui criait. Elle regarda dans l'entrée à travers l'entrebâillement de la porte. Il n'y avait personne et pourtant une voix forte emplissait le vestibule. C'était une voix beaucoup plus grave que celle de la femme et elle connaissait cette voix. C'était celle d'Assad, non ? Pourquoi cette voix résonnait-elle brusquement ici ? Par quel sortilège le propriétaire de cette voix était-il en train de crier dans l'appartement qu'il savait qu'il y avait quelqu'un et qu'il voulait juste poser quelques questions ?

Est-ce qu'elle était en train de rêver ? Assad voulait-il lui dire qu'il savait qu'elle était là ? Voulait-il lui poser des questions ? Alors pourquoi ne rentrait-il pas pour les lui poser ? Elle voulait bien répondre à Assad. Assad était son ami.

Elle grogna « Mmmmm » et cette fois cela signifiait : « Entre ! Entre, Assad, et retire ce gaffer pour que je puisse cracher l'acide gastrique qui remonte dans ma bouche. Je répondrai à toutes les questions que tu veux. Viens, Assad, viens me demander quelque chose », disait-elle, ses yeux desséchés se mouillant un peu et sa poitrine se gonflant en une sorte de sanglot. C'était bon.

Elle entendait une autre voix maintenant, plus lointaine, qui aurait pu être celle de Carl. Elle fut émue, si émue qu'elle versa de vraies larmes. Alors elle ne rêvait pas ? Ils étaient là, dehors, et ils savaient qu'elle était ici.

Peut-être allaient-ils forcer la porte, la voir dans cette position humiliante et la serrer contre eux malgré tout ?

S'il vous plaît ?

Longtemps elle écouta ce qui se passait dehors et essaya d'émettre des sons plus puissants et plus efficaces que ses gémissements inarticulés. Elle était bien réveillée à présent, et son corps tout entier était brusquement projeté dans la réalité par sa pompe d'adrénaline ou par une autre force qu'elle ne contrôlait pas.

Mais alors qu'elle ne s'y attendait pas du tout, une douleur fulgurante traversa ses épaules et son dos. Un violent courant de protestation des muscles et des articulations. Tous ses nerfs se réveillèrent en même temps et Rose hurla de douleur derrière son bâillon d'adhésif.

À ce moment l'ombre de la femme passa devant la porte de la salle de bains. Elle ne se déplaçait pas comme d'habitude. Elle semblait tendue et nerveuse. « Ferme-la, putain ! » lança-t-elle méchamment à Rose en passant. Quelques minutes plus tard, Rose entendit du bruit dans le salon puis sur la terrasse. Le glissement d'une baie vitrée, un choc et puis plus rien.

Le silence.

48

Lundi 30 mai 2016

Anneli avait éprouvé plus d'émotions violentes et de révélations intimes qu'elle n'en avait connu au cours de toute sa vie d'adulte.

Il aurait suffi qu'elle arrive à la résidence Sandalparken quelques minutes plus tôt pour que tout soit terminé. On l'aurait trouvée dans l'appartement de Denise, prise en flagrant délit et arrêtée.

Elle était à deux doigts de sortir de sa voiture au moment où la voiture de police avec les deux policiers à son bord était venue se garer juste devant la sienne. Anneli s'était enfoncée dans son siège, elle les avait suivis des yeux et avait observé tous leurs faits et gestes. D'abord, ils étaient restés un long moment devant la porte de l'appartement voisin, comme s'ils voulaient y entrer, puis ils avaient changé d'avis et étaient allés frapper à la porte de l'appartement des filles, avaient crié quelque chose à travers leur boîte à lettres et tapé à la vitre. Elle avait trouvé leur comportement étrange et effrayant.

Quelle piste étaient-ils en train de suivre ? Avaient-ils découvert que les filles étaient coupables de hold-up et de meurtre ? Et si oui, comment ? Étaient-ils simplement venus les interroger comme témoins ? Ils avaient peut-être découvert que Michelle habitait là ? La fille pouvait avoir eu sur elle une facture ou un numéro de téléphone fixe qui les avait menés à cette adresse. Mais alors pourquoi avaient-ils changé d'avis pour retourner dans l'autre appartement ? Quel rapport cet appartement avait-il avec toute cette affaire ?

Anneli retint son souffle quand les deux hommes quittèrent enfin les lieux et passèrent à moins de deux mètres de sa voiture. Lorsque le plus grand des deux, un Danois de souche, tourna la tête vers elle et la regarda à travers la vitre, elle crut un instant qu'il allait s'arrêter et lui demander ce qu'elle faisait encore là. Elle avait fait semblant de dormir et apparemment, il y avait cru.

Elle avait tout vu à travers ses lunettes de soleil. Y compris le mouvement du rideau à la fenêtre de la cuisine des filles quand les inspecteurs étaient repartis. Un visage était apparu et Anneli avait retiré ses lunettes pour mieux voir, mais à cette distance, elle n'aurait pas pu affirmer qu'il s'agissait de Jazmine. Mais le bond que fit tout à coup la jeune femme lui laissa à penser qu'elle avait vu quelque chose qui l'avait effrayée. Jazmine n'avait pu la reconnaître d'aussi loin, mais en revanche, elle savait qu'Anneli conduisait une Ford Ka puisque c'était elle-même qui le lui avait dit.

Anneli examina la situation. Jazmine n'avait pas ouvert aux inspecteurs, mais s'étaient-ils laissé berner aussi facilement ? N'étaient-ils pas plutôt allés chercher du renfort ?

Anneli décida qu'elle n'avait pas beaucoup de temps pour passer à l'action et elle sortit de sa voiture. Le destin l'avait souvent aidée et elle devait prendre garde de ne pas le contrarier.

Elle pensait monter directement sur la coursive du premier étage, mais dans le hall d'entrée, elle tomba sur une femme qui regardait son courrier. Comment deviner si elle sortait ou si elle arrivait ? Elle se dit qu'elle ferait mieux d'attendre que la voie soit libre.

Elle traversa le hall et ressortit par la porte du fond menant à la grande pelouse commune qui séparait les deux immeubles.

En passant la porte, elle remarqua la valise ouverte et les vêtements éparpillés sur l'herbe. Elle s'avança de quelques pas sur la pelouse et leva la tête vers l'appartement des filles à la baie vitrée duquel elle ne fut pas surprise de voir pendre une corde à nœuds de fortune.

Anneli scanna le paysage et vit sur la gauche une fine silhouette féminine courir aussi vite qu'elle pouvait vers l'angle de l'immeuble.

C'était Jazmine, bien sûr. Elle la reconnut tout de suite à ses vêtements et à sa démarche. Elle se maudit de sa naïveté et retourna à sa voiture aussi rapidement que le lui permettaient ses jambes peu entraînées.

Elle va vers la gare, se dit-elle, bien placée pour connaître la configuration des lieux puisque c'était sur ce trajet qu'elle avait écrasé Michelle.

Elle l'aperçut à quelques dizaines de mètres, pile à l'endroit où Michelle avait perdu la vie, mais cette fois, le trottoir n'était pas désert. Une bande de jeunes gens bruyants qui avaient pris un peu d'avance sur les festivités estivales, veste déboutonnée et bière à la main, arrivait en sens inverse, l'empêchant de tuer Jazmine tout de suite.

Ce qui n'avait guère d'importance puisque ce n'était pas là son intention.

Anneli plongea la main dans son sac et enfonça la pédale d'accélérateur, serrant la crosse du pistolet de Denise sous ses doigts. À quelques dizaines de mètres, les lycéens se mirent à se pousser de l'épaule et à shooter dans une canette vide, quittant le trottoir pour une partie de foot improvisée sur la pelouse.

Anneli dépassa Jazmine et pila à trente mètres devant elle. Puis elle se pencha au-dessus du siège passager et ouvrit grand la portière.

Le regard de Jazmine s'éteignit quand elle vit le canon de l'arme de Denise pointé sur elle.

« Jazmine, il faut qu'on parle, dit Anneli. Denise est chez moi et comme vous pouvez le constater, j'ai réussi à la désarmer. Je voudrais simplement que vous m'expliquiez dans quoi vous vous êtes fourrées. »

D'un signe, elle ordonna à Jazmine de monter dans la voiture.

« Allez, dépêchez-vous ! »

Jazmine se métamorphosa aussitôt en une tout autre jeune fille que la garce méprisante qui l'injuriait derrière son dos et la traitait de truie et de mocheté. Une fille très différente de celle qui était venue l'affronter quelques jours auparavant dans son propre bureau.

« Je ne vous ai rien fait », dit-elle, une fois assise à côté d'elle, tandis qu'Anneli faisait demi-tour et allait garer à nouveau la voiture sur le parking de la résidence.

« Je sais, Jazmine. Mais maintenant, nous allons retourner toutes les deux chercher votre valise. Après nous irons prendre une tasse de thé dans votre appartement et discuter ensemble de tout cela, puis nous irons retrouver Denise, d'accord ? »

Jazmine secoua la tête. « Je ne retournerai pas dans cet appartement.

— Et moi, j'ai décidé que si, alors vous n'avez pas votre mot à dire.

— Mais je n'ai rien fait, moi. C'est Denise », murmura-t-elle du bout des lèvres.

Anneli ne savait pas au juste à quoi elle faisait référence, mais cela n'avait pas d'importance.

« Bien sûr que ce n'était pas vous, Jazmine, répliqua-t-elle avec diplomatie. Rappelez-vous que je suis votre conseillère. Est-ce que vous ne me croyez pas capable de savoir à qui j'ai affaire ? »

La fille allait riposter, mais elle s'abstint et Anneli se fichait d'ailleurs de savoir ce qu'elle avait à dire. Dans dix minutes, elle l'aurait effacée de la surface de la planète.

Jazmine s'arrêta sur la coursive à quelques pas de la porte.

« Je ne sais pas comment entrer dans l'appartement, dit-elle de manière très convaincante. Je suis sortie par le balcon, la porte est fermée et la clé est restée à l'intérieur. »

Anneli la regarda d'un œil suspicieux. Est-ce qu'elle se moquait d'elle ?

« Allons autre part. On ne pourrait pas aller chez vous ? »

Était-elle en train d'essayer de gagner du temps, ou bien disait-elle la vérité ? Anneli avait vu que la clé n'était pas dans la valise quand elle l'avait aidée à ramasser ses affaires.

« Montrez-moi le contenu de vos poches ! » ordonna-t-elle, et Jazmine obtempéra. Quelques billets de cent couronnes et un préservatif, c'était tout ce qu'elle avait sur elle. Alors elle lui demanda d'ouvrir le sac en toile que Jazmine portait en bandoulière mais Jazmine recula avec une dureté soudaine en lui disant qu'elle allait devoir la croire sur parole et qu'elle n'avait pas cette fichue clé.

Anneli la croyait. Parce que c'était logique. Elle

avait vu les draps suspendus au balcon. Pour la première fois, elle se sentait prise au dépourvu. Tout son plan consistant à faire passer la mort des deux filles pour un meurtre suivi d'un suicide tombait à l'eau si Jazmine n'était pas tuée derrière cette porte. Aucun autre scénario ne serait crédible.

Anneli se tourna vers la coursive, qui était déserte. Il n'y avait aucune plante verte devant les portes d'entrée ou le long de la rambarde, aucune décoration à part le paillasson devant l'appartement des filles.

« Reculez Jazmine », dit-elle, mue par une soudaine intuition. Elle souleva le paillasson sous lequel, effectivement, se trouvait une clé.

« Vous pensez que je suis née de la dernière pluie, n'est-ce pas, Jazmine ? » lui lança-t-elle avec un sourire.

Jazmine avait l'air plus que troublée. Et plus surprise qu'Anneli par cette découverte.

Anneli la poussa devant elle dans le vestibule et sentit une forte odeur d'urine et d'excréments lui sauter aux narines. Mais ces dernières semaines l'avaient habituée à pire. Le cancer, l'opération, les rayons, tout le processus de préparation des assassinats et surtout leur réalisation, tout cela avait fait disparaître l'ancienne Anneli et rien ne semblait pouvoir perturber la nouvelle.

Mais quand elle vit que la porte de la salle de bains était entrouverte et que la puanteur émanait d'une femme ligotée sur la cuvette des W.-C., baignant dans sa propre merde et sa propre pisse, elle fut tout de même assez choquée.

« Qui est-ce ? » demanda-t-elle d'une voix morne.

Jazmine haussa les épaules, désolée. « Je ne sais pas. C'est Denise qui a fait ça. Elle ne m'a pas dit pourquoi. »

Anneli bouscula un peu la femme sans provoquer de réaction.

« Elle est morte, non ?

— Je n'en sais rien », rétorqua Jazmine en serrant le sac de toile contre elle.

Un geste plutôt suspect au vu des circonstances.

« Donnez-moi ce sac, Jazmine ! » ordonna Anneli, irritée, essayant de le lui arracher. La fille refusa de lâcher. Alors elle lui balança le pistolet dans la figure de toutes ses forces. L'effet fut immédiat. Jazmine laissa tomber le sac et porta les deux mains à son visage, consciente que, défigurée, elle perdait son dernier atout dans la vie.

« À partir de maintenant, vous allez faire ce que je vous dis, Jazmine, sinon, je recommence. »

Anneli ramassa le sac et regarda à l'intérieur.

« Nom de Dieu ! » s'exclama-t-elle. Décidément, cette journée se révélait pleine de surprises. « Il y a combien ? Si c'est l'argent du hold-up, je sais qu'il y en a beaucoup. »

Jazmine hocha la tête sans retirer les mains de son visage. Elle pleurait.

Anneli était impressionnée de voir à quel point les choses marchaient bien pour elle. Pour commencer, elle avait réussi à traîner la fille jusqu'ici, à l'endroit où elle avait besoin qu'elle soit, et maintenant, elle se retrouvait avec tout cet argent.

Anneli regarda la femme sans connaissance. Qu'est-ce que sa présence allait changer à son plan ? Si elle était morte, elle constituerait un simple mystère, mais si elle ne l'était pas, elle pouvait devenir un problème. Comme disait toujours l'un de ses ex-compagnons, le plus ennuyeux qu'elle ait connu : « La chance n'est pas un dû, elle peut nous être retirée à tout moment, sauf si nous mettons toute notre énergie à la saisir. » Pas si bête, finalement. En l'occurrence, elle avait déjà trop attendu et il était grand temps qu'elle en finisse avec Jazmine car sinon, sa chance risquait bien de l'abandonner.

« Venez avec moi dans le salon, Jazmine », lui dit-elle en se jouant la scène intérieurement. Elle allait abattre Jazmine avec le revolver, puis elle lui mettrait le pistolet de Denise dans la main. Il fallait que la police pense que les deux jeunes femmes avaient réglé leurs comptes et que Jazmine n'avait pas eu le temps de tirer sur Denise avant que celle-ci la tue avec le revolver muni d'un silencieux. Revolver que la police retrouverait ensuite près du cadavre de Denise.

« Allez vous asseoir là-bas, Jazmine », dit-elle, glissant habilement le pistolet dans son sac dont elle sortit le revolver à la place.

Le visage de Jazmine s'assombrit et elle plissa ses yeux soulignés d'un épais trait d'eye-liner.

« Qu'est-ce que vous allez faire avec ça ? s'enquit-elle nerveusement. Vous n'avez pas dit qu'on devait parler ? C'est bien ce que vous m'avez dit ?

— Bien sûr que nous allons parler, Jazmine. Et vous allez tout me raconter, n'est-ce pas ? Et d'abord, qu'est-ce qui vous a fait croire que c'est moi qui ai renversé Michelle Hansen ? »

Anneli posa le revolver sur ses genoux, dissimulé par le plateau de la table. Elle fourra la main dans son sac et en sortit le silencieux.

« Elle nous a dit qu'elle vous avait vue au volant de la voiture qui lui est rentrée dedans.

— Alors elle a mal vu, Jazmine, car ce n'était pas moi. »

Le front si lisse de la jeune femme se plissa. « Et elle vous a vue aussi quand…

— Quand quoi, Jazmine ? Je vous assure qu'elle s'est trompée. Peut-être a-t-elle cru me reconnaître alors qu'il s'agissait seulement de quelqu'un qui me ressemblait. »

Le regard de Jazmine alla du rebord de la table à la porte. Elle cherchait visiblement une issue et se doutait qu'il allait lui arriver quelque chose de terrible si elle ne réagissait pas. Pourquoi ce fichu filtre à huile ne voulait-il plus tenir en place sur le canon du revolver ?

« Qu'est-ce que vous êtes en train de trafiquer sous cette table, madame Svendsen ? » demanda-t-elle. Puis, brusquement, elle se leva et attrapa une sorte de matraque qui était posée sur l'étagère en bois de teck au dessus de la commode.

Elle va essayer de m'assommer avec ce truc, se dit Anneli en braquant le revolver sur elle. Tant pis pour le silencieux.

« N'essayez même pas, jeune fille ! » hurla-t-elle, voyant avec surprise que Jazmine dévissait le bout de la matraque, laissant tomber une petite bille au bout d'un cordon sur lequel elle tira avant de lancer l'objet au-dessus de la nappe vers Anneli tout en roulant au sol pour se mettre à l'abri.

Anneli regarda l'engin d'un air affolé et se jeta par terre, instinctivement, tandis que Jazmine fuyait vers le vestibule.

C'était une grenade. D'un autre genre que celles qui ont la forme d'un ananas.

Mais il ne se passa rien du tout. L'arme devait être hors d'usage.

Anneli se releva en se frottant l'épaule qui avait amorti le choc de sa chute. Elle entendait Jazmine se bagarrer avec la porte.

« Ne vous fatiguez pas, ma belle », cria-t-elle en direction de l'entrée. « J'ai fermé à clé. »

Elle ramassa le revolver et le silencieux puis rejoignit Jazmine en prenant son temps pour les assembler.

Jazmine n'avait visiblement aucun doute sur ses intentions et elle courut s'enfermer dans la salle de bains, comme si ça allait pouvoir la sauver.

Anneli visa la porte et tira. Le trou que fit la balle

n'était pas énorme, contrairement au hurlement qui suivit le coup de feu.

Elle va ameuter tout le monde, songea Anneli en tirant une deuxième fois. Le cri s'arrêta.

Et maintenant ? Il fallait qu'elle entre pour voir si elle avait seulement blessé la fille, ou si elle l'avait tuée, mais la porte était fermée à clé. Elle pouvait bien sûr l'ouvrir d'un coup de pied puisque c'était l'une de ces portes en contreplaqué qui ne résistaient à rien, mais il faudrait qu'elle pense ensuite à essuyer les traces de ses semelles. De manière générale, elle allait devoir faire soigneusement le tour de l'appartement pour tout vérifier et tout essuyer. Quel dommage qu'elle n'ait pas pensé à mettre des gants.

Anneli donna un coup de pied dans la porte à la hauteur de la serrure et réussit à l'ouvrir à moitié. Elle se glissa dans l'ouverture et regarda Jazmine qui agonisait. Ses yeux noirs étaient largement écarquillés et son sang coulait sur le béton ciré.

Excellente pente de douche à l'italienne, songeat-elle en suivant la rigole de sang jusqu'à l'écoulement.

Puis elle se tourna vers le miroir dans lequel elle vit son propre reflet en pied.

Anne-Line Svendsen, une femme entre deux âges, des cernes sous les yeux et la bouche ouverte. C'était la deuxième fois qu'elle se voyait ainsi, glaciale, cynique et insensible. Cette vision l'épouvanta. Quel monstre était-elle devenue pour être capable de regarder tranquillement une pauvre créature qu'elle venait de saigner à mort ? Était-elle réellement folle, comme elle l'avait pensé quelques jours auparavant ? Il semblait que oui.

Elle regarda les jambes de Jazmine tressauter tandis que la vie la quittait petit à petit. Ce ne fut que lorsqu'elle fut immobile, son regard vide levé vers le plafond, qu'Anneli s'intéressa à la femme ligotée sur les toilettes.

Elle passa la main derrière son dos et tira la chasse. Il y avait un certain temps que cela aurait dû être fait.

« Voilà, dit-elle. Je vous ai vengée, qui que vous soyez et quelle que soit la raison pour laquelle on vous tient prisonnière ici. » Elle caressa la tête de la pauvre femme puis elle enroula un long morceau de papier de toilette autour de sa main droite et fit le tour de l'appartement pour essuyer minutieusement tous les objets qu'elle avait touchés.

Pour finir, elle prit délicatement le pistolet de Denise avec un morceau de papier hygiénique et retourna dans la salle de bains pour imprimer les empreintes de Jazmine sur la crosse. Mais quelle main choisir ? La gauche, pleine de sang, ou bien la droite toute propre ? Jazmine était-elle droitière ou gauchère ? Avec quelle main avait-elle lancé la grenade ?

Anneli ferma les yeux et tenta de se remémorer la scène de tout à l'heure. Elle ne s'en souvenait pas.

Elle choisit finalement la droite et la laissa retomber mollement sur le sol après l'avoir serrée autour de l'arme, puis elle éteignit la lumière et referma la porte comme elle put.

Quand elle eut rassemblé ce qu'elle voulait emporter dans le sac en toile de Jazmine, elle enroula sa main dans une feuille de papier absorbant, alla poser la valise de Jazmine sur le lit de la chambre et l'ouvrit. Si quelqu'un les avait vues près de la valise sur la pelouse, ce qui était peu probable, il décrirait Jazmine comme une pauvre folle qu'une vieille dame avait aidée à ramasser ses affaires. Si la police lui demandait qui était cette vieille dame, la personne dirait qu'elle ne l'avait jamais vue dans le quartier.

La fille devait être en train de redéfaire sa valise quand le règlement de comptes fatal avec son amie Denise avait eu lieu. La police goberait-elle cette histoire ? Anne-Line Svendsen n'avait pas de raison d'en douter car elle était à la fois complexe et simple.

Elle sourit. Elle avait vu trop de séries policières, mais pour une fois, cela lui avait servi à quelque chose.

Elle allait quitter l'appartement quand son regard tomba sur la grenade. Quelle chance elle avait eue qu'elle n'explose pas.

Elle la ramassa avec précaution et l'examina.

« *Vor Gebrauch Sprengkapsel einsetzen* », était-il écrit en grosses lettres sur l'espèce de boîte de conserve qui se trouvait à l'extrémité.

« Insérer le détonateur avant utilisation », traduisit-elle. Une consigne qui n'avait manifestement pas été respectée.

Une erreur qui vous a coûté la vie, jeune fille. Quel dommage ! songea Anneli en riant intérieurement. Cette pauvre idiote ne s'était certainement jamais donné la peine d'apprendre l'allemand.

Anneli retourna la grenade et remit le cordon et la bille dans leur habitacle au bout du manche. Certes, elle n'avait pas fonctionné, mais si elle l'avait effrayée elle, elle pourrait en effrayer d'autres.

Elle est un peu encombrante, mais elle pourrait m'être utile, songea-t-elle en revissant le capuchon avant de ranger l'objet dans le sac de toile avec l'argent.

J'irai voir sur Internet comment on arme un engin de ce genre, se promit-elle. Qui sait si un jour elle ne commettrait pas un crime pour lequel elle aurait besoin d'une grenade comme celle-là ?

En arrivant sur la coursive où elle frotta soigneusement la clé avec du papier absorbant avant de la remettre sous le paillasson, elle se félicita du succès de la mission qu'elle s'était fixée depuis quelques semaines. Il ne lui restait plus qu'à faire une petite promenade en voiture avec le cadavre de Denise, et elle pourrait partir pour des vacances bien méritées.

Elle tapota avec satisfaction le sac de toile suspendu à son épaule et marcha d'un pas léger vers sa voiture en pensant que lorsqu'elle serait arrivée au bout de son traitement aux rayons, elle partirait bien pour une croisière de quinze jours en Méditerranée.

49

Lundi 30 mai 2016

En moins d'une minute Carl informa Gordon de ce qu'ils avaient découvert dans l'appartement de Rose et un silence de mort leur répondit au bout du fil.

Carl tourna un regard d'une infinie tristesse vers Assad qui n'avait même pas la force de poser les pieds sur le tableau de bord.

Ça allait être une longue soirée pour le département V.

« Tu es toujours là, Gordon ? »

Il n'était pas sûr d'avoir entendu un oui.

« Malheureusement, nous ne savons pas où elle est, mais il ne faut pas désespérer, d'accord ? »

Toujours aucune réaction.

« Nous avons pensé lancer un avis de recherche, mais je trouve que nous devrions d'abord la chercher nous-mêmes.

— D'accord », répondit Gordon d'une voix à peine audible.

Ils l'informèrent rapidement de la visite qu'ils

avaient rendue à James Frank et de la percée dans l'enquête Zimmerman suite aux aveux de son ancien gendre.

La nouvelle ne sembla pas consoler Gordon. Il était réellement touché. Il y avait de quoi.

« Assad et moi avons encore une chose à faire avant de rentrer, même si ce n'est pas de gaieté de cœur. Nous allons retourner voir Birgit Zimmerman pour lui poser quelques questions supplémentaires. Et toi, tu te sens capable de continuer ta journée, après ce que nous venons de t'apprendre sur notre Rose ?

— Bien sûr, Carl. Dites-moi ce que je dois faire. »

Il s'était un peu remis du premier choc.

Carl s'imaginait l'état de Gordon à ce moment. Il savait à quel point Rose comptait pour lui. Elle était sans doute l'unique raison pour laquelle Gordon travaillait au département V plutôt que de monter rejoindre les équipes du second. On est souvent prêt à beaucoup de sacrifices pour les femmes qu'on désire et qu'on n'aura jamais.

« Je voudrais que tu rappelles ses sœurs et que tu les mettes au courant de la situation. Essaye de dédramatiser, si tu peux. » Carl n'était pas sûr qu'il en soit capable. « Peut-être ont-elles une idée de l'endroit où elle pourrait se cacher. Demande-leur si Rose connaît quelqu'un à Malmø ou ailleurs en Scanie. Est-ce qu'elle pourrait être allée se réfugier dans une maison de campagne ou chez un ex-copain là-bas ? Je suis désolé de te demander de fouiller dans sa vie sentimentale, mais ça peut être important. »

Gordon ne fit bien sûr aucun commentaire.

« On se tient au courant, d'accord ? Dis-nous ce que tu auras trouvé et on verra ce qu'on décide pour cet avis de recherche. »

Bien qu'il fasse encore jour, on aurait dit, vu de l'extérieur, que Birgit Zimmerman avait allumé tous les lustres de son rez-de-chaussée haut de plafond. *A priori*, elle était chez elle.

Ils sonnèrent à l'interphone et, contre toute attente, la porte cochère s'ouvrit au bout de quelques secondes.

« J'étais sûre de vous voir débarquer ici », dit-elle en posant sur eux un regard vague qui, cette fois, n'était peut-être pas à mettre sur le compte de l'alcool. Elle semblait beaucoup plus présente que lorsqu'ils étaient venus l'interroger sur Stephanie Gundersen plus tôt dans la journée. Elle les invita à s'asseoir avant qu'ils aient eu le temps d'ouvrir la bouche.

« Vous avez trouvé Denise ? C'est pour ça que vous êtes là ?

— Vous avez entendu que nous avons lancé un avis de recherche contre elle, depuis notre dernière visite ?

— Oui, la police m'a appelée plusieurs fois. Vous l'avez retrouvée ?

— Non, je regrette. Nous comptions sur votre aide.

— J'ai peur, avoua-t-elle. C'est loin d'être une sainte, mais je ne veux pas qu'il lui arrive du mal. Vous croyez que c'est elle qui a tué cette Islandaise et qu'elle a participé à ce hold-up, comme ils disent partout ?

— Nous n'avons aucune certitude, madame Zimmerman, mais votre fille est suspectée et, pour savoir ce qu'elle a fait ou pas, nous devons la retrouver. La police de Slagelse a fait le tour de la ville avec une photo de Denise pour savoir si quelqu'un l'avait vue là-bas, sans résultat. Nous avons le sentiment que vous ne croyez pas non plus qu'elle vous ait dit la vérité à ce sujet, c'est exact ?

— Si elle était dans une discothèque du port sud à Copenhague ce soir-là, elle ne pouvait pas en même temps être à Slagelse. »

Carl acquiesça. Elle était nettement moins soûle que les autres fois. Tant mieux.

« Nous avons un certain nombre de questions très précises à vous poser, madame Zimmerman. Tout à l'heure, vous avez suggéré, il me semble, que Denise pourrait savoir quelque chose sur l'assassinat de votre mère. À présent, je voudrais savoir pourquoi vous nous avez dit cela.

— Et qu'est-ce qui vous fait penser que j'aie envie de répondre à cette question ? Je vous rappelle que j'étais ivre. Et quand on est ivre, on dit beaucoup de bêtises, vous ne le saviez pas ?

— D'accord. Alors laissons cela pour l'instant. Figurez-vous qu'entre-temps, nous sommes parvenus à localiser votre ex-mari. »

Birgit Zimmerman se crispa. Les tendons de son cou saillirent et elle pinça les lèvres. Elle inspira longuement par le nez et garda l'air dans ses poumons. Elle serra les poings. Elle était manifestement surprise et cherchait à cacher son étonnement.

« Il est toujours au Danemark, madame Zimmerman. Vous pensiez qu'il s'était enfui après ce qui était arrivé à Stephanie Gundersen, n'est-ce pas ? »

Elle ne répondit pas, mais les mouvements de sa poitrine indiquaient qu'elle était bouleversée.

« Je suppose que votre mère vous a fait croire qu'il avait filé après le meurtre. Pensant qu'il était un coupable parfait. Et que c'était ce qu'elle raconterait à la police si vous deviez être inquiétées ? Elle devait avoir une histoire toute prête, je me trompe ? »

Birgit surprit Carl en faisant non de la tête.

« James habite dans l'appartement au-dessus de l'ancien magasin de chaussures de votre père. Vous ne le saviez pas, si ? »

À nouveau, elle secoua la tête.

« Écoutez, madame Zimmerman, je ne vais pas prendre de votre temps en vous racontant le parcours de James depuis votre divorce, mais sachez qu'il avait passé un contrat avec votre mère. Il a déserté de l'armée américaine alors qu'il servait en Afghanistan et il est revenu au Danemark en 2003. Votre mère lui a donné de l'argent en lui faisant promettre qu'il ne chercherait pas à vous contacter, Denise et vous. Étiez-vous au courant de cet arrangement ? »

Aucune réaction. Comment savoir ?

« James pense que votre mère l'a croisé en ville en compagnie de Stephanie Gundersen. Il a parlé d'une rencontre fortuite, mais je n'y crois pas. Il est un fait que le hasard a souvent son rôle à jouer dans un crime, mais moi je crois plutôt que c'est vous qui avez vu James avec Stephanie près de l'école de Denise et que vous en avez informé votre mère. Je pense qu'elle les a suivis et que James s'en est aperçu. Et vous savez pourquoi je crois que vous êtes à l'origine de tout cela ? À cause de la dispute que vous avez eue lors de la réunion parents/professeurs où vous lui avez reproché la façon dont elle se comportait envers les hommes. Je pense que cette affaire a commencé à cause de la femme blessée, terriblement frustrée et jalouse que vous étiez, qui brusquement voit la jolie institutrice de sa fille en compagnie de son ex-mari. Vous détestiez déjà Stephanie Gundersen parce que Denise l'adorait et d'après moi, vous avez perdu tout contrôle en la voyant ensuite avec James. Dites-moi si je me trompe, madame Zimmerman ! La colère et la jalousie que vous ressentiez à l'époque de votre mariage ont soudain été ravivées. Vous vous êtes dit que votre ancien mari et cette enseignante bien considérée allaient vous prendre votre fille et vous n'avez pas pu supporter cette idée. »

Elle chercha maladroitement ses cigarettes sur la table, mais Assad la devança, prit le paquet, lui en offrit une et proposa même de lui allumer. Bien joué.

« Nous sommes désolés de vous infliger tout ceci, madame Zimmerman, dit Assad, prenant le relais. Ça a dû être bouleversant pour vous de voir votre ex-mari revenir dans votre vie. Je sais qu'il a tenté de vous rendre visite dans cet appartement hier. Il vous a vue dans la rue, mais vous étiez si soûle qu'il n'a pas eu envie de vous adresser la parole. »

Assad se tut et tous deux attendirent la réaction de Birgit Zimmerman. Elle allait forcément dire quelque chose. Mais non, elle restait là, le coude droit posé au creux de la main gauche, portant la cigarette à sa bouche et inhalant tranquillement la fumée.

« Voulez-vous entendre ma version de tout ceci ? » lui proposa Carl.

Pas de réaction.

« James attendait régulièrement Stephanie à la sortie de l'école. Il surveillait le portail, caché derrière les arbres au bord du lac. Il ignorait, en revanche, que c'était le chemin que vous preniez quand vous veniez chercher Denise à l'école. Vous arriviez de la rue Borgergade, vous suiviez l'avenue Dag Hammarskjöld et longiez le bord du lac pour attendre Denise exactement à l'endroit où se trouvait James. Stephanie est sortie de l'école ce jour-là et James et elle se sont embrassés tendrement sans savoir que vous les observiez. Bouleversée, vous vous êtes cachée derrière un arbre. Votre mari était soudain de retour au Danemark et il tentait de se rapprocher de sa femme et de sa fille. Jusque-là, nous sommes d'accord ? »

Enfin, Birgit Zimmerman réagit et hocha lentement la tête.

« Il faut que je vous dise, madame Zimmerman, que James est convaincu que c'est votre mère qui a tué Stephanie. À cause de la façon dont elle est morte, je crois. Votre père s'était souvent vanté des dégâts que pouvait faire un simple coup de matraque sur la nuque et il a pensé que votre mère avait été à bonne école. »

Birgit détourna la tête. Ses lèvres se mirent à trembler. Ils étaient sur la bonne voie.

Elle les regarda tour à tour, les yeux mouillés de larmes. Ils allaient enfin savoir.

« James nous a dit tout à l'heure qu'il avait tué votre mère. Pour se venger du meurtre de Stephanie, tout simplement. Mais vous savez ce que je crois, moi ? »

La figure de Birgit se contracta. Bingo.

« James ne s'est pas vengé sur la bonne personne, n'est-ce pas ? »

Ce fut comme si quelque chose éclatait en elle. Un sentiment d'impuissance, ou peut-être de soulagement. De la colère, mais aussi une sorte de joie. Carl et Assad échangèrent un bref regard puis ils restèrent silencieux. Un long moment. Ils attendirent qu'elle ait séché ses larmes et la morve sur son menton et qu'elle soit à nouveau capable de lever la tête et de les regarder en face.

« Vous croyiez que c'était Denise qui avait tué votre mère. Pourquoi ? »

Elle hésita quelques instants avant de répondre. « Parce que ma mère et Denise avaient eu une dispute épouvantable. Elles se détestaient, même si elles faisaient des efforts pour le cacher. Mais ce jour-là, ma mère n'a pas voulu nous donner l'argent pour le loyer, comme elle le faisait d'habitude, et Denise était folle de rage. Quand j'ai appris qu'on avait retrouvé ma mère assassinée et qu'elle n'avait plus l'argent sur elle, j'ai pensé que c'était Denise qui l'avait pris. Entre autres parce qu'elle est sortie, une bouteille à la main, quelques minutes à peine avant que ma mère parte à son tour. C'était une de ces bouteilles de lambrusco très lourdes et croyez-moi, il n'y a pas que ma mère qui ait retenu les enseignements de mon père quant à l'usage qu'on pouvait faire de ce genre d'objet. Nous y avons toutes eu droit, dès que nous avons été assez âgées pour comprendre. Mon père était fou à lier. »

Le front de Carl se plissa. Si James était arrivé quelques minutes plus tôt devant l'immeuble de la rue Borgergade, il aurait vu sa fille en sortir et cela aurait probablement changé le cours des évènements. Il l'aurait abordée, ils se seraient parlé, Rigmor Zimmerman ne serait peut-être pas morte et l'affaire Stephanie Gundersen ne serait sans doute jamais remontée à la surface.

« Merci, madame Zimmerman », dit Carl.

Elle avait l'air soulagée mais aussi délivrée, comme si tout était dit et qu'il n'y avait plus aucune raison de continuer cette conversation. Elle était peut-être même un peu trop rassurée.

« Votre père est mort le lendemain de la mort de Stephanie Gundersen, madame Zimmerman. Il s'est noyé dans cinquante centimètres d'eau et, si on en juge par son caractère, il paraît improbable qu'il ait mis fin à ses jours. Lui qui avait réussi à échapper aux pires accusations qu'un homme puisse subir. Un homme doté d'un instinct de conservation assez fort pour lui permettre de passer à travers les mailles du filet. Je pense que vous serez d'accord avec moi pour dire qu'il excellait dans l'art de rester en vie, n'est-ce pas ? »

Elle prit une autre cigarette et cette fois, Assad ne lui présenta pas le briquet.

« Je connais ce genre de personnages, dit-il. On rencontre ces ordures dans toutes les guerres, à toutes les époques.

— C'est vrai, acquiesça Carl. Mais c'est vrai aussi qu'un homme comme votre père finit toujours par se trahir quand il se sent en sécurité. C'était stupide de sa part de ne pas avoir été capable de tourner la page. D'éprouver le besoin de se vanter de sa cruauté et de son cynisme tant d'années après. Et avoir enseigné à sa famille comment faire le mal est impardonnable. »

Elle hochait la tête. Elle était de son avis.

« Votre mère prenait soin de votre père et je crois qu'elle a essayé de lui enseigner la discrétion. Car votre mère savait que s'il venait à se trahir en dehors du cercle familial, ils étaient perdus. Personne ne devait apprendre qui il était, car cela vous aurait coûté tout ce que vous aviez. Le magasin, votre aisance matérielle, tout. »

Carl hochait la tête en regardant avec envie le paquet de cigarettes de Birgit, qui hochait la tête de concert. C'était toujours comme ça quand il était sur le point de résoudre une affaire. Le besoin de nicotine se faisait à nouveau sentir.

« Je suis sûr que votre mère a sacrifié votre père pour vous sauver, Birgit. Il était vieux. Difficile à vivre et à contrôler. Il avait accompli sa mission en entretenant toute sa famille et c'était au tour de votre mère de vous protéger. Il s'est peut-être vanté de savoir qui avait tué Stephanie Gundersen et votre mère a dû prendre une décision rapide et le pousser dans le lac. Je me trompe ? »

Birgit Zimmerman poussa un long soupir. Qu'y avait-il de plus à dire, en effet ?

« Ce n'est pas votre mère qui a tué Stephanie, n'est-ce pas ? Ce n'était pas le nom de votre mère que votre père allait révéler pour se vanter, c'était le vôtre ! Car votre père était fier de sa fille qui avait montré assez de courage pour éliminer la femme qui lui pourrissait l'existence.

Elle détourna les yeux et resta un long moment sans infirmer ni confirmer ce qu'il venait de dire. Puis son regard revint lentement vers eux et elle leva le menton, comme si elle voulait apporter une conclusion à cette affaire la tête haute.

« Vous ne m'avez pas dit comment allait James », dit-elle à la place.

Carl se pencha au-dessus de la table. « Il est mourant, Birgit. Il ne voulait pas quitter ce monde en laissant une femme comme votre mère continuer à y vivre. »

Elle hocha la tête.

« Je signerai mes aveux quand vous aurez retrouvé Denise, dit-elle enfin. Pas avant. »

50

Lundi 30 mai 2016

En arrivant rue Webersgade, Anneli eut une déconvenue. Il ne restait plus une seule place de stationnement devant sa maison. Qu'est-ce qu'il pouvait bien y avoir à la télévision pour qu'ils aient tous choisi de rester chez eux ce soir ? Ce n'était pas seulement un problème, c'était littéralement une catastrophe.

Je ne peux pas me garer en double file, traverser le trottoir et la piste cyclable, passer entre deux voitures en stationnement en portant le cadavre de Denise, c'est beaucoup trop risqué, songeait-elle, arrêtée au bout de la rue au volant de sa voiture, le moteur tournant au ralenti.

Elle décida de monter sur la piste cyclable et évalua la largeur entre les murs des maisons mitoyennes et les véhicules garés le long du trottoir.

Heureusement que j'ai une petite voiture, songea-t-elle en s'engageant, deux roues sur le trottoir et les deux autres sur la piste cyclable. La manœuvre était risquée, mais si elle arrivait jusqu'au bout sans encombre, elle pourrait se garer à un mètre de sa porte d'entrée.

S'il vous plaît, les voisins, ne venez pas m'emmerder, pria-t-elle intérieurement, progressant lentement vers sa destination. Si personne ne décidait tout à coup de sortir de chez lui, la seule chose qu'elle avait à craindre, c'était le passage d'une patrouille de police. Elle sourit, ironique. Une voiture de patrouille à Copenhague ? Elles n'étaient pas légion en ces temps de grandes coupes budgétaires.

Elle s'arrêta comme prévu devant sa porte et elle entra dans la maison. Elle se surprit elle-même à marquer un temps d'hésitation avant de pénétrer dans le séjour de l'ingénieur où le cadavre de Denise était appuyé contre l'étagère, à droite de la porte.

Son meurtre remontait à plusieurs heures et quand elle la vit, Anneli comprit aussitôt qu'elle avait un nouveau problème.

La rigidité cadavérique, déjà produite.

Avec un léger sentiment de malaise, elle écarta le corps de la bibliothèque et en eut confirmation. La tête de Denise était tombée sur le côté et son cou était renversé en arrière dans une position qui n'avait rien de naturel. Anneli prit la tête du bout des doigts et essaya de la remettre en place, mais en dépit de quelques horribles craquements de la colonne vertébrale et des muscles raidis, elle ne réussit pas à lui redonner une attitude crédible. Elle inspira profondément et attrapa Denise sous les aisselles pour constater que les épaules étaient déjà en train de durcir, elles aussi. Avec quelque difficulté, elle parvint à insérer d'abord le filtre à huile, puis le revolver dans la main de Denise et elle appuya doucement son index sur la détente. Les empreintes digitales étaient en place.

Il faut absolument que je me dépêche avant qu'elle soit aussi raide qu'un manche à balai, sinon je ne vais jamais pouvoir la faire rentrer la voiture, songea-t-elle.

Elle se sentit étrangement triste tout à coup de voir cette fille qu'elle avait connue si souple et pleine de vie dans une position aussi bizarre.

Une pensée absurde lui traversa l'esprit et elle faillit en rire : elle n'aurait pas aimé se voir comme ça.

Bien qu'il soit déjà dix heures et demie du soir, il faisait encore aussi clair qu'au milieu de la journée, mais ça, elle n'y pouvait rien. Il faisait toujours clair, à cette heure-là, en cette saison et sous ces latitudes.

Si elle devait attendre qu'il fasse à peu près nuit, il lui faudrait patienter jusqu'après minuit et à ce moment-là, le corps de Denise serait complètement rigide.

Il fallait qu'elle s'en occupe. Maintenant.

Anneli traîna le cadavre hors du capharnaüm que l'ingénieur appelait un séjour et le cala contre le mur de l'entrée, près de la porte, pour pouvoir l'embarquer le plus rapidement possible.

Il y avait encore beaucoup de circulation malgré l'heure tardive, mais du moment que ce n'était pas la police, tout se passerait bien. Elle surveillerait les cyclistes et les piétons et chargerait le corps à l'avant de la voiture dès que la voie serait libre.

Anneli entrouvrit la porte d'entrée et regarda les gens pédaler dans les deux sens comme s'ils avaient le diable à leurs trousses. Qu'est-ce qu'ils foutaient sur leurs bicyclettes à une heure pareille ? Ils ne seraient pas mieux chez eux ?

Un rire joyeux éclata à l'angle de Øster Farimagsgade et deux filles mirent le cap sur la maison d'Anneli. La première poussait sa bicyclette pendant que l'autre marchait à côté en lui faisant la conversation. Elles n'avaient pas du tout l'air pressées.

Pétasses, songea-t-elle. À présent, les deux poulettes marchaient droit sur sa voiture en caquetant.

Regardez où vous allez, nom d'un chien, se disait-elle. Elles ne pouvaient pas traverser et marcher sur l'autre trottoir ?

Elle tira la porte de la maison quand la fille qui était à pied se cogna le genou contre le coffre de la Ford Ka.

« Aïe ! Merde ! Mais quel est l'abruti qui a garé sa voiture sur le trottoir ? ! » aboya-t-elle en frappant du poing le toit de la voiture tout le temps qu'elle mit à la contourner.

À travers le mince entrebâillement de la porte, les lèvres pincées, Anneli regardait la fille abîmer la carrosserie.

Espèce de garce, songeait-elle. Si tu savais ce que je suis capable de faire aux filles dans ton genre !

Pendant ce temps, les filles continuaient de jurer comme des charretiers, s'éloignant de la voiture et se retournant à plusieurs reprises, le majeur dressé. Anneli dut attendre qu'elles arrivent au pont de Fredensbro pour oser prendre Denise sous les bras et la traîner dehors.

Quand elle voulut pousser le cadavre à l'intérieur, le torse était tellement rigide qu'elle fut obligée de reculer le siège autant qu'il était possible et d'appuyer de toutes ses forces pour que le bras de sa victime entre dans l'habitacle.

Le cadavre était pratiquement couché sur le levier de vitesse quand Anneli claqua la porte du passager et qu'elle alla s'asseoir au volant.

La position très bizarre de Denise ne manquerait pas de surprendre et si un passant regardait dans leur direction, Anneli aurait intérêt à garder le pied au plancher.

Elle se bagarra quelques instants avec le bras bloqué et parvint à repousser le corps pour qu'il soit à peu près à la verticale.

Elle contempla le résultat de ses efforts. Hormis les jambes emmêlées, les yeux écarquillés et l'angle peu naturel du cou et de la tête, dans l'ensemble, Denise avait une apparence à peu près normale.

Anneli ressortit de la voiture et ouvrit la porte passager pour mettre la ceinture autour de Denise, mais là encore, ce ne fut pas une mince affaire.

Après avoir enfin réussi à l'attacher, Anneli remarqua un jeune type qui observait la scène depuis le trottoir d'en face.

Pendant quelques secondes, ils se regardèrent en chiens de faïence.

Qu'est-ce que je fais ? songea-t-elle. Est-ce qu'il était déjà là pendant que je me battais avec le cadavre ?

Elle hocha la tête. Elle avait pris une décision. Elle refit le tour de la voiture en quelques pas et fit un grand sourire au badaud.

« Ça va ? lui lança-t-il.

— Ça va aller, mais elle n'échappera pas au lavage d'estomac ! » répliqua Anneli avec un grand sourire, son cœur battant violemment dans sa poitrine.

Il lui rendit son sourire. « Heureusement que l'hôpital est à deux pas ! » rétorqua-t-il en passant son chemin.

Anneli essuya son visage qui était humide de transpiration. Elle remonta dans la Ford et inspecta la rue de haut en bas. Pour revenir sur la chaussée, elle allait devoir rouler à quelques dizaines de centimètres des portes d'entrée sur une centaine de mètres. Si quelqu'un sort tout à coup, il va se retrouver sous les roues, se disait-elle, bien placée pour savoir les dégâts que cela pouvait faire.

Elle avança en première le long des maisons et vit le panneau d'interdiction qui marquait la fin de la zone de stationnement. Si elle arrivait à se glisser dans le passage, la petite Ford serait à nouveau sur la chaussée.

Elle était à la hauteur du dernier horodateur, à

vingt-cinq mètres de la trouée, quand une voiture de police la klaxonna.

Anneli stoppa devant une porte peinte en bleu ciel et baissa sa vitre. Elle fit un effort surhumain pour conserver son calme dans la lumière bleue de mauvais augure du gyrophare.

« Je sais, pardon ! leur cria-t-elle. Mais je viens déposer ma belle-mère. Elle habite juste là. Elle marche très mal. »

L'agent qui ne conduisait pas faillit descendre de voiture, mais l'autre le retint par le bras. Ils échangèrent quelques mots et le policier se tourna à nouveau vers Anneli.

« Vous n'allez pas vous en tirer comme ça la prochaine fois, ma p'tite dame, mais pour cette fois-ci, dépêchez-vous de sortir de là avant de tomber sur des collègues moins compréhensifs. »

Anneli suivit des yeux le véhicule de patrouille jusqu'à ce qu'il disparaisse au bout de la rue, puis elle poussa l'épaule de la morte pour s'assurer qu'elle n'allait pas glisser et leva enfin le pied de l'embrayage.

Elle conduisit en apnée jusqu'à Lyngbyvejen puis, arrivée sur le boulevard, elle s'autorisa à respirer. Ouf. Il ne lui restait plus qu'à remonter la rue Bernstorffsvej jusqu'au parc, sa destination finale. À cette heure tardive, les gens qui promenaient leurs chiens avaient sûrement regagné leurs pénates et elle savait que les parkings autour de Bernstorffparken étaient rarement encombrés. Denise n'était pas un poids plume, mais si Anneli faisait le tour du rond-point, la voiture serait dans le bon sens et la portière côté passager tournée du côté du parc. Elle n'aurait plus que la piste cyclable et le trottoir à traverser en traînant le corps pour gagner l'allée. Ensuite, elle procéderait par étapes. Elle commencerait par se cacher avec le cadavre dans le premier fourré venu, le temps de reprendre son souffle. Puis, lorsque la voie serait libre, elle tirerait le corps de Denise jusqu'au buisson suivant et, quand elle jugerait qu'elle se serait suffisamment éloignée de la rue, elle l'abandonnerait, avec le revolver, dans le plus épais taillis qu'elle trouverait. Le cadavre serait sans doute découvert dès le lendemain par quelque chien à l'odorat développé, mais il fallait bien qu'on le retrouve, de toute façon. Elle espérait juste qu'il ne serait pas repéré par un couple d'amoureux ou par quelque passionné de jogging avant qu'elle ait eu le temps de nettoyer la voiture, de jeter ses chaussures dans un container et de se glisser sous sa couette.

Un dernier croisement et elle serait arrivée. Tout cela était tellement facile, constata-t-elle en riant.

« Maintenant, tante Anneli va t'emmener faire un petit tour au parc, tu es contente ? » dit-elle à Denise en lui donnant une bonne bourrade, un geste qu'elle ne tarda pas à regretter car le cadavre vint s'affaler sur elle, la tête sur sa poitrine, son regard stupide levé vers elle.

Anneli tenta en vain de le repousser avec sa main

libre. Le corps de la morte était coincé entre le volant et le giron de son assassin.

Alors qu'elle faisait une dernière tentative pour le redresser avec son coude, Anneli s'aperçut que c'était la ceinture qui l'en empêchait.

Elle se tourna vers la droite pour détacher la boucle et remettre le corps de Denise en position verticale. Elle allait y parvenir quand elle arriva au carrefour de Kildegårdsvej que, du coup, elle traversa à soixante-dix à l'heure après avoir brûlé le feu rouge.

Trop tard pour réagir, elle entendit le hurlement des freins de l'autre voiture et vit sa masse sombre fondre sur sa petite Ford Ka dans un vacarme de tôles froissées. Le verre brisé vola de tous les côtés tandis que les deux carrosseries imbriquées l'une dans l'autre tournaient comme un couple dansant une valse macabre. Anneli perdit connaissance quelques secondes au moment où l'airbag explosa contre sa poitrine et où la ceinture de sécurité lui broya les côtes, vidant tout l'air de ses poumons. Elle entendit la voiture qui l'avait percutée se fracasser.

Instinctivement, elle tourna la tête vers la droite pour constater avec horreur que l'airbag côté passager était crevé et que le cadavre de Denise n'était plus là.

Paniquée, elle se dégagea, détacha sa ceinture et ouvrit sa portière pour recevoir en pleine figure une puissante odeur d'essence, de caoutchouc brûlé et d'huile de moteur. Elle descendit côté trottoir car les deux voitures avaient fait un tête-à-queue et étaient pratiquement collées contre le mur d'un immeuble.

Anneli regarda autour d'elle, désorientée. L'ultime catastrophe avait eu lieu.

Je suis rue Bernstorffsvej, se rappela-t-elle. Pour l'instant, la rue était encore déserte, mais les riverains commençaient à ouvrir leurs fenêtres.

Elle entendit plusieurs voix soucieuses au-dessus de sa tête et se plaqua contre l'immeuble. Elle longea l'épave de la Golf qui lui était rentrée dedans. Le chauffeur, un homme jeune, était encore immobilisé par sa ceinture derrière l'airbag blanc. Ses yeux étaient fermés, mais il avait l'air de s'en être tiré.

Anneli ne pouvait rien faire pour l'aider. Il fallait qu'elle fiche le camp d'ici.

En tournant à l'angle de la rue Hellerupvej, le sac en toile en bandoulière, elle jeta un dernier coup d'œil à Denise, couchée sur le capot de la voiture noire tel un chien écrasé.

51

Lundi 30 mai 2016

Carl était fatigué, mais content de lui. Cette longue journée avait été fructueuse et avait vu la résolution de pas moins de trois affaires. Au sentiment rarement éprouvé de faire finalement un beau métier se mêlait son inquiétude pour Rose. Assad ressentait vraisemblablement la même chose, mais il réagissait très différemment. Il ronflait comme un vieux lion de mer sur la banquette du placard à balai qui lui tenait lieu de bureau.

« Qu'est-ce que tu dis de ça, Gordon, trois enquêtes résolues en une seule journée ! C'est ce que j'appelle du travail d'équipe. »

Il posa les notes d'Assad devant Gordon qui, blanc comme un cachet d'aspirine, venait de s'asseoir en face de lui dans son bureau.

« C'est fantastique, Carl. »

Il n'avait pas l'air très réjoui, à vrai dire, mais il commençait à se faire tard et il était temps pour tout le monde d'aller grappiller quelques heures de sommeil avant d'attaquer à nouveau demain aux aurores. Tant qu'ils n'auraient pas trouvé Rose, aucun d'entre eux n'avait envie de se reposer sur ses lauriers.

« Raconte-moi ce que tu as fait, ce soir. On a une piste quelconque ? »

Gordon n'avait pas l'air très fier de lui. « Oui, peut-être. J'ai demandé à un type de l'informatique de hacker l'ordinateur privé de Rose.

— Euh… d'accord… ? »

En réalité, Carl n'était pas sûr de vouloir entendre les détails. La police des polices n'aimerait pas beaucoup ça, si cela devait se savoir.

« Ne vous inquiétez pas, Carl, ça m'a coûté un billet de mille, mais le gars ne dira rien. »

Et il pensait le rassurer !

« Pas de précisions, Gordon, merci ! Et alors, tu as pu mettre la main sur ses mails ?

— J'aurais préféré que vous ne me confiiez pas ce boulot, Carl. J'ai beaucoup de mal à gérer tout ça, pour tout vous avouer. »

Voilà qui n'était pas bon signe. « Tu commences à m'inquiéter, Gordon. Qu'est-ce que tu as découvert ?

— J'ai découvert que je ne connais pas du tout la Rose qui…

— Qui quoi, Gordon ?

— Est-ce que vous avez une idée du nombre de contacts masculins qu'elle a dans son répertoire ? Et combien de mails elle a échangés avec eux ? Et à combien d'entre eux elle a donné rendez-vous pour baiser ? Ce sont ses propres termes, Carl. » Il baissa la tête, malheureux. « Rien que depuis que je la connais, elle a… » Il arrivait à peine à le dire. « … D'après mes calculs, elle aurait couché avec plus de cent cinquante hommes. »

Carl ne savait que penser. Il était vaguement impressionné par une telle énergie sexuelle et se demandait comment elle trouvait le temps d'avoir autant d'amants. Il regarda Gordon qui se mordait la lèvre pour ne pas se laisser submerger par ses sentiments.

« Je suis désolé de devoir te poser cette question, Gordon, mais as-tu eu l'impression que, parmi tous ces hommes, il y en ait un avec qui elle avait noué une relation particulière ? »

Il fit une grimace. « Quelques-uns, oui. Enfin, si vous voulez parler de types avec qui elle a couché plus d'une fois.

— Je ne sais pas exactement de quoi je veux parler. Des hommes qu'elle revoyait pour une raison ou une autre.

— Oui. Il y en a quelques-uns. Quatre, pour être tout à fait précis. Et je les ai appelés tous les quatre.

— Bravo.

— Trois étaient assez mal à l'aise. Je crois que j'ai un peu dérangé la paix familiale devant le poste de télévision. En tout cas, ils ont filé dans la cuisine aussitôt que j'ai fait état de la raison de mon appel. Ils n'ont pas osé refuser de répondre à mes questions parce que je me suis présenté comme enquêteur de la police criminelle. » Il sourit vaguement de sa propre légèreté avant que la pesanteur du sujet ne revienne assombrir son visage. « Elle n'était chez aucun d'entre eux, et trois ont ajouté "Dieu soit loué !" Ils l'ont tous décrite comme une folle furieuse quand il s'agissait de sexe. Il paraît qu'elle les traitait comme des esclaves et qu'elle était tellement violente et dominatrice qu'ils mettaient plusieurs jours à s'en remettre.

— Et le quatrième ?

— Il ne se souvenait pas d'elle. Je le cite : "Comment veux-tu que je me rappelle, mon pauvre vieux ? Je baise tellement de gonzesses qu'il me faudrait un logiciel spécial pour les répertorier." »

Carl soupira. Voir Gordon confronté à une telle désillusion lui fendait le cœur. Le pauvre garçon aimait Rose d'amour tendre et il tombait de haut. Il était contraint de faire une pause et de pincer les lèvres pour ne pas pleurer entre chaque phrase. Il n'aurait pas dû lui confier ce travail, mais c'était trop tard pour y penser.

« Je suis désolé, Gordon. Je sais ce que tu ressens pour Rose et tout cela doit être particulièrement difficile pour toi. Mais tu sais combien c'était le chaos dans sa tête depuis tant d'années, et je crois sincèrement qu'elle faisait tout ça pour oublier. »

Gordon était amer. « Drôle de façon de se soigner. Elle n'avait qu'à venir nous parler, bon Dieu ! »

Carl déglutit. « Elle aurait peut-être pu te parler à toi, Gordon, mais elle ne pouvait pas se confier à Assad, et encore moins à moi. »

Les sourcils de la grande perche formèrent deux accents circonflexes. « Pourquoi dites-vous cela, Carl ?

— Parce que nous sommes des gens dangereux, Gordon. Dès que nous avons un soupçon, nous ne pouvons pas nous empêcher de creuser, et Rose le sait mieux que quiconque. Avec toi, c'est différent, car Rose et toi, vous n'êtes pas seulement collègues. Vous êtes aussi des amis. Elle aurait dû savoir qu'elle pouvait te parler et que tu l'aurais écoutée et consolée. Peut-être même que tu aurais pu l'aider. Je crois que tu as raison sur ce point. »

Gordon s'essuya les yeux et posa sur Carl un regard perçant.

« Je vois à votre tête que vous me cachez quelque chose à propos de Rose, Carl. Dites-moi ce que c'est.

— Tu le sais aussi bien que moi, Gordon. Il y a de fortes probabilités pour que Rose ait tué son père. Qu'elle l'ait fait en toute conscience ou pas, directement ou indirectement, je n'en sais rien, mais une chose est sûre, elle n'est pas étrangère à ce qui lui est arrivé.

— Et qu'est-ce que vous avez l'intention de faire à ce sujet ?

— Ce que j'ai l'intention de faire ? Je vais commencer par essayer de découvrir la vérité et je l'aiderai comme je pourrai à partir de là. Tu ne crois pas que c'est notre rôle ? Lui donner une chance d'avoir une vie meilleure.

— Vous parlez sérieusement ?

— Oui.

— Et Assad ?

— Il est du même avis. »

Un mince sourire éclaira le visage sombre de Gordon. « Il faut qu'on la retrouve, Carl.

— Alors toi aussi, tu penses qu'elle est vivante ?

— Oui. » Ses lèvres tremblaient. « Je suis incapable d'imaginer qu'elle ne le soit pas. »

Carl hocha la tête. « Est-ce que tu crois qu'il y a quelqu'un d'autre, parmi ses cent quarante-six amants, qui se souvient d'elle ? »

Gordon soupira. « Je me suis posé la même question après avoir parlé aux quatre qui semblaient sortir du lot. Mais j'avoue que je ne savais pas par quel bout commencer alors je les ai tous appelés, un par un. Je les ai tous eus au bout du fil, à raison d'un à la minute, environ. Je leur ai simplement dit : "Allô, ici la police criminelle. Nous avons appris qu'une personne recherchée, Rose Knudsen, pourrait s'être réfugiée chez vous. Est-ce le cas ?"

— Rien ne les empêchait de te mentir.

— Vous voulez rire ! Il n'y en a pas un qui avait l'air assez malin pour me mentir. C'est peut-être ce qui m'a fait le plus de mal. À part les trois premiers, ils avaient tous l'air d'avoir une bite à la place du cerveau, Carl. Ces types étaient cons comme des manches. Ils n'ont pas pu me cacher quoi que ce soit.

— Je vois. »

Carl était sidéré. Il n'avait pas vu une telle confiance en soi chez un homme depuis le jour où, à l'âge de seize ans, il avait vu dans son miroir qu'il commençait à lui pousser des favoris.

« Y avait-il parmi eux quelqu'un qui vive en Suède ?

— Non. Et aucun ne portait de nom suédois.

— Et dans ses autres mails… plus normaux, tu n'as rien remarqué de spécial ? Réservations de chambres d'hôtel, échanges avec ses sœurs ou avec sa mère, ou éventuellement avec Rigmor Zimmerman ?

— Rien de concluant. Les rares mails qu'elles s'écrivaient traitaient de sujets banals. Rose demandait à Rigmor une recette de cuisine, ou bien c'était Rigmor qui demandait à Rose un renseignement sur un sujet quelconque, ou bien elle avait besoin qu'elle lui garde sa clé. Il était souvent question de clés, d'ailleurs. Apparemment, Rigmor avait un problème avec ça. Elle les perdait régulièrement. Elles parlaient de films qu'elles avaient vus au cinéma, ou des dernières questions du syndic de la résidence Sandalparken. Rigmor lui demande dans un mail si elle viendra à la réunion de copropriété, si elles ne pourraient pas y aller ensemble, ce genre de choses. Bref, rien qui puisse nous aider. En quoi est-ce que ça nous avance de savoir qu'elle avait des problèmes avec sa fille et sa petite-fille et qu'elle se faisait du souci pour elles ? »

Carl lui donna une tape sur l'épaule. Le pauvre garçon était dévoré de jalousie et de chagrin. C'était la deuxième fois en peu de temps qu'il voyait partir sa dulcinée.

Carl avait à peine eu le temps de passer la porte de chez lui que Morten courut à sa rencontre.

« J'ai essayé de te joindre toute la soirée, Carl. Tu as encore oublié de charger ton téléphone ou quoi ? »

Carl sortit son portable de sa poche. Plus de son, plus d'image.

« Tu veux bien aller le mettre en charge, s'il te plaît ? C'est exaspérant de ne pas pouvoir te joindre quand on a besoin de toi. Hardy ne va pas bien du tout ce soir. »

Oh, non. Carl n'avait plus la force d'entendre d'autres mauvaises nouvelles aujourd'hui.

« Il s'est plaint de violentes douleurs au bras gauche et dans la poitrine, du côté gauche. Il paraît que c'était comme des décharges électriques. J'ai dû appeler Mika, puisque tu ne répondais pas. J'ai eu peur qu'il soit en train de faire un infarctus ! Que voulais-tu que je fasse ? » Il arracha démonstrativement le téléphone des mains de Carl et le relia au chargeur qui restait toujours branché dans l'entrée.

« Qu'est-ce que vous fabriquez, tous les deux, à une heure pareille ? » plaisanta Carl en entrant dans le salon où, manifestement, Mika avait fait son possible pour créer une atmosphère apaisante. Hormis l'absence de papier peint en velours sur les murs, on se serait cru dans un restaurant pakistanais de Bayswater Road à Londres. Bâtons d'encens, bougies et *world music* avec sitars et flûte de Pan comme s'il en pleuvait.

« Qu'est-ce qui lui arrive, Mika ? » demanda Carl à l'athlète tout de blanc vêtu avec un regard inquiet vers la tête de Hardy endormi qui émergeait tout juste de la couette.

« Il a fait une crise de panique. Ce qui n'a rien d'étonnant, expliqua-t-il, parce que je crois que ce soir il a ressenti de réelles douleurs et pas uniquement des douleurs fantômes. J'ai vu son épaule bouger très légèrement dans son sommeil, comme s'il essayait de la soulever pour éviter le contact avec le drap. Regarde. »

Mika souleva délicatement la couette et Carl observa sans rien dire les minuscules mouvements qui agitaient l'épaule de son ami paralysé, comme des tics au coin d'un œil.

« Qu'est-ce que cela signifie, tu crois ? demanda-t-il, grave.

— Cela signifie que dès demain, je vais me mettre en relation avec deux excellents neurologues que j'ai rencontrés pendant un stage de formation. Hardy est vraisemblablement en train de récupérer de la sensibilité dans certains petits groupes de muscles secondaires. Je suis comme toi, je n'y comprends rien. Normalement, avec son diagnostic initial, cela relève de l'impossible. J'ai dû lui donner une dose massive de tranquillisants avant de réussir à le calmer. Il dort profondément depuis une heure. »

Carl était bouleversé.

« Tu crois que… ?

— Je ne crois rien du tout, Carl. Je sais seulement

que ça a dû être épuisant pour Hardy d'avoir brusquement retrouvé des sensations dans des parties de son corps qui n'existaient plus pour lui depuis neuf ans.

— J'ai allumé ton téléphone, Carl, et maintenant, il sonne ! » cria Morten de la cuisine.

Son téléphone sonnait à cette heure-ci ? Et alors, qu'est-ce que ça pouvait lui faire ?

« C'est Lars Bjørn », précisa Morten.

Carl regardait Hardy dans son lit. Il avait la gorge serrée en voyant son visage crispé par la douleur dans son sommeil.

« Oui, répondit-il simplement en prenant la communication.

— Vous êtes où ? demanda Lars Bjørn, non moins laconique.

— Chez moi. Où voulez-vous que je sois à cette heure-ci ?

— Assad était encore à la préfecture, il est avec moi.

— Ah, alors il vous a parlé de la percée d'aujourd'hui. Dommage, je me faisais une joie de…

— Je ne sais pas de quelle percée vous parlez. Nous sommes au croisement de la rue Bernstorffsvej et de la rue Hellerupsvej en présence d'une certaine Denise Zimmerman, qui est recherchée dans tout le Danemark. Elle est couchée en travers du capot d'une Golf noire et tout ce qu'il y a de plus mort. Est-ce que vous pensez que vous pourriez rappliquer ici fissa ? »

De nombreux gyrophares illuminaient le carrefour et cela faisait plusieurs heures que cela durait, ainsi qu'il en fut informé par l'agent qui le laissa passer sous le cordon de sécurité de la police.

« Que s'est-il passé ? » demanda-t-il au petit groupe rassemblé près des épaves en regardant les techniciens de la scientifique s'affairer. Il y avait Terje Ploug, Lars Bjørn, Bente Hansen et Assad. On aurait eu du mal à réunir plus de gens compétents que cette petite clique.

Bjørn le salua de la tête. « Plutôt spectaculaire comme accident de la route, hein ? » grogna-t-il.

Carl contempla les deux véhicules enchevêtrés. La Golf avait percuté l'avant gauche de la Ford Ka, exposant le bloc-moteur à l'air libre, puis les deux voitures avaient tourné l'une autour de l'autre. Le pare-brise de la Ford avait éclaté, les airbags s'étaient déclenchés et la femme couchée à présent sur le capot de la Golf avait apparemment été propulsée hors de la Ford.

« Elle a dû être tuée sur le coup, commenta Carl à haute voix.

— Sûrement, mais pas ici, répliqua Bjørn, je crois que la balle qu'elle a dans le corps l'a eue en premier.

— Pardon ?

— Elle a été tuée par balle, Carl. Et c'est arrivé plusieurs heures avant l'accident qui s'est produit ici. La rigidité cadavérique est complète. L'accident est arrivé il y a environ deux heures et le médecin pense qu'elle est morte depuis au moins sept. »

Tuée par balle ? Carl contourna la morte et l'expert qui était en train de prendre ses empreintes digitales. À la manière dont le bras était dressé en l'air, figé, il semblait évident, en effet, qu'elle n'était pas décédée dans cet accident de voiture. Il se pencha pour examiner de plus près les yeux ouverts de la fille. Elle était vraiment très morte.

« Salut, Carl », dit Assad. Pour avoir l'air plus fatigué que maintenant, il aurait fallu qu'il soit mort, lui aussi. Il fit un signe par-dessus son épaule qui semblait être un avertissement et Carl regarda dans cette direction. Olaf Borg-Pedersen essayait d'attirer son attention, entouré de toute l'équipe de *Station 3*.

« Oui, Carl ! dit Lars Bjørn. C'est pour ça que je vous ai fait venir. Je vous charge de les divertir. Et cette fois-ci, mettez-y du vôtre. Je peux compter sur vous ? »

Le sourire de Bjørn était un peu trop large pour cet homme qui était à ses yeux l'incarnation du bonnet de nuit.

« Je vous laisse broder sur le fait que le plus surprenant dans cette affaire est que la voiture est enregistrée au nom d'une certaine Anne-Line Svendsen. Et au cas où vous ne vous souviendriez plus qui est Anne-Line Svendsen, Pasgård, que vous voyez là-bas en train de rigoler tout seul, sera ravi de vous rappeler qu'il s'agit de l'assistante sociale qui traitait les dossiers de Michelle, de Denise et également d'une troisième victime du chauffard, ainsi que de la jeune Islandaise tuée près du Victoria. Allez les voir et dites à Borg-Pedersen que s'ils veulent bien retenir un petit peu cette information, nous leur promettons de leur donner tout ce qu'ils voudront dès que nous-mêmes en saurons un peu plus. » Il donna à Carl une petite tape d'encouragement tout à fait déconcertante. « Quand nous serons revenus à l'hôtel de police, je voudrais faire un tour dans votre salle de situation. Vous m'avez fait réfléchir. J'avoue être assez impressionné par la façon dont vous avez établi un lien entre toutes ces affaires. Mais je ne vous retarde pas plus, Carl. Allez vous occuper de la télévision. »

Carl fronça les sourcils. Il allait envoyer ces cons avec leur caméra interroger l'inénarrable Pasgård, la vedette de la soirée. Car Carl ne savait rien.

« Juste une chose, Lars. Qu'est-ce que vous avez dit à la presse sur l'identité de la victime ?

— La vérité, qu'il s'agit de la femme recherchée, Denise Zimmerman. »

Carl imagina la réaction de Birgit Zimmerman en apprenant aux infos que sa fille était morte. Serait-elle toujours disposée à signer ses aveux au vu des circonstances ?

Il prit rapidement congé de ses collègues et entraîna Assad à part.

« Qu'est-ce que tu sais ? »

Assad lui montra la Ford Ka. « Qu'il y a un revolver muni d'un silencieux artisanal sur le plancher de cette voiture, côté passager, et qu'on ne sait pas encore de quoi elle s'est servie pour le fabriquer. Apparemment, il s'agirait d'un filtre à huile sur lequel on aurait retrouvé les empreintes de Denise. Mais je pense qu'on ne va pas tarder à en avoir la confirmation.

— Qui conduisait et où se trouve cette personne, à présent ? »

Il haussa les épaules. « Des gens dans l'immeuble ont vu une femme sortir de la voiture en ouvrant la portière côté conducteur à grands coups de pied et s'en aller par là, répondit Assad en pointant l'index vers le coin de la rue.

— L'assistante sociale ?

— On n'en est pas sûrs, mais pour l'instant, c'est ce qu'on suppose. La police s'est rendue à son domicile il y a une demi-heure, mais elle n'y était pas. On la cherche.

— Et le conducteur de la Golf ?

— Il a été hospitalisé à Gentofte, en état de choc.

— OK. Qu'est-ce que tu leur as dit à propos de Birgit Zimmerman et de James Frank ? »

Assad eut l'air un peu surpris par la question.

« Rien du tout, Carl. Pourquoi ? C'est pressé ? »

Ils eurent le temps de dormir deux petites heures, chacun dans son fauteuil au département V, avant que Lars Bjørn les convoque dans son bureau. Il manquait visiblement de sommeil, mais il ne lui serait pas venu à l'idée de se plaindre d'avoir des cernes sous les yeux ou d'être encore debout à une heure moins le quart du matin alors qu'une affaire était sur le point d'être résolue et que de nombreuses autres attendaient de l'être.

« Servez-vous un café », leur proposa-t-il avec une cordialité inédite, en faisant un signe de tête vers une bouteille thermos.

Ils déclinèrent.

« Allez, ne me faites pas languir, je vois bien à vos têtes que vous avez quelque chose pour moi », dit-il, impatient.

Carl sourit, amusé. « D'accord, mais je ne veux pas me faire engueuler parce que je me suis mêlé des affaires des autres !

— Tout dépend où vous en êtes. »

Carl et Assad échangèrent un regard. Alors, ils ne risquaient rien.

Ils prirent leur temps pour expliquer tout ce qu'ils avaient découvert et Bjørn ne les interrompit pas mais son langage corporel disait son étonnement. Qui pouvait se vanter d'avoir vu un jour le patron bouche bée et les yeux écarquillés ? Il en oublia son café.

« C'est incroyable ! » dit-il quand ils eurent terminé.

Il s'enfonça dans son fauteuil directorial pleine peau. « C'est du bon boulot, messieurs. Vous l'avez dit à Marcus ?

— Nous tenions à ce que vous soyez le premier informé, Lars », répondit Carl.

Bjørn eut l'air presque ému.

« Et comment se fait-il que vous n'ayez arrêté ni Birgit Zimmerman ni ce James Frank ?

— Nous avons préféré vous laisser cet honneur. »

On aurait dit un gosse devant un arbre de Noël.

« Parfait. Alors, en contrepartie, je vous laisse le plaisir d'arrêter Anne-Line Svendsen. Un prêté pour un rendu. Ha ha.

— Pourquoi, on l'a localisée ?

— Non, justement ! Comme ça vous avez encore un peu de pain sur la planche ! »

Il jubilait, Carl n'en revenait pas.

On frappa à la porte et, sans attendre d'y être invité, Pasgård apparut sur le seuil.

« Ah, vous êtes là ? » constata-t-il, contrarié, en voyant Carl et Assad. « Mais ça tombe bien finalement, vous allez pouvoir admirer un policier dans toute sa gloire. »

Carl était impatient de voir ça.

« Regardez bien messieurs ! Voici les aveux complets du meurtrier de Stephanie Gundersen et de Rigmor Zimmerman. Signés et tout et tout. J'ai passé la nuit à faire mon rapport. »

Il posa une chemise ultra-fine sur le bureau. Le dossier ne devait pas faire plus de trois pages.

Lars Bjørn regarda le mince tas de feuillets dactylographiés et hocha la tête d'un air appréciateur. « Bravo, Pasgård, je suis fier de vous. Alors, ne nous faites pas languir. Qui est le coupable et comment l'avez-vous retrouvé ? »

Pasgård dodelina de la tête avec coquetterie. « Disons qu'il s'est présenté de lui-même, mais que j'ai remis les éléments de son témoignage dans leur juste contexte.

— Formidable. Et on peut savoir comment il s'appelle ?

— Mogens Iversen. Il habite Næstved à l'heure actuelle, mais il a des accointances à Copenhague. »

Pasgård était extraordinairement sûr de son fait.

Carl sourit en pensant au regard du même Mogens Iversen quand il lui avait juré sur tout ce qu'il avait de plus cher que plus jamais il ne viendrait ennuyer la police avec de faux aveux. Il haussa les épaules avec un regard vers Bjørn et Assad qui retenaient leur souffle tandis que leurs visages un peu pâles tout à l'heure viraient progressivement au violacé.

Quand les trois hommes renoncèrent simultanément à garder leur sérieux et qu'ils éclatèrent d'un fou rire comme on n'en n'avait sans doute encore jamais entendu dans ce bureau, le pauvre Pasgård n'y comprit goutte.

52

Lundi 30 mai 2016

Anneli sanglotait de frustration et de rage.

Le moment où elle s'était extirpée de la ceinture et enfuie s'était effacé de sa mémoire. Il ne restait à présent que l'image du jeune homme inconscient et du corps sans vie de Denise sur le capot de la voiture.

Elle avait couru comme jamais elle n'avait couru de toute sa vie. Elle n'avait jamais été en très bonne condition physique, mais ce soir, elle s'était rendu compte à quel point son corps était devenu lourd et flasque et cela lui avait fait peur.

Tandis que la sueur dégoulinait et que sa gorge brûlait, elle avait essayé de se convaincre que c'était à cause de la radiothérapie.

Mais comment cela avait-il pu arriver ? Comment une seule seconde d'inattention avait-elle pu suffire à détruire sa vie à jamais ? C'était à peine croyable. Elle avait pris tellement de précautions. Et à présent, tous ses rêves et tous ses projets étaient réduits à néant. Son excès d'orgueil lui revenait dans la figure tel un boomerang et alors que tout semblait lui sourire, elle se retrouvait là, sur cette allée résidentielle déserte, sans savoir où aller.

Pourquoi ai-je été assez bête pour prendre ma propre voiture ? se reprochait-elle. Pourquoi ne me suis-je pas arrêtée pour attacher correctement le cadavre ? Pourquoi ai-je perdu mon sang-froid ?

Elle s'assit sur un coffret de dérivation de câbles Internet et elle réfléchit fébrilement à ce qui pourrait la sauver de ce désastre, à une explication à donner, à ce qu'elle devait faire à présent si elle voulait sortir de cette impasse.

Il y avait un quart d'heure que l'accident s'était produit, les sirènes des voitures de police et des ambulances résonnaient dans tout le quartier, elle n'avait plus une minute à perdre.

Elle fractura la porte d'un vieux fourgon blanc stationné non loin du boulevard Lyngbyvej et parvint à le faire démarrer en moins de trois minutes à l'aide de sa lime à ongles. Au moins, ses nombreux et très soigneux préparatifs n'avaient pas été inutiles.

À côté d'elle sur la banquette était posé le sac en toile avec la grenade et l'argent, ce qui représentait tout de même une consolation, se dit-elle en effectuant le trajet jusqu'à chez elle.

Je partirai après mon rendez-vous à l'hôpital, décida-t-elle quand elle fut arrivée dans son appartement. Je leur demanderai de me rendre mon dossier et j'irai soigner mon cancer ailleurs. C'était son plan de secours numéro un. Prendre un avion et aller se construire une existence à l'autre bout du monde.

Je n'ai pas besoin de ça puisque je vais vivre dans un endroit chaud pour le restant de mes jours, songea-t-elle en remettant ses pull-overs dans le placard. Je vais emporter tout ce que j'ai de plus précieux et s'il me manque quelque chose, je l'achèterai sur place.

C'est à cela qu'elle pensait en faisant ses bagages, jusqu'au moment où elle sortit son passeport d'un tiroir et s'aperçut qu'il était périmé.

Anneli payait à présent toutes ces années sans jamais partir en voyage et sans faire l'effort de sortir de son train-train quotidien. Elle ne pouvait tout simplement pas s'en aller.

Elle s'effondra dans son canapé et enfouit son visage dans ses mains. Sans passeport, elle ne pouvait même pas aller en Suède. Tout ça à cause de ces incapables de politiciens.

Alors ce sera la prison, se dit-elle, tâchant en vain de retrouver l'indifférence qu'elle ressentait à cette idée. Parfois, la réalité prenait une forme très différente quand il s'agissait de la regarder en face.

Mais avait-elle une autre issue ? Elle n'était même plus en possession ni du revolver, ni du pistolet pour mettre fin à ses jours.

Anneli secoua la tête et elle éclata de rire. Tout cela était tellement grotesque.

Puis elle se redressa.

Elle pouvait mettre l'argent de côté pour plus tard. En le cachant dans la camionnette avec la grenade et en effaçant de son ordinateur toute trace des recherches qu'elle avait effectuées ces dernières semaines pour préparer ses crimes, elle avait peut-être une chance de s'en tirer ? Elle n'aurait qu'à déclarer le vol de sa voiture à la police. Pourquoi pas ? Elle le ferait demain matin, à la première heure. Cela paraîtrait plus plausible. Elle dirait qu'elle s'était fait excuser à son travail parce qu'elle ne se sentait pas bien, qu'elle était restée au lit depuis la veille et ne s'était aperçue du vol qu'à son réveil en regardant par la fenêtre de son salon.

Ils lui demanderaient sûrement ce qu'elle faisait à l'heure où l'accident s'était produit et elle répondrait que pour oublier la douleur, elle avait passé la soirée devant son film préféré, qu'elle voyait pour la dixième fois, et qu'elle s'était endormie devant la télévision. D'ailleurs le DVD devait encore être dans le lecteur.

Elle se leva, sélectionna *Love Actually* et inséra le disque dans le lecteur.

Ce serait son alibi.

Elle regarda autour d'elle dans la pièce, remit ses vêtements en place et rangea la valise. Elle rassembla toutes les coupures de journaux et tous les articles copiés sur Internet concernant les meurtres du chauffard et les voitures volées et emporta le tout dans le fourgon avec le sac en toile et la grenade.

Ensuite, elle se changea, mit une nouvelle paire de chaussures et jeta tout ce qu'elle portait dans un sac qu'elle fourra à l'arrière de la camionnette avec le reste.

En partant le plus vite possible, elle avait le temps de disperser les objets gênants dans différentes poubelles de la capitale et de sa banlieue. Ni vu ni connu.

Enfin, il y avait son ordinateur. Lui aussi, elle devait le sacrifier, et bien qu'elle ait l'intention de le jeter dans un lac, il fallait quand même effacer l'historique et tous les fichiers compromettants. Elle irait une dernière fois sur Internet pour voir comment faire.

Quand au bout d'une heure tout fut terminé, quand elle fut convaincue qu'il ne restait plus rien dans l'appartement qui puisse la trahir, Anneli sortit.

Si on lui demandait si elle avait des soupçons sur quelqu'un, elle dirait, comme la dernière fois que la police l'avait interrogée, que les filles et leurs petits amis essayaient sans doute de lui faire porter le chapeau pour leurs bêtises. Qu'elle avait parfaitement conscience qu'elles ne l'aimaient pas, mais qu'elle ne pensait tout de même pas qu'elles la haïssaient à ce point.

Anneli était de retour à deux heures vingt-cinq. Allongée sous sa couette, elle se dit qu'à présent il s'agissait de garder son sang-froid et d'essayer de dormir quelques heures afin d'être reposée pour affronter les épreuves du lendemain. Elle posa son iPad à côté d'elle et répéta plusieurs fois, pour s'entraîner : « Mon PC a rendu l'âme et je suis obligée d'aller au bureau pour mettre les dossiers à jour. Pour le reste, je me débrouille avec ce truc-là. »

Anneli mit son réveil à cinq heures et demie du matin. Elle appellerait le commissariat pour déclarer le vol de sa Ford Ka, puis elle irait garer le fourgon à Pétaouchnock et prendrait un train pour rentrer en ville.

Elle louerait ensuite un vélo avec un panier pour trimballer avec elle le sac en toile contenant la grenade et le fric. Elle avait vu une boutique rue Gasværksvej qui louait des vélos et qui ouvrait à neuf heures du matin. Ensuite, elle ferait le tour de Copenhague en demandant à tous les agents de la circulation qu'elle rencontrerait s'ils avaient vu sa voiture. À certains, elle glisserait un billet de cinquante couronnes et son numéro de téléphone et leur demanderait de la prévenir s'ils voyaient passer sa Ford Ka. Elle prendrait leurs noms et tenterait de les retenir.

Il faut aussi que je pense à appeler ma chef pour lui dire que je me suis fait voler ma voiture et que je ne pourrai venir travailler qu'après ma radiothérapie, qui est à treize heures, se dit-elle. La police l'attendait peut-être à son bureau ? C'était même assez probable.

Elle sourit. En tout cas, le policier chargé de l'enquête ne lui faisait pas peur.

Si elle racontait bien son histoire, il la prendrait pour argent comptant, surtout la partie où la pauvre femme atteinte d'un cancer faisait tout le tour de la ville à vélo pour retrouver sa chère petite voiture qu'elle aimait tant.

53

Mardi 31 mai 2016

Carl et Assad sonnèrent à la porte d'Anne-Line Svendsen, rue Webersgade, à six heures vingt du matin, mais personne ne vint leur ouvrir.

Dix minutes plus tôt, l'hôtel de police les avait appelés pour les prévenir qu'Anne-Line Svendsen avait déclaré le vol de sa voiture et que, malheureusement, elle ne pouvait donner aucune précision sur l'heure du vol mais qu'elle supposait que ça s'était passé entre vingt heures et vingt et une heures.

La question était évidemment de savoir si elle disait la vérité.

Après que Bjørn, Assad et Carl se soient suffisamment amusés de la bourde de Pasgård et de son faux coupable, l'inspecteur s'était vengé en déclarant qu'il y avait un moment qu'il avait Anne-Line Svendsen dans le collimateur et qu'il l'avait déjà soumise à un interrogatoire. Malheureusement, bien que plusieurs éléments permettent de la relier aux quatre victimes, il semblait qu'elle soit tout à fait blanc-bleu. C'était l'expression qu'il avait employée.

Pasgård leur avait conseillé de s'intéresser plutôt à la fille qui connaissait à la fois Denise Zimmerman et Michelle Hansen, la dénommée Jazmine Jørgensen, qui, d'après le témoignage de Patrick Pettersson, était présente à la fois à l'hôpital et sur le selfie pris par Michelle.

D'après lui, on ne pouvait pas exclure que cette Jazmine soit l'une des deux responsables du hold-up de la discothèque Victoria. Son principal argument, incontestable, était qu'il y avait toujours cent quarante-cinq mille couronnes qui se promenaient dans la nature. Un mobile suffisant pour tuer. Où était l'argent ? N'y avait-il pas amplement lieu de braquer les projecteurs sur Jazmine ?

Le problème était que ladite Jazmine avait littéralement disparu de la circulation. On avait appelé son domicile et joint une personne qui disait être sa mère et se plaignait que tout le monde lui demande où était Jazmine alors qu'elle-même n'en avait aucune idée. Elle n'était pas un bureau de renseignements.

Pour l'instant, avait admis Pasgård, on ne l'avait pas recherchée très activement, mais lui et son équipe ne manqueraient pas de s'y atteler dès qu'ils auraient tous dormi un petit peu. Maintenant qu'ils n'avaient plus besoin de chercher Denise, ils allaient pouvoir concentrer leur temps et leur énergie sur Jazmine Jørgensen.

« Elle n'est pas là, chef », constata Assad quand il jugea qu'ils avaient passé assez de temps à poireauter devant la porte d'Anne-Line Svendsen. « Elle est drôlement matinale, quand même. Vous croyez qu'elle est partie travailler ? »

Carl secoua la tête et regarda l'heure. Embaucher à cette heure-ci ? Dans le secteur public ? Impossible. Il était plus vraisemblable qu'elle soit derrière cette porte et qu'elle refuse de leur ouvrir. Pour fouiller la maison, il avait besoin d'un mandat de perquisition qu'ils obtiendraient au mieux dans deux heures.

Il réfléchit. Pour quelle raison se montrerait-elle soudain réticente à leur parler ? Jusqu'ici, elle s'était montrée coopérative et sa culpabilité était moins évidente maintenant qu'elle avait déclaré sa Ford Ka volée. Aucun témoin n'avait pu décrire précisément l'individu qui avait quitté les lieux après l'accident. Tous s'accordaient seulement à dire qu'il s'agissait d'une femme.

« Elle n'a peut-être pas passé la nuit chez elle, chef. Après tout, elle est majeure et vaccinée, fit remarquer Assad. C'est à quelle heure déjà que la police est venue à son domicile ?

— Un peu avant minuit, je crois.

— Et ils n'ont laissé personne en planque devant la maison ?

— Non, pas que je sache.

— Alors moi, je crois qu'elle n'est pas rentrée cette nuit. »

Carl recula jusqu'au trottoir. La fatigue l'empêchait d'avoir les idées claires.

« Alors attendons l'ouverture des bureaux et mettons-nous en quête de Jazmine Jørgensen. Qu'en penses-tu ? »

Assad haussa les épaules. Il se voyait probablement déjà en train de roupiller à la place du passager, mais Carl ne l'entendait pas de cette oreille et il ne reculerait devant aucun sacrifice pour l'en empêcher, y compris d'écouter à fond les bavardages insipides des chroniqueurs de Radio P3.

« Qu'est-ce qu'on sait de cette Jazmine ? » demanda Assad qui, contre toute attente, avait l'air parfaitement réveillé.

Carl renonça à allumer la radio.

« Ce qu'on sait ? Pas grand-chose. La supérieure d'Anne-Line Svendsen a remis à Pasgård une liste de ses clientes, le jour où il est allé l'interroger au Centre d'action sociale. Lars Bjørn lui a demandé de la scanner et d'en envoyer une copie par mail à tous ceux qui travaillent de près ou de loin sur l'affaire, ainsi qu'un tirage du selfie de Michelle Hansen que le service informatique a réussi à extraire de son téléphone. Il a recommandé à Pasgård de ne pas nous oublier dans son mailing, ce qui l'a beaucoup agacé. Vérifie tes mails. »

Quelques secondes plus tard, Assad parcourait le document.

« Il y a deux Jazmine sur la liste, mais je pense que nous parlons de celle-ci. Il y a son numéro de Sécurité sociale, un numéro de portable et une adresse. Et puis il y a une annotation qui précise que le numéro est celui de sa mère. Apparemment, elle habiterait chez elle.

— Alors allons-y. C'est où ?

— Au port sud, rue Borgmester Christiansens Gade. Mais pourquoi on ne l'appelle pas ? »

Carl lui lança un regard sévère. Assad avait clairement envie d'en finir et de rentrer dans leur sous-sol faire un somme en attendant l'heure où on leur délivrerait un mandat de perquisition.

« Parce que si Jazmine se trouve à cette adresse et qu'elle a une quelconque raison pour éviter la police, tu t'imagines bien que sa mère va nous répéter qu'elle ignore où se trouve sa fille. Et si Jazmine se dit que nous risquons de débarquer suite à notre coup de fil, elle va s'empresser de filer. Qu'en penses-tu ? Tu ne crois pas qu'il serait plus malin d'aller directement sonner à sa porte ?

— Cela ne l'empêchera pas de filer par l'escalier de service, chef. »

Carl poussa un soupir. « Alors, nous nous garerons aussi près que possible de son immeuble et nous surveillerons la porte après l'avoir prévenue de notre visite par téléphone. Comme ça, elle croira qu'elle a le temps de disparaître et il ne lui viendra pas à l'idée de passer par la porte de service. »

La barbe naissante d'Assad se fendit en un gigantesque bâillement.

« Je suis trop fatigué pour réfléchir, chef. Faites comme vous voulez. »

Carl ne pensait pas entendre un jour cette phrase-là.

Ils trouvèrent une place à moins de vingt-cinq mètres de l'immeuble, une distance sur laquelle ils devraient être capables de courir au cas où Jazmine tenterait de leur échapper.

À quoi est-ce qu'elle ressemble, déjà ? se demanda Carl. Il devait être plus fatigué qu'il ne le pensait.

« Montre-moi ce selfie s'il te plaît. »

Assad lui tendit le portable.

« C'est quand même bizarre, dit-il. Il y a à peine deux semaines que cette photo a été prise, et deux de ces filles sont mortes. La mort des jeunes est un des aspects de ce métier auxquels je ne m'habituerai jamais. » Il secoua la tête. « De ravissantes jeunes femmes qui passent un bon moment ensemble au soleil et soudain, elles ne sont plus. C'est une bonne chose finalement qu'on ne puisse pas connaître son avenir.

— Jazmine, c'est celle qui est à droite, avec les cheveux très longs. Vous croyez que ce sont ses cheveux ? »

Carl en doutait, et il réalisa qu'Assad avait raison, une fois de plus. Ils devaient se montrer particulièrement attentifs. Ce genre de filles étaient de vrais caméléons. Blondes un jour et brunes le lendemain. Perchées sur des talons aiguilles, ou à plat dans une paire de sandales. Même la couleur de leurs yeux était aujourd'hui un facteur variable.

« Je suis sûr que je serais capable de la reconnaître n'importe où », déclara Assad en touchant le bout de son nez.

Carl appela le numéro qui était sur la liste et dut attendre plusieurs sonneries avant qu'on décroche.

« Vous êtes au courant qu'il n'est même pas sept heures ? demanda une voix de femme peu aimable.

— Je suis désolé, madame Jørgensen. Inspecteur Carl Mørck à l'appareil. J'espérais que vous pourriez me renseigner sur l'endroit où se trouve votre fille en ce moment.

— Oh, il y en a marre ! » répondit la mère avant de lui raccrocher au nez.

Ils attendirent un quart d'heure en guettant la porte qui resta hermétiquement fermée.

« On y va ! » déclara Carl subitement, faisant sursauter son coéquipier. Il avait quand même trouvé le moyen de le faire, ce petit somme.

Ils trouvèrent le nom de Karen-Louise Jørgensen sur l'interphone et gardèrent le doigt sur le bouton pendant deux bonnes minutes, sans résultat. Ce qui leur parut tout de même assez suspect.

« Va surveiller la porte sur cour et ne bouge pas avant que je te le dise, Assad. »

Carl appuya sur plusieurs boutons de l'interphone jusqu'à ce qu'un des résidents de l'immeuble lui ouvre, après qu'il lui eut dit quel métier il déclarait sur sa feuille d'impôts.

Plusieurs femmes l'observaient, en robe de chambre sur le palier, quand il vint se poster devant la porte marquée « Jørgensen ».

« Auriez-vous l'amabilité de sonner pour moi ? » demanda-t-il à une vieille dame aux cheveux gris qui le regardait en tenant fermement son caftan bariolé fermé sous son menton. « Nous sommes inquiets pour la fille de Mme Jørgensen et aimerions obtenir son aide pour tâcher de la retrouver. Malheureusement, elle n'a pas l'air d'aimer beaucoup la police. » Il dégaina son plus charmant sourire et sortit son badge pour faire avancer les choses.

La vieille dame acquiesça, pleine de compréhension, et pressa prudemment le bouton de sonnette de la famille Jørgensen. « Karen-Louise », murmura-t-elle, la joue collée contre la porte, de la voix la plus douce que Carl ait jamais entendue. « C'est moi, Gerda, du quatrième. »

Pour une raison qui devait tenir du miracle, le murmure atteignit sa destinataire. Elle devait avoir l'ouïe d'une chauve-souris car, une seconde plus tard, un cliquetis de chaîne et un bruit de verrou leur indiquèrent qu'elle ouvrait enfin sa porte.

« Monsieur est venu pour t'aider avec Jazmine », dit la paisible dame en souriant. Un sourire qui ne lui fut pas rendu parce qu'au même instant, Carl mettait le pied dans la porte en brandissant sa carte de police sous le nez d'une Karen-Louise Jørgensen peu disposée à les recevoir.

« Vous n'en avez jamais assez de nous emmerder ? » dit-elle, furibonde, avec un regard de reproche à sa pauvre voisine. « C'est vous qui m'avez appelée sur mon portable tout à l'heure ? »

Carl hocha la tête.

« Et qui prenez l'interphone pour une corne de brume ?

— Oui, et j'en suis désolé, croyez-moi. Mais nous avons vraiment besoin de savoir où se trouve Jazmine, madame Jørgensen.

— Et puis arrêtez avec vos "madame Jørgensen" ! Vous ne comprenez pas ce que je vous dis ? Je ne sais pas où est ma fille.

— Si elle est ici, vous devez me le dire.

— Vous êtes sourd, ou quoi ? Si elle était chez moi pourquoi est-ce que je prétendrais que je ne sais pas où elle est ? »

La vieille dame tira Carl par la manche. « C'est vrai ce qu'elle dit, vous savez. Jazmine n'est pas venue ici depuis…

— Merci, Gerda. Maintenant, je pense que tu devrais rentrer chez toi. » Mme Jørgensen se tourna vers les autres curieux appuyés à la rampe de l'escalier. « Et ça vaut pour vous autres aussi ! Au revoir ! »

Elle secoua la tête, excédée. « Et vous, entrez et fermez la porte, que ces commères aillent jouer les fouille-merde ailleurs », ajouta-t-elle. Le parler du port sud, datant de l'époque où le quartier était encore le fief de la classe ouvrière, n'était pas mort.

« Qu'est-ce qu'elle a fait, Jazmine, pour que vous soyez tous sur mon dos ? » demanda-t-elle à Carl à travers la fumée de ce qui devait être sa première cigarette de la journée.

Carl la regarda avec un authentique respect. Cette femme avait probablement dû trimer pour tous les membres de sa famille. Ses mains étaient calleuses, les traits de son visage dénonçaient les horaires de nuit, les lourds travaux de ménage chez les autres, les années derrière une caisse de supermarché ou autres métiers de ce genre. Ce n'était pas le rire qui avait tracé ses sillons dans cette figure, mais les regrets et les frustrations.

« Nous craignons qu'elle ait participé à plusieurs actes criminels, mais je tiens à souligner que nous n'avons aucune preuve. Nous faisons peut-être erreur, cela arrive parfois, mais pour nous en assurer et pour le bien de Jazmine, nous devons…

— Je ne sais pas où elle est, l'interrompit Karen-Louise. Deux femmes l'ont appelée, récemment. La deuxième a prétendu qu'elle lui devait de l'argent, alors je lui ai dit qu'elle était partie habiter quelque part à Stenløse, dans un endroit qui porte un nom du genre Sandal… quelque chose. Je ne sais rien de plus et je ne l'ai dit à personne d'autre. »

Carl ne put contrôler sa réaction. Ce qu'il venait d'entendre lui avait coupé le souffle. La femme s'interrompit, surprise, et ses traits s'adoucirent.

« J'ai dit quoi, là ? » lui demanda-t-elle.

Carl se leva. « Vous avez dit ce qu'il fallait, Karen-Louise Jørgensen, juste ce qu'il fallait. »

« C’est elle que j’ai vue derrière le rideau de la cuisine, chef. J’en suis sûr. On aurait dû entrer.

— Oui. » Carl hocha la tête, se demandant s’il allait allumer le gyrophare. « Mais j’ai bien peur que nous arrivions trop tard et que l’oiseau se soit déjà envolé.

— J’ai un sale pressentiment, chef.

— Moi aussi, Assad.

— La porte de Rose était ouverte, nom d’un chien. Ce n’est pas normal. Et surtout pas de la part de Rose. Et elle s’est volatilisée. Quant à cette Jazmine, elle est dans l’appartement d’à côté depuis le début et je suis prêt à parier que la petite-fille de Rigmor Zimmerman, Denise, y était aussi. »

C’était la remarque dont Carl avait besoin pour déclencher la sirène. Et mettre le pied au plancher.

Quand ils furent arrivés à destination, Carl gara la voiture de service directement sur le trottoir. Assad fut le plus rapide et il avait déjà tiré son pistolet, prêt à tirer, au moment où Carl le rejoignit sur la coursive, le souffle court.

Il se tenait à côté de la porte, en position d’attaque, son arme de service à la main, quand Assad poussa la porte.

« Jazmine Jørgensen, c’est la police. Sortez les mains en l’air. Vous avez vingt secondes », cria Carl. Au bout de dix, ils entrèrent en trombe, déterminés à tirer les premiers.

L’appartement semblait désert et dégageait une forte odeur d’urine et d’excréments. Un tas de vêtements traînaient par terre dans l'entrée et, à l'autre bout du vestibule, par la porte du salon entrebâillée, on apercevait une chaise renversée sur le tapis. Rien de tout cela ne leur sembla normal.

Ils restèrent un court instant immobiles, l'oreille à la porte d'une chambre à coucher, mais n'entendirent pas un bruit.

Carl avança jusqu'au séjour et y entra dans un mouvement tout en souplesse, son pistolet de service faisant le tour de la pièce. Rien non plus.

« Tu prends la terrasse, Assad, je m'occupe de la salle à manger et des chambres. »

Carl contemplait un lit défait et une montagne de linge sale dispersé sur le sol dans la chambre du fond, quand Assad l'appela du balcon pour lui confirmer que l'oiseau s'était effectivement envolé. « Il y a un drap qui pend du balcon, chef. »

Merde, merde et remerde !

Ils se regardèrent, plantés au milieu du salon. Assad était effroyablement frustré et Carl en avait de la peine pour lui. Il avait eu la bonne intuition au bon moment et Carl l'avait coupé dans son élan.

« Je regrette, Assad. La prochaine fois, quand tu me diras que tu as vu quelque chose, je te promets de te faire confiance. »

Carl inspecta le salon et la salle à manger communicante.

Il y avait des vêtements féminins, des chaussures et de la vaisselle sale partout. Des signes indiscutables de bagarre, aussi, chaises renversées et nappe arrachée.

« Je vais jeter un coup d'œil dans la dernière chambre », dit-il. Il remarqua aussitôt la petite valise sur le lit, bouclée et prête pour le départ.

« Tu peux venir une seconde, Assad ? »

Il désigna la valise. « Qu'est-ce que tu dis de ça ? »

Assad soupira. « Je dis que la propriétaire de cette valise a été interrompue dans ses projets. J'espère juste que ce n'est pas à cause de nous. »

Carl acquiesça. « Oui, ce serait contrariant.

— Hmm. C'est ce qu'on appelle un euphémisme, pas vrai, chef ? Attendez… C'est quoi ça ? »

Assad désignait quelque chose en dessous du lit. Carl n'identifia pas l'objet avant que son coéquipier aille le ramasser du bout des doigts. C'était un billet de banque enroulé sur lui-même.

« Que diriez-vous, chef, si je suggérais que ce billet de cinq cents couronnes provenait d'une liasse plus importante et pourrait faire partie du butin de la discothèque Victoria ? ! demanda-t-il en l'agitant sous le nez de Carl.

— Je dirais que ce n'est pas impossible !

— OK, alors on fait quoi, maintenant ?

— Je suppose qu'on appelle la préfecture et qu'on leur demande d'intensifier les recherches pour mettre la main sur Jazmine Jørgensen. Il semblerait bien qu'on ait une meurtrière en cavale. »

Carl sortit son téléphone de sa poche et se dirigea vers l'entrée. Si Assad était frustré, Carl l'était dix fois plus. Non seulement ils avaient été à deux doigts d'arrêter la suspecte, mais ils auraient peut-être pu empêcher le meurtre de Denise Zimmerman. Que s'était-il passé entre Denise et Jazmine après que cette dernière s'était enfuie par la fenêtre ? Il espérait sincèrement que l'arrestation de la jeune femme leur permettrait de lever le voile sur ce mystère.

« Je vous rejoins, chef, il faut que j'aille pisser », dit Assad. Il s'arrêta devant la porte entrouverte sur la pièce plongée dans le noir et se figea.

« Venez voir », dit-il en montrant deux trous dans le battant.

Carl remit le portable dans sa poche.

Assad alluma la lumière de la salle de bains et ouvrit grand la porte.

Ce qu'ils découvrirent alors les mit K-O.

54

Mardi 31 mai 2016

Au moins dix véhicules, gyrophares en action, étaient rassemblés sur le parking où régnait une activité fébrile et confuse. Plusieurs policiers se démenaient pour éloigner les curieux, d'autres examinaient la scène de crime avant l'arrivée de la police scientifique.

Assad se tenait à côté de l'ambulance, abattu, quand on y fit monter le brancard sur lequel on avait évacué Rose. Le médecin secouait la tête, l'air grave. Même si Rose respirait encore faiblement, il semblait évident que ça risquait de très mal se terminer pour elle.

Assad était inconsolable et n'arrivait pas à se pardonner. « Si seulement on était entrés dans cet appartement hier », répétait-il sans cesse.

Oui, si seulement.

« Tenez-nous informés ! » lança Carl au médecin. Et l'ambulance démarra, emportant Rose.

Ils saluèrent le médecin de garde qui arrivait de l'appartement.

« La victime a été tuée par balle il y a environ douze heures. Le médecin légiste vous donnera une heure plus précise.

— Donc, en théorie, Jazmine peut avoir tué Denise. Mais dans ce cas, qui a tué Jazmine ? demanda Assad doucement.

— Il n'y a aucune trace de poudre sur le cadavre. Elle ne l'a pas fait elle-même en tout cas », répliqua le docteur avec une pointe d'ironie. « À mon avis, vous devriez trouver les résidus de tir sur la face extérieure de la porte de la salle de bains. »

C'était également l'avis de Carl.

Il prit la main d'Assad et le regarda au fond des yeux. « Tout cela nous prouve une chose, Assad, c'est que ce n'était pas Jazmine Jørgensen qui conduisait la voiture avec laquelle on a déplacé le cadavre de Denise Zimmerman. Par contre, on est sûr que c'était une femme. Je ne crois pas qu'on ait besoin d'en savoir plus. On y va ? »

Il n'avait jamais vu Assad aussi triste. « Si vous voulez, chef, mais promettez-moi qu'on ira à l'hôpital tout de suite après.

— Évidemment. J'ai prévenu Gordon, il était bouleversé et il fonce à l'hôpital pour attendre l'arrivée de l'ambulance. Il m'a dit qu'on pouvait l'appeler n'importe quand. »

« J'ai plusieurs missions à te confier, Assad », dit Carl tandis qu'ils roulaient vers Copenhague. « Peux-tu demander qu'on envoie immédiatement un agent pour surveiller la maison d'Anne-Line Svendsen ? Ensuite, je voudrais que tu appelles Lars Bjørn et que tu le mettes au courant de ce qui s'est passé. Dis-lui qu'il peut interrompre les recherches en ce qui concerne Jazmine Jørgensen. Dis-lui que nous allons directement rue Webersgade et qu'il serait souhaitable que le mandat nous attende sur place quand nous arriverons. Puis tu vas téléphoner au Centre d'aide sociale de Vesterbro où travaille Anne-Line Svendsen pour savoir si elle est venue travailler aujourd'hui. »

Assad hocha la tête. « Et pour finir, vous voulez que j'appelle une sœur de Rose pour les prévenir, c'est ça ? »

Un mince sourire éclaira le visage de Carl. Quoi qu'il arrive, on pouvait toujours compter sur Assad.

Il y avait déjà un agent en poste devant le domicile d'Anne-Line Svendsen quand ils arrivèrent rue Webersgade, un ancien collègue de Carl, du temps où il travaillait au commissariat de Station City, qui avait maintenant intégré la brigade du maintien de l'ordre au sein de la préfecture de police. Il salua Carl avec réserve et lui confirma que le mandat de perquisition était en ordre, après quoi il regarda Assad pénétrer dans la maison à l'aide du passe-partout et s'assura que tout se passait dans les règles.

Il était indiqué sur la porte d'entrée qu'Anne-Line Svendsen habitait au premier étage et qu'une PME du nom d'Ultimate Machines occupait le rez-de-chaussée.

La porte du premier étage n'était pas verrouillée et il n'y avait personne. Ils entrèrent et remarquèrent aussitôt la propreté et l'ordre exemplaires qui régnaient dans l'appartement, tant à l'étage supérieur, où se trouvait la chambre, qu'au niveau de la pièce de séjour. Carl huma l'air ambiant, reconnaissant une odeur particulière qui lui rappelait les chambres à coucher de certaines femmes avec qui il avait eu l'occasion de passer du bon temps. Il n'avait jamais pu déterminer la composition exacte de ce parfum, un mélange de lavande et de savonnette.

Ils notèrent l'absence de vaisselle sale dans l'évier, le lit fait et durent rapidement se rendre à l'évidence : tout dans cet endroit était méticuleusement propre et sans trace des petits détails que recherche un enquêteur de police.

« C'est une vraie fée du logis qui habite ici, chef », dit Assad tandis qu'ils tentaient de se faire une impression. « Le panier à linge est vide, la corbeille à papier et la poubelle aussi.

— Il y a une pièce fermée à clé. On jette un coup d'œil ? »

Assad ouvrit la porte.

« C'est très étrange, dit Carl en entrant dans un deuxième séjour dont tous les murs étaient couverts de rayonnages métalliques chargés de vis, de clous, de charnières et de gonds.

— Je ne pense pas que ce local fasse partie du bail d'Anne-Line Svendsen. Vous avez vu sur la plaque devant la porte quelle était l'activité de l'autre résident, répliqua Assad.

— Alors on ne trouvera rien d'intéressant ici. Referme, s'il te plaît, Assad. Et à part ça, quand tu regardes autour de toi, qu'est-ce qu'il manque et qu'est-ce qu'il y a en trop, à ton avis ?

— Plein de choses. D'abord, il manque une tour d'ordinateur, parce que là, il y a un écran. Et puis je trouve bizarre que le seul objet qui ne soit pas rangé soit un DVD, comme s'il avait été placé là exprès pour qu'on le remarque. Normalement, il aurait dû être posé à côté de la télé, ou à la rigueur sur la table basse. Alors pourquoi l'a-t-elle posé en plein milieu de son bureau impeccablement rangé ?

— Je pense, comme toi, qu'elle l'a mis là pour se fabriquer un alibi. J'ai remarqué aussi qu'il y avait une clé accrochée dans l'entrée avec le numéro d'immatriculation de la Ford Ka. C'est probablement un double, mais tout à coup, je me demande si la clé était encore sur le contact hier soir ?

— Elle y était. Ploug et moi en avons parlé. Il a dit que ça ne prouvait pas que le propriétaire de la voiture était au volant. D'après lui, il y a un tas de gens distraits ou simplement stupides qui se font voler leurs clés de voiture dans leur sac à main ou sur la commode de l'entrée, chez eux, pendant que tout le monde dort. »

Ils fouillèrent tiroirs et placards, mais hormis quelques courriers de médecins, ils y trouvèrent étonnamment peu d'objets personnels. Ce qui ne laissait pas d'être surprenant.

« Je sais que le mandat de perquisition ne concerne pas le rez-de-chaussée et qu'il ne fait pas partie de son bail, mais tu ne trouves pas qu'on devrait aller y faire un petit tour quand même ? » suggéra Carl en se retournant pour voir où était passé Assad.

Il était déjà en train de descendre l'escalier.

Ils entrèrent dans le salon de l'ingénieur qui, comme la pièce verrouillée au premier étage, était encombré de pièces mécaniques. Carl ne comprenait pas comment un adulte pouvait vivre de cette façon.

« Il ne doit pas être souvent chez lui », conclut Assad, ce qui semblait être une explication plausible.

Ils inspectèrent sans grande conviction les tas de ferraille accumulée partout et commençaient déjà à en avoir assez quand ils tombèrent sur une caisse contenant des filtres à huile assez semblables à celui qui était fiché au bout du canon du revolver trouvé dans la Ford Ka.

« Ça alors ! » s'exclama Carl.

Ils échangèrent un regard entendu et Assad prit son téléphone.

« Je rappelle son lieu de travail. Ils doivent avoir embauché maintenant, vous ne croyez pas ? »

Carl acquiesça et regarda autour de lui. Il était convaincu tout à coup qu'Anne-Line Svendsen avait passé un long moment dans cette pièce à faire des essais avec divers filtres jusqu'à en trouver un qui puisse faire office de silencieux. Il ne cesserait jamais de s'étonner du cynisme et de la perversité de ses concitoyens. Cette insignifiante assistante sociale allait-elle s'avérer la plus implacable meurtrière qu'il ait rencontrée de toute sa carrière ?

Assad, toujours au téléphone, cherchait à attirer son attention vers un point près de la porte.

Carl suivit son regard mais il ne vit rien de particulier.

« Merci », dit Assad à son interlocuteur. Il coupa la communication et dit à Carl : « Anne-Line vient d'appeler pour prévenir qu'elle ne viendrait travailler que cet après-midi parce qu'elle a un rendez vous à l'hôpital à treize heures pour une séance de rayons.

— Parfait ! On va l'avoir. J'espère que tu as précisé que ton appel était hautement confidentiel et qu'il ne faut parler à personne de tout ceci avant notre feu vert, s'assura Carl.

— Bien sûr, chef. Anne-Line a aussi mis la secrétaire au courant qu'elle s'était fait voler sa voiture et qu'elle était en train de faire le tour de Copenhague à vélo pour essayer de la retrouver. »

Carl leva un sourcil.

« Je sais, chef, c'est bizarre. Moi aussi, pendant un instant, j'ai cru que nous faisions fausse route, mais c'était avant de voir ça. »

Assad désignait à Carl le pied de la bibliothèque métallique qui se trouvait à gauche de la porte.

Carl se baissa et il vit ce qu'Assad essayait de lui montrer pendant qu'il parlait au téléphone.

C'était une tache sombre d'environ deux centimètres carrés qui avait éclaboussé le mur entre deux étagères chargées de pièces de moteur. La police scientifique déterminerait précisément de quand datait la tache. Il s'agissait très vraisemblablement de sang frais.

« Faute ! Anne-Line Svendsen n'a pas fait le ménage partout ! » dit Assad avec un sourire.

Carl se passa une main sur la nuque. « Nom de Dieu ! » s'exclama-t-il. Voilà qui semblait mettre fin à cette enquête, s'ils avaient encore eu quelque doute. La promenade à bicyclette d'Anne-Line à la recherche de sa voiture volée n'était donc qu'un subterfuge, tout comme l'était le DVD sur son bureau. La donzelle était décidément très rusée.

Carl était content. Ils tenaient leur coupable.

« Bien vu, Assad. » À nouveau, il regarda sa montre. « Il nous reste trois heures avant le rendez-vous d'Anne-Line Svendsen au service de radiothérapie », dit-il en composant le numéro de Gordon et en activant le haut-parleur.

Comme il fallait s'y attendre, Gordon lui répondit

d'une voix triste, mais il avait tout de même un peu d'espoir.

« Ils ont réussi à la réanimer, mais il y a malheureusement un tas de complications. Actuellement, ils essayent d'éviter que son état s'aggrave. Ils s'inquiètent surtout des thromboses et des dommages irréversibles dans ses bras et ses jambes. »

Il respirait bruyamment. Carl réalisa que Gordon pleurait. Si seulement Rose pouvait savoir toute l'affection et toute la compassion qu'il avait pour elle.

« Tu peux nous envoyer une photo de Rose ?

— Je ne sais pas, pourquoi ?

— Je te promets que je te demande ça pour son bien, alors essaye. On peut communiquer avec elle ?

— Pas au sens classique du terme, non. Ils arrivent à la faire réagir un petit peu, mais il paraît qu'elle est psychiquement hors d'atteinte pour l'instant. Ils ont fait venir les psychiatres de l'hôpital qui se sont mis en relation avec l'équipe qui la soigne à Glostrup. Ils disent que si Rose ne se libère pas rapidement des souvenirs traumatiques qui viennent s'ajouter à tous ses autres déséquilibres psychiques, elle risque, en plus de ses nombreuses séquelles physiques, de sombrer définitivement dans la folie.

— Qu'elle se libère de ses souvenirs traumatiques ! Ils ont dit à quoi ils faisaient référence ?

— Non, je ne crois pas », répondit Gordon. Puis il se tut. Peut-être parce qu'il avait besoin d'un moment pour se ressaisir, ou bien pour réfléchir. « Il faut que nous l'aidions à se débarrasser de tout ce qui peut peser sur sa conscience », dit-il enfin.

Assad se tourna vers Carl. « Et si on essayait de clore le dossier de l'accident de son père ? »

Carl acquiesça. Ils étaient sur la même longueur d'onde.

Leo Andresen leur ouvrit, une brioche à la main. Chez lui, une matinée de retraité n'était pas un vain concept. L'émission matinale *Bonjour Danemark* emplissait le paysage sonore, avec ses séquences de cuisine aussi ineptes qu'inutiles, la machine à café glougloutait dans la cuisine, les mules de madame glissaient sur la moquette, des journaux gratuits et des dépliants publicitaires étaient étalés sur la table, constituant sans doute la distraction de la semaine.

« Il faut que nous en finissions avec cette histoire, Leo, et je vais être franc avec vous, je me fous de savoir qui vous risquez de compromettre en nous révélant la vérité. Le seul but de notre présence ici est de venir en aide à Rose. Alors maintenant, vous allez nous dire ce que vous savez, c'est compris ? »

Il jeta un regard en coin à sa femme et, malgré tout le mal qu'elle se donnait pour être discrète, Carl remarqua qu'elle secouait imperceptiblement la tête.

Carl s'approcha d'elle et lui tendit la main. « J'ai vu écrit Gunhild Andresen sur la porte, c'est vous ? »

Un léger frémissement agita la commissure de ses lèvres, signifiant probablement un sourire et un oui.

« Alors, bonjour, Gunhild. Savez-vous que vous venez de signer la condamnation de votre mari ? »

Le semblant de sourire s'effaça.

« Vous lui avez conseillé par un signe de tête de fermer son clapet, ce qui chez moi signifie qu'il en sait plus qu'il ne veut bien nous le dire et que, de ce fait, il est maintenant devenu le suspect numéro un dans notre enquête sur le meurtre d'Arne Knudsen le 18 mai 1999. »

Il se tourna ensuite vers Leo Andresen qui le regardait, hébété. « Leo Andresen, nous sommes le 31 mai 2016, il est dix heures quarante-sept et vous êtes en état d'arrestation. »

Assad agitait déjà les menottes attachées à sa ceinture et l'effet sur le couple Andresen fut fulgurant. Effrayés et impuissants, ils étaient au bord de l'évanouissement.

« Mais… », s'exclama Andresen quand Assad fit claquer les menottes et qu'il lui attacha les mains dans le dos.

Carl se dirigea vers l'épouse en état de choc, muni de sa propre paire de menottes. « Gunhild Andresen, nous sommes le 31 mai 2016, il est dix heures quarante-huit et vous êtes en état d'arrestation pour avoir tenté d'empêcher la divulgation d'informations susceptibles d'éclaircir un meurtre. »

Cette fois, elle s'évanouit pour de bon.

Cinq minutes plus tard, ils étaient tous deux avachis et tremblants à leur place habituelle autour de la table de la cuisine, menottés comme des malfrats.

« Bien. Comme vous l'aurez compris, nous avons une longue et difficile journée devant nous. »

La remarque de Carl ne contribua pas à les rassurer.

« Nous allons commencer par vous ramener à la préfecture de police de Copenhague où je vous lirai les chefs d'accusation. Ensuite, vous serez interrogés et placés en détention provisoire. Demain matin, vous serez présentés à un juge qui statuera sur notre demande de mise en examen. Au bout de quelques semaines, pendant lesquelles nous aurons fait avancer notre enquête, nous déciderons ce que nous ferons de vous en attendant le procès. Votre avocat voudra sans doute… au fait, vous en avez un ? »

Ils secouèrent la tête. C'était à peu près le seul effort qu'ils étaient encore en état de fournir.

« C'est sans importance, nous vous trouverons un avocat commis d'office qui présentera votre affaire et assurera votre défense. C'est bon, vous avez compris comment ça va se passer ? »

À présent, la femme pleurait sans retenue. Elle ne comprenait pas ce qui était en train de leur arriver. Ils avaient toujours vécu en bons citoyens, sans s'occuper des affaires des autres. Alors pourquoi fallait-il que cela tombe sur eux ?

« Vous avez entendu ça, Leo ? Gunhild se demande pourquoi ça tombe sur vous, dit Carl. Elle a raison, si vous étiez plusieurs à vous partager la responsabilité, cela adoucirait peut-être un peu votre peine. »

Cette fois, Leo retrouva sa langue. « Nous ferons ce que vous voudrez, pleurnicha-t-il. Du moment que vous… » Il réfléchit à ce qu'il allait dire : « … Nous avons trois petits-enfants, ils ne comprendraient pas. » Il regarda sa femme qui hochait machinalement la tête, le regard vide, complètement dévastée.

« Si on vous dit tout, cela pourra nous aider ? demanda-t-il. Nous échapperons à tout ce que vous venez de nous décrire ?

— Je vous en donne ma parole. »

Carl prit Assad à témoin. Il abonda dans son sens.

« Si vous nous dites tout, vous avez ma parole aussi.

— Et ça ne retombera pas sur l'un des autres ?

— C'est promis. Dites-nous la vérité et tout ira bien.

— Vous voulez bien commencer par ouvrir ces machins-là ? gémit-il. Allons voir Benny Andersson. Il habite près d'ici. »

Le téléphone de Carl émit un bref signal. Gordon leur envoyait la photo de Rose.

Carl oublia de respirer pendant quelques secondes. C'était un véritable crève-cœur de voir ça. Il tendit le téléphone à Leo.

Le type n'eut pas l'air ravi de voir débarquer son ami Leo Andresen, ni le reste de la délégation.

« Il savent tout, Benny, dit Leo, livide. Il ignorent juste comment ça s'est passé. »

Si l'homme avait pu claquer la porte, il ne s'en serait pas privé.

« Commence par la contamination au manganèse, Benny », lui conseilla son ancien collègue quand ils furent tous assis autour de la table maculée de cendres et de diverses taches de graisse. « Quoi que tu dises, l'inspecteur Mørck s'est engagé sur l'honneur à ce qu'aucun d'entre nous ne soit mis en cause.

— Et lui, là, il dit la même chose ? demanda le maître de céans en désignant Assad.

— Je suis un homme d'honneur, monsieur, vous pouvez me poser la question en personne, riposta froidement Assad.

— Ils ne m'inspirent pas confiance, dit l'autre. Ils vont me traîner à leur foutu hôtel de police et me faire tout ce qui leur chante. Je n'ai rien à dire et encore moins à cacher. »

Il fut un temps où Leo Andresen commandait les autres dans son atelier, il en donna la preuve à présent. « Tu es stupide, ma parole ! Tu ne comprends pas que par cette attitude tu m'obliges à te dénoncer ? » aboya-t-il, furieux.

Benny fouilla dans ses poches pour se donner une contenance et mit enfin la main sur ses allumettes. Il cligna des yeux nerveusement en allumant son mégot de cigarillo. « C'est ma parole contre la tienne, Leo. Tu ne peux rien prouver, et d'ailleurs il n'y a rien à prouver.

— Ho ! intervint Carl. Il ne s'agit pas de vous,

ici ! Ni de ce que vous, Benny, avez fait ou pas. Il s'agit exclusivement de Rose. Et Rose ne va pas bien du tout. »

Benny hésita encore quelques instants, puis il haussa les épaules, comme pour dire qu'il ne voyait pas en quoi cela pourrait aider Rose qu'il ait encore plus de problèmes qu'il n'en avait déjà.

« Parlez-nous de cet empoisonnement au manganèse, Benny », reprit Carl.

Benny inspira longuement. « Ça remonte à avant l'an deux mille. Un médecin du travail et un neurologue avaient déclaré à l'époque qu'il était dangereux pour la santé des ouvriers de travailler à l'usine à cause des particules sèches et extrêmement volatiles de manganèse. C'est un composé qu'on rajoute à l'acier pour fixer le soufre et éliminer l'oxygène, ce qui le rend plus solide et inoxydable, mais qui, d'après les médecins, provoque chez l'être humain une pathologie comparable à la maladie de Parkinson, bien qu'en réalité ce soit une autre partie du cerveau qui est affectée. L'affaire avait déclenché une grosse polémique entre ces deux médecins d'un côté et leurs confrères de l'autre qui affirmaient qu'ils se trompaient sur toute la ligne. En fin de compte, l'entreprise, qui était déjà fragilisée par la conjoncture, a dû payer à un certain nombre d'ouvriers des sommes importantes de dommages et intérêts. »

À ce moment de son exposé, Leo lança à Benny un regard sceptique, exprimant clairement que la question du prétendu empoisonnement de son collègue restait ouverte. « Arne Knudsen était déjà mort, au moment de cette histoire, dit-il, mais avant son accident, il passait son temps à répéter à qui voulait l'entendre que lui aussi était malade et il avait fini par en convaincre presque tout le monde. Quand on regarde en arrière, on ne peut pas s'empêcher de penser que ce sont des types comme Arne et, ne m'en veux pas de te dire ça, Benny, des types comme toi qui ont contribué à couler la boîte. »

Benny Andersson jeta son bout de cigarillo dans le cendrier. « C'est faux, ce que tu dis, Leo. Tu déformes tout.

— OK, alors, excuse-moi. En tout cas, du temps où Rose travaillait à l'aciérie, l'ambiance était pourrie à cause d'Arne et de cette histoire de manganèse. Chaque fois qu'il râlait et que nous, on l'envoyait paître, vu qu'au poste qu'il occupait il n'était jamais en contact avec la poussière en question, il se vengeait sur Rose d'une manière ou d'une autre. Il avait même essayé de se faire un allié de Benny, mais Benny ne pouvait pas le sentir. »

Il se tourna vers l'intéressé. « Je me trompe, peut-être ?

— Non, c'est vrai, je ne pouvais pas le blairer, ce connard. C'était une ordure et il n'a jamais été malade comme il le prétendait. Il avait juste décidé de foutre dans la merde tous ceux qui étaient vraiment empoisonnés.

— Rose souffrait beaucoup du harcèlement psychologique que lui faisait subir son père, on s'en apercevait tous, et il y avait beaucoup de raisons d'avoir envie de se débarrasser d'Arne Knudsen et de l'éliminer de nos vies.

— Vous aussi, Benny, vous vouliez vous débarrasser de lui ?

— Vous êtes en train d'enregistrer, là ? » s'inquiéta Benny.

Carl secoua la tête. « Non. Rassurez-vous. Bon, avant de continuer, il y a deux photos que j'aimerais vous montrer. Je les ai déjà montrées à Leo. » Il abattit sur la table le cliché sur lequel on pouvait voir le cadavre d'Arne Knudsen sur sa table en inox à l'institut médico-légal.

« Quelle horreur ! » s'exclama Benny à la vue du corps tellement aplati qu'il fallait savoir ce qu'on était en train de regarder pour reconnaître celui d'un homme.

« Je voudrais aussi que vous regardiez ceci. Je l'ai reçue il y a une demi-heure. » Il tendit son portable à Benny pour qu'il voie la photo de Rose.

Benny Andersson tâtonna à la recherche de sa boîte de cigarillos tout en gardant à contrecœur les yeux fixés sur le visage torturé. La vision lui fit l'effet d'un coup de poing à l'estomac. « C'est vraiment Rose, sur cette photo ? demanda-t-il, choqué.

— C'est vraiment Rose, et le temps qui s'est écoulé entre ces deux photos n'a été pour elle qu'un interminable cauchemar, dont vous voyez les stigmates sur ce portrait. Chaque jour, pendant dix-sept ans, elle a dû vivre avec l'image de son père écrabouillé et porter toute seule la culpabilité de sa mort. Mais aujourd'hui, les circonstances sont telles et son état s'est à ce point aggravé que si vous ne nous aidez pas, nous allons la perdre. Vous me croyez quand vous voyez son visage ? »

Benny et Leo étaient allés parlementer dans leur coin pendant cinq minutes et quand ils revinrent enfin, aucun d'eux n'avait l'air très à l'aise.

Ce fut Leo qui prit la parole :

« Nous nous sommes mis d'accord. Nous ne regrettons pas ce que nous avons fait et nous pouvons parler au nom des autres qui ne l'ont jamais regretté non plus, je vous l'affirme. Arne Knudsen était une vraie plaie et sa mort a fait du monde un endroit meilleur. »

Carl hocha la tête. C'étaient des assassins qui s'étaient fait justice eux-mêmes et qui avaient détruit la vie de Rose au passage. Rien ne justifiait l'immonde punition qu'ils avaient infligée à leur victime, mais il n'était pas dans l'intérêt de Rose que la vérité éclate au grand jour.

« Vous ne me ferez pas dire que ce que vous avez fait est excusable, mais une promesse est une promesse.

— C'est triste à dire, mais Rose a été notre bouc émissaire, même si, au départ, ce n'était pas ce qu'on voulait.

— Au départ, moi je ne voulais pas le faire parce

que j'étais le plus proche de Rose, expliqua Benny. Mais j'ai fini par céder quand Arne a sérieusement commencé à nous pourrir la vie. Vous n'avez pas idée à quel point il pouvait être insupportable. »

Carl n'avait aucun mal à le croire. « Bon, allez, crachez le morceau, maintenant, on n'a pas toute la journée. Assad et moi avons un rendez-vous en ville que nous ne devons rater sous aucun prétexte, dit-il.

— OK. Alors voilà. Rose était la seule à distraire son père en le faisant sortir de ses gonds au point qu'il ne pensait plus à rien d'autre. Il adorait se disputer avec elle, on aurait dit que ça le faisait jouir, fit remarquer Leo Andresen.

— On était cinq collègues à élaborer le plan ensemble, enchaîna Benny Andersson. Leo ne travaillait pas ce jour-là, mais "par hasard" – il traça des guillemets en l'air autour de ces deux mots –, il est venu à l'usine peu après l'accident.

— J'ai fait en sorte que personne au poste de garde ne me voie arriver et je suis reparti aussi discrètement aussitôt après, précisa Leo. Mon rôle était de faire disparaître toute trace informatique de la coupure de courant qu'un collègue à nous avait pour mission de provoquer à la seconde où il recevait un signal sur son bipeur. Le problème n'était pas de couper le courant mais de le faire au bon moment.

— Un de nos contremaîtres, qui malheureusement n'est plus parmi nous aujourd'hui, devait faire croire à Arne Knudsen que sa fille avait dit des horreurs sur lui derrière son dos, ce dont, soit dit en passant, elle était totalement incapable, dit Benny.

— Son père était donc déjà bien remonté quand le gars qui pilotait la grue dans le vieux hangar a fait savoir qu'il était prêt. Benny est allé voir Rose et il lui a dit qu'ils allaient donner une bonne leçon à son père et que la seule chose qu'elle avait à faire était de faire en sorte qu'il se trouve à un endroit précis de l'atelier W15, près du tapis roulant qui emportait les blocs vers le four, quand son père commencerait à l'engueuler. Elle saurait à quel moment l'y conduire parce que son bipeur se mettrait à vibrer. C'était tout ce qu'elle savait. Elle ignorait complètement quelle conséquence allait avoir cette "bonne leçon". Nous avons prétexté un accident et juré qu'il n'était pas du tout prévu que cela se termine comme ça, mais Rose a complètement craqué, termina Leo.

— Donc, vous étiez cinq complices ?

— Cinq plus Rose. »

Assad n'était pas satisfait de cette explication. « Je ne comprends pas, monsieur Andresen. Vous nous avez dit la dernière fois que pour vous, il ne s'agissait pas d'un accident, mais d'un acte délibéré. Pourquoi est-ce que vous nous avez dit ça ? Vous auriez pu continuer à vous taire. Vous deviez bien vous rendre compte que nous n'allions pas en rester là. »

L'homme inclina la tête. « Même si vous ne nous dénoncez pas, la meilleure chose qui puisse m'arriver aujourd'hui serait que cette histoire soit révélée. Vous croyez peut-être que Rose est la seule à avoir souffert de cette histoire, mais vous vous trompez. J'ai eu du mal à dormir pendant des années, et les autres aussi ont eu des problèmes. Les remords les ont poursuivis. Moi, j'en ai parlé à ma femme et je crois que nous sommes plusieurs à avoir fait la même chose. Benny a divorcé de la sienne et vous voyez le résultat. » Il leur désigna la saleté et le désordre qui n'avaient pas l'air de déranger le maître de maison. « Quant au chef d'atelier, un brave type responsable et honnête, il a fini par se suicider. On n'échappe pas à ce genre de souvenir. Depuis que vous êtes venus chez moi, je suis tiraillé entre ma mauvaise conscience et l'espoir d'échapper à ma punition. » Il regarda Carl et Assad d'un air suppliant. « Vous comprenez ce que je veux dire ?

— Parfaitement », répliqua Assad, laconique, détournant les yeux comme s'il voulait prendre ses distances avec ce qu'il venait d'entendre. « Mais maintenant, dites-nous ce que nous pouvons faire pour aider Rose. Vous avez une idée de ce qui pourrait soulager son sentiment de culpabilité ? »

Comme si cette question était le signal qu'il attendait, Benny Andersson se leva, il passa derrière un tas de journaux à hauteur d'homme et il ouvrit le tiroir d'une commode remplie de cartons et d'emballages plastique.

Il chercha quelques instants dans le fouillis et finit par en extraire un petit objet.

« Tenez, dit-il, déposant un bipeur dans la main de

Carl. C'est le bipeur que Rose avait à la main quand son père a été broyé par le bloc d'acier. Donnez-le-lui et passez-lui le bonjour de Benny Andersson. Ensuite, vous n'aurez qu'à lui raconter vous-même le reste de l'histoire, pas vrai ? »

55

Mardi 31 mai 2016

« Olaf Borg-Pedersen », annonça le type au téléphone. Comme si son nom faisait la pluie et le beau temps.

Assad leva ses grands yeux au ciel, ce qui ne manqua pas de créer l'effet dramatique voulu.

« Je suis désolé, Borg-Pedersen, répondit Carl, mais nous ne pouvons pas vous parler maintenant.

— Lars Bjørn m'a dit que vous aviez découvert un tas de nouveaux éléments, alors on voudrait bien faire quelques images où vous et Assad raconteriez aux téléspectateurs ce qui s'est passé depuis la dernière fois. »

Décidément, Bjørn n'en loupait pas une.

« Eh bien, il va falloir que vous patientiez jusqu'à demain.

— Demain, on diffuse l'émission, vieux, et il nous faut du temps pour le découpage, le montage, tout ça, alors vous comprenez bien que…

— On verra, répliqua Carl, prêt à raccrocher.

— Il paraît que la voiture impliquée dans l'accident d'hier avait été déclarée volée par sa propriétaire, alors nous avons essayé de joindre Anne-Line Svendsen chez elle pour qu'elle fasse un commentaire, mais elle ne répond pas et à son boulot, on nous dit qu'elle est en arrêt maladie. Vous ne sauriez pas où elle est, par hasard ?

— Qui ça ?

— La propriétaire de la Ford Ka d'hier soir.

— Non, nous ne nous intéressons pas du tout à elle. Pourquoi, nous devrions ? Comme vous le dites vous-même, on lui a volé sa voiture.

— Bien sûr, Carl Mørck, mais nous faisons de la télé, comme vous le savez, alors nous avons besoin d'images et d'interviews, vous voyez ? Alors, quand il arrive des ennuis à M. et Mme Tout-le-monde, comme par exemple à cette pauvre Mme Svendsen qui a perdu sa voiture dans un accident aussi spectaculaire, vous pensez bien que ça passionne nos téléspectateurs. Anne-Line Svendsen est une victime collatérale, n'est-ce pas ? »

Assad secoua la tête d'un air désabusé et fit le geste de se trancher la gorge pour dire à Carl de couper la conversation.

« Je vous promets que s'il y a du nouveau, vous en serez le premier informé, Borg-Pedersen. »

Assad et Carl se marrèrent comme des bossus pendant au moins une minute après ce gros mensonge. Non, mais pour qui est-ce qu'il se prenait, ce type ?

Carl fourra son portable dans sa poche et regarda

avec surprise l'énorme chantier de construction qui envahissait le paysage autour de l'hôpital. Il y avait vraiment si longtemps que cela qu'il n'était pas passé dans ce quartier ?

« Où est le service de radiothérapie ? L'entrée était là, avant ! » dit-il en regardant d'un air incrédule le labyrinthe de baraquements de chantier et de palissades temporaires qui encombraient le site.

« Je crois qu'elle est quelque part derrière tout ce bazar. Regardez, il y a un panneau », rétorqua Assad.

Carl gara la voiture en épi, l'avant sur le trottoir. « On a le temps, Anne-Line n'a rendez-vous que dans un quart d'heure, dit-il en regardant sa montre. Ce sera aussi facile de l'arrêter que d'attraper une poule aveugle. »

Ils s'engagèrent dans le dédale des Algeco et suivirent les pancartes vers l'escalier 39 et l'entrée du service de radiothérapie.

« Vous êtes déjà venu ici, chef ? » Ils descendaient le large escalier tournant vers le deuxième sous-sol et Assad n'avait pas l'air à l'aise. Carl ne l'était pas non plus, à vrai dire. C'était comme si le mot cancer flottait, menaçant, autour d'eux.

« On ne vient ici que si on y est vraiment obligé », répliqua-t-il, espérant que ce ne serait jamais son cas.

Ils tirèrent le bouton d'ouverture automatique des portes et pénétrèrent dans le vaste hall d'accueil. Si l'on faisait abstraction de la raison pour laquelle les gens se trouvaient là, l'endroit était plutôt accueillant. Le mur du fond occupé par un gigantesque aquarium, les colonnes en béton vert menthe, un bel arrangement végétal conféraient au lieu une atmosphère apaisante. Carl et Assad s'approchèrent du comptoir.

« Bonjour, mademoiselle, dit Carl à une infirmière en lui présentant son badge. Nous appartenons au département V de la police de Copenhague et nous sommes venus pour procéder à l'arrestation de l'une de vos patientes. Elle devrait être là dans quelques minutes. Les choses se passeront dans le calme et ne perturberont pas votre travail, mais nous tenions à vous mettre au courant. »

L'infirmière le regarda d'un air contrarié.

« Eh bien, je vous informe que vous allez devoir procéder à votre arrestation en dehors du service, monsieur l'inspecteur, riposta-t-elle. Nous traitons des personnes qui sont dans une situation humainement difficile et je vous prierais de sortir d'ici.

— Et moi, je vous informe que cela se passera ici. Nous ne pouvons pas prendre le risque que la suspecte nous repère à distance. »

Elle appela une collègue et parlementa avec elle à voix basse.

La deuxième infirmière s'adressa à eux : « De quelle patiente s'agit-il, messieurs ?

— D'une femme répondant au nom d'Anne-Line Svendsen. Elle a un rendez-vous à treize heures.

— Anne-Line Svendsen a déjà commencé sa séance de rayons. Une personne s'étant décommandée, nous l'avons fait entrer dès son arrivée. Elle est dans la salle n° 2 et je vais vous prier d'attendre qu'elle ait terminé. Je vous invite à rester près de la porte d'entrée et vous demande de faire votre travail avec la plus grande discrétion. »

Elle leur montra la porte par laquelle ils étaient entrés.

Dix minutes passèrent durant lesquelles les deux infirmières leur lancèrent des regards sévères de temps à autre. Carl se dit que leur attitude aurait peut-être été différente s'il les avait informées des crimes qu'on reprochait à Anne-Line Svendsen.

Cette dernière sortit de la salle de soin un gros sac de toile à l'épaule et se dirigea vers la sortie. C'était une femme banale, dépourvue de charme, mal coiffée et sans aucun charisme. Une personne qu'on pouvait croiser dans la rue sans se rendre compte s'il s'agissait d'un homme ou d'une femme et qu'on oubliait la seconde d'après. Ils ignoraient encore avec certitude combien de vies humaines elle avait sur la conscience, mais, *a priori*, elle avait déjà tué au moins cinq personnes.

La femme regardait dans leur direction. Elle n'avait pas l'air d'avoir la moindre idée de qui ils étaient et, sans les regards nerveux et inquiets des infirmières derrière leur comptoir, elle ne se serait doutée de rien et tout se serait déroulé dans le calme.

En l'occurrence, elle s'arrêta à dix mètres d'eux, les sourcils froncés, et son regard alla plusieurs fois du comptoir à la porte. Assad voulut aller à sa rencontre pour procéder à l'arrestation, mais Carl le retint. Elle avait déjà tué à l'arme à feu et, vu son expression en ce moment, elle était capable de recommencer.

Carl sortit lentement sa carte de police de sa poche et la leva bien haut de façon à ce qu'elle puisse la voir de loin.

Alors il se produisit une chose inattendue : elle leur sourit.

« Vous avez retrouvé ma voiture ? ! C'est merveilleux ! » s'exclama-t-elle avec un regard qui voulait exprimer la joie et le soulagement.

Elle avança vers eux. « Alors, où était-elle ? J'espère qu'elle est en bon état ! » leur demanda-t-elle. C'était gros comme une maison. Elle allait vraiment leur faire gober qu'elle croyait que si deux inspecteurs de police s'étaient déplacés personnellement dans cet endroit effroyable, c'était pour l'informer qu'ils avaient retrouvé sa voiture ?

« Absolument ! Car vous êtes bien Anne-Line Svendsen, n'est-ce pas ? La propriétaire d'une Ford Ka bleu et noir ? » répondit Carl pour gagner du temps tandis qu'il surveillait ses moindres gestes. Elle plongea la main dans son sac en toile. Qu'est-ce qu'elle était en train de tripoter là-dedans ? Tout ce qu'elle avait dit à l'instant n'avait eu pour but que de détourner leur attention.

Il fit deux pas en avant dans l'intention de l'appréhender, mais cette fois ce fut Assad qui le retint en posant une main sur son bras.

« Il vaut mieux la laisser partir, chef », dit-il en

attirant son attention sur l'objet qu'elle venait de faire retomber démonstrativement dans son sac en toile.

Carl se figea. Il voyait à présent le manche en bois, impossible à identifier dans un premier temps, mais qu'il reconnut tout à coup comme une grenade du type de celles que les Allemands utilisaient pendant la Seconde Guerre mondiale.

« Vous voyez cette bille ? » dit-elle en montrant la petite bille en porcelaine blanche qu'elle tenait entre les deux doigts. « Si je tire dessus et sur le cordon à laquelle elle est attachée, cette pièce ressemblera à un abattoir dans moins de quatre secondes. Vous me suivez ? »

Ils la suivaient.

« Éloignez-vous de cette porte », ordonna-t-elle en s'approchant du dispositif d'ouverture automatique. Elle fit jouer la poignée et la porte vitrée coulissa.

« Si vous faites le moindre geste, je tire sur le cordon et je lance la grenade. Je vous interdis de me suivre dans l'escalier. Vous allez rester ici bien sagement jusqu'à ce que je sois loin. Mais je ne vous promets pas que je ne serai pas planquée là-haut à vous attendre. »

Elle avait l'air de parler sérieusement. La petite bonne femme toute grise s'était transformée en un démon capable de tout. Ses yeux brillaient d'une authentique folie, d'une intransigeance totale, d'un manque absolu d'empathie et, plus que tout le reste, d'une inexplicable absence de peur.

« Où irez-vous, Anne-Line ? demanda Carl. Vous

serez recherchée partout. Vous ne pourrez aller nulle part sans qu'on vous reconnaisse. Je ne crois pas qu'un simple déguisement suffise à vous rendre invisible. Vous ne pourrez prendre aucun transport en commun, vous ne pourrez pas passer une frontière, vous ne vous sentirez en sécurité ni à la campagne, ni en ville. Pourquoi ne pas lâcher cette bille tout de suite avant de risquer de faire une bêtise ? Si vous…

— STOP ! » cria-t-elle si fort que tout le monde dans le hall leva la tête.

Elle fit jouer à nouveau le dispositif d'ouverture automatique de la porte qui avait eu le temps de se refermer.

« Si vous me suivez, vous êtes morts et je me fous de savoir combien de personnes mourront avec vous, c'est compris ? »

Et elle s'en alla.

Carl sortit son portable et fit signe à Assad d'ouvrir la porte. Il était hors de question qu'ils la laissent filer.

Il appela l'hôtel de police pour demander du renfort.

Ils suivirent le bruit de ses pas dans l'escalier. À la seconde où ils ne les entendirent plus résonner, ils échangèrent un regard, hochèrent la tête et s'élancèrent, montant les marches quatre à quatre.

Arrivés au sommet, ils virent à travers la porte vitrée une palissade peinte en vert et le flanc d'une baraque bleue, mais pas d'Anne-Line Svendsen.

Carl sortit son pistolet. « Reste derrière moi, Assad.

Si je parviens à l'avoir dans ma ligne de mire, j'essaierai de la toucher aux jambes. »

Assad secoua la tête. « Vous ne devez pas essayer de la toucher, chef, vous devez l'atteindre. Donnez-moi le pistolet. »

Sans attendre sa réponse, il prit l'arme par le canon et l'enleva doucement à Carl.

« Moi, je ne vais pas essayer, chef. »

Ah, il était aussi devenu tireur d'élite, maintenant ?

Ils passèrent la porte et s'engagèrent dans un passage entre la palissade et un muret. La femme était déjà loin devant, ce qui n'était pas une surprise. Ce qui l'était en revanche fut de tomber sur Olaf Borg-Pedersen, posté au bout de la palissade en compagnie de son cameraman et de son ingénieur du son, en train de filmer.

Borg-Pedersen les accueillit avec un sourire radieux. « Avec un peu de persuasion et quelques espèces sonnantes et trébuchantes, on a eu un tuyau de la secrétaire qui nous a dit qu'on vous trouverait ici…

— Allez-vous-en ! » gueula Assad, un ordre auquel ils obéirent sans discuter en voyant l'arme de service braquée sur eux.

Carl et Assad tournèrent à l'angle et aperçurent Anne-Line Svendsen en train de bousculer une vieille femme qui garait sa bicyclette.

« Elle va lui prendre son vélo, cria Carl, elle va nous échapper ! »

Ses poumons sifflaient. Ils sortirent de l'enceinte

du chantier et absorbèrent en un regard la file de taxis qui attendaient, la circulation sur l'avenue Blegdamsvej et la foule des gens qui arrivaient de l'entrée principale de l'hôpital et qui, terrifiés, se retrouvèrent nez à nez avec un petit homme basané au regard sauvage, brandissant une arme. Certains se mirent à crier et à courir de tous les côtés, tandis que d'autres restaient figés.

« Police ! » annonça Carl en se précipitant sur la chaussée avec Assad.

Sur ses talons courait Borg-Pedersen braillant à son équipe qu'ils ne devaient pas en perdre une miette, que c'était du reportage live action, de la super-télé.

« Elle est là-bas », signala Assad, montrant à Carl une rue perpendiculaire à une centaine de mètres.

La femme s'arrêta au coin de la rue, se tourna vers eux et éclata d'un rire de démente. Elle se savait apparemment au-delà de la distance de tir.

« Tu peux l'atteindre d'ici ? » demanda Carl.

Assad secoua la tête.

« Qu'est-ce qu'elle fabrique ? dit Carl. Elle ne devrait pas agiter cette grenade comme ça, si ?

— Je crois qu'elle essaye de nous dire que c'était une fausse. Regardez, chef, elle la fait tomber par terre en la tenant par la bille. Merde, chef, c'était une fausse, elle… »

La détonation fit exploser toutes les vitres du bâtiment qui faisait l'angle. Le bruit ne fut pas assourdissant mais tout de même assez fort pour que les chauffeurs de taxi qui discutaient entre eux à la station tombent tous à genoux et regardent, affolés, autour d'eux.

Derrière eux, Olaf Borg-Pedersen poussa un soupir satisfait. *Station 3* avait enfin ses images. Des dizaines de billets de banque pulvérisés s'élevant au-dessus de l'avenue Blegdamsvej, comme un champignon atomique, mélangés à des lambeaux de chair qui jadis appartenaient à une femme du nom d'Anne-Line Svendsen.

Épilogue

Olaf Borg-Pedersen postillonna de colère à travers sa barbe rousse quand Lars Bjørn lui annonça froidement que même s'ils devaient avoir recours à un médiateur, un audit interne, saisir le comité d'éthique des médias, demander un mandat du juge, déclencher une campagne de dénigrement dans la presse, une intervention politique ou n'importe quel autre moyen de pression, l'émission *Station 3* ne serait jamais autorisée à utiliser les trente dernières minutes de film. Il le somma de lui remettre immédiatement les cartes mémoire de la caméra.

Carl était content. Il y avait tout de même des limites à la collaboration de Lars Bjørn. Mais il s'inquiétait peut-être tout simplement de la réaction du préfet et de son directeur de la communication quand ils allaient devoir expliquer sur une chaîne nationale comment un policier non qualifié avait pu chasser une équipe de tournage en la menaçant d'une arme à feu quelques secondes avant qu'il se mette à pleuvoir des billets et des morceaux de chair humaine.

« Vous avez fait arrêter James Frank et Birgit Zimmerman ? » demanda-t-il à Bjørn du coin des lèvres.

Il acquiesça.

« Ils ont avoué ? »

Il acquiesça de nouveau.

« Alors vous n'avez qu'à négocier avec Borg-Pedersen. Vous lui offrez les deux affaires sur un plateau et il renonce à celle-ci. Deux enquêtes résolues, c'est déjà pas mal. »

Bjørn ferma les yeux un instant puis il fit signe au réalisateur d'approcher, en disant : « J'ai une proposition à vous faire, Borg-Pedersen. »

Assad et Carl s'éloignèrent et levèrent les yeux vers le colossal bâtiment de l'hôpital.

« Qu'est-ce qu'on fait, on va la voir ? » demanda Assad.

Carl n'était pas très sûr. Une chose était d'avoir dû tenter d'identifier les morceaux de viande d'une femme qu'ils venaient de poursuivre pour l'appréhender, une autre de se trouver face à quelqu'un qu'ils aimaient et qui n'était plus que l'ombre d'elle-même.

Ils ne dirent pas un mot dans l'ascenseur, chacun se préparant à la vision qui l'attendait et au chagrin qui ne manquerait pas de l'envahir.

Gordon vint les accueillir à la porte de l'ascenseur, plus pâle que jamais. Pour la première fois, il leur parut étrangement adulte.

« Comment va-t-elle ? » lui demanda Carl, presque à contrecœur. Pourquoi posait-on ce genre de questions quand on n'avait pas vraiment envie d'entendre la réponse ?

« Je ne sais pas s'ils vous laisseront entrer. » Il tourna la tête vers le couloir des soins intensifs. « Il y a deux infirmières et un médecin qui surveillent les moniteurs à l'extérieur de sa chambre. Vous leur demanderez. Rose est dans la première salle. »

Carl frappa doucement à la vitre et présenta sa carte de police.

Une infirmière sortit aussitôt. « Vous ne pouvez pas interroger Rose Knudsen, elle est très faible et elle a toujours des hallucinations.

— Nous ne venons pas pour l'interroger. C'est une collègue, nous tenons beaucoup à elle et nous aimerions lui dire quelque chose qui pourrait peut-être l'aider à se sentir mieux. »

Elle plissa le front avec l'autorité des gens qui tiennent le destin des autres entre leurs mains. « Je ne pense pas que nous soyons en mesure de valider cette démarche tant qu'elle est encore dans une phase aussi critique. Je vais vous demander d'attendre à l'extérieur que je vienne vous chercher. Je vais transmettre votre requête au médecin. Mais je ne peux rien vous promettre. »

Carl hocha la tête. Il apercevait la tête de Rose sur l'oreiller à travers la vitre.

« Allez, venez, chef, lui dit Assad en le tirant par la manche. Vous ne pouvez rien faire de plus pour l'instant. »

Ils restèrent assis côte à côte, tous les trois, sur

un banc, tandis que les portes des ascenseurs s'ouvraient et se refermaient et qu'un tas de gens en blouses blanches se battaient pour sauver la vie de leurs patients.

« Hum », entendit-il au-dessus de lui. Il leva les yeux pour recevoir le verdict de l'infirmière, mais ce fut pour découvrir le merveilleux visage de Mona. Mais n'étaient-ce pas des larmes qu'il voyait briller dans ses yeux ?

« Je suis venue plus tôt dans la journée et j'ai appris que Rose était là, dit-elle doucement. Alors, tu l'as trouvée ? »

Il acquiesça. « Disons que nous l'avons trouvée, tous les trois ensemble », répliqua Carl avec un signe de tête vers ses deux fidèles collaborateurs. « J'ai peur qu'on ne veuille pas nous laisser la voir. Mais ce qu'il y a, Mona, c'est que nous avons apporté quelque chose qui devrait beaucoup l'aider. » Il essaya de sourire et échoua. « Je sais que je ne devrais pas te demander ça, mais peut-être que toi, ils t'écouteront, parce que tu es psychologue et que tu connais le contexte. Tu ne pourrais pas leur dire que nous ne voulons que le bien de Rose et que ce que nous avons à lui dire ne peut que la mener sur le chemin de la guérison ? Tu ferais ça pour nous, Mona ? »

Elle le regarda longuement dans les yeux, sans ciller. Puis elle hocha lentement la tête et lui caressa la joue si délicatement qu'il sentit à peine le contact de ses doigts.

Carl ferma les yeux. La peau de Mona faisait monter en lui un tas d'émotions, mais étrangement, il ressentait principalement une infinie tristesse et une grande vulnérabilité.

Une main se posa sur la sienne et Carl s'aperçut que sa respiration était saccadée et difficile. Sans doute en réaction aux invraisemblables succès de ces derniers jours, il réagissait tout à coup de manière totalement irrationnelle. Il tremblait de tout son corps et sa peau était brûlante.

« Il ne faut pas pleurer, chef, dit la voix d'Assad, très loin. Je suis sûr que Mona va nous aider. »

Carl ouvrit à nouveau les yeux et il vit le monde à travers un film de larmes qui lui donnait une apparence irréelle. Il tâtonna dans sa poche à la recherche du bipeur qu'il donna à Assad. « Je ne peux pas, murmura-t-il. S'ils nous laissent entrer, tu voudras bien y aller, toi, lui raconter toute l'histoire ? »

Assad regarda le bipeur comme s'il s'agissait du Saint-Graal, craignant qu'il parte en fumée et disparaisse pour toujours s'il venait à le toucher. Ses cils papillotants devinrent tout à coup incroyablement longs et vivants, Carl ne les avait jamais vus comme ça.

Assad lâcha la main de Carl et se leva. Il arrangea les pans de sa chemise et lissa ses cheveux crépus, puis il retourna vers le service des soins intensifs. Il s'arrêta quelques instants devant la porte, comme s'il devait rassembler son courage, et il entra.

Il y eut quelques échanges mécontents. Puis Carl

entendit Mona se mêler de la conversation et tâcher d'apaiser le débat, puis plus rien.

N'y tenant plus, au bout d'une minute, Carl et Gordon se levèrent d'un commun accord. Ils échangèrent un regard pour se soutenir mutuellement et pénétrèrent dans le service. À travers la cloison en verre, ils virent le dos de Mona dans la pièce où se trouvaient les moniteurs. Assad n'était pas là.

« Venez, Carl, dit Gordon. Je crois qu'on peut y aller, maintenant. »

Ils s'arrêtèrent quelques instants sur le seuil de la chambre, mais comme personne ne semblait réagir à leur présence, ils s'avancèrent sur la pointe des pieds.

De l'endroit où ils se trouvaient, ils voyaient parfaitement ce qui se passait. L'infirmière qui les avait refoulés tout à l'heure était au chevet de Rose, surveillant ce qu'Assad était en train de faire. Il avait les yeux posés sur Rose et ses lèvres bougeaient. Les émotions passaient sur son visage comme des nuages dans le ciel, son regard était intense et ses mains gesticulaient avec passion. Le récit du jour, appartenant à un lointain passé, où le père de Rose avait trouvé la mort devenait une chanson de geste et de sentiments que Carl n'avait aucun mal à déchiffrer et à reconnaître. Assad racontait l'histoire avec une patience exemplaire et l'infirmière le regardait faire, hochant la tête, comme envoûtée.

Enfin Assad tendit le bipeur à Rose. Carl voyait combien l'infirmière était émue par la douceur et la délicatesse que le petit homme râblé montrait envers la patiente.

Puis il se produisit un évènement qui fit pousser un petit cri à Mona et tituber Gordon qui vint s'appuyer contre l'épaule de Carl.

Soudain, ils purent voir le pouls de Rose s'accélérer sur l'écran qui relevait ses constantes, et sa main se soulever de quelques centimètres au-dessus du drap. Elle n'avait clairement pas la force d'en faire plus. Alors Assad prit son bras dans sa grosse pogne et le retourna pour poser le bipeur dans le creux de sa main tendue.

Ils restèrent dans cette position un long moment, tandis qu'il terminait d'expliquer l'histoire.

Enfin, les doigts de Rose se refermèrent lentement sur le bipeur et son bras retomba sur la couverture tandis que le médecin et l'infirmière remarquaient, étonnés, que le pouls de la patiente revenait tranquillement à la normale.

Tous dans la salle se regardèrent en hochant la tête, comme libérés.

Assad était au bord de l'évanouissement quand il retourna dans la salle d'attente. Mona le serra longuement dans ses bras avant qu'il n'aille s'asseoir lourdement sur un siège où il eut l'air de quelqu'un qui allait s'endormir aussitôt d'un sommeil de plomb.

« Je crois qu'elle a tout compris, Assad », lui dit Carl.

Assad se frotta les yeux. « Je n'aurais jamais cru la

voir aussi faible, chef. J'avais tout le temps peur de la perdre pendant que j'étais là-dedans. Peur qu'elle ferme les yeux et qu'elle ne les ouvre plus jamais. J'avais peur, vous ne pouvez pas savoir comme j'avais peur.

— Nous l'avons tous vue prendre le bipeur. Tu penses qu'elle a compris ce qu'il signifiait ? Que les autres avaient abusé de sa confiance ? Que ce bipeur était le symbole de son innocence ? »

Assad acquiesça. « Elle a tout compris, chef. Elle a pleuré tout le temps que je lui parlais et plusieurs fois, j'ai failli m'arrêter parce que je n'osais plus continuer, mais l'infirmière m'encourageait du regard, alors je suis allé jusqu'au bout. »

Carl se tourna vers Mona. « Est-ce que tu crois que Rose a une chance de s'en sortir ? »

Mona sourit. Des larmes coulaient sur ses joues. « En tout cas, vous nous avez à tous redonné espoir, Carl. Le temps a la réponse, bien sûr, mais je pense sincèrement que sur le plan psychique, elle a progressé. »

Carl hocha la tête. Il savait qu'elle ne pouvait pas, toute fée qu'elle était, faire apparaître plus que la réalité.

Le front de Mona se plissa et son visage se tordit en une expression de souffrance qu'il n'y avait jamais vue auparavant. Et brusquement, Carl se souvint. Pourquoi n'y avait-il pas pensé avant ?

« Qu'est-ce que tu faisais à l'hôpital, Mona ? C'est à cause de ta fille ?

Elle détourna la tête, cligna des yeux et pinça les lèvres. Puis elle acquiesça, le regardant droit dans les yeux.

« Prends-moi dans tes bras, Carl », dit-elle simplement.

Et Carl sut que s'il la prenait dans ses bras maintenant, il allait la serrer fort et longtemps.

REMERCIEMENTS

Merci à mon âme sœur et tendre épouse Hanne pour son merveilleux soutien, sans parler de ses irremplaçables remarques.

Merci à Linda Lykke Lundgaard pour sa pertinence professionnelle dans le choix inspiré du sujet de ce roman.

Merci à Henning Kure pour sa vision d'ensemble et l'extraordinaire rapidité de sa préparation.

Merci à Elisabeth Ahlefeldt-Laurvig pour son travail de recherche, sa polyvalence et sa créativité.

Merci également à Elsebeth Wærhens, Eddie Kiran, Hanne Petersen, Micha Schmalstieg et Karlo Andersen pour leurs judicieuses corrections.

Ma gratitude toute particulière à mon extraordinaire, passionnée et indispensable camarade des éditions Politikens Forlag, la responsable éditoriale Anne C. Andersen pour sa loyauté, sa perspicacité et sa totale intransigeance.

Merci à Lene Juul et à Charlotte Weiss aux éditions Politikens Forlag pour leur foi, leur indéfectible espoir et leur patience. Merci à Helle Skov Wacher pour avoir assuré la communication autour du roman.

Merci à Gitte et Peter Q. Rannes et le Centre Hald pour les auteurs et traducteurs danois de m'avoir accueilli au cours de l'écriture de ce livre.

Merci au commissaire Leif Christensen pour ses conseils avisés en matière de techniques policières.

Merci à Kjeld S. Skjærbæk de rendre chaque jour plus facile et plus beau.

Merci à Nya Guldberg pour une belle collaboration toutes ces années et merci à Rudi Rasmussen d'avoir bien voulu reprendre le flambeau et me prendre sous son aile.

Merci à Laura Russo et à ses fabuleux homologues à Bilbao, Madrid et Barcelone d'avoir su m'aider dans des circonstances difficiles.

Merci à Johan Daniel « Dan » Schmidt et Daniel Struer pour la maintenance informatique.

Merci à Benny Thøgersen et Linda Pillora pour mon nouveau lieu d'écriture à Rørvig (OK).

Merci à Ole Andersen, Abelone Lind Andersen et Pelle Dresler pour une édifiante et formidable visite de l'usine de Stålvalseværket, de ses bâtiments et de ses méthodes de travail. Merci à Tina Wright, Zainap Holm et Erik Pedersen pour les détails supplémentaires.

Merci à Eva Marcussen de m'avoir laissé visiter son appartement dans la résidence de Sandalparken.

Merci à Malene Thorup et à Cecilie Petersen du service de l'immigration.

Du même auteur
aux éditions Albin Michel :

Les enquêtes du Département V

1. *Miséricorde*, 2011.
2. *Profanation*, 2012.
3. *Délivrance*, 2013.
4. *Dossier 64*, 2014.
5. *L'Effet papillon*, 2015.
6. *Promesse*, 2016.

PAPIER À BASE DE
FIBRES CERTIFIÉES

Le Livre de Poche s'engage pour
l'environnement en réduisant
l'empreinte carbone de ses livres.
Celle de cet exemplaire est de :
500 g éq. CO_2
Rendez-vous sur
www.livredepoche-durable.fr

Composition réalisée par NORD COMPO

Achevé d'imprimer en France par
CPI BRODARD & TAUPIN (72200 La Flèche)
en juin 2019
N° d'impression : 3034727
Dépôt légal 1re publication : janvier 2019
Édition 04 - juin 2019
LIBRAIRIE GÉNÉRALE FRANÇAISE
21, rue du Montparnasse – 75298 Paris Cedex 06

65/0893/0